沈鹏诗艺吟萃

蒋力余

／

著

人民美术出版社

北京

图书在版编目（CIP）数据

沈鹏诗艺咀华 / 蒋力余著. -- 北京：人民美术出
版社, 2024.3
ISBN 978-7-102-08910-2

Ⅰ.①沈… Ⅱ.①蒋… Ⅲ.①诗歌评论－中国－当代
－文集 Ⅳ.①I207.22-53

中国版本图书馆CIP数据核字(2022)第070542号

沈鹏诗艺咀华
SHEN PENG SHI YI JU HUA

编辑出版 人民美术出版社
（北京市朝阳区东三环南路甲3号　邮编：100022）
http://www.renmei.com.cn
发行部：（010）67517799
网购部：（010）67517743

著　　者	蒋力余
责任编辑	教富斌　胡　姣
装帧设计	翟英东
责任校对	魏平远
责任印制	胡雨竹
制　　版	朝花制版中心
印　　刷	雅迪云印（天津）科技有限公司
经　　销	全国新华书店

开　本：787mm×1092mm　1/16
印　张：23.5
字　数：350千
版　次：2024年3月　第1版
印　次：2024年3月　第1次印刷
印　数：0001—2000册
ISBN 978-7-102-08910-2
定　价：128.00元

如有印装质量问题影响阅读，请与我社联系调换。（010）67517850

▲ 作者与沈鹏先生

蒋力余（1956—   ），曾用名蒋力馀，字隆琳，别署畅神斋主。汉族，湖南省桃江县武潭镇杨家坪村人。湘潭大学教授，语文教育专家、诗人，中国李白研究会会员，中国韵文学会会员。热爱中华文化，教学之余坚持从事古典文学、书画艺术研究。古典文学师从王子羲、羊春秋、周艾若（周扬长子）等先生；书画美学师从沈鹏、林凡、周俊杰等先生。在《文学遗产》《光明日报》《人民画报》《中国文化报》《中国艺术报》《中华辞赋》《中国书法》《世界艺术》《中国书法报》《求索》《南京师范大学学报》《湖南大学学报》《湘潭大学学报》《书法报》《书法导报》《创作与评论》《艺术中国》及《国文天地》（中国台湾）、《东方汉文学》（韩国）、《东洋礼学》（韩国）、《澳中学术》（澳大利亚）等学术刊物发表论文150余篇，多篇论文被中国人民大学书报资料中心《复印报刊资料》转载。书画评论有两篇荣获全国素质教育论文竞赛一等奖。撰有《沈鹏诗书研究》《林凡评传》《求索何辞远》《诗书画探微》及《中国历代梅花诗抄》（合著）等著作。

　　沈鹏，别署介居主，著名书法家、诗人、美术评论家、编辑出版家，首批国家有突出贡献专家。

　　1931年出生于江苏江阴一个教师家庭，先后就读于城南小学（外祖父王逸旦捐资首创）、南菁中学（外叔公王心农曾于此任校长）。15岁时发起创办进步文学刊物《曙光》并任主编。17岁入大学攻读文学，投身爱国学生运动，后转学新闻（新华社新闻训练班）。19岁起，常年从事美术编辑出版工作，经他主持和编审的书达500种。主编《中国书画》《美术之友》《美术向导》等刊物。40岁以后正式投入诗词、书法创作。历任人民美术出版社副总编、编审委员会主任，中国书法家协会副主席、代主席、主席。全国政协委员（第八至十二届）、中国文联副主席。现任中央文史馆馆员、中国书法家协会名誉主席、中华诗词学会名誉会长、中国国家画院书法篆刻院院长、中国美术出版总社顾问，并兼任多种社会职务。

　　书法精行草，善隶楷，老年致力于书法高研人才培养，制定并贯彻"十六字方针"（弘扬原创，尊重个性，书内书外，艺道并进）。提出中国书法可持续发展的理念。古典诗词创作发表达千首。撰写评论文章约200篇。先后出版诗词选集《三馀吟草》、《三馀续吟》、《三馀再吟》、《三馀笺韵》、《三贤集》（参选一百首）、《三馀长吟》，评论文集《书画论评》《沈鹏书画谈》《沈鹏书画续谈》《书法本体与多元》《书内书外》《桃李正酣》及各类书法作品集《古诗十九首》《徐霞客歌》等50余种，有《沈鹏全集》八卷本出版。荣获"卓有成就的美术史论家"、"造型艺术成就奖"、"中国书法兰亭奖"终身成就奖、"全国第三届华夏诗词奖"荣誉奖、"中华艺文奖"终身成就奖、"中华诗词"荣誉奖、联合国Academy"世界和平艺术大奖"等，并获得"十大感动诗网人物""编辑名家""爱心大使""中国十大慈善家""中国十大魅力英才"等荣誉称号。热心公益事业，捐献家乡全部房产。设立四处基金会以及"沈鹏艺术公益基金"。长期大量捐款，向五处捐赠个人优秀作品以及名人字画、文物等。成立"介居书院"对外为书画家服务。于江阴成立"沈鹏文化艺术促进会""沈鹏艺术馆"。

自　序

　　江阴为吴越丽都，天下名区，拥水运之天然良港，为南北之交通枢纽，枕山负水，襟带三吴，获延陵古邑、春申旧封之称，驰蓉城仙境、忠义名邦之誉，风光旖旎，人文荟萃，故代有英杰特立之士成长于斯。学界鸿儒、艺林山斗沈鹏先生生于是间，滋沐吴风越雨，游心文府书山，扬先人之懿德，荐许国之丹忱，弘民族之传统，发卓异之天机，以斐然业绩高视上京，蜚声海外，为吾华文化事业之发展贡献卓越。天下识与不识，于先生有仰慕焉。

　　中华乃诗之国度，诗教易教为华夏民族之优良传统。古往今来之政治家、思想家、艺术家往往乃诗人，受诗之陶冶，情感净化，素质提高，智慧开启，思维洞达。华夏艺术以儒释道哲学为内核，以诗意为精魂，舍此纵施庖丁之技，依旧空洞苍白。先生治艺，独抒性灵，以追求真善美为指归，以险绝厚涩、雄秀高华之大草惊耀天下，而其本色乃诗人也。先生少年时得江阴清末举人章松庵先生之亲炙，于诗书画艺术夯就坚实之基础，数十年来，与病魔死神作顽强之斗争，于繁重事务之余，心游文府，神交前贤，焚膏继晷，兀兀穷年，贱尺璧而重寸阴，侣青松而友明月，寄情书翰，纵意辞章，以热血才情铸就精神之图腾，为华夏艺坛营构一道亮丽之人文风景线，其坚毅意志与许国赤诚令人至为心折者也。

　　先生诗书双修，外师造化，中得心源，天机湛发，锦绣成编，意境圆融瑰奇、虚静高华，其创作有引领时代风骚之意义。先生之书，诸体兼工，整体推进，其具独特风神之大草为当代独步。先生之大草，以旭素之纵逸为基，融入篆隶之高古、"二王"之灵和、鲁公之雄健、"米黄"之率真、傅山之恣肆，融以学养，润以才情，潇洒流落，翰逸神飞，霞飞烟合，动心骇目。品其书境，茹古涵今，务去陈言，天马行空，泠然御风，诗意氤氲，浩气四溢，囊括万殊，裁成一象，巧夺天工，佳境迭现，无愧为一代之伟观，正如诗人所云："五色令人目眩昏，我从诗意悟书魂。真情所寄斯为美，疑是穷途又一村。"（《笔殒》）

　　先生之书，既为书家之书，又为学者之书、诗人之书；先生之诗，既为书家之诗，又为学者之诗、诗人之诗。何以故？以其含宏万汇、吐纳万象之故也，反映生活极具广度、深度、高度之故也。先生为艺始于40，以精品示人，格高而韵雅，情深而意幽。诗者，志之所之也，情动于中而形于言。刘勰云："诗者，持也，持人情性。"先生之诗，以真纯胜，以意美胜，以朴素胜，以高华胜，鲜明之个性与强烈之时代感有机统一，高标独举，自铸清辞。探其渊源，流深而源清。其想象之瑰丽、气势之豪迈，深得灵均太白之遗绪；

其苍郁之气、忧患之思，饶少陵之风神；其清隽之辞、超卓之识，与杜牧之相邻；其情理交融、触类生发，得苏子瞻之雅韵；其晓畅流丽、天机俊发之高致，多得陆放翁、龚定庵之微旨；其诙谐深邃之雅趣，与鲁迅、聂绀弩相视而笑。诗人自云："熟读唐诗尊二杜，郁苍清隽各风流。何当生我千年上，且夕追随与共游。"乃由衷之言也。先生师法先哲，贵能取神，借古开新，言必己出，辞必我发，通古今之变，成一家之言也。

先生之辞章，逾千首之富，有感而发，真情流淌：或绘山川之壮丽，或状风云之变幻，或歌文明之悠久，或召美德之回归，或言艺理之幽渺，或刺"硕鼠"之贪婪，异彩纷呈，气象万千，而意境无不以自然出之，或真纯、或雄浑、或古雅、或瑰奇、或苍凉、或诙谐，幽情与华彩并流，逸韵共神思俱发，天机一片，五色交辉。读其佳构，神为之畅，心为之清，目为之明。"海阔鱼并跃，天高鹰与齐""大江容蜀水，北固卧吴烟"，气象何其恢宏，气势何其超迈；"一条血肉长城筑，万众心头霜刃磨""报国及时堪九死，壮心宿愿舍三生"，意志何其坚毅，格调何其浑穆；"关河回望远，岁月渐知深""举世目盲因五色，平生心累为深情"，寄托何其高远，意绪何其苍凉；"何必红尘悲失路，应从青史记亡羊""宝塔巍峨齐日月，丰碑向背系民心"，寓旨何其丰微，感触何其幽邃；"忽闻布谷三啼唤，恍听天仙一奏鸣""目穷通五岳，日落入无涯"，志趣何其超旷，风仪何其潇洒；"幼小拯孤遭折骨，半生含泪吐明珠""废纸千张犹恨少，新诗半句亦矜多"，论艺何其精微，意味何其苦涩；"花落花开都是画，风吹雨打总成诗""红叶丝丝语，巫山一段云"，造语何其自然，气息何其清新！凡此种种，不一而足，无不为先生胸次才情之具象表达。

先生于各体多有实践，题材丰富，举重若轻，格律精工，语言清雅，吉光片羽，粲然耀目，而以五古为最。刘熙载曰："善古诗者必属雅材。""故诗不善于五古，他体虽工弗尚也。"读其《徐霞客歌》《张自忠将军冥诞百年祭26韵》《潍坊旅中读板桥》等佳构，金石之音，风云之气，势雄力坚，牢笼百态，意韵丰饶，跌宕起伏，人物刻画栩栩如生，言在耳目之内，情寄八荒之表，万象冥合，莫可名状。诗之难，非为格律，非为题材，非为辞藻，难在真纯，难在深切，难在自然，而先生之所作，以自然清逸为高，其深挚真纯、圆融清雅，尤摇人心旌者也。读先生之诗，可见其品操、想其风仪。

诗道幽渺，高境难臻，一艺之成，当付毕生心血，先生上下求索、自强不息之精神堪为时代之楷模，激励后昆精进不止。诗无达诂，形象大于思维，见仁见智，亦属正常。于诗而言，为之难，言之亦难，以形象言情寓理、探其幽微，常同摸象之盲者。予一介草根，僻居乡野，蟪蛄之智，皮相之言，贻笑方家，深有惧焉，而不揣浅陋，敢作郑笺者，为弘扬优秀传统以尽绵薄之力故也，冰心一片，倘蒙垂察，幸莫大焉。传承薪火，言之虽易，为之实难，民族复兴，祈襄盛举，乃炎黄儿女之神圣职责，有志君子，共勉奋进。未妥之处，敬祈沈老恩师赐教、方家郢正，谨致敬意与谢忱！

是为序。

目　录

第三章　整体感悟 ························· 311

附　录 ······························· 329

后　记 ······························· 357

第一章

意境综论

形神兼得　意境圆融

——吴为山、沈鹏《斥笔图》赏析

　　诗书画的和谐统一，为华夏艺术最富特色的表达形式之一，也可以说是华夏民族高雅艺术的典型特征。三者有机统一的核心要素是内在意境。由吴为山先生作画、沈鹏先生题款的人物画《斥笔图》，是当代两位艺术家合作的大写意人物佳品，形象传神，妙趣横生，多象外之意、韵外之旨。画品见于《三馀笺韵》（此书由人民美术出版社出版），创作时间为2015年，画题为《斥笔图》，斥者，纵恣也；斥笔者，纵笔挥洒也。

　　吴为山是我国著名雕塑家，全国政协委员，中国美术家协会副主席，中国雕塑院院长，南京大学美术研究院院长、教授，博士生导师，中国美术馆馆长，2012年卢浮宫国际美术展金奖、首届中华艺文奖、新中国城市雕塑建设成就奖获得者。吴为山首次提出"写意雕塑论""中国雕塑八大风格论"的创作理念，并以"诗风荡漾、文气堂堂""形神兼备、气象万千"的独特风格而驰誉天下。吴为山综合素养甚高，妙悟诗理，精丹青，善书法，与沈鹏先生为忘年之交，故而此作形神兼得、意境圆融。

　　画作主体为沈鹏先生之造像。大写意以草书笔法入画，非妙于书者莫敢问津，此作体现华夏民族独特的造型观和境界观，既为高度自我的艺术，又是高度忘我的艺术，有我与忘我浑然为一。无论是人物还是山水花鸟，大写意往往以粗犷、豪放为意境追求，以干笔、枯笔为基调，以勾擦大胆、点面隐约、墨彩交融、夸张巧拙为鲜明风格，强调意象的典型化，表达逸笔草草的抒情体验。此作以深挚的情感驱使笔墨，因意成象，以形写神，艺术语言极为简约，寥寥数笔勾勒出主体人物纵笔挥毫之风神。绘画以人物难，人物以传神至难工，此作之传神多有妙笔。顾恺之论画极重传神写照。《世说新语·巧艺》："顾长康画人，或数年不点目睛。人问其故，顾曰：'四体妍蚩本无关妙处，传神写照正在阿堵中。'"

　　传神之处大致有四：首先在眼睛。眼睛为心灵之窗户，绘眼的精妙是整幅成功的关键，画家所绘人物之眼，迷离恍惚。绘眼极难，而此作状绘甚为奇妙，似闭而开，似实而虚，怡然微敛，莹然有光，准确描绘出艺术家意在笔先之神情。

其次在颧颊。苏轼论画，取神须重颧颊。他在《书陈怀立传神》中说："传神之难在于目。顾虎头云：'传神写照，都在阿堵中。其次在颧颊。'吾尝于灯下顾见颊影，使人就壁画之，不作眉目，见者皆失笑，知其为吾也。"写真佳品既要从颧颊读出人物之表情，又须做到不失外部轮廓之真实，此乃苏轼评画的一条美学原则。欲达此目的，苏轼认为画家要高度熟悉所绘对象的本质特征："画竹，必先得成竹于胸中。"此作遗貌取神，线条简括，用墨浓淡相宜，尤精于施用淡墨，所绘主体形象衣着随意、颧颊逼肖，而清宁萧散之意态朗然入目。又次在须发。顾恺之说："颊上加三毛，赏精采殊胜。"细品佳构，鬓发稀疏而多动感，作冲冠之状，仿佛让我们看到书家"解衣盘礴"之气势。深品画境，生命之气郁勃，灵气湛发，逸气充盈。

最后在毫颖。为草书大师造像，毫颖之状写殊多不易，画家运用变形夸张之手法，强化主体情感之表达，毫颖微曲灵动，仿佛生命之气、灵气、逸气从颖芒迸发而出，化为龙蛇飞动的艺术意象。统而观之，画作之传神写照已臻妙笔通神之境，书家意气昂奋，神情萧散，颖芒的动感似带灵性，让人油然想见书家挥毫落纸如云烟的风姿神采。

主体造像极富匠心，而画旨的题写亦为点睛之笔——"沈先生常于我梦中"，寥寥八字，意蕴无穷，既表达画家对一代书家的景仰之情，又准确点明画作之风格特征。梦中系念，表达了对书家高山景仰、清芬难挹之心情，与写意人物简约迷离的艺术风格高度吻合。写意人物贵在灵气氤氲。白居易在《论画》中指出："天地间有粹灵气焉，万类皆得之。"此作之妙在于灵气畅流，自然生动。艺术尚真。绘画之真，乃意韵之真、神采之真，故白居易说："画无常工，以似为工；学无常师，以真为师。"此作的传神写照确臻神妙莫测之境。此画的意象极为简约，而联想空间广阔。为了突出主体意象，描写梦中人物之神情，略去一切背景的描写，没有以万卷诗书、文房四宝等物作背景而突出人物的雅意高致，仅仅截取人物创作之前的精彩瞬间而展示其风采，以此强化抒情的纯粹性、浓郁性。吴为山是雕塑大家，此作似以雕塑手法入画，人物雕塑多有大写意之特征，背景的略去，拓展出浩茫的联想空间。睹此画作，书家翰逸神飞的艺术形象朗然耀目，而其胸次之超旷、学养之渊深、技法之精湛、意境之萧散见于笔墨之外。

沈老深通画理，题款强化了诗意之表达，抒情意蕴与主体意象遥相呼应，形成一个有机整体。题款分小序与诗作两部分。小序对吴氏造像的传神之妙予以高度肯定："得东坡传神记之三昧""所谓众中阴察之萧然有意于笔墨之外者也"。苏轼善丹青，论艺多有灼见，尤重笔墨之传神，他在《书鄢陵王主簿所画折技二首》中云："论画以形似，见与儿童邻。赋诗必此诗，定非知诗人。"诗画相通之处在于联想空间之拓展，画能传神，则含不尽之意出于言外。序中"阴察"一词，语出苏轼《书陈怀立传神》："传神与相一道，欲得其人之天，法当于众中阴察举止。今乃使具衣冠坐注视一物，彼敛容自持，岂复见其天乎？"所谓"阴察"，指平时的观察；这里的"天"，大约指自然之神态，通过细节描写体现人物的性格特征。吴为山外师造化，中得心源，观此造像，描写梦中人物，得性情之天，盖由长期观察而遗形取神者也。从苏轼的传神理论来看，吴为山的人物造像，无论是阿堵、颧颊、鬓发等都准确地传达出人物的内在精神。

所题之诗为五言绝句，驰骋想象，强化抒情，突出个性，升华画境。诗云："斥笔龙蛇走，冲冠鬓发邪。苍茫惟独立，旷达致无涯。"起笔点题，描写画中人物创作之时的神态。"龙蛇"比喻书品意象的纵恣飞动，令人想起韩偓描写怀素的诗句："怪石奔秋涧，寒藤挂古松。若教临水畔，字字恐成龙。"米芾评张旭："张旭如神虬腾霄、夏云出岫，逸势奇状，莫可穷测。"草书进入运斤成风之艺术境界，心与象随，意与境合，龙蛇飞动，不知其然而然。承句"冲冠鬓发邪"，描写主体鬓发意象，势欲冲冠，此以夸张笔墨描写人物之忘我神情，对画作的"神似"予以充分肯定。"冲冠"往往描写盛怒之状，语出《史记·廉颇蔺相如列传》："相如因持璧却立，倚柱，怒发上冲冠。"此处用"冲冠"二字描写书家进入抒情高潮之形状。转句"苍茫惟独立"，描写画作主体意象超旷萧散之神情。艺术创作进入高潮，是潜意识的唤取，灵感的触发，斤斧之挥运以神遇而不以目即，所谓进入独立苍茫之境者，乃处于一种高度忘我之状态也。合句"旷达致无涯"，进一步描写主体意象精骛八极、心游万仞之情形。诗作以极为简约的语言，描绘主体意象进入自由无羁之境的风采，含蓄地告诉读者：作为书艺皇冠之上明珠的大草创作，艺术家只有疏瀹五脏、澡雪精神，充分调动潜意识，方能达到心手双畅、运斤成风之境界。诗作运用典故、白描等手法，拓展出广阔的联想空间。

画作的书品意象与人物造像构成鲜明的对比，一静谧，一飞动，一萧散，一浓郁，激越中见沉稳，雄强中见清宁，节奏鲜明，相映生辉，彰显境界的圆融之美。画题"斥笔图"三字用凝重高古的隶书书写，从波磔淡化、气势沉雄的特点来看，似以《乙瑛碑》为基，融入《石门颂》之韵致，肃穆中见清逸，高浑中见疏荡，与书品意象构成静与动、纵与敛的对比。书品意象五行七十六字，为行草。笔者未见原件，从画幅布白的情形来看，似为行草。观其用笔，深得"二王"之神髓、米芾之遗韵，线条的内在骨力虽然暗含篆籀中锋的圆劲清苍、碑版的雄强力感，而更多的是帖系书风的潇洒灵便、妍逸清畅。那因势生形的结体、连绵飞动的气势、灵气畅流的章法，蕴含羲之《长风帖》《游目帖》之遗意，仿佛高山飞瀑，倾泻而下，冲崖涮石，溅珠喷玉。微观细品，提按、起止和运行，在点画形态上笔笔清晰，干净利落，与前贤所说的"善用笔者清劲，不善用笔者浓浊"的观点暗含，结字或俊朗、或苍润、或舒展、或紧结、或妍媚、或拙朴，一任自然，不计工拙，在奔泻的激流中将读者带入心灵的宁静，强化了画境的抒情色彩。

可用八字概括《斥笔图》之美感特征——形神兼得，意境圆融。此作以高度概括的语言、诗书画三者的有机结合，准确生动地塑造了意蕴丰富、妙趣横生的艺术形象，有形之画与无形之诗完美统一，展现出广阔的联想空间。此作无疑为两位大家灵犀相通的艺术杰构。

斥筆圖

為山君寫多不逮像似浮去但浮神泳三睐尿渭俯仰中信眾萧松為美人筆忍家李泡浮平平雅柳棹手斥筆乾桅遶衡到些有紫五那茗老以拟蓝膝童眩 乙未沈鹏於介石齋莲山溜也

沈鹏幸於京華中。乙未嚴於甲四名五冊锐之京五冊

是有真宰　与之沉浮

——论沈鹏诗境的真纯之美

　　沈鹏的诗歌创作，是心灵之歌的吟唱，表达了对真善美的执着追求，各种艺术风格和意境，充分体现了真纯之美的艺术特征。读沈鹏先生的诗作，无论是对故园的眷恋，还是对亲人的感恩，对山川风物的赞美，对艺术的挚爱，对人生哲理的领悟等，无不含蓄深刻地表达了诗人的一片赤诚之心。为人求真，为艺求真，这是诗人的个性特征，也是美学理想的表达。

　　托·斯普拉特说："诗歌是艺术的女王。"孔子说："诗，可以兴，可以观，可以群，可以怨。""不学诗，无以言。"中外哲人对诗的美感力量都说得甚为明白。诗美在何处？在意境。王国维说："词以境界为最上。有境界则自成高格，自有名句。"（《人间词话》）艺术可以相通，词如是，诗如是，书法绘画亦如是。何谓境界？一般说来，是指主观情感的抒发与对客观景物的描写所臻至水乳交融的一种境况，是偏于审美的一种形象。诗与艺术都追求境界之美，但并非一切境界都具有较高的审美价值，艺术的高境应体现真善美和谐统一的美感特征。习近平总书记于2014年10月15日在文艺工作座谈会上的讲话中说："追求真善美是文艺的永恒价值，艺术的最高境界就是让人动心，让人们的灵魂经受洗礼，让人们发现自然的美、生活的美、心灵的美。"关于艺术表达对真善美的追求，古人多有论述。《易经》中说："修辞立其诚。"[①]诚者，赤诚之心也。东汉著名唯物论思想家王充明确提出"真美"的命题："是故《论衡》之造也，起众书并失实，虚妄

---

① 南怀瑾、徐芹庭译注《白话易经·乾·文言》："子曰：'君子进德修业，忠信，所以进德也。修辞立其诚，所以居业也。'"
岳麓书社，1990 年，第 19 页。

之言胜真美也。故虚妄之语不黜，则华文不见息；华文放流，则实事不见用。"①德国哲学家黑格尔说："我深信，真和善只有在美中间才能水乳交融。"法国哲学家狄德罗说："真善美是紧密结合在一起，在真或善之上再加上一种稀有的光辉灿烂的情境，真或善就变成美了。"

真善美三者是一个和谐的整体，而求真是第一位的，"真"是艺术的母体。庄子从哲学的高度认识到了尚"真"的美学意义："真悲无声而哀，真怒未发而威，真亲未笑而和。真在内者，神动于外，是所以贵真也。"②李梦阳说："故真者，音之发而情之原也。"（《诗集自序》）袁枚说："诗难其真也，有性情而后真。"（《随园诗话》）沈鹏先生的诗书创作以追求真善美为指归，对"真"的审美作用至为强调："真情所寄斯为美，疑是穷途又一村。"沈先生说："历代诗文流派，在真善美三者之中往往各有侧重。我始终以为，真是第一位的。离开'真'谈'善'，或者为'美'而舍'真'，都脱离了根本。"③沈鹏还说："一个人有真、善、美的心灵，才会深入追求艺术，而深入追求艺术者必定获得真善美。"④沈鹏的诗书创作，印证了自己的美学观点。

沈鹏是编辑出版家、艺术评论家、书法艺术家。先生的本色是诗人，他出版发表的诗词有一千余首，其诗境最重要的特征是体现了"真纯"之美。

情感之真。诗的本质是言情。《礼记·乐记》中说："情动于中而形于言。"刘勰说："诗者，持也，持人情性。"⑤白居易在《与元九书》中说："诗者，根情，苗言，华声，实义。"这些无不强调了真情的作用。当然，情之至真固然重要，还必须是善的情、雅的情才有审美价值。"人不为己，天诛地灭"，这也是真情，有美学价值吗？没有。一位美丽的姑娘为爱情而哀伤，与一位不法土豪为某一次生意失利而哭泣，前者的美学意义无疑大于后者。沈鹏先生的诗词创作，部分佳品具有沉郁强烈的抒情色彩，无一不是一腔真情的抒发，况且这种情不仅仅体现了真，而且体现了善与雅的特征。沈鹏的诗表达了深深的爱。父母者，人之本也。沈鹏写过多首追思母亲的诗，表达了追念慈亲、春晖难报的情感。慈母仙逝，痛彻肝肠："凛冽寒风立断桥，残荷泥淖影飘摇。丝连昨夜犹完藕，今日澄江酹浊醪。"（《1997年1月1日母亲遽逝，3日火化，见烟突冒烟，悲从中来》）他爱母亲，爱国家，爱民族，他把这两种爱完全融合在一起，在《辛巳春扫母坟》中说："芳草残阳几度春，山山水水母亲身。音容共与尧天在，养育过于雨露恩。地下慈魂知我者，墓前肃立慰先人。世间多有荒唐事，正义待伸南海滨。"在此诗的自注中说："时美

---

① 转引自云告著：《从老子到王国维——美的神游》，湖南出版社，1991年，第74页。

② 《庄子·渔父》，见欧阳景贤、欧阳超：《庄子释译》下册，湖北人民出版社，1986年，第399页。

③ 《〈三馀续吟〉后记》，见《三馀诗词选》，北京图书馆出版社，2005年，第196页。

④ 见《沈鹏书画续谈（上）》，人民美术出版社，2010年，第37页。

⑤ 见郭晋稀：《文心雕龙注译》，甘肃人民出版社，1983年，第56页。

国侦察机侵我海南。"热爱母亲、保卫母亲与热爱祖国、保卫祖国的情感融合在一起。

诗人爱母亲，眷恋魂牵梦萦的故乡。他的故乡在江苏无锡，先生17岁离开故乡，只回过四次，但对故乡总有魂牵梦萦之思。他在《返里吟》中写道："手捧家门土，含泪洒襟袍。""回报众乡亲，此身何惮劳！"他爱故乡，爱故乡的前贤，爱故乡的文化。明代著名地理学家徐霞客是诗人的同乡前辈，沈鹏一生以他为榜样，艰辛求索，献身于国家民族。他的五古长诗《徐霞客歌》诗书双美，表达了对这位民族脊梁的高山景仰之情。诗人这样评价《徐霞客游记》："'世间真文字'，秉笔无矫饰；'世间大文字'，目遇不暇给；'世间奇文字'，惊天动河岳！"他讴歌徐霞客的开拓精神："勿为俗念累，当冲九霄翮。风云举足间，开拓千秋业。"他深爱夫人殷秀珍女士，有多首诗作吟唱他们的至爱深情，试读此作："白发黄鸡岁月侵，高山流水两心琴。同舟风雨同林鸟，珍惜余年灿若金。"（《结褵三十年赠秀珍》）携手度过五十年的风风雨雨，诗人对夫人感激不已："曾储佳酿酬佳日，正值今朝共举觞。婚有金银红钻石，人期肝胆热心肠。夕阳斜照怜光好，老马骞行怕瞎忙。细沫相濡多少事，悠悠江海不相忘。"（《金婚》）

诗人爱自己的亲人，由此爱祖国和人民。汶川地震是中国人民心中永远的痛，在抗震救灾的日子里，先生寝不安席，食不甘味，系念遇难同胞，每思以衰年余力支援灾区。他写过三首诗，试读《川中地震后端午》："滚滚汨罗江，灵均哀国殇。地耶多恶作，天也少情商。盘古应知否，中华有事忙。魂归当此日，卓立废墟场。"我们仿佛看到诗人泪水潸然的情景。他的博爱仁心超越了国界，爱天下苍生。他为印度洋海啸中牺牲的生命感伤不已，发出了"温室温须降，共建地球村"的呼喊。诗人为我国社会主义的巨大成就而欢欣鼓舞，为"神舟五号"载人航天飞船的成功发射而欢呼，为女排健儿再次夺得金牌而彻夜难眠，诗中写道："夜半拍手腾欢，胜逢佳节，热泪齐抛落。东亚病夫全雪耻，意气竞云天薄。"（《念奴娇·奥运会女排》）

事理之真。笔者所说的"事理"，即由日常生活领悟而得的道理。一切艺术与理性不是绝缘的，诗歌以言情为主，而言理亦深寓其中。古人说："诗者，志之所之也。"这个"志"就包括了理性因素。宋人以议论为诗，对理趣予以强调，但诗歌的这种言理，与诗歌的意象是分不开的。对诗的审美，我们常说得兔忘蹄、得鱼忘筌、得意忘象，这个"意"就包含了理的因素。但诗的理并非概念的简单图解，而是将理趣作为一种基因、潜意识渗透于艺术形象之中，正如钱锺书所说："理之在诗，如水中盐，花中蜜，体匿性存，无痕有味。"（《谈艺录》）沈鹏的诗歌创作，受宋诗，尤其是受苏轼的影响较深，触类生发，寓理于象，多有理趣，所寓之理极为广阔，较多表现为生活之理与艺术之理。

论及生活之理是多方面的，大到国家民族的命运，小到个人生活的点点滴滴，诗人都有自己的发现，诗人仿佛在生活的百花园中随手拾起一片树叶也能领悟到某些道理。《居京杂诗》十四首完全是描写日常生活的琐事，但诗人从琐事中都有发现，并都寄托了自己的一片深情。读《闲掷》："闲掷闲抛道路中，黄衣使者尾随同。翩翩潇洒归来去，遍体名牌失影踪。"此诗赞美了清洁工的奉献精神，他们辛勤劳作为美化环境做贡献，而那些"遍体名牌"的所谓高素质人士，他们竟毫无环保意识，垃圾随意乱丢，说明素质教育还要加强。再读《广告》："飞扬文采目精绚，恳说衰容变美颜。嫫母摇身浣纱女，居然百病一神丸。"这是讽刺现在的虚假广告，有人为了推销产品，故意夸大产品功能，欺骗消费者。"嫫母"是丑女的代名词，人们向往美而讨厌丑，这种心情是可以理解的，而一粒药丸能把"嫫母"变为"西施"，天下哪有这么容易的事？这是不可能的，而广告说得轻而易举，不是欺骗消费者吗？"真诚"的反义词是"虚伪"，直接关系到民生的商品也造假，不是在坑害消费者吗？

这个求"真"，有对国家前途命运的思考，正如诗人所说："医人治史虽移志，救国求真总奋身。"（《东京纪念郭沫若诞辰百年有作》）中国近百年来风云激荡，中华民族经历了太多的苦难，应很好地总结和反思，不要忘记历史，要有忧患意识，在沈老的大量创作中体现了这种忧患意识。诗人深知创业艰难，能有今天的繁荣局面来之不易，不要忘记民族昨天的苦难。我们试读《纪念〈义勇军进行曲〉60周年》："壮曲未能忘烂柯，顽廉懦立警妖魔。一条血肉长城筑，万众心头霜刃磨。已醒睡狮惊世界，敢回曼舞弃干戈？天边聂耳身犹健，挥我同声唱国歌。"《国歌》原名《义勇军进行曲》，是电影《风云儿女》的主题歌，是中华民族在生死存亡岁月里发出的愤怒的呼喊，是吹响向敌人进军的号角，在和平年代仍要唱国歌，使我们想起哀鸿遍野的苦难岁月，想起中华民族一桩桩、一幕幕不堪回首的往事，想起中华民族今天的内忧外患，呼唤同胞们为民族的伟大复兴而不懈奋斗。忧患意识与凝聚力，这是一个民族雄立于世界民族之林的精神支柱。中华民族必须自强不息，清醒地认识帝国主义的侵略本性，"朋友来了有好酒，豺狼来了有猎枪"，对帝国主义不能抱有什么幻想。

诗人认为"五四"的精神不能丢，他说："云天幻化新标识，世纪犹追德赛踪。"（《青岛五四广场雕塑〈五月风〉》）"德先生""赛先生"，指"五四"时所提倡的科学与民主。推进科学与民主，我们的民族就充满了希望。在《跪告》一诗中，诗人义正词严地批判了官僚作风，认为任何时代，水可载舟，亦可覆舟，这个道理是不会过时的。《黄山"人"字瀑》是一首旅游诗，而多象外之意、韵外之旨，诗人这样写道："久雨初晴色色新，山光峦表逐层分。路回忽听风雷吼，百丈飞流大写'人'。"对人的尊重意味着社会的文明与进步。诗人在《海边拾石二首》中，从不同角度切入，强调献身精神、甘于平凡精神的重要性，对当下的教育也有自己的看法，认为诚实这种美德的培养至关重要。据报载，某校广场五百余学生为母亲洗脚，对此事诗人有自己的看法，认为孝道在于点点滴滴，应体现在真情，不是作秀。诗人写道："二十四孝新出招，广场足浴笑声娇。若教作秀儿时起，壮岁如何真弄潮。"这表达的情感与理趣是极为深刻的。诗人还在多首诗中谈到环境保护问题，令人警醒。

艺理之真。诗人对艺理之真的探索是深入的。部分诗作发表了对艺术的真知灼见，并且涉及的艺术领域是多方面的。诗人明确地表达了对真善美的探索追求是为艺的至高理想："图画遍传真善美，知音布满垅岗阡。"（《人民美术出版社40周年感作》）强调艺术创作应是真情真意的表达："浮华散尽真淳现，剪醉西风未落花。"（《题画菊》）强调艺术应反映生活的本质规律，既有高度，又有深度，从风格而言达到高度的朴素。诗人所说的"真淳"，既指思想内容纯正、深刻，也指风格的朴素高雅。方志敏的《可爱的中国》是爱国赤诚的艺术表达，因而有感人至深的力量。表达至真至深的情感，方能创作至美至纯的文学："报国及时堪九死，壮心宿愿舍三生。"（《读方志敏〈可爱的中国〉》）诗人认为郑板桥的艺术是生命精神的艺术表达，是从心底发出的呼喊，故而"萧散韵高致，清瘦如削玉""字字凄且苦，如入三分木"（《潍坊旅中读板桥》），认为艺术之美在于自然，在于无意于佳而自佳："不从笔诀求书意，还向心中别取裁。独接毛锥千载上，远绍情性自天来。"（《自述杂诗》）

诗人认为艺术家必须深入生活，对古人外师造化、中得心源的观点感悟甚深："凿破坚冰万象新，行程万里越三春。神农野逸天山雪，适我心胸畅我神。"（《自述杂诗》）诗人对宋代书画家赵孟頫的评价是客观的、公正的，从赵孟頫的创作中体会到外师造化的重要性，认为不仅风格、题材可从师造化中获取营养，而且艺术家的笔墨功夫也与造化有关："智者师造化，何必徒面壁？造物无尽藏，冥冥通笔墨。"（《湖州莲花庄》）诗人认为林散之的卓越成就与其读万卷书、行万里路密切相关："路行万里陶甄了，句炼千行韵味浓。"书法是独立艺术，技法是根本，林散之的技法达到了运斤成风的境界："干裂秋风风带雨，润含春雨雨飘风。"（《林散之百年诞辰》）诗人对大草有独特的认识，试读《临池偶作》："立意云云在笔先，临时应变忘蹄筌。若言荡桨通书法，浪遏中流上水船。"诗人认为古人的"意在笔先"的观点还有局限性，提出"临时应变"，达到澄怀观道、心手双畅之境界。

物理之真。这里的"物理"泛指自然科学方面的有关知识。诗人对真善美的追求，也包括对自然科学领域的探索。诗人对生物、地理、理论物理、天文学有浓厚的兴趣，他虽然不是自然科学工作者，但认为艺术家对自然科学知识应有涉猎，他说："艺术家从科学著作中多获取一些求真的精神，以及关于人类终极命运的思考，将会是有益的，将会减少一些急功近利。"[1]他对爱因斯坦的相对论有浓厚的兴趣，他关注中微子的研究："或超光速中微子，世纪群贤启异思。设若翻新相对论，爱因斯坦乐闻疑。"（《中微子》）科学发现的"真"本身就是一种极高境界的美，古希腊哲学家、天文学家毕达哥拉斯说："天体是永恒的、神圣的、完美的，整个天体就是一种和谐。"诗人对霍金甚为景仰，不仅仅景仰其与病魔斗争的坚毅意志，更景仰他对天文学领域所做的卓越贡献，在《霍金》一诗中这样写道："轮椅推进古时空，睿智巨人摇滚翁。大爆炸从'奇点'起，众星

---

① 见沈鹏：《书法本体与多元》，作家出版社，2014年，第85页。

河向几时终？希声珠玑凭传感，异想玄黄赖慧通。人类伊甸千载近，关怀运命发忧忡。"（《霍金》）2016年，美国科学界宣布发现了引力波。听此消息，诗人振奋不已，他研究了大量有关引力波的资料，以诗意和充满童真的目光创作了长诗《引力波之歌》，赞美这一重大发现的历史性意义，描写了这一恢宏壮观的宇宙之美，极大地拓展了读者的思维空间。

艺术求真是甚为艰难的，真纯是一种很高境界的美。首先，求真是高尚人格的体现。人品决定艺品，艺术没有求真的精神，再佳也是次品。求真的品格与家庭教育有密切的关系。先生的慈母是一位人民教师，正直善良的品格对诗人产生了极为深远的影响，养成了求真的性格。其次，求真还须体现超人的勇气。说真话不容易，在特殊的背景之下，有些真话不能说、不敢说，而先生体现出求真的勇气。再次，善于求真，善于表达真情，这是智慧与才气的问题。中国古代的邹忌、晏子敢于求真，但他们的高明之处是善于求真，使人在愉悦中受到真理的启迪。最后，求真体现了坚持不懈的探索精神。作为一位艺术家，除在专业之内的探索外，还须热爱自然科学，这种探求真理的勇气至为可贵。

司空图说："是有真宰，与之沉浮。"[①]沈鹏先生的艺术创作题材是广泛的、风格是多元的、意境是瑰美的，充分体现了真纯之美的艺术特征。

---

① 见郭绍虞主编《诗品集解·续诗品注》，人民文学出版社，1980年，第21页。

天风朗朗　海山苍苍

——论沈鹏诗境的雄浑之美

2013年12月1日，笔者应邀出席在人民大会堂北京厅举行的"纪念费新我诞辰110周年座谈会"，走进大会堂的入口处，看到一巨幅行草动心骇目，凝神品赏，但觉龙蛇飞动，墨彩淋漓，那纵逸的线条、清雅的意象、飞动的体势，把读者带入如长风浩荡、如洪涛怒翻、如万马奔腾的艺术意境之中。这是沈鹏先生创作的行草鸿篇——《毛泽东〈沁园春·长沙〉》，其雄浑之美壮我国威，读来不觉精神焕发，壮气凌霄。沈鹏以险绝厚涩、雄秀高华的大草鹰扬天下，雄浑为其艺术创作的美感特征之一。沈鹏是著名学者、诗人，其部分诗作同样充满了天风朗朗、海山苍苍的雄浑之美。读其《引力波之歌》《朝阳化石歌》《徐霞客歌》《张自忠将军冥诞百年祭26韵》等佳作，意象恢宏，气势磅礴，灵光四射，极具美的震撼力与感染力。

雄浑是极高境界的美，司空图论艺，首列雄浑，以"具备万物，横绝太空，荒荒油云，寥寥长风"①描绘雄浑的美感特征。顾翰言雄浑："足踏蛟鲸，手鞭鼋鼍；砥柱碣石，群山嵯峨。"②何谓雄浑？杨廷芝《诗品浅解》："大力无敌为雄，元气未分为浑。"雄者，刚强也，浩荡也，博大也；浑者，融和也，朴拙也，清穆也。雄浑之美，大致来自儒道两家的美学精神。雄则博大伟岸，浑则和谐自然，这与儒家的美学思想有一定的联系。《周易·乾卦》为纯阳之卦，六爻以龙为象：初九为潜伏之龙，九四为腾跃之龙，九五为飞天之龙，整体卦象是"大明终始，六位时成，时乘六龙以御天"。③中华儿女是

---

① 见郭绍虞主编《诗品集解·续诗品注》，人民文学出版社出版，1980年，第3页。

② 同上，第82页。

③ 见南怀瑾、徐芹庭译注《白话易经》，岳麓书社，1990年，第12页。

龙的传人，龙的精神刚健中正，飞龙意象是华夏民族凝聚力与民族自豪感的艺术表达。老庄美学也表达了对雄浑之美的追求。庄子强调与道相通，要"与天地精神往来""极物之真，能守其本，故外天地，遗万物，而神未尝有所困也"[①]。庄子的视野极为开阔，所绘大鹏形象，抟扶摇而上者九万里，其翼若垂天之云，将生命精神推向极致。飞龙与大鹏的形象是雄浑之美的象征，追求个体生命与自然伟力的交融。

阳刚与阴柔、伟岸与瑰奇糅合为一的雄浑境界，体现了华夏先民顺应自然、征服自然的美学理想，体现了中华民族恢宏的气魄和博大的胸襟，物化为艺术自然是豪纵伟丽、浑厚苍深。屈原之《离骚》，司马迁之《史记》、秦之雕塑、汉之大赋、李杜之诗、旭素之书、韩柳之文，都体现了华夏民族气壮山河的群体意识和昂扬奋进的时代精神。中西文化的精华部分多有相通之处，就审美范畴而言，中国的雄浑之美、豪放之美，与西方的崇高之美大致相近。古罗马的朗吉努斯在《论崇高》一文中指出："崇高的风格是一颗伟大心灵的回声。"他认为崇高之美大致有五个方面的特点：掌握伟大思想的能力、强烈深厚的感情、修辞的妥当运用、高尚的文辞、庄严而生动的布局。楚骚、汉赋、李杜诗文就体现出一种崇高之美。我们的时代是中华民族历史上最为繁荣、最具活力的伟大时代，追求雄浑之美是时代精神的表征。沈鹏先生虽身材单薄，而心游文府，兼容百家，意志坚毅，其气浩然，故其发之于艺者，时现如霆如电、如决大川、如奔骐骥之美感特征，创造了壮丽之美、崇高之美。

气势之豪纵。雄浑境界的艺术是时代精神的表征，是创作主体豪气浩气的外放，因而"势"在艺术创作中具有重要的美学内涵。"势"是什么？"势"是整体的集合的力作定向运动产生的巨大能量，转化为艺术成为强烈的力度美，势是生命力感、时代精神的表达。古人论文论画论书，无不强调"势"的美学价值。刘勰说："势者，乘利而为制也，如机发矢直，涧曲湍回，自然之趣也。"[②]皎然论诗，强调"明势"，他说："高手述作，如登荆、巫，觌三湘、鄢、郢，山川之盛，萦回盘薄，千变万态，或极天高峙，崒焉不群，气腾势飞，合沓相属。"[③]索靖论书有《草书势》，王羲之论书有《笔势论》，他说："每作一放纵，如足行之趋骤。状如惊蛇之透水，激楚浪以成文。似虬龙之蜿蜒，谓其妙也；若鸾凤之徘徊，言其勇也。摆拨似惊雷掣电，此乃飞空妙密，顷刻浮沉，统摄铿锵，启发厥意。"[④]英国美学家里德说："中国艺术便是凭一种内在的力量来表现有生命的自然。""艺术家的目的在于使自己同这种力量融会贯通，然后将其特征传达给观众。"[⑤]

① 见欧阳景贤、欧阳超《庄子释译》（上），湖北人民出版社，1986 年，第 314 页。

② 见郭晋稀《文心雕龙注译》，甘肃人民出版社，1982 年，第 389 页。

③ 见张少康《中国历代文论精品》（二），时代文艺出版社，2003 年，第 24 页。

④ 见杨成寅编著《中国书画名家画语图解——王羲之》，中国人民大学出版社，2005 年，第 122 页。

⑤ [英] 赫伯特·里德，王柯平译《艺术的真谛》，中国人民大学出版社，2004 年，第 67 页。

诗人的创作将这种"力"物化为艺术的势。沈鹏诗集中的大量记游之作，描写山川风物之美，极具力感气势，或写江河之浩荡，海涛之汹涌，瀑流之飞泻，或状泰山之巍峨，黄山之险峻，武夷之秀丽，或绘长城之蜿蜒，铁塔之崔嵬，吴哥之苍古，无不是雄浑气势的具象表达。

艺术创作中的气势之美，有时单指生命精神彰显出来的雄强力感，为民族精神和民族意志之象征。诗人的家乡前辈徐霞客为了科学探索无险不克，敢于献身："壮哉滇南行，修志留鸡足。神驰昆仑巅，锐意穷星宿。豪言铁铮铮，听之肠内热：'吾荷一锸来，何处不埋骨？'"（《徐霞客歌》）诗人描写郑板桥为了老百姓利益而敢于抗争的气概："慨然见当年，公心在民瘼。救灾以工代，尽出仓中谷。及至忤大吏，乌纱易便服。"（《潍坊旅中读板桥》）描写中华民族万众一心抵御外侮的气势："一条血肉长城筑，万众心头霜刃磨。"（《纪念〈义勇军进行曲〉60周年》）描写闻一多敢于为真理正义献身，他的大勇如惊雷般震撼旧中国的黑暗统治："吾国吾民竟若何？仁人铁砚万千磨。闷雷爆发掀天地，霹雳一声闻一多！"这是浩然正气化为的势。诗人讴歌中国共产党的正确领导。东方的雄狮已猛醒，巨龙在飞翔，中华民族昂扬奋进的时代精神如铁流涌动，不可阻挡，这是一种特殊的势。诗人描写载人航天飞船上天的情景："一人一步上云梯，引亿众，神驰揽月。"描写习近平总书记记九三阅兵："长风激，碧天如洗雄鹰击。雄鹰击，彩虹飞画，啸呼鸣镝。河山重建光阴急，长龙方阵东方立。东方立，高翔白鸽，梦圆和璧。"（《忆秦娥，九月三日阅兵大典》）雄词壮采，睥睨古今，这种气势震人心魄，体现大力无敌之精神。

意象之伟岸。诗境美在气势之豪荡，也美在意象之伟岸，气势与意象和谐为一，构成雄浑意境。雄浑与西方美学范畴的崇高相近。康德论崇高，分力的崇高与数的崇高，所谓"力"，是指无坚不摧的气势；所谓"数"，有巨大的体积和面积。中国传统美学的雄浑常用"大"来表述，侧重在主体方面，社会价值方面，也包括自然状貌方面。孟子说："充实之谓美，充实而有光辉之谓'大'。"（《孟子·尽心下》）孟子所说的"大"，比一般的美在程度上更鲜明强烈，在范围上广阔宏伟、辉煌壮观。司空图描绘的"雄浑"体现了这种大美："具备万物，横绝大空。"顾翰说的雄浑也与之相近："秋水时至，百川灌河；泛彼中流，掀起大波。"（《四溟补》）况周颐论词，提出"拙、重、大"之说，朱庸斋解释说："词有重、拙、大境界之说，均须以用笔表达。""重，用笔须健劲；拙，即用笔见停留，又见含蓄；大，即境界宏阔，亦须用笔表达。"刘熙载说："杜诗高、大、深，俱不可及。吐弃到人所不能吐弃，为高；涵茹到人所不能涵茹，为大；曲折到人所不能曲折，为深。"①

沈鹏诗词的部分佳品体现了诗人囊括万象、包罗万象的襟怀。沈鹏先生是旅游家，

---

① 〔清〕刘熙载《艺概》，上海古籍出版社，1978年，第59页。

诗人笔下的山伟岸瑰丽，多姿多彩。边境的山壮阔雄丽，具有一种野逸之美："南下逶迤十万山，剑铓胜似桂林看。"（《自北海抵崇左途中》）黄山奇险饶有诗意，是文化之山："画图早识黄山面，涉足黄山已序秋。一路松涛头上过，半坡枫叶掌中留。雾移峰隐凝青气，风卷云残起白鸥。心事漫随天地远，归来梦笔写金瓯。"（《七律·画图早识黄山面》）诗人从山中景物的变化来描写黄山的意象之美，松涛阵阵，枫叶飘飘，山岚迷漫，飞鸟出没，让我们想象秋日黄山的雄秀多姿，而描写五台山又是一番景象："不期今日登台顶，独立苍茫星月迥。滚滚天风拂乱襟，开怀极目孤鸿影。"（《七三初度过五台山"清凉胜地"牌楼（四首之三）》）描写五台山暮秋的景色，融进了作者的主体情感，显得浑穆高迥。

诗人笔下的水也是变化万千，体现出壮丽之美、多彩之美。"两水明镜开，风静凝碧玉"（《溧阳天目湖》）这描写的是水库，是人工湖，秀美如画。桂林山水甲天下，山奇水秀："扁舟环抱万山中，宛转徐行鸟路通。江上清奇江底影，碧波流上碧莲峰。"（《桂林至阳朔途中》）大海的水更加壮观："波平大海真如织，蓦然雪浪倾天遏。"（《菩萨蛮·暹罗湾》）诗人所状之水，无过于天下奇观尼亚加拉大瀑布："五湖交汇，美、加连壤，波涛诡谲奔腾。绝壁悬崖，神工劈削，横陈百里银屏。万斛迸明星。雾浓蔽白日，七彩虹升。身在何方，心忘何岁，入元冥。奇观万古砰訇。能源藏无尽，地利堪矜。忆昔蛮荒，开新大陆，艰难斩棘披荆。任百万雷霆，有六旬豪女，探险获生。太白匡庐不足，应再谱新声。"（《望海朝·尼亚加拉大瀑布》）此词写水是当代旧体诗词中难得一见的伟词，可谓巨刃摩天、华光四射。对瀑布的描写充分运用铺彩摛文的赋体写法，淋漓酣畅，穷形尽相。如写水势："五湖交汇，美加连壤，波涛诡谲奔腾"，洪波汹涌，奔流直下，水势之大可以想见；写水形："绝壁悬崖，神工劈削，横陈百里银屏。万斛迸明星"；写水色："雾浓蔽天日，七彩虹升"；写水声："奇观万古砰訇"，"砰訇"形容雷声，此处写瀑流发出雷鸣般的声音。这些描写艺术地再现了天地大美，同时也暗示读者：自然是伟大的，而人类更伟大。

想象之奇特。想象之于诗歌，如羽翼之于飞鸟。以屈原、李白诗歌为代表的浪漫主义诗风，是雄浑风格的杰出代表，具有想象奇特的美感特征。想象力作为一种创造性的认识能力，是一种强大的创造力量，它从自然所提供的材料中，创造出第二自然。刘勰说："文之思也，其神远矣。故寂然凝虑，思接千载；悄焉动容，视通万里；吟咏之间，吐纳珠玉之声；眉睫之前，卷舒风云之色。"[1]沈鹏先生特别赞赏爱因斯坦的话："想象力比知识重要，因为知识是有限的，而想象力概括世界上的一切，推动着进步，并且是知识进化的源泉。"沈鹏诗艺的雄浑之美来自奇特而瑰美的想象力，诗人澎湃的激情随势而发，随象而发，随神思而发。他描写的自然风光，大多是意中之景，因而壮阔浩荡、诡谲瑰

---

[1] 见郭晋稀《文心雕龙注译》，甘肃人民出版社，1982年，第318页。

丽。诗人的思维极为开阔，受庄子、屈原、李白的灵异思维的影响甚深，善于抓住客体的特点展开联想，精骛八极，心游万仞，拓展出广阔的联想空间。诗人有时借助相似联想展开描写："波平绿如镜，蓝天一色看。远风无落帽，飘雨不觉寒。远似大王剑，侧成碧玉鬟。忽惊狮象搏，却喜鸡弹冠。"（《越南下龙湾》）这里连用系列比喻，从不同视角描写山川景色：把碧水比作明镜，把奇险秀丽的山峰比作大王宝剑，比作碧玉之鬟，比作狮象搏斗。

诗人有时运用接近联想展开想象，睹物思人，神驰往古，想到了惊人的一幕，抒发无穷的感慨。甲午海战是中国近代史上的一大耻辱，2014年正好是甲午海战爆发120周年，在这个历史性时刻，诗人想到了黄海海面上的一幕："百二十年弹指间，沉沉黄海浪滔天。革新利炮蛇欺象，迂腐朝廷园戏船。将士捐躯岂畏葸？中枢卖国保全官。硝烟散尽何曾了，圆梦应从残梦观。"诗人通过接近联想的描写，艺术再现了120年前黄海海战之情景：日本联合舰队第一游击队的"浪速"舰悍然击沉清军借来运兵的英国商轮"高升"号，终于引爆战争。在黄海海战中，硝烟滚滚，炮声隆隆，水柱耸天，北洋水师与日本舰队激烈交战，水师将士虽英勇顽强奋战，而终因装备落后，后援不继，以致全军覆没，200余位将士全部壮烈殉国。甲午战争之后，清政府被迫与日本签订了丧权辱国的《马关条约》，不仅给中国带来巨大影响，也使亚洲格局发生了重大变化。诗人含蓄地告诉读者：腐败是亡国之源，落后只有挨打。诗境是雄浑的，更是悲壮的。

诗人还善于运用科普知识展开联想。诗人热爱自然科学，对生物、地理、理论物理、天文等科普知识具有浓厚的兴趣。他追求的艺术意境，不仅仅是瑰丽的，同时有很大的真实性，符合自然科学的某些原理。读《朝阳化石歌》，我们仿佛随诗人神游远古，侣龙鸟而友禽龙，阴茂木而醉芳菲，惊山崩而骇烈焰，悲刹那而获永恒，看到了那天翻地覆的一幕。《引力波之歌》运用天文学知识和最新的科研成果，以童心与诗意相结合的手法展开联想，仿佛看到两个黑洞合并时释放出巨大能量的情景，描绘出无限大、无限美的宇宙奇观，其想象的奇特瑰丽大概在文学史上第一次出现。

格调之高雅。沈鹏诗词的雄浑之美，是雄中见雅、浑中见华，是力与美的有机结合，体现出浓郁的诗意。古人论诗多言格调。"格调"一词最早的解释包括思想内容和声律形式两方面。《文镜秘府论·论文意》："意是格，声是律，意高则格高，声辨则律清。"姜夔《白石道人诗说》："意格欲高""句调欲清、欲古、欲和"。笔者所言的格调是指诗歌的风格意境，既体现独特性和多样性的美感特征，而又无不以清新高雅的形式出之。诗歌的雄浑之美，应是力与美的和谐统一。沈老的雄浑境界是壮阔的、浩荡的、雄健的，同时又是瑰奇的、典雅的、清逸的，沈老的雄浑之境没有粗率恣肆。沈老的这部分雄浑豪荡的诗作，无不以清新刚健、高雅自然的风格出之。

如写人而言，一首描写周总理形象的诗，见伟岸坚毅之气度："破浪乘风，掉头蹈海，卓立榛荆先着鞭。中流急，有梁材济世，砥柱其间。"我们又仿佛看到总理儒雅风流的神采："勺沧溟一滴，能窥怀抱；吉光片羽，已足流连。"（《沁园春·读周总理青年时代诗感作》）如写景而言，洞庭湖的景色浩茫壮阔，气象万千："水天浩淼开宫殿，日月沉浮孕夏秋。"（《岳阳楼》）在诗人笔下，洞庭湖不仅是雄阔浩茫的，而且如诗如画，在春阳的照耀下如贝阙珠宫般的美丽，令人想起李白的诗句："月下飞天镜，云生结海楼。"透过诗境，我们仿佛看到诗人胸罗万象、霁月光风的情怀。试读《珠海庚寅元日晨起即句二首·之一》："醒来一觉已庚寅，异地春寒讶此身。断续涛声催我早，荡胸今与海涯亲。"诗作描写沧海观涛的情景，运用反衬手法以动衬静，以有声衬无声，又层层铺垫，让我们通过想象观赏乱石崩云、惊涛拍岸的景色，在我们面前展现一幅丰姿跌宕、豪纵瑰玮的壮美图卷。文辞雅正，色调清丽，意蕴瑰奇。"肃杀秋光摇落树，融和春色满环滁"（《题萧龙士书〈醉翁亭记〉》）、"纵横有度出瑰奇，笔若孤松刚毅气"（《韩国济州岛观玄晒璨先生书韩文字条幅》），这是描写书法的豪荡壮浪之境；"呕心沥血求真美，托物缘情写盛枯"（《赠残疾画家张惠斌》）、"鹰飞列羽张天盖，狮吼深山醒草虫"（《题为台湾出版刘继卣画集》），这是描写画境的雄健恣肆之美。沈鹏的雄浑之美，既是生命之气、时代精神之表现，更是浩博胸次、高洁人格的折射。

意蕴之丰美。沈鹏先生的豪放诗篇，不仅想象飞腾、夸张奇特、色彩绚烂，同时展示了浩茫的胸次、饱蕴丰富的理趣。沈鹏的诗歌创作，受宋人的影响较深，重视诗境的理趣，但并不是以议论为诗，而往往将理趣深蕴于艺术形象之中，体现出含蓄、幽邃的美感特征。他的《徐霞客歌》成功地刻画了徐霞客这一典型形象。他不走科举之路，凭个人的力量对祖国山川的地理环境进行科学考察："四大付八寰，穷年不停辙。""初泛太湖舟，复临洞庭碛，攀览松、华、玄，俯窥瀛与渤。"在探险途中，他曾三次遇盗，四次断粮。在游历粤西时，同行的静闻禅师染疾身亡，而他仍没有放弃自己的理想，仍然闻奇必探，见险必载。在广西融水县真仙岩，为探看一个洞穴，他竟从一条巨蟒身上跨过。通过数十年的艰辛考察，才写下《徐霞客游记》这样集科学性与艺术性于一体的巨著。诗人刻画徐霞客的形象，通过典型细节的概括描写，赞美他的坚毅意志和奉献精神，表达为国家民族敢于殉道的强烈愿望，激励人们勇于开拓进取。

《张自忠将军冥诞百年祭26韵》是悼念民族英雄张自忠将军的悲壮挽歌。诗作概括性地描写了张将军在抗日战争中建立的卓著功勋，给人留下深刻印象："一战临沂捷，板垣神话捐。再战随枣役，率师凯歌还。三战敌胆丧，惊呼活神关。"写其襟怀与军纪："胸中怀日月，军令仗明蠲。"写其战死沙场的情景："勇者唯一死，碧血黄沙溅。饮弹前胸壁，犹呼不息肩。"1938年3月的临沂战役中，张将军所率五十九路军与敌鏖战十昼夜，粉碎日军向台儿庄前线增援的战略企图，将日军号称"铁军"的板垣师团击溃，保证了台儿庄大战的胜利。1939年5月，在随枣会战中，张自忠率部在田家集以西的大家畈歼灭日军辎重部队，迫使日军放弃渡河攻击襄阳的图谋。

1940年5月，日军发动枣宜会战，当时中国军队的第33集团军只有两个团驻守襄河西岸，张自忠作为集团军总司令，本来可以不必亲自率领部队出击作战，但他不顾部下劝阻，率2000余部队渡河作战，出战之前亲笔昭告全体将士："国家到了如此地步，除我等为其死，毫无其他办法。更相信，只要我等能本此决心，我们国家及我五千年历史民族，决不至亡于区区三岛倭奴之手，为国家民族死之决心，海不枯，石不烂，决不半点改变。"他率部渡襄河后，一路奋勇进攻，将日军第13师拦腰斩断，随后遭日军优势兵力包围夹攻。张将军毫不畏缩，指挥部队向人数比他们多出一倍半的敌人冲杀10余次，最后战死，血染沙场。张自忠殉国当日，由师长黄维刚带领敢死队将遗体抢回，经检视身有八处伤口，其中炮弹伤二处，刺刀伤一处、枪弹伤五处。诗作描写了张将军在国难当头之时慨然殉国的壮举，讴歌了他的报国情怀与丰功伟绩，告诉人们：发扬先烈的爱国主义传统，这是炎黄儿女的神圣职责，我们要无愧于先烈，要努力实现强国之梦。

"天风朗朗，海山苍苍"，沈鹏先生以如椽之笔写下了表达时代精神、抒遣壮怀逸气的瑰美诗篇，体现了诗人广阔的胸次和沛然的浩气，给读者以极大的振奋和鼓舞，是力与美和谐统一的壮美诗篇。

天翠浮空　明霞秀野

——论沈鹏诗境的古雅之美

　　美是人类的终极追求。2016年9月4日夜晚的一席艺术盛宴使人难以忘怀：中方为了招待出席G20峰会的各国元首，在西湖之上举办了文艺晚会。第一个节目为交响乐演奏《春江花月夜》，景色如诗如画、似仙似幻，那珠圆玉润的充满诗意的乐音，如百鸟和鸣，如流水潺潺，如春风吹拂，如碧波荡漾。音乐意象异彩纷呈：时而月色如霜，沙洲飞霰；时而芳甸无垠，银河万顷；时而渔歌唱晚，远濑鸣桡；时而欸乃归舟，江天浩渺。一曲终了，人们久久陶醉在美妙的音乐意境之中。这支名曲、这场晚会让全世界爱好艺术的人们明白什么是华夏艺术的古雅之美、高华之美。音乐为声音之诗，绘画为色彩之诗，书法为线条之诗。中国艺术之魂乃诗意的表达。追求艺术的古雅之美，乃华夏艺术最突出的美感特征。艺尚古雅，这是沈先生孜孜以求的美学理想。沈鹏的部分诗作，着意追求天翠浮空、明霞秀野的古雅意境。

　　何谓古雅？一般说来，即高古典雅。"古雅"一词，语出《唐阙史·高彦休》："皇甫郎中湜气貌刚质，为文古雅。""古雅"作为美学范畴，多指文学绘画等艺术呈现苍秀典丽之境。中华是诗的国度，从《诗经》到当代诗歌创作，人们对这种古老的艺术情有独钟。格律诗成熟已有一千多年的历史，这种形式本身就给人以高古的美感。"雅"者，正也，以规范化的语言遣意抒怀，这大致是"典雅"的内涵。孔子论诗："《诗》三百，一言以蔽之，曰：'思无邪。'"[①]又说："质胜文则野，文胜质则史，文质彬彬，然后君子。"[②]孔子对高雅清纯的风格予以充分的肯定。刘勰论文章风格时说："总其归途，则

---

① 转引自张少康主编《中国历代文论精品》（一），时代文艺出版社，2003年，第22页。

② 同上，第22页。

019 / 第一章 意境综论

数穷八体：一曰典雅，二曰远奥，三曰精约，四曰显附，五曰繁缛，六曰壮丽，七曰新奇，八曰轻靡。典雅者，熔式经诰，方轨儒门者也。"[1] 司空图论诗，将高古与典雅分而论之。论"高古"："月出东斗，好风相从；太华夜碧，人闻清钟。"[2] 论"典雅"："白云初晴，幽鸟相逐。眠琴绿阴，上有飞瀑。"[3] 王国维于1907年发表了《古雅之在美学上之位置》一文，他说："所谓古雅者则何如？一切之美，皆形式之美也……形式之无优美与宏壮之属性者，亦因此第二形式故，而得一种独立之价值，故古雅者，可谓形式之美之形式之美也。"王国维没有对"古雅"这一美学范畴的内涵与外延作具体阐释，而他指出"古雅"是介于优美与宏壮之间的一种独立的美学范畴，大致偏于形式，带有唯美色彩。论及古雅的审美作用，王国维指出："优美之形式，使人心平和；古雅之形式，使人心休息，故亦可谓之低度之优美。宏壮之形式常以不可抵抗之势力唤起人钦仰之情，古雅之形式则以不习于世俗之耳目故，而唤起一种之惊讶。"

王国维认为优美与宏壮风格之形成必须与古雅结合，大致是各种风格意境必须以古雅的形式表达。王国维崇尚古雅，偏于形式美，因为任何深刻的思想、独特的风格如果离开了古雅的形式，它的美就不复存在，这个观点是正确的。笔者所论的古雅，从内容而言，体现为对真善美的追求，能净化人的心灵，给人以美的陶冶，创造的艺术经得起时间的考验，从形式而言，体现技法的含金量。没有技法的高度、难度，何来美感？论古雅应从内容与形式两方面考察。沈鹏先生的诗书艺术体现了古雅之美，这两方面达到了有机的统一。人民群众向往古雅，喜爱阳春白雪，鄙视粗俗，需要精美的精神食粮，因此全面继承中华文化优秀传统意义重大。沈鹏诗境的古雅之美大致体现在如下方面：

题材丰富而旨趣雅正。论及艺术的古雅之美，首先还是在作品的内容，内容不雅，没有典型性，就不可能体现艺术意境的高度与深度。题材丰富而旨趣雅正，艺术作品的内核就具有了古雅的美感特征。沈先生极具谦虚品格，有时称自己的诗作为"打油"："惟有打油千盏少，不沾滴酒亦清狂。"（《七律·斜照》）古代称滑稽通俗的诗为"打油诗"，其实沈先生的诗歌已远离粗俗而入高古，这与先生的修养和性格密切相关。先生是以儒学立身的艺术家，他的诗歌创作题材丰富，仿佛寓目即书，时代风云、山川草木、花鸟虫鱼无不入诗，而细加品读，无诗不雅，大多表达了修齐治平的思想感情、丰富深刻的人生哲理。先生是抗日战争、解放战争、社会主义革命和建设时期的亲历者，是善于思考、勤于思考的艺术家，故而在他诗作中表达的思想虽不乏"小我"的喜怒哀乐，而更多的是对"大我"的理性思考。

我们这一代人生活在和平时代，而诗人总是提醒读者不要忘记近百年的历史，不要

---

① 见郭晋稀《文心雕龙注译》，甘肃人民出版社，1982年，第329页。

② 见郭绍虞主编《诗品集解·续诗品注》，人民文学出版社，1980年，第10—13页。

③ 同上，第12页。

忘记帝国主义对中国的欺凌，不要忘记民族的苦难岁月，不要忘记先烈们的流血牺牲。先生在《宏观与微观的——访苏联记》一文中以许多细节描述了第二次世界大战的惨烈。德国法西斯残暴至极，诗人描写了《哈顿纪念地》的景色，警钟长鸣，雁声呜咽，让人回想到德国法西斯在白俄罗斯杀人如麻的情景，这个哈顿村的村民全被杀死，并且是被活活烧死。先生说："白俄罗斯共和国在卫国战争中死于炮火的人占全部人口的四分之一，平均每户人家'贡献'一名国殇。""三十余天的旅途中，当我参观布列斯特城堡、哈顿雕塑群、基辅烈士墓、拉脱维亚烈士墓……总能看到一片沉默中有人泣不成声。"①品读《卢沟桥建桥800年》一诗，让人联想到抗日战争的浴血奋战；《读方志敏〈可爱的中国〉》让人回想到中国革命胜利的来之不易；读《桂枝香·金陵凭高》一词，让人追思六朝因荒淫亡国的史实，想到惨绝人寰的南京大屠杀。这些诗作深刻地告诉读者，忘记历史就意味着背叛。

诗人也有高兴的时候，为社会主义建设取得的重大成就而欢呼，如《鹊桥仙·"神舟五号"飞船》，诗人为中国实现了数千年来登天的梦想而露出了灿烂的微笑。中国女排再次夺得金牌，诗人欢欣鼓舞，在词中写道："夜半拍手腾欢，胜逢佳节，热泪齐抛落。东亚病夫全雪耻，意气竞云天薄。"（《念奴娇·奥运会女排》）先生是杰出的艺术家、艺术评论家，论艺强调继承优秀文化传统的重要性，强调艺术的教化作用，如借画鹰表达清除社会污垢的意义："瞵四野，瞩微茫，据山冈。岂嗜追搏？只以尚存：社鼠狐邦。"（《诉衷情·题画鹰》）还有"银鳞浴日正逍遥，船上游人诱饵招。嬉戏无间一江水，晚来席上变佳肴。"（《银鳞》）鱼儿本来是快乐的，海阔凭鱼跃，天高任鸟飞，但这条银鳞吃了大亏，白天还在江面上追波逐浪，人们抓不到它，而一旦为鱼饵所惑，就摆脱不了毁灭的命运，成了晚餐席上的美味佳肴。诗人通过银鳞的遭遇形象地告诉读者：抵制诱惑，人生才能立于不败之地。

意境圆融而异彩纷呈。诗之美在意境，意境是主观情感的抒发与对客观景物的描写达到水乳交融的一种境况。意境是情与景、情与理的和谐统一。意境通过意象来表达，意象是典型化了的饱蕴创作主体的情感与理趣交融为一的艺术形象，意象的多元组合方可构成意境。意境之美包含了意象的典型性、鲜活性的美感特征，具有这些特征方能产生图画美、抒情美、理性美。意境的圆融性是第一位的。朱光潜说："一切艺术，无论是诗是画，第一步都须在心中见到一个完整的意象，而这意象必恰能表现当时当境的情趣。情趣与意象恰相契合，就是艺术，就是表现，也就是美。"（《诗论》）这就是强调意境的圆融性。意象的营构必须从生活中来而又蕴含丰富的审美情感，必须体现典型化的原则，方能勾起读者丰美的想象和联想。沈鹏的艺术创作，追求意境的圆融之美，表现在意境既富浓郁的生活气息，而又体现诗人情感的饱和度和理性深度；既能给人以美的享受，又能给

---

① 见沈鹏散文集《桃李正酣》，海天出版社，2017年，第15页。

人以深刻的理性思考。

试读《春游》："扬花拂面乱春游，假作真时百样休。宾馆五星名胜地，劈山架索断溪流。"春天野外踏青，这是一件很愉快的事。杨花如雪，莺声盈耳，这是多么优美的景色，而诗人在优美的景色中有独到的发现和思考：真正的春游应是欣赏山川风光的自然美，让人离开闹市的喧嚣，感受自然风光的宁静与勃勃生机。而今真正的自然景观不多了，所谓的自然美景都经过了人类的加工，人们吸收不到原始的纯朴的气息。所谓的春游，不须爬山，不须涉水，一切奇险之地已化通途，五星级宾馆代替了竹篱茅舍，索道飞桥代替了津梁险坡，自然的真景、春游的野趣，已荡然无存，这哪里还是什么真正意义上的春游呢？

王夫之说："一切景语皆情语。"在沈鹏的诗作中，这个特点甚为突出。一些描写自然美的诗句，或伟岸，或幽静，或瑰奇，无不深着诗人之主观色彩："窗含长绿山，绝顶孤鸟飞"（《桂林行》），"椰风阵阵催春雨，蕉叶融融隐玉楼"（《海南三首·叠翠》），"老柏殊荣盘劲节，一株独秀挺新枝"（《天水南郭寺》）等。这些描写的虽是自然风物，但已是"人化了的自然"，典型化、写意化了的自然，或物我交融，或物我两忘，或物理为一，无不给人以超尘脱俗的美感。诗人眷恋故乡，我们不妨读他的《致乡友·谢赠葵花籽》："江南绿浪播芳馨，颗粒生成故土情。君问年来何所事？依然本性向阳倾。"诗人由葵花向阳想到了游子思故乡，故乡都是游子们魂牵梦绕的亮丽风景。

格律精工而富于变化。沈老的创作重视对优秀文化传统的继承，他的诗歌格律工稳，而又富于变化，体现一种古雅之美。艺术的形式有独立的审美功能，这是无疑的。古雅之美与形式的审美价值分不开。形式有难度，审美方有高度。比如同是走路，在地上走人人可为，而在钢丝上走，或在天空中的钢丝上走，只有艺术家才能做到，这就是艺术，因为难度大大增加了。格律诗的音韵美是产生古雅之境的重要原因，沈老的先祖沈约先生说："夫五色相宜，八音协畅，由乎玄黄律品，各适物宜，欲使宫羽相变，低昂互节，若前有浮声，则后须切响。一简之内，音韵尽殊；两句之中，轻重悉异。妙达此旨，始可言文。"[1]诗歌的格律有重要的审美意义。美学家朱光潜在《诗论》一书中多有论述。论及音律，他说："诗是具有音律的纯文学。"旧体诗词之美，除了内容、意象之外，音韵自然、节奏和谐是非常重要的。朱光潜说："艺术返照自然，节奏是一切艺术的灵魂。在造型艺术则为浓淡、疏密、阴阳、向背相配称，在诗、乐、舞诸时间艺术则与高低、长短、疾徐相呼应。"关于格律问题，沈鹏说："倘若格律诗有'镣铐'，唯有'镣铐'，才成为诗，出好诗。"沈鹏的创作是精于格律的，我们随意挑选一首来看："任尔笑之任哭之，柳泉垂柳直如丝。少年只爱狐仙美，探得幽微老近时。"（《蒲松龄纪念馆二首·之一》）试标格律："仄仄平平仄仄平，平平仄仄仄平平。平平仄仄平平仄，仄仄平平仄仄

① 见张少康主编《中国历代文论精品》（一），时代文艺出版社，2003年，第161页。

平。"（平仄遵从"一三五不论，二四六分明的原则，入声字一律作仄声看"）这是一首典型的平起式入韵的七绝，但你细心品读，会发现"直""哭""得"三个字在现代汉语里都属平声，而作仄声标出，这是为什么呢？这就是古代的入声字，根据王力《汉语诗律学》的规定和约定俗成的习惯，入声一律视为仄声，这对北方诗家来说是很困难的，只能强记。

再读一首五律："两岸烟霞里，万家灯火中。龙舟息竞渡，鸥鹭戏相从。异卉香幽远，凉风夜暗浓。行行忧乐意，南国正芳容。"（《庚午端午鼓浪屿垂暮》）试标格律："仄仄平平仄，平平仄仄平。平平平仄仄，仄仄仄平平。仄仄平平仄，平平仄仄平。平平平仄仄，平平仄仄平。"从格律上看，此诗整体上合乎五言仄起不入韵律诗的要求，"南国"的"国"字是入声用于仄声，但"龙舟息竞渡"的"息"字也是入声字，此处用于平声，与现代汉语切合，也是一种尝试，根据一、三、五论的原则，可以不管，但五言诗中如果连用三个仄声字，也是不好的。

杜甫的诗严格遵守格律，而有时也创作拗句，还自创新体，囿于篇幅，不能备述。最能证明沈先生对格律的精熟能出神入化的有力论据，是其七绝仄韵诗的创作。他大致创作了十来首七绝仄韵诗，都符合粘对规律，这个难度是极大的。关于七绝仄韵的格律，根据唐代诗律的粘对规律可以推测出来，但唐人很少创作，目前笔者见到的只有孟郊的《洛桥晚望》："天津桥下冰初绝，洛阳陌上行人绝。榆柳萧疏楼阁闲，慕名直见嵩山雪。"王力的《诗词格律》和笔者所见到的研究诗律的著作，尚未见到对七绝仄韵格律的系统研究。沈老创作七绝仄韵是通过用平韵的格律诗推测出来的，这类诗作格律工稳而意境圆融，可见诗人在音韵方面下的功夫很深。我们试举沈老的两首为例："哀史不期离咫尺，传闻故事丛林侧。频频回首寄神驰，决眦夕阳终入黑。"（《车经凡隆尼，罗密欧与朱丽叶相会处》）试标格律："仄仄平平平仄仄，平平仄仄平平仄。平平仄仄仄平平，仄仄平平平平仄。"注意：这里的"侧""黑"都是入声字，作仄声看。再看一首："征程哪有清凉地，今日逢缘须暂寄。马陟高冈道路长，几曾舒缓青丝鬓？"（《七三初度过五台山"清凉胜地"牌楼》）试标格律："平平仄仄平平仄，仄仄平平平仄仄。仄仄平平仄仄平，平平仄仄平平仄。"前一首为仄起入韵，第二首为平起入韵。

但在沈老的创作中，有的诗作突破了格律的束缚，可视为古律诗，是一种新的尝试，或视为近体诗的一种变式，这是有意为之，并非诗人不精格律。试举《霍金》为例："轮椅推进古时空，睿智巨人摇滚翁。大爆炸从'奇点'起，众星河向几时终？希声珠玑凭传感，异想玄黄赖慧通。人类伊甸千载近，关怀运命发忧忡。"试标格律："平仄平仄仄平平，仄仄平平仄仄平。仄仄平平平仄仄，平平平仄仄平平。平平平平平仄仄，仄仄平平仄仄平。平仄平仄平仄仄，平平仄仄仄平平。"此诗第一、五、七三句不符平仄要求，这是诗人创作拗体的尝试，有一种特殊的古雅韵味。律诗两联的对仗多用工对，很少正对，多反对、流水对。个别作品追求不工之工，如"花落花开都是画，风吹雨打总成诗""红叶丝丝语，巫山一段云"，追求意蕴的瑰奇圆融之美，在形式上没有死扣，更显灵动瑰奇，但并非不精诗律。

语言博洽而精纯素洁。语言是思维的物化形式，情感的表达、风格的形成，不可能离开语言而存在，没有深厚的语言修养，任何深邃的思想、审美的意趣都成为空中楼阁。诗歌的语言是千万吨语言矿石中提炼出来的精华，贾岛"两句三年得，一吟双泪流"、沈老"废纸千张犹恨少，新诗半句亦矜多"的说法，不是谦虚，而是真实的写照。语言这东西不容易学，非下苦功夫不可。当今某些先生认为格律诗束缚思想不必学、不必写，其实鲁迅和毛泽东都说过类似的话，但这两位先生本身就是旧体诗高手，因为他们生活在特定的时代，当时的任务是拯救国家、加快速度建设国家，特殊的时代说这个话是可以理解的。今天的时代不同了，作为一种高雅文化，我们要真正继承就要下功夫学习。学习诗歌，格律仅仅是起点，只有烂熟于心、冥发妄中才可能写出好诗。诗歌的格律就是诗歌的特殊语言。

沈老的诗歌语言甚为丰富，因为锤炼的功夫下得深，准确而形象。"兰汤温润迷心腑，桂殿荒芜寝帝王"（《华清池管理处嘱步郭沫若、董必武二老韵》），"迷""寝"二字用得好。"兰汤湿润"为何"迷"心腑呢？熟悉历史的人明白，唐玄宗宠爱贵妃，在华清池洗过澡，这里的"兰汤"是指温泉，在温泉里撒些花，称为"兰汤"，大概他俩享受温泉浴很惬意。用温泉洗澡本来也是一件小事，但玄宗晚年耽于女色、荒于政事，竟然导致"安史之乱"的爆发，一个"迷"字，其实不是温泉"迷"了他，而是贵妃的美迷了他，一个"迷"字毁了大唐盛世，多么可怕！"寝"字是睡着之意，说明这些人物已成历史，但他们为荒淫而死，睡得并不安稳，给后人以警示。

又如描写绘画中的老鹰形象："瞵四野，瞩微茫，据山冈。"（《诉衷情·题画鹰》）"瞵"字写其目光之敏锐，"瞩"字写意态之安闲，"据"字写气势之威武，这些动词状物准确，无疑是通过反复锤炼才得到的。有时沈老还把有现代气息的英文字母用到旧体诗中，给人新鲜感和幽默感，如"盼见UFO，却恐垃圾危"（《王亚平授课》），"UFO"应指不明飞行物。"诵经新进CD片，'净土''养生'都靠它"（《无题》），充满幽默的现代气息。

论及沈老诗艺的古雅之美，联想到当今艺坛的乱象，还想多说几句话。艺术的美是内容与形式的和谐统一，内容不雅，纵施庖丁之技也无多少美感。有人说，内容不重要，庄子论美，言庖丁游刃有余，不就是说屠夫杀牛吗？杀牛也可以表达至高的美感，说明美与内容没多少关系。这观点无疑是错误的。庄子讲的是寓言，强调艺进于道产生美感，并非要你人人都去做屠夫。当今任何杀猪杀牛的高手，他们能到中央电视台表演屠宰技术吗？不能的，因为远离了美。有人说，某某画家画过蛤蟆、画过出恭，齐白石还画过一只苍蝇，只有巴掌大，拍了17万，艺术的内容是次要的。这个观点无疑也是错误的。这些创作只是墨戏之作，偶一为之，如果齐白石天天画苍蝇，某某画家天天画蛤蟆、出恭，我担心他们没有任何的生存空间，要人家施粥才能活下去。不创造美，要艺术家干什么？

　　又有人说，艺术的形式也是次要的，某某作家、某某表演艺术家，写的字，画的画，技术含金量实在太少，而价格很高，比大师们的创作还值钱，这怎么解释？我认为名人墨迹有一定的收藏价值这也正常，孔子写的字再差人们也会视为书法。周公睡过的竹席、秦始皇的头屑、汉武帝的指甲，如能弄到放进博物馆，的确还是有人看的，但笔者认为，诗书画艺术必须体现技术的含金量。华夏艺术美在精纯，美在瑰奇，美在诗意，这是铁定的审美标准。沈老说过"价格不等于价值"，这话是正确的。我们常言文人书法、学者书法，鲁迅、毛泽东、郭沫若他们的创作才是真正的艺术创作，才算真正的文人书法、学者书法。至于当今的某些先生，他们在某些领域取得的成就应该承认，而至于他们的墨迹，也可能有一定的收藏价值，但与"书法"二字相距甚远。对此现象，艺术界无须过问，有人需要，这是消费者的自由。笔者认为，艺术是花而不是草，杂草就是杂草，至于是托尔斯泰后花园里的草，还是我们平素见到的草，本质上应无区别。不美的东西就是不美，因为出于名人之手硬把它说得很美，这种审美导向极端错误，不利于艺术的发展，打击了艺术家的积极性。杂草永远是杂草，至于园艺家要用来搞绿化、医学家要用来治病、农友们要用来喂猪，那是另外一码事，与艺术无涉，与美无涉，只有用心血汗水创造出来的艺术，方可视为艺术。

　　"天翠浮空，明霞秀野"，这可用来描绘沈鹏诗艺古雅之美的特征。古雅是一种很高级的美，任何时候不能丢弃，深入研究，对指导艺术创作有重要的意义。古雅的艺术是艺术家用心血催开的智慧之花，是生命精神的物化形态，值得珍惜。艺术最需要忠诚，有志于古雅艺术的创造者奉献自己的忠诚吧！

白猿真雪色　幽鸟古琴声

——论沈鹏诗境的清奇之美

沈鹏诗云："最爱峰高攀不足，年来诗思入清奇"（《东行·四首之四》），"奇想每从夤夜发，情怀便向故人迎"（《有誉拙诗者，觅句以酬》）。诗人的部分诗作的确已进入风雨争飞、花葩玉洁的清奇之境。品读先生的尚奇之作，或随诗人在崇山峻岭之中凝神怪石奇峰，或随诗人在台北故宫博物院观赏奇珍异宝，或随诗人与庄子、李白、苏轼、齐白石等先贤论艺谈诗，或随诗人驾着天马、御着泠风神游亿万光年之外的天宇，诗境的云谲波诡与风格的清新自然忻合为一。

追求艺术的清奇之境，这是真正的艺术大家的标志。从哲学、美学而言，尚奇的思想应源于道家、兵家、纵横家。庄子说理，不顾于虑，不谋于智，于物无择，与道俱往，所言无不奇者："以谬悠之说，荒唐之言，无端崖之辞，时恣纵而不傥，不以觭见之也。以天下为沉浊，不可与庄语，以卮言为曼衍，以重言为真，以寓言为广，独与天地精神往来，而不敖倪于万物，不谴是非，以与世俗处。"①在庄子笔下，文章奇辞异彩，动心骇目：昊天之鹏、沧海之鱼、姑射之人、郢人之斤、庖丁之刃，无不是奇景奇物奇情奇理的艺术表达。尚奇与兵家密切相关，兵家强调以奇制胜，《孙子兵法·兵势》："凡战者，以正合，以奇胜，故善出奇者，无穷如天地，不竭如江海。"纵横家重视尚奇智慧的发挥："听贵聪，智贵明，语贵奇。"②"正不如奇，奇流而不可止者也，故说人主者，必与之言奇。"③

---

① 见欧阳景贤、欧阳超《庄子释译》（下），湖北人民出版社，1986 年，第 454 页。

② 见周积明、张林川等注译《智谋奇术鬼谷子》，华中理工大学出版社，1991 年，第 140 页。

③ 同上，第 158 页。

以屈原、李白为代表的浪漫主义风格，将艺术尚奇的美学理想推向极致。屈原冀遇明君，托求美女，一次次的神游，一次次的失败，九死而犹未悔。他在想象中转道昆仑，周流四方，由天津而西极，涉流沙，遵赤水，经不周，指西海，听《九歌》，仿佛看到南国鲜花的美丽、闻到南国香草的芬芳、领略到天国风光的壮美，欣赏羲和驾日、凤鸟飞腾、九嶷缤迎、云旗逶迤的瑰丽图景，浩博之极、瑰美之极、诡谲之极，对后世文学产生了极为深远的影响。诗仙李白受老庄、仙道思想的影响甚深，他的诗境千变万化，美不胜收。艺术以奇制胜，能极大地刺激欣赏者的视觉感官，进入变幻莫测的艺术之境。其实艺术尚奇这个道理人人明白，而为之极难。没有大才力、大学问不可为奇。尚奇思维是灵异思维的体现，灵异思维是在常规思维基础之上的飞跃，没有大功力，奇思妙想不能表达，不能以庄语说奇，不能以瑰辞绘奇，那么他的创造不为奇美，而为奇丑，所以艺术尚奇必须对自己有理性的审视。笔者无意将时贤轻拟先哲，而沈鹏先生富有才情功力，他具备艺术尚奇的条件，他的创造的确能体现清奇的美感特征。沈鹏的部分诗歌佳品，从如下方面追求意境的清奇之美：

风物之奇。这里的风物多指山川草木、花鸟虫鱼等自然景观。沈鹏对林散之读万卷书、行万里路的历练方式高度肯定，努力拓宽自己的视野，发现生活中的美。诗人特喜游历，而常年担任繁重的工作，无暇远游，他的游历主要在退休之后，可谓足迹遍天下。瘦西湖泛舟，景色清奇如画："玉环飞燕两相宜，佳处淮都隐竹西。帆过五亭云水阔，垂杨细雨入清奇。"（《扬州瘦西湖泛舟》）他在宝岛台湾见到了这样的风景："盘旋九百九，曲折走龙蛇。云自身前过，山从雾里赊。目穷通五岳，日落入无涯。朴野多真味，重尝阿里茶。"（《重上阿里山》）阿里山的风光的确秀丽多姿，而更多地蕴含了诗人热爱祖国山川的主体情感。德天瀑布为天下奇观："砰訇十里，白练青峰霞织绮。千载如斯，今日何期独立斯。德天板约，友谊胞波边界眺。跨国飞流，小作地球村上游。"（《减字木兰花·德天瀑布》）德天瀑布位于广西壮族自治区崇左市大新县硕龙镇德天村、中国与越南边境处的归春河上游，瀑布气势磅礴，蔚为壮观，与紧邻的越南板约瀑布相连，是亚洲第一、世界第二大跨国瀑布，年均水流量约为贵州黄果树瀑布的三倍。

诗人描写了许多奇人奇物，如泰国的变性人："声光杂沓，满台娇艳，拂乱青春花季。无边风月隐凄迷，竟忘却身儿何寄？不分鹿马，混淆鸾凤，凡事逢场作戏。念彼子弟出良家，又看那婆娑舞起。"（《鹊桥仙·"人妖表演"》）泰国"人妖"是一类特殊群体，这些男孩多来自穷苦人家，为了生存，长期服用雌性激素发育而成类似女性的人。他们都有一头青丝般披肩的长发，罗衣迎风，轻盈优美，宛若天仙，而他们生命短暂，没有家庭，没有未来，他们是"溅血的纸花"。此词描写泰国"人妖"，对这些不幸者表达了深切同情。八桂的奇石给诗人留下了深刻的印象："老米称兄莫尔惊，世间无物不精灵。地天交合育奇境，一石悠悠赤子情。"（《八桂奇石》）八桂奇石以形奇、色美、质佳、纹丽、座雅、名切著称，追求"形、质、色、纹"的和谐完美，确乃天地之奇观。那株古树也是难得一见的奇珍："造物如何屈美材，悟空也要问从来。树依海角真情种，不破天涯未忍回。"（《"天涯海角"有古树生于岩隙》）

妙悟之奇。艺术贵在妙悟，夕阳芳草寻常物，解诵皆为绝妙诗，生活不是缺少美，而是缺少发现。诗人贵在有一双善于发现美的慧眼，从寻常的生活中发现瑰奇的美、深邃的理。袁枚说过："鸟啼花落，皆与神通，人不能悟，付之飘风。"[①]诗人笔下的山川风物、花鸟虫鱼，都是一种情、一种理的表达，故而所绘之景奇，所言之理亦奇。王安石认为越是在不同寻常之处越能发现奇美，他在《游褒禅山记》中说："夫夷以近，则游者众，险以远，则至者少。而世之奇伟、瑰怪、非常之观，常在于险远，而人之所罕至焉。"正如皇甫湜所说："夫意新则异于常，异于常则怪矣；词高则出于众，出于众则奇矣。"[②]沈鹏既敢于探看险景之奇美，又善于在平中见奇。山野漫步，他看到这样的景色："一生几见夕阳收，是处都城楼宇稠。旋转辉煌明镜黯，逡巡壮丽紫金浮。长绳倘得系痴想，夸父当能免渴忧。万物运行天不老，冰轮如约又当头。"（《辛卯惊蛰后三日见红日西下极少壮观》）这是描写罕见的夕照美景：整个天宇如明镜辉煌，如紫金壮丽，诗人突发奇想，这种景色太美，如能用长长的绳子拴住太阳，留住时光，留住美景岂不美妙？但诗人更明白一个道理：世间万物按自身的发展规律运行，幻想只是幻想。

公园的菊花绚烂多彩，而诗人观菊另有所得："无尽秋光无尽思，萧萧黄叶漫吟诗。菊花却减东篱色，人力催成富贵枝。"（《菊花》）诗人认为公园里的菊花虽然绚丽多彩，但其美不及东篱之菊，因为那是自然之美，无朴素之美、人工培养的菊花是富贵之花，已失天然之韵。在蚁穴旁边，诗人想到更多："本是出同宗，黑黄偏不容。绿荫芳草地，白骨尸骸丛。槐树争蜗角，珍馐入后宫。自然优选法，无乃动兵戎！"（《蚁战》）蚂蚁本是常见的小生灵，而因颜色之别、利益之争，于是族群之间，战事激烈，以致白骨成堆，这是多么残酷。槐树蜗角，成了它们竞争的地盘，由此可以想见人类与蚂蚁也没有多大的区别。天道有常，自然的进化并非主观力量可以改变。

喷泉这种高科技制造的人工景观，人们是习见的，而诗人妙悟到了什么呢？"银箭穿空飞彗星，地心引力落弧形。工程自控循环路，还仗源头活水清。"（《喷泉》）诗人由喷泉的水可以循环利用的道理展开联想，认为喷泉之美是水美造成的，这种水必须是优质水才行，由此想到读书学文化，必须读好书才行，不读好书，就如喷泉不能喷出银箭制造美景。现在要读的书很多，精华与糟粕往往混合在一起，必须选择性地学习，必须搞"拿来主义"，取其精华，去其糟粕，这样才能创造生活中的美。如果是污染了的自来水、有毒的水，喷出来的不是"银箭"，而是"黑箭"，不是美景，而是毒雨毒雾，毒化我们的生活。

---

① 见郭绍虞主编《诗品集解·续诗品注》，人民文学出版社，1981年，第171页。

② 引自谢文利《诗歌美学》，中国青年出版社，1989年，第264页。

艺美之奇。诗人是杰出的艺术家、艺术评论家，品其诗歌佳作，异彩纷呈，灵光四射，智慧之花，美在清奇。诗人读列维坦的画："湖水沉沉云欲仁，旧俄辛苦深如许。柴氏《悲怆》普氏诗，画境诗情凝冻雨。"（《列维坦〈湖〉》）列维坦是俄国杰出的写生画家，他的作品极富诗意，基调是忧伤的，仿佛可以触摸到俄罗斯大地的苍茫和忧郁。《湖》的色彩异常鲜亮，水晶一样幽蓝的天空中飘荡着几朵白云，而整个画境浓郁苍凉。诗人品赏此作，仿佛听到了柴可夫斯基的《悲怆交响乐》、诵读了普希金的诗。你看看刘海粟的葡萄："难得糊涂墨味殊，野藤盘屈未羁孤。狂歌应自天池落，独与山人击唾壶。"那种晶莹之光、疏野之气，可夺造化之工。盲人画家沈冰山，他在黑暗中创造的绘画艺术竟然是如此笔墨老到、形象生动："鬼使神差腕底，灵犀一点鸿蒙。"（《破阵子·盲人沈冰山作画，人谓今古无俦》）盲人作画可以说是对人类的意志、智慧、才情的极限的挑战，这不是艺术的奇观吗？罗丹在西方雕塑史上是一位划时代的人物，他的人物雕塑将深刻的精神内涵与完美的人物造型融于一体，为有形之诗、立体之画、凝固的音乐。试读《罗丹思想者》："何处天涯路，沉思地狱门。弯腰缘重担，蹙额为灵魂。举世咸娱乐，斯人独失群。百年苦求索，底事闹纷纷。"从诗人的描写中，我们仿佛看到雕塑形象在一种极为痛苦状态的思考中剧烈地收缩着，紧缩的眉头、托腮的手臂、低俯的躯干、弯曲的下肢，似乎人体的一切细节都被一种无形的压力所驱动，紧紧地向内聚拢和团缩，在凝重而深刻地思考下层人民的苦难命运，真正感受到了人间地狱灵魂所受的煎熬。

书法是诗人生命的重要部分，他对王铎的书艺意境予以高度评价："心事平生托数行，又从域外赏珍藏。专精阁帖轻怀素，娴熟王张入晋唐。《归去来辞》真欲隐，《东方朔赞》敢能狂？西人不解华文字，侧耳潜听节律扬。"（《华裔林氏家藏王铎手卷观后》）诗人认为王铎的书法是书法史上的一座高峰，精于阁帖，境入晋唐，达到了高度的抒情自由，可从《归去来辞》中读出陶潜的隐逸之思，从《东方朔赞》中读出一种庄严之感。他从于右任《望大陆》一诗的诗书意境中读出了作者对故园故国的魂牵梦萦之思。诗人还常把目光投向我国古代精美绝伦的艺术创造，他这样描写台北故宫博物院所藏毛公鼎这一艺术精品："果是庄严不坏身，环观迫察赏天真。煌煌直抵《书经》读，赫赫长如日月新。开眼初惊疑入梦，过庭尚悔欠凝神。炎黄两岸同呵护，毋使子孙蒙杂尘。"诗作对这一艺术瑰宝的文物价值、艺术价值予以高度评价，同时想到只有两岸结束分裂状态才有利于优秀文化遗产之继承的道理。

文明之奇。沈鹏先生的部分诗作，对人类文明予以热烈讴歌，描写了华夏民族所创造的奇美文明，《三星堆》八首是这类题材的代表作。读这类诗作，令笔者想起了别林斯基的名言："诗人是创造万物大自然的敌手；像大自然一样，他力图通过美丽的、充满有机而且带有理想的生活形象，来捕捉飘荡在广阔空间的无形体的生活之精灵。"[1]三星堆古

---

① 见沈奇选编《西方诗论精华》，花城出版社，1991年，第66页。

遗址位于四川省广汉市西北的鸭子河南岸，分布面积12平方公里，距今已有3000年至5000年历史，是迄今在西南地区发现的范围最大、延续时间最长、文化内涵最丰富的古城、古国、古蜀文化遗址，其中出土的文物是人类宝贵的文化遗产，最具历史、科学、文化、艺术价值。在这批古蜀秘宝中，有高2.62米的青铜立人，有宽1.38米的青铜面具，更有高达3.95米的青铜神树等，无不堪称独一无二的旷世神品。《三星堆》（八首）描写了八种文物，试举两首欣赏。《神坛》："悠悠祀万物，赫赫主神坛。刀光与剑影，渺古此人间。"三星堆神坛即青铜神坛，为三星堆最为神秘的青铜神器。二号祭祀坑中共出土了三件青铜神坛残件，无一例外全部成了碎片，考古学家历时两年，才将神坛成功修复。修复后的青铜神坛共分为四层，底层兽形座，第二层为四个大立人，神态威严肃穆，第三层为高山，最上面一层最神秘，大致为方形的匣子，匣子镂空雕刻着五个大蜀人。出土时成碎片，说明祭奠时有意打毁神坛，表示对神灵的敬畏与祭奠。诗作描写了神坛的威严神态，由打碎祭奠，诗人想到了古人为生存而进行的刀光剑影的斗争。

三星堆出土的玉器品种丰富，以祭天礼日的璧、璋为多。尤其是号称"边璋之王"的玉边璋，其残件长达159厘米，厚1.8厘米，宽22厘米，加工精美，棱角分明，其器物身上刻有纹饰，这么大件精美玉器，在我国的考古发现中为仅见。有些器型前所未见，其中有一件玉刀，长达1米，刀上有丰富的纹饰，还有一件两面皆刻有纹饰的玉器等。诗人对这些远古的文化遗存感慨系之："玉出昆冈早，庖丁无过巧。若非神斧开，戛戛劳人造。"（《玉器》）诗人由玉器制作的精巧想到远古文化的繁荣，从玉石的加工想到当时科学技术的发展，为中华的悠久文明而自豪。此外，还有如《临淄殉马坑》《黄帝故里》《太原永祚寺双塔》等诗作，对华夏民族的古老文明作了形象的描写，增强了民族的自豪感。

"白猿真雪色，幽鸟古琴声"，可用唐代诗僧齐己的这两句诗概括沈鹏诗境的清奇境界。好奇心是人类的一种普遍性心理特征，是推动社会向前发展的内在动因。沈鹏先生的诗歌创作，部分佳品描绘了一个意象瑰奇、色调清雅的艺术世界，是诗人的丰美才情和探索精神的艺术表达。这种诗境波谲云诡、气象万千、清丽自然、高华脱俗，既体现诗人智慧的超卓、思维的灵动，又体现诗人学识的渊博、功力的深厚。

白云抱幽石　绿筱媚清涟

——论沈鹏诗境的清逸之美

　　清雅飘逸是诗书画印艺术着意追求的境界，是华夏艺术优良的美学传统之一。一个"清"字在中国古代批评史上具有美学范畴的意义。"清"往往为真纯、淡雅、飘逸、澄澈、疏秀、超旷、灵和的代名词，故由"清"字演化为清雄、清远、清新、清逸、清浅、清绮、清幽等多种艺术风格。以"清"为标准审美，始见于《诗经·大雅·烝民》："吉甫作诵，穆如清风。"刘勰说："清词转而不穷，巧义出而卓立。"[1]南朝著名文艺批评家钟嵘在他的美学著作《诗品》中，对两汉至梁122位诗人的创作进行审美定位，分上中下三品，多以"清"字为标准，如评古诗"清音独远"、陶潜"风华清靡"、沈约"长于清怨"、鲍令晖"崭绝清巧"。以"清"为美，作为其他艺术形式的审美标准已得到广泛运用。魏徵论文："江左宫商发越，贵于清绮。"（《隋书·文学传序》）苏轼论画："其身与竹化，无穷出清新。"[2]张怀瓘论书："若鸿雁奋翮，飘飘乎清风之上。"直接以"清逸"论诗文，唐人芮挺章云："务以声折为宏壮，势奔为清逸。"（《国秀集·序》）宋人张道洽云："风流晋宋之间客，清逸羲皇上人。"（《咏梅》）清人袁枚云："潘石舟明府，素心女子之父也，作官有惠政，诗亦清逸。"沈鹏明确表达了艺尚清逸的美学理想："凿破坚冰万象新，行程万里越三春。神农野逸天山雪，适我心胸畅我神。"（《自述杂诗》）野逸与清逸有相通之处。

　　清逸之境是创作主体的胸次、人格、生命精神、美学理想的具象表达。从哲学、美学的角度看，"清逸"之境应为儒释道美学思想在艺术创作中的体现。儒家积极入世，知

---

① 见郭晋稀《文心雕龙注译》，甘肃人民出版社，1982 年，第 140 页。

② 见张少康主编《中国历代文论精品》（二），时代文艺出版社，2003 年，第 131 页。

其不可而为之，其实骨子里有珍爱生命、珍爱自由的精神。《论语》"侍坐章"中孔子要学生们各言其志，曾皙"异乎三者之撰"，曰："莫春者，春服既成，冠者五六人，童子六七人，浴乎沂，风乎舞雩，咏而归。"①他描绘的是一幅"风清俗美，人民安乐"的风情画，表达安贫乐道、澡身浴德的高洁志趣，从诗的角度看，不是清逸之境吗？老庄哲学崇尚清静无为，提倡"心斋""坐忘"，独与天地精神往来。庄子笔下姑射山人的描写把读者带入清逸清界："藐姑射之山，有神人居焉，肌肤若冰雪，绰约若处子。"②这不也是向往清逸之境？释家哲学以否定现实人生、远离污浊求得解脱为指归，追求更高意义上的对清逸之美的追求，《心经》中提出"心即是色，色即是空"的理念，将物质与精神浑化为一。唐代诗僧寒山的悟道诗就是清逸之境的具体描述："我心如秋月，碧潭清皎洁。无物堪比伦，教我如何说。"（《我心》）沈鹏先生的诗书创作，表达的美学精神与个人气质密切相关，无疑从传统哲学、美学中汲取了丰富的营养。

　　艺术意境如水中月、镜中花，难以言说。沈鹏诗艺的清逸之美内蕴甚为丰富，强而言之，大致体现在如下方面：

　　萧散的意象。诗是语言艺术的最高表达形式。诗人的丰富情感、美学理想附丽于艺术意象之中表达，意象的内涵甚为丰富，风云月露、花鸟虫鱼都是意象的范围，这些意象是"人化了的第二自然"，是典型化、写意化了的艺术载体。诗境的飘逸来自意象的萧散。所谓萧散者，不着尘垢之谓也。在沈鹏的诗作中，体现灵心逸气的吉光片羽甚为丰富："丽日迟开浓雾锁，青山先发早春花。"（《戊寅新岁客穗即事》）"殷红一颗谁人摘，留着高枝便是诗"（《啖荔》）日常生活的迟日、春花，那高高悬挂的一颗荔枝等意象，在诗人看来都是超逸之心的物化形式。这种清逸也体现在艺术家的创作之中："英姿绰约芳馨远，破碎横斜韵格奇"（《题白石老人画》），白石大师笔下的荷花，无疑是超逸心境、自由精神的艺术表达；"惠风催嫩绿，微雨发幽篁"（《第15届书法兰亭节》），这里所言的是王羲之《兰亭序》的书境。"干裂秋风风带雨，润含春雨雨飘风"（《林散之百年诞辰》），林散之草书的技法，有如山中的烟雨、天际的白云、坡涧的幽花，是智慧灵光的闪烁、生命精神的吟唱，当然是清逸的。读沈鹏的《夜宿多巴哥》："觉来疑是入蓬莱，却在西洋云水隈。绿野盈窗窗纳画，天然山水画难裁。"山川如画，恍入蓬莱，大美无言，万象冥合，这完全是让天地的生生之气，不着一丝尘垢的自然物象的本味、真味占有我们的视觉感官，让我们进入物我两忘以至物我为一的精神状态，这就是清逸，仿佛从喧嚣的尘世中见到了自己的一片冰心。

　　空明的灵境。庄子一心向往姑射之山，远离尘世喧嚣，达到了一种精神的逍遥。艺术的清逸之境是独立自由的精神境界。在沈鹏的艺术创作里，部分诗作的意境是空明澄澈、

① 见夏延章等译注《四书今译》，江西人民出版社，1986年，第115页。

② 见欧阳景贤、欧阳超《庄子释译》，湖北人民出版社，1986年，第14页。

虚静淡远，像清风流泉般洗涤我们的尘心，让我们智慧明澈、心灵宁帖。诗人善于发现，一片明霞、几朵祥云、数只翎鸟、一丛芳草，无不现潇洒出尘之境，仿佛使人慧心湛发，顿悟真如。试读《郊游漫得》："一叶丹枫泛碧澜，经霜泡露耐清寒。不知何处深宫出，采入诗囊起凤翰。"诗人无意之间拾起一片枫叶，油然想到了红叶题诗的故事，想到了李贺寻诗觅句的典故，仿佛在片刻之间与古人的慧心相接，超然意绪油然而生。"潇湘灵气比云山，古木清雄香草妍。我与樊川共车马，何须霜叶盛时看？"（《岳麓山爱晚亭》）"樊川"是指杜牧，杜牧号樊川居士，他在岳麓山爱晚亭写过"霜叶红于二月花"的名句。诗人认为，诗意是心境的艺术表达，心净无尘，四时皆春，四时的景色悦我心神，这才达到了清逸之极致。《海鸥》一诗是难得一见的清逸佳品："拂浪轻身过，冲霄昂首飞。晴光耀白羽，疾雨湿蓑衣。海阔鱼并跃，天高鹰与齐。昊天无织网，何事恋林羁？"诗作以鱼跃鹰飞、碧水蓝天衬托海鸥在浩瀚的天宇自由展翅的形象，这是一幅壮阔瑰丽的画面：鱼的纵意飞跃、鹰的自由翱翔、天宇的浩渺空阔，更衬托了海鸥的矫健轻灵。这是一幅真实的生活图景，而诗人通过典型化、写意化的处理，让我们驰神于独立的精神王国之中。海鸥象征什么？是时代的弄潮儿，是自由精神的物化，是寄予了理想的青年一代？可能是，可能不是，这是写意化的符号。

素洁的语言。艺术创作是极为艰难的，须进入萧散清逸之境，将眼中之竹、心中之竹化为手中之竹，这是胸次、学养、才情、功力的综合表达。为诗要有胸次、要有卓识、要有才情，最重要的一点是有艺术功力，没有流畅自如的语言表达，任何优美的艺术境界都将化为流云飘去、鸢鸟高翔。沈鹏善于营构清逸之境，与他精湛的语言功力是分不开的。沈鹏是富有才情的艺术家，可惜疾病的折磨抑制了诗人丰美才情的发挥。沈鹏的诗作语言仿佛让清风吹过、清泉洗过，是那样纯然一色，不杂尘滓。他的诗文不乏绚烂的文采，只是平时的创作着意淡化了自己的才情，试读其《跋自书〈前后赤壁赋〉》："苏轼因乌台诗案获罪，当其贬黄州之际，于元丰五年壬戌之秋作赤壁之游，积平生块垒与眼下郁闷，发而为文，写景，写情，写哲理，文笔之曲折与心绪之摇落合而为一，世事之沧桑与词翰之跌宕相互感激，千载之下，予览斯文也，吟诵之，冥悟之，终于慷慨震撼，情思浩荡，不能自己，似与东坡相对而坐忘，相顾而悲喜。"①这是多么精彩的笔墨，哲理、诗情、华藻浑然为一，足见先生的风流文采。

沈鹏晚年的创作，激情的烈焰渐变为纯度极高的莹莹之光，那样素洁精纯、脱尽尘滓、独存孤迴。日本佛学大师铃木大拙描写禅诗的语言："天然存娇姿，肌肤洁如玉。铅丹无所施，奇哉一素女。"沈老的部分佳构近乎达到了这种境界。如《海鸥》一诗，清雅之极，朴素之极，澄澈之极。沈老对赵朴初先生至为景仰，试读《悼赵朴初（步先生诗原韵）》："百年悲喜逐天涯，高士禅行智慧花。心事平常无尽意，夕

---

① 见沈鹏著《桃李正酣》，海天出版社，2017年，第104页。

阳鸥鹭海边沙。"诗作描写一代高贤的归去，那样从容自然，语言的清雅如秋水芙蓉，倚风自笑，那智慧禅心、夕阳海鸥的意象，把我们带入一片清空静谧的艺术意境之中，这里没有悲慨，没有感伤，是一道超尘脱俗的风景。诗人的炼字也往往入禅，"目穷通五岳，日落入无涯"（《重宿阿里山》），"一夜西风吹落叶，万家灯火尚辉煌"（《即事》），"梦里依稀泉映月，客中空数雨敲萍"（《腕底》），这里的"通""入""吹""尚""映""敲"等字仿佛不经意而得，而又是那样形象准确，传达出难以言说的意绪。

幽微的旨意。清逸是艺术的高境、老境，既是雅意高怀的抒发，也是幽意微旨的表达。清逸之境近禅，但没有禅境那样空寂。清逸尚虚灵之美，但这里的"虚灵"不等于空无，而是一种纯粹自在，一种无言之美。真正美的艺术不可能绝对虚无。艺术是一种符号，带有禅意的艺术是柳绿的袅娜、春花的妍笑、微风的轻拂，而表达出丰富的言外之意。"忽闻布谷三啼唤，恍听天仙一奏鸣"（《过闹市闻布谷声》），这是多么清幽静谧之境。常在乡村生活，布谷的鸣叫再熟悉不过了，而诗人在闹市里听到布谷的声音觉得太清太美了。为什么有此种感觉呢？因为这是天籁之音，听到清纯布谷之声想到了故乡，想到了故乡的山山水水、亲朋故旧，想到了故乡的文化。布谷的啼叫又是自由的啼唤，诗人仿佛随布谷飞到了远离人世喧嚣的一片净土，在那里悠然自得，不为五色而目盲，不为五音而耳聋。"椰树迎风风染绿，沙洲照日日雍熙"（《博鳌南行途中》），椰树迎风，沙洲映日，大地长天，上下一碧，那样宁静、鲜妍、灵和、优雅，读来不觉把胸中的尘垢洗涤得干干净净，神为之畅，目为之清。

诗人的这种清逸有时还表现为精骛八极、视通万里，翱翔到了广袤的宇宙时空之中，视万物为稊米，拓展出极为广阔的思想空间。诗人有时梦想见到了外星人，写过这样一首诗："雾破云车落地来，惊看目瞪口难开。我心已寄浩天外，宇宙无穷实费猜。"（《梦外星人·之二》）他的清逸不同于古人山水田园诗表达的隐逸情怀，还体现尚真的科普色彩，最近创作的一首诗作将隐逸之思、童心之怀、科普之趣结合为一："小小地球形不孤，堂兄堂弟远相呼。皑皑深浅疑冰雪，赫赫高低类宅居。亿万光年邻里近，无边长夜立时趋。电波或早翩然至，只恐吾人蠢若猪。"（《宇宙中屡现与地球相类者》）沈鹏的清逸体现出时代色彩，丰美的想象与诙谐的情趣妙合无痕。

"白云抱幽石，绿筱媚清涟"（《过始宁墅》），用谢灵运这两句诗来描述清逸之境应该是恰当的。读沈老的清逸佳品，我们的心仿佛如白云飘荡，如清泉流淌，如幽花妍笑，心为之净，神为之畅，目为之清，远离尘世的喧哗而神清气爽。

不着一字　尽得风流

——论沈鹏诗境的含蓄之美

中华是诗的国度，内敛含蓄之美是中华民族农耕社会静谧田园、恬淡平和观念的艺术表达，亦为古老先民独立自主、不事张扬的内敛性格的体现。内盈睿智、外示从容，这是礼仪之邦的国民受诗教易教之熏陶而展现的精神风貌。含蓄之风无处不生，委婉之味无所不有，内敛隐秀之风滋沐了炎黄子孙的骨髓。这种人文之美源于儒释道哲学美学的精神，发之于中国传统文化的诗书画印。艺术意境的含蓄美乃普遍性之美感特征。由此我们可以看到，含蓄之花日盛日开，"不着一字，尽得风流"，这是极高的人生境界、艺术境界。

中国的诗歌受《易经》的影响甚深，以象达意，以象传情，这是华夏艺术以含蓄为至高境界的重要特征。《易经》为群经之首，是中华文化中最重要的经典，全书以符号与文字相结合写成，在古人眼中，是弥纶天地、无所不包的哲学著作、美学著作。《易经》全书用象征写成，《易经》的作者企图通过易象之暗示表达幽隐难言的易理，故清人章学诚说："《易》之象也，《诗》之兴也，变化而不可方物矣。"《易经·乾卦》以龙为象，初九为潜伏之龙，九四为腾跃之龙，九五为飞天之龙，告诉人们待时而动、顺时而发的哲理。《诗经》的美学是含蓄之美学，将赋比兴手法运用到了极为成熟的境界，以关雎喻君子淑女，以硕鼠喻贪腐之徒，以夭桃喻二八之女，以蛤蟆喻丑恶之君，无不给人以丰富的想象和联想。至于楚辞，以善鸟香草而配忠贞，以恶禽臭物而比谗佞，以灵修美人而拟明君，以宓妃佚女而譬贤臣，将比兴手法发挥到极致，也将含蓄之美推向极致。故刘勰说："《国风》好色而不淫，《小雅》怨诽而不乱，若《离骚》者，可谓兼之。蝉蜕秽浊之中，浮游尘埃之外，皭然涅而不缁，虽与日月争光可也。"[①]刘勰以专章论含蓄之美，

---

① 见郭晋稀《文心雕龙注译》，甘肃人民出版社，1982 年，第 44 页。

强调文外有余意、篇中有警句，篇名为《隐秀》。他说，"纤手丽音，宛乎逸态，若远山之浮烟霭，娈女之靓容华""使醖藉者蓄隐而意愉，英锐者抱秀而心悦"。①艺术追求含蓄美，实际上是陶冶气质，雅化情操，提高素养，开启智慧。从美学上看，充实与空灵为华夏艺术最为重要之美感特征。孟子说："充实之谓美。"美的艺术既是充实的，又是空灵的。天地不空不能育万物，人心不空不能含万象。艺术不空不能纳万境，艺术的所谓空灵，就是通过典型化的意境拓展出广阔的联想空间，艺术的空灵之美与含蓄之美是相通的。

沈鹏先生心游文府、神交先贤，养浩然之气，斋莹素之心，撷百卉之葩，织锦绣之文，深得风人之旨、象外之致。沈鹏的艺术创作，根植于《诗经》《楚辞》的赋比兴传统，远取建安、唐音之雅韵，中取苏轼、秦观之高致，近得龚自珍、黄遵宪之遗意，广取博采，独铸清辞，高标独举，风神超迈。沈鹏诗境的含蓄之美主要体现在赋比兴三者的成功运用。

什么叫比兴？朱熹说："比者，以彼物比此物也。""兴者，先言他物以引起所咏之辞也。"细究《诗经》《楚辞》的比兴手法，内容极为丰富，既是修辞手法中的比喻，尤其是比喻中的借喻和博喻，有时又是一种创作手法，与今天常见的象征和托物言志大体相近。近体诗词运用比兴，多在局部，体现触类生发、长思远慕的美感特征。在沈鹏的诗作中，这种带有比兴色彩的佳句如吉光片羽，粲然跃目："燕舞纵然多乐趣，莺歌便得尽逍遥。"（《刘征赠雨点金星砚有作》）此句应是运用了互文手法，燕舞莺歌应为一个整体意象，本义是春天的欣欣向荣的繁荣景象，而此处别有寄托，因为"燕舞莺歌"使人愉目畅神，容易使人想到那些廉价的粉饰之辞、那些言不由衷的甘言媚语，从而告诉读者，美在朴素真纯，不要为事物的表象所迷惑。"牡丹荆棘天然美，黄雀苍鹰各异姿"（《题〈中华辞赋·校园诗赋〉》），强调艺术创作追求风格的自然之美、多元之美。"牡丹荆棘""苍雀苍鹰"，隐喻艺术风格的丰富性与多样性，牡丹美在绚丽高雅，荆棘美在清新自然，黄雀美在婉约优雅，苍鹰美在雄浑豪宕。艺术能抒发真情、表达个性、体现时代精神便为佳品，诗人并不否认美感有一定的差异性，而各种风格都有其独立的美学意义：梅花的素洁不逊于牡丹之富丽，修篁之袅娜岂亚于青松之挺拔？

沈鹏的含蓄之美也体现在整体意象的暗示性上，给读者拓展出广阔丰美的联想空间，这主要是体现在象征手法的运用上。象征与托物言志大致相通，通过整体意象表达幽隐难言的情感和理趣，这与《诗经》中常见的"比"相近。试读《鹦鹉》一诗："一鸟山林野外生，啁啾活泼足多情。如其不食嗟来食，怎鼓如簧学舌声？"鹦鹉这种小鸟美丽聪慧，如生活在山野多自由、多惬意，而因仰仗于人，喜吃嗟来之食，只好学舌于人，自己的个性完全丧失，它的美也不存在了。诗人含蓄地告诉读者：自强自立，才可能活得有尊

---

① 见郭晋稀《文心雕龙注译》，甘肃人民出版社，1982年，第489页。

严，才可能不会丧失自我，保持自己的独立人格。试读《杨花》："飘荡游移任所之，非花非雪暮春时。满空拂乱时人眼，得意随风不着枝。"（《杨花》）杨花本来有一定的美感，非花非雪，但也如花如雪，而诗人不赏、游者不顾，何以故？轻薄放荡、得意忘形之故也。如今腐败之官员，亦有杨花之态，一旦春风得意，便认不清自己是谁，没想到权力是人民给的，开始胆大妄为了。萤火虫的形象是可爱的："纵然不若电光莹，闪闪微明破晦冥。难免夏虫讥命薄，流光绝胜一嗡营。"（《夏虫四绝·萤》）萤火之光与皎日朗月相比，的确是微不足道的，但是在伸手不见五指的夜晚，小小的荧光可以照见你前进的征程，使你不致迷路，不致落入山崖而粉身碎骨，给人以希望，甚至生命。它燃烧自己，照亮别人，其精神多么可贵，比起那些如阵的秋蚊，嗡嗡如雷，吸人鲜血，那它的美就十分伟大了。做一个有益于社会有益于人民的人，纵被讥讽，是值得的，是自豪的。

用赋法形成特有的含蓄美，是一般的美评家很少注意的。赋法能不能创造含蓄美？回答是肯定的，关键是用得要巧妙。

"赋"的含义是什么？刘勰说："赋者，铺也，铺采摛文，体物写志也。"[1]朱熹说："赋者，铺陈其事而直言之也。"根据刘、朱的说法，赋的特点有二：一是铺陈渲染，通过夸饰性的描写突出事物的本质特征，给人以深刻印象，使美感得到强化。赋的夸饰手法，很可能是受《楚辞》和《战国策》《史记》的影响而来。《楚辞》将比兴系列化，强化情感的表达；《战国策》《史记》中所记纵横家之言，多用渲染和排比，强化语势，达到折服人主的目的。二是直言，通过叙述来直接表达，当然这个"直言"是有方法的，是极为巧妙的。"铺彩摛文，体物写志"这个特点在汉赋中广泛运用。后世的诗歌创作把赋体作为一种表现手法普遍运用于创作之中。赋法的铺陈渲染有没有含蓄性？有。事物的特点有比较复杂的一面，没有铺陈不能穷形尽相，使情感得到淋漓尽致的宣泄，但这种铺陈还须通过典型化的手段表达。赋体意象并不可能把要说的话说尽，还须有丰富的象外之意才可能产生美感。沈鹏的创作，在五古和慢词中多有赋体手法，达到酣畅淋漓的表达效果，拓展了广阔的想象空间。

《扬州慢·内华达州雷诺赌城》成功运用了铺彩摛文的赋体写法，描绘了美国的一道独特风景："忧喜同行，吉凶同穴，善哉不辨晨昏。有美金百万，刹那富乾坤。请伸手、无须疑虑，雨翻云覆，楚汉遂分。又佳看美艳，相陪任尔消魂。虞兮难舍，好男儿，不斩情根。局局是良机，白天好梦，谁说非真？百亿一盘嫌少，雷池外，虎噬鲸吞。所幸多当铺，任凭囊底无存。"雷诺位于美国内华达州北部边境处，毗邻加州，以博彩业而闻名全美，是继拉斯维加斯、大西洋赌城之后美国最为著名的博彩胜地。通过开放博彩业来刺激地方经济的发展这是政府行为，不是个人行为。词作从多方面描写赌城的特点。如写行赌时间之长，昏天黑地，"善哉不辨晨昏"，诗人发现赌城什么都有，而没有时钟，意

① 见郭晋稀《文心雕龙注译》，甘肃人民出版社，1982年，第85页。

思要赌徒忘掉时间；写赌注之豪，"有美金百万，刹那定乾坤""百亿一盘嫌少"；写赌徒之侥幸心理，"局局是良机，白天好梦，谁说非真"；写赌城的一条龙服务，"又佳肴美艳，相陪任尔消魂""所幸多当铺，任凭囊底无存"。这些穷形尽相的描写告诉读者什么？告诉读者：为了发展经济，可以不择手段，不顾道德良知，把人性的负面性格调动到极致。这些赌徒肯定输得多、赢得少，最后有的投水自尽，而赌城不管，政府不管。说白了，为了钱，赌徒的生命在这里也不当一回事，这种行为并且不与法律相忤，从这一角度可看到美国式民主的真面目。

2015年诗人创作的五古长诗《放龟行》是成功运用赋法的一首佳作。事情的缘起是一个朋友送了诗人一只绿毛龟。这个小灵物十分可爱："友朋远方来，贻我绿毛龟。大不过手掌，甲壳铺苔衣。衣长径盈尺，胜过翡翠枝。又杂黄金线，天女架织机。双眼湛光亮，神情赛小儿。"诗人见到这个小生灵十分喜爱，但还是想把它送回到大自然的怀抱中，让它自由快乐地生活："一日发异想，我心发慈悲。何如放生去，纵彼游天池。"而没料到的是想将此物做奇货可居者，或想大快朵颐者甚多，诗人描写当时的情景："蓦地观者众，哄然将我围。声言出重价，纸币举高扬。价格倍飙升，胜似拍卖行。"而诗人断然拒绝，想悄悄地放到池塘里，但发现小龟还是有危险："忽觉遇盯梢，贼眼的溜望。或为贪铜臭，或为肉味香。"诗人心想这样还是不行，于是与动物园联系，竟然遭到拒绝："回话此举异，入账无来源。"最后毫无办法，为了小灵物的安全，抱着宝贝回到家中，这才是小龟的安全之地："喘息归故宅，陶瓮安然在，胜过人间安乐宫。"放龟这件事有一定的真实性，但细节的描写无疑有艺术的加工，通过赋体手法的运用把人们的贪欲作了淋漓尽致的描写，寓意甚为深刻，这是一首用赋体创作的绝妙讽刺诗。

赋体的"直言"能产生含蓄美，关键是方法的巧妙，用好最难。"直言"产生含蓄美，是怎样形成的呢？就是设置断层。刘熙载说："文不难于续而难于断。"（《艺概》）这个"断"就是写意化的描写，如大写意，寥寥几笔，遗形取神，省略了许多内容，拓展较宽的想象和联想的空间。我们先读李白的《玉阶怨》："玉阶生白露，夜久侵罗袜。却下水晶帘，玲珑望秋月。"这是描写一位女性寂寞惆怅的心情。她无言独立玉阶，露水很浓，浸透她的罗袜，但她还在痴痴地等待，等待了很久还没有见到思念的人，回房时放下窗帘，却还在凝望秋月。这描写的肯定是宫女，"玉阶"二字点明环境，我们可以想象她的美丽。秋露湿衣仍不肯回房，回房之后还凝神望月，可见她是多么寂寞和失望。诗作展现出极宽广的想象空间——宫女的美丽、宫女的期待、宫女的感伤。这个宫女可能是诗人自己的象征，诗人负不羁之才，而才不为世用，道不行于时，不正是像这宫女一样吗？

在沈鹏的诗作中，这种概括性的描写，断层空间的设置是较多的。试读《太湖泛舟归晚》："日落衔山去，杳然万象暝。范公舟楫远，今夕满天星。"诗人泛舟太湖，夜色已深方归来，泽国一片静寂，只看到满天的星星。此刻，他想到了一人，那就是帮助勾践灭吴的范蠡，传说他成功以后带着美丽的西施泛舟归去。诗作在这里设置的断层是很多的：泛舟所见的景色之美，感受的心情之乐，诗人没有描写，但我们可以通过想象描绘；范蠡作为道家学派的思想家，他不贪富贵，高蹈尘世的品格令人仰慕，范蠡与西施很想过着男耕女织神仙般的生活，也可以想象描述；诗人想与范蠡引为知遇的心情亦可想见。凡此种种，一切都在不言中。我们再读另一首："哀史不期离咫尺，传闻故事丛林侧。频频回首寄神驰，决眦夕阳终入黑。"（《车经凡尼隆，罗密欧与朱丽叶相会处》）罗密欧与朱丽叶的爱情故事人们耳熟能详，诗人到了传为人物原型相会的地方，感触良多，而只用"频频回首""决眦夕阳"两个细节描写表达自己的无限感慨。诗人对这个地方的印象极为深刻。诗人没有直接描绘风物特点，也没有描绘罗朱二人的形象特征，没有直接抒发自我感受，而通过"频频回首""决眦夕阳"两个细节的暗示，把对罗朱的理解同情、痛惜赞美之情，以及对专制的厌恶、对自由的向往等极为复杂的情感含蓄深刻地暗示给了读者，无言胜有言，无声胜有声，极具震撼力与感染力，无限深情，见于言外。

"不着一字，尽得风流"[1]，可用司空图的两句诗来概括沈鹏部分诗境的美感特征，那就是含蓄蕴藉、咫尺千里，给读者拓展出广阔的想象空间，既给人以智慧的启迪，更给人以美的联想。

---

① 见郭绍虞主编《诗品集解·续诗品注》，人民文学出版社，1980 年，第 21 页。

红霞禅石上　明月钓船中

——论沈鹏诗境的静寂之美

艺术的高境往往呈现虚静空灵的美感特征。静境能养心，静思能出智慧。静心是艺术创作的前提，艺术家的心灵只有虚静寥廓，方能天机自流，把握玄解之宰，窥意象而运斤，故陆机说"罄澄心以凝思，渺众虑而为言"[1]，刘勰说"疏瀹五脏，澡雪精神"[2]。宋代画家米友仁谈过这样的体会："画之老境，于世海中一毛发事泊然无着染。每静室僧趺，忘怀万虑，与碧虚寥郭同其流。"[3]艺术创作与参禅相通，定慧合一，体用不分，入静既是手段，也是目的。静寂之境是美的诗境，贺裳评孟浩然的诗时说："诗忌闹，孟独静；诗忌板，孟最圆。"（《载酒园诗话又编》）苏轼论诗："欲令诗语妙，无厌空且静。静故了群动，空故纳万境。"[4]沈鹏是心性超旷、学养渊深的艺术家，他的诗歌创作往往将读者带入腾踔万象、虚静空灵的艺术意境之中，静寂之美是其部分诗歌佳品的美感特征。

华夏艺术的内核与儒释道三家的美学思想有较深的渊源关系。儒家重视道德修养，强调第一步就是静心："知止而后有定，定而后能静，静而后能安，安而后能虑，虑而后能得。"[5]庄子说："夫虚静恬淡寂寞无为者，万物之本也。"[6]庄子还创造了自我调节、

---

① 见张少康主编《中国历代文论精品》（二），时代文艺出版社，2003 年，第 129 页。

② 见郭晋稀《文心雕龙注译》，甘肃人民出版社，1982 年，第 318 页。

③ 转引自宗白华《艺境》，商务印书馆，2011 年，第 186 页。

④ 见张少康主编《中国历代文论精品》（二），时代文艺出版社，2003 年，第 126 页。

⑤ 见夏延章等译注《四书今译》，江西人民出版社，1986 年，第 1 页。

⑥ 见欧阳景贤、欧阳超《庄子释译》（上），湖北人民出版社，1986 年，第 294 页。

逐渐入静的方法——心斋。何谓心斋？庄子说："若一志，无听之以耳，而听之以心；无听之以心，而听之以气。听止于耳，心止于符，气也者，虚以待物者也。"①释家哲学，就是尚空尚静的哲学。沉思冥想，静默观照，是他们获得般若智慧的主要法门。《智度论十七》："常乐涅槃从实智慧生，实智慧从一心禅定生。"释家参禅到至高境界，生命潜能得到释放，潜意识可以调动，能明心见性，顿悟真如。艺术家创作时高度入静，灵感可以不期而至，出现情如狂涛、思如泉涌的最佳状态。因此，带有禅意的诗境，是静中的极动、动中的极静，寂而常照、照而常寂，此时无声胜有声的艺术妙境。沈鹏心游文府，神栖百家，长期的修炼与艺术创作，有助于禅趣禅理的触发，发之于诗，往往呈现空灵澄澈、物我为一的静寂之境。这种意境，因创作主体的心境变化也呈现出丰富多样的美感特征。

宗白华说："禅是中国人接触佛教大乘义后体认到自己心灵的深处而灿烂地发挥到哲学境界与艺术境界。静穆的观照和飞跃的生命构成艺术的两元，也是构成'禅'的心灵状态。"②艺术的高境体现尚静的美感特征，沈鹏诗境达到了高度的宁静，而又体现出多姿多彩的美感特征。

虚灵之静。沈鹏的艺术创作，已臻高度的幽静，受王维空灵幽静诗风的影响甚深。诗人远离尘世的喧嚣，挣脱名缰利锁的束缚，诗人的心仿佛游于无何有之乡，通过意象的物化，我们仿佛看到皎皎明月、仙仙白云、摇曳的春萝、葳蕤的芳草，给人以蝉蜕尘世之感。"森森松柏重重叠，点点荆花曲曲藏"（《夏山》），"乐水潺湲观过鲫，危岩跌宕长缠萝"（《小去》）"日落怜光暖，鱼游饮水寒"（《泽畔深秋》），在诗人笔下，松柏荆花、游鱼缠萝却是那样悠然自得，倚风自笑，近乎是王国维所说的"以物观物"的无我之境，而诗人淡泊的情怀、超然的意绪、那一颗无着无染的心仿佛历历如见。"满塘莲叶碧田田，熠熠红芳映日边。何处飞来岸前柳，故教垂老亦吹棉。"（《独坐》）沈鹏诗中的禅意，与僧诗们幽冷孤峭的禅意是不同的，充满生活气息，奔腾着一股生命的暖流。君不见，那莲叶田田、红芳映日、岸柳飞棉，那么宁静，又那么生机勃勃，这是诗人对生命精神的高歌。

沈鹏富有禅意的代表诗作是《雨夜读》："此地尘嚣远，萧然夜雨声。一灯陪自读，百感警兼程。絮落泥中定，筸抽节上生。驿旁多野草，润我别离情。"诗人谈到此诗创作的情景时说："朦胧模糊之中，瞬间萌发叫作灵感的东西，诗句汩汩而出，不费斟酌，很少修改，潜意识的积累进入意识层面。"这近乎是开悟境界的描写。据日本佛学大师铃木大拙所说，长期的修炼，如武术、书画、诗歌等活动，是可以诱发慧心的湛现的。诗人的这种描述，是一种纯粹意象的描述，可视为禅境的表达。禅境之美，是一种纯粹意象，不

① 见欧阳景贤、欧阳超《庄子释译》（上），湖北人民出版社，1986年，第72页。

② 见宗白华《艺境》，商务印书馆，2011年，第189页。

必对每一个细节加以考证，禅意是重直觉、反理性的。王维画雪中芭蕉，这表达的是一种意象、一种心境，若细加考究，哪里有雪中的芭蕉？岂不荒谬？诗人雨夜读书，连窗外的落絮之声、竹笋节节的拔高之声也仿佛听到，无疑是一种潜意识活动的情绪体验，或者说是采用了意象描写和以动衬静的手法描绘幽寂之境，让我们感受潜意识中云朵的自由跃现、生命之光的自然湛发，让自然物象的本味、真味占有我们的感官，荡尽尘土、独存孤迥地呈现在我们眼前，这是一种多么幽雅虚灵的静寂之美！

超旷之静。所谓超旷之静，即静谧境界中蕴含高蹈风尘的超旷意绪，表达对自由精神的深情眷恋。我们试读《嵊州至上虞途中》："春暮杨花雪样飞，越中山水古称奇。此行非为戴安道，李杜同舟泛剡溪。"剡溪为浙江省绍兴市嵊州境内的主要河流，由南来的澄潭江和西来的长乐江会流而成。这是一条文化之河、诗歌之河。据统计，约占《全唐诗》五分之一的诗人，他们载酒扬帆，击掌踏歌，抚剡溪之清波，望天台之雄奇，华彩与幽情共发，壮思与逸兴齐飞，为浙东留下了15000多首诗篇。诗人在暮春时节来到这一方诗国沃土，但见杨花如雪、绿柳如烟、苍山如黛、剡水如油，想到《世说新语》里的故事："王子猷居山阴，夜大雪，眠觉开室，命酌酒，四望皎然，因起彷徨，咏左思招隐诗，忽忆戴安道，时戴在剡，即便夜乘小船就之，经宿方至，造门不前而返。人问其故，王曰：'吾乘兴而行，兴尽而返，何必见戴？'"从这则故事可以读出晋人"物物而不物于物"的超脱精神。诗人受其影响，慧心与先贤相接，油然而生超然之思，这种诗境带有唯美色彩，与老庄哲学和魏晋玄学有内在的联系。这种诗境既是清宁的，又是淡远的、超旷的。

再读《寒山寺题壁》："钟声回荡夜迟迟，过往客船江月思。阅尽古今无限事，寒山化育一身诗。"寒山寺是临济宗修炼者的重要庙宇，以清宁旷远为主要特征的佛教美学思想对中国艺术意境的渗透是极深的。诗人从寒山夜色切入，景色空旷静谧：迷茫的江面，闪耀的渔火，清远的钟声，置身此境，不觉神思飞越、浮想联翩，想到了在乱世中漂泊的张继，想到与寒山寺相关的如流星般闪烁的风流人物，想到中华文化传播的历史，虽然有淡淡的感伤，而更多的是心灵之宁静、襟怀之旷远，"寒山化育一身诗"的意象给人以生意盎然、思超神越之感。"幼雀思高鹜，仁人惜晚霞"（《丁亥春节抒怀》），"油菜花开金菜地，长江浪涌白涛头"（《游崇明岛》），这里的幼雀、晚霞、菜花、江浪构成一幅空阔静谧、生机郁勃的画面，而诗人流连光景、心与物游的风仪神采历历如见，整个境界清宁而旷远。

清穆之静。诗人是中华文化的朝圣者，把一生的心血奉献给了祖国的文化事业，以心血催开了一朵朵绽放幽香的艺术之花。文化的发展必须根植传统，必须对先贤有敬畏之心，有敬畏之心便产生一种使命感，方能自觉地做中华文化的薪火传承者。沈鹏的部分诗作表达了对前贤的景仰之怀，境界极为幽静，同时也朗现一种清穆之感。李白是中国诗歌的太阳，诗人写过以李白为题材的诗作数首，从不同的视点切入，抒发了对一代诗仙的景慕之情。试读《牛渚·太白楼》："异代同牛渚，悄然太白楼。空传投水处，不绝逐江流。

潇洒愁肠醉，飘零足岁游。余风兮万世，捉月可排忧。"牛渚又叫采石矶，在今安徽马鞍山市采石镇，是长江三大矶头之一，形势十分险要，李白"天门中断楚江开，碧水东流至此回"的诗句就是描写此地。元代辛文房《唐才子传》载："（李）白晚节好黄老，度牛渚矶，乘酒捉月，沉水中，初悦谢家青山，今墓在焉。"此诗怀念李白，对李白的潇洒性格与浪漫主义诗风不胜景仰，诗境幽静而清穆。吴昌硕是晚清民国时期著名的画家、书法家、篆刻家，集诗书画印于一身，熔金石书画为一炉，是文人画最后的高峰。诗人在吴昌硕纪念馆之前感慨不已："画法每从书法出，诗情还自世情来。缶翁为我传心语，'四绝'今徒具体骸。"（《安吉吴昌硕纪念馆得句》）诗作对吴昌硕努力全面地继承和发扬中华文化优秀传统的审美导向和献身精神予以高度评价，强调了艺术家综合素养的重要性，正如诗人所说："博取，是成为大器的必经之路。"[①]"诗书画印各以其自身的特点追求诗意，并丰富着整个作品和诗意，诗书画印结合，创造出我们民族高度成熟、独具一格的形式美，独立于世界艺术之林。"[②]读罢此诗，我们仿佛看到诗人在吴昌硕故居之前伫立良久、低回彷徨的情景，静谧的诗境中有一种庄严肃穆之感。

幽雅之静。诗人是著名的艺术评论家、艺术家的知音，他以诗描绘中外艺术大匠们瑰玮高华的艺术意境，这种意境既是幽静的，同时又是高雅的，让我们深受艺术的陶冶。笔者深许曹植的名言："盖有南威之容，乃可以论于淑媛；有龙渊之利，乃可以议于断割。"[③]艺术境界的微妙之处，没有深入实践的人是感受不到，也很难说出来的。当然，将创作与理论打通极难，中国历史上也没有多少人能将二者打通，沈鹏先生就具备了打通的条件。他的论艺诗能从意境与技法的高度表达自己的真知灼见，所绘之境、所言之理具有金针度人的意义。如论画，"白石鱼虾雪个胎，神师造化尽精微。今人只把葫芦卖，也谓胸中逸气来"（《题白石画》），极言白石大师的创作能取"八大"之神，外师造化、中得心源，我们可以想见画境幽雅空灵之妙致；论书"笔冢墨池惊鬼神，换鹅写扇性情人。一千六百余年后，书圣陵前师本真"（《乙丑清明祭王羲之墓》），书圣王羲之的书法以萧散飘逸、气象高华为至高境界，诗人认为他的美，既来自墨池笔冢的功夫，更来自创作主体的修养，"本真"二字意蕴丰富，为其书境的灵魂之所在，读王羲之书法，可以想见书家风神潇洒之神采。

论雕塑："岂合含羞忍辱身，金刚力挫断龙绳。无声岩石动乾坤。贝氏《命运》交响曲，沉雄一样夺灵魂，古来悲剧两无伦。"（《浣溪沙·米开朗琪罗雕刻〈奴隶〉》）米开朗琪罗是意大利文艺复兴时期伟大的绘画家、雕塑家、建筑师和诗人，雕塑作品《奴隶》又称为《被缚的奴隶》，塑造了一个被绑在石柱之上的健壮奴隶的形象。雕塑是无声之

---

① 见沈鹏《书法本体与多元》，作家出版社，2014 年，第 53 页。

② 同上，第 81 页。

③ 见张少康主编《中国历代文论精品》（一），时代文艺出版社，2003 年，第 124 页。

诗、有形之画、凝固的音乐，虽然以静态的形式出现，而能唤取我们丰富的联想。此尊雕塑中的人物刻画，细致入微，如公牛一样健壮的身体呈螺旋形强烈地扭曲着，似乎正在力图挣脱身上的绳索，虽然双臂被反绑着，但全身的肌肉都紧绷着，让人感受到那是蕴含着无比强烈的反抗力量。他的头高昂着，紧闭着嘴唇，眼睛圆睁着，眼神流露出反抗的愤怒和坚强不屈的意志。诗作的意境是静谧的，我们欣赏时能静中见动，感受到悲剧艺术的无穷魅力。

"红霞禅石上，明月钓船中"，借用齐己的这两句诗描写沈鹏先生诗境的静谧之美大体准确。齐己描写的是静谧的禅境，沈鹏的诗作将静谧的观照与飞跃的生命达到了有机的结合，既可读出虚静空灵的禅意，又可读出或超旷、或清穆、或幽雅的美感特征，使我们心灵宁帖、人格升华，独特的美感开启我们的智慧。

陇水胡笳　笔深意长

—— 论沈鹏诗境的苍凉之美

　　个体生命是弱小的，时代的风云激荡，人生道路的曲折艰难，亲身经历者容易产生苍凉意绪，这种意绪反映到艺术中来，形成了苍凉意境。沈鹏先生亲历过抗日战争、解放战争、社会主义革命和社会主义建设的历程，又长期与病魔作斗争，曲折艰辛的人生经历反映到他的诗歌意境之中，自然产生五味杂陈、百感交集的苍凉之美。读其诗作，或把我们带入哈顿纪念地听听那撕裂心肺的警报声，想到第二次世界大战的惨烈；或在卢沟桥畔肃立良久，追忆日寇蹂躏中华大地的情景；或到金陵登高，想象六朝旧事随流水、中华民族几多羞辱的岁月；或游览华清池，想到唐玄宗因昏庸而导致安史之乱爆发的历史；或感受因故人远逝、生命之花凋谢而产生的痛彻骨髓的悲伤。凡此种种，不一而足，品读这类诗作油然而生苍凉之感，使人或壮怀激越，或低回彷徨，或潸然泪下，陷入深深的沉思之中。

　　苍凉是艺术的高境，是对生命的珍视，是对苦涩人生的品味，是对人生精彩瞬间的索思。南朝文学家钟嵘做过这样的描绘："嘉会寄诗以亲，离群托诗以怨。至于楚臣去境，汉妾辞宫。或骨横朔野，魂逐飞蓬。或负戈外戍，杀气雄边。塞客衣单，孀闺泪尽。或士有解佩出朝，一去忘返。女有扬蛾入宠，再盼倾国，凡斯种种，感荡心灵，非陈诗何以展其义？非长歌何以骋其情？"[1]唐代诗评家司空图描绘苍凉之境："大风卷水，林水为摧……壮士拂剑，浩然弥哀。萧萧落叶，漏雨苍苔。"[2]顾翰所描绘的悲壮风格也庶几近之："易水萧萧，送君白衣；歌声变徵，曲终歔欷。"（《补诗品》）苍凉境界蕴含沉

---

① 陈延杰《诗品注》，人民文学出版社，1980年，第3页。

② 见郭绍虞主编《诗品集解·续诗品注》，人民文学出版社，1981年，第34页。

思、感伤、悲慨、凄婉等多种情感因素。钱锺书说："感伤的诗是甜美的诗。"诗尚苍凉是中国诗歌的传统，屈原之《离骚》、汉代之乐府，于雄阔瑰奇的意境中往往带有深深的感伤。读李白的古风乐府，那长风归雁、万里黄河、燕山雪花、天山明月等群体意象，于壮怀逸气中一种苍凉意绪见于言外；读高适、岑参的边塞诗，那萧关陇水、朔风边月、黄沙白草、笳悲马鸣等群体意象，雄浑苍郁，读来大有拔剑起舞之感。沈鹏先生的诗境亦多苍凉之美，既表达"小我"在特定时空中的情绪体验，也表达心系"大我"的家国情怀、忧国忧民的群体意识，部分佳品体现出史诗般的苍凉色彩。

沉思幽邃。沈鹏为杰出艺术家，同时又是勤于思考的思想家、情感丰富的诗人，他的部分诗作，多有沉思幽邃的美感特征。试读《哈顿纪念地》："炊烟俱散绝，人迹音尘灭。日夜警钟鸣，飞来秋雁咽。"哈顿纪念地在白俄罗斯首都明斯克附近，在第二次世界大战中白俄罗斯全国有209个镇被毁灭，"哈顿"为其中之一。1943年3月22日清晨，德国法西斯包围此村，将村民驱赶到一个马棚里，并把四周封死，再放火焚烧，全村男子多上前线，被烧死的多是老人、女人和孩子。读这样的诗作，我们由报警之声与秋雁哀鸣等意象可以想象法西斯是何等残暴，他们灭绝人性，摧毁文明，由此可想到日本帝国主义在中国的法西斯暴行。法西斯与日本帝国主义的罪恶，我们应刻入灵魂骨髓。诗人在《桂枝香·金陵凭高》中说："任昼夜，江涛竞逐。恨一百余年，国耻频续。卅万头颅落地，几多羞辱。雨花台上殷红血，但幽潜、芳草凝绿。舞台歌榭，应犹未忘，奏英雄曲。"诗人从今日的繁华景象想到一百余年来的国耻：铁蹄蹂躏，哀鸿遍野，人头落地，血染芳草。历史悲剧，岂容重演？再读《梅花岭史可法墓》："我来梅花岭，梅花杳无影。清气满园林，衣冠应未冷。"梅花岭在扬州市广储门外，当年清兵攻破扬州，史可法死难，家人葬其衣冠于此。这里所咏的梅花无疑是史可法爱国精神、高洁人格的象征。全祖望在《梅花岭记》中写道："予登岭上，与客述忠烈遗言，无不泪下如雨，想见当日围城光景，此即忠烈之面目宛然可遇……梅花如雪，芳香不染。"品读沈老此作，难道我们不想到史可法的伟岸形象和梅花般的爱国情操？

悲慨激烈。沈鹏先生是以儒学立身的忠厚长者，谦和平易，气度儒雅，但不能说先生没有正义感、没有个性，先生的骨子里有疾恶如仇的性格，从其诗文中可以读出。先生受鲁迅的影响是很深的，有沉郁的忧患意识和强烈的正义感。先生对有损于个人利益的事可以毫不在意，甚至把人生的苦涩酿成美的醇醪，而对邪恶势力、贪腐之徒，却是出离愤怒了。先读《溽暑·七律》："溽暑阴霾六月天，甘霖点滴有无间。小吞进口安眠药，不觉通宵淫雨篇。帘静愧疏窗外客，心清暂享枕中仙。邻翁谁与相呼饮，钻刺装修未肯闲。"作为一位长期患有失眠症的老者，在白天黑夜搞装修的喧嚣环境中苦熬一年多，心情的悲苦是可以想见的，而诗人不说一句话，只是顽强地忍受着，但是对贪腐之徒欺压老百姓，他燃烧起了满腔的怒火。他这样描写和珅："雅说生民苦，颂歌皇圣恩。诗才借伶俐，权术合斯文。学佛慈悲相，入朝魑魅魂。一编劳百态，万变不离根。"（《读和珅诗觉人性之复杂》）诗人把和珅描写为人间鬼蜮的形象，那些贪腐之徒不正是"张珅""李珅"这样的人间鬼蜮吗？对十四年抗战的民族苦难，诗人历历在目，虽然为中日两国之间的文化事业做了大量的工作，但他对帝国主义犯下的滔天罪行没有忘记，还时时提醒人们，试读此诗："炸弹深深深几许，地球何苦烙伤痕。教科书岂容涂改，不见'三光'朽骨存？"（《槟榔屿挖出百枚炸弹》）

感伤凄婉。在沈老的诗作中，有的表达了感伤凄婉的意绪。先生年近九秩，世事沧桑，所历亦多，人往往有感伤的时候。男儿有泪不轻弹，只因未到伤心处。母亲是每一个人一生中最重要的人。诗人对慈母的仙逝最为悲痛。有多首诗作表达了对慈母的深切怀念之情，这在其他文章中有论述，仅举一例："告别慈容九阅年，至今一念一潜然。墓前宿草春应发，枥下老骒宵未眠。家累如何安社稷，人和勿忘近研田。节逢小雪迎飞雪，点滴须能到地泉？"（《念慈》）诗人有许多的话想要和母亲说，无奈阴阳两隔，只能泪水潜然。诗人笃于友谊，在社会各界，尤其是艺术界的朋友较多，数十年的交游莫逆于心，获益良多。当挚友们匆匆离去，诗人有锥心之痛，试读《悼孙轶青》："恤辜桃李绽初时，寒暖阴晴几误诗。欲向清明乞霖雨，忍闻林木折高枝！"孙老是杰出的诗人和书法家，是沈先生多年的挚友，这种痛惜之情是可以想见的。诗人爱亲人，对同胞也是一往情深。汶川是中国人民心中永远的痛，以汶川为题材，诗人写过三首诗，都是那样感人肺腑。在新诗《汶川》中，诗人为遇难同胞而肝肠摧折，而赞美那些抗震救灾的军民们如山岳般耸立，坚信新的汶川将从血火中奋起。在汶川地震后的端午，诗人食不甘味，想到了屈原，想到了《国殇》一诗，这样写道："滚滚汨罗江，灵均哀国殇。地邪多恶作，天也少情商。盘古应知否？中华有事忙。魂归当此日，卓立废墟场。"（《川中地震后端午》）

诗人宅心仁厚，对弱势群体，尤其对女性同胞深表关爱之情。李香君为明末全才式的一代名媛、有爱国情怀的才女烈女，诗人对她的秀颜、人格、才情予以肯定，对其不幸遭遇深表同情："倚水香君旧阁厢，玉奁锦被沁馀芳。只缘误识侯公子，扇溅桃花血未凉。"（《南京李香君故居》）香君玉质荷颜，才华横溢，不染污泥，坚贞刚烈，读此诗作，为璀璨的生命之花的凋谢而感伤不已。诗人爱亲人，爱同胞，同情弱势群体，同样爱天下的苍生。印度洋海啸，导致十数万人遇难，诗人悲催不已，这样写道："风定艳阳日，海底激雷奔。霎时数百公里，浪遏触昆仑。搅得天昏地暗，恣肆狂涛泛滥，板块只微瞋。人命竟如蚁，十五万冤魂！"（《水调歌头·印度洋海啸》）由海啸的赈灾，想到了反对由超级大国发动的战争，想到环境的破坏，提出"温室温须降，共建地球村"的呼吁。2003年2月，哥伦比亚航天飞机遇难，他为航天员"船近家园遭不测，身熔大化何仓卒"深表痛惜，认为这些航天员是"电波传，火里凤凰生，诚英烈。"（《满江红·哥伦比亚航天飞机遇难》）对在科学领域英勇献身的英雄们表达由衷的敬意。

沧桑淡远。沈鹏诗境的苍凉之美，也传达出沧桑淡远的意绪。艺术的苍凉之境是表达对生命的景仰，同时也是对文化的景仰。中华文化有五千年的历史，我们的先人创造了辉煌灿烂的优秀文化，艺术是诗人生命中的重要部分，因此他的部分诗作表达了对悠久文化的追思与景仰之情。他对岁月如流、韶华易逝深有感喟。同窗一别四十年，昔日的青丝被岁月的风霜染成华发，把臂重逢，感慨不已："非幻非真四十年，梦魂常绕大江边。三春桃李经风雨，一曲弦歌唱曙天。回首城南皆旧事，分镳江左各新篇。只今拍遍栏杆处，犹惹情思一线牵！"（《己丑立夏后11日与同学顾明远、尹俊华、夏鹤龄、诸幼侬、薛钧陶聚宴甚欢归来赋作》）这种抚今追昔的沧桑之感摇人心旌。到蒲松龄故居前，他深慨"青林黑塞知音在，为唱孤坟不入时"（《蒲松龄纪念二首》）。在杜甫的诞生地伫立良久，不能离去，对杜甫系心民瘼的人道主义精神心折不已："贫窑宁破杜陵冻，广厦大开寒士颜。"（《杜甫诞生窑洞》）他景仰高二适敢于坚持真理的精神："一谔能令众士惊，高论岂只在'兰亭'！司空见惯千夫诺，即此如何论废兴！"（《赠高二适纪念馆》）可惜高二适这样的忠耿之士很难寻觅了。诗人对明末清初杰出的思想家、书法家、医学家傅山至为景仰，他的诗书创作深受傅山的沾溉，诗人表达了对傅山的崇敬之情："绿杨荫里数巡回，亦取南宫亦取颜。良相良医何所事，一方真石一真山。"（《傅山碑林》）

苍凉是一种高境界的美，古人对此从理论上予以了总结。韩愈说："夫和平之音淡薄，而愁思之声要妙，欢愉之辞难工，而穷苦之言易好也。"① 欧阳修也提出了"穷而后工"之说。② 为什么感伤的诗文有扣人心弦的力量呢？应该是极为真纯的缘故。从肺腑里流出的都是血，是最为真挚的情感。感伤是对生命的景仰，是对美的珍视，来自人们的心灵深处，故能唤取人们的情感共鸣。一个时代的艺术风格带有感伤色彩，体现了这个时代的忧患意识，含蓄地表达了这个时代的人们在为民族的生存发展不懈奋斗。美学家宗白华先生认为这种感伤意识具有很高的美学价值。苍凉的艺术，能激发民族的忧患意识，使民族精神昂然奋进。宗白华说："就我国的文学史来看，在汉唐的诗歌里都有一种悲壮的胡笳意味和出塞从军的壮志，而事实上证明汉唐的民族势力极强。"③ 这个观点是极为深刻的。

"陇水胡笳，笔深意长"，品读沈老的苍凉诗篇，我想起了蔡文姬《胡笳十八拍》中的诗句："夜闻陇水兮声呜咽，朝望长城兮路杳漫。"沈鹏部分诗作的苍凉之美既是个体生命的感悟，也是时代风云的投影，能唤取读者深切的情感共鸣，唤取我们民族的忧患意识。我们要景仰生命，景仰文化，景仰先贤，要增加历史的使命感，为伟大的时代奉献自己的力量。

---

① 见张少康主编《中国历代文论精品》（二），时代文艺出版社，2003年，第40页。

② 欧阳修《梅圣俞诗集序》："凡士之蕴其所有，而不得施于世者，多喜自放于山巅水涯之外，外见虫鱼草木风云鸟兽之状类，往往探其奇怪，内有忧思感愤之郁积，其兴于怨刺，以道羁臣寡妇之所叹，而写人情之难言。盖愈穷而愈工，然则非诗之能穷人，殆穷者而后工也。"见张少康《中国历代文论精品》（二），时代文艺出版社，第106页。

③ 见宗白华《艺境》，商务印书馆，2011年，第107—108页。

浓尽必枯　淡者屡深

——论沈鹏诗境的淡远之美

　　1987年4月3日，因为重建陕西法门寺坍塌的砖塔，考古人员在塔基下意外发现了一座唐代真身宝塔地宫，使沉睡了一千多年的数百件稀世珍宝重见天日，在出土文物中，包括一批精美绝伦的唐代越窑秘色瓷。秘色瓷是我国古代瓷器文化中最具标志性和艺术性的品种之一，如冰似玉的外观深受唐代王室贵族的珍爱，文人士夫对其中蕴含的简约、清灵和淡雅的审美理念甚为欣赏。秘色瓷呈温润的青绿色，仿佛春天树枝上的一抹新绿，又像翡翠一样悦目清心、淡雅柔和、轻薄莹润，宛如美玉一般青翠秀丽。秘色瓷的制作，将简淡的美学思想推向极致。艺术以淡为美，我又想到唐诗中的一个故事。唐王士源在《孟浩然集》序中云：浩然尝"闲游秘省，秋月新霁，诸英华赋诗作会,浩然句云：'微云淡河汉,疏雨滴梧桐。'举座嗟其清绝，咸阁笔不复为继。"孟浩然以朴淡的语言、幽远的意象状写秋夜景色，可谓淡之极、幽之极、远之极，这大概是诸英华为之搁笔的原因。由此可知，淡远是极高境界的美，沈鹏的部分诗作体现出淡远的意境之美。

　　由秘色瓷和孟浩然的诗句我们会明白，淡远是艺术的至高境界之一。花之淡者其香清，友之淡者其情厚，意境中的淡远不是肤浅浮泛，而是淡而弥永、渊然而深、莹然而清。丘迟《思贤赋》："目击而道存，至味其如水。"司空图在《诗品》中说："落花无言，人淡如菊。"[1]"神出古异，澹不可收。"[2]苏轼论诗："发纤秾于简古，寄至味于淡泊。"[3]"颓然寄淡泊，谁与发豪猛。"[4]古人从哲学美学的高度认识到"淡"的意义。庄子说："朴素而天下莫能与之争美。"（《庄子·天道》）刘熙载说："白贲占于贲

---

① 见郭绍虞主编《诗品集解·续诗品注》，人民文学出版社，1981年，第12页。

② 同上注，第30页。

③ 苏轼《书黄子思诗集后》，见张少康主编《中国历代文论精品》（二），时代文艺出版社，2003年，第124页。

④ 同上注，第126页。

之上爻，乃知品居极上之文，只是本色。"①《易经》中的《贲卦》为谈美的专卦。《贲·上九》："白贲，无咎"，意思是说用素色装饰为至高之美，实乃绚烂之极归于平淡。淡远与清新自然大致相通，傅山论艺有尚"天机"之说，着意追求淡远清新之美："辋川诗全不事炉锤，纯任天机。淡处、静处、高处、简处、雄浑处，皆有不多之妙。"②淡远并非粗率浅薄，而是脱尽铅华，独存孤迥。艺术的本质是抒情，艺术要达到抒情的自由，从技法而言，必须心手双畅，游心于虚；从情感而言，达到高度的浓缩与提纯。正如朱光潜所说："一般人的情绪有如雨后行潦，夹杂污泥朽木奔泻，来势浩荡，去无踪影。诗人的情绪好比冬潭积水，渣滓沉淀净尽，清莹澄澈，天光云影，灿然耀目。"（《诗论》）

沈鹏的诗歌创作，始于四十以后，修养达到了高度的成熟。他的性格远浮华而近清远、卑繁缛而厚质朴，着意追求艺术的淡远之美："淡抹微云抱本真，一枝斜影独占春。元章洗砚池头见，不与他家弄粉人。"（《题画梅》）故部分佳品臻至"却嫌脂粉污颜色，淡扫蛾眉朝至尊"之境界。

淡中见纯。风格即人，风格即情，创作主体的气质修养反映到艺术中来，就成了风格。诗人追求淡远之美是超逸性情、高洁人格的物化和外化。诗人深味这种至淡至纯的人生境界、艺术境界："寂坐池塘欲破纹，东风拂断远山痕。春归病懒疏摇管，淡味潜从纸上生。"（《淡味》）在这里我们看到的是这样的画面：寂静的池塘、凝碧的清波、清冷的微风、独坐的诗人。诗境呈现纯净淡远之象。淡远作为一种艺术境界，只有当创作主体的胸次进入虚灵平和、远离俗尘之时方能感受到、品味到，方能创造出来。沈鹏的创作追求艺术的本色之美，让自然意象占有我们的感官，让事物的本色美、新鲜感如清风流泉般洗涤我们灵魂中的污垢，归于素洁而宁静。

"推窗漠漠隐平湖，夹岸桃花有若无。苔湿方知昨夜雨，频年难得听鹧鸪。"（《镇江·晨起》）平湖漠漠，桃花夹岸，夜雨初霁，鹧鸪鸣叫，诗人从喧嚣的都市来到这方宁静的山野，呈现于眼前的景观是一幅超旷淡远、声色俱清的山水图卷，主客交融，物我为一，而诗人的身世之感、乡国之思，见于言外。一些写人的诗作也采用这种白描手法，仿佛让我们看到人物雪洁冰清的心灵世界："白玉真身白玉衣，人间天上已云泥。艰难呼吸留遗爱，笑示众生零距离。"（《护士长叶欣塑像》）叶欣是在非典中光荣献身的医务工作者，她的心灵如白玉般美丽、荷花般纯洁。著名女画家王叔晖逝世，先生写下了这样一首悼诗："楼院昏昏落日斜，忽闻女史走天涯。魂归泉路钗销折，画到西厢玉绝瑕。一管串联红锦线，百年来去白荷花。仙游应化花中蝶，梁祝相随舞万家。"王叔晖是连环画名家，追求的是纯中国的古典式审美情趣，为工笔重彩画的一代宗师。她塑造了孟姜女、刘兰芝、崔莺莺、林黛玉等艺术形象，虽是照人的明艳，却不飞扬妖冶，是低眉垂袖、璎珞

① 刘熙载《艺概》，上海古籍出版社，1978 年，第 45 页。

② 见云告《从老子到王国维——美的神游》，湖南出版社，1992 年，第 323 页。

矜严的东方女性美。诗作对王叔晖的人品、画境作了高度概括，"一管串联红锦线，百年来去白荷花"，白荷花的形象无疑是人物灵魂的描写，淡之极，纯之极，美之极。

淡中见浓。淡远之境是情感的高度提纯，淡远之境的欣赏我们应从清淡中读出浓郁。诗人抒发的真情、深情、浓情，通过高度的净化雅化，往往以淡的形式表达，闪烁着生命的、绚丽的冷光。诗人与夫人殷秀珍女士爱情真挚，数十年风雨同舟，相濡以沫，这种情感无疑是深挚而浓烈的，而在诗人笔下如冰雪般晶莹、如清流般澄澈，呈现淡远之境的美感特征。试读《望江南·赠秀珍二首》："秋光好，天朗气温凉，已越横空穿海岳，还输热力送流光。雁影总成双。"殷夫人是北京大学第一医院的医学专家，她深爱沈老，情比金坚，词作通过秋光如画、雁影成双、相携相挽、喁喁私语的细节描写，让我们感受到鸳侣灵犀相通、依依相守的深挚之情。两岸的统一大业，诗人最为系念，担任中国书法家协会掌舵人以来，为两岸文化的深入交流做了大量的工作，每次到台湾访问或旅游，他都为两岸同胞血浓于水的情感而感慨不已。这种深情在诗人的笔下也以淡远的形式表达，并通过典型的细节暗示给读者。试读这首小诗："咫尺天涯欲断肠，浪抛泪水涌漳江。七言五十年吟得：'忍把他乡作故乡！'"（《读台北一老人诗》）诗作无疑是化用刘皂《旅次朔方·渡桑干》而来："客舍并州已十霜，归心日夜忆咸阳。无端更渡桑干水，却望并州是故乡。"这位老人离开大陆五十年，故乡的亲人朋友、一草一木，都使他魂牵梦绕，而一湾海峡把他与大陆分开，那种乡愁如无边的春草，渐行渐远还生，如滚滚的江流，滔滔无尽，不可断绝，而老人只用七个字来表达，比刘皂的诗更浓郁、更深切，但读来又是那么平淡。

淡中见幽。沈鹏的诗歌以质朴胜、以意美胜，拓展出广阔的想象空间。古人论诗贵在语多不隔、意象鲜活、情感饱和，句中有余味，篇中有余意，方为高致。艺术是相通的，德国美学家谢林论素描时说得好："对素描最终的和最高的要求在于它只是把握最美好的、最必要的、最本质的，而摈弃偶然的、多余的。"[1] 艺术达到高度的朴素极难，功力之高，自不待言，心灵之纯净、人格之高洁、学养之深博，达到有机的统一，方有可能创造淡远之境。试读《迈越小溪》："踏遍人生第几桥，浅滩深谷路途遥。今朝一步超然过，身瘦皆因杂念抛。"迈越小溪是生活中平常的体验，此诗题材平淡，文字也平淡，而诗人对生活的感悟是甚深的：人生之路虽然漫长，但走好每一步都不容易，要迈过无数条小溪、越过无数条沟壑，方能达到理想的彼岸。诗人轻松地迈越了小溪，发现是因为身体瘦弱的缘故，身体轻盈，过溪过桥就轻快，没有杂念、没有精神的包袱就有可能实现自己的人生理想，可见诗的意蕴是极为深远的。

再读《蓉葹》："故乡风物异前时，江渚漫生细蓉葹。拔去此心犹不死，莫言茎叶竟何之。"蓉葹，又作卷施，是南方江渚之上的一种小草，又名"宿莽"。屈原《离

① ［德］弗·威·谢林《艺术哲学》，魏庆征译，中国社会出版社，2005 年，第 163 页。

骚》："朝搴木兰之坠露兮，夕揽洲之宿莽。"其应为一种香草。晋郭璞《卷施赞》："卷施之草，拔心不死。屈平嘉之，讽咏以比。"这首诗追忆故乡的一种小草，题材平淡，但通过卷葹拔心犹不死的联想，深刻表达了对故乡的深深眷恋之情。游子虽然远离故乡，但对故乡一草一木还是魂牵梦萦，从故乡的小草里也领悟到了坚毅意志对生命的重要意义。沈鹏的诗善于借景抒情，或借物言理。他游溧阳天目湖，由天目湖的瑰美风光想到超然的情怀，想到对自然规律的遵守："我羡湖水清，临流濯双足。天道顺自然，所得皆足浴。"（《溧阳天目湖》）

淡中见奇。淡不是浅薄，不是低俗，更不是平庸，而是诗人以平等的语言与读者作心灵的交流，将深奥的道理浅易化、繁复的道理简单化、平常的道理典型化，把这些所悟之理通过典型意象诉之于读者，使之受到美的陶冶、智慧的启迪。沈老的诗境体现清奇之美，关于这一点，笔者另有专文论述，而平中见奇是一大特色。诗人于平常的景物、平凡的生活中往往有独到的发现，体现诗人目光之深邃与智慧之超异。我们试读《海螺》："几时飘落到沙汀？贴耳潜听大海情。阵阵厉声传远古，曾惊细柳亚夫营。"在海边漫步见到海螺是再寻常不过的了，但诗人由海螺想到了大海的波涛汹涌，想到海底世界的奇妙、古代军队用海螺吹号，因而又由海螺想到古人激战的情景，想到汉代大将周亚夫的故事。当时亚夫的军队驻扎在细柳（在今陕西省咸阳市西南渭河北岸），抗击匈奴的军队。周亚夫治军严明，不畏强权，汉文帝赞其为"真将军也"。此作的构思，真是太奇妙了。

再读《谢赠螃蟹》："常记儿时戏浴湖，席间鱼蟹不须沽。只今遥念长江水，数问终宜寄宿无。"家乡的朋友给诗人寄来了一些螃蟹，这也是平淡无奇的题材，但诗人由螃蟹想到少年时代在家乡的河畔溪沟掏虾捉蟹的情景，表达对故乡的深切思念，更深一层的是想到故乡环境的保护问题，担心溪水受到污染，鱼虾螃蟹也无法生存，表达了保护环境的重大主题。蝴蝶标本是最为常见的东西，而诗人想到了什么？试读此诗："浪游未厌已丧生，骤摄惊魂入水晶。永做无穷春色梦，翩翩芳翅不平鸣？"（《友人赠蝴蝶标本有作》）诗人由蝴蝶采花想到那些耽于享乐、缺少理性思维的人。英国政治家、学者约翰·弥尔顿创作了史诗《失乐园》，此诗讲述叛逆之神撒旦，因为反抗上帝的权威被打入地狱，却毫不屈服，为复仇寻至伊甸园。亚当与夏娃受撒旦附身的引诱，偷吃了上帝明令禁吃的知识树上的果子。最终，撒旦及其同伙遭谴全变成了蛇，亚当、夏娃被逐出了伊甸园。这里的蝴蝶也相似，为了片刻的欢愉而丧失了宝贵的生命，虽然是那么美，但永远只能做他的春梦，永远有不鸣的怨恨，可见理性对人生是多么重要。

司空图论诗云："浓尽必枯，淡者屡深。"①沈鹏诗歌淡远之境，遇之匪深，即之愈希，是高洁的人格修养和精湛的艺术功力的综合表达，深入体会，方能感受到不尽的象外之意和韵外之旨。

---

① 见郭绍虞主编《诗品集解·续诗品注》，人民文学出版社，1981年，第17页。

啸傲千灵秘　诙谐万物屯

——论沈鹏诗境的诙谐之美

　　郑伯农先生论沈鹏之诗，明确指出："沈诗还有一个万万不能被忽视的特点——幽默。幽默不仅是一种艺术风格，也是一种人生态度，一种艺术家不可或缺的风度……沈先生用幽默应对当代生活的诸多领域，在给人以会心一笑时也给人以深刻的生活启迪。"①郑先生的评价甚为中肯。幽默既是一种语言风格也是一种高境界的美，是独特的灵性、超人的智慧、渊博的知识的综合表达。托·卡莱尔说："幽默被公正地誉为最佳诗才。"司各特说："幽默是多么艳丽的服饰，又是何等忠诚的卫士！它永远胜过诗人和作家的智慧；它本身就是才华，它能杜绝愚蠢。"沈鹏的部分诗歌佳作多见幽默智慧，而反映的生活甚为深刻，读来使人会心一笑，深思遐想，欣赏到智慧之花的璀璨芬芳。

　　幽默是外来词，中国的习惯称法叫作诙谐。所谓诙谐大致是指说理言情寓庄于谐，富于风趣，引人发笑。中国人富于幽默智慧，大量的寓言和笑话的创作使人抖落精神的尘土，开启明澈的智慧。"诙谐"一词，语出《汉书·东方朔传》："其言专商鞅、韩非之语也，指意放荡，颇复诙谐。"杜甫《社日》诗云："尚想东方朔，诙谐割肉归。"幽默诙谐既是语言风格，也是美学意境。朱光潜在《诗论》中论及诙谐，大致分为悲剧的诙谐和喜剧的诙谐。悲剧的诙谐是拿命运开玩笑，在悲剧中洞彻人生世相。这种诙谐出于至性深情，而骨子里是沉痛，这是一种大智慧、大胸襟的表现，西方的幽默偏于悲剧的诙谐。王国维说："诗人视一切外物皆游戏之材料也。然其游戏，则以热心为之。故诙谐与严肃二性质，亦不可缺一也。"（《人间词话·删稿》）论及古人的幽默，人们首先想到庄子，他的寓言是最高境界的幽默，但笔者更多地想到晏子，他的幽默体现出极高的人道主

---

① 《〈三馀再吟〉序》，线装书局，2012年，第5页。

义精神。《晏子春秋》记述了这样一件事："景公使国人起大台之役，岁寒不已，冻馁之者乡有焉，国人望晏子。晏子至，已复事，公延坐，饮酒乐。晏子曰：'君若赐臣，臣请歌之。'歌曰：'庶民之言曰：'冻水洗我，若之何！太上靡散我，若之何！'歌终，喟然叹而流涕。公就止之曰：'夫子曷为至此，殆为大台之役乎！寡人将速罢之。'晏子再拜。"①晏子的委婉劝谏使荒淫之君幡然醒悟，救了老百姓，智慧与才华完美统一。沈鹏受聂绀弩的影响甚深，聂氏以幽默的诗词描写生活中的苦难，沈鹏的部分诗作也有这种幽默色彩。

喜剧性的诙谐偏于语言的风趣，也蕴含丰富深刻的思想内涵，带有较多的喜剧色彩。鲁迅说："喜剧是将无价值的东西撕破给人看。"而诙谐具有喜剧色彩而非喜剧，近乎北方人说的俏皮话，是一种讽刺手法的运用，让我们在劳作之余、烦恼之余、愚钝之余，得到一种放松，让我们的生活充满阳光和欢笑，或者是警醒和沉思。宗白华说："在伟大处发现它的狭小，在渺小里却也看到它的深厚，在圆满里发现它的缺憾，但在缺憾里也找出它的意义。于是以一种拈花微笑的态度同情一切，超越的笑，了解的笑，含泪的笑，惘然的笑，包容一切又超脱一切，使灰色黯淡的人生也罩上一层柔和的金光。"②沈鹏心许聂绀弩，既善悲剧的诙谐又善喜剧的诙谐。从表达的情感与理性看，沈鹏诗境的诙谐之美表现在如下方面：

对病魔死神之嘲笑。人生最大的敌人是什么？从生命本体而言，是病魔。常言道："好汉只怕病来磨。"任何英雄好汉，哪怕美如潘安西施、智于诸葛周郎、勇于樊哙关羽，在疾病面前，他们都是弱者。笔者景仰沈鹏先生，最为钦敬的是他那与病魔斗争的坚毅意志、乐观精神。先生长期担任繁重的工作任务，卓越成就是在与病魔与死神做斗争中而取得的。有人说，不必拿病魔做文章。我认为没有经历过的人就不知其中的极度艰难。先生的童年没有阳光，因为从幼年时代起他就弱不禁风，不能参加任何重体力的劳动和锻炼，读书写字是他唯一与病魔斗争的良方。先生的可贵首先是藐视病魔，他与病魔开玩笑。试读《辛巳病起》一诗："不是忙中即病中，有情岁月太匆匆。侈言良药多须苦，难会好诗穷益工。数九寒天异常暖，成群细菌不畏冬。抬头争战方酣日，孰个忧心话'克隆'。"颈联"数九寒天异常暖，成群细菌不畏冬"，是说细菌们真聪明，在数九寒天找到了一个好地方，那就是我的身体里面，希望寒气能把细菌们消灭一点就好，然而它们在暖和的身子里还人丁兴旺，一点也不怕冷哩，实际上是说被病魔折磨得困苦不堪，但诗人还有心情开玩笑。再读他的《吊瓶输液》："吊瓶何物苦张扬，哂尔权充滴漏忙。我有灵犀通六合，尔当捷足退三江。恼人春色慵睁眼，入梦诗情委断肠。愧对白衣频嘱咐，贪灯开卷又清狂。"此诗描写住院治疗时的情景和感触。诗人一生为病魔所苦，不能在人生的

① 吴则虞编著《晏子春秋集释》卷二，中华书局，1982年，第111页。

② 宗白华著《艺境》，商务印书馆，2011年，第92页。

疆场纵意驰骋，不能畅快地享受生命的阳光，稍有放纵，动辄得咎，吊瓶仿佛是孙悟空头上的紧箍咒，随时可以牵制你，多么难受，而诗人性格乐观，对吊瓶予以嘲笑，以知识与美为生命的能源与病魔作顽强斗争。品读此诗，我们在开心一笑之余，油然钦敬诗人的乐观精神与坚毅意志。

对如烟岁月之追忆。诗人是抗日战争、解放战争、社会主义革命和建设三个时期的亲历者，人生的阅历十分丰富。诗人的艺术创作始于四十，因此诗作反映的生活内容主要在社会主义革命和建设这个阶段。对新旧两个时代，诗人的印象极为深刻。他对旧中国的民不聊生记忆犹新，对社会主义革命和建设取得的巨大成就欢欣鼓舞、热烈赞美，但觉得这条路也走得曲折艰难。因为任何人不能超越时代，在特殊时期出现的一些事情是特定的历史背景造成的，虽然荒唐可笑，但又是实实在在的事。诗人暗示我们要努力告别昨天，把握今天，展望明天。试读《麻雀》小诗："飞鸟啄食在田塍，枉直由人岂力争？不记当年除害急，喧天锣鼓误苍生。"这追忆当年那场轰轰烈烈的除"四害"运动，这场运动的开展动机是很好的，保护农民的粮食，但因为没有很好地听取科学家的意见，为消灭一种小鸟搞群众运动，仅1958年消灭麻雀就达20亿只，破坏了生态平衡，造成了很大的损失。

《浣溪沙四首》描写"大跃进"之时下放到高邮劳动的往事。诗人常年体弱多病，不能参加重体力劳动，但当时不能不去，生活甚为艰苦，晨起五时前下地，直至昏暗收工，手拿锄头，眼盯日头，困疲饥饿，后来吐血不止，幸亏夫人及时赶到救助，否则后果不堪设想。诗人在《浣溪沙》一词中这样写道："誓表忠诚抵死勤，铁耙挥舞夜兼程，脱贫哪惜力微身！驾雾腾云千里马，瞒天过海万斤门，只今十亿笑驱神。"有一段时间城市建设高速发展，高楼林立，市郊出现大片开发区，原生态的绿野越来越少了，诗人在繁荣背后看到了太多的隐忧："绿野而今安在哉？大开广厦气如雷。豆腐工程宜改造，时装表演出新裁。城乡一体营销旺，文物犹存御寇台。"（《绿野》）这里描写的景象是广厦林立，机器轰鸣，霓树闪烁，表演繁多，而令人忧心的是绿野消失，鸟迹全无，文物遭毁，豆腐工程触目皆是，这反映城镇建设出现了盲目性、无序性的情形，主政者为了彰显政绩，不惜以破坏环境而加快建设的步伐，有些豆腐渣工程的出现，危害性就可想而知了。

对腐败之风之鞭笞。腐败之风是当代社会的一大祸害，严重地阻碍了社会主义革命和建设的发展进程。诗人在多首诗作中表达坚决惩治腐败的强烈愿望，道出了全国人民的共同心声。《七律·秋蚊》以讽刺幽默的手法，刻画了贪婪吮血的秋蚊形象："不问前胸后背身，任他瘦骨与肥臀。已难哄聚比轮困，可息伺机叮寡人。能敌老牌花露水，却遭新产灭瘟神。秋风逐日吹凄厉，捱进南窗候夜昏。"秋蚊的行为是十分可憎的，它们不分时间、不择目标，不顾生命危险，只要能吮到血液就拼命地向人叮咬。它们聚蚊成阵，来势汹汹。它们具有抗药性，老牌花露水对它们也无可奈何，而遇到致命的杀蚊剂虽然死了不少，但它们十分狡猾，躲在阴暗的角落里随时准备出击。这不正是那些贪腐之徒的真实写照吗？通过对秋蚊形象的刻画，说明了反腐的重要性、艰巨性、长期性。

贪腐与行贿受贿之风是连在一起的。试读其《居京杂诗·黄金月饼》："金圆早盼月银圆，揽抱金银倾盖欢。银圆哪比金圆好？此夜清光不共看。"中秋节送月饼本来是人之常情，但是以送月饼为由而行贿，送的是什么东西呢？是黄金月饼，这是严重的行贿受贿了。古代的皇宫有斗蟋蟀的游戏，皇帝不理朝政，荒废政事去斗蟋蟀，溺于此习，搞得民不聊生。蒲松龄在《聊斋志异》中有名《促织》的短篇小说描写此事。有一段时间又兴斗蟋蟀之风，这是贪腐之风的另外一种表现形式，诗人写道："蟋蟀高冠文化名，山虫唧唧响雷鸣。巧凭骄侈充风雅，地下又多生意经。"诗人对此进行了辛辣的讽刺。

对环境污染之忧思。环境问题是中国21世纪面临的最为严峻的挑战之一，保护环境是保证经济长期稳定增长和实现可持续发展的重要方面。环境问题解决得好关系到中国的国家安全、国际形象、广大人民群众的根本利益，以及全面小康社会的实现。温家宝在第十二届全国人民代表大会第一次会议上作的《政府工作报告》中指出："要顺应人民群众对美好生活环境的期待，大力加强生态文明建设和环境保护，生态环境关系人民福祉，关乎子孙后代和民族未来，要坚持节约资源和保护环境的基本国策，着力推进绿色发展、循环发展、低碳发展。"沈鹏先生对环境保护甚为关注，有多首诗作以环保为题材。试读《沙尘暴》一诗："卷地狂沙望眼迷，盲人瞎马路边溪。方将书柜揩干净，又入窗台拂乱飞。弱柳新栽腰折损，骄阳失色景观迷。新闻再报云时恶，濯濯牛山隐祸机。"这是描写2001年当时风沙逼近北京城的情景。今天的北京城环境得到保护，处处青草葱葱、绿树成荫，但治理环境污染的形势依然严峻。诗作从形式上看有些幽默，实际上是以极为严肃的态度来描写的，表达了诗人对环境受到破坏的忧思。另有《闻吾乡鲥鱼绝种有作》的五古长诗，虽也幽默风趣，但怀有深深的隐忧。诗人描写故乡的美味："刀鱼与河豚，珍馐充庖厨。更有比熊掌，鲥鱼跃三吴。少年尝一脔，终生不羡鲈。"而今的状况是怎样的呢？"白色垃圾重，难容虾居。鲥鱼多鲜美，年来已绝无！"再读他的《如梦令·昨日阳和春丽》："昨日阳和春丽，彻夜西风狂起。觉醒找棉衣，触手黄沙笼被。沙细，沙细！任尔门窗关闭。"此诗写于2006年4月，沙尘暴是否如此严重，诗作可能有些夸张，给人以诙谐感，但问题的确是严重的。

对愚昧偏执之揶揄。沈鹏先生对"五四"提倡的民主与科学的精神是高度肯定的。一个国家的强大，国力的强大是一个重要方面，但文化的繁荣、国民素质的提高具有十分重要的意义。提倡科学，反对迷信，告别愚昧与麻木，在今天仍有十分重要的意义。鲁迅先生在80年前对国民性的批判，在今天仍发人深思。沈鹏先生以讽刺的手法对当代的愚昧麻木予以辛辣的讽刺，带有喜剧色彩，正如鲁迅所说的把"无价值的东西撕破给人看"，具有十分重要的美学意义。现代经济繁荣、科学发展，但愚昧麻木的现象还是存在。6年前，闹得沸沸扬扬的"末日"说，竟然给社会上的一些无知者、存有迷信思想的人造成了很大的心理压力，认为2016年12月21日，世界"末日"会真的到来，为此沈鹏先生写有《"末日"》一诗："末日临头倒计时，吾今安在故吾思。风从空穴骤掀浪，事出无端定限期。

畏死贪生怜本性，悲天悯地仰真知。敬崇玛雅超人智，伊甸家园好护持。"诗人认为，热爱生命的心情是可以理解的，但若过分偏执，对前人的智慧不能准确理性地吸收，甚至还相信唯心主义的那一套，容易使人丧失理性、增加愚昧。地球有没有"末日"，肯定是有，但不是2016年12月21日，如果不保护环境，真正的"末日"可能提前到来。

对封建残余思想，对麻木自欺的民族劣根性，鲁迅先生在80年前就予以批判，沈先生景仰鲁迅，近年创作了读鲁迅小说的诗作24首，他的《阿Q正传》组诗四首发表于2018年《中华辞赋》第1期，诗中这样写道："比阔哄抬老祖先，赵爷掴耳托名传。果真儿子打老子，仗势前攀五百年。"（《之二》）"廿年之后竟如何？造反呼声泛浪波。劣性倘然仍不改，哀哉民族苦难多。"（《之四》）诗人认为鲁迅塑造的阿Q形象具有典型化的意义。阿Q搞精神胜利法，盲目自信，自我麻醉，这对振奋民族精神、促进社会的发展有阻碍作用。在今天的国人中，阿Q式的负面性格并没有完全消失。阿Q的性格是长期的封建专制造成的，告别愚昧麻木，提高国民的整体素质，还有很大的必要性。

林散之诗云："啸傲千灵秘，诙谐万物屯。"将此句移用于沈鹏先生的幽默风格的诗篇，应该是恰当的。沈鹏先生以艺术家、思想家的目光审视现实人生，以幽默智慧进行艺术创作，形成了幽默诙谐的艺术风格，使人在会心一笑之余受到深刻的思想教育，这类诗作是创作主体人格修养、智慧才情的综合表达，对净化心灵、开启智慧有深远的意义。

第二章

佳作赏析

忠诚的倾吐　壮怀的抒发

——《夏日偶成（二首）》赏析

夏日偶成（二首）

之一

似水韶华日夜流，案头二十五春秋。

心潮时共风雷激，腕底曾驱虎豹游。

偶羡沙鸥飘碧海，甘随孺子作黄牛。

微躯窃喜犹能饭，握笔如戈意未休①。

之二

滚滚长江不尽流，逢人休说鬓毛秋。

行看大地翻新景，怀抱江湖思远游。

梦里鸡鸣抚宝剑②，案前笔落效耕牛。

恐听鹈鴂争先唤③，力疾驰驱未敢休。

---

① 能饭：能进食。典出《史记·廉颇蔺相如列传》：廉颇为战国时赵之良将，屡建奇功，后失势奔魏而不被信用。赵王欲复得廉颇，遣使者探望。廉颇虽老，雄风犹在："一饭斗米，肉十斤，披甲上马，以示尚可用。"诗句化用此意。

② 鸡鸣：即闻鸡起舞之典。《晋书·祖逖传》言其"与司空刘琨俱为司州主簿，情好绸缪，共被同寝。中夜闻荒鸡鸣，蹴琨觉曰：'此非恶声也。'因起舞"。后以闻鸡、抚剑喻壮志勃发。

③ "恐听"句，用屈原《离骚》诗意："恐鹈鴂之先鸣兮，使夫百草为之不芳。"

《夏日偶成（二首）》初见《三馀吟草》（1995年荣宝斋出版社出版），又见《三馀诗词选》（2005年北京图书馆出版社出版），1973年作，诗人时年42岁。沈鹏有文《始于四十》，言其诗书创作真正进入成熟期应在不惑之年以后。诗人少年时拜无锡的最后一位举人章松庵先生为师学习诗书画艺术，经历漫长的求索阶段，进入不惑之年后的诗书创作日趋成熟，无疑是厚积薄发的结果。《夏日偶成（二首）》是在公开刊物中见到诗人发表最早的作品，能读出鲜明的个性与强烈的时代感。

　　第一首为追忆往事，表达甘于奉献的精神。起笔慨叹流光飞逝、韶华难再："似水韶华日夜流，案头二十五春秋。""韶华"指美好的时光、美好的年华。戴叔伦《暮春感怀》："东皇去后韶华尽，老圃寒香别有秋。"诗人以险绝厚涩、雄秀高华之大草驰誉天下，而他首先是著名学者、编辑出版家、诗人。诗人常年在人民美术出版社担任编辑，写美术评论，取得的卓越成就是多方面的，这种艰辛是可以想见的。"日夜流"三字慨叹时光之易逝，感伤之意见于言外，令人想起孔子的话："逝者如斯夫，不舍昼夜！""案头"二字点明工作内容，就是与书籍、与文化打交道，为传播中华文化而不懈努力。颔联"心潮时共风雷激，腕底曾驱虎豹游"，追忆往昔，壮怀激烈，曾做了力所能及的工作。"风雷激"化用毛泽东词句"四海翻腾云水怒，五洲震荡风雷激"（《满江红·和郭沫若同志》），在那激情燃烧的岁月里，人人都有可能热血沸腾，诗人正值盛年，富有理性，但也很难超越时代。"腕底曾驱虎豹游"，应指以诗文艺术、文艺批评等形式投身于那个风云激荡的时代，也化用了毛泽东"独有英雄驱虎豹，更无豪杰怕熊罴"（《七律·冬云》）的诗意。

　　颈联"偶羡沙鸥飘碧海，甘随孺子作黄牛"，表达甘于奉献的精神。"沙鸥""鸥盟"这个意象是隐逸情怀的代名词。孟浩然《夜泊宣城界》："离家复水宿，相伴赖沙鸥。"李乐阳《次韵寄题镜川先生后乐园》："海边钓石鸥盟远，松下棋声鹤梦回。"诗人用"偶羡"二字言其曾生隐逸之思，但更多的是发奋进取，积极用世。"甘随孺子作黄牛"，化用鲁迅诗句"横眉冷对千夫指，俯首甘为孺子牛"（《自嘲》）而来。诗人从事的编辑工作，最需要甘为人梯的奉献精神，由诗人编辑出版的各类美术著作达500余种，审稿精准，把关严密，无有失误，这是极不容易的。尾联"微躯窃喜犹能饭，握笔如戈意未休"，表达了诗人昂然奋起、自强不息之志向，化用廉颇的典故，暗用辛弃疾"廉颇老矣，尚能饭否"的词意，以前哲的精神激励自己。按理说，刚过四十，正值壮年，不应有迟暮之感，而诗人因体弱多病，华发早生，这种感慨是可以理解的。"握笔如戈"四字，把手中的笔当作武器来使用，照应了"廉颇"这个意象，表明自己是时代的战士，要勇敢顽强地投入生活的洪流。

　　第二首为珍惜时光，努力创造。此诗为和韵之作，显示了诗人的功力和才气。和诗有用原韵、次韵之分，这里和自己的诗，用原韵。诗词是带着锁链跳舞。七言律诗格律极为严苛，李白一生只写过七首七律，用七律表达还要用原韵，思维的空间大大压缩，在这极为狭小的空间里驰骋想象、挥洒才情，还要辞微旨远、珠圆玉润，难度就更大了，故非斫轮之手很难写出佳妙的律诗。

首联写鬓雪飞来，壮心不已："滚滚长江不尽流，逢人休说鬓毛秋。"起笔化用《三国演义》开篇词"滚滚长江东逝水"诗意而来，慨叹岁月之飞逝。"秋"，秋白。"鬓毛秋"，头发早早白了，暗用苏轼"多情应笑我，早生华发"的词意，感慨衰老来得快，有岁月催人之感。诗人长期服用安眠药物，对肝肾功能有损害，故鬓发白得较早。"休说"二字表明意志坚决，不为多病早衰而感伤。颔联"行看大地翻新景，怀抱江湖思远游"，表达热爱时代、积极进取的心情。儒学精神是诗人的立身之本，他一生积极进取，而"江湖""远游"从表层来看，似是道家思想的一种体现，高蹈风尘，超然物外，而此句应是化用范仲淹《岳阳楼记》"处江湖之远，则忧其君"的语意而来，表达积极进取的情怀。古人生活在特定的时代、特殊的环境里，有远离尘世、超然高举之思是可以理解的，而诗人以儒学立身，热爱时代，隐逸之思虽时而袭来，而意志坚定，初衷未改。

颈联"梦里鸡鸣抚宝剑，案前笔落效耕牛"，表达珍惜时光、努力创造的壮志豪情。诗人虽过不惑之年，而仍以祖逖、刘琨自比，珍惜时光，昂然奋起。对于一个健康的人来说，像刘琨一样闻鸡起舞，只要意志坚强，困难不是很大，而对于多病之躯的诗人来说，攻关的难度更大，最大的困难是战胜自己、战胜病魔。四十多年过去，诗人成就卓越，蜚声天下，当年的凤愿化为了现实，说明诗人并非一时热血沸腾，而是真切地落实到了行动上，化作了前进的动力。"案前笔落"四字状写笔扫烟霞的英姿神采，表达了诗人的自信。两首诗中均出现"牛"的意象，前者偏于奉献，后者偏于创造。尾联"恐听鹈鴂争先唤，力疾驰驱未敢休"，珍惜时光，精进不止。诗句成功地化用屈原《离骚》的诗意，"恐鹈鴂之先鸣兮，使夫百草为之不芳。"诗人景仰屈原，一片孤忠，努力精进，诗人与屈原的心是相通的。他虽然想到了古人的隐逸之思、超然之志，但他取法屈原，又受儒家思想影响较大，热爱自己的国家，热爱伟大的时代，时刻想到珍惜美好时光，像耕牛一样辛勤劳作，吃的是草，挤出的是奶。

《夏日偶成》组诗二首，是倾吐赤诚、抒发壮怀的佳作。已过不惑之年的诗人，回首征程，感慨系之！岁月匆匆，忽而到了早生华发的年龄，诗人长抱病躯，在岁月的风雨中努力拼搏，在激情燃烧的岁月里也曾热血沸腾，以笔为戈，以文写心，在编辑出版、诗书创作等领域辛勤劳作，虽偶尔想化为鸥鸟出没烟波，而始终以儒家的用世精神鼓励自己奋勇向前。诗人贱尺璧而重寸阴，努力学习，努力工作，努力创造，坚信理想会化为现实。两首诗作都出现了"牛"的意象，牛的坚毅、牛的奉献精神是诗人取法的对象，从"牛"的意象中可以读出诗人的坚强意志、高洁品格。诗作当然也带有鲜明的时代色彩。诗贵真情，这个"真"字既有主体情感之真切，更有时代气息之真纯。"风雷激""驱虎豹""作耕牛"等词语深深地打上了鲜明的时代印记。两首律诗工稳流畅，华不伤质，整而能疏，叙述、描写、议论、抒情能圆融地结合，构成完整的意象，形成幽邃淡远的意境，可谓状难写之景如在目前，含不尽之意出于言外。第二首自和之作，难度较大，而能举重若轻，思苦言甘，字字安稳，语语真切，有浑然天成之妙，化用典故也恰到好处，无斧凿之痕。

　　"忠诚的倾吐、壮怀的抒发"，这是《夏日偶成（二首）》的主要特色。透过诗作意境，我们仿佛看到了诗人在艰难中昂然奋起的战士形象，为诗人的奉献精神、坚毅意志而心折不已。

化作春泥更护花

——《清平乐·梧桐》赏析

清平乐

梧桐[①]

亭亭伞立，早起兼贪黑。
炎夏浓荫能蔽日，不与人夸颜色。

如今装点金秋，萧萧也自风流。
一叶飘零知肃[②]，泥尘更护神州。

　　《清平乐·梧桐》见于《三馀诗词选》，"清平乐"为词牌，"梧桐"为词题，创作于1983年12月。"梧桐"这一题材，在古人的笔下寄寓了丰富的情感内涵，也产生了许多名篇。《诗经》中就有梧桐的记载，《诗·大雅》："凤凰鸣矣，于彼高冈；梧桐生矣，于彼朝阳。"五言诗中咏梧桐题材最早的一首是沈鹏先生的远祖、南北朝诗人沈约的《咏梧桐

---

① 梧桐：即"中国梧桐"植物，英文名 Phoenix Tree，别名青桐，桐麻，又称为国桐，桐麻，名字甚多。我国人民历来把梧桐视为吉祥的象征，并传说凤凰喜欢栖息在梧桐树上，因此古时宫廷、民宅都爱栽梧桐树，以求"种得梧桐引凤凰"。"梧桐"这个意象经过历代文人反复使用后，内蕴甚为丰富，大多时候给人的感觉是悲凉愁苦，梧桐还象征爱情、象征人的高洁品格；在思乡怀远时，还作故乡的象征，在怀友送别时，梧桐还被当作友情的象征，或寄寓一种美好的生活愿望等。

② "一叶"：《淮南子·说山》："以小明大，见一叶落，而知岁之将暮。"

诗》："秋还遽已落，春晓犹未黄。微叶虽可贱，一剪或成珪。"该诗化用了周成王"桐叶封弟"的典故，抒发了下层士子抱玉怀珠以求知遇的愿望。此外，如李清照"梧桐更兼细雨，到黄昏点点滴滴，这次第，怎一个愁字了得"、李煜"月如钩，寂寞梧桐深院锁清秋"等，都是脍炙人口的名句，而沈鹏此作，体现出鲜明的个性与时代感，寄意幽微。

上片描绘炎夏梧桐的形态和乐于奉献的精神。"亭亭伞立，早起兼贪黑"，写梧桐的形态和奉献精神。"亭亭"，高大耸立、明亮美好貌，如苏轼《虎跑泉》诗："亭亭石塔东峰上，此老初来百神仰。""伞立"，如伞而立，梧桐高大挺拔，为人们送来一片绿荫。"早起兼贪黑"，运用拟人手法，说明梧桐不计得失，默默奉献，一天到晚为人们遮风挡雨，起到美化环境的作用，这让我们想到千千万万的园丁、从事编辑工作的人们。"炎夏浓荫能蔽日，不与人夸颜色"，写梧桐乐于奉献而又谦虚低调的品格。夏天到来，巨大的梧桐树下一片阴凉，为人提供了绝佳的憩息之地。梧桐没有檀木的芳香，没有银杏的珍稀，但有仁爱之心，有奉献精神，有谦虚品格，为人们的生活增添快乐与美好，诗人对梧桐的爱溢于言表。

下片描写金秋梧桐的形态，进一步赞美其高洁品格。"如今装点金秋"，过片承上启下，描写梧桐另一时段的神情和品格。梧桐树高大，叶片很美，每片叶子的条纹几乎都不一样，到了秋天，叶子的颜色从边沿往里发黄，美丽如画。它对秋气甚为敏感，初秋时节，依然繁茂碧绿。秋气日深，它开始以另一种美装点秋色。秋风一吹，一片片落叶像一只只蝴蝶，在天空中快乐地飞舞，如屈原诗云："袅袅兮秋风，洞庭波兮木叶下。""萧萧也自风流"，萧萧，梧桐落叶时的声响，梧桐落叶也有一种形态美。宋人叶绍翁《夜书所见》："萧萧梧叶送寒声，江上秋风动客情。""一叶飘零知肃，泥土更护神州"，写梧叶的归去也是在奉献自己。"一叶飘零知肃"，化用《淮南子》的语句而来。一片梧叶的落下，就知道秋天将临，往往比喻发现一点预兆就知道事物将来的发展趋向。"泥尘更护神州"，梧叶化为尘泥，成为肥料，更成为其他植物的营养，写出了梧桐奉献精神的彻底性、一贯性。梧桐的确可爱，它将自己的花、叶、树干统统奉献给了社会，奉献给了人们，它不夸耀什么，贡献巨大而又那么低调谦虚。

这是一首典型的咏物诗，咏物诗的特点是托物言志，所咏之物往往是诗人理想人格的艺术表达，主体意象与诗人的自我形象融合为一。此词以"梧桐"为吟咏对象，描绘了梧桐的形态，以细腻的笔触赞美了梧桐任劳任怨、乐于奉献的可贵品格，歌颂了古往今来具有这种奉献精神的人物，含蓄地表达了甘为梧桐的真切愿望。一个国家、一个民族要雄立于世界民族之林，必须要有千千万万梧桐式的人物。梧桐能撑起巨大的绿伞，给炎夏的人们送来一片绿荫；梧桐有佳质，可做瑶琴的良材。梧桐为人类提供美的营养，梧桐的花和叶能美化我们的生活。梧桐多么可爱！梧桐式的人才是真正的民族脊梁。鲁迅说："我们从古以来，就有埋头苦干的人，有拼命硬干的人，有为民请命的人，有舍身求法的人……虽是等于为帝王将相作家谱的所谓'正史'，也往往掩不住他们的光耀，这就是中国的脊梁。"（《中国人失掉自信力了吗》）中国历史上许多政治家、思想家、民族英雄、科学家、艺术家正像梧桐一样默默奉献。梧桐的形象，体现了民族脊梁的某些品格。诗人以梧桐自勉，几十年来不懈努力，艰辛求索，正体现了梧桐默默奉献的精神。

龚自珍诗云："落红不是无情物，化作春泥更护花。"沈鹏笔下的梧桐形象就是甘献绿荫、甘为春泥的奉献者形象。品赏此诗，仿佛在我们眼前浮现起了高大挺拔的梧桐形象。

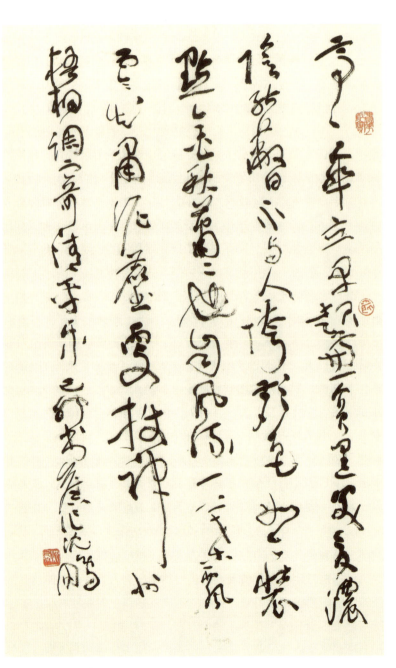

气韵生动　寄意幽微

——《诉衷情·题画鹰》赏析

诉衷情
题画鹰

俄观素练起风霜，落笔尽苍苍。

纵横逸气精到，神态慨而慷。

瞬四野，瞩微茫，据山冈。

岂嗜追搏？只以尚存：社鼠狐邦①。

《诉衷情·题画鹰》见于《三馀诗词选》，创作于1980年11月30日，为笔者读到的沈鹏先生最早的题画诗。所谓题画诗，是指在中国画的空白处，由画家本人或他人题上一首诗或词。诗的内容或抒发作者的感情，或谈论艺术的见地，或咏叹画面的意境，诚如清人方薰所云："高情逸思，画之不足，题以发之。"（《山静居画论》）这种题在画上的诗叫题画诗，为绘画章法的一部分，诗、书、画三者之美巧妙地结合起来，相互映衬，丰富多彩，增强了作品的美感，深化了作品的意境，构成了中国画的艺术特色。题画诗大致起源于唐，李白、杜甫写过多首题画诗，成熟于宋，繁荣于明清。

---

① 社鼠：《晏子春秋》："景公问于晏子曰：'治国何患？'晏子对曰：'患夫社鼠。'公曰：'何谓也？'对曰：'夫社，束木而涂之，鼠因往托焉。熏之则恐烧其木，灌之则恐败其涂，此鼠所以不可得杀者，以社故也。夫国亦有焉，人主左右是也。内则蔽善恶于君上，外则卖权重于百姓，不诛之则为乱，诛之则为人主所案据，腹而有之。'此亦国之社鼠也。"

沈鹏为诗书大家，其实他对绘画也有很深的研究。先生能画，笔者见到先生的唯一画作是自画像，笔墨简约，造型精准。他写过不少画评，创作了不少题画诗。此作为雄鹰图的题词，虽然笔者不知画家是谁，但此词紧扣画作意境遣意抒情，立意高远，寄慨遥深。"诉衷情"为词牌，"题画鹰"为词题。

词作上片描写观画感受，叹其技法之精湛。"俄观素练起风霜"，化用杜甫《画鹰》诗句："素练风霜起，苍鹰画作殊。"素练：洁白的画面。词作以惊讶之情着笔，洁白的画面上突然腾起了一片肃杀之气，极言雄鹰之矫健威猛、栩栩如生。"落笔尽苍茫"，极言笔墨之老到，但见一片苍秀之气。雄鹰是老鼠的天敌，它的主要工作是除害。赞美雄鹰，就是赞美勇敢，赞美正义。"纵横逸气精到，神态慨而慷"，言其气韵生动，气势所向无敌，对害人之物毫不心慈手软。凡画，贵在气韵生动。南朝齐画家谢赫的《古画品录》中，首先提出绘画六法，第一条即气韵生动。气韵生动是指绘画的内在精神气韵，达到一种生命洋溢的状态。花鸟画中的意象，实际上是以托物言志的手法来表达创作主体的生命精神。所谓"逸气"应指所绘意象的气韵与神采，体现生命的力感，又体现技法的精纯。书画所表达的美在气韵、在神采，除学养胸次之外，在于技法的精湛。"老到"，指技法的炉火纯青。画作的雄鹰如此生动，其技法之精湛不言而喻。"慨而慷"，化用毛泽东诗句"天翻地覆慨而慷"而来，此处描写雄鹰疾恶如仇的品格。

下片欣赏画作的意境、深邃的旨趣。画上题诗关键是要深入画境。"瞬四野，瞩幽茫，据山冈"，抓住眼睛描写，进一步刻画主体意象的神态。"瞬"，瞪眼看。左思《吴都赋》："鹰瞬鹗视。""瞩"，观看。微茫，形容词名化，远处微小之物。雄鹰的视力极佳，有资料上说雄鹰可以从10公里的距离发现猎物的活动。"据"，占领，显示雄鹰具有高度的警惕性，果敢勇决，随时做好了奋勇杀敌的准备。眼睛是心灵的窗户，鲁迅刻画人物最善于画眼睛，此词也是如此。"瞬""瞩"二字极为准确，无疑也是化用杜甫的诗句"攫身思狡兔，侧目似愁胡"而来。"侧目"，极言目光之深碧锐利。"岂嗜追搏？只以尚存：社鼠狐邦"，卒章显志，告诉读者：雄鹰严密注视，时刻准备清除害人之物，因为"社鼠狐邦"之类太多、危害太大的缘故。这样深刻化了画作的象外之意。

这是一首寓意深刻的咏物诗。画鹰是比较传统的题材，诗人对这幅雄鹰图的精湛技法予以充分的肯定，对画作的意境予以点化、深化，给读者以心灵的震撼。此画从技法而言，无疑是精湛的。从"起风霜""逸气精到"到描写鹰眼的敏锐传神，没有高妙的技法是不可能达到的，而收束韵味无穷，寄托无端，"岂嗜追搏，只因尚存：社鼠狐邦"，既义正词严，又含蓄蕴藉，令人想起孟子的话："予岂好辩哉？予不得已也！"《晏子春秋》中讲到的"社鼠"，是最高统治者的近臣，他们有保护伞，危害极大，为老百姓所深恶痛绝。诗作写出了雄鹰的历史责任感和勇决态度，无疑受杜甫《画鹰》的影响，但立意是截然不同的：杜诗是通过描绘雄鹰的威猛姿态和跃跃欲试的神情，抒发了诗人自命不凡、痛恨庸碌的壮志豪情；而此词表达的是痛斥社会的阴暗面、深怀疾恶如仇的品格。

此诗写于改革开放初期，此时诗人就看到了贪腐之风对社会带来的严重后果——"社鼠"们在祸国殃民，因而借物抒怀，表达端正时风、澄清玉宇的强烈愿望。四十年之后重读该诗，仍觉甚为深刻，很有战斗力。

咏物诗的写作手法主要是托物言志，这就须充分地发扬《诗经》的比兴传统，准确地说，发扬《诗经》中"比"的传统。刘勰说："比显而兴隐。"比兴都有隐喻意义，接近我们常说的象征。"比"的手法多用于讽喻，象征意义比较显豁。兴，更多的是曲喻，或为气氛的烘托。此词是运用了"比"的手法。咏物诗妙在若即若离、不粘不脱，此词做到了这一点。就绘画而言，做到气韵生动、技法精湛是抒情写意的本体因素。"落笔尽苍苍"五字，写出了此画简洁准确、笔墨老到的语言风格，正因为技法的高妙，意境的营构、幽情的传达，就水到渠成了。善于用精准的语言描绘典型的意象，这充分体现了诗人的语言功力与画学修养。

"气韵生动，寄意幽微"，这是沈鹏《诉衷情·题画鹰》的主要特色，诗作对这幅雄鹰图的立意高远、技法精湛作了中肯的评价，同时借物咏怀，表达了诗人的忧患意识，只有政风清廉，社会才会向前发展，人民才会安居乐业。

情牵总是香溪水

——《过香溪昭君故里》赏析

过香溪①昭君②故里

汉室和亲一粉钗，红颜事散逐黄埃。

至今尚有香溪水，长想明妃照影来。

沈鹏《过香溪昭君故里》一诗，选自组诗《江汉行》十二首，创作时间大致是1981年，诗作见《三馀诗词选》。王昭君为中国四大美女之一，本是民间的一农家女子，后选秀入宫，以不肯贿赂画师毛延寿而无机会接近汉元帝，以宫室女出塞和亲，姿容绝艳，有"落雁"之美誉，为稳定汉匈边境做出了杰出贡献。王昭君因为"胡汉和亲，边塞安宁"

① 香溪：香溪又名昭君溪，是长江支流，《水经注》称乡口溪，《清史稿》称县前河。香溪位于西陵峡口长江北岸，距重庆市区572公里。相传香溪上游宝坪村乃汉元帝妃子王嫱（王昭君）的出生地。

② 昭君：王昭君（约前52—约8），名嫱，字昭君，乳名皓月，出生于西汉南郡秭归（今湖北省宜昌市兴山县）平民人家，父亲王襄。汉元帝建昭元年（前38），昭君以民间女子的身份被选入掖庭，成为一名宫女，因不肯贿赂画师毛延寿，而不能见宠于汉元帝。竟宁元年（前33）正月，匈奴单于呼韩邪来朝，请求娶汉人为妻，元帝遂将昭君赐给呼韩邪单于，并改元为竟宁。昭君抵达匈奴后，被称为宁胡阏氏，昭君和呼韩邪单于共同生活了3年，生下一子，取名伊屠智伢师，封右日逐王。建始二年（前31），呼韩邪单于去世，昭君求归，汉成帝敕令"从胡俗"，依游牧民族收继婚制，复嫁呼韩邪单于长子复株累单于，两人共同生活11年，育有二女，长女名须卜居次，次女名当于居次。昭君与貂蝉、西施、杨玉环（杨贵妃）并称为中国古代四大美女，晋朝时为避司马昭讳，又称"明妃"，王明君。王昭君维护汉匈关系稳定达半个世纪，昭君出塞的故事千古流传。

的壮举，成为文人骚客竞相描写的对象。历史上以她为题材的诗作达数百首之多，而故事的背后，有这位巾帼之花的凄苦人生。此诗表达了对昭君的深切怀念之情。

起句"汉室和亲一粉钗"，点明昭君出塞和亲这一历史故事。粉钗，本义指女子的装束，此处指代昭君。昭君约生于公元前52年，于汉元帝建昭元年（前38）被选入宫，时年14岁。据蔡邕《琴操》记载，昭君17岁，端正娴丽，美貌动人，其父王襄见她异于常人，就拒绝了别人的求婚，将昭君献给了元帝。这个说法不太可靠，与入宫时间有出入。昭君入宫之后的第五年，即竟宁元年（前33）正月，时为匈奴单于的呼韩邪第三次朝汉自请为婿，王昭君奉命嫁与为妻。呼韩邪单于去世，昭君求归，汉成帝敕令"从胡俗"，依游牧民族收继婚制，复嫁呼韩邪单于长子复株累单于，育有二女。王昭君去世后，葬于今呼和浩特市南郊，墓依大青山、傍黄河水，后人称之为"青冢"。对于昭君和亲之事，不同时代的士人对此有不同的看法，但总的来说和亲的意义是重大的。翦伯赞在《内蒙访古》中说："和亲政策比战争政策总要好得多。"诗作起笔平淡叙述和亲之事，言外之意还是汉朝当时国力不振，通过特殊形式缓和民族矛盾，有"社稷依明主，安危托妇人"之意。承句"红颜事散逐黄埃"，"红颜"指昭君，绝代的佳人化为了一抔黄土，"红颜"与"黄埃"构成鲜明对比，表达对昭君的深切同情和对"和亲"这一历史事件的深深感喟。

转句"至今尚有香溪水"，荡开一笔，照应诗题，转入议论，表达对往事的追思。"尚有"无疑化用杜甫"生长明妃尚有村"的诗意而来，言外之意是昭君的事迹已过去很久很久了，在历史的烟云中找不到她的任何遗迹了，油然产生历史时空浩渺无际的感喟。合句"长想明妃照影来"，表达对昭君的深切怀念。诗作层层铺垫，起承转合分明，尾句掀起抒情高潮，连香溪的水也怀念昭君，更何况是昭君的亲人，昭君故乡的父老、后世那千千万万赞赏其美丽、赞颂其壮举的士人更是怀念这位美人了。这两句诗，从句式而言，无疑化用陆游"伤心桥下春波绿，曾是惊鸿照影来"（《沈园》），但不着痕迹。其实这句诗的妙处是正话反说，表层之意是故乡的山水、故乡的亲人怀念昭君，实际上是写昭君挥之不去的乡愁。昭君从14岁被选入宫，从此离开父母双亲，19岁时离开祖国，再也没回到过故乡，那种思乡之情真是"剪不断，理还乱，是离愁，别有一番滋味在心头"。昭君在《怨词》中写道："翩翩之燕，远集西羌；高山峨峨，河水泱泱。父兮母兮，进阻且长，呜呼哀哉！忧心恻伤。"她还在《报汉元帝书》中说："臣妾幸得备身禁裔，谓身依日月，死有余芳……南望汉关徒增怆结耳，有父有弟，惟陛下幸少怜之。"可见昭君思念故乡之深。汉朝政府对昭君家人予以了优抚，侄儿王歙被封为和亲侯，王飒被封为归德侯，长外孙大且渠奢被封为后安候。昭君和亲，从家族命运而言，乃是不幸中的万幸，但她有家难归，值得人们深深同情，真有无穷的言外之意。

这是一首寄意幽微的旅游诗，可谓言简意丰，寄托无端。香溪与昭君有关，似一条流香溢美的彩带。从秭归香溪口至巴东的官渡口，它挽起了三峡库区新辟的美丽景点——高岚风景线，又架起了通向森林公园——神农架的桥梁，一路风光如画，而诗人没花一个字的笔墨描绘风物，而以素淡的笔触追述往事，感慨昭君的不幸遭遇，表达对昭君的怀念之情，多象外之意、韵外之旨。昭君兰心蕙性，绝代风华，而她无法主宰自己的命运，被选入宫无疑身不由己，她不被元帝宠幸，由后宫的内斗、宫廷的腐败所致，如果她不去和亲，很可能成为无人过问的"白头宫女"，到匈奴之后，她的身份地位虽有所改变，但还是不得不"从胡俗"。昭君有家难归，有国难回，岂不令人为之一洒同情之泪？诗作极为平淡，从言外之象中可读出无限的感伤。一个国家的主权独立、边境的安宁，还是依靠政治清明、经济发展，国力强大，当时的边境稳定达半个世纪，昭君起的作用不可小视。

绝句之美在于立意幽微，有咫尺千里之妙，此诗达到了这个高度。辞章之于绝句小令，至为艰难，所难者何？小中见大、寄托无端、境界圆融、音韵悠扬者也，绝句贵在含蓄，玲珑精工。刘熙载云："绝句于六义取风、兴，故视他体尤以委曲、含蓄、自然为尚。"此诗在意境营构、寄意幽微这一点是做得很成功的。从联想方式而言，运用了接近联想，所谓睹物思人，感慨系之。香溪只是一条普通的河流，但因为与昭君有关，想到昭君和亲这一段历史，想到数千年中华民族的兴衰史，诗人含蓄地告诉读者：社会的发展在于推进民主的进程，尊重个体人格，国力的强大方是人民幸福的保障。正话反说也是此诗的一大特色，表层写故乡人民怀念昭君，深层写昭君不尽的乡愁，对这位巾帼之花、异域游子一洒同情之泪，表达了诗人对美的热爱、对生命本体的热爱之情，读来使人感慨万千。沈鹏的诗作，情真景真，动人肺腑，他的化用自然贴切，显示出了深厚的功力。

"情牵总是香溪水"，环佩空归月夜魂。昭君是中华民族最为绚丽的生命之花，她的美丽，她的才情，她的献身精神永放光辉。品赏沈鹏的诗作，我们自然会想到很多。

悲壮的挽歌

——《哈顿纪念地》赏析

哈顿纪念地①

（哈顿在第二次世界大战中村民全遭杀戮，今于废墟建立纪念碑雕塑，每隔两分钟即有钟声长鸣，昼夜不断）

炊烟俱散绝，

人迹音尘灭。

日夜警钟鸣，

飞来秋雁咽。

《哈顿纪念地》一诗初见于《三馀吟草》，1995年由荣宝斋出版社出版，又见于《三馀诗词选》，为组诗《苏联纪游》十首之七，创作于1988年5月至6月。沈鹏在其散文集《桃李正酣·宏观的与微观的——访苏联散记》一文中说："白俄罗斯共和国在卫国战争②中死于炮火的人占全部人口的四分之一，平均每户人家'贡献'一名国殇。不消说，死难

---

① 哈顿纪念地：哈顿纪念地在距白俄罗斯首都明斯克60公里的哈顿村。1941年到1943年第二次世界大战期间，这里蒙受了巨大的灾难。德国法西斯入侵白俄罗斯，当时白俄全国有209个镇被消灭，数千个村庄被毁，"哈顿"就是当年被毁的村庄之一。

② 苏联卫国战争：苏联卫国战争是苏联人民为反对法西斯德国及其盟国而进行的正义战争。1939年9月1日，德国进攻波兰，英法对德宣战，第二次世界大战全面爆发。1941年春，德军控制了西欧、北欧和巴尔干半岛。1941年6月22日，德国撕毁苏德互不侵犯条约，纠集其附庸国芬兰、匈牙利和罗马尼亚，分三路对苏联发动突然袭击，使苏联国土成为世界反法西斯战争的欧洲主战场。苏联人民在斯大林领导下，开始了卫国战争，第二次世界大战进入了新阶段。

者是全民族的壮丁，也是全家的壮丁。三十余天的旅途中，当我参观布列斯特城堡、哈顿雕塑群、基辅烈士墓、拉脱维亚烈士墓……总能看到一片沉默中有人泣不成声。"他在布列斯特的红色要塞和哈顿看到这样的情景："要塞红色的地堡和红色的围墙，几乎每一平方英寸（1英寸≈6.45平方厘米）都布满弹痕。……我又在哈顿基地看到铁制的树，每一片象征树叶的铁片上铸刻着受害者的姓名。"由此可见德国法西斯犯下的罪恶多么严重、和平多么来之不易。品读此诗，使我们对法西斯的罪恶有比较清楚的认识。

这是一首五言古绝，用仄韵。起笔照应诗序"炊烟俱散绝"，没有炊烟就没有人的活动，这本来是一个富庶的村庄，人到哪里去了？被法西斯杀光了！法西斯多么灭绝人性，他们是人类的公敌。一个"绝"字，蕴含无尽的愤怒与哀思，陡然一笔把哈顿村庄的惨象写出，诗人的惊诧与感伤的神情见于言外。承句"人迹音尘灭"，是对首句的补充描写与原因的说明，那么多村民被法西斯匪徒们活活烧死，手段何其残忍。法西斯的出现是人类的灾难。法西斯（fascist）一词是"束棒"的音译，原指中间插着一把斧头的"束棒"，为古罗马执法官吏的权力标志。法西斯主义是帝国主义国家垄断资产阶级鼓吹和实行的专制独裁和恐怖统治的政治制度和思想体系，对内表现为残酷镇压无产阶级和劳动人民的革命运动，取消一切民主、自由，实行垄断资产阶级专政，对外准备并发动侵略战争。可见法西斯的本性是用暴力进行掠夺，已完全丧失人性。

"日夜警钟鸣，飞来秋雁咽"，叙写所见所闻的情景和感受。战争的硝烟已久久散去，但是警钟还在长鸣，这意味着什么？告诉人们不能忘记历史，不能为眼前的和平所陶醉，要时刻警惕法西斯主义还可能会死灰复燃。帝国主义同样具有侵略的本性，有掠夺就可能爆发战争。日本侵略中国无疑是为资源的掠夺，中国人民蒙受了巨大灾难，中华民族也应警钟长鸣，"飞来秋雁咽"，以这个典型的凄切意象收束，表达无穷的悲切之思。"秋雁"意象极富感伤色彩。"秋雁""鸿雁"等意象往往起到渲染和烘托思乡怀亲之情、羁旅漂泊之感，秋雁的叫声使人感到一种特有的悲凉。《诗经》中就出现"雝雝鸣雁，旭日始旦"的描写，高适"千里黄云白日曛，北风吹雁雪纷纷"、李商隐"朔雁传书绝，湘篁染泪多"、欧阳修"夜闻归雁生乡思，病入新年感物华"、辛弃疾"生怕见花开花落，朝来塞雁先还"等，秋雁的意象无不与愁思感伤有关，而此处的"秋雁"意象感伤之意尤浓，有对死难者的深切悼念，有对法西斯的愤恨，有对历史悲剧的沉思。

这是一首旅游诗，更是一首描写战争题材的悲慨激愤的抒情诗，用概括性的描写、典型化的赋体意象描绘了哈顿纪念地的所见所闻，表达了反对非正义战争、热爱和平、保卫和平的重大主题。和平是可贵的，是来之不易的。帝国主义的本性不会改变，因为资本是他们赖以生存的命根。欧美等资本主义国家，在资本原始积累时期，发动了多次战争。只有国家强大，人民的生命财产才可能得到保护，才有自己生存发展的空间，过去是如此，将来还是如此。此诗小中见大，极具警示意义。由哈顿的遭遇，同样想到我们民族经受的苦难，想到日本帝国主义的暴行。位卑不敢忘忧国，每一位中华儿女应不忘历史、把握现实、着眼未来。

反对非正义的战争、保卫和平这样重大的主题，用二十字的小诗来表达，能勾起读者丰富的想象和联想，这是极为艰难的。而此诗写来有举重若轻之感，意境圆融而寄托无端，可见手段之高妙。沈鹏的诗作含蓄蕴藉，多用比兴，而此诗主要用赋，用赋较用比兴难度更大。朱熹说："赋者，铺陈其事而直言之也。"诗词中用赋，多见慢词和古风，铺陈渲染，而绝句中的用赋不是铺陈，而是"直言"。这种"直言"是抓住典型细节来描写，设置断层，拓展联想，故刘熙载说："文不难于续而难于断。"这种"断"就是设置联想空间，以有言暗示"无言"，形成象外之意。王维、杜甫的绝句多用赋体，而多象外之意。此诗的"炊烟绝""音尘灭"告诉读者什么？告诉读者，法西斯把这个村的人杀光了、杀绝了，法西斯的残暴、帝国主义的残暴就可想而知了。"警钟长鸣"告诉读者勿忘历史、居安思危。"秋雁"这个意象是虚拟意象，但极富典型性和隐喻性，使我们想到，连秋雁也为之鸣咽哀鸣，可见来此地的旅游者是多么悲慨、多么感伤。此诗通过暗示性的联想拓展出广阔的思维空间，所以这种赋的表达用得很好。此诗的风格是悲壮苍凉，化用柳宗元《江雪》的意境，营构一个广漠、浑穆、苍郁的想象空间，让人知晓法西斯的残暴。

《哈顿纪念地》是哀悼苏联卫国战争死难者的一曲悲壮的挽歌，寥寥数语，把我们带入到这个有特殊意义的爱国主义教育的纪念地，也带入烽火连天、哀鸿遍野的苦难岁月，由此也想到日寇对中国人民所犯下的滔天罪恶，不禁悲从中来，椎心痛恨。牢记历史，强我中华，才能守住和平的阳光。

勿忘国耻振中华

——《卢沟桥建桥 800 年》赏析

卢沟桥建桥800年^①

> 卢沟晓月若吴钩，记取当年国难秋^②。
>
> 我唤桥头狮醒立，桥前河水永安流。

《卢沟桥建桥800年》一诗，见于《三馀诗词选》，创作于1989年12月。沈鹏的诗没有停留在书斋，并非寻常意义的书家之诗，而是把目光投向了社会，反映的内容有广度、有深度、有力度，鲜明的个性与强烈的时代感妙合无痕，《卢沟桥建桥800年》就体现了这个特征。

诗作从景色描写切题："卢沟晓月若吴钩。""卢沟晓月"为"燕京八景"之一，始见金代《明昌遗事》所记，乾隆帝御书"卢沟晓月"碑立于桥的东头。古时这里涧水如练、西山似黛，每当黎明斜月西沉之时，月色倒影水中，更显明媚皎洁，故成著名景

---

① 卢沟桥：卢沟桥亦作芦沟桥，在北京市西南约 15 公里丰台区永定河上，是北京市现存最古老的石造联拱桥。永定河旧称卢沟河，桥亦以卢沟命名。卢沟桥始建于金大定二十九年（1189），明正统九年（1444）重修。桥全长 266.5 米，宽 7.5 米，下分 11 个涵孔。桥身两侧石雕护栏共有望柱 281 根，柱头上均雕有卧伏的大小石狮共 501 个，神态各异，栩栩如生。

② 国难秋："卢沟桥事变"。卢沟桥事变，史称"七七事变"，为中华民族全面抗战的起点。1937 年 7 月 7 日夜，日军在北平西南卢沟桥附近演习时，借口一名士兵"失踪"，要求进入宛平县城搜查，遭到中国守军第 29 军严词拒绝。日军遂向中国守军开枪射击，又炮轰宛平城，第 29 军奋起抵抗，这就是震惊中外的"七七事变"，又称"卢沟桥事变"。"七七事变"是日本帝国主义全面侵华战争的开始，也是中华民族进行全面抗战的起点。

点。但在诗人眼中，看到的不单单是景色之美，而是那段不堪回首的历史。"吴钩"是一种呈弧形的剑，通常有武力、武功、战争、男儿报国雄心等寓意，此句化用杜甫"少年赠有别，含笑看吴钩"（《后出塞·五首之一》）的诗句而来。诗人由晓月没有想到"白璧""玉盘"等意象，而想到"吴钩"，说明这不是圆月，而是新月或残月。承句"记取当年国难秋"，点明对"卢沟桥事变"这一重大历史事件的追忆。日寇入侵，烽火连天，哀鸿遍野，满目疮痍，真不堪回首。诗人是战争的亲历者，印象最为深刻。诗句警醒世人不忘帝国主义对我国的侵略，不忘日本强盗给中国人民带来的巨大灾难。

转句"我唤桥头狮醒立"，荡开一笔，转入议论，勉励国人昂然奋起，使中华民族雄立于世界民族之林。诗人由卢沟桥上的狮子，想到中华民族这头"雄狮"，这头雄狮早该睡醒了。拿破仑曾说过："狮子睡着了，苍蝇都敢落到它的脸上叫几声；中国一旦被惊醒，世界会为之震动。"1815年6月22日，拿破仑在滑铁卢遭到惨败，被迫退位，被监禁于大西洋的圣赫勒拿岛。1817年，英国使者阿美士德访华商谈贸易问题被拒，在回国途中访问拿破仑，想听听他对中国问题的看法。拿破仑对英国企图用战争解决问题的提法充满蔑视，他说："要同这个幅员广大、物产丰富的帝国作战是世上最大的蠢事。"阿美士德认为中国是"泥足巨人"，很软弱，而拿破仑看到了中国的内在潜力。中国人应该自信自强，真正做睡醒的雄狮。合句"桥前河水永安流"，以景语作结，含蓄地告诉读者：只有中国强大了，成为睡醒的雄狮，帝国主义才不敢欺侮中国了，永定河的水才不会掀起浊浪，我们方能有心情欣赏"卢沟晓月"的美景。

此诗的风格苍凉幽邃。卢沟桥是古代桥梁工程的经典之作，反映了中国当时的科技发展水平，科学性与艺术性达到了完美的统一。作为燕京八景之一的卢沟晓月，其奇特的景观、浓郁的诗意，的确使人流连忘返，但诗人对这景点的美没着太多的笔墨，更多是追思历史，想到的是中华民族所蒙受的灾难，真是俯仰今昔，感慨万端，体现出浓郁的忧患意识，因而整个诗境是苍凉的、悲慨的。苍凉是全诗的基调。苍凉多蕴沉思、感伤、悲慨等情感因素，钱锺书说："感伤的诗是甜美的诗。"感伤之情之所以具有较高的审美价值，因为这种情感是真挚的、深厚的。"真"是艺术的母体，沈鹏的诗书艺术创作，以真善美为追求的理想境界。诗人论书法时说："书法本体价值，说到底在情感的美、情感的纯正无邪。"（《书法，回归"心画"本体》）就情感表达而言，诗书之境是相通的。此诗苍凉幽邃的意境，是诗人一片赤诚之心的表达。

"勿忘国耻振中华"，《卢沟桥建桥800年》集中表达了这个重大主题，对每位华夏儿女都有警示作用。"前事不忘，后事之师"，当今时代是中国历史上最繁荣最具活力的时代，为了今天，我们的先烈浴血沙场，胼手胝足，他们的功业千载流芳，发扬先烈的遗志是中华儿女的神圣职责。中华民族只有万众一心、自强不息，屈辱的历史才不会重演。

俯仰其间　苦乐其间

——《一剪梅》赏析

一剪梅①

一统楼居即大千，除却床沿，便是笺田。岁寒忽忽已穷年，俯仰其间，苦乐其间。

心远何如地未偏，不见秋千，但见熏烟。门铃无计可催眠，过了冬天，又有春天。

　　题材对艺术创作来说，是十分重要的。题材越丰富，反映的生活面越广，领悟的人生哲理也越多。题材的大小并不能决定艺术品价值之高下。艺术的高境应达到一种整体的和谐，给读者以美的享受，能拓展丰美的联想空间。沈鹏善于驾驭各类题材，对生活能从宏观、中观、微观不同的角度来审视，都有真情的表达、理性的思索，这就是人们常说的独具慧眼。"一剪梅"既为词牌，又为词题，描写家居生活，清新自然，别开生面。此词收入《三馀诗词选》，创作于1992年12月。

　　词的上片描写家居生活的环境。"一统楼居即大千"，起笔总写家居的生活环境。"一统"，无疑化用鲁迅的诗句"躲进小楼成一统，管他冬夏与春秋"的诗意而来，带有自我揶揄的意味。"大千"，即大千世界，出自道教、佛教用语。佛教有小千世界、中千世界、大千世界的说法，后指广大无边的尘世，大词小用，发人一笑，实际上是说住房窄小、简陋。沈鹏在《始于四十》一文中有这样的文字："我居住的胡同，在老北京本是知名且够档次的，随着周围经济的膨胀，越发显得窄小、杂乱；我家先是住四合院一隅，后改建楼房；附近开设了一排排小吃店、杂货店，周围竖立一幢幢更高的楼房，盖起'超五

---

　　① 一剪梅：一剪梅，词牌名，又名《一枝花》《腊素》《腊梅春》《玉簟秋》《醉中》等。

星'饭店，全家就沉入了'井底'。""除却床沿，便有笺田"，极言书斋之窄小，实际上没有书房。"笺田"指读书写字的地方，当时在北京生活，住房的窄陋可以想见。先生是书法家，需要一定的空间，常常在床铺上放门板就当写字台。"岁寒忽忽已穷年"，点明时令正是严冬，一年将尽，在这样的环境里过了一年又一年。

"俯仰其间，苦乐其间"，这是全词的中心句，写家居的感受。在这样的环境里生活、思考、学习、创作诸多不易，空间小得不能再小，游目骋怀也好，吟诗作赋也好，濡墨挥毫也好，一切只能在这空间进行。"俯仰其间"，在这里学习、思考、创作，"苦乐其间"，在这里感受生活的苦辣辛酸，这就是诗人的世界。纵思接八荒，视通万里，只有这个空间属于你。这种生活无疑是苦的，条件简陋，深感苦涩，但更多的是乐，毕竟可以读书写作、与前贤对话，毕竟还有自己的独立空间。诗人觉得苦中有乐，也很满足。

下片描写家居生活的心情。"心远何如地未偏"，过片承上启下，自然关合，一个人生活得快不快乐，不全在环境，更在心境，在心境的超脱乐观。此句化用陶渊明"结庐在人境，而无车马喧。问君何能尔？心远地自偏"的句意而来，反其意而用之，别有妙处。所谓"心远"，即保持超尘脱俗的心态。渊明辞官归隐，远离尘世的喧嚣，追求心灵的宁静，家居的环境在偏远僻静之处。诗人景仰陶渊明，追求心灵的宁静，但无力建庐在"采菊东篱下，悠然见南山"的地方，只能生活在喧嚣的环境里，不适意也只得将就。"不见秋千，但见熏烟"，进一步描绘环境的喧嚣和污染严重。"秋千"是游戏用具，有娱乐健身的作用。但在这个地方，哪有娱乐的空间和设施，"打秋千"是一种奢侈，这里的烟灰、噪声使人难受。将"秋千"与"熏烟"构成对比，可以想见家居环境的不堪了。诗人在苦笑之余，坦然承受。"门铃无计可催眠"，进一步描写环境的喧嚣。诗人自云：这是有感于登门者络绎不绝而发的牢骚，落笔后自己觉得好笑，是门铃使我无法入眠还是起了催眠作用？说不清楚。对于长期失眠的先生来说，得不到休息是最大的痛苦，但又无可奈何，无法改变现状。"过了冬天，又有春天"，卒章显志，表达对未来生活的向往。读此词句，令人自然想起雪莱的名言："冬天已经来了，春天还会远吗？"语义双关。从时令而言，冬天即将过去，春天很快到来；从生活而言，他也坚信艰苦的日子即将过去，明天更美好。

此词真实地描写了诗人在20世纪末于北京生活的景况，抒发了苦涩凄清的人生感慨，对未来充满了必胜的信心。作为一位工作超负荷、常年抱病的艺术家来说，在这样的环境里工作、学习、生活，进行艺术创作，是多么不容易，词境充满了苦涩和悲凉。当时有这样的生活条件，还算是不错的，毕竟还拥有自己的独立空间。诗人对生活容易满足，有渊明"审容膝之易安"的感受，其言外之意也告诉读者：人要努力适应各种生存环境，环境可以锻炼人、培养人。生活本来是苦涩的，要将生活的苦水化为美酒。品读此诗，我想起培根的名言："奇迹多是厄运中出现的。"生活中纵有苦涩与悲凉，能有坚定的信念作支撑，有自己追求的事业，心中依然充满暖意和春色。

此词是对生活的纪实性描写，完全用白描手法捕捉家居生活的一幅幅画面，不着一丝丝脂粉，遣词造句如芙蓉出水、落花依草。王国维论词，力主"直寻""不隔"，通过典型化的意象反映生活，以朴素高华的语言取胜，其实这是极为艰难的。单纯不同于单调，朴素不同于粗率，意象鲜活，还要蕴含丰富的言外之意，这才是高境界的艺术创作。"除却床沿，便是笺田"，诗人也感到一种满足，因为毕竟拥有了自己诗书学习的空间。诗人认为，对人身自由心境的寻觅，有了"心远"这种心理素质，适应各种环境的生活，居住条件再简陋、生活再苦涩，也有很多的乐趣。沈鹏的诗歌创作，追求情感之真、情感之深，故而其浅淡的诗歌意象里蕴含了丰富的幽邃的思想，让人读来有回味的余地，时而发出会心的微笑，这不仅仅是一种表达能力，更体现了一种情怀。诗人摒弃绚丽的色彩、美的迷雾，与读者进行心灵的交流。

"俯仰其间，苦乐其间"，这两句词概括了《一剪梅》家居生活的内容与感受。品赏此作，沈老的幽默智慧如甘霖般滋润了我们的心，仿佛从生活中的泥淖中爬了出来，面对蓝天，开怀欢笑，看白云卷舒、花开花落，对明天充满了坚定的信心。

海天灵羽寄幽怀

——《海鸥》赏析

海鸥

（温哥华维多利亚海港所见 [①]）

拂浪轻身过，冲霄昂首飞。

晴光耀白羽，疾雨浴蓑衣 [②]。

海阔鱼并跃，天高鹰与齐。

昊天无织网，何事恋林羁 [③]？

　　《海鸥》一诗，见《三馀诗词选》，创作于2000年5月。此诗描写沈老在加拿大维多利亚海港所见的海鸥形象，画面壮阔，意象俊美，境界恢宏，寄意幽微。

　　起笔描写海鸥在海浪中搏击的雄姿："拂浪轻身过，冲霄昂首飞。"首联以对仗句式描写海鸥形象，通过"拂浪""冲霄""过""飞"一系列动作的描写，描绘了这一精灵在海面上自由飞翔的力感、形态、神情。汹涌的海浪衬托了海鸥的勇毅。你看它从巨浪中穿过，那样轻盈矫健，像无所畏惧的勇士，这是描写海鸥横飞，又昂首向上奋翅，仿佛进入云霄，写其竖飞。"冲"字状其俊健，"昂"字状其勇毅。"拂""过""冲""飞"

---

① 维多利亚市是加拿大不列颠哥伦比亚的省会，位于加拿大西南的温哥华岛的南端，地处北纬48°25′，西经123°22′，是温哥华岛最大的城市和海港。

② 蓑衣：用棕树上生长的棕毛编织而成的一种用以遮雨的雨具，厚厚的像衣服一样能穿在身上，此处比喻海鸥的羽毛。

③ 昊天：广阔无垠的天空。林羁：为林所羁，意为躲在丛林之中。羁，本义指马络头，引申为束缚，拘束。

四字描绘出一幅海天空阔、上下一碧的壮美景色中海鸥的横穿竖冲，极言其生命力之旺盛、意志之勇毅、形态之健美、神情之自得，既是美的精灵，又是力的象征。力是一种生命精神的表达，英国美学家里德说得好："中国艺术便是凭借一种内在的力量来表现有生命的自然。"（《艺术的真谛》）颔联"晴光耀白羽，疾雨浴蓑衣"，具体描写海鸥的形象。视角由远距离的平视、俯视，改为近距离的观赏。在阳光之下，白色的羽毛熠熠生辉，经过暴雨的沐浴，海鸥更显英气勃勃。"蓑衣"，指代海鸥的羽毛，形象甚为逼真，诗句从颜色、形态、力感等多角度刻画海鸥的形象。

颈联"海阔鱼并跃，天高鹰与齐"，进一步描绘海鸥搏击长空、自由驰骋的壮美英姿，将抒情推向高潮。此句无疑化用"海阔凭鱼跃，天高任鸟飞"（《五灯会元》）的句子而来，而语意翻新、境界恢宏，有点铁成金之妙。描写采用衬托手法，正面映衬，以鱼跃鹰飞、碧水蓝天衬托海鸥在浩瀚的天宇自由展翅的形象。这是一幅壮阔瑰丽的海鸥搏击图，鱼的自由飞跃、鹰的自由翱翔、天宇的浩瀚空明，更衬托了海鸥的矫健轻灵。这幅壮丽的充满生机的画卷，寄寓着诗人向往豪放、向往伟岸、向往自由的美学理想。从语法上分析，"海阔鱼并跃，天高鹰与齐"，在"并""与"之后省略了一个介词宾语"之"，指海鸥，这句看似没写海鸥，实际上以他物衬托海鸥，把激情、遐思等丰富的情感寄寓于意象之中。尾联"昊天无织网，何事恋林羁？"以问句收束，余音绕梁，学习海鸥的坚毅勇敢，礼赞其自由精神。"昊天"，广阔的天空，这里表面指海港上空，实则象征诗人理想的人生境界。织网，编织的网罗，是指捕捉鱼鸟的器具，一般比喻法令、法网、高压的政治环境。顾炎武《一雁》诗："塞上愁书信，人间畏网罗。""林羁"，为林所羁，"羁"字为被动用法。"林羁"一词，描写其他鸟类缺少海鸥的勇敢，害怕网罗，不敢在碧海蓝天之上自由飞翔。尾联升华了全诗意境，礼赞了自由精神。这两句诗还是从侧面写海鸥，诗人仿佛对林中躲躲藏藏的鸟儿们说：这么清空自由、水天一色的环境，你们也像海鸥一样出来自由翱翔吧！何必老是躲在树林中呢？此句借景抒情、借物寓理，极赞海鸥的英勇无畏，表达对自由境界的向往之情。

这是一首状物精准、寄意幽微的旅游诗，也是一首咏物诗、抒情诗。诗作以简约的语言、细腻的笔触、恢宏的意象描写了一幅海鸥搏击的壮美画卷。蓝天碧海，鱼跃鹰飞，而这大海的精灵如白羽、如闪电、如勇士在浩瀚的天宇纵意翱翔，时而横穿天幕，时而掠浪而飞，鱼儿不甘寂寞，与之并跃，鹰儿深受鼓舞，与其比翼，充分展示了俊逸之美、雄健之美、勇毅之美、自由之美！"昊天无织网，何事恋林羁？"语义双关，意蕴丰饶，没有罗网的空间才是自由的空间，才是美的空间，唯其如此，鱼儿才可自由跳跃，海鸥方可自由搏击，雄鹰方可奋翼碧霄，作为万物灵长的人类也是如此啊！在欧洲中世纪的神权统治下，哥白尼、伽利略惨遭迫害；在秦始皇的暴政下，儒生被坑；明清的文字狱，又使多少英杰之士倒在屠刀之下。他们不能像海鸥一样向往大海、向往天空，因而也无法充分展示他们的美。为何中国历史上有那么多士人隐居深林、为"林羁"所误呢？陶渊明为何一心要归隐于田园呢？是为了寻觅心灵的自由。沈鹏真正将诗书之境打通，海鸥的形象和表达的自由精神，应为其翰逸神飞的草书意境的诗性表达。沈鹏是大草书家，诗书同源是指境界而言的。此作以书境入诗，为大草境界转化为诗意的成功尝试。大草书家所向往的艺术空间是天马行空、泠然御风，正如朱长文在《续书断》中所绘张旭书境："盖如神虬腾霄汉，夏云出嵩、华，逸势奇状，莫可穷则也。虽庖丁之刲牛，师旷之为乐，扁鹊之治病，轮扁之斫轮，手与神运，艺从心得，无以加于此矣。"沈鹏的大草书境，是庄禅精神、屈李诗意的艺术表达，时而谨严，时而疏荡，时而静谧，时而飞动，时而雪浪滔滔，时而碧波粼粼，时而乱石崩云，时而丘峦如黛，飞扬着自由的精神，彰显着变幻莫测的美感，由海鸥的搏击英姿可以联想到沈鹏的草书意境。

《海鸥》一诗的风格为恢宏俊逸，与其雄秀高华的大草风格相表里。风格为创作主体的胸次、气质、才情、学养、功力的综合表达。风格与意境大致相通。风格偏于势，偏于色调，偏于情感浓度；意境偏于象，偏于形态，偏于情感纯度。诗书之境是相通的，体现在抒情性、写意性。此作成功营构了宏阔的意境，海鸥的形象可能是诗人心中理想英才的象征，在海鸥身上寄寓了诗人的美学理想，他认为真正的英才，应在波谲云诡的风浪中锻炼自己，展示自己的美，展示自己的智慧才华。此诗饶有画意，采用绘画中的散点透视法，从不同视角、不同场景来描绘海鸥形象。这大海的精灵仿佛是美的化身，它如此俊健、坚毅、勇敢，意象的描写具有高度的概括性。此诗成功地运用衬托手法，主要是运用正衬，烘云托月，通过碧海晴光、蓝天疾雨、鱼跃鹰飞等意象来衬托，使海鸥的形象更俊逸、更灵动，给读者以强烈的情感震撼。诗作用词准确简约，富有暗示性，如"耀""浴""跃""齐"，准确传神。诗人精于韵律，此诗有意使用了拗句，如"海阔鱼并跃，天高鹰与齐"，"阔""并"均为仄声，按常规要求是不合格律的，而诗人反复炼句，用以拗句，仍然和谐，如果改为"海阔并鱼跃，天高与鹰齐"，就索然寡味，显得板滞，缺少气势，音节也不响亮，而"海阔鱼并跃"，气势磅礴，意象鲜活。此诗的句式富于变化，四联没有雷同，尾联以设问、警语作结，深化了主旨，引起读者的深思，给人以回味无穷的美感，可见诗人在炼字炼意方面下了很大的功夫，体现出深厚的语言功力。此外，比喻、象征、典故的运用贴切自然，语多不隔，《海鸥》确为当代诗坛难得一见之佳构。

"海天灵羽寄幽怀"，此诗以简约的语言、鲜活的意象、浩荡的气势、幽邃的意境，给予读者丰美的想象和联想。读者对之欣赏时，极大地拓宽了思维空间，领悟到丰富的难以言说的象外之意。诗人是大书家，情感的表达更淋漓酣畅，给读者以心灵的震撼。

雷州风物动心旌

——《望江南（三首选二）》赏析

望江南(三首选二)^①

之一

雷州好^②，胜迹似云霓。一塔崔嵬独仰止^③，十贤忠烈共思齐^④，湖上看苏堤^⑤。

之二

雷州好，风物世间殊。红雨翻成紫荆树，华灯化作夜明珠。海阔任龙鱼。

　　《望江南（三首选二）》见于《三馀诗词选》，创作时间大致是1992年3月。诗人从广州到海南旅游，创作了《海南三首》，《望江南（三首选二）》应创作于同一时期。《望江南》既为词牌，又是词题。此词描绘了雷州如诗如画的古城风光，寄托了丰富幽邃的情感和思想。

---

① 《望江南》：词牌名，又名《忆江南》《梦江南》《江南好》。

② 雷州：雷州市，建市前称海康县，是广东省湛江市辖县级市，是广东省唯一一个县级的"国家历史文化名城"。

③ 雷州三元塔：为古雷阳八景之一——"雁塔题名"，此塔建于1613—1615年，现为广东省文物保护单位。

④ 十贤祠：十贤祠位于雷州市雷城镇雷州西湖公园内，为纪念被贬谪雷州或贬琼过雷的"十贤"而建。被雷州人民誉为"十贤"的名臣是：寇準、苏轼、苏辙、秦观、李纲、赵鼎、李邕、王岩叟、胡铨、任伯雨。

⑤ 苏堤：位于雷州西湖公园内，古称"雷湖"，又称"罗湖"。雷州西湖在宋代以前是一处烟火苍茫、任流任伏的"野水"，自从大文豪苏轼兄弟在此醉游之后，更名西湖，也有景点称为"苏堤"。

《望江南·之一》主要描写雷州的古城风光。"雷州好，胜迹似云霓"，起笔点题，极言雷州风物之美。"胜迹"，有名的古迹、遗迹。"云霓"的本义是彩虹，此处指风光绚丽、人文荟萃，名胜古迹既多且美。"好"者，美也，今日雷州一片繁荣富庶的景象，但古代的雷州是蛮荒之地，是犯人流放之地，或是犯人到崖州的必经之地。古代流放于此是变相的死刑，可见当时的雷州是何等荒凉。试读苏轼笔下的雷州景象："粤岭风俗殊，有疾时勿药。束带趋房祀，用史巫纷若。弦歌荐茧栗，奴至洽觞酌。呻吟殊末已，更把鸡骨灼。"（《雷州八首·之一》）此地缺医少药，巫术盛行，可想见当时文化落后的情况。苏轼被贬到海南岛，途经雷州，在雷州停留，与先前被贬到雷州的弟弟苏辙会面，雷州西湖就是苏轼命名的。"一塔崔嵬独仰止，十贤忠祠共思齐"，这是全词的中心句，用对仗方式描写此地风物之壮美、文化底蕴之深厚，对"雷州好"的"好"字作照应。雷州的古塔初名为"启秀塔"，后更名为"三元塔"。"崔嵬"，高大雄伟貌，李白诗云："剑阁峥嵘而崔嵬，一夫当关，万夫莫开。"（《蜀道难》）三元塔高达57米，坐东向西，楼阁式砖木结构。这座雄伟壮丽的高层古塔，是雷州文化的象征。"十贤祠"为纪念途经雷州而被贬到海南岛的文官们而修建。海南岛古称崖州、儋州、琼州，自古为流放之地。杨炎《流崖州至鬼门关作》诗云："一去一万里，千之千不还。崖州何处是？生度鬼门关。"被贬之官多为政坛之英杰、民族之精英，诗人景仰十贤、缅怀十贤。"共思齐"，即见贤思齐，表达对这些民族精英们的深切怀念之情。"湖上看苏堤"，即欣赏雷州西湖中的苏堤，深切缅怀苏轼，对其才华与人格由衷仰慕。

　　《望江南·之二》主要描写雷州夜晚的风光。"雷州好，风物世间殊"，雷州半岛属于热带季风气候，是宜居的好地方，一个"殊"字总写此地风光的独特魅力。"红雨翻成紫荆树，华灯化作夜明珠"，"红雨"一般指代落花，李贺《将进酒》有"况是青春日将暮，桃花乱落如红雨"，这里说紫荆树开的花仿佛成为红雨，言其花盛艳丽。"华灯化作夜明珠"，极言雷州夜景之美，华灯万盏，如明珠闪烁，由此可以想到雷州经济之发展、士民之富庶，与古代雷州的荒凉景象构成强烈对比。"海阔任龙鱼"，为全词的点睛之笔，化用"海阔凭鱼跃，天高任鸟飞"的诗句而来，多韵外之旨：广州是改革开放的前沿地区，雷州新城的出现，无疑是改革开放取得的重大成果。随着改革开放的进行，多种经济形式充分展示其优势，大大地促进了整个国民经济的发展，故而诗人说"海阔任龙鱼"。从两首词的基调来说是欢乐的、高昂的、鼓舞人心的。

　　这两首小令，意象鲜活，寄意幽微，从题材而言，无疑是旅游词，也可作咏怀古迹视之，而表达的情感是丰富的、深刻的。第一首对雷州的文化热烈赞美。宝塔是佛教文化的象征，佛教文化对中国艺术、对中国士人的审美情趣产生了极为深远的影响。雷州的十贤祠与古代流放的十位英杰人物有密切的关系，这些民族的脊梁，为了人民的福祉，冒着生命危险而坚持真理，流放于此。他们敢于舍生取义，是真正的仁人志士。这些贤哲在流放之地也不忘传播文化，因而千百年来，人民深切怀念他们。《望江南·之二》主要是歌颂改革开放的巨大成就，雷州的巨变是改革开放取得的重大成果。努力发展社会生产力，让老百姓过上小康生活，成功来之不易，值得好好珍惜。

艺术的本质是抒情、追求真善美，这是沈鹏诗书艺术的主要特色之一。沈鹏说："以我的认识，无论科学与艺术，根本精神在求真。"（《书法价值判断琐议》）他还说："诗人首先应是一个真正的人，一个诚实的人，用真诚的心观照世界万物，'外师造化，中得心源'，即使作品还有瑕疵，比起装腔作势、故弄玄虚，为文而造情者不在同一个起点上。"（《桃李正酣·〈三馀续吟〉后记》）这两首小令表达的是一种发自内心的景仰之情——欢悦之情。韩愈说："欢愉之辞难工，穷苦之言易好。"（《荆潭唱和诗序》）这话并非绝对。"欢愉之词难工"，并非不能"工"，而是有难度。怎样才能"工"呢？就是发自内心，情感真挚，从肺腑里流出来的诗文，感人至深，就往往达到了"工"的高度。这两首词善于以典型化意象遣意抒情，以真情胜，以意美胜，选材典型，视角独特，是才学的综合体现、诗意与理趣有机统一。

"雷州风物动心旌"，诗画交融，旨趣幽雅，这是《望江南》二首的主要特征。苏轼诗云："人生到处知何似，应似飞鸿踏雪泥。"这两首小词为诗人雪泥鸿爪的真实记录，从极小的载体中，我们可以读出诗人对中华文化的深入思索、对美好未来的热烈向往。

万顷平波慎覆舟

——《岳阳楼》赏析

岳阳楼①

独踏晨曦上此楼，巴陵风物烂然收。

水天浩淼开宫阙，日月沉浮孕夏秋②。

消长无心随浊滓，驻翔如意羡轻鸥。

画桡漫恋春光永，万顷平波慎覆舟。

　　沈鹏《岳阳楼》一诗，见于《三馀诗词选》，创作于1981年春。沈鹏足迹遍天下，多在退休之后，此诗是较早的记游之作。沈鹏创作这类题材，受苏轼的影响较大，往往借景抒情，情理交融，不尽之意，见于言外。

　　诗作起笔描写登楼纵目，风物烂然："独踏晨曦上此楼，巴陵风物烂然收。""独踏晨曦"写登楼之人与登楼时间。岳阳楼名传天下，诗人神往已久，在一个春天的日子，晨曦初照，独登此楼，说明诗人心情之切与兴致之高。"巴陵"，岳阳之古称，范仲淹《岳阳楼记》有"滕子京谪守巴陵郡"。"烂然"，明丽璀璨貌，二字概写登楼所见风物之美。春天的洞庭湖，水天一碧，壮丽如画，"烂然"既写风物之特点，又写心情之欢悦，

---

　　① 岳阳楼位于湖南省岳阳市古城西门城墙之上，下瞰洞庭，前望君山，自古有"洞庭天下水，岳阳天下楼"之美誉，与湖北黄鹤楼、江西南昌滕王阁并称为"江南三大名楼"，1988 年 1 月被国务院确定为全国重点文物保护单位。北宋范仲淹脍炙人口的《岳阳楼记》更使岳阳楼著称于世。

　　② 浩淼：水面广阔。

为全诗定下基调，也为主旨的表达起了铺垫作用。颔联具体描写水天一碧的壮美景色："水天浩淼开宫阙，日月沉浮孕夏秋。""浩淼"指水面广阔。"宫阙"本义是宫殿，这里有"贝阙珠宫"之意。此句大致化用黄庭坚《宫亭湖》"贝阙珠宫开水府，雨栋风帘岂来处"的诗意而来，泛指湖面风光之壮美。古人多有描写洞庭风光的名句，李白"雁引愁心去，山衔好月来"（《与夏十二登岳阳楼》）、杜甫"吴楚东南坼，乾坤日夜浮"（《登岳阳楼》）、黄庭坚"未到江南先一笑，岳阳楼上对君山"（《雨中登岳阳楼望君山》）都体现了创作主体的胸次和时代感。而诗人所见，一片浩渺，景色壮观，仿佛看到了水府的贝阙珠宫，想到了唐代传奇《柳毅传》中水底龙宫的描写。"孕夏秋"，从湖面风光的变化，仿佛可以感知岁月的更替。孕，指包蕴，日月仿佛在这里运行，构成了岁月的轮回，化用曹操《观沧海》"日月之行，若出其中"、杜甫"乾坤日夜浮"之诗意，极言洞庭之浩渺。其意象之宏阔，构成一幅浩博伟岸的壮美图卷，表达了诗人为领略美景而震撼、欢悦的情感体验。这联的两个动词"开""孕"用得极好，把洞庭湖既比作一座宫殿，又比作一位大地母亲，创造了无与伦比的壮丽之美。

颈联描写诗人登楼的感受："消长无心随浊滓，驻翔如意羡轻鸥。""消长"指事物的增长减少、盛衰变化，化用苏轼《赤壁赋》语意而来："客亦知夫水与月乎？逝者如斯，而未尝往也；盈虚者如彼，而卒莫消长也。"由洞庭湖四季水位的变化而领悟了某些哲理，这大致是古人所说的"澄怀观道"。洞庭湖的水，春夏之时滔天，秋冬之时低浅，随时令的变化而变化。"浊滓"，本义是浑浊，根据语言环境的理解，此处应指或清或浊，暗用《孺子歌》的典故"沧浪之水清兮，可以濯我缨；沧浪之水浊兮，可以濯我足"，表达顺应自然、与世推移之意。轻鸥、沙鸥、鸥盟等意象，都蕴含隐逸之思。"驻翔如意"化用范仲淹《岳阳楼记》"沙鸥翔集，锦鳞游泳"的文句而来，这两句诗是说观赏洞庭美好风光而生隐逸之思。为何有这种情感的产生呢？大致在这壮美的景色面前，诗人感觉自我生命甚是渺小，征服自然的雄心有些消减，因而时生出世之意。诗人真是想出世吗？非也，此联实际上为尾联的抒情高潮作铺垫。尾联"画桡漫恋春光永，万顷平波慎覆舟"卒章显志，掀起情感的波澜，深刻的思想使世人猛醒，暗示人们不要迷恋美景，须警惕在万顷平波中出现意外。画桡指游船，此处指游人。"漫恋"，莫恋；"春光永"，春光的长久。此句言洞庭湖的景色随季节的变化而变化，不要为事物的表象所迷惑而失去理性。春日的洞庭，阳光明媚，碧波万顷，画舫歌清，仙音盈耳，陶醉其间，飘然欲仙，但诗人告诉游人，越是风平浪静，人们越容易放松警惕，如果突然狂风怒号，浊浪排空，就有船毁人亡的危险。一个国家，一个民族，要有忧患意识，居安思危，戒奢以俭，才不会被外物的假象迷惑，出现不堪收拾的局面。

这是一首寓意深远的记游诗，就题材而言，与古人的登岳阳楼诗没有多大差别，风光描写也大抵相近，但表达的主题与情感是大不相同的。诗人用如椽巨笔描绘了洞庭湖的壮美，那水天浩淼、日月沉浮等意象何等恢宏浩瀚，诗人为大自然的创造力而震撼不已，但更多的是悟理，由日月之盈虚、江流之消长而领悟到宇宙是按其自身规律运行发展之理，人类在领略自然美景的同时也应想到遵守自然规律，同时由自然景物的变化，深刻领悟到忧患意识对一个民族、一个国家生存发展的重大意义。一个国家大乱之后归于大治，人们往往容易沉醉于轻歌曼舞、灯红酒绿的生活，容易失去自我约束力，出现贪腐之风，消磨意志与雄心，长此以往，离亡国破家就不远了。孟子说"生于忧患，死于安乐"，欧阳修说："忧劳可以兴国，逸豫可以亡身"，前哲的教诲，岂可不以为鉴哉？

此诗最大的特色是借景抒情、借景言理。王国维说："一切景语皆情语。"诗人笔下的意象是典型化的意象，深蕴创作主体的情感和思想。那贝阙珠宫般的湖面风光，那包蕴日月的壮阔景象，既是自然风光的真实描写，更是创作主体的浩博胸次、磅礴气势、坚毅意志的外化。沈鹏是当代卓越的草书大家，书艺空间实际上是心灵空间的具象表达，这种幕天席地、友月交风的胸次，与诗境往往是一致的。沈鹏虽身体羸弱，但他多蕴壮怀逸气，物化为诗自然壮阔幽深。借景言理在苏轼的笔下较为多见，"不识庐山真面目，只缘身在此山中""一蓑烟雨任平生""也无风雨也无晴"，既是自然风光的描写，也是幽微理趣的表达。苏轼的前后《赤壁赋》，其本质是借景言理，这对沈鹏的影响是较大的。此诗以洞庭的风光变化暗示读者要有忧患意识，寓意深远，含蓄自然。此诗意象恢宏，多绮丽之美，用词极为准确，典故的化用不露斧凿之痕，无愧为斫轮之手也。

"万顷平波慎覆舟"，警世之言，振聋发聩。细品此作，在领略壮丽如画的洞庭风光之时，也让我们油然而生忧患之思：无论是个人生活还是军国大事，都应居安思危，不因一时的放纵而出大错。

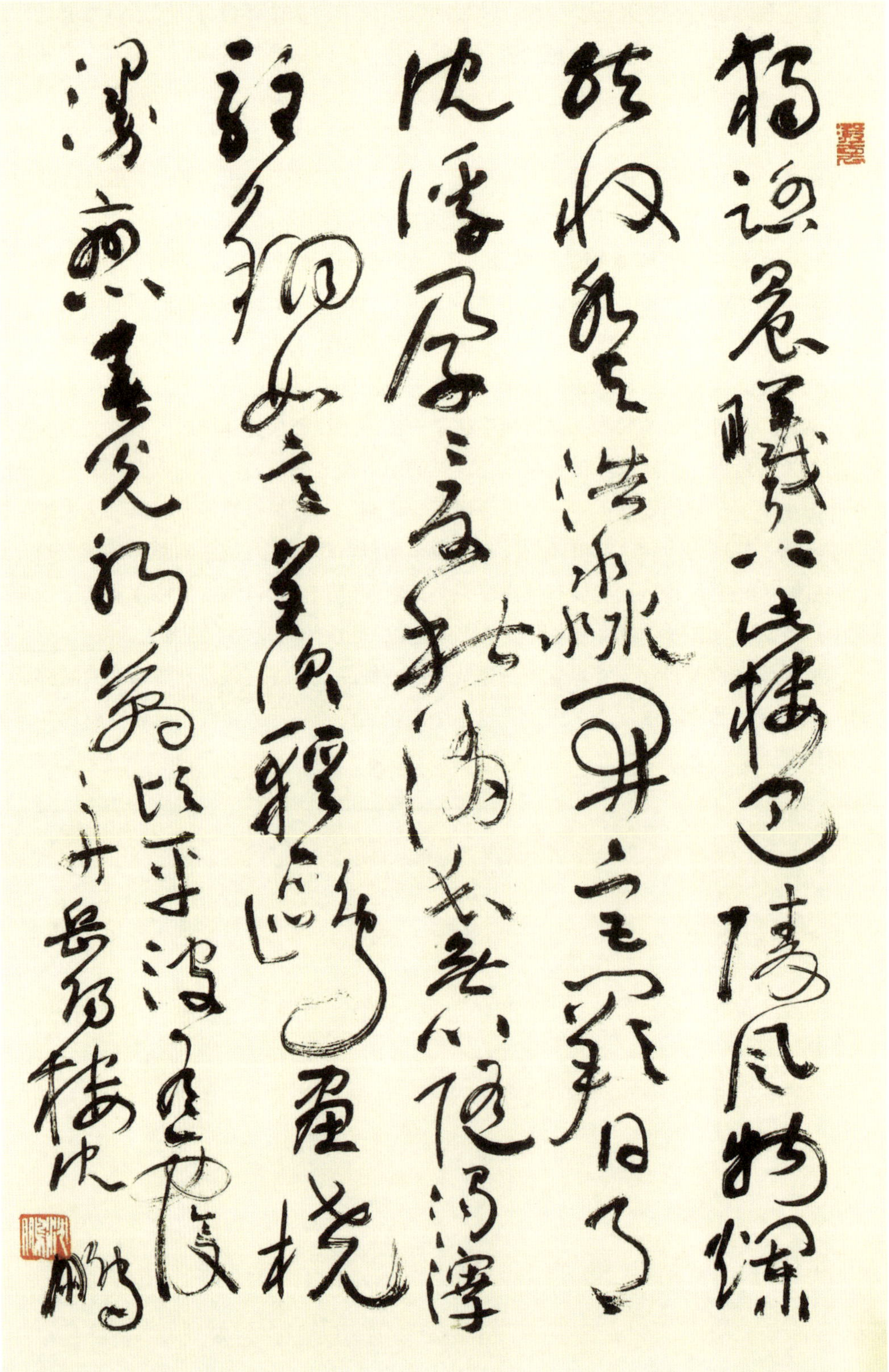

一曲民族英雄的颂歌

——《梅花岭史可法墓》赏析

梅花岭史可法①墓

我来梅花岭，

梅花杳无影。

清气满园林，

衣冠应未冷。

　　爱国家、爱民族，乃每位华夏儿女之神圣职责，也是立身之本。屈原、岳飞、文天祥、史可法这些伟大的民族英雄，他们的人格光华永如旭日之升于晴空，朗月之照于夜天。无论功绩有多大、才华有多高，如果失去了爱国这条底线，如秦桧、洪承畴、汪精卫、黄濬父子，任其才高八斗、学富五车，一朝沦为民族败类，永远被钉在历史的耻辱柱

① 史可法（1601—1645），字宪之，号道邻，汉族，明末抗清名将。开封祥符县（今河南开封市双龙港）人。崇祯元年（1628）进士，任西安府推官，后转平各地叛乱。北京城被攻陷后，史可法拥立福王朱由崧（弘光帝）为帝，继续与清军作战。官至督师、建极殿大学士、兵部尚书。弘光元年（1645），清军大举围攻扬州城。不久城破，史可法拒降被害。当时正值夏天，尸体腐烂较快，史可法遗骸无法辨认，其义子史德威与扬州民众随后便以史可法的衣冠代人，埋葬于城外梅花岭。史可法死后，南明朝廷谥之为"忠靖"，清乾隆帝追谥为"忠正"，其后人收其著作，编为《史忠正公集》。梅花岭：在今江苏扬州市广储门外。明万历中，州守吴秀浚河积土成丘，丘上植梅，故名。明末，清兵攻破扬州，史可法死难，家人葬其衣冠于此。史可法遗言："我死后，葬在梅花岭上。"这就表明其忠贞不屈、犹如梅花高洁之气节。清代著名文学家、史学家全祖望所撰《梅花岭记》，让这位民族英雄与梅花岭千秋不朽。

上，千年万载没有洗刷罪名的可能。沈鹏《梅花岭史可法墓》一诗，以简约的语言、典型的意象，高度赞美了民族英雄史可法的爱国精神，此诗无疑是一曲民族英雄的颂歌。

诗作最早见于《三馀吟草》，又见于《三馀诗词选》，作于1987年9月。此诗为五言古绝，用仄韵。诗人是这年的秋天游梅花岭，按理说如赏梅花，此时已无踪迹，诗人来游此地，主要是怀人，怀念史可法。史可法为何要葬于梅花岭，因其爱国情操有如梅花般高洁芬芳。梅花为中国十大名花之首，与兰花、竹子、菊花一起列为"四君子"，与松、竹并称为"岁寒三友"。在中国传统文化中，梅花以它的高洁、坚强、谦虚的品格，给人以立志奋发的激励。全祖望在《梅花岭记》中写道："予登岭上，与客述忠烈遗言，无不泪下如雨，想见当日围城光景，此即忠烈之面目宛然可遇……梅花如雪，芳香不染。"诗作以梅花为象征意象，抒发怀人之深情。"我来梅花岭"，起笔无一字描写景物，径直入题，而对英烈的景仰之情见于言外。"梅花杳无影"，来游梅花岭无疑希望欣赏梅花，而此时不见梅花踪迹，怅然之意见于言外，而诗人仿佛见到了另一种梅花，那就是史可法高洁芬芳的爱国精神。在两句诗中，"梅花"一词间接反复，突出梅花意象，赞美梅花的品格，实为下文铺垫蓄势。"清气满园林"，虽然没有见到自然界的梅花，但诗人隐约感受到了另一种如梅花般高洁芬芳的"清气"。此句无疑化用王冕"不要人夸颜色好，只留清气满乾坤"（《墨梅》）的诗意而来。"清气"是全诗的诗眼，指爱国家、爱民族的正气、豪气和忠贞不渝的意志，也是孟子所说的浩气。"何谓浩然之气？孟子曰：'其为气也，至大至刚；以直养而无害，则塞于天地之间。'""衣冠应未冷"，梅花岭葬的是史可法的衣冠冢，从自然物理而言，史可法的衣冠早已化为了灰烬，但其人格之光、思想之光，千秋万代，熠熠生辉。"衣冠应未冷"，字字千钧，高度评价史可法的人格光芒，人格力量。

沈鹏的诗以真情胜，以意美胜，以朴素胜，此诗的确体现出真挚深厚、朴素清雅的美感特征。诗词以绝句、小令为至难。何以故？以最小之载体表达至深至幽之情感故也。诗不能直说，十分的话，作一分说。高扬爱国主义精神，应成为中华儿女须臾不能忘怀的神圣职责。凡事言之实易，为之实难，在死亡面前，为坚持民族的大义而视死如归，这才是真正的伟大！正如文天祥的《正气歌》所说"鼎镬甘于饴"，正如鲁迅所说"拼命硬干"，这才是我们民族的脊梁，我们的民族需要这样的脊梁！

此诗之美，美在纯真的情感。从表达形式而言，美在高度的浓缩、高度的含蓄。要讴歌史可法的高风亮节，要弘扬爱国主义精神，这么重大的主题，通过寥寥二十字来表达得淋漓尽致，何其艰难。诗贵含蓄，平中见奇，浅中见深，方能给人以想象的空间。此诗采用了比兴手法，但这个比兴意象既模糊又清晰，既抽象又具象，即梅花散发的"清气"，它是看不到、摸不着的东西，但可以清楚地感知到这个"清气"就是史可法的人格精神。梅花岭的清气是一个联想意象，是由梅花生发出来，此诗颂清气、颂梅花、颂史可法，意蕴能逐层深入，又加以高度地概括，具有典型性的美感特征，这是诗人的高妙之处。此诗的语言自然，如清水芙蓉，仄韵的使用，使风格更显浑穆苍深，读来更有一种苍凉之美。

　　沈鹏的《梅花岭史可法墓》意象鲜明，情感饱和，梅花的形象与史可法的品格忻合为一，无疑是一曲民族英雄的颂歌。品读此诗，对弘扬爱国主义的优良传统具有深远的意义。

高山流水两心琴

——《结褵三十年赠秀珍》赏析

结褵三十年赠秀珍①

白发黄鸡岁月侵②，高山流水两心琴③。
同舟风雨同林鸟，珍惜余年灿若金。

爱情是人类最美好的心灵之花。泰戈尔说："在玫瑰花的充裕的光阴里，爱情是酒；在花瓣凋谢的时候，爱情是饥饿时刻的粮食。"莎士比亚说："爱情是生命的火花、友谊的升华、心灵的吻合。如果说人类的感情能区分等级，那么爱情该是属于最高的一级。"中国的诗人也如此吟唱爱情。元稹诗云："曾经沧海难为水，除却巫山不是云。"范成大诗云："愿我如星君如月，夜夜流光相皎洁。"顾敻云："换我心，为你心，始知相忆

---

① 结褵：结婚，本指古代嫁女的一种仪式。女子临嫁前，母亲为之系结佩巾，以示至男家后尽力操持家务。"褵"又作"缡"，佩在胸前之巾，一说为覆头的绛巾。《诗·国风·东山》："亲结其缡，九十其仪。"殷秀珍女士，沈鹏先生夫人，江苏昆山人，北京大学原第一医院主任医师、教授，与沈老相知相伴数十载，情比金坚。沈老多次当面对友人笑称："她是我的私人医生。"感怀之情，溢于言表。先生幼时多病，身体欠安，而今年近九旬尚能奋笔疾书，很大程度上得益于夫人的精心照料，数十年如一日。伉俪情深，非笔墨可以形容。

② 白发黄鸡：喻时光之流逝。白居易《醉歌示妓人商玲珑》："谁道使君不解歌，听唱黄鸡与白日。黄鸡催晓丑时鸣，白日催年酉时没。"又宋人苏轼《浣溪沙·游蕲水清泉寺》："谁道人生无再少，门前流水尚能西，休将白发唱黄鸡。"

③ 高山流水：列御寇《列子·汤问》有"伯牙鼓琴，志在高山，钟子期曰：'善乎哉鼓琴，巍巍乎若泰山！'而志在流水，钟子期曰：'善哉乎鼓琴，洋洋乎若江河。'"后世以"高山流水"比喻知音或知己，也可比喻乐曲的高雅精妙。

深。"爱情是美好的，但真正得到谈何容易，每一位卓越人士的背后，总有另一半在默默地支撑，沈鹏先生也是这样。诗人少年时得痼疾久治不愈，一路走来，备历艰难，能取得如此卓越的成就，与夫人殷秀珍女士爱的滋润是分不开的。《结褵三十年赠秀珍》吟唱了两位先生真挚深厚的爱情，言语虽然平淡，读来感人至深。此诗见于《三馀吟草》。

这是一首七言绝句。起句描写伉俪已入人生的金秋之年，"白发黄鸡岁月侵"，诗句化用白居易和苏轼的诗句而来，黄鸡催晓，白发催人，有深深的感喟。诗人常年抱病，从20多岁起靠服用安眠药物来解决睡眠问题，又患咯血症，长期服药对身体伤害甚大，早生白发。先生和夫人结婚三十年，根据美国结婚纪念的习俗，三十年称为珍珠婚。夫妇相濡以沫度过三十年的时光，养儿育女，成就事业，经历了人生风雨，很不容易。凤凰电视台采访沈鹏和夫人殷秀珍时，殷老讲了一个细节：早年因生活条件艰苦，先生咯血，在她的精心护理下，才慢慢康复。诗人想到患难与共的生活往事，感慨不已，而叙述又是那样平静，一个"侵"字，写出时间渐进变化的过程，无限深情，见于言外。

"高山流水两心琴"，承句道出两颗素心相知之深、相爱之切，这是全诗的诗眼。由相知相惜到相爱，由相爱到坚守，"相知"是缔结鸳盟的基石，是牢牢绾住两颗素心的情感纽带。"高山流水"的故事，是"知音"的代名词，爱情多由友情发展而来，"相知"是挚友的精神链条，有共同的志趣，相互了解，能读懂对方的心思，士为知己者用，女为悦己者容。伯牙与钟子期的身份并不相称。伯牙是春秋战国时期晋国的上大夫、当时著名的琴师，善弹七弦琴，技艺高超，而子期是楚国一个戴斗笠、披蓑衣、背冲担、拿板斧的樵夫，两人因心灵相通结为知己，可见知音的力量有多大。《易经》中说"同心之言，其臭如兰""二人同心，其利断金"，只有深入了解才会心灵相通，才能由相知到相惜、相爱，执子之手，与子偕老。沈老感念夫人，这是发自肺腑之言。我看过沈老青年时代的照片，多有英气，但先生并没有伟岸的身材，没有健康的体魄，没有显赫的身世，而殷夫人如此倾心相爱，确因倾慕其人格、欣赏其才华。"两心琴"，"琴"字佳妙，富有诗意。"琴"字是名词动化，有演奏之意，令人想起《诗经》中的"窈窕淑女，琴瑟友之"，令人想到两位先生以心灵演奏爱情的乐章。"高山流水"的优美曲调，是两位先生用诚心、爱心演奏出来的，因而是那样美妙、深挚、悠久，摇人心旌。

"同舟风雨同林鸟"，转句形象地描写两位先生相濡以沫度过的艰难岁月。"风雨同舟"的本义是在大风雨里同坐一条船，比喻在艰难困苦的条件下，互相帮助，齐心协力，战胜困难。《孙子兵法·九地》："夫吴人与越人相恶也，当其同舟而济遇风，其相济也如左右手。"沈先生长期超负荷工作，编辑出版、学术研究、艺术创作，可想而知他承受着巨大的压力。而治家与教育孩子的重任，殷夫人自然承担得更多。作为医学专家，她本身的工作已十分繁重，可见付出是何等艰辛。万语千言道不尽，诗人只能用"高山流水""风雨同舟"来形容，感慨甚深。"同林鸟"一词，描写相依为命的情景。"高山流水"是朋友，"风雨同舟"是战友，"同林之鸟"是相依为命的亲人，这三种身份在两位先生的身上合而为一。两位先生从青年时代起在北京生活，居住的条件也甚为简陋，在甚为艰难的环境中养儿育女，成就一番事业。先生的书法创作，多由夫人钤印，由此可以想见两位先生的心灵相通、默契配合。诗人把自己和夫人比作"同林鸟"，能彼此梳理羽毛，在万里长空比翼奋飞，纵遇风霜雷电，而相依相护，不弃不离，这就体现了爱情的真挚深厚。合句"珍惜余年灿若金"，相互鼓励，珍惜秋光灿丽的余年。"天意怜芳草，人间重晚晴"，夕阳是迟开的花，夕阳是陈年的酒，美丽而芬芳。两位先生从坎坷中走来，从风雨中走来，沐浴着温暖的秋阳，这种幸福来之不易，金秋之年当更好地品味爱情的甘甜，朴素的话语中蕴含至真至深至美的情感。

此诗是一曲凄美的爱情颂歌。结褵三十年，伉俪情深，度过了不平凡的岁月，而今虽已白发盈颠，而他们的心靠得更近，爱得更深。爱情贵在相知，贵在艰难岁月里的不离不弃，坚守是对爱情最庄严的承诺。读到此诗，我想起了《晏子春秋》里的一段文字："景公有爱女，请嫁于晏子。公乃往燕晏子之家，饮酒，酣，公见其妻曰：'此子之内子耶？'晏子对曰：'然，是也。'公曰：'嘻！亦老且恶矣。寡人有女少且姣，请以满夫子之宫。'晏子避席而对曰：'乃此则老且恶，婴与之居故矣，故及其少且姣也。且人固以壮托乎老，姣托乎恶，彼尝托，而婴受之矣。君虽有赐，可以使婴倍其托乎？'再拜而辞。"可见晏子是忠于爱情的。婚姻是承诺，必须坚守，坚贞的爱情在于彼此有高洁的美德、有深入的了解，品读此诗，对广大读者有深刻的教育意义。

此诗的风格是平淡朴实。伉俪情深，一起走过了三十年的岁月，有多少话要说，有多少情感要表达，而在诗人笔下，没有海誓山盟的雄词壮彩，没有柔肠百转的蜜语甜言，而是平淡地叙述，寥寥数语，胜过千言万语。因为平平淡淡才是真，相爱的夫妻就是相濡以沫地过日子，从一举一动中读懂彼此表达的情感，虽鬓雪飞来，并未忘怀青春年少的岁月，并未忘怀相携相挽的日子，淡中见浓，浅中见深。艺术也是如此，在平淡浅近的文字中蕴含丰富幽邃的情感，这是一种绚烂之极归于平淡的美，正如司空图所说："浓尽必枯，淡者屡深。"诗作的意象很鲜明，灵犀相通的知己、患难与共的战友、相依为命的鸟儿，这常见的意象寄托了至美的深情。从诗歌表达手法上来说，此诗运用了比兴的手法，通过"高山流水""风雨同舟""同林之鸟"等比兴意象，含蓄深刻地表达了两位先生忠贞不渝的情愫。大美无言，至情无言，艺术的最高境界是真情，正如庄子所说："真悲无声而哀，真怒未发而威，真亲未笑而和。"此诗的至美之处在于真情的表达。

"高山流水两心琴"，这是一曲真挚纯朴的爱情颂歌。爱情是两位先生生命的内驱力，是先生艺术的灵感来源。家庭是社会的细胞，有无数幸福的家庭才营构出和谐的社会。细品此作，让我们真正懂得什么是真正的爱情，努力用心血浇灌爱情之花，便会结下一串串的丰硕之果。

丹心碧血荐轩辕

——《读方志敏〈可爱的中国〉》赏析

读方志敏[①]《可爱的中国》[②]

长征北上先行者，民族英雄墨面黥。

报国及时堪九死，壮心宿愿舍三生。

清贫推倒噬人宴，浩气冲开炼狱门。

血性文章昭后世，行间犹听铁镣声！

沈鹏《读方志敏〈可爱的中国〉》一诗，见于《三馀诗词选》，创作于1994年3月。"忘记过去就意味背叛"，这是列宁的名言。郭沫若为《烈士诗抄》题诗："血性文章血

---

① 方志敏（1899—1935），原名远镇，乳名正鹄，号慧生，江西省上饶市弋阳漆工镇湖塘村人。中国共产党的革命家、军事家、杰出的农民运动领袖，土地革命战争时期闽浙（皖）赣革命根据地和红十军团的缔造者。1922年8月加入中国社会主义青年团，1923年3月加入中国共产党。1935年被捕牺牲。2009年9月，方志敏被中央宣传部、中央组织部等11个部门评选为100位为新中国成立作出杰出贡献的英雄模范人物之一。

② 《可爱的中国》：方志敏烈士于1935年5月2日写于狱中。作者以亲身经历概括了中国从五四运动到第二次国内革命战争以来的悲惨历史，愤怒地控诉了帝国主义肆意欺侮中国人民的种种罪行。他满怀爱国主义激情，象征性地把祖国比喻为"生育我们的母亲"，而汉奸军阀们帮助恶魔杀害自己的母亲。作者高声疾呼："母亲快要死了，救救母亲呀！"他提出挽救祖国的"唯一出路"就是进行武装斗争，论证"中国是有自救的力量的"，坚信中华民族必能从战斗中获救，并在篇末展示了中国革命的光明前景，描绘出革命后祖国未来的美好幸福的景象，体现了强烈的民族自信心，我们要学习他的爱国主义精神。

写成，党人风格万年贞。"今天的幸福是无数先烈用鲜血换来的。"帝国主义亡我之心不死"，最坚固的堡垒往往从内部攻破，而今党内的一些腐败分子已远离革命前辈的初衷，值此内忧外患之际，重读方志敏烈士的《可爱的中国》一文极富教育意义，沈鹏先生读后写下了这首慷慨激昂的诗章。

首联"长征北上先行者，民族英雄墨面黥"，含蓄地交代写作此书的背景。《可爱的中国》写作的时代是中国人民灾难深重的时代，当时日本的全面侵华战争还没爆发，但"九一八"的炮声却震撼了每一个有民族情感的中国人的心。作为红十军的创始人，方志敏在红军开始长征的时候，担任中国工农红军北上抗日先遣队总司令，但在进军的路上，不幸因叛徒出卖而落到国民党反动派的手中。方志敏英勇不屈，自知来日无多，每天以十六小时的时间写作，《可爱的中国》就是在这样的情景下完成的。"墨面"是古代的一种刑罚，在犯人面额上刺字染成黑色，就是在脸上刺青，是一种惩罚。墨刑又称黥刑。"墨面黥"指方志敏被囚。"报国及时堪九死，壮心宿愿舍三生"，高度赞赏方志敏舍生忘死的报国志向。"九死"语出屈原《离骚》："亦余心之所善兮，虽九死其犹未悔"，表达为了追求革命理想纵死无悔的忠贞情怀。"三生"，佛教用语中指过去生、现在生、未来生，也就是前世、今生、后世，概括了全部的人生道路和前后的因果关系。清朝黄景仁的《感旧》诗云："别后相思空一水，重来回首已三生。"方志敏忠贞不渝的报国情怀，就是写作《可爱的中国》的内在动因，是作者一腔热血的艺术表达。

颈联"清贫推倒噬人宴，浩气冲开炼狱门"，写方志敏清廉的品格和决意推翻旧世界、建设新中国的伟大志向。方志敏说过："清贫、洁白朴素的生活，正是我们革命者能够战胜许多困难的地方！"他在狱中写过《清贫》一文，堪称革命者的正气歌。文章述说被俘时的经过：两个敌方兵士在树林中发现了他，并猜到了他正是那位共产党大官，可是只从方志敏身上搜到工作所用的一只手表和一支自来水笔，此外分文没有。一个兵士则挥动手榴弹威吓地吼道："赶快将钱拿出来！不然就是一炸弹。"结果还是什么也没有得到。方志敏从事革命斗争，经手的钱财数以百万计，可是每分每毫都用之于革命事业。"噬人宴"，大致化用鲁迅《狂人日记》《祝福》《药》等小说中的有关说法而来，《狂人日记》揭露了封建礼教"吃人"的本质，此处以"噬人宴"指代当时的黑暗社会。"浩气"，指方志敏在狱中受尽酷刑，但决不屈服的浩然正气。1935年8月6日，方志敏在南昌被国民党反动派杀害。当时刑场上三步一岗、五步一哨，方志敏昂首挺胸。敌人让他转过身去，方志敏笑着说："我都不怕，你们怕什么？我要看看法西斯的子弹是怎样射穿我的胸膛！"刽子手的手哆嗦了，扳不动枪机。方志敏望了望烟雨蒙蒙的天空，最后看了一眼可爱的中国，高喊"打倒帝国主义！""共产党万岁！"。"炼狱"此处即地狱，指当时黑暗的中国社会。鲁迅在《呐喊·自序》中，把当时的社会比喻成"一间铁屋子"，要唤醒人们冲破这个铁屋子，彻底推翻旧中国，建设新中国。

尾联"血性文章昭后世，人间犹听铁镣声"，写方志敏的著作和精神对后世的深远影响。方志敏的《可爱的中国》《清贫》等著作，是在英勇就义之前夜以继日、呕心沥血写出来的，是留给后世的宝贵的精神遗产。叶剑英元帅《看方志敏同志手书有感》一诗写道："血染东南半壁红，忍将奇迹作奇功。文山去后南朝月，又照秦淮一叶枫。"叶帅将方志敏比作民族英雄文天祥，对方志敏的功绩与著作予以高度评价。《可爱的中国》曾由鲁迅先生代为保存，之后才公开发表。《可爱的中国》《清贫》曾经被选入中小学语文教材，教育一代又一代的中国人民不忘历史，不忘先烈的流血牺牲，不忘共产党人的初衷。"行间犹听铁镣声"，照应诗题，再次交代写作的背景，让我们深刻认识此书的价值和意义。方志敏之所以要写此书，意图是要严正驳斥敌人对共产党人的诽谤和诬蔑。作者在文后附言中明确告诉读者："这篇小说又不像小说的东西，乃是在看管我们的官人们监视之下写的，所以只能比较含糊其词地写。"写作目的是要说明："一个共产党员是爱护国家的，而且比谁都不落后，以打破那些武断者诬蔑的谰言！"方志敏在狱中写作之时，戴了一副十斤重的铁镣，可以想见写作之艰难，革命意志之坚强。诗人今日重读此书，仿佛看到方志敏戴着铁镣写作的情景，看到了革命先烈为大多数人谋幸福，敢于奋斗、敢于牺牲的坚定意志。

这是沈鹏先生二十多年前写的诗，今天读来，仍有震人心魄的力量。中华民族自从鸦片战争以来，在三座大山的压迫剥削之下，积弱积贫，民不聊生，尤其随着日本帝国主义的入侵，更是山河破碎，生灵涂炭。没有中国共产党领导中国人民进行浴血奋战、艰苦备尝，就不可能推翻压在中国人民头上的三座大山，中国不仅仅会经济萧条、文化落后，还会国将不国、分崩离析，亿万劳苦大众永远陷入水深火热之中。夺取中国革命的胜利，中国人民付出的代价是巨大的，中国共产党人作出的牺牲是巨大的。前人栽树，后人乘凉，在中国共产党的正确领导下，中国改变了积弱积贫的局面，逐步走上繁荣富强之路。缅怀先烈，不改初衷，把先烈的接力棒一代又一代地传下去，这是每个中国人的神圣使命，这个任务是光荣的、长期的，又是艰巨的。同样是共产党人，方志敏如此坚强，如此清贫，而当代的贪腐之徒是怎样的呢？他们贪赃枉法，败坏党风政风，已没有一丝一毫革命先烈的崇高气节，他们已成民族的败类，老一辈革命家如果九泉有知，会椎心痛恨！

此诗的风格激越悲凉。诗人通过品读《可爱的中国》来讴歌方志敏的伟大人格、光辉业绩、坚定信念，对以方志敏为代表的无数先烈表示深切缅怀。方志敏作为伟大的无产阶级革命家，他热爱祖国和人民，意志坚如磐石，在准备慷慨献身的最后日子里，写下了血泪凝成的伟大著作，字字句句是赤诚之心、生命意志的艺术表达。真正的文学作品不是仅凭语言技巧能写出来的，是用激情、用生命、用热血写就的！沈鹏先生读《革命烈士诗抄》感慨不已，因为可以这样说，最高境界的美是用热血凝成的诗篇！沈鹏的这首诗，从格律诗的要求而言，符合七律的格律和对仗要求，工稳流畅，层层推进，而最大的特点是倾注真情、不计工拙，美在自然真率。语言的准确、对仗的工稳、典故的化用自然贴切，这也充分体现了诗人的综合修养，感人至深的是一片赤诚，对国家民族的深深的爱！

"丹心碧血荐轩辕"，这就是《读方志敏〈可爱的中国〉》要集中表达的思想和情感，唤起中华儿女强烈的忧患意识和使命感，慨然许国，奋勇向前！

百姓心中有杆秤

——《包公祠》赏析

包公祠①

芒寒凛凛指千年，稗史传来总觉鲜。

非是浮云能蔽日，群黎何事盼青天。

包拯的故事，中国人耳熟能详。包拯八九岁时就显示出极高的破案天赋，凭直觉破获一起员外家的盗窃案。包公破案显示出渊博的学识和极高的智慧。据说有一个人被告偷了驴，他不承认。包拯就审驴，把驴饿了三四天，驴自己跑回了主人家。他铁面无私，执法如山，千百年来为老百姓称颂。电视剧《铡美案》多有虚构，真正斩杀的是八贤王赵德芳的侄儿赵青。皇太后、仁宗出面施压放人，而包拯不为所屈，为民除害。中国古代，人治大于法治，没有制度作保障，法律往往成为一纸空文，下层百姓伸张正义的愿望无法

---

① 包拯（999—1062），字希仁，谥孝肃，北宋庐州合肥（今安徽省肥东县）包村人。28岁中进士，曾先后任天长、端州、扬州、庐州、池州、开封等地知县、知府，出使过契丹，还在刑部、兵部任过职，在财政部门做过副使、转运使、三司使，在监察部门做过御史、谏议丈夫，最后做到枢密副使，成为朝廷的宰辅。至和三年（1056），以龙图阁直学士权知开封府，因不畏权贵、不徇私情、清正廉洁，当时流传"关节不到，有阎罗包老"的赞誉。死后赠礼部尚书，谥孝肃。他当过的天章阁待制和龙图阁直学士使他有了"包待制""包龙图"的雅称，老百姓更喜欢直呼"包公""包青天"。包公祠：又称包公孝肃祠，位于合肥市环城南路东段的一个土墩上，是包河公园的主体古建筑群。明弘治元年（1488），庐州知府宋鉴在此修建包公书院，故名为包公祠。祠为白墙青瓦构筑的封闭式三合院组成，主建筑是包公亭堂，端坐包拯高大塑像，壁嵌黑石包公刻像，威严不阿，表现"铁面无私"的黑脸包公的凛然正气。亭堂西面配以曲榭长廊，东西有一六角龙井亭耸立，内有古井，号"廉泉"。

实现。在法律面前人人平等，这是老百姓最大的心愿。《包公祠》一诗，见于《三馀诗词选》，创作于1990年10月，此诗对包拯敢于秉公执法的精神予以热烈赞美。

诗作起笔描写包公伸张正义、秉公执法的凛然正气产生的深远影响："芒寒凛凛指千年。""芒寒"本义指星光清冷纯正，借以称颂士子的品行高洁正直。刘禹锡《柳河东集序》："天下文士，争执所长，与时而奋，粲焉如繁星丽天，而芒寒色正。"此处应指包拯眉宇之间散发出来的不畏强权的正义感，那疾恶如仇的气势犹如利剑，使邪恶势力为之胆寒。"凛凛"，威严可畏貌；"指千年"，言其精神千载流芳。一个"指"字，从修辞上看应为拟物，言其威严犹如利剑闪烁着寒光，使邪恶势力为之恐惧。包拯敢于铁面无私，秉公执法，当然还得到了开明君主的支持，没有坚强后盾、孤立无援的包拯是不可能有所作为的。"稗史传来总觉鲜"，承句描写包拯秉公执法的故事，千百年来脍炙人口。稗史，指不同于正史、记录闾巷旧闻的史籍类型，多指民间的各种传说。《铡包勉》是京剧的有名剧情，无疑对包拯的形象做了加工。包勉是包拯之侄，任萧山县令，做了地方官之后，行为不检点，贪赃枉法，作恶多端，事情败露，案件阴差阳错转到包拯手里。包拯看了案卷，非常生气又为难。剧情为了烘托包拯之伟大，把他设定成一个从小失去父亲的悲剧角色。包拯的童年和包勉一起度过，包拯由嫂嫂吴妙贞抚养成人，嫂嫂对他恩重如山，而包勉又是嫂嫂唯一的儿子，在公私两难的选择之间，包拯选择了贯彻自己的执法风格，大义灭亲，就下令斩了包勉，然后再向嫂嫂赔罪道歉。这个故事，基本上是虚构的，有无包勉这个人还有疑问，而真实的情况是这样：庐州是包拯的故乡，包拯任知州时，亲朋故旧多以为可得其庇护，干了不少仗势欺人甚至扰乱官府的不法之事，包拯决心大义灭亲。恰有一从舅犯法，包拯不以近亲为忌，在公堂上将其依法责挞一顿，自此以后，亲旧皆屏息收敛，不敢胡作非为。这些带有虚构的故事，人民群众喜闻乐见，除了艺术的感染力之外，表达了人民大众对公平执法的强烈愿望。

转句"非是浮云能蔽日"，转入议论，说明执法公正之艰难。一个案件发生，犯罪嫌疑人为了逃脱罪责，会千方百计把真相掩盖，是非颠倒，有权有势者进行干预，更容易出现黑白不分的现象，准确破案难，秉公执法尤难。"浮云蔽日"的典故，出自《文子·上德》："日月欲明，浮云盖之。"后世把"浮云蔽日"比喻奸佞之徒蒙蔽君主，泛指小人当道，社会一片黑暗。奸臣当道，法令的公正性大打折扣，敢于公正执法者处境不利，没有公正执法的环境而敢于公正执法，这需要强烈的正义感与超凡的智慧。包拯做到了这一点，的确是伟大的。合句"群黎何事盼青天"，表达广大人民群众对公正执法的强烈愿望。群黎，指万民、百姓。《诗·小雅·天保》："群黎百姓，遍为尔德。"人民群众把清官比作青天，故而称包公为包青天。人民群众对清官、秉公执法的官吏是景仰不已的。况钟诗云："清风两袖去朝天，不带江南一寸棉。惭愧士民相饯送，马前洒泪注如泉。"（《拒礼诗》）而今的贪官动辄以亿计，岂止是带一车钱，仿佛把三尺的黄土也要带走，他们怎能秉公执法？

此诗是一首旅游诗，题材是咏怀古迹，实际上是一首借古喻今的抒情诗。此诗刻画了封建时代敢于秉公执法的清官形象。在那人治大于法治的时代，冲破一切阻力敢于在太岁头上动土，还普通老百姓一个公道，坚持真理和正义，包公的形象的确是伟大的。此诗用典型化的笔墨塑造了"包青天"的形象。包拯那犹如利剑般的疾恶如仇的寒光，使千百年来的贪腐之徒、奸佞之徒恐惧发抖，而人民歌颂包拯、怀念包拯，希望时风清明，老百姓的合法利益得到保障。此诗表达了对这些"社鼠狐邦"的深恶痛绝，虽然是历史题材，而有强烈的时代感。包拯敢于执法，得到了当时最高领导者的全力支持，包拯个人起到的作用是巨大的。抑制贪腐，秉公执法，还老百姓一片湛蓝的天空，单靠某一个人的力量是远远不够的，还在于建立健全监督机制。没有机制的制约，秉公执法可能是一纸空文。

　　此诗的风格为凝重清穆，典型化的笔墨仿佛把我们带到了包公祠，亲眼看到了这个千百年来被老百姓视为神灵的包青天形象，"芒寒凛凛"四字透露出一种肃穆威严之气，蛀虫害怕他，人民亲近他、景仰他。诗作还善于从侧面着笔烘托包拯的形象，稗官野史的传说，戏剧的加工，使包公的形象更加高大完美；浮云蔽日，奸邪当道，更突出了包拯的勇毅，使包拯的形象更丰满、更有震撼力。此外，此诗也采用了比兴的手法。"浮云"与"青天"这两个对立的意象，由浮云想到了奸臣当道、社会的腐败，由青天想到了清官，想到了执法的公平、社会的安定，拓展出广阔的联想空间，也让我们感受到诗人强烈的正义感和疾恶如仇的形象。

　　历史是人民写的，老百姓的心中有一杆秤。包拯的形象是不朽的，在历史的夜空中，将永放光辉。

应惜同心解唧啾

——《日本佐渡岛拙书展览开幕》赏析

日本佐渡岛^①拙书展览开幕

朝涂夜抹几时休，汗水长年冰底流。

小岛巷空翰有意，惊涛墨涨浪何求？

难能异域通言语，应惜同心解唧啾！

他岸行吟归袖石，窗含东海对沙鸥。

　　《日本佐渡岛拙书展览开幕》一诗创作于1992年，为《访日六首》之一，见于《三馀诗词选》。沈鹏在佐渡岛举办书展之后，应邀出席了日本白扇书道欢迎会，在会上发表了《兼文墨》的一次演讲。在这次演讲中，他提出了"博取，应是成为大器的必由之路"的书学观点。

　　诗作起笔叙写为艺之艰辛："朝涂夜抹几时休，汗水长年冰底流。"大器成于坚忍，卓越出自艰辛。书法创作入之高境能够反映出创作主体的胸次、性格、才情，是综合修养和书法功力的具象表达。综合修养极为重要，哪怕提高毫厘也是极为艰难的。书法是尚技的艺术，作为书法家，技法的淬砺是第一位的。艺术语言的精湛丰富，能臻至师古人、师造化、得心源的高度，需要做长年累月的艰辛努力，诗人对此是深有体会的。"朝涂夜

---

　　① 佐渡岛：佐渡岛是位于日本新潟县西偏北日本海的岛屿，南距本州岛约40公里，全境属于佐渡弥彦米山国定公园，人口约6.3万，面积855.26平方公里，周长约262.7公里。佐渡岛是日本第六大岛，在这里形成了贵族文化、武家文化、町人文化共存的独特文化圈。

抹"，极言技法淬砺之艰难，只有甘于寂寞的人，才能到达光辉的顶点。"汗水长年冰底流"，说明这种流血流汗的付出是别人看不到的，古人所说的墨池笔冢，就是这种"冰底流"的功夫。沈鹏常年抱病，书法是他生命中的重要部分，当年居住条件甚为简陋，他就以床铺当写字台临池学书，多病的身体很难支撑，仍顽强地坚持下来。他说，从童年时代起心里就产生一种潜意识，觉得自己在任何时候都可能倒下，活着一天就要努力一天，这种学艺的辛劳就可想而知了。说到学书的艰难，沈老从心理学上做了分析，他说："书法真是自律性非常严格的艺术，每一个字的笔顺不得颠倒，结体不得随意变动，还要创造新意，果真为难。"（《始于四十》）颔联"小岛巷空翰有意，惊涛墨涨浪何求？"点明诗题。书展在佐渡岛成功举办，深获日本书道同人的高度肯定，"巷空"言其这次书展影响颇大，观者如流，络绎不绝。佐渡岛有一位农民，特喜书法，在沈鹏的每幅作品之前欣赏5至10分钟，静静地体会其意境。所谓"惊涛墨涨浪何求"，指此次的书法交流是为了友谊而来，为深度的文化交流而来。

颈联"难能异域通言语，应惜同心解唧啾"，表达加强深度的文化交流，努力促进中日友好的愿望。日本是中国一衣带水的邻邦，中日文化交流有两千多年的历史，中华文化对日本文化的影响甚深，正因为有这种深度的文化交流，理解和沟通应有更多的共同语言。"唧啾"，本义是叹息声，心中有不如意的事情表示叹息，化用《木兰诗》"唧唧复唧唧，木兰当户织；不闻机杼声，惟闻女叹息"的诗意而来，一说形容细碎嘈杂的声音，《玉篇·口部》："唧，啾唧也。"亦通。这里的"唧啾"是指中日两国之间的不和谐的声音，所谓的"解唧啾"，大致是增加沟通、促进友谊。"应惜同心解唧啾"，意思是说，中日结为友好邻邦数十年了，应以史为鉴，不重蹈历史的覆辙，应以两国人民的利益为重，化解矛盾，促进友好关系的发展。中日两国人民，尤其是两国的青年一代，应促进友谊，进一步消除对立情绪。两国之间和平发展，化干戈为玉帛，造福于千秋万代，这应是中日两国人民的共同心愿。近代以来，由日本军国主义悍然发动的侵华战争，对中国人民，也对日本人民造成了极大的灾难，中国人民蒙受的损失最为惨重。日本帝国主义侵华的罪恶历史，中国人民是不会轻易忘记的，日本民族应很好地反省自己，诚心忏悔，民族矛盾才能真正化解。两国之间加强文化交流，和平友好的局面就能得到长久的维护。颈联为全诗的诗眼，表达了诗人的美好愿望。尾联"他岸行吟归袖石，窗含东海对沙鸥"，表达了诗人虽然身在日本，临海眺望，思念故乡，思念祖国和人民。"归袖石"一句，化用苏轼的诗句而来。胶州湾海滩上有许多鹅卵石，苏轼到此游玩观赏，爱不释手，遂将纹石纳入袖中，随口吟出："我携此石归，袖中有东海。"这里的"归袖石"，应为中日两国人民的友谊的象征。

《日本佐渡岛拙书展览开幕》一诗，抒发了为艺艰辛、知音难遇的感慨，更真切地表达了中日民族之间加强交流、世代友好的愿望。诗人是中国书坛的"盟主"、当代杰出的书法艺术家，他应邀在日本举办书展，说明诗人的艺术创作深得日本艺界同人的充分肯定。"酒逢知己千杯少，话不投机半句多"，有共同的语言便于更好地理解交流。此次书展的举办，促进了两国的文化交流，促进了邻邦之间友谊的发展。和平是人民的福音，和平之花最璀璨，这需要两国人民用真情的甘霖、文化的甘霖来精心浇灌，那么和平之花、友谊之花将常开不败、绚丽多彩！诗人写到了学艺的艰难，告诉读者：看似寻常最奇崛，成如容易却艰辛。艰辛的劳作是生命之必然，即使没有收获的希望也应心平气和地继续。此刻，我想起诗人于沙的诗句："时间是一位可爱的恋人/对你是那么的爱慕倾心/每分每秒都在叮嘱/劳动，创造/别虚度了一生。"诗人的艺术成就是辛苦劳动取得的，邻邦之间的深度交流、友谊的发展，也要两国人民付出辛勤的劳动。劳动的汗水一定能浇培出璀璨的智慧之花，为我们的生活增添美和诗意。品读沈鹏先生此诗，的确使人想到很多。

立意的高远是此诗的主要特色。诗歌表达的情感是净化、雅化了的美的情感。诗的本质在抒情，这无疑是正确的，但抒发的情感必须是纯真的、深邃的、有审美价值的。如果这种情感还具有典型化意义，那么审美价值就会更高。诗人在佐渡岛举办书展，不仅反映了先生的书法艺术得到了日本书道同人的充分肯定，而且实现了先生的心愿：先生作为文化的使者、友谊的使者，以这次书展为契机，加深两国间的文化交流、友谊交流。沈鹏诗词艺术的审美价值体现在抒情的真挚性、清纯性、深邃性。诗歌表达的情感深挚高雅，但不是无限的夸大和拔高，而应贴切自然。"应惜同心解唧啾"这句话，甚为真挚，甚为深刻，与诗人的身份也很贴切。诗人的语言是朴素无华的，耐人寻味的。

"应惜同心解唧啾"，沈鹏先生呼喊出了中国文化界、艺术界的心声，也可以说是中日两国人民的共同心声。血泪的历史千百年之后还铭心刻骨。日本民族应深刻反思日本军国主义的侵略行径给中国人民带来的巨大灾难，应回心向善，与世界各个民族，尤其与中华民族和平共处，这才是两国人民的最大福音。我们生活在同一个地球上，和平共处才是两国人民的福祉所在。

壮采英辞颂脊梁

——《徐霞客歌》赏析

徐霞客歌①

千古一奇人，明代徐霞客。

以身托山川，矢志许六合②。

不为辕下驹③，耻学裘马习④。

应帖非为愿⑤，河汉寄浪迹。

四大付八寰⑥，穷年不停辙。

初泛太湖舟，复临洞庭碛。

攀览松、华、玄，俯窥瀛与渤。

---

① 徐霞客（1586—1641）：名弘祖，字振之，号霞客，明朝直隶江阴（今江苏省江阴市）人。明地理学家、旅行家、文学家，地理名著《徐霞客游记》的作者，被称为"千古奇人"。徐霞客一生志在四方，足迹遍布 21 个省、自治区、直辖市，达人之所未达，探人之所未探，所到之处，探幽寻秘，所见所思，笔之于书，经 30 余年考察撰成的 60 余万字的《徐霞客游记》。

② 六合：指天地与四方。古人认为前后左右上下构成一个空间，这个空间如同箱子的每个侧面一样合在一起，把人围在中间。

③ 辕下驹：在车辕上系着的小马，喻人观望畏缩不敢动作，语见《史记·魏其武安侯传》："今日廷论，局趣效辕下驹，吾并斩若属矣。"

④ 裘马习：指奢靡豪华的习气，语出《论语·公冶长》："子路曰：愿车马，衣轻裘，与朋友共，敝之而无憾。"

⑤ 应帖：指代科举取士之路。

⑥ 四大：佛家以地、水、火、风为四大，此处似指生命个体。八寰：泛指八方。

齐州烟九点，潇湘通南域。

当其探粤西，炊断常数夕。

艰难迁盗匪，同行僧先卒①。

结好木丽江，身入沐黔国②。

江河溯源头，遍考"喀斯特"③。

壮哉滇南行，修志留鸡足④。

神驰昆仑巅，锐意穷星宿。

豪言铁铮铮，听之肠内热：

"吾荷一锸来，何处不埋骨？"

凿空汉张骞⑤，唐有玄奘释⑥。

元耶律楚材⑦，御命向西适。

霞客一布衣，孤筇与木屐。

生而为科学，终为科学殁。

比之先行者，各自奋全力。

---

① 同行僧先卒：徐霞客在游历粤西时，同行的静闻禅师染疾身亡，写下《哭静闻禅侣》六首，其一云："晓共云关暮共龛，梵音灯影对偏安。禅销白骨空余梦，瘦比黄花不耐寒。西望有山生死共，东瞻无侣去来难。故乡只道登高少，魂断天涯只独看。"

② 木丽江：指丽江木氏土司，即丽江土司。丽江土司是指明清云南三大土府之一的纳西族木氏封建领主，历经元、明、清三代，直到雍正年间改土归流，历经 22 世 470 年。他们是丽江土地森林河泽的所有者，也是统治者。沐黔国：泛指云贵一带。

③ "喀斯特"：岩溶地貌。《徐霞客游记》是世界上最早记述岩溶地貌的文献。

④ 鸡足：鸡足山，位于大理白族自治州东部宾川县境内，地处金沙江干热河谷流域，气候炎热干燥，少雨干旱，具有典型的亚热带风光。

⑤ 张骞（约前 164—前 114）：汉族，字子文，汉中郡城固（今陕西省城固县）人。中国汉代卓越的探险家、旅行家与外交家，对丝绸之路的开拓有重大贡献。

⑥ 玄奘（602—664）：唐代著名高僧，法相宗创始人，洛州缑氏（今河南省偃师市缑氏镇）人。俗家姓名"陈祎"，"玄奘"是其法名，被尊称为"三藏法师"，后世俗称"唐僧"，与鸠摩罗什、真谛并称为中国佛教三大翻译家。

⑦ 耶律楚材（1190—1244）：字晋卿，号玉泉老人，法号湛然居士。出身于契丹贵族家庭，生长于燕京（今北京），世居金中都（今北京），是辽太祖耶律阿保机的九世孙。耶律楚材博览群书，旁通天文、地理、律历、术数及释老、医人之说。金宣宗时，任左右司员外郎。1215 年降蒙古，随成吉思汗西征，占卜星象及行医。1231 年，任掌汉文字的必阇赤长（元代官名，相当于中书或中书侍郎），在政治、经济、文化等方面提出了一系列有利于中原经济发展的政策措施。随成吉思汗征西夏，谏言禁止州郡官吏擅自征发杀戮，使贪暴之风稍敛。

《游记》记壮游①，开卷惊魂魄。

扪手摘星辰，涉足入幽窟。

笔录不厌详，目测细毫发。

"世间真文字"，秉笔无矫饰。

"世间大文字"，目遇不暇给。

"世间奇文字"，惊天动河岳！

我与江阴徐，有幸同里籍。

异代不同时，但恨不得识。

两登晴山堂，衷心趋拜谒。

人比梅花清，崇礼更崇德。

十万里有余，从兹发轫出。

汗漫触鸿蒙，风雨壮行色。

还看今寰球，五洲近咫尺。

缩地有方术，幽远定能测。

电子计光年，瞬间振兆赫②。

天外更有天，河外远无极。

探险岂有穷？可贵在开辟。

人在宇宙中，如白驹过隙。

鹏抟乘扶摇③，安能恋床席？

思虑胜飞马，行空跬步积。

勿为俗念累，当冲九霄翮。

风云举足间，开拓千秋业。

---

① 《徐霞客游记》：一部以日记体为主要特征的地理著作，由徐霞客经过 34 年的旅行实地考察而写成。按日记述作者

1613 年至 1639 年之间旅行观察所得，对地理、水文、地质、植物等现象，均做了详细记录，开辟了地理学上系统观察自然、

描述自然的新方向，既是系统考察祖国地貌地质的地理名著，又是描绘华夏风景资源的旅游巨著，还是文字优美的文学

杰作，在国内外具有深远的影响。

② 兆赫：波动频率单位之一，1 兆赫等于 106 赫兹。

③ 鹏抟：比喻奋发有为。扶摇：急剧盘旋而上的暴风，形容上升很快，语出《庄子·逍遥游》："抟扶摇而上者九万里。"

大草为书艺之明珠，大草书家如诗坛之李白，于近现代而言，书与诗偕、意与境合之大草长卷甚为少见。笔者以为沈鹏先生的《徐霞客歌》是精妙超轶的艺术杰作。诗作见于《三馀诗词选》，笔者于2016年10月20日下午5时于沈老客厅亲见书品，宽0.8米左右，长度近十米。此作为1993年所作，书家时年62岁。沈老诗作以五古为最，五古之中，以此作为至佳。全诗86句，430字，于徐霞客之壮游经历、卓越贡献、艺术成就高度概括，结构谨严，文采绚烂，清光四射，浑然天成，风格为豪荡激越，浑穆苍深，言在耳目之内，情寄八方之表。品其书作，气势飞动，光焰粲然，意象诡谲，仙风扑面，情纵神驰，高华精绝。沈老为艺语言丰富，以险绝厚涩、雄秀高华之大草书法名扬天下，而此作为沈氏草书佳作，整体而观，此作堪为诗书双绝、盖代无伦者也。

全诗七节，大致可分六个层次。第一层为第一节，共10句，写徐霞客为卓越旅行家，为千古奇人。首句总领全篇，点明徐氏为千古奇人，生活在明代，"奇"字贯穿全篇。"以身托山川，矢志许六合"，写其少年时立志游览名山大川。徐霞客幼年时天资聪颖，记忆力强，对"四书五经"和八股文兴趣不浓，不愿走读书求仕之路，即诗中所言"应帖非所愿"，却特别青睐地理等探索大自然奥秘这一类书籍。这类书当时被视为闲书、奇书。其族兄说他："性酷好奇书，家中未见之书，即囊无遗钱，亦解衣市之，自背负而归，今充栋盈箱，几比四库。"他19岁时父亲病故，孝服期满，萌发外出游历的想法，而贤德的母亲也认为好男儿志在四方，不愿自己的儿子像篱笆圈着的小鸡、车辕上套着的小马一样，被束缚而没有见识和出息，对徐霞客的决定给予了极大的支持和鼓励。全诗扣住"奇人"二字着笔，写嗜好之奇、志向之远。

第二层为第二节，概写徐氏一生游历之广阔、经历之奇险、成果之丰硕。诗作以点面结合的手法来叙写，前六句极言游历之广，连用太湖、洞庭、齐州、潇湘等九个地域名词，指代涉足之阔远。"瀛"与"渤"指代大海。徐霞客一生的游历大致分为三个阶段。第一阶段为万历四十一年（1613）之前，徐氏28岁，凭兴趣游览太湖、泰山等地。第二阶段为万历四十一年（1613）至崇祯六年（1633），历时20年，徐氏游览了浙、闽、黄山和北方的嵩山、五台、华山、恒山诸名山，到了海滨。第三阶段为崇祯九年（1636）至崇祯十二年（1639），历时4年，徐氏游览了浙江、江苏、湖广、云贵等名山巨川。其一生足迹所至，相当于现在的江苏、浙江、山东、山西、陕西、河北、河南、安徽、江西、福建、广东、湖南、湖北、广西、贵州、云南、北京、天津、上海等21个省、直辖市，遍及大半个中国。

最为可贵的是，在30多年的旅行考察中，他主要是靠徒步跋涉，连骑马乘船都很少，还经常自己背着行李赶路。旅行极为艰难，在游历考察过程中，他曾三次遇盗、四次断粮。51岁时，到湘江遇到了强盗，同伴受伤，行李、盘缠被洗劫一空，他跳水脱险。在游历粤西时，同行的静闻禅师染疾身亡，徐氏哀伤不已，曾写诗六首挽悼，其中有这样的句子："可怜濒死人先别，未必浮生我独还。""黄菊泪分千里道，白茅魂断五花烟。"

（《哭静闻禅侣》）在这样的境况中，他没有退缩，仍然勇往直前。诗人称誉其游历之成果，最突出提到了两点：一是找出了金沙江是长江的发源之地；二是考察岩溶地貌，对喀斯特洞穴的特征、类型及成因做了详细的考察和科学的记录。仅在广西、贵州、云南，他亲自探查过的洞穴便有270多个，况且一般都有方向、高度、宽度和深度的具体记载，故李约瑟称《徐霞客游记》是"世界上最早的一部记载石灰岩地貌的著作"。

第三层为第三节，盛赞徐霞客的献身精神与坚毅意志。大器成于坚忍，卓越出自艰辛，徐霞客的游历是极为艰辛的，经济上自掏腰包且不说，旅途中的困苦难以备述。他对科学研究有无所畏惧的精神，喜欢猎奇，可以说"闻奇必探，见险必载"，每每遇到古洞、名刹、温泉、奇峰、深林、幽谷等奇异景观，他都将安危置之度外，只求一览"庐山真面目"。他在云南为了把一个岩洞看个明白，冒死攀登悬崖；在湖南茶陵时，他独闯传说中神秘的麻叶洞；在广西融县真仙岩，为探看一个洞穴，他竟从一条横卧的巨蟒身上跨过进到洞内。湘江遇盗，有人劝其返回，并资助其返乡之路费，他说："我带着一把铁锹来，什么地方不可以埋我的尸骨呢？"继续顽强地向前走去。在考察途中没有粮食了，他就用身上带的绸巾去换几竹筒米；没有盘缠了，他就用身上穿的夹衣、袜子等物去换几个钱。重重困难被踩在脚下，不达目的誓不罢休。诗人将徐霞客与出使西域的张骞、西天取经的玄奘、元代的耶律楚材相比并非虚言，这些人坚毅顽强、勇于探索，为我国文化事业做出了卓越贡献。张骞、玄奘的事迹人们清楚，而对耶律楚材不太熟悉。他的蒙古名为吾图撒合里，契丹族人，蒙古帝国时期杰出的政治家、宰相。他辅佐成吉思汗，常晓以征伐、治国、安民之道，在征服西夏时，谏言禁止州郡官吏擅自征发杀戮，使贪暴之风稍敛。这三人的确伟大，但他们或多或少得到了官方的支持，而徐霞客为一介布衣，靠"孤筇""木屐"旅游，更加艰难。他为科学献身的精神，令人肃然起敬。

第四层为第四节，高度评价《徐霞客游记》的艺术成就。此节为全诗之抒情高潮，"《游记》记壮游，开卷惊魂魄"，概言《徐霞客游记》惊天地、泣鬼神的艺术感染力。诗人通过"扪手""涉足""笔录""目测"四个典型细节的描写，写出了此书内容之丰富、来源之真实、方法之科学。此书记录了山水名胜、奇观异象及民情风俗、社会生活等丰富内容，在旅游学、地学、文学、文化、经济乃至动植物、生态、政治、社会等方面都具有重要的史料价值，无怪乎被人称为"明末社会的百科全书"。诗中连用三个排比句盛赞《游记》的史料价值与艺术价值。徐霞客去世后，徐霞客的朋友、著名学者钱谦益写信给徐霞客的族兄说："霞客先生游览诸记，此世间真文字、大文字、奇文字，不当令泯灭不传。仁兄当急为编次，谋得好事者授梓，不惟霞客精神不磨，天境间亦不可无此书也。""世间真文字，秉笔无矫饰"，艺术贵真，《游记》的真朴之美体现在写景记事悉从自然中来，从生活中来，具有浓厚的生活气息，同时又荡漾着一股清气。试读这样的诗句，"湛摇松影雪千尺，冷浸梅花月一潭"（《狮林灵泉》）、"雪中移竹月中栽，客与梅花同一醉"（《醉中漫歌》），铅华洗尽，彻入骨髓。"世间大文字，目遇不暇给"，这个"大"字可谓包罗万象、晖丽万有，还指境界之壮阔。试读《游太华日记》中的有关描写："时浮云已尽，丽日乘空，山岚重叠竞秀，怒流送舟，两岸浓桃艳李，泛光欲舞，出坐船头，不觉欲仙也！"寥寥数笔，便描绘了一幅壮丽瑰奇的山水图卷。"世间奇文字，惊天动河岳"，《游记》以景奇、文美著称，书中描绘了天地奇观，殊方异俗，《游黄山记》中描写登上天都峰所见之奇景："独上天都，予至其前，则雾徙于后，予越其右，则雾出于左。""山高风巨，雾气来去无定，下盼诸峰，时出为碧峤，时没为银海，再眺山下，则日光晶晶，别一区宇也。"这种瑰奇壮丽之景色，若非亲至，不可道也，无超旷之胸次，无深厚之学养，亦不可道也。

　　第五节为第五层，表达对乡贤的由衷敬意。诗人为当代著名学者、书法家、艺术活动家，他与徐霞客同为江阴人民的骄傲，亦为中华民族之骄傲，虽时代不同，而心灵相通。徐霞客终老为一介布衣，无任何名分，而他的贡献卓绝千古，"有幸同里籍"，寥寥五字由衷抒发对乡贤的高山景仰之情。徐霞客实为诗人自少年时代起至为崇拜的偶像，他立志像徐霞客一样坚韧顽强，创建不朽之功业。诗人17岁离开故乡，至今只有四次回乡，而有两次拜谒徐氏故居"晴山堂"，景仰之情莫可言达。景仰什么呢？是特立独行的徐霞客精神。这种精神包括了高洁人格、坚强意志、开拓意识。诗人说得明白："人比梅花清，崇礼更崇德。"这化用了徐霞客的诗句："春随香草千年艳，人与梅花一样清。""崇礼"为徐氏堂之号。徐霞客高洁的人格、坚毅的意志、卓越的才华，在历史的时空中永放夺目的光辉。徐霞客的万里壮游，从江阴起步，是吴越文化养育了这位民族的骄子。想到徐氏，诗人为故乡这块文化沃土而骄傲；缅怀徐氏，实际上表达了诗人对中华文化的热烈赞美，表达继承优秀文化传统的强烈愿望。

　　第六层为六七两节，写徐霞客留给后人的深刻启迪。第六节颂扬徐霞客的开拓精神。诗作通过对比来写，对一个人物的评价不能离开特定的历史背景，这样才比较客观，因为任何人不能超越时空，如果以今人的眼光来看待古人，那么关羽不足勇，诸葛不足智，沈括不足博也。诗人连用八句描写当代的科学发达。君不见宇宙空间大大缩小，而今天涯咫尺，缩地有术，幽远可测，遥空能接，而人类对自然的探索是无穷无尽的。今天的科学如此发达，离不开前贤的知识积累，而今人对宇宙奥秘的探索仍然是肤浅的。我们不能小看古人，观今宜鉴古，无古不成今。徐霞客是伟大的，他以生命为代价，克服无数艰难险阻而去探索自然之奥秘，取得如此辉煌成就，生命潜能的发挥趋于极致，这种坚毅意志与开拓精神，千载之下仍熠熠生辉。第七节为第二小层，强调成就大业，必须抛却俗虑、追求理想。天地无穷，人生短促，生命的价值在于奉献，应弃燕雀之小志，慕鸿鹄以高翔。"鹏抟乘扶摇，安能恋床席？"《庄子·逍遥游》中描写鲲化为鹏，抟扶摇而上九万里。鲲鹏的形象历来是宏大志向的象征，有大志才有目标，有目标才有动力，有动力才有勇气，有勇气方能履险如夷，可上九天揽月，可下五洋捉鳖，为时代、为历史谱写光华四射的壮美篇章。

《徐霞客歌》是震人心魄的五古鸿篇，集叙事、议论、抒情为一，豪荡激越，浑穆苍深。诗作高度概括了徐霞客献身旅游、献身科学的光辉一生，饱蕴深情，讴歌了徐氏无畏的精神、求实的理念、坚毅的意志，准确鲜明地刻画了这一伟大旅行家的光辉形象：他志趣高远，品格高洁，意志坚强，才情丰美；他胸次开阔，勇于探索，善于总结，目光深远。通过与张骞、玄奘、耶律楚材的对比，更突出了徐霞客的坚毅顽强，形象更丰满、更伟岸。诗人认为，徐霞客精神激励后人最重要的有两点：坚韧不拔的开拓精神和高远宏大的志向。这是成就一番事业的基石。全诗波澜起伏而结构严谨，点面结合而重点突出。全诗紧扣"奇人"二字着笔，写其志趣之高远、经历之奇险、才华之丰美、成就之卓越，能放能收，舒卷自如。长诗叙事贵在凝练，诗作体现出高超的概括能力。第二节连用18句概括徐氏一生的旅游经历，历历可见而又惜墨如金，从中还插入粤西断炊、途中遇盗、同伴病卒等细节，烘托他的坚毅形象。以"江河溯源头，遍考'喀斯特'"10字来写徐霞客的求实精神和卓越成就，给人留下深刻的印象。第四节写《徐霞客游记》的艺术成就，激情澎湃，用墨如泼，用"真""大""奇"三字极言其成就雄视古今，处处打得通，又处处跳得起。此作感人至深的是强烈的抒情色彩。全诗以同乡后学的身份缅怀前贤，更能唤起读者的情感共鸣。诗人于徐氏的事迹历历可数，娓娓道来，可见景仰之久、之深。诗作在叙事中抒情：言其伟志，托身山川；言其足迹，遍及八寰；言其无畏，无险不探；言其执着，九死未悔。诗作于议论中抒情：功业之大，雄视古今；游记之美，动心骇目；影响之巨，激励后昆。全诗语言丰富朴素，简约圆润，声发灵台，语出肺腑，诗押仄韵，多用入声，节奏响亮，激情洋溢，整体上达到了一种和谐。

　　"壮采英辞颂脊梁"，徐霞客以布衣之微、以坚毅的意志、以科学的态度、以生命为代价考察祖国山川，撰成雄视古今的杰作，为我国地理科学做出了杰出贡献，他无疑是鲁迅所说的"民族的脊梁"。诗人对故乡先哲的坚毅意志、殉道精神予以了高度的评价、热烈的赞美。此作无疑是一曲民族脊梁的颂歌！

将生涩的苦水酿成艺术的醇醪

——《吊瓶输液》赏析

吊瓶输液

吊瓶何物苦张扬？晒尔权充滴漏忙。

我有灵犀通六合，尔当捷足退三江。

恼人春色慵睁眼，入梦诗情委断肠。

愧对白衣频嘱咐，贪灯开卷又清狂。

《吊瓶输液》一诗，创作于1992年5月，是诗人抗击病魔的真实记录①，读来给我们以力量的鼓舞。此诗见于《三馀诗词选》。

诗作起笔点题："吊瓶何事苦张扬？晒尔权充滴漏忙。"输液是最常见的一种治疗方式，但长期输液是不好的，一般说来"能吃药不打针，能打针不输液"，输液太多，滥用抗生素，对人体的负面作用不小。这个道理人们大都明白，但这么做也是不得已而为之，谁愿意经常输液呢？而诗人近乎是患病专业户，为了康复，经常要输液，但诗人乐观

---

① 沈老在《自述杂诗》中对少年时患病做了这样的描述："多病麻疹百日咳，香灰充药不求医。气虚闭目危朝夕，命近阎罗惜我微。"周俊杰在《生活、艺术的强者——论沈鹏先生及其艺术思想、书法创作》一文中有如下描述："大约从他五六岁起，便浑身痛、头痛、咳血，肠胃不好。20余岁之前，每天早上醒后半小时起不了床，头晕、眼睛睁不开，浑身像受刑，必须用热毛巾敷眼，多少年一直如此。……由于他天生多病的体格，在人生可享受的许多方面，哪怕只稍稍向前走一步，生活就会给他以深刻的'教训'：病情将会加重。于是他不得不转移他的爱好，在工作之余将全部时间交给了写字、读书和写作，他说：'这是与病痛斗争的良方。'"

开朗，充满了与疾病斗争的勇气与智慧。首联以比拟的手法，望着吊瓶好奇地发问：吊瓶你高高地挂着，仿佛故意张扬什么？这表达了对"吊瓶"的蔑视，也是对疾病的蔑视。一个"苦"，说明输液较多，深为疾病所苦。"哂"，本义是心情轻松，引申为微笑。"哂尔"，指对着吊瓶发笑，说明诗人习惯于以病为友了。"权充"，指暂且当作。首联写自己又一次住院了，太多的工作不得不放下来，只能静心养病，对着吊瓶既无奈又苦笑，但心情是平静的、乐观的，意志是坚强的。

颔联"我有灵犀通六合，尔当捷足退三江"，描写输液时的心理活动。诗人与文化艺术结缘甚深，工作和学习已形成某种惯性，很难静下来休养，但有时不得不以吊瓶为伴，而思维活动依然异常活跃。"灵犀"，古代传说犀牛角有白纹，感应灵敏，所以称犀牛角为"灵犀"，后来比喻心领神会，产生了感情共鸣。李商隐诗云："身无彩凤双飞翼，心有灵犀一点通。"此处的"灵犀"应指作者的神思飞跃。刘勰《文心雕龙》描写神思："文之思也，其神远矣。故寂然凝虑，思接千载；悄焉动容，视通万里。""六合"有多种说法，此处指天地与东、南、西、北四方，整个宇宙的巨大空间。诗人虽然一时患病，但思维很活跃。"尔当捷足退三江"，"尔"指吊瓶，"捷足"指行动快。"退三江"，意为使潮水般的思维活动不得不停下来。"三江"，本义是各种水道的总称。《尚书·禹贡》："三江既入，震泽底定。"古人形容韩愈苏轼的学问渊博、才华横溢，往往以韩潮苏海为喻，此处化用其意，一个"退"字，是使动用法，言下之意因为病魔相侵，不得不停下手中的工作，甚至不得不平静自己潮水般的思维，这也是十分无奈的事。

颈联"恼人春色慵睁眼，入梦诗情委断肠"，描写诗人因病而被迫休息的苦闷。人们常说，什么都可以有，但不能有病。住院输液时心情的烦闷、无奈，没有亲历过的人是感受不到的。诗人住院的时间较多，这种感受尤深。春光是灿烂的、美好的，为什么诗人看来是"恼人"还不愿睁眼看呢？这实际上是运用了一种反衬手法，因为美感要有良好的心情才能欣赏，否则，春色越美，好像越与自己过不去，于是懒得看了，这实际上是描写病情较重，没有心情去欣赏春光了。无心欣赏春天的美景，这一切是谁造成的？是吊瓶，能怪吊瓶吗？不能！真正的罪魁是病魔。"入梦诗情委断肠"，吊瓶逼得诗人休息，收住神思，收得住吗？收不住的，梦中还有诗情在飞腾。"委断肠"，意思是说，不能让诗人读书写字，比什么都难受了。"吊瓶"看来的确有些讨厌，因为输液使喜欢思考、喜欢读书、喜欢创造的诗人被迫休息、空捱时日，诗人有说不出的痛苦，被折磨得够苦的了。尾联"愧对白衣频嘱咐，贪灯开卷又轻狂"，描写自己神思难静，有违医嘱，又偷偷地开灯读书学习了。诗人长期养成好读书、好写字的惯性无法停下来，只好"违章作业"了。"白衣天使"反复嘱咐静心养病，是出于对病人的爱护关心，而诗人如果不读书、不思考问题，缺少精神的食粮，心里更闷得慌，病也更难养好，于是诗人还是改变不了求知的惯性，怀着一种愧疚的心情，偷偷地开灯读书了。

这是一首描写养病的诗，细致入微地描写了诗人吊瓶输液之时神思飞跃、难以静心的景况，真实地表达了诗人渴求知识的强烈愿望。此诗暗示的主旨是丰富的，从表层而言，含蓄地告诉读者：人生可怕的敌人是什么？是疾病。健康的身体是最大的资本，没有健康的身体，生活中处处充满艰难。吊瓶虽小，但像鱼钩一样钩住鱼的口，纵有多大的力量也使不出来，只能受它的制约。故而养病在于养心，养心在于养自控力、养理性，要珍爱生命就要培养自己的理性思维。从深层意蕴而言，诗作也含蓄地告诉人们：生命之树需要能源，这能源是什么？是知识，是对美的终极追求，正如诗人所说的养生秘诀：读书、写作、写字，是他治病的良方。先生年近九秩，他以坚强的意志，以对知识的渴求、对美的挚爱终于战胜了病魔，创造了生命的奇迹：一个常年与病魔、与死神相伴的孱弱之躯，居然成了人生田径场中的胜利者。什么是最好的药物？是意志，是知识，是美！

生老病死是自然规律、人生之常，正确对待、采取正确方式可以战而胜之，诗作体现了诗人的幽默智慧。幽默诙谐是语言风格，也是美学意境。朱光潜在《诗论》中论及诙谐，将其分为悲剧的诙谐与喜剧的诙谐。悲剧的诙谐是拿命运开玩笑，在悲剧中洞彻人生世相，这种诙谐出于至性深情，而骨子里是沉痛，这是一种大智慧、大胸襟的表现。喜剧的诙谐是将无价值的东西撕破给人看，让人们在烦恼之余、劳作之余得到一种放松，让生活充满阳光和欢笑。而此诗表达出来的幽默是悲剧的幽默。一生为病所苦，不能在人生的风雨中恣意驰骋，不能畅快地享受生命的阳光，稍有放纵，动辄得咎，吊瓶仿佛是孙悟空头上的紧箍咒，随时可以牵制你，多么难受。而诗人性格乐观，对吊瓶予以嘲笑，以知识与美为生命之能源与病魔作顽强斗争，终于成为命运的主宰者，因而此诗读来给人以力量的鼓舞。艺术创作选材甚为重要，此诗以养病为题材，随意拾起人生中的一片黄叶而生发妙悟与联想，这种发现美、创造美的能力令人心折。

"将生涩的苦水酿成艺术的醇醪"，从沈鹏的《吊瓶输液》里我深深地领悟到了这一点：生命之树是脆弱的，但我们以智慧的甘霖去浇灌，它就会长得郁郁葱葱，开出绚丽的花，结出丰硕的果。

魂牵阿里山

——《夜宿阿里山》赏析

夜宿阿里山[①]

崎路高攀日色斜，郁苍清冷聚英华。

奇花异卉山阴[②]接，薄雾浓云北望赊。

彩电拨开天下事，玉壶斟沏土家茶。

忘身立足三千米，蛙鼓声传静里哗。

阿里山早已闻名遐迩，那激越奔放的旋律、那瑰美流丽的音乐语言时常在耳畔回荡："高山青，涧水蓝，阿里山的姑娘美如水啊，阿里山的少年壮如山……"此歌自奚秀兰在1984年中央电视台春节晚会上演唱之后，迅即传遍大江南北，更加唤起了中华儿女对宝岛台湾的魂牵梦绕之思。《阿里山之歌》的词作者邓禹平是诗人、画家，当年他去台湾拍摄电影《阿里山风云》，此歌为这部电影的主题曲。创作此歌时，作者并未到过阿里山，是他追忆巴山蜀水和乡情民俗而作。一首歌将"阿里山"这一名胜近乎演化为一道文化符号、一种情感纽带，把两岸人民的心紧紧联结在一起。沈鹏先生为中国书坛的"盟主"、

---

① 阿里山：阿里山位于中国台湾嘉义市东方72公里处的风景区，海拔高度为2216米，坐标为北纬23度31分，东经120度48分，东西靠近台湾最高峰玉山。阿里山风景区名列台湾八景之一。由于受到地层纵切的影响，其地势高亢，峭壁、悬谷、瀑布等地形景观特别发达，空气清爽，成为知名的观光胜地。

② 山阴：旧县名，明清时与会稽并入绍兴。《世说新语·言语》载顾恺之论会稽之语曰："千岩竞秀，万壑争流，草木蒙茸其上，若云兴霞蔚。"又载王献之语："从山阴道上行，山川自相映发，使人应接不暇。"

优秀文化的继承者和传播者，多次前往台湾，为推进两岸的文化交流做出了贡献。此诗就是抒发同胞深情的艺术表达，诗作见于《三馀诗词选》，创作于1997年11月。

"崎路高攀日色斜，郁苍清冷聚英华"，起笔描写诗人对阿里山的印象，点明诗题。诗人在一个冬日的傍晚时分到达阿里山之巅。"日色斜"点明到达的具体时间。"崎路"是偏僻险峻的小路，暗示阿里山的高峻险要。阿里山风景区由十八座高山组成，属于玉山山脉的支脉，盘山公路已将诸峰连成一片。"郁苍清冷聚英华"，描写冬日阿里山的景色。阿里山冬天的气温保持在15度至20度之间，因地势较高，受环绕的高山影响，终年凉爽。山上古木参天，郁郁葱葱，给人以郁苍清冷之感。"英华"本义指精英华彩，也可指美好、精粹的人和物，《文选·扬雄》："英华沉浮，洋溢八区，普天所覆，莫不沾濡。"这里泛指山中的美景。首联点明登山时间、景物特点，含蓄地表达了诗人由衷喜悦的心情。

"奇花异卉山阴接，薄雾浓云北望赊"，颔联描写诗人初到阿里山的所见所感。阿里山是天然森林区，"英华"荟萃，四季常绿，奇花异卉，争妍斗艳。其中有一株老红桧，高约52米，已存活了3000多年，被称为"神木"。虽然是冬天，还可以看到各种颜色的花。诗人由此山风物之美，想到了《世说新语》中描写的山阴道上的风光："千岩竞秀，万壑争流，草木蒙笼其上，若云兴霞蔚。"阿里山和大陆的风光一样美，两岸原本是一家人。"薄雾浓云北望赊"，"赊"者，远也，韩愈诗云："万里休言道路赊，有谁教汝度流沙？""北望"，化用陆游的诗句而来："中原北望气如山。"陆游为当时全国未能统一而感伤，诗人亦有此意。薄雾浓云，既是写景，也是抒情。傍晚的阿里山，烟雾萦绕，诗人遥望大陆，感觉路途遥远，如此美景，如此宝岛，都是中华民族的神圣领土，而两岸尚处于暂时分离的状态，诗人有一种莫名的感伤。

颈联"彩电拨开天下事，玉壶斟沏土家茶"，诗人的笔触由室外写到室内，描写夜宿阿里山的生活情景。从彩电中可了解天下的事情，这说明两岸的关系有了较大的改善，两岸人民可以自由来往，结束了过去完全隔绝的状态。"玉壶斟沏土家茶"，写台胞殷勤待客，这里的"土家"指的是阿里山的高山族。诗歌的意象是写意化的，是一种特殊的抒情符号，不可拘泥。尾联"忘身立足三千米，蛙鼓声传静正哗"，以景语作结，写夜阑静谧，浮想联翩。尾联照应诗题，"三千米"，指代阿里山之巅，极言山势之高峻。喧噪的蛙叫声反衬了夜阑的静谧。夜晚越静，诗人的思绪更容易浮想联翩。此刻，诗人想到阿里山的优美传说，想到祖国宝岛的壮美风光，想到两岸人民最大的心愿——宝岛尽快回到祖国的大家庭中来，想到两岸人民数十载的相思之苦，想到两岸一家的美好明天……诗人思想的野马放纵奔腾，夜不能寐，于是纵意挥毫，吟成此诗。

《夜宿阿里》是一首旅游观光的诗作，以细腻的笔触描写了冬日阿里山的夜晚景色，含蓄地表达了诗人热爱宝岛台湾、切盼两岸早日统一的丰富情感。阿里山的风光给诗人留下了极为深刻的印象：那高峻的山势、曲折的山径、苍郁的古木、竞艳的奇花构成了一幅壮美的画卷，仿佛是人间仙境。电波的信息，传递两岸同胞相思的情愫，品茗而坐，凝思遐想，不觉逸兴遄飞。而冬日的阿里山，还是感觉有几分寒意，这种寒意应来自诗人难以言说的感伤。祖国江山处处美好，文化源远流长，诗人为两岸暂时的分离状态而感慨不已。两岸如何走好和平发展之路，两岸同胞何时真正回到一个大家庭中来、实现真正统一，这是每个中华儿女最为关切的问题。诗人表达了真切愿望：两岸文化血脉相连，两岸人民心灵相通，走向统一是必然趋势，任何敌对势力也无法阻挡。"奇花异卉山阴接"，说明两岸有同根同源的文化传统、血浓于水的骨肉同胞，情感是紧紧联系在一起的。诗作通过对阿里山风光的描写，表达了诗人对宝岛台湾的无比热爱之情、对两岸统一的殷切期望。

诗词之美，美在高雅，美在含蓄。司空图论诗："不着一字，尽得风流。"意思是说，诗歌创作通过暗示性的细节描写、典型化的意象刻画，表达言在此而意在彼、言有尽而意无穷的审美情感。诗歌的意境之美，在于唤起读者的情感共鸣、拓展广阔的联想空间，此诗达到了高度的含蓄。粗粗一读，仿佛是纯客观的纪实，阿里山有险峻的山势、幽僻的山径、缭绕的雾气、喧闹的蛙鸣，有动有静，如诗如画，而诗人由宝岛风光想到了山阴道上的风物描写，暗示同根同源的民族文化已深入人心。诗人明白：统一是两岸关系发展的必然趋势，任何敌对势力都无法改变，但道路还是崎岖而遥远，中华儿女还需做不懈的努力。此诗的主旨丰富而幽微，而情感的表达含而不露，景中寓情，情景交融。全诗采用赋体的手法，通过简约洁净的语言来状绘冬日阿里山的如画风光，诗歌的意境是苍郁的、幽邃的、淡远的，营构了一幅动静交错、五色纷披的艺术画卷。

阿里山是宝岛风光的代名词，台湾是中华民族的神圣领土，诗人魂牵阿里山，就是魂牵祖国的宝岛台湾。读罢此作，我们的心仿佛萦绕在宝岛台湾的碧水蓝天、苍山树海之间，勾起对这一方热土的不胜向往之情，坚信两岸一家的美好愿望一定会实现。

清雄幽邃　精工自然

——《沁园春·读周总理青年时代诗感作》赏析

沁园春

读周总理青年时代诗感作①

极目中原，阴霾密布②，不尽狼烟。

怅乾坤摧折，陆沉何挽③；斯民水火，道义谁肩④？

破浪乘风，掉头蹈海⑤，卓立榛荆先著鞭⑥。

中流急，有梁材济世，砥柱其间。

---

① 周恩来(1898—1976)，伟大的马克思主义者，伟大的无产阶级革命家、政治家、军事家、外交家，党和国家主要领导人之一，

中华人民共和国的开国元勋，是以毛泽东同志为核心的党的第一代中央领导集体的重要成员。他一贯勤奋工作、严于律己、

关心群众，被称为"人民的好总理"，其主要著作收入《周恩来选集》。

② 阴霾密布：化用周恩来《春日偶成》诗意："极目青郊外，烟霾布正浓。中原方逐鹿，博浪踵相踪。"

③ 陆沉何挽：化用周恩来《次皞如夫子伤时事原韵》："茫茫大陆起风云，举国昏沉岂足云。最是伤心秋又到，虫声唧

唧不堪闻。"作于 1914 年。

④ 道义谁肩：化用周恩来《送蓬仙兄返里有感·之一》："相逢萍水亦前缘，负笈津门岂偶然？扪虱倾谈惊四座，持螯下

酒话当年。险夷不变应尝胆，道义争担敢息肩？待得归农功满日，他年预卜买邻钱。"作于 1916 年。

⑤ 掉头蹈海：化用周恩来《无题》："大江歌罢掉头东，邃密群科济世穷。面壁十年图破壁，难酬蹈海亦英雄。"作于 1917 年。

⑥ 卓立榛荆先著鞭：化用周恩来《送蓬仙兄返里有感·之三》："同侪争疾走，君独著先鞭。作嫁怜侬拙，急流让尔贤。群

鸦恋晚树，孤雁入寥天。惟有交游旧，临岐意怅然。"作于 1916 年。

喜看覆地翻天，竟星火燎原更肃奸。

勺沧溟一滴，能窥怀抱；吉光片羽，已足流连。

窃火丹心，富强宏愿，化作新词亿万篇。

华章在，勖神州助力，向二千年。

　　伟大的无产阶级革命家周恩来总理为中国人民的革命事业鞠躬尽瘁，他的丰功伟绩如山岳嵯峨、江水长流。周恩来的人格、修养、智慧举世为之景仰。联合国前秘书长哈马舍尔德在1955年见过周总理后说过一句话："与周恩来相比，我们简直就是野蛮人。"美国前总统尼克松说："中国如果没有毛泽东，就可能不会燃起革命之火；如果没有周恩来，就会烧成灰烬。"原国家主席李先念说："中国因为有周恩来而增添了光辉。中国人民因为有周恩来而增强了自豪感。"著名作家冰心老人说："周恩来总理是十亿中国人民心目中的第一位完人。"阎锡山说："周恩来乃神才也！"于右任说："周恩来的人格真是伟大！"一位政治家能得到各界如此之高的评价，在中国历史上也是极为少见的。其实，周恩来不仅仅是伟大的政治家、军事家、外交家，还是著名学者、诗人。周恩来留下来的诗作不多，但多有精品，风格清雄幽邃。沈鹏先生读周总理青少年时代的诗作感慨系之，写下《沁园春》一阕，创作于1978年4月，收录于《三馀诗词选》。

　　词作上阕品读总理诗作，称颂总理为民族之脊梁。起笔"极目中原，阴霾密布，不尽狼烟"，描写总理少年时代目睹黑暗现实，立志改变中国现状，此句化用总理《春日偶成》而来，其中有"极目青郊外，烟霾布正浓"之句。此诗是目前所见周总理最早的诗作，写于1914年，周总理时年16岁。当时正值窃国大盗袁世凯统治时期，袁世凯对革命党人残酷镇压，中华民族陷入深重灾难，岂不是"烟霾密布"？16岁的青年写出如此立意高远、忧世伤时之作，可见总理的早慧和识见之卓远。"怅乾坤摧折，陆沉何挽"，进一步描写其忧患意识。陆沉，比喻国土沦陷于敌手，此处更指当时哀鸿遍野、民不聊生之惨状，语出北周庾信《幽居值春》："山人久陆沉，幽径忽春临。"此句大致化用《次皞如夫子伤时事原韵》而来："茫茫大陆起风云，举国昏沉岂足云。"这是总理18岁时所作，发表在《敬业》第五期上。该刊是总理与其他同学创办的敬业乐群的会刊——《敬业》学报，总理任主编。此刊1914年10月创刊，先后出版了6期。"斯民水火，道义谁肩"，化用《送蓬仙兄返里有感·之一》"险夷不变应尝胆，道义争担敢息肩"的诗意，也可想到李大钊的联语："铁肩担道义，妙手著文章。"这两句词写出总理目睹当时的黑暗现实，心忧不已，立下宏大志向，为改变旧中国而奋斗。

　　"破浪乘风，掉头东海"，化用《无题》"大江歌罢掉头东，邃密群科济世穷。面壁十年图破壁，难酬蹈海亦英雄"一诗而来，此诗作于1917年。1917年9月，周总理毅然放弃在日本留学的机会回国，好友为他饯行，请书赠留念，故写下此诗。"掉头"，表示决心很大，杜甫诗云："巢父掉头不肯住，终将入海随烟雾。"蹈海，投海，指一步步走向大海，从容面对死亡，语出《战国策》卷二十《赵策·秦围赵之邯郸》："彼即肆然为帝，过而为政于天下，则连有蹈东海而死耳，吾不忍为之民也。"（连，指高士鲁仲连）此句的意思是说，即使理想无法实现，像高士鲁仲连一样投海殉国也是英雄。"卓立荆榛先著鞭"，此句指不畏艰难，敢为先驱。卓立，指"高高站立"；荆榛，本义为丛生灌木，此处比喻当时的黑暗时代；"著鞭"，比喻努力进取，陆游诗云："功名在子何殊我，惟恨无人快著鞭。"（《书事》）此句化用周诗《送蓬仙兄返里有感·之三》"同侪争疾渡，君独著先鞭"而来，言其与革命同志敢为时代先锋，矢志不移地投入到救国救民的大业之中。"中流急，有梁材济世，砥柱其间"，此句总括上阕段意：总理是民族的脊梁，是真正的中流砥柱。"梁材"，即栋梁之材。周总理是早慧而又意志坚定的无产阶级革命家，在国难当头之时，昂然奋起，敢做中流砥柱，革命意志坚定，敢为民族的大业以身相许。

下阕抒发对总理的深切缅怀之情。"喜看覆地翻天，竟星火燎原更肃奸"，过片承上启下，关合紧密，由品读诗作过渡到新时期对总理的深切缅怀。总理的诗作对黑暗时代予以鞭挞，而今，中国革命取得了伟大胜利，中华大地发生了翻天覆地的变化。"更肃奸"，指粉碎了"四人帮"，历史翻开了崭新的一页，可以告慰先烈忠魂。"勺沧溟一滴，能窥怀抱；吉光片羽，已是流连"，对总理的人格修养和艺术创作予以高度评价。"沧溟"，指大海，比喻总理博大的胸襟、渊博的学识。这里的"一滴"，大致指代总理青少年时代的诗作，是诗人特定时空中的情感表达，可读出诗人的宏大志向、高尚情怀。"吉光片羽"，吉光是传说中的一种神兽，晋人葛洪《西京杂记》："武帝时西域献吉光裘，入水不濡。"吉光片羽的本义是指吉光身上的一片毛，后来比喻残存的艺术珍品。明人焦竑《李氏焚书序》："断管残沉，等于吉光片羽。""已足流连"，指值得欣赏，具有美的魅力，"沧溟一滴，能窥怀抱"，指思想内容之闪光；"吉光片羽，已足流连"，言其艺术价值之高。总理日理万机，每有所发，独抒性灵，为数不多的诗歌创作确为艺术之珍品，极言总理文学修养之深厚。

"窃火丹心，富强宏愿，化作新词亿万篇"，极言总理的光辉思想对后世产生的深远影响。先烈们探索革命真理已取得巨大成就，他们的遗志和未竟事业，后人正在努力实现，将谱写历史的新篇章。"窃火"句，窃取火种，语出古希腊神话。普罗米修斯从天上窃取火种带到人间，给人类带来了光明，并因此触怒了主神宙斯，被宙斯锁在高加索山崖上，每日被秃鹰啄食肝脏，夜间伤口复合，次日秃鹰复来，但他宁受折磨，坚毅不屈。这里把总理等老一辈革命家探索革命真理比作"窃火"，他们付出了巨大的牺牲，取得了中国革命的胜利。"华章在，勖神州协力，向二千年"，卒章显志，极言总理的光辉思想鼓励全国人民同心协力开启历史新元，走向辉煌。总理的诗作是其人格、学养、才情的艺术表达，绽放出灿烂的光芒，产生巨大的影响。

此词以清纯简约的语言概括了总理青年时代诗歌创作的思想内容、艺术价值和巨大影响。词人认为，诗作是总理崇高品格、伟大抱负的艺术表达。总理从少年时代起就弃燕雀之小志，慕鸿鹄以高翔，有强烈的忧患意识，看到当时虎狼当道、风雨如晦的社会现实，对之有清醒的认识，为广大劳动人民的苦难而殷忧不已。为了拯民于水火，他像盗火的普罗米修斯一样，远到异国探索救国救民的真理。他的意志如磐石般坚定，虽然到处是荆棘，革命道路有千难万险，但他不屈不挠、勇往直前，他是中华民族真正的脊梁。在新时期拜读总理的诗作，既能看到一代伟人大海般的胸怀、大海般的学养，更能感受到先哲坚忍不拔的意志和勇往直前的精神。这些诗作虽为总理青少年时代之作，但情感真纯浓厚，体现出很高的艺术价值。这些闪烁思想光华的不朽诗章，将永远激励中国人民开拓前进、谱写新篇。

　　此词从宏观上看，上下阕浑然一体，结构严谨。上阕读总理诗作，概括性地描写诗作表达的丰富内容，结合特定时代背景作了描述和深化，从总理的少年时代写到青年时代，从忧患意识写到革命实践，从中原的阴霾、乾坤的摧折写到蹈海之志，思维层次非常清晰，让我们仿佛看到了总理忧国伤时、艰辛探索的伟岸形象。下阕抒发对总理的深切缅怀之情，总理的胸襟、学识如大海般广阔，他的诗歌创作虽为青年时代的即兴之作，却是不可多得的艺术珍品。词人坚信在老一辈革命家光辉思想的指引下、全国人民在党中央的正确领导之下，开拓前进，写下无愧于先烈的壮美诗篇。全词描写与议论、叙述与抒情浑然为一。此词化用典故达到了贴切自然、不露痕迹的高度。上阕化用总理最有代表性的五首言志之作，描写了诗人生活的社会背景，进而讴歌了老一辈无产阶级革命家的卓越贡献。此词将典故的化用与叙述描写、议论抒情有机结合，臻至流畅自然之境界，足见词人熔铸语言的功力之深。慢词多用赋法。赋者，铺也，铺陈其事而直言之也。词作成功地运用了铺陈手法，上阕化用总理的诗意，逐层开拓，对总理的忧患意识、崇高志向作了淋漓尽致的描述，让我们仿佛看到总理胸襟浩博、志向高远、意志坚定的崇高形象。此词也成功运用了比兴手法，如"阴霾密布""破浪乘风""沧溟一滴""吉光片羽"等意象，表达了丰富的言外之意，达到了状难写之景如在目前、含不尽之意出于言外的表达效果。

　　"清雄幽邃，精工自然"，这大致是沈鹏先生《沁园春·读周总理青年时代诗感作》的主要特色。此词是思想内容与艺术形式达到有机结合的艺术珍品，体现了词人的综合修养和艺术功力。

心迹平原耸峻崚

——《题颜真卿〈祭侄文稿〉》赏析

题颜真卿①《祭侄文稿》②

（为南京颜真卿书画院作）

血泪文章掷地声，沉雄郁勃异《兰亭》。

真行草法兼三备，心迹平原耸峻崚。

南京颜真卿书画院为国内首家学者型的书画院，汇集了江苏书画界"学院派"、书画院以及社会各界的精英，为江苏文化事业的发展做出了较大贡献。此院创建于1993年，沈鹏先生为该院的创建欣然写下这首贺诗，此诗收录于《三馀诗词选》。

该院以颜真卿的名字命名，自然要继承和弘扬颜真卿慨然许国、德艺双馨的精神。

---

① 颜真卿（709—784）：字清臣，京兆万年（今陕西省西安市）人，祖籍唐琅琊临沂（今山东省临沂市）。开元进士。"安史之乱"时因抗贼有功，入京历任吏部尚书、太子太师，封鲁郡开国公，故又世称颜鲁公。德宗时，李希烈叛乱，他以社稷为重，亲赴敌营，晓以大义，终为李希烈缢杀，终年 77 岁。他的书法，方严正大，朴拙雄浑，既有以往书风中的气韵法度，又不为古法所束缚，突破了唐初的墨守成规，自成一格，称为"颜体"。

② 《祭侄文稿》：全称为《祭侄赠赞善大夫季明文》，是颜真卿于唐乾元元年（758）创作的行书纸本书法作品，现收藏于台北故宫博物院。《祭侄文稿》是追祭从侄颜季明的草稿，共二十三行，凡二百三十四字。这篇文稿讴歌了常山太守颜杲卿父子英勇抗贼、以身殉国之壮举。杲卿父子在安禄山叛乱时，挺身而出，坚决抵抗，以致"父陷子死，巢倾卵覆"，以身报国，取义成仁，其文叙议结合，淋漓顿挫，英烈精神，震天撼地。其书通篇用笔之间情如潮涌，气势磅礴，纵笔豪放，浑然天成。此作与王羲之《兰亭序》、苏轼《黄州寒食帖》并称为"天下三大行书"。

这首贺诗别具匠心，从对《祭侄文稿》的评价切入，"血泪文章掷地声"，极言此作的思想载体和艺术风格都是颜真卿用生命精神铸就而成的。颜真卿是以儒学立身、刚健中正的政治家、书法家，《祭侄文稿》是其人格精神、艺术境界的象征。因此，不能单纯地视此文为叔父哀挽侄子的一篇普通祭文，它更应是一曲奉献给为国献身的民族英烈的悲壮挽歌。季明既为抗贼而死的英烈，又是书家骨肉情深的堂侄，因而在颜真卿的笔下，国仇家恨交织为一，这种痛惜、悲愤之情至真至美至深，字字句句皆血泪。诗人对《祭侄文稿》的品读已入神入骨，因而言及此作，情感的洪流汹涌澎湃，故诗作起笔如狂飙天落、暴雨骤至："血泪文章掷地声。"极言此文此书之震撼力与感染力。"血泪文章"指此文的内容真切感人；"掷地声"，言其书品的气势豪荡，洋溢着豪气、浩气、正气。诗人没有采用含蓄婉曲的手法入题，而是直抒胸臆，慷慨淋漓，给人以惊心动魄之感。为了准确把握诗人的情感，不妨细读《祭侄文稿》原文的相关内容。赞其堂侄杰出之才华："惟尔挺生，夙标幼德，宗庙瑚琏，阶庭玉兰。"叙其壮烈牺牲之情景："凶威大戚，贼臣不救，孤城围逼，父陷子死，巢倾卵覆。"颂其以身殉国之意义："天不悔祸，谁为荼毒？念尔遘残，百身何赎！"发其肝肠寸断之悲思："携尔首榇，及兹同还；抚念摧切，震悼心颜。"可见文稿字字血，声声泪，痛彻骨髓，气壮山河。

承句"沉雄郁勃异《兰亭》"，从书法角度评价《祭侄文稿》的艺术价值。书法艺术的美感，是思想载体与线条墨象的双向暗示，是内容与形式的完美统一。作为一门独立的艺术，书法以文质兼美的思想载体和精湛纯粹的物化形式来传递文化、抒发情感、表达思想。从技法层面而言，其线条墨象的审美功能是有独立性的。将书法作为一门独立艺术来研究，强调其物化形式的审美价值无疑是正确的，因此沈鹏先生多次强调一个观点"书法的形式即内容"，又借用英国美学家克莱夫·贝尔的话说"有意味的形式"。这个观点无疑是正确的，这是突出了书法作为一门独立艺术的审美特征。书法与文学，尤其与诗结缘极深。沈老特别强调：作为一名真正的书法家，要发扬"兼文墨"的传统，崇尚高雅之美。他强调书法创作诗意与真情的表达，特别重视写自作诗，沈老的艺术创作发扬了诗书为一的优良传统。沈老历来强调内容与形式的有机统一，他在日本的一个讲话，重点强调书法艺术必须文墨双修，他说："博取，应成为大器的必由之路……兼通与兼善，是包含三重意思：一、擅长书法各种书体；二、能把书法以外的事理运用到书法之中；三、书品与人品的统一。"（《兼文墨——在白扇书道会欢迎会上的讲话》）他强调书法的意境应上升到哲学、美学的层面，明确地说："中国书法如果失去深广的哲学、美学底蕴，便失去了灵魂。"（《探索诗意》）

笔者为何把话题稍微扯开呢？因为颜真卿的创作，确已臻至文墨双绝、人书为一的至高境界，学习颜真卿也应从这两方面下功夫，否则就没有真正读懂《祭侄文稿》。"沉雄郁勃"，这是《祭侄文稿》的书法风格，是由思想载体与特定时空中的主体情感决定的，这是壮怀与真情的艺术表达。关于《祭侄文稿》的艺术特征，宋人陈深说："纵笔浩放，一泻千里，时出遒劲，杂以流丽。或若篆籀，或若镌刻，其妙解处，殆出天造，岂非当公注思为文，而于字画无意于工而反极其工邪？"清人王顼龄从创作主体的角度来审视："鲁公忠义光日月，书法冠唐贤。片纸只字，是为传世之宝。况祭侄文尤为忠愤所激发，至性所郁结，岂止笔精墨妙，可以振铄千古乎？"诗人说"异《兰亭》"，那就是与《兰亭序》妍逸潇洒的风格迥然有别，有独特的个性与鲜明的时代感。

转句"真行草法兼三备"，具体论述到《祭侄文稿》作为天下第二行书的艺术特色：语言的兼容之美。书法的至高境界，从线条墨象而言，尤其是抒情至为强烈的行草书，要体现兼容之美。孙过庭在《书谱》中提到"通会之际，人书俱老"，强调艺术语言的丰富性、兼容性。艺术语言精湛而丰富，方有可能书境诗化、百变不穷。关于《祭侄文稿》语言的兼容之美，元人张晏说："书简出于一时之意兴，则颇能放纵矣，而起草又出于无心，是其心手两忘，直妙见于此。观于此帖，真行草兼备三法。"书法有个体的特征，但就写意精神而言，有一致性。沈先生认为《祭侄文稿》艺境之高，除了内在的抒情因素以外，语言的丰富性与兼容性强化了情感的表达。合句"心迹平原耸峻崚"，对颜真卿以《祭侄文稿》为代表的书法艺术予以高度评价，仿佛山岳嵯峨，雄视百代。这里的"平原"，是指颜真卿，鲁公因被杨国忠排斥，曾出为平原（今属山东）太守，安禄山叛乱时，他联合附近17郡起兵抵抗，使叛军不敢急攻潼关，延缓了叛军进攻长安的时间。"心迹"二字，意即《祭侄文稿》是颜真卿高尚人格的真实表达，正如欧阳修所说："斯人忠义出于天性，故其字画刚劲，独立不袭前迹，挺然奇伟，有似其为人。""耸峻崚"，极赞其人格风范与艺术成就堪为百代之楷模。

书画院既然以颜真卿的名字命名，那么建院宗旨应体现颜鲁公献身国家民族、以热血铸就精神图腾的治艺精神，为新时代艺术事业的发展和精神文明建设做出应有的贡献。颜鲁公的精神是什么？艺术意境是什么？鲁公的精神是为国献身的精神，他的艺术意境是真纯刚健。颜真卿的贡献是丰碑式的，是中国文化史上的一座高山。我们应敬畏前贤，学习前贤，超越前贤。此诗对颜鲁公的为人为艺评价如此之高，是不是对以"二王"为代表的晋韵有所贬斥呢？是不是我们今天艺术家追求的风格都应"沉雄郁勃"呢？非也。古人说："情动于中而形于言。"能用晓畅精纯的语言抒发真挚的情感，这样的艺术就是佳美的艺术。艺术风格应百花齐放，独抒性灵，美的风格是独特性、多样性的有机统一，梅花的清香不亚于牡丹的绚丽，修篁之袅娜何逊于青松之挺拔？学习古人不单单是追摹形象，更多的在于精神追蹑，化古为我，博采众芳，这才是正确的学习态度。

这是一首别具一格的贺诗。无一字表达应酬之意，高度的含蓄是此诗的重要特色。诗作的立意紧紧抓住画院的院名来深入挖掘，通过典型意象来表达丰富的言外之意。颜真卿的事迹、颜真卿的品格、颜真卿的艺术，是一个说不完、道不尽的话题，而诗人抓住一个点来含蓄地表达，即抓住《祭侄文稿》的美学意义来解读颜真卿。颜鲁公以《祭侄文稿》为代表作的艺术特质体现在如下方面。其一，表达真情实感，艺术以"真"为母体。

其二，文如其人、书如其人。人品不高，用墨无法。其三，鲜明的个性与强烈的时代感。颜真卿的风格是郁勃沉雄，为抒发真情而形成的风格就是美的风格，是时代精神的艺术表达。其四，语言的精纯性与兼容性。此诗立意高远，语言表达准确，如"血性文章""沉雄郁勃""耸峻崚"等词语，唯有颜真卿可以当之。

"心迹平原耸峻崚"，颜真卿是中国书法史上的不朽丰碑，这以他的人格、学识、功力、才情铸就而成，我们应对前贤深怀敬畏之心，只有全身心的投入、科学的取法，才有可能逼近古人，超越古人，创造无愧于时代的艺术佳品。

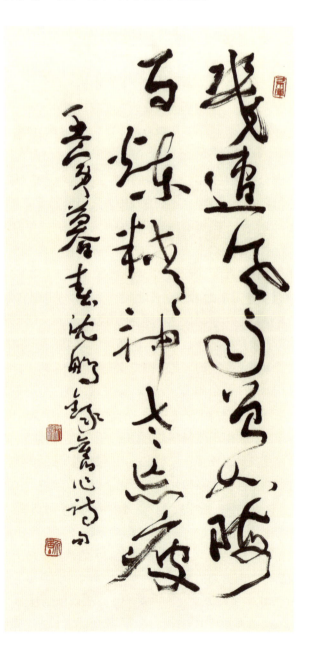

侥幸是人生的最大陷阱

——《扬州慢·内华达州雷诺赌城》赏析

扬州慢

内华达州雷诺赌城①

忧喜同行，吉凶同穴，善哉不辨晨昏②。

有美金百万，刹那富乾坤。

请伸手、无须疑虑，雨翻云覆，楚汉遂分。

又佳肴美艳，相陪任尔消魂。

虞兮③难舍，好男儿，不斩情根。

局局是良机，白天好梦，谁说非真？

百亿一盘嫌少，雷池外，虎噬鲸吞。

所幸多当铺，任凭囊底无存。

---

① 雷诺赌城：雷诺 (Reno) 位于美国内华达州北部边境处，毗邻加州，是内华达州仅次于拉斯维加斯、卡森城的第三大城市，被誉为"世界上最大的小城市"。雷诺以博彩业而闻名全美，是继拉斯维加斯、大西洋赌城之后美国最为著名的博彩胜地。

② 善哉不辨晨昏：沈鹏自注："赌场各式俱全，独无时钟。"

③ 虞兮：沈鹏自注："用西汉楚霸王项羽事，项羽宠幸虞姬，兵败垓下时慷慨悲歌曰：'力拔山兮气盖世，时不利兮骓不逝。骓不逝兮可奈何，虞兮虞兮奈若何。'语出《史记·项羽本纪》。"

社会学家说：爱赌是人类的一种本性。只要有过人类踪迹的地方，就会有赌博这种行为的出现，在冰河时代的洞穴里，在古埃及以及中国皇帝的坟墓里，就有图形表现赌博及赌具出土。中国历史上赌博活动出现较早，公元前3000年的周朝时期就出现了掷骰子游戏。楚汉相争之际，韩信设赌局，供军士打发时间，免除思乡、思亲之苦。古代上层贵族的赌博方式主要是六博：投壶、弹棋、射箭、象棋、斗草、斗鸡。当今的麻将成为了大街小巷许多人家的娱乐活动。描写赌博的诗词，最早见到的有李白的《清平乐·禁庭春昼》："禁庭春昼，莺羽披新绣。百草巧求花下斗，只赌珠玑满斗。日晚却理残妆，御前闲舞霓裳。谁道腰肢窈窕，折旋笑得君王。"这是描写皇宫里宫女们的赌博活动。赌博活动的放纵发展，对国家的稳定、老百姓生命财产的安全极为不利。沈鹏先生的诗歌反映的生活有广度、有深度，我们不妨随先生到美国的赌城胜地雷诺一游，领略资本主义的"先进文化"。《扬州慢·内华达州雷诺赌城》一词见于《三馀诗词选》，为《旅美杂咏》五首之一，创作于1995年6至7月。

词作上阕描写竞赌的情景与销魂之乐。"忧喜同行，吉凶同穴，善哉不辨晨昏。"赌徒多存侥幸心理，妄图通过偶然的机遇取得成功，输了钱想赢回来，赢了想再赢，把希望寄托在外部的、不稳定的、不可控的侥幸之上。进入赌场，什么忧喜、吉凶统统忘记，只做美梦——片刻暴富，于是开始昏天黑地地竞赌。诗人很细心，发现赌场设施齐全，但没有时钟，意在让赌徒忘掉时间，直到把钱输光为止。"有美金百万，刹那富乾坤。""有美金百万"，说明竞赌者大多是富豪，多下豪注；"富乾坤"，指赌徒只想到赌赢，以百万美金做赌注想赢得更多，期待弹指之间，可富甲天下。"请伸手、无须疑虑，雨翻云覆，楚汉遂分。"赌主鼓励赌客勇敢地竞赌，告诉他们将有百分之五十的可能性取胜。"雨翻云覆"言其变化甚快，"楚汉遂分"指输赢立见分晓。"楚汉"，本义是楚地、汉水之滨，指项羽、刘邦形成分据称王的两个政权，此处单指输赢双方。"又佳肴美艳，相陪任尔消魂"，说明雷诺赌城的服务很到位，梦幻表演秀多种多样，歌舞、脱口秀、杂技、催眠、魔术、饮食等服务一条龙，只有一个目的：你花钱越多越好，希望你搬来一座金山。

下阕描写赌城的恐怖与感受。雷诺作为世界级的大赌场，赌客之众、投注之豪、败者之惨是令人触目惊心的。"虞兮难舍，好男儿，不斩情根"，参赌者多为男性，他们明白竞赌风险有多大，但还是心存侥幸，决然去赌，虽有妻子、恋人的依依难舍、百般规劝，都无法阻止发作的赌瘾。这里的"虞兮难舍"中的"虞姬"，指代对象较多：可能是赌客的妻子，或者是情人，或者是赌场从事色情服务的佳丽们，她们或规劝阻止，或积极鼓励，态度各不相同。"好男儿"为反语，表讽刺，极言赌瘾发作，如洪水滔滔，无物可挡。"局局是良机，白天好梦，谁说非真"，用反语讽刺赌徒们满怀希望的心理。"局局是良机"，表面上看，也确有可能，但更多的可能是"局局有陷阱"，但赌徒们看不到，整天做着白日梦，妄想一赌富甲天下。

"百亿一盘嫌少，雷池外，虎噬鲸吞"，极言赌注之大、败者损失之惨，有令人恐怖之感。"百亿"是一个天文数字，这无疑运用了夸张手法，但在赌主看来，这是小注，还有豪注，仿佛在赌徒的眼中，美钞成了要处理的垃圾，不当一回事，这正是赌主所希望的。这里的"雷池"，应为雷诺赌城的一处景点，并非"不敢越雷池一步"中的"雷池"。美国的第一号赌城是拉斯维加斯，这座超现代化的大赌窟，平均每年接待世界各地的赌客达2000万人次，这里拥有6.7万具被称为"吃角子老虎机"的赌器，遍布在各个角落。雷诺规模虽小一些，但也可以想见赌客之众、赌具之多。"所幸多当铺，任凭囊底无存"，描写败者的结局：大多赌客乘兴而来，败兴而返，输得干干净净。离雷诺不远的那个金水桥，自20世纪40年代修建以来，从桥上跳水自尽者达900余人。雷诺赌城既是赌徒和冒险家的乐园，也是他们当中一些人的葬身之地。出入各大赌场熙熙攘攘的人流中，既有赌徒、游客，也有歹徒、杀手、娼妓，有人一夜之间成为腰缠万贯的暴发户，更多的人片刻之间成为身无分文的穷光蛋，债台高筑，走投无路的赌徒跳进波涛汹涌的太浩湖中寻找另一种解脱的事时有发生。

　　这是一首记游词，描写了人们难得一见的异域风情，而诗人对这里的如画风光、豪华装饰没有只字的描写，只把读者他们带到了赌城之内，看赌徒之多、投注之大、败者之惨。全词对赌徒的心理描写着墨较多，他们个个志在必得，做白日美梦，想通过赌博的形式，在刹那之间得到自己想要得到的一切，结果百亿之巨，尽打水漂，万贯家当，血本无归，从而走上了一条不归路。诗人仿佛在赌城的老虎机下、太浩湖畔、金水桥边看到了无数具败赌者的白骨。由赌城风光的描写，我们想到西方的自由，建赌城者有自由，行赌方式有自由，游客参赌有自由，投河自杀更有自由。"生命诚可贵，爱情价更高。若为自由故，二者皆可抛"，这是匈牙利爱国诗人裴多菲的诗，自由的确是美好的，但不能绝对化，不能违背人类的良知。赌城只考虑如何刺激当地的经济发展，带动一条龙的产业服务，除此之外，不管赌资来源，不管失败的赌徒们魂归何处、命向何方。对于这种绝对化的自由，这种异域文化，诗人没做任何评论，仅仅是客观地描述，而在读者看来，这种不择手段地发展经济的行径可视为一种犯罪，这是间接地对生命的践踏。所谓"网民"，就是设圈套让你自投罗网，政府允许大建赌城吸引游客竞赌，输光想跳河、想自缢者悉听尊便，这是不是"网民"？我认为是。将人类与生俱来的侥幸心理推向极致以牟取暴利，而这种行为不违背国家法律，说明这个法律至少有违背人类道德良知的地方，人家要这么做，我们无可厚非，但如果把这种社会制度作为一种先进文化来输出，那无疑是对他国人民的祸害。由此笔者认为对西方的自由还是要理性客观地看待。

　　《扬州慢·内华达州雷诺赌城》，以慢词的形式描写特殊题材，描写超级大国高度现代化的赌城风光，这是人们涉足甚少的题材，颇有异域风情，给读者很大的刺激。从文学的角度来看，艺术的本质是抒情，表达自己的审美感受，此词表达的是对西方赌博文化的惊诧之情、嘲讽之情，以及对人类良知被践踏的痛惜之情。一个超级大国，处处标榜的是人权、民主、自由，从赌城的情景来看，这个自由已经到家了，变相杀人也不犯法，践踏生命也合法。诗人虽无一字评论，但在客观的叙述中已寓辛辣的讽刺：利用人性中的负面因素发展经济，这有悖人类的良知。此词运用了典型的赋体手法。赋法一般是"铺采摛文，体物写志"，诗人对赌城"不分昼夜"的竞赌情景、赌徒一注定乾坤的侥幸心理、老虎机虎噬鲸吞的情景细加描写，穷形尽相，准确真实，为赌徒们一文不名的下场埋下了伏笔。众多的当铺，从侧面描写了赌徒的可悲下场，暗示这种手段、这种文化的污浊肮脏。词作饱蕴深情，立意幽微，给人以深刻的教育意义。讽刺是此词的风格特色，"善哉""佳肴美艳""虞兮难舍，好男儿"等词语，都是运用反语讽刺，表达了诗人厌恶鄙视的心理，体现了东方艺术家的良知。

侥幸是人生的最大陷阱，赌城就是将人们的侥幸心理推向极致，让无数心怀贪念的侥幸者走上一条不归路，只有赌主才是真正的赢家。笔者从了解的情况得知，赌客都是与赌主竞赌，很少有赌客之间竞赌，我想如果这种赌博真正是公平公正的话，赌主也不一定真赢，而赌主竟然稳操胜券，其中的猫腻可想而知，因此看似公平公正的竞赌，无疑隐含了某些不可告人的秘密。对走上那条不归路的失败的赌徒，人们往往以咎由自取视之，笔者认为，对人性中的负面因素不能创造条件让其膨胀，而应抑制，对生命还是要爱护和珍惜，应体现人类起码的文明与良知。

拒绝诱惑，消除侥幸，需要修炼高尚的品德与坚定的意志，只有诚实劳动的所得，才真正属于自己，那种吹得天花乱坠的所谓先进文化，在那美丽的风光和豪华的装饰里，我们仿佛看到了许许多多的鲜血与白骨。

万众心头霜刃磨

——《纪念〈义勇军进行曲〉60 周年》赏析

纪念《义勇军进行曲》[①]60周年

壮曲未能忘烂柯[②]，顽廉懦立[③]警妖魔。
一条血肉长城筑，万众心头霜刃磨。
已醒睡狮惊世界，敢回曼舞弃干戈？
天边聂耳身犹健，挥我同声唱国歌。

音乐具有净化人心、鼓舞人心的巨大力量。古人云："凡音之起，由人心生也，人心之动，物使之然也。""故治世之音安以乐，其政和。乱世之怨以怒，其政乖。亡国之音哀以思，其民困。声音之道，与政通矣。"（《礼论·乐论》）这深刻论述了音乐产生的原因与时代精神的密切联系。《义勇军进行曲》为中华人民共和国国歌，产生于抗击日本

---

① 《义勇军进行曲》：《义勇军进行曲》是由田汉作词、聂耳作曲的歌曲，是电影《风云儿女》的主题歌，被称为中华民族解放的号角，自1935年在民族危亡的时刻诞生以来，对激励中国人民的爱国主义精神起了巨大的推进作用，后来成为中华人民共和国国歌。

② 烂柯：指岁月流逝，人事变迁，语出南朝梁任昉《述异记》卷上："信安郡石室山，晋时王质伐木，至，见童子数人，棋而歌，质因听之。童子以一物与质，如枣核，质含之，不觉饥。俄顷，童子谓曰：'何不去？'质起，视斧柯烂尽，既归，无复时人。"后以"烂柯"谓岁月流逝，人事变迁。

③ 顽廉懦立：使贪婪的人能够廉洁，使怯弱的人能够自立，形容高尚的事物或行为对人的感化力量甚强，语出《孟子·万章下》："故闻伯夷之风者，顽夫廉，懦夫有立志。"

帝国主义侵略的战争年代，1949年成为中华人民共和国代国歌。2004年3月14日，第十届全国人民代表大会第二次会议正式将《义勇军进行曲》作为国歌写入《中华人民共和国宪法》，此曲是中华民族在特殊岁月里的心灵之歌，象征着在任何时候、任何地点，为捍卫国家和民族的尊严，中华民族的坚强斗争和不屈精神永远不会磨灭。在《义勇军进行曲》创作60周年之际，沈鹏先生重唱此歌，追思往事，感慨系之，于是创作了《纪念〈义勇军进行曲〉60周年》一诗，诗作见于《三馀诗词选》。

　　首联"壮曲未能忘烂柯，顽廉懦立警妖魔"，概言国歌产生的背景和巨大影响。"壮曲"，指国歌的风格特征，气势豪荡，一往无前。《义勇军进行曲》是一首极富创造性的歌曲，为进行曲中的经典之作。进行曲的特点是节奏清晰，强弱分明，旋律雄壮有力、刚健豪迈。作曲家聂耳以巨大的激情投入此歌的创作之中，他成功地将田汉散文诗般的歌词，按照音乐的规律处理得异常生动、有力和口语化。在旋律上，他既吸收了国际革命歌曲的优秀成果和西欧进行曲的风格特点，又使之具有浓郁的民族特色，从而使此歌能为广大群众所掌握，发挥其战斗作用。"未能忘烂柯"，这里以"烂柯"指代血雨腥风的抗战岁月，唱起国歌我们就想到了中华民族烽火连天的情景。"顽廉懦立"四字极言这一壮曲的巨大感染力与震撼力。"警妖魔"，警告帝国主义这些魔怪们不要有所企图，中国人民站起来了，中华民族受侮辱、受践踏、受欺凌的日子一去不复返了，一曲国歌使敌人闻风丧胆。颔联"一条血肉长城筑，万众心头霜刃磨"，具体描写国歌的思想内涵和巨大的感召力。"把我们的血肉筑成我们新的长城"，在民族危亡的时候，中华儿女与敌人浴血奋战，写下了可歌可泣的历史。日寇入侵给中国人民带来了巨大的灾难，战斗牺牲和被敌人杀害与其他非正常死亡的人数达三千余万，抗日战争的胜利是中国人民用血肉之躯换来的。"万众心头霜刃磨"，《义勇军进行曲》对民族凝聚力的唤起起了巨大的作用，千千万万中华儿女唱着此曲奋勇向前，不怕牺牲，拿起刀枪，与敌人厮杀，不把敌人埋葬，我们永无安宁之日。

　　颈联"已醒睡狮惊世界，敢回曼舞弃干戈"，抒写重唱国歌的重大意义。《义勇军进行曲》创作已过半个世纪了，此曲是那个狼烟四起、万众抗战的时代精神的真实写照，新中国成立已有这么长的时间了，为什么还要唱呢？勿忘历史，勿忘先烈，警醒我们民族要有忧患意识。"生于忧患，死于安乐"，前哲的告诫我们要牢记于心。当今的中国已如雄狮睡醒，但我们与西方发达国家还有差距，我们不能有任何松懈的心理，帝国主义亡我之心不死，这是铁一般的事实，豺狼的本性是不会改变多少的，它们的本性是抢劫、是掠夺，我们对此应有足够的认识。"敢回曼舞弃干戈"，这里的"敢"指岂敢、不敢，此句意为我们不能陶醉于轻歌曼舞、灯红酒绿的生活，使自己丧失斗志，我们要时刻握紧手中的钢刀，义无反顾地驱逐、消灭一切来犯之敌。只有这样，我们的民族才有安宁之日，人民的幸福才能得到保障。尾联"天边聂耳身犹健，挥我同声唱国歌"，聂耳通过《义勇军进行曲》鼓舞我们继续奋勇向前，国歌时刻为中华民族敲警钟，我们要居安思危，保家卫国。

　　这是一首描写重大题材的抒情诗，为纪念《义勇军进行曲》创作60周年而作。音乐是一个民族的灵魂，一个民族在某一个时期创作的经典歌曲是较多的，为什么诗人因这首歌而抒发感慨呢？因为此曲代表了一个时代的心声，是时代风云的投影。国歌使我们想起风云激荡的烽火岁月，想起中华民族一桩桩、一幕幕不堪回首的往事，想起中华民族今天的内忧外患，呼唤同胞们为民族的伟大复兴而不懈奋斗。忧患意识与凝聚力是一个民族雄立于世界民族之林的精神支柱。中华民族是礼仪之邦，是爱好和平的民族，勤劳勇敢、善良诚信是我们民族的美德，而西方列强、日本军国主义奉行的是强者生存、弱者灭亡的强盗逻辑，把中国人的美德视为软弱可欺的个性特征。因此，中华民族必须自强不息，清醒地认识帝国主义的豺狼本性，正如那首歌唱的"朋友来了有好酒，豺狼来了有猎枪"，对帝国主义不能抱有任何幻想。

　　此诗气势雄浑，意境苍深，与国歌的风格相表里。国歌的气势是全民族心声的共同表达，唱起国歌，我们仿佛看到万里长城的巍峨蜿蜒，仿佛看到五岳的岿然屹立，仿佛看到黄河长江的浩荡奔流，这是时代精神、民族精神的艺术表达，此诗从风格和意境上追蹑国歌的风格，充分体现出一种雄浑之美、悲慨之美、苍凉之美，让我们想到了民族的伤心史、血泪史，整个诗境是雄浑的，又是悲慨的、苍凉的。"血肉长城"的意象给人以壮烈之感，悲凉之感，几千万生命死于战火，岂不悲壮？"妖魔"这一意象是对帝国主义侵略者的准确写照，沙俄侵占了我国的大片土地，岂不是妖魔？八国联军火烧圆明园，岂不是妖魔？日寇蹂躏中华，无恶不作，岂不是妖魔？诗作一气呵成，淋漓顿挫，体现了诗人爱我中华、强我中华的赤诚之心。

　　"万众心头霜刃磨"，这是国歌在民族危亡时刻发出的怒号，也是诗人在和平时代向中华儿女敲响的警钟，我们应拧成一股绳，加筑心灵的长城，充分认识帝国主义的本性。我们的国家越强大，我们的武器越先进，帝国主义才会老老实实，不敢有非分之想。

以史为鉴　可知兴替

——《桂枝香·金陵凭高》赏析

桂枝香

金陵[①]凭高

凭高远目，览遍地繁华，已尽冬肃。

南北长桥似练，彩旗丛簇。

六朝名胜晨星渺，更新建，层楼高矗。

积年劳瘁，莺歌燕舞，此言难足。

任昼夜，江涛竞逐。

恨一百余年，国耻频续。

卅万头颅落地，几多羞辱。

雨花台上殷红血，但幽潜、芳草凝绿。

舞台歌榭，应犹未忘，奏英雄曲！

---

① 金陵：南京之古称，简称"宁"，又称建康，现为江苏省会，副省级市，南京都市圈核心城市。地处中国东部，长江下游，濒江近海，是中国四大古都、首批国家历史文化名城之一，为中华文化之重要发祥地，长期为中国南方的政治、经济、文化中心。王安石《桂枝香·金陵怀古》词：登临送目，正故国晚秋，天气初肃。千里澄江似练，翠峰如簇。归帆去棹残阳里，背西风、酒旗斜矗。彩舟云淡，星河鹭起，画图难足。念往昔，繁华竞逐。叹门外楼头，悲恨相续。千古凭高对此，谩嗟荣辱。六朝旧事随流水，但寒烟，芳草凝绿。至今商女，时时犹唱，后庭遗曲。

沈鹏《桂枝香·金陵凭高》见《三馀诗词选》，创作于1996年5月。"桂枝香"即词牌名，"金陵凭高"为词题。凭高，即登高，古人有登高的习惯，登高在古今文人的笔下都是一个永恒的话题，有着丰富的象征意义。他们以登高望远来抒发丰富深沉的情感，或思乡，或伤时，或忧国，或励志，神思飞越，感慨万千，正如刘勰在《文心雕龙》中所说："登山则情满于山，观海则意溢于海。"王安石在宋英宗治平四年（1067）创作《桂枝香·金陵怀古》，通过对金陵景物的赞美和对历史兴亡的感叹，寄托了他对当时朝政的担忧和对国家政治大事的关心。沈鹏此词的创作时间与王安石的创作时间相距819年，依原韵唱和，意境有别。

词作上阕描写登高所见。"凭高远目，览遍地繁华，已尽冬肃。"起笔总写金陵的风物之佳，"繁华"二字为上阕之中心。南京最高的山为钟山，又名紫金山，海拔高度为448.9米，金陵登高，视点应在紫金山俯视全城，当然，艺术创作多是一种情景假设，不必拘泥。诗人登高看到了什么呢？"遍地繁华。""冬肃"，点明时令正值冬天。"繁华"具体是何所指呢？其一，长江风光带之壮美。这里写到了长江大桥："南北长桥似练，彩旗丛簇。"南京长江大桥位于南京市鼓楼区下关，是长江上第一座由中国自行设计和建造的双层式铁路公路两用桥梁，1968年9月通车，现在已有多座大桥，这里由大桥想到交通的发达、经济的繁荣。"似练"，化用谢朓"余霞散成绮，澄江静如练"的诗句而来。其二，高楼甚多。"六朝名胜晨星渺，更新建，层楼高矗"，金陵是古都，古建筑是文化瑰宝，但现在是寥若晨星，新建的高楼特多。对此，诗人颇有感触，因为古建筑的消失说明文物保护工作很成问题。"积年劳瘁，莺歌燕舞，此言难足"，抒写观赏"繁华"之感受。"劳瘁"，亦作"劳醉"，辛苦劳累，《诗·小雅·蓼莪》："哀哀父母，生我劳瘁。""莺歌燕舞"，黄莺唱歌，燕子飞舞，形容大好春光或比喻大好形势，语出苏轼《报锦亭》："烟红露绿晓风香，燕舞莺啼春日长。"这里比喻繁华景象。城市建设的确有较大的发展，这都是人民群众辛勤劳动的成果，但如此大兴土木是不是一种奢侈？古建筑的消失是不是破坏了文物，忽视了优秀文化的传承？诗人对此深有感喟，欲言又止，在盛世风光的背后看到了许多隐忧。

下阕抒写登高所思。"任昼夜，江涛竞逐。"过片照应上阕，由古城写到长江，由长江写到历史，有《三国演义》开篇词"滚滚长江东逝水，浪花淘尽英雄"的历史感。"恨一百余年，国耻频续。"表遗憾、感伤之意，领起下文。诗人想到了中国近代一百余年的历史，如1842年在南京签订的丧权辱国的中英《南京条约》；1860年10月18日，八国联军火烧圆明园；1895年4月清政府与日本签订《马关条约》；1901年清政府同英、美、俄、日、法、德、意、奥签订的《辛丑条约》；1931年9月18日，日本关东军发动的"九一八事变"等。"卅万头颅落地，几多羞辱"，南京大屠杀是中华民族最大的国耻。1937年12月13日，日军攻占南京，在其后的六周之内，进行了灭绝人性的大屠杀，总共有34万人丧生，全城约有三分之一的建筑物被日军烧毁。列强入侵，生灵涂炭，国内反动统治者残酷镇压革命者，这也是另一种"国耻"："雨花台上殷红血，但幽潜、芳草凝绿"，雨花台曾经是屠杀共产党人和革命志士的刑场，邓中夏、恽代英等无数优秀的中华儿女在雨花台被杀害。雨花台烈士最初为40人，前后统计2401人。说明为夺取中国革命的胜利，先烈们做出了巨大的牺牲。"舞台歌榭，应犹未忘，奏英雄曲"，中华儿女应不忘国耻，不忘为新中国献身的先烈。

《桂枝香·金陵凭高》既是旅游诗，又是怀古诗。景象的繁荣，说明社会的经济得到了快速发展，这是先生为之欣喜的大好形势，但在这"繁华"的背后，诗人看到了奢侈，看到了自满，看到了腐败，看到了短视，总之，看到了隐患。诗作更多的是表达一种忧患意识：提醒人们对优秀文化传统要保护、要继承，千万不能陶醉于所取得的成就，成由勤俭败由奢，勿忘国耻，勿忘先烈的流血牺牲，勿忘前驱者之初衷。中华民族的一部近代史是一部伤心史、血泪史，西方列强和日本帝国主义的入侵使中华大地生灵涂炭、哀鸿遍野。南京这座六朝古都，曾是日本帝国主义进行大屠杀的刑场，我同胞30余万先后在此被杀害。日军遇屋即烧，从中华门到内桥，从太平一路到新街口以及夫子庙一带繁华区域，大火连天，几天不息。劫后的南京，满目疮痍。诗人在和平年代，在南京城一派繁华景象之时想到了中华民族的苦难岁月，无疑是提醒人们不要骄奢，不忘先烈，不忘国耻。我们民族为什么如此被帝国主义宰割，就是因为积弱积贫，落后就挨打，一旦骄傲自满，腐败盛行，历史的悲剧就会重演。王安石在《桂枝香·金陵怀古》中说到"六朝旧事随流水，但寒烟衰草凝绿"，在中国历史上，曾有六个王朝定都南京，按理说，夺取了政权，守住政权应相对容易，况且南京易守难攻，为何守不住呢？从地势而言，南京城西北濒临长江，东有"龙蟠"紫金山，西有"虎踞"清凉山，北有玄武湖，南有雨花台，山环水绕，易守难攻，为何六个王朝如此短命呢？太平天国在南京建都，仅仅维持了9年，亦顷刻覆灭，究其原因，都是一旦胜利就骄傲自满，腐败奢侈，民心丧尽，不攻自破，富庶的经济条件反而给统治者提供了加速腐败的温床，使他们沉迷于灯红酒绿的生活之中，丧失了斗志。腐败必定亡国，这是铁一般的事实，诗人再次警醒国人，体现了深刻的教育意义。

此词的意境从表层来看，伟岸宏阔，绚丽多彩，你看那长桥如练，彩旗如簇，高楼矗立，但其深层意境是浑穆苍深、幽邃凄清。诗人透过繁华的表象，仿佛看到了正在消失的体现中华优秀传统的古代建筑，看到过去受帝国主义的铁蹄践踏的一幕幕惨状，看到帝国主义者拿着屠刀逼迫中国人签下一个又一个的不平等条约，看到日寇攻入南京残忍杀害我30余万同胞的场面，看到雨花台的先烈们为了新中国的诞生抛头颅、洒热血的情景，不觉潸然泪下，悲不自胜。因此可以说，此词的意境比王安石笔下的古都景色更浑穆苍深、幽邃凄清，给读者以心灵的震撼。这首词成功地运用慢词的铺叙手法，层层烘托，渲染气氛。如上阕写繁华之美，以长桥、彩旗、高楼等意象作铺垫，掀起抒情高潮；下阕写国耻之深，也是层层推进，给人以深刻的印象。此词上下阕之间运用了对比手法，将今日的繁华与国耻的惨重构成对比，强化"勿忘国耻，腐败亡国"的深刻主题。诗词本来是带着锁链的跳舞，而依原韵奉和，又是长调，而达到意境圆融、语言晓畅之境界，难之又难，而诗人举重若轻，不见痕迹，没有深厚的功力和丰美的才情是不可能达到的。此词的唱和不仅仅仿写语言形式，意境也有相近之处，两词都运用了对比的手法，体现出较浓的感伤色彩，但风格上还是有异，王词苍凉幽渺，沈词激越浑穆，时代不同，心性不同，风格自然各有特色。

"以史为鉴，可知兴替"，新中国成立70余年了，社会主义革命和建设取得了巨大成就，当今时代是中国历史上最繁荣、最具活力的时代，中华儿女不应为取得的成就而陶醉，应怀忧患意识。我们要把握今天，着眼明天，不忘昨天。不忘我们民族的苦难史，不忘先烈的流血牺牲，我们就不会骄傲自满，就不会丧失斗志，就能更好地欣赏盛世风光。

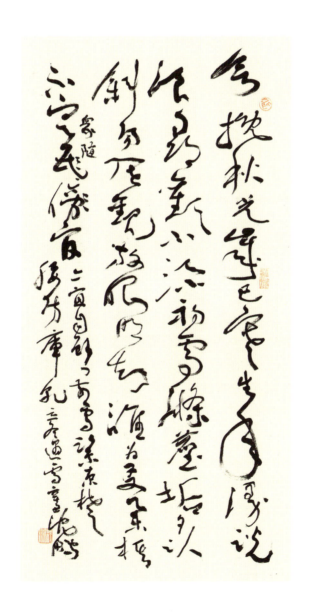

一往情深深几许

——《刘征赠雨点金星砚有作》赏析

刘征①赠雨点金星砚有作

苦旱连连似火烧，忽看骤雨泼如瓢。

不求天父降金粟，但恐农家折绿苗。

燕舞纵然多乐趣，莺歌便得尽逍遥？

紫云②一片知君意，斗室心潮和墨潮。

人类最璀璨的心灵之花，除了爱情之外，便是友谊。中国历史上"高山流水"的故事，是一曲震人心魄、扣人心弦的友谊颂歌。伯牙是晋国的上大夫、当时著名的琴师，钟子期是楚国戴斗笠、披蓑衣、背冲担、拿板斧的樵夫，他们因为音乐语言的表达而心灵相通，结为知遇，钟子期离世后，伯牙终身不复鼓琴，为痛失知音而有锥心之痛，这体现出极高层次的友谊。友谊是一种高境界的美，马克思说："真诚的、十分理智的友谊是人生的无价之宝。"爱因斯坦说："世间最美好的东西，莫过于有几个头脑和心地都很正直的朋友。"培根说："得不到友谊的人将是终身可怜的孤独者，没有友谊的社会则只是一片

① 刘征：原名刘国正，北京人，汉族，中共党员，1926 年生于北京，著名语言教育家、作家、诗人。1948 年毕业于北京大学西语系。历任北京第八中学语文教师，北京教师进修学院讲师，人民教育出版社副总编辑、编审。著有寓言诗及讽刺诗集《海燕戒》《花神和雨神》《最后的香肠》、诗词集《流外楼诗词》、杂文集《刘征杂文选粹》等，已有三十种著作出版。曾任《中华诗词》主编、中华诗词学会副会长、中国毛泽东诗词研究会副会长。

② 紫云：代指砚。李贺《杨生青花紫石砚歌》描述紫色端砚曰："端州石工巧如神，踏天磨刀割紫云。"

繁华的沙漠。"我们歌颂友谊,寻求友谊,珍惜友谊,为得不到友谊而惆怅。沈鹏先生的成功,与一大批志同道合的挚友的鼓励支持是分不开的。沈先生珍视友谊,他的诗作《刘征赠雨点金星砚有作》是一曲友谊的颂歌,诗作见于《三馀诗词选》,创作于1997年7月。

全诗以比兴手法写成。从诗题来看,此诗为感激朋友的馈赠而作,刘征向沈老赠送了一方雨点金星砚,沈老爱不释手,赋诗回赠。刘征是著名的语言教育家、作家、诗人,与沈老是心灵相通的知己,还是功力甚深的书法家。诗作的起笔别开生面,首联"苦旱连连似火烧,忽看骤雨泼如瓢",写久旱逢甘雨,怀人见故知,抒写得受馈赠的喜悦。首句点明时令,正是烈日炎炎的盛夏,"似火烧",如火烧一般炽热,化用《水浒传》中的民谣"烈日炎炎似火烧,野田禾稻半枯焦"的诗意而来,极言暑气之盛;"忽看骤雨泼如瓢",极言雨势之猛、雨意之浓。"骤雨",暴雨,阵雨,秦观《满庭芳·咏茶》:"晓色云开,春随人意,骤雨才过还晴。""泼如瓢",描写大雨滂沱。首联描写的意象是久旱逢甘雨,看似纯粹写时令,其实别有寄托。时值七月,暑气正盛,诗人对故交的思念也如大旱之年望云霓;收到朋友的厚赠,感受友人的一片盛情,也如烈日下的禾苗得到了一场阵雨的滋润,愁情苦绪一扫而光,不觉精神焕发、意气昂扬。颔联"不求天父降金粟,但恐农家折绿苗",极写人们对甘霖的渴望,暗写自己对友人的思念。"天雨粟",语见《淮南子·本经》:"昔者仓颉作书,而天雨粟,鬼夜哭。"仓颉是道教文字之神,据传有双瞳四目,天生睿德,他观察星宿的运动趋势、鸟兽的足迹,依照其形象首创文字。"天雨粟"应是夸张性的描写,极言创造文字意义之重大。诗人不求上天雨粟,期盼禾苗有甘霖之润泽,既切合时令与农事,又表达了对故人的思念之深,与故人相逢,如雨润心,喜出望外。既是景语,又是情语,即情即景,一片化机。

颈联"燕舞纵然多乐趣,莺歌便得尽逍遥",含蓄地表达了对真挚友谊的赞美。"燕舞莺歌",指黄莺歌唱、燕子飞舞,形容大好春光或比喻大好形势,语出苏轼《报锦亭》:"烟红露绿晓风香,燕舞莺啼春日长。""燕舞""莺歌"是春天繁荣景象的象征,人们往往用"莺歌燕舞"来象征大好形势,而此处大致是指朋友之间不必客套的虚誉之词,诗人历来主张为人为艺以真善美为上,他说:"诗人首先应是一个真正的人、一个诚实的人,用真诚的心观照世间万物。"(《三馀续吟·后记》)此处"燕舞莺歌"借代虚誉之词、客套之言,意思是说,这些话固然给人以乐趣,使人感受到一种"逍遥",但这不是诗人所需要的,诗人需要的是真情真意,诗人需要的是像刘征这样的人生知己,哪怕是他送来的一朵花、一片鹅毛,都是一片盛情的表达,都有说不出的喜悦与感激,更何况是这么珍贵的雨点金星砚呢?颈联实际是运用了反衬手法,用"燕舞莺歌"的虚誉之词反衬刘征一片盛情之真挚。尾联"紫云一片知君意,斗室心潮和墨潮",点明诗题,表达无比的喜悦与由衷的感激之情。此刻,诗人激动的心情有如大海的洪涛一样汹涌,也像墨海的波浪一样翻腾。这样,将时令与友谊浑化为一,一切都在不言中了。

此诗是一首感激挚友馈赠的诗,是吟咏生活中普通事物的题材,但表达的情感极有深度，极有美感价值。全诗表达了对朋友诚挚的感恩之情。感恩是对亲人朋友盛情相助的一种心理回馈，是一个人需要拥有的美好品质。我们要感恩时代，感恩父母，感恩朋友，感恩生活给予我们的一切，知道感恩的人才会有积极的人生观，才会有健康的心理。卢梭说："没有感恩就没有真正的美德。"泰戈尔说："蜜蜂从花中啜蜜，离开时频频道谢；浮夸的蝴蝶却相信花是应该向他道谢的。"此诗将故人的美意比作久旱之后的甘霖，是那么及时、那么丰厚、那么瑰美，这种感恩是发自内心的。友谊贵在纯真，马克思说："友谊总需要用忠诚去播种，用热情去灌溉，用原则去培养，用谅解去护理。"那些"莺歌燕舞"的绚丽风景，那些错金镂彩的虚誉言辞，远远抵不上挚友一句暖心的问候、一件细心挑选的礼物，因为表达的是真情真意，真才是美的母体。

诗的本质在抒情，表达的真情真意自然具有感人的力量。诗是语言的精华，抒情需要采用最佳的表达形式，真情的表达要有美感，还是需要技巧的，美的内容还必须要有美的形式。比兴是诗歌创作百变不穷的表达方式，此诗的妙处还在于成功地运用了比兴手法。那如火烧般的苦旱、那如瓢的骤雨、那枯焦的绿苗让我们想到的是渴望友谊的心，那莺歌燕舞的绚丽风景，让我们想到虚誉的言辞。这些典型化的诗歌意象，是情感外化的表现形态，在诗人笔下，景语与情语达到了有机的统一，我们仿佛看到两位先生在秋光中携手漫步、开怀大笑的情景。语言的朴素洗练使情感的表达更加准确流畅。苏轼论文，强调一个"达"字，他说："吾文如万斛泉涌，不择地而出，在平地滔滔汩汩，虽一日千里无难……常行于所当行，常止于不可不止，如是而已矣。"沈鹏的诗词艺术体现了"文理自然，姿态横生"的美感特征。

"一往情深深几许？深山夕照深秋雨"（纳兰性德《蝶恋花·出塞》），这可以用来概括此诗的美感特征。《刘征赠雨点金星砚有作》是一篇感恩的嘉文，更是一曲友谊的颂歌，读来如春风拂面，如清泉洗心，激励我们去追求友谊、珍惜友谊。

思苦言甘　格高韵雅

——《题白石老人画〈荷花图〉》赏析

题白石老人①画《荷花图》

为爱莲花抵死痴，接天映日自然师。

英姿绰约芳馨远，破碎横斜韵格奇。

花落花开都是画，风吹雨打总成诗。

一身根实于人利，岂特清高不染泥。

　　胡适先生对白石老人记述亲人及回忆童年的文章评价甚高，认为那是朴素真实的传记文章，而最能感动人而摇人心旌的还是他的绘画，齐白石的绘画最具真率之气，一生永葆农民淳朴的本色，用近乎儿童般纯真的眼光看待艺术，作品天真烂漫。评论家郎绍君说，齐白石正是通过"衰年变法"，把农民的淳朴、真率、刚健与经过改造的文人艺术语言熔于一炉，在"第二童年期"绽放奇异的光辉，创造诗意与童真完美统一的艺术。德国心理学家勃纳德·利维吉德说，人在60岁以后会出现第二童年期。明人李贽提出"童心说"，认为"童心就是赤子之心"。齐白石的创作就是童心的诗意表达。荷花是白石老人喜爱的题材之一，他写过这样的《荷塘》诗："少时戏语总难忘，欲构凉窗坐板塘。难得那人含约笑，隔年消息听荷香。"他评价八大山人和李鱓画荷或失于"执"，或失于"率"，而自

① 齐白石（1864—1957），祖籍安徽宿州砀山，生于湖南长沙府湘潭（今湖南省湘潭市），是近现代中国绘画大师，世界文化名人。早年曾为木工，后以卖画为生，57岁后定居北京。齐白石书法工于篆隶，取法秦汉碑版，行书饶古拙之趣，篆刻自成一家，善写诗文。曾任中央美术学院名誉教授、中国美术家协会主席等职。代表作有《蛙声十里出山泉》《墨虾》等。

谓兼得两家所长。沈老对齐白石做过深入研究，写过专论，《题白石老人画〈荷花图〉》见《三馀诗词选》，创作于1996年10月。

"为爱莲花抵死痴，接天映日自然师"，起笔点题，言荷塘图之美。沈老所见的这幅《荷花图》，从"接天莲叶"的意象可以想见荷叶田田、芙蕖绰约的景色。"为爱莲花"化用周敦颐的《爱莲说》文意而来，莲花是人格精神的一种写照，表达艺术家对高洁人格的向往之情。"抵死痴"，极言如痴如醉。要画出独特风神的荷花，画家除了要具有扎实的功力之外，外师造化是极为重要的方面，对荷花的观察越深入，越能取其神韵。"接天映日自然师"，化用杨万里"接天莲叶无穷碧，映日荷花别样红"的诗句而来，"自然师"三字，极言画境富有生活气息，有清纯之美。荷花是齐白石最喜爱的题材之一，他一生画过多少幅荷花，有人粗略统计，应近百幅。白石老人的荷花主要是师法自然，八大山人的荷花残败荒凉，吴昌硕的荷花金石味浓，张大千的荷花婀娜多姿，刘海粟的荷花泼彩浓艳，都表达了艺术家对荷花的情感体验，而论自然舒展、奔放写意的美感特征，非齐白石的荷花莫属。

颔联"英姿绰约芳馨远，破碎横斜韵格奇"，具体描写作品的美感特征。"英姿绰约"，写荷花神态之自然清雅；"芳馨远"，写其气息，这是实写。"破碎横斜"，是描写荷塘景色，描写荷叶荷花在水中的倒影，这是虚写。实写状形，虚写绘神，虚实相生，瑰奇清雅。齐白石早年的《荷花图》多为纯水墨作品，用笔简练，构图疏朗。1921年画作《宝缸荷花图》，自作诗云："海滨池底好移根，杯水丸泥可断魂。有识荷花应欲语，宝缸身世未为恩。"此画多八大山人的写意韵致。新中国成立之后，他也画过不少荷花，如94岁画的《荷塘双鱼》，两条小鱼在荷塘中游嬉，颇有情志，荷梗画得一笔不懈、坚挺老辣，丝毫看不出是耄耋老人的手笔。这幅《荷塘图》别具匠心，上句描写荷花的风姿绰约，仿佛还闻到淡淡的荷香；对句描写荷塘碧波粼粼，倒影横斜，给人一种清奇的美感。

"花落花开都是画，风吹雨打总成诗"，颈联是全诗之诗眼，从虚处着笔，描写《荷花图》之神韵，体现诗画交融之美感特征。白石老人以诗书画印四绝著称，他是大书家，深得赵孟頫以书入画、书画交融之神髓。欣赏白石老人的书法，最好先读他的画，白石老人最好的书法时常在绘画的题跋中体现出来。沈鹏说："文人画以诗、书、画、印结合为最高追求，这种追求，其实不应当作最终目的，最终目的还在诗意，而诗意，也不仅是题画诗本身，它是渗透在全部作品中的灵魂。"（《从齐白石诗、画、印读他的书法》）这一联极为佳妙，从修辞角度来考察，应是互文。所谓互文是上下两句或一句话中的两个部分看似各说两件事，实则是互相呼应、互相阐发、互相补充，说是的一件事，上下句互相交错、互相渗透。颈联描写荷塘图达到了诗画交融的境界，"花落花开"描写时令不同的荷花形态，"风吹雨打"描写不同气候环境下的荷花形象，都是那么鲜活灵动，情感饱和，既饶画意，更多诗情。"一身根实于人利，岂特清高不染泥"，尾联描写画家笔下的荷花充满了生活气息，散发着泥土的芳香，更贴近生活。白石老人所画的荷花全身是宝，既是农民眼中的荷花，根和莲子可以食用，叶子也有药用价值；同时又是诗人眼中的荷花，花色花形花影，荷叶荷杆荷香，都是美的化身。芙蕖的形象，体现出无私奉献的精神，不仅仅是周敦颐笔下出淤泥而不染、濯清涟而不妖的君子形象，还是养生之佳品。

此诗对白石老人的《荷塘图》的形态特征、艺术境界作了准确的描述和高度的评价，拓展出广阔的联想空间。通过联想，我们仿佛看到画家笔下的荷花形象英姿绰约，疏淡有致，诗画交融，韵格清奇，蕴含着诗人对生活的热爱，对高洁人格的向往之情。画家笔下的艺术形象是创作主体人格意志、思想情操的艺术表达。对《荷塘图》的品读告诉我们两个观点：一、艺术的高境要从造化中来，古人常说"外师造化，中得心源"，师造化是极为重要的，齐白石的艺术创作鲜活灵动、清奇幽雅，除了扎实的基础、超凡的悟性之外，还来自对生活的深入观察，诗人对荷花的眷恋到了"抵死痴"的程度，由荷形荷态到荷神荷韵，渐臻了然于目、了然于心、了然于手的境界。二、诗书画印的交融，达到了中国绘画艺术兼容的境界，此诗主要论述齐画的诗画兼容，诗书画交融为一，为艺术家追求的理想境界，沈鹏对这个优良传统予以高度评价，他反复强调："诗书画结合又是在我国历史上形成的特殊的文化现象，我们不能因为有的作品徒具'结合'的外壳，而否定这个良好的传统。"齐白石自称诗为第一，实际上强调传统文化在艺术创作中的重要性，齐画诗意不仅仅表现在他的题画诗中，其绘画作品也都饱含诗意。

"思苦言甘，格高韵雅"，这是沈鹏《题白石老人画（二首选一）》的主要特色，诗人以简约精纯的语言描述了《荷花图》中的荷花形象，是那样鲜活灵动、言近旨远，诗与画交织一片，体现了画家精湛的艺术功力和善师造化的美学思想，对艺术创作具有普遍性的指导意义。

诗画交融　静谧幽邃

——《溧阳天目湖》赏析

溧阳天目湖①

游罢天目湖，令人启天目。

两水明镜开，风静凝绿玉。

旧时水声中，几多人歌哭。

今日鸟飞还，安居不独宿。

农舍数翻新，飞檐竞翘簇。

我羡湖水清，临流濯双足。

天道顺自然，所得皆足浴。

读万卷书，行万里路，这种修炼方式对艺术家来说尤为重要。明末画家董其昌在他的《画禅室随笔》卷二《画诀》中说："读万卷书，行万里路，胸中脱去尘浊，自然丘壑内营，立成鄄鄂。"清代梁绍壬在《银镜铭》中说："读万卷书，行万里路，有耀自他，我得其助。"沈鹏先生对古人的这一观点非常认同，他认为林散之先生能取得卓越成就，与

---

① 溧阳天目湖：溧阳隶属于江苏省常州市，地处长江三角洲南部，位于苏、浙、皖三省接壤处，是宁杭生态经济带上的重要副中心城市和示范区。天目湖为东西窄、南北长的深水湖（水库），分别为沙河水库、大溪水库，南部水深 4 至 5 米，北部水深 10 至 14 米。天目湖的周围有许多历史文化遗址：以春秋时楚人伍子胥命名的伍员山，东汉大文学家蔡邕的读书台，为纪念唐代李白而建的太白楼，建于唐代的报恩禅寺，唐代名刹龙兴寺旧址，"天下第一石拱坝"等。天目湖被誉为"江南明珠""绿色仙境"。

这两个方面的修炼密切相关，他在《林散之百年诞辰》一诗中说："路行万里陶甄了，句炼千行韵味浓。"沈老向往游历，而在工作期间因为事务忙碌、身体欠安等原因，很少离开北京城，退休之后才开始广泛的游历，可谓足迹遍天下，每至一处，多有吟咏记其雪泥鸿爪，《溧阳天目湖》便为记游之作中的佳品，诗作见于《三馀诗词选》，创作于1997年7月。

诗作大致分为三个层次。第一层为起笔两句，"游罢天目湖，令人启天目"，总写游览天目湖之感受。两个"天目"，字面相同，而含义迥异，利用语义双关极言游览之畅意。第一个"天目"，即天目湖，第二个"天目"是获得的感悟。这个"天目"即神通中的天目，灵修体系中的智慧。道家把人脑的中心部位称为天目，认为人类存在第三只眼，是人的生命中枢，人们可以通过修炼返璞归真，开启自己的第三只眼。此处指人的智慧与灵性，意思是说游览天目湖，不觉神情爽畅、智慧明达，这当然是夸张的说法，极言心情之愉悦、感触之良多。

第二层从第三句至第八句，写天目湖之美与环境之佳。"两水明镜开，风静凝绿玉"，天目湖是两座大型水库，是人工湖，蓄水量达亿万立方米，故称为"两水"，东临烟波浩渺的太湖，北望工业发达的常州，西接六朝古都南京，南连蜿蜒起伏的天目山脉，风光秀丽，景色如画。"绿玉"，极言水之清澈、水质之佳。诗人描绘了一幅碧波万顷、云烟缥缈的画卷，也写出了诗人畅神愉意的心情。"旧时水声中，几多人歌哭"，化用杜牧"鸟去鸟来山色里，人歌人哭水声中"的诗句而来，天目湖为人工湖，在没有修建水库之前，此地水旱之灾多发，故以"几多人歌哭"来作描写，水库修建之后，生态环境得到改善，成为一方风水宝地，构成对比，突出今日风光之美，体现社会主义制度的优越性。"今日鸟飞还，安居不独宿"，写天目湖生态环境之佳。天目湖而今已建成湿地公园，湿地展示区总面积为3990亩，而今在这里栖息的鸟类达23科41种，其中有鹤类、红隼、白鹭、天鹅、鸳鸯等国家一、二类保护动物。"农舍数翻新，飞檐竞翘簇"，写天目湖周边的环境，即天目湖的出现带来的经济繁荣景象。农舍甚为精美，尤其是度假村建筑，更体现出徽派建筑的风格特征。徽派建筑造型丰富，讲究韵律美，以马头墙、小青瓦最有特色，这体现了当地经济的飞速发展，改革开放给农村带来了翻天覆地的变化，人民的生活水平得到很大提高。从"翘簇"这一意象中，也可看到经济的繁荣促进了文化的发展。以上从几个方面描写了天目湖风光之美，表达了诗人欣喜惊异的心情。

第三部分即末尾四句，照应诗题，抒写游览天目湖的感受。"我羡湖水清，临流濯双足"，表达对天目湖的深情眷恋，抒发对崭新时代的热爱之情。诗句化用《孺子歌》的诗意而来："沧浪之水清兮，可以濯我缨；沧浪之水浊兮，可以濯我足。"《孺子歌》为先秦时无名氏所作，是隐士之歌，歌词以"水清"与"水浊"比喻政治的清明与黑暗。"濯缨""濯足"表达"圣人不凝滞于物，而能与世推移"的处世态度，此处化用来表达对伟大时代的赞美，对祖国江山的热爱。"天道顺自然，所得皆足浴"，由抒情到悟理：人类社会的发展，一方面体现出儒家积极用世的精神，天目湖是人工湖，这种美景的出现、经济文化的繁华，是社会主义革命和建设取得的丰硕成果；另一方面要遵循自然规律，保护自然。天目湖的生态环境保护得好，也促进了经济的可持续性发展。

　　《溧阳天目湖》是一首典型的记游诗，诗人以简约的笔墨描写了天目湖的壮美风光。诗人从天空鸟瞰，美丽的画卷尽收眼底。湖水是那么纯净，仿佛清纯少女的眼睛，澄澈而明亮。"天目"真是名不虚传，它把自然界最美的一面展示给人类，万顷碧波，千岭翠峰，山川相映，如诗如画。昔日的沙滩、荒丘，今天已成了人工湖与湿地公园。天目湖是小鸟的天堂，你看那湖水在风儿的吹拂下，闪烁着道道波光，天鹅、鸳鸯等还有许多不知名的鸟儿在湖面畅游、嬉戏，使这如画的山川充满了勃勃生机和幽雅的诗意。翻新的农舍、翘簇的马头墙使这片风景更显静谧安详。由天目湖的美景，诗人想到了社会主义制度的优越性，想到人民群众伟大的创造力，我们能改造自然，诗化自然，中华儿女应热爱祖国的壮美山川，热爱这个伟大的时代。诗人进而领悟到人类在改造自然的同时，要更好地保护环境，遵循自然规律，那么自然将给人类更多的馈赠。

　　"诗画交融、静谧幽邃"是《溧阳天目湖》一诗的主要特征，作者以画家的笔触、诗意的语言描写这一江南明珠、绿色仙境的壮美风光，让我们随诗人在流连风景之时浮想联翩，为社会主义建设的伟大成就而自豪，同时领悟丰富的哲理。

应从青史记亡羊

——《华清池管理处嘱步郭沫若、董必武二老韵》赏析

华清池①管理处嘱步郭沫若②、董必武③二老韵

历尽春秋木石苍，华清风物远承唐。
兰汤④温润迷心腑，桂殿⑤荒芜寝帝王。

① 华清池: 亦名华清宫，位于西安城东 30 公里，骊山北麓，为全国第一批重点风景名胜区。华清宫是唐玄宗天宝六载(747)修建，为唐玄宗和杨贵妃游玩、沐浴的场所。华清池骊山温泉，泉水常年保持在 43 摄氏度，被称为"与日月同流，不盈不虚"，为游览和沐浴之胜地。

② 郭沫若(1892—1978),中国现代著名学者、文学家、历史学家、古文字学家、社会活动家，原名郭开贞，四川乐山人。郭沫若《游览华清池》诗: "骊山云树郁苍苍，历尽周秦与汉唐。一脉温汤流日夜，几坯荒冢掩皇王。已驱硕鼠歌麟凤，定复台澎系犬羊。捉蒋亭边新有路，游春士女乐而康。"

③ 董必武 (1886—1975)，原名董先琮，又名董用威，字洁畲，号壁伍，湖北黄安 (今湖北省红安县) 人。中国共产党的创始人之一，伟大的马克思主义者，杰出的无产阶级革命家，中华人民共和国开国元勋，曾任第七、第八、第九届中央政治局委员，第十届中央政治局常委等职。《和郭沫若游华清池》: 依旧骊山兀老苍，自来史迹颇荒唐。始皇大冢埋劳役，天宝清池浣寿王。幸有张杨双十二，遂无美蒋马牛羊。郭公雅兴留佳句，我辈登临亦乐康。

④ 兰汤: 有香味的热水，屈原《九歌·云中君》: "浴兰汤兮沐芳，华采衣兮若英。"白居易《长恨歌》写李、杨故事: "春寒赐浴华清池，温泉水滑洗凝脂。侍儿扶起娇无力，始是新承恩泽时。"

⑤桂殿: 宫殿的美称。汉长安宫中有铜桂殿，唐玄宗有咏温泉诗: "桂殿与山连，兰汤涌自然。"

何必红尘悲失路①，应从青史记亡羊②。

秦皇陵③下今宵梦，兵马千军④助小康。

    青年时代读白居易的《长恨歌》，为唐玄宗与杨贵妃的凄美爱情故事而感慨不已，难以想象贵妃那"回眸一笑百媚生，六宫粉黛无颜色""春寒赐浴华清池，温泉水滑洗凝脂"是多么令人销魂的美！笔者至今尚未游览过华清池而深感遗憾，只能想象其辉煌壮丽，觉得带有一种梦幻色彩。华清池是见证李、杨爱情故事的地方，也见证了西安事变的历史，因此游华清池仿佛是在品读一部内容丰富的史书，有太多的感慨与联想。大文豪郭沫若1955年5月游华清池，留下了抚今追昔、神思飞越的瑰美诗章，一代开国元勋董必武读郭沫若诗作，浮想联翩，欣然唱和，也留下了寄托遥深的佳作。沈鹏先生于2004年5月游华清池，应管理处之嘱，步郭、董二老之韵创作此诗，三绝相映，熠熠生辉，沈老诗作见于《三馀诗词选》。

    "历尽春秋木石苍，华清风物远承唐"，落笔点题，言华清池风物之优美、历史之悠久。华清宫虽为唐代封建帝王游幸的别宫，风光旖旎，加之温泉可荡邪去疾，确为旅游名胜，据传远在三千年前的西周时期，就已成为一国天子的游幸之地。那时的温泉名为"星辰汤"，秦始皇时叫"骊山汤"，《三秦记》载："始皇初，砌石起宇，名骊山汤，汉武加修饰焉。"北周武帝天和四年（569），令大冢宰宇文护造皇汤石井；隋文帝开皇三年（583），列植松柏千株，修屋建宇。唐太宗贞观十八年（644），诏左卫大将姜行本，将作大匠阎立德建宫室楼阁，赐名"汤泉宫"。玄宗天宝六年（747），更温泉宫为华清宫，"环宫所置百司区署，诏瑄总经度骊山，疏岩剔数，为天子游览"。（《唐书·房琯传》）"安史之乱"以后，政局突变，玄宗终从皇帝宝座上跌落下来，华清池之辉煌已成明日黄花。唐以后各代皇帝很少出游华清宫，清圣祖康熙四十二年（1703）冬十一月西巡时重修过华清池。民国年间有几次整修，新中国成立前汤池寥落，宫殿萧疏，后进行了护建和修缮，成为人民群众游乐之处。颔联"兰汤温润迷心腑，桂殿荒芜寝帝王"，感叹唐玄宗以耽于享乐导致"安史之乱"的爆发。李隆基与杨贵妃在华清宫沐浴温泉，简单地说就是洗个澡，而为了奢华把华清宫修建得如天堂般的壮丽，两人在这里醉生梦死，荒废朝政，导致动乱发生。玄宗早年励精图治，为一代英主，而至暮年倦于政事，迷恋女色，将一个大唐盛世白白断送，千载之下，仍令人扼腕叹息，这说明了什么？一旦腐败奢侈，就离亡国

---

    ① 红尘悲失路：《世说新语》注引《魏氏春秋》："阮籍常率意独驾，不由径路，车迹所穷，辄痛哭而返。"

    ② 亡羊：用"亡羊补牢"典，吸取历史教训。

    ③ 秦皇陵：在陕西临潼骊山，西距西安35公里，堪称天下第一陵。我国曾于2003年对陵园进行最大规模的遥感技术探测。

    ④ 兵马千军：指秦始皇陵东105公里处从葬区的兵马俑坑。1974年以来，发现俑坑三处，呈品字形排列，出土陶俑8000件、战车百乘、实物兵器数万件。1982年12月与秦始皇陵一并列入《世界遗产名录》。

的日子不远了，这是血的历史教训。

"何必红尘悲失路，应从青史记亡羊"，这是全诗的中心句，抒写感慨，应吸取历史教训，拒腐防变，亡羊补牢。"红尘悲失路"用阮籍典故，阮籍常率意独驾，车迹所穷，痛哭而返。阮籍的痛哭是为人生之路容易误入歧途、陷于绝境而感伤不已，象征遭到重大挫折而有锥心之痛。其实人生的道路并非坦途，误入歧途之事也难免发生，但对一个国君来说，失败之后，重新崛起的可能性极少，因而于军国大事，必须小心谨慎，关键还是在于居安思危、戒奢以俭，由荒淫而导致的失败无法挽回，玄宗眼看杨贵妃死去也不能救助，岂可不慎？后来的主政者应吸取历史教训，不重蹈覆辙，亡羊补牢，未雨绸缪。"秦皇陵下今宵梦，兵马千军助小康"，从历史回到现实，由兵马俑的发现而想到秦始皇，由秦始皇想到秦朝覆灭的往事，而今游人如织，由此想到亿万人民奔小康的大好形势，也含蓄地告诉读者，秦始皇、唐玄宗都为一代英主，都有雄才大略，而一旦腐败，施行暴政，照样亡国破家，片刻的欢娱化为一道烟云消失在历史的夜空之中，可见只有以民为本，才能长治久安。

此作为记游诗，也是咏怀古迹的抒情诗，由华清池的风景联想到与之有关的数千年历史，含蓄而深刻地告诉读者：江山的兴替是由人民所决定的。政治清明，居上位者励精图治，戒奢以俭，亲贤人，远小人，那么政权就会稳固，社会就会安定，人民的生活就会幸福；反之，一旦骄奢淫逸，横征暴敛，远贤人，亲小人，就会亡国破家，一切可能化为乌有。因此，防微杜渐、亡羊补牢的意义重大。三首诗作都体现了强烈的时代感，郭诗为"三山"推倒、人民乐兴而欢呼，董诗盛赞张学良、杨虎城的历史性贡献，沈诗强调以史为鉴、清廉政风之重大意义，都体现了三位诗人卓远的目光。

这是一首和韵佳构，高远的立意和圆融的意境体现了诗人深邃的思想和精湛的语言功力。七律本来格律森严，又是原韵唱和，一和再和，构思和表达的空间已压缩到极小，而要在这有限的空间里表达思想、抒遣才情，难度之大是可以想见的。而诗人能举重若轻，信手拈来，皆成妙谛，可见目光之独到和才情之丰美，三首诗作各有特色，如峰并峙，足见作者诗学修养之深。此作最大的特色是用典的贴切自然。典故是一种特殊的比兴，通过这种特殊的比兴意象表达丰富幽微的思想情感，拓展出广阔的联想空间。此作的用典紧扣华清池这一历史遗迹，借助典故，暗示华清池的兴衰与国家的命运息息相关，与一个时代的政风息息相关，因而使表达的思想情感更具深度，教育意义也更加深刻。此作语言流畅，用韵稳妥，无一凑字，对仗工稳，意境浑成。

"应从青史记亡羊"，前事不忘，后事之师。杜牧在《阿房宫赋》里说："秦人不暇自哀，而后人哀之；后人哀之而不鉴之，亦使后人而复哀后人也。"如何巩固政权，不重蹈覆辙，历史学家已把道理讲得明明白白，给人们以深刻的思考。

真悲无声而哀

——《车经凡隆尼，罗密欧与朱丽叶相会处》赏析

车经凡隆尼，罗密欧与朱丽叶①相会处②

哀史不期离咫尺，传闻故事丛林侧。

频频回首寄神驰，决眦夕阳终入黑。

---

① 《罗密欧与朱丽叶》（一般翻译为《罗密欧与朱丽叶》，文中均作"朱丽叶"）是莎士比亚著名悲剧之一，写于1579年。在14世纪的威隆纳，凯普莱特的爱女朱丽叶与他的世仇蒙泰欧（有资料译为蒙太古）家族大公的儿子罗密欧相爱，月下定情后，罗密欧到附近的修道院请求劳伦斯神父为他们主婚。一向喜欢罗密欧的神父欲借此婚姻消弭两家世仇。次日上午，罗密欧的好友迈库西奥和朱丽叶的堂兄泰保尔争吵，泰保尔不但不听罗密欧的话，反而刺死迈库西奥，罗密欧怒火中烧，剑杀泰保尔。威隆纳公爵赶到，把罗密欧驱赶出境，并称若发现其偷偷回来，便处死刑。晚上，罗密欧爬进朱丽叶卧室与其度过了新婚之夜。罗密欧刚走，凯普莱特便应允了出身高贵的帕里斯伯爵的求婚。走投无路的朱丽叶又去求助于神父，得到一瓶安眠药，在婚礼头天晚上吞服，四十二小时后即可苏醒，神父同时派人送信，让罗密欧从墓穴将她救出并逃走。不料罗密欧事先得知朱丽叶死讯，买好毒药，赶至墓穴，刺死在墓旁哀悼的帕里斯，他打开墓穴，吻别了安详的朱丽叶后饮药自杀。神父听说信未送到，急忙赴救，为时已晚。朱丽叶醒来，见状，悲痛欲绝，以罗密欧的短剑自刎身亡。这时两家的父母都来了，神父向他们讲述了罗密欧和朱丽叶的故事，失去儿女，两家的父母才醒悟过来，可是已经晚了，从此两家消除积怨，并在城中为罗密欧与朱丽叶铸了一座金像。

② 相会处：罗密欧与朱丽叶的故事原型发生地在意大利小镇威隆纳，离威尼斯只有104公里，在卡佩罗街，有一处幽静的院落，墙壁上有一个铜牌写明这是朱丽叶的家。这里有一尊朱丽叶的黄铜塑像，亭亭玉立，深情而又略带悲伤，似乎仍在期盼罗密欧的翩翩归来。铜像左上方，就是莎士比亚笔下那座有名的大理石阳台。

爱情的确是文学艺术取之不尽、用之不竭的源泉，是最为璀璨的心灵之花。爱情是美好的，巴尔扎克说："真正的爱情像美丽的花朵，它开放的地面越是贫瘠，看来越格外的悦眼。"爱情有巨大的力量，莎士比亚说："爱的力量是和平，从不顾理性、成规和荣辱，它能使一切恐惧、震惊和痛苦在身受时化作甜蜜。"为了爱情，古今中外多少痴男怨女付出了巨大的代价，元好问深情地感慨道："问世间，情为何物，直教生死相许。"《罗密欧与朱丽叶》的爱情故事，人们耳熟能详，这是一部爱情悲剧，当然也是一曲至爱真情的颂歌。这个故事有其人物原型，发生在意大利的一个小镇威隆纳。1998年的一天，沈鹏先生访问意大利，途经凡隆尼海滩，在罗密欧与朱丽叶相会处作了短暂的逗留，归来写下此诗，诗作见于《三馀诗词选》。

"哀史不期离咫尺"，起笔直入诗题。"哀史"无疑指罗密欧与朱丽叶的爱情悲剧；"不期"，指没有料想到，有惊诧之意。人们常说有情人终成眷属，但文学史上还是留下了许多凄恻哀婉的爱情故事，有情人竟魂归天国。莎士比亚的《罗密欧与朱丽叶》作为西方最负盛名的爱情悲剧之一，千百年来脍炙人口，就像一颗璀璨的明珠，在世界文化和历史里光芒四射。莎翁用诗化的笔触，使悲怆的殉情闪耀着人性的灵光，回响着浪漫的旋律。男女主人公因受封建家族世仇的影响，镜破钗分，双双殉情，以年轻的生命演绎了爱情的绝唱。当爱情与封建家长制产生惊心动魄的对抗时，嫣红的玫瑰在中世纪的黑暗中凄然凋谢。有人认为，他们的爱情体现了资产阶级"爱情至上"的恋爱观，这种看法是错误的，因为人不能超越时空，不能以今人的眼光衡量古人。爱情受时代风习的制约，中国文学里的刘兰芝与焦仲卿、梁山伯与祝英台，他们的爱情悲剧实际上也是时代的悲剧。对他们的忠贞爱情应予以高度肯定。承句"传闻故事丛林侧"，点明故事发生的具体地点。莎翁的戏剧是艺术创作，这里是艺术原型的发生地，用"传闻"二字说明艺术的真实与生活的真实有距离，用词准确。诗人看哀史的发生地不禁感慨系之，同情、震撼、感伤等复杂的情感一齐涌上心头。这是一对多好的青年伴侣，如果成为眷属，他们的生活是多么幸福，然而被封建世仇毁灭了，他们以生命为代价唤醒世人，应消除仇恨，追求自由，可见人类的文明与自由，每前进一步都可能付出血泪的代价。

"频频回首寄神驰，决眦夕阳终入黑"，转合两句表达对二人悲剧的感伤。"频频回首寄神驰"，由描写转入议论，但没有直接发表议论，而是通过典型的细节描写表达震惊不已的心情。罗密欧与朱丽叶相会之处并无特殊之处，也是普通的屋舍、平凡的风景，而能扣动无数爱情朝圣者心弦的原因，是殉情者至真至深至美的情愫！为了真情，他们敢于冲破一切罗网，敢于献出宝贵的生命。爱情是青年男女最为珍贵的情感，对罗密欧与朱丽叶而言，仇恨毁灭了他们的爱情，专制毁灭了他们的爱情，他们想通过反抗来争取，但反抗无效，只能走上一条路——殉情。诗人对他们、对千千万万古往今来为爱情的自由而饱经磨难甚至献出了生命的青年男女们，深表理解和同情，故而"频频回首寄神驰"。合句"决眦夕阳终入黑"，表达对殉情者的极度感伤。"决眦"，又作"决眥"，本义为睁裂眼角，形容极目张视，《史记》"鸿门宴"中描写樊哙"瞋目视项王，头发上指，目眦尽裂。"杜甫《望岳》："荡胸生层云，决眦入归鸟。"这里运用了夸张手法，表达极度惊诧、愤怒、感伤等复杂的情感。

这是一首记游诗，也是一首咏怀古迹的诗篇，对两位殉情者表示深切怀念。爱情是文学的永恒主题，人类在地球上生存一天，就有说不完、道不尽的爱情故事。诗人对罗密欧与朱丽叶相会之处的深情难舍、决眦夕阳，表达了对至真至深至美之情的肯定与赞美。莎翁对这个故事作了典型化的艺术处理，情节曲折，形象鲜明，既是爱情的挽歌，又是爱情的颂歌，诗人与莎翁的心灵是相通的。生命是宝贵的，是不可重复的，两个那么美好的生命，两朵最绚丽的生命之花，被专制的暴雨狂风摧毁了，这是多么可惜啊！诗人可能想到更多：人类的进步，尤其是思想解放要付出多少代价！中世纪的神权统治者把科学家布鲁诺活活处死，青年男女的爱情更无自由可言了。中国封建社会是漫长的，青年男女的爱情是由父母之命、媒妁之言而决定的。美丽的刘兰芝"十三能织素，十四学裁衣，十五弹箜篌，十六诵诗书""纤纤作细步，精妙世无双"，仿佛是美的化身，白璧无瑕，而焦母却棒打鸳鸯，使得双双殉情。在那个时代，焦母代表了封建专制的权力，焦、刘二人是难以反抗的。青年男女的爱情竟付出如此之大的代价，而推动社会进步、促进科学与民主所付出的代价就可想而知了。任何艺术都是抒情的符号，莎翁的这曲悲剧不仅仅喊出了以爱情来消除世仇、追求爱情自由的愿望，而且更多地表达了敢于对生活的暗障进行挑战，表达对精神自由的向往，内蕴是极为丰富而深刻的。

此诗抒情浓郁，意境幽邃，有独特的美感特征。一般说来，诗人的情感表达必须附丽于典型化的意象之中，这样形象鲜明，寄托幽微。但此诗没有采用比兴意象来遣意抒情，而是采用典型赋法，通过概括性的叙述设置联想空间，尤其是通过典型的细节设置联想空间，强化情感的表达。此诗善于捕捉典型细节，诗意的表达极为含蓄。此诗没有直接描绘罗密欧与朱丽叶相会处的风物特点，没有描绘二人的形象特征，没有描写诗人自我的心理感受，而是通过两个最典型的细节来表达情感："频频回首""决眦夕阳"。这两个细节的描写，既是实写，也是虚写。真的能"决眦夕阳"吗？不能。这显然是运用了夸张手法，诗人把对罗密欧与朱丽叶的理解、同情和痛惜、赞美之情以及对专制的厌恶之情、对自由的向往等极为复杂的情感浓缩在这个细节之中，无言胜有言，无声胜有声，将创作主体的复杂情感含蓄而又强烈地暗示给读者，极具震撼力与感染力，这就是诗人的高妙之处。

庄子说："真悲无声而哀，真怒未发而威，真亲未笑而和。"沈鹏先生此作的确达到了无言而哀的高度，以极为含蓄的语言、典型的细节表达了对罗密欧与朱丽叶两位殉情者的深切同情，赞美了真挚的爱情。愿人间充满真挚之美、自由之美，愿天下有情人终成眷属。

恍听天仙一奏鸣

——《过闹市闻布谷声》赏析

过闹市闻布谷声

乍寒乍暖最无情，污染指标何日平？

人塞满街互相挤，车过狭路不单行。

忽闻布谷三啼唤，恍听天仙一奏鸣。

好鸟枝头朋友少，落花时节偶充盈。

北京是我国首都，为我国政治、经济、文化的中心。随着我国经济的突飞猛进，伴随而来的环境治理问题也备受关注。在沈鹏先生的诗歌创作中，对环境问题多有关注，体现出了较浓的忧患意识。《过闹市闻布谷声》一诗间接反映都市的环境污染问题，表达了对良好生态环境的向往之情，也表达了对心灵自由的神往之情。此诗见于《三馀诗词选》，创作于1998年5月。

诗作首联"乍寒乍暖最无情，污染指标何日平？"以设问起笔，描写北京暮春时节的气候特点和对环境污染的殷忧。此诗写于1998年初夏，当时北京的大气情况有这样一些数据可做参考：一年烟雾日为76天、大雾日26天，不利于大气污染物扩散的稳定类型天气出现频率为40.4%，城区近郊非采暖期大气中总悬浮颗粒物、二氧化硫、氮氢化物和一氧化碳分别为348、42、122微克每立方米和2.6毫克每立方米。地下水、地面水的污染比较严重。20世纪末笔者曾在沙河一带住过40余天，附近居民告诉我，沙河里面有十多斤一条的鱼，但污染严重不能吃。北京市政府对环境污染问题高度重视，这些年的治理已取得很大成就。起笔写出了诗人对环境污染的关注与忧思。颔联"人塞满街互相挤，车过狭路不单行"，描写北京市人口稠密、车辆众多、交通拥挤的情形。据有关部门统计，2017年，北京市常住人口为2170万人。1949年至1998年，北京市的机动车保有量约为100万辆；1999年至2003年8月，仅几年的时间，北京市的汽车保有量增至564万辆，可见拥挤情况的严重性。虽然交通设施得到了很大的改进，但拥挤的局面还是难以解决。这两联写出了北京环境污染、车辆众多、人口稠密的现状，写出了都市生活的无奈之情。

颈联"忽闻布谷三啼唤，恍听天仙一奏鸣"，点明诗题，描写聆听布谷啼叫的欢悦之情。前面两联的描写实际上是一种蓄势、一种反衬，至此掀起抒情高潮：在这空气污染、车辆拥挤的环境里；诗人居然意外地听到了布谷鸟的鸣叫，太奇妙了，真有杜甫"此曲只应天上有，人间能得几回闻"的特殊感受。"忽闻"，极言出于意料之外，说明许久没有听到这种鸟鸣了。布谷鸟"布谷布谷"清脆悦耳的叫声，仿佛在片刻之间勾起了诗人的回忆，诗人仿佛回到了故乡的青山绿水之中，看到了苍山如黛、江水澄蓝的景色，听到了牧歌清远、鸟语如琴的乐音，不觉神气清爽、心花绽放。故乡多美啊，那是自由的天堂，那是灵魂的所在。布谷的啼啭与汽笛的鸣叫、人声的喧哗相较，那才是最美的音乐。尾联"好鸟枝头朋友少，落花时节偶充盈"，回到现实，诗人慨叹此音罕闻，为现实环境的无奈而感叹不已。"好鸟枝头朋友少"，意思是说这样的鸟鸣声很难听到了，能理解诗人这种心情的人也很少了，从侧面突出布谷之鸣给人的欣喜愉悦之感。在都市能不能听到布谷的鸣叫？由于环境的保护见成效，这种可能性是有的，相信这是诗人的写实，也不排除是一种情景假设，其实诗歌的意象更多的是意中之境。诗人热爱北京，也眷恋故乡，因为那是他的生命之根、文化之根萌发的地方。"落花时节偶充盈"，化用杜甫"正是江南好风景，落花时节又逢君"的诗句而来，表达对故乡的思念之情。

这是一首描写自然风景的诗作，诗人善于观察、善于发现，仿佛随手在山间小径掇拾一朵小花而感慨万千。此诗别有寄托，耐人寻味。社会的发展，居住的城镇化、都市化已成必然之势，对环境的保护提出了挑战。都市的空间是有限的，而人口的密度日趋加大，对环境的破坏是较大的。保护环境就是保护我们的家园，保护我们的健康，为子孙后代留下生存空间。前哲告诉我们要尊天重地、敬天爱民，这也包括了保护环境。恩格斯说："我们不要陶醉于我们对自然界的胜利，对于每一次这样的胜利，自然界都报复了我们。"敬畏自然、遵守自然规律是必须的。追求绿色时尚，走向绿色文明，采取有效措施保护我们的生存环境，这已成为政府的重要方略，相信保护环境的力度会进一步加大。布谷的叫声如此清脆悦耳，诗人由布谷的啼啭唤起了对故园的回忆，唤起了对自由的憧憬。此刻，诗人精骛八极，心游万仞，神思飞到了故乡，仿佛看到了那青黛的远山、如油的碧水，仿佛听到百鸟的欢歌、牧笛的婉转，心情那样舒畅，精神那样愉悦，真正感受到生活的诗意与美。古人放弃钟鸣鼎食的生活归隐田园，采菊东篱，悠然南山，渔樵江渚之上，侣鱼虾而友麋鹿，那是对心灵自由的神往啊！

"忽闻布谷三啼唤，恍听天仙一奏鸣"，品此佳作，笔者也仿佛神思飞越，回到了故乡，流连于桃花江的水畔山崖之间，当春风吹绿江南大地，与小伙伴们在牛背上唱着牧歌，看芳草萋萋、白云悠悠，听溪流淙淙、鸟语嘤嘤，时见佳丽们肌肤若雪、联袂起舞、翩若惊鸿、矫若游龙，荣曜秋菊，华茂春松，不觉飘然欲仙，自由与诗意令人陶醉。保护我们的地球，保护我们的家园，让诗意和美永驻人间！

巨刃摩天写壮怀

——《望海潮·尼亚加拉大瀑布》赏析

望海潮

尼亚加拉大瀑布①

五湖交汇，美、加连壤，波涛诡谲奔腾。

绝壁悬崖，神工劈削，横陈百里银屏。

万斛迸明星。雾浓蔽白日，七彩虹升。

身在何方，心忘何岁，入元冥。

奇观万古砰訇。能源藏无尽，地利堪矜。

忆昔蛮荒，开新大陆，艰难斩棘披荆。

任百万雷霆，有六旬豪女，探险获生②。

太白匡庐不足，应再谱新声③。

---

① 尼亚加拉大瀑布：位于加拿大安大略省和美国纽约州的交界处，是世界第一大跨国瀑布。瀑布源头为尼亚加拉河，主瀑布位于加拿大境内。在美国境内由月亮岛隔开，观赏的是瀑布侧面。"尼亚加拉瀑布"直译作拉格科瀑布，"尼亚加拉"在印第安语中意为"雷神之水"，印第安人认为瀑布的轰鸣是雷神说话的声音。尼亚加拉瀑布与伊瓜苏瀑布、维多利亚瀑布并称为世界三大瀑布。

② 探险获生：有63岁女教师坐在木桶中冲过瀑布顶端并得以生还，是为第一人。

③ 再谱新声：李白诗句"飞流直下三千尺，疑是银河落九天"。

沈鹏《望海潮·尼亚加拉大瀑布》创作于1999年8月19日至10月10日，为旅美《十八首·之七》，诗作见于《三馀诗词选》。在沈鹏的记游诗中，其气势之磅礴、意象之伟岸、境界之恢宏，当以此作为最。品此佳作，可以感知诗人浩博的胸襟、恢宏的气度，亦可窥见沈鹏大草书境的豪宕不羁之美。

词作上阕描写瀑布的壮观景色。"五湖交汇，美、加连壤"，极言瀑流汇集之众、流量、跨度之大。尼亚加拉河横跨美国纽约州与加拿大安大略省的边界，是连接伊利湖和安大略湖的一条水道，河流蜿蜒而曲折，南起美国纽约州的布法罗，北至加拿大安大略省的杨格镇，全长仅54公里，海拔却从174米降至75米，上游河段河面宽2至3公里，水面落差仅15米，水流也较缓，从距伊利湖北岸32公里起河道变窄，水流加速，在一个90度急转弯处，河道上横亘了一道石灰岩构成的断崖，水量丰沛的尼亚加拉河经此骤然倾泻，水势澎湃，声如雷霆，形成了尼亚加拉瀑布。诗人所谓的"五湖"为泛指，突出了一个"大"字。

"波涛诡谲奔腾"，描写独特的地形地貌形成的水形水势。"诡谲"意为捉摸不透、变化多端，王褒《洞箫赋》："趣从容其勿述兮，骛合遝以诡谲。""绝壁悬崖，神工劈削，横陈百里银屏"，描写瀑布的主体特征。"绝壁悬崖，神工劈削"，极言瀑布落差之大、地势之险。尼亚加拉瀑布实际上由三部分组成，从大到小，依次为马蹄形瀑布、美利坚瀑布和新娘面纱瀑布。马蹄形瀑布位于加拿大境内，其形如马蹄；美利坚瀑布在美国境内，由山羊岛隔开；新娘面纱瀑布也在美国境内，由月亮岛隔开。瀑布的形成在于不寻常的地质构造，在尼亚加拉峡谷中，岩石层是接近水平面的，岩石的顶层由坚硬的大理石构成，下面则是易被水力侵蚀的松软的地质层，水流从瀑布顶层的悬崖边缘笔直地飞泻而下，正是由松软地层上的那层坚硬的大理石地质层所起的作用。诗人用"银屏"二字，描写瀑布的宽度大、落差大，景色壮美，甚为准确。

"万斛迸明星"，描写瀑流之大、水雾之奇。诗人的描写由俯视、远视到近观。诗人看到的很可能是在美国境内的新娘面纱瀑布，此瀑布宽广细致，水流呈漩涡状落下，落到无数块硕大的岩石上，形成银花飞溅的迷人景色，似一片月光，柔和地洒在绝壁之上，令游客陶醉。"万斛"，极言水花之稠密。"雾浓蔽白日，七彩虹升"，进一步描写瀑布形成的水雾之美。美利坚瀑布水线长335米，落差54米。水流从高处冲下，到了河底溅起的浪花也有十几米高，尤其是马蹄形瀑布，由于水量大，以雷霆万钧、波涛万顷之势直冲而下，溅起的浪花和水汽有时高达30多米。浓浓的水雾在阳光的照射下，呈现彩虹般的颜色。据说从前，满月之夜，水雾中会出现月光彩虹，极为绚丽。"身在何方，心忘何岁，入元冥"，抒写观赏瀑布时的感受。"元冥"，即玄冥，水神名，《山海经·海外北经》"北方禺疆"，郭璞注："字元冥，水神也。"又指"深远幽寂"，明人何景明《告咎文》："乘元冥以呕行兮，乃觐帝入太微。"此处的"元冥"是指浑茫幽邃、超越时空之境界。

下阕抒发观瀑感慨。"奇观万古砰訇"，过片承上启下，写瀑流声音之宏大。尼亚加拉大瀑布乃天地之奇观，"砰訇"，读 pēng hōng，指迅雷声。顾恺之《雷电赋》："夫其声无定响，光不恒照，砰訇轮转，倏闪罗曜。"李白《梁甫吟》："我欲攀龙见明主，雷公砰訇震天鼓"。前面从长度、宽度、水形、水势写瀑布，这里从水声写瀑布，给人一种立体感，赏此奇观，诗人神思飞越，想到这一奇观是在何时形成的呢？应该总有开始吧？据科学家研究，尼亚加拉大瀑布大致在更新世时期因巨大的大陆冰川后撤，大理石层暴露出来，被从伊利湖流来的洪流淹没，形成了如今的大瀑布，通过推算冰川后撤的速度，瀑布至少在7000年前就形成了，最早则有可能是在2.5万年前形成的。

"能源藏无尽，地利堪矜"，由对瀑布的观赏想到人类对自然资源的合理利用。瀑布巨大的能源是可以利用的，如果直接利用，可以发电；间接利用，作旅游景点，可造福于人类。其实美、加两国已经充分利用了瀑布的资源。瀑流上游的水并没有全部流下。上游通过各种巧妙设计的控制工程维持了美、加两边瀑布流量的均衡，而瀑布的水帘也未受影响。瀑布上游一大部分水流被引入四条大渠道中，供下游各发电厂使用。"忆昔蛮荒，开新大陆，艰难斩棘披荆"，诗人想到这一景观从发现到开发利用走过了艰辛的历程。尼亚加拉这一奇观一直不为西方人所知。直到1678年，一位叫路易斯·亨尼平的法国传教士到这里传教，他发现了这个瀑布，禁不住为其"不可思议的美"而赞叹不已，并细心记下见闻，介绍给了欧洲人。真正让此瀑布声名鹊起的是法国皇帝拿破仑的兄弟吉罗姆·波拿巴，他带新娘来此度蜜月，回欧洲后大肆宣扬，于是引起世人的关注。

历史上为了争夺这块宝地，美、加两国曾于1812至1814年间进行过激烈的战争，战争结束后两国签订"根特协定"，规定尼亚加拉河归两国共有，主航道中心线为两国边界。和平的环境也使尼亚加拉瀑布丰富的旅游资源为两国带来了更多的回报。"任百万雷霆，有六旬妇女，探险犹生"，赞美人类敢于征服自然的勇气。大瀑布仿佛是不可征服的，但也有人冒生命危险而勇敢尝试，词中记述六旬妇女探险竟得生还的事迹，这种情况有过多次。从1901年起，曾有16人跳入尼亚加拉瀑布，他们都采取了保护措施，其中有10人生还。1901年，密执安州女教师安妮·埃德森·泰勒将自己和爱猫装进一个木桶里从瀑布上游冲下来，希望为学校集资，结果她和小猫毫发无伤。2003年10月21日，一名叫科克·琼斯的美国男子跳入瀑布，结果奇迹般生还，当然，一般情况下这种冒险还是被严格禁止的，因为冒险者大多身亡。"太白匡庐不足，应再谱新声"，言其不可思议的美给人极大震撼，化用李白观庐山瀑布的诗句："飞流直下三千尺，疑是银河落九天"，极言尼亚加拉大瀑布的美为天地之奇观，很难作具体描述。

这是一首典型的记游诗，诗人用雄辞壮彩描绘了这一天地奇观，显示雷霆万钧的力与不可思议的美。尼亚加拉大瀑布是山与水的幽会、力与美的结合，词作从水势、水形、水色、水声等多角度描绘了瀑布的雄壮之美，跨越两国，波涛诡谲，变幻莫测，银屏百里，奇极险极，堪为举世奇观。迷蒙的水雾令人想起李白笔下"海风吹不断，江月照还空"的诗句，诗人在这片浓雾之中，仿佛感觉忘却了时空，进入元冥之境。那虹霓般的水雾，晶莹澄澈，它的美有一种不可言说的神秘，正像狄更斯在《尼亚加拉大瀑布》一文中所说："从它那深不可测、以水为国的坟里，永远有浪花和迷雾的鬼魂，其大无物可与伦比，其强永远不受降服。"瀑流飞泻，气势磅礴，溅珠喷玉，绚烂多彩，仿佛那是无数晶莹透亮的珍珠在阳光下跳跃，大瀑布的美给人以心灵的震撼。

诗人讴歌了大自然的伟大，也歌颂了人类力量的伟大。大瀑布的确是造物主的鬼斧神工之作，那伟岸的美、豪荡的美、诡谲的美令人震慑惊悸，但这种美只有人类才能发现，只有人类才能利用它。宇宙中还有无数的奇观，它的审美价值也只有人类才能发现和欣赏、改造和利用，人类是宇宙的主宰者是无疑的。大瀑布看似天然，其实也是经过了人类的改造与加工的，瀑布上流的水并非天然的形态，只是一部分流下形成这个瀑布，如果是完全自然的形态，瀑流就不一定能造福人类，还可能危害人类。人们可以从不同的视点观赏瀑布，甚至可以到瀑流激起的浪花中近距离感知，也体现了人类对自然的征服。那些冒险者，以简单的形式直接挑战这奇险无比的自然景观，六旬豪女竟然生还，也显示了人类力量的伟大。人类征服自然，改造自然，当然更好的是为了保护自然，让自然造福于人类。

此词体现出豪宕激越的崇高之美。这种美感与诗人胸次的开阔、浩气的颐养是分不开的。诗人的身材并不伟岸，体质并不雄健，但他的诗境书境往往出现铁马秋风、长河落日之气象，所以然者何也？善于颐养浩然之气之故也。孟子说："我善养吾浩然之气。"诗人是中国当代书法史上有里程碑意义的大草书家，以《心经》《徐霞客歌》《杜甫〈观公孙大娘弟子舞剑器行〉》等大草杰作为代表，书境真有姚鼐笔下所描绘的阳刚壮美之特征："其得于阳与刚之美者，则其文如霆，如电，如长风之出谷，如崇山峻崖，如决大川，如奔骐骥。"从风格上看，此词与诗人的大草意境达到了有机的统一。此诗运用了夸张、排比等方法进行铺叙，对瀑布的长度、宽度、力感、形态以及观赏者的主体感受作了综合性的描写，同时也从自然意象中领悟到了具有普遍意义的哲理，不仅给读者以美的震撼，更给读者以理性的思考、精神的鼓舞。诗人歌颂自然，更歌颂人类的伟大。

"巨刃摩天写壮怀"，沈鹏先生《望海潮·尼亚加拉大瀑布》的确以如椽巨笔描绘举世之奇观，给人以身临其境的真切感受，将大自然的不可思议之美转化为纸上风光，在对奇山异水凝神观照的同时，感悟到了人类力量的伟大，含蓄地阐述了人类应与自然和谐相处的道理。诗作意象伟丽，境界恢宏，令人想起了韩愈的"相当施手时，巨刃摩天扬。垠崖划崩豁，乾坤摆雷硠"（《调张籍》），其雄辞壮采与意境的表达合二为一，壮哉此景，美哉此诗！

碧血彪青史　英风励后人

——《张自忠将军冥诞百年祭 26 韵》赏析

张自忠①将军冥诞百年祭26韵

将军投笔早，崛起行伍间。
甘苦先士卒，报效不避艰。

国土沦陷日，长城守中坚。
卢沟烽火起，转辗沟壑迁。
一战临沂捷，板垣神话捐②。
再战随枣役，率师凯歌还③。
三战敌胆丧，惊呼活神关④。

---

① 张自忠(1891—1940)，字荩忱，后改荩忱，汉族，山东临清人，抗日战争时期第五战区右翼集团军兼第三十三集团军总司令，中国国民党上将衔陆军中将，追授二级上将衔，著名抗日将领、民族英雄。1937年至1940年先后参与临沂保卫战、徐州会战、武汉会战、随枣会战与枣宜会战等。1940年在襄阳与日军战斗中不幸牺牲。新中国成立后，中央人民政府追认张自忠将军为革命烈士，2009年被评为"100位为新中国成立做出突出贡献的英雄模范人物"。

② 1938年3月的临沂战役中，张自忠所率五十九军与敌军鏖战七昼夜，粉碎日军向台儿庄前线增援的战略企图，将日军号称"铁军"的板垣师团击溃，保证了台儿庄大战的胜利。

③ 1939年5月，中日两军在鄂北地区展开了一次大交锋——随枣会战。5月10日，张自忠部在田家集以西的大家畈歼灭日军辎重部队，迫使日军放弃渡河攻击襄阳（原襄樊）的图谋。

④ 1939年5月，张自忠部取得"鄂北大捷"。12月，又率右翼兵团歼敌4500余人，取得"襄东大捷"。中国老百姓称他为"活关公"，此后，张自忠的勇猛善战也受到敌军的尊敬，被日军冠以"现代关公"和"活关公"的称号。

壮哉司令部，屹立炮火前。

宁同片瓦碎，坐镇保玉全。

胸中怀日月，军令仗明蠲^①。

将领皆如此，王师指日班。

争奈国力弱，百姓仍倒悬。

更有投降派，苟活于人寰。

偷生实可耻，知耻勇在先。

勇者唯一死，碧血黄沙溅^②。

饮弹前胸壁，犹呼不息肩。

荩忱名实符，自忠薄云天。

我瞻公遗像，好男意拳拳^③。

我观公手书，欲刻高山巅。

我读回忆录，字字动心弦。

我忆龙战史，热泪催诗篇。

树人须百岁，公诞已百年。

壮志今已偿，气象换万千。

好花发两岸，硕果连陌阡。

民族赖脊梁，征途成前沿。

---

① 蠲：juān，即蠲法，明法，使法令严明。《后汉书·杨厚传》："厚不得已，行到长安，以病自上，因陈汉三百五年之厄，宜蠲法改宪之道，及消伏灾异，凡五事。"

② 1940年5月，侵华日军发动枣宜会战，意图攻占宜昌，以威胁临近的重庆，使国民政府屈服。为了阻挡日军西侵，张自忠率部在汉水之滨御敌，给部下致信说："国家都到如此地步，除我等为其死，毫无其他办法。更相信，只要我等能本此决心，我们国家及我五千年历史之民族，绝不至亡于区区三岛倭奴之手！为国家民族死亡之决心，海不清，石不烂，决不半点改变！"张自忠率领第74师2000余人，东渡襄河后，一路奋勇进攻，将日军第13师拦腰斩断，日军随后以优势兵力包围夹攻，张自忠毫不畏缩，指挥部队向人数比己方多出一倍半的敌人冲杀10多次，双方人马撞在一起展开了激烈的血战，最后张自忠将军壮烈牺牲。张自忠牺牲之后，38师师长黄维刚率领敢死队与日军展开殊死决战，抢回了张自忠将军的遗体。碧血：出自"血化为碧玉"的典故，后指为正义事业而流血牺牲。《庄子·外物》："人主莫不欲其臣之忠，而忠未必信，故伍员流于江，苌弘死于蜀，藏其血，三年而化为碧。"

③ 拳拳：为奉持之貌，紧握不舍，引申为赤诚、诚挚，司马迁《报任安书》："拳拳之忠，终不能自列。"

中国人民的抗日战争，是中华民族历史上最伟大的卫国战争，是中国人民反抗日本帝国主义侵略的正义战争，是世界反法西斯战争的重要组成部分，也是中国近代以来抗击外寇入侵第一次取得完全胜利的民族解放战争，打得最惨烈、最艰难。抗战时间从1931年9月18日"九一八事变"开始算起，至1945年结束，共14年。这场战争唤起了中华民族的觉醒，形成全民族抗日统一战线，在爱国主义的伟大旗帜下，经过14年的浴血奋战，彻底粉碎了日本帝国主义殖民奴役中国的图谋。在中华民族生死存亡的时候，多少优秀儿女以身许国，血洒疆场，这些先烈永远值得后人深切缅怀。列宁说："忘记过去就意味着背叛"，纪念这些民族英雄，能更好地激发我们的民族自信心，形成凝聚力，为实现民族复兴而不懈奋斗。在抗战英烈中，张自忠将军是功勋卓著的一位。诗人是抗日战争的亲历者，在张将军百年冥诞之际，写下了这首悲壮淋漓的诗作以表深切缅怀，此诗创作于1990年9月，诗人时年59岁，诗作收录于《三馀诗词选》。

　　这是一首五言古风，全诗26韵52句110字。全诗大致分为五个层次。起笔"将军投笔早"四句，简述张将军的出身和投笔从戎、以身许国的崇高志向。张自忠出生于山东临清唐元村一个官宦之家。父亲张树桂曾任赣榆知县，因病死在任上。张自忠17岁考入临清高等小学堂。辛亥革命爆发，张自忠考入当时中国北方有名的法律学校——天津北洋法政学堂，第一次接触到了孙中山的三民主义学说，1911年他秘密加入中国同盟会，投身到轰轰烈烈的民主革命运动之中。1916年9月，由同乡好友车震推荐给冯玉祥，正式投笔从戎。1924年春，张自忠被冯玉祥任命为学兵团团长，1930年5月任第6师师长，他的参谋长评价他说："其决心坚强，临危振奋。每当情况急迫之时，辄镇静自持，神色夷然。"张自忠带兵能身先士卒，不避艰难，故深得将士们的拥戴。

　　第二层从第五句"国土沦陷日"至"惊呼活神关"，概括描写张自忠在抗日战争中立下的卓越功勋。"卢沟桥事变"爆发之时，张自忠在北平卧床治病，高级官员中唯有北平市长秦德纯主持工作。10日夜里，日军驻北平特务机关长松井太久郎与日本驻北平陆军助理武官今井武夫会见张自忠，无功而返，平津舆论界不知实情，一度认为张自忠为"汉奸"，北平沦陷，张自忠逃离北平。1931年1月16日，西北军残部正式编成东北边防军第三军，张自忠为38师师长，同年6月，南京政府开始整编全国陆军，第三军改番号为第二十九军。1933年1月10日，二十九军主力奉命由山西阳泉开赴通州、三河、蓟州区、玉田等地待命，张自忠率38师第一次同日军交战，3月7日，张自忠部抵达遵化三屯营与日军激战七日，日军无法获胜，这是抗战前期中国军队少有的胜利之一。诗中所提的临沂之战，是说张自忠于此率部与敌激战七昼夜，将日军号称"铁军"的板垣师团击溃，保证了台儿庄大战的胜利。第二次是随枣会战，张自忠部在田家集以西的大家畈歼灭日军辎重部队，迫使日军放弃渡河攻击襄阳的图谋。第三次是指"襄东大捷"，张自忠几次在战役中大败日军，他的威名也成为当时之最，被日军称为"活关公"。

　　第三层从"壮哉司令部"至"王师指日班"八句，写其勇敢与军纪严明。张自忠是极为勇敢的，每次交战，他亲冒矢石，把司令部设立在前线，这对全体将士起到了激励作用。在枣宜会战中，作为总司令的他本来不必要亲自率师督战，但他力排众议，亲临前线指挥。张自忠治军甚为严明，有一次军队驻扎在一个村子的旁边，一天晚上，张自忠正在研究地形，突然有一位少女求见，进来就大哭，说自己被军队的人侮辱了。张自忠问是谁，少女说没看清，但是自己用力掐了对方的大腿，这个人大腿上应该有血印。于是张自忠叫来了所有的人，命令他们一起把裤子脱掉，最后发现违纪者竟是警卫营长孙二勇。孙是张的得力下属，非常英勇，张自忠仍下令将他枪毙。有趣的是，孙二勇命硬，中了两枪之后，还没死。第二天，张自忠召集全军团以上干部会议，流着泪，宣布了自己的决定——"再毙"，一声枪响，孙二勇真的走了。

第四层从"争奈国力弱"至"自忠薄云天"，写张自忠壮烈殉国。这一段采用对比的手法，突出张自忠的爱国精神。抗日战争爆发，无数中华儿女奔赴抗日前线，与日寇浴血奋战，而有投降派却认贼作父，正如诗中所说："更有投降派，苟活于人寰。勇者不惧死，媚敌堕深渊。"日本是一个人口较少的海岛国家，却控制了当时人口众多的中国大片土地，主要因为依靠汉奸控管。据日本战后统计，日本在中国的兵力一共不到180万，而日军手下的汉奸伪军却达200万之多，最大的汉奸头子当然是汪精卫。汪精卫投靠日本人的时间是1938年12月29日。汪精卫位高权重，他的投敌带来的危害不亚于50万日本军队的破坏，部分政府高官随其投敌，如周佛海、陈公博、高宗武等，超过150万军队向日军投降，当了伪军二鬼子。汪伪政府为日军侵略中国提供了大量的粮食物资和后勤供给，助长了日军的嚣张气焰，延长了抗战的时间，罪恶滔天，死不足惜。

张自忠的牺牲是壮烈的，诗中描写道："勇者唯一死，碧血黄沙溅。饮弹前胸壁，犹呼不息肩。"日军企图控制长江交通，切断通往重庆的运输线，集结30万大军发动枣宜会战，张自忠此时虽然被任命为第五战区右翼兵团司令员，麾下增加了两个集团军和其他部队，但能够指挥得动的只有自己的第33集团军。战斗打响后，前线伤亡惨重，张自忠焦急万分，给副总司令留下遗嘱，亲自带领两个团和一个特务营共二千余人，由宜城渡过襄河，一路疾进，于1940年5月14日在方家集将日军第13师团拦腰斩断。日军以优势兵力包围夹攻，16日拂晓张自忠被迫退入南瓜店十里长山，当年日军有资料记载张自忠壮烈牺牲的场景：日军第四队一等兵藤冈是第一个冲到张自忠近前的，突然，从血泊中站起来一个身材高大的军官，他那威严的目光竟然使藤冈立即止步，惊愕地愣在那里。冲在后面的第三中队长堂野随即开枪，子弹打中了那军官的头部，但他仍然没有倒下，清醒过来的藤冈端起刺刀，拼尽全身力气，向军官猛然刺去，那军官的高大身躯终于轰然倒地。

第五层从"我瞻公遗像"至末尾，表达对张自忠将军的深切缅怀。这层分两个小层次，第一层四句连用排比，"我瞻""我观""我读""我忆"层层推进，全方位表达对张将军的深切怀念之情。由他的遗像到手迹、到著作、到抗战史，由这位民族英雄想到了整个惨烈艰难的抗日战争，说明张自忠是不朽的。第二小层为末尾八句，照应诗题，缅怀英烈，同时勉励两岸同胞应继承先烈遗志完成统一大业，使中华民族雄立于世界民族之林。

这首五言古风满怀激情，在张自忠将军冥诞一百周年之际，表达了对民族英雄的深切缅怀，诗作赞美了张将军在国难当头之时以身许国的英雄气概，讴歌了他在抗战中建立的卓著功勋，对其殉国的壮举表达了由衷的敬意，同时勉励国人不忘英烈，热爱祖国，为两岸的统一大业做出贡献。此诗的史诗意义不仅仅在于对张自忠将军的壮举予以热情歌颂，而且对在整个抗日战争中做出贡献的优秀中华儿女表达由衷敬意。张自忠是国民党军队中英勇抗日的杰出将领，对张自忠的祭奠是对国民党军队在抗日战争中所做贡献的将士予以充分肯定，说明诗人是客观地对待历史的，告诉读者：爱国不分党派、不分先后，只要是为了中华民族的独立事业而英勇献身者都是中华民族的优秀儿女，永远值得后人纪念，值得人们尊敬。任何汉奸分子，分裂分子，不管他的地位有多高、学问有多博、名气有多大，都是民族的败类，永远被钉在历史的耻辱柱上。

此诗气势磅礴，风格悲壮。全诗一韵到底，写张将军的三战丰功，情感激越，节奏明快，我们仿佛看到当年那位令敌人闻风丧胆的"活关公"英雄形象，仿佛看到因闻大捷而使全国人民欢欣鼓舞的情景。诗作运用对比手法，突出了英烈的勇毅与坚强，我们仿佛看到了民族英雄血染疆场的悲壮情景，看到了张自忠将军热爱祖国与人民的耿耿丹心，对以汪精卫为首的汉奸分子表示切齿的愤恨。典型的细节描写如"勇者唯一死，碧血黄沙溅。饮弹前胸壁，犹呼不息肩"，读来令人肃然起敬、悲慨不已，让我们想到了英雄殉国的情景，想到了左权将军，想到了平型关大捷，想到了血战台儿庄，想到了民族英雄岳飞、文天祥，想到了古往今来中华民族千千万万的脊梁们，正因为有这些脊梁，中华民族方能历经数千年的风雨而依然雄立于世界民族之林。诗作的议论深化了全诗的主题，情感的表达显得更加深沉，深刻含蓄地告诉读者：胜利多么来之不易，我们要珍惜今天两岸的大好形势，要发扬先烈们的爱国传统。此诗善于运用概括性的描写，通过典型化的细节描写表达了强烈的感情和深刻的理性思考。此诗成功地运用了对比手法，在英烈血洒沙场的时刻，还有汉奸走狗在媚敌偷生，还有人为私利做打算，这是多么无耻，而张将军又是多么伟大！

"碧血彪青史，英风励后人"，张自忠将军用热血写下了不朽的爱国诗篇，他的崇高美德、丰功伟绩如万丈丰碑永远耸立在中国人民的心中。不忘国耻，不忘先烈，爱我们的国家，爱我们的民族，这是每一个中华儿女的神圣职责。

夕阳鸥鹭海边沙

——《悼赵朴初(步先生原韵)》赏析

悼赵朴初(步先生原韵)①

百年悲喜逐天涯，高士禅行智慧花。

心事平常无尽意，夕阳鸥鹭海边沙。

附赵朴老《天涯海角》②诗

不知何处是天涯，四季和风四季花。

为爱晚霞餐海色，不辞坐占白鸥沙。

　　赵朴初先生为当代卓越的佛教领袖、著名书法家、社会活动家和伟大的爱国主义者，长期以来，为我国文化事业、慈善事业的发展做出了杰出贡献。沈鹏先生与赵朴老交往

---

　　① 赵朴初 (1907—2000)：1907 年 11 月 5 日，赵朴初出生在安徽安庆天台里四代翰林府第中，是嘉庆元年 (1796) 状元赵文楷的后人。父亲赵恩彤，任过县吏和塾师，生性敦厚，母亲陈慧，陈氏为大家闺秀、一代才女，一生信佛。赵朴初为中国民主促进会创始人之一，是卓越的佛教领袖、杰出的书法家、著名的社会活动家和伟大的爱国主义者。

　　② 天涯海角：位于海南省三亚市天涯区，距主城区西南约 23 公里处，为旅游名胜。"天涯海角"名字的由来据说与苏东坡有关，当年他被贬到偏远的海南岛任职，因心中忧闷，常散步海边，一日突遇狂风暴雨，躲于一巨石之下，但见海涛连天，汹涌澎湃，雨霁风停，波光粼粼，白帆点点，景色如画，于是苏轼诗兴大发，于巨石题"天涯""海阔天空"六字，一石匠发现勒之于石，此为"天涯石"。因此地原名为"角岭"，又靠海边，"天涯"与"角岭"结合，称为"天涯海角"。

的时间较长，结下了深厚的情谊。赵朴初长沈鹏24岁，沈鹏以师长事之，两位先生为忘年之交。沈鹏在《平常心——赵朴初先生给我的启示》一文中描述了对赵朴老的印象：先生"慈眉善目、深邃平易，使我心境恬淡怡静"，"我体会赵朴老是一位具有'平常心'的长者，他不激不厉，心气和平，而更重要的是有一颗'平常人'的'心'"。赵朴老对沈鹏的诗文书法多有肯定，他读了行草书作品集《杜甫诗二十三首》，在致沈鹏的手札中说："大作不让明贤，至所钦佩。"沈鹏《悼赵朴初先生》一诗最早见于《平常心——赵朴初先生给我的启示》一文，又收录于《三馀诗词选》，创作于2000年7月上旬。

此诗是依赵朴初先生题《海角天涯》一诗的原韵而作。旧体诗词格律森严，只有对格律的精熟和良好的文学修养，才能达到抒情的自由，而依原韵奉和，语言的使用和空间的拓展又受到极大的限制，而要把和诗写得珠圆玉润、挥洒自如，其难度之大可以想见，而沈鹏的奉和之作达到了清新自然的审美境界，可见诗人综合修养之深。诗作起笔"百年悲喜逐天涯"，点明一代贤哲安详地离开了尘世，到了西天世界。"百年悲喜"化用弘一法师去世时所书"悲欣交集"的语意而来，赵朴老和弘一法师都是佛教界领袖，功德圆满，化用此语甚为切合。所谓"悲"，释家认为世间苦难多，人们仍未脱离七情六欲的红火坑；所谓"欣"，是他的灵魂已解脱，即将告别娑婆世界，远赴西方净土。这句诗，看似平淡而寓意深远，既点明了赵朴老的身份，又描写其去世之安详，与赵朴老《天涯海角》的题诗又有内在的联系。

承句"高士禅行智慧花"高度评价赵朴老一生的卓越贡献与修炼境界。称逝者为"高士"，极言赵朴老品格之高、学养之高、贡献之卓越、修炼之到家。"禅行"一词的运用表明，赵朴老是在家学佛的居士，切合其身份。赵朴老出生于书香之家，母亲笃信佛教，对他的影响极为深远，他身为居士，能积极主动地为社会服务，不仅度己，还在度人。他早年从事佛教和社会救济工作，1936年参加抗日救亡运动，在上海慈善会负责收容工作，动员、组织青年参加新四军，这些贡献是巨大的。新中国成立后的活动大多与慈善、与佛教事业的发展有关，他的确是一位"高士"。他的文学和书法造诣之深，也足称高士。关于他的书法，启功说："朴翁擅八法，于古人好李泰和、苏子瞻书，每日临池，未曾或辍，乃知八法功深，至无怪乎韵语之罕得传为家宝矣。"这里的"智慧花"中的"智慧"不仅仅指人类思维的高级综合能力，也指释家所神往的开悟境界。《大智度论》："般若者，一切诸智慧中最为第一，无上无比无等，更无胜者，穷尽无边。"这里极赞赵朴老佛学修养之深。

转句"心事平常无尽意"，言其气度平和儒雅，已将佛家"平常心"扩大到了一生的事业之中。"平常心是道"乃佛学之精义，平常心即如来心，如来之心，即不妄想、不分别、不执着之心，用释家的话说，即无我相、无人相、无众生相、无寿者相。用世俗的话说，平常心就是把自己看作是一个普通人，不但从行为上与平常人保持一致，而且从心理上使自己渐渐归于平淡，放下傲慢与自负，归于平凡，投身于日常生活的点点滴滴，把自己的工作做好，把日常生活处理好，保持内心的宁定、朴洁、虚静。真正能保持一颗平常心很不容易，要超脱世俗的名利，生命之花开得璀璨高华。"无尽意"，作者自注："赵朴初先生信笺有手迹'无尽意'。""无尽意"为佛教语，见《大方等大集经》："一切诸法之因缘果报名为无尽意，一切诸法不可尽。"意即修炼能发菩提心。"夕阳鸥鹭海边沙"，意即赵朴老的修炼已臻无物无我之境。他已彻悟佛理，无怨无憾地回归了自然，他的灵魂仿佛化为了鸥鹭翔集、清波浩渺、海沙千顷。诗意体现了赵朴初遗诗表达的境界："生固欣然，死亦无憾；花落花开，水流不断；我今何有，谁欤安息？明月清风，不劳寻觅。"一切回归了自然。

　　这是一首悼念亡友的挽歌，同时又是一曲对时贤的修炼境界与卓越贡献的颂歌，内蕴丰富，抒情幽深。诗人对赵朴老的高蹈情怀和卓越贡献没有用概念的形式表达，而是用意象暗示，拓展读者的思维空间。诗作写出了这位居士"生也欣然，死亦无憾"的达观态度。赵朴老的一生，以一颗慈悲之心珍爱生命，普度众生。读其诗，让我们想到这位慈善家在战火硝烟的时代，在民族危亡的时刻，收容难民、筹集善款、支持新四军抗击日寇的情景，想到他为了中国人民的解放事业而四方奔走的情景，想到他为佛教事业的发展殚精竭虑的情景。我们仿佛看到他那慈眉善目、超然物外的大德形象，仿佛看到他那清雅劲健、萧散超逸的书法艺术，仿佛看到他无着无染的一片禅心。诗人的这种表达无疑体现出创作主体深厚的佛学修养，诗作的意象是那样淡雅、简约、自然，诗境如清水芙蓉、倚风自笑，也是诗人一片高洁道心的具象表达。读罢此诗，那智慧禅心、夕阳海鸥的形象，让我们油然想到了李白的诗句"宜与海人狎，岂伊云鹤俦。……吾亦洗心者，忘机从尔游"（《古风·摇裔双白鸥》）的艺术境界。诗作没有悲慨，没有感伤，诗境与赵朴老的精神风貌达到了有机的统一。

　　此诗表达的思想情感是丰富的、幽微的，同时又是静谧的、深远的，体现出一种淡雅静谧、浩博幽微的美感特征。赵朴老作为一代宗教领袖、社会活动家、伟大的爱国主义者、杰出的诗人和书法家，他一生的行事、性格、多方面的成就在一首绝句里表达出来，这种难度之大是可以想见的，而诗人絮中游刃，运斤成风，无疑体现了创作主体的渊深学养与语言功力。此诗的表达大致突出了几点：其一，紧扣"平常心"这个中心展开联想。平常心是禅宗修炼的精义，赵朴老一生所做的贡献、修炼的境界，以及艺术风格无不是平常心的集中体现，诗中的意象体现了平常心的特点。其二，通过意象表达情感和理趣。禅宗的修炼是明心见性，无我相人相，重直觉，反理性，禅意浸润到了诗中，往往以脱尽尘滓的典型化意象遣意抒情，象中有意，象中有理，象中有情，暗示出广阔的联想空间，此作的诗眼是"夕阳鸥鹭海边沙"，以自然意象表达幽微丰富的理趣和情感。其三，语言的雅洁。思维情感必须依附意象表达，意象必须以语言转换为物化形式，此诗语言充满泥土芬芳、体现本色，仿佛让我们在无着无染的自然意象中领悟禅意禅趣，真正做到无意于佳而自佳。赵朴老的诗《天涯海角》也体现了这一语言特色，沈鹏也写过一首诗勒刻于"天涯海角"："巨石洪荒千叠浪，鸳鸯遥看绝疑仙。南天一柱殷红字，顿觉人心似火燃。"（《"天涯海角"题石》）赵朴老赞誉此诗："大作清新俊逸，书法又擅盛名，是为胜地生色。"双绝并立，各具特色，相映生辉。

"夕阳鸥鹭海边沙"，诗的境界是静谧的、淡远的、幽深的。读罢此作，我们想到了一代高士赵朴初先生清雅飘逸的风仪神采，想到了他的卓越贡献和艺术成就，此诗当与赵朴老的崇高风范共放清辉。

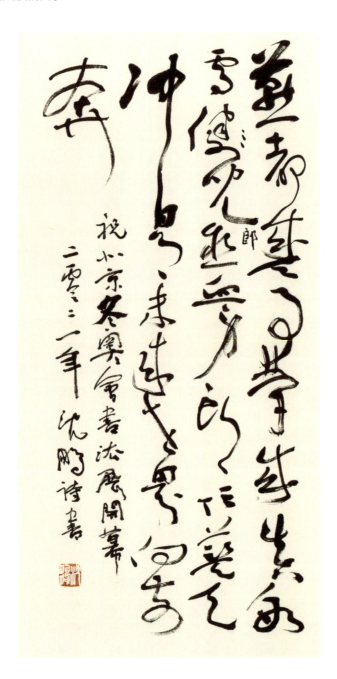

魂魄三生拜玉谿

——《林凡、王影〈罗浮百咏〉》赏析

林凡、王影《罗浮百咏》①

诗到罗浮已失题，清词丽句隐凄迷。

薜萝②披带终非梦，鹣鲽③游翔缘有期。

素以为绚④摒俗韵，生而能熟透灵犀。

怜君如我华颠早，魂魄三生拜玉谿⑤。

---

① 林凡：1931 年生，字翊宇，又名涤庵，湖南益阳人。诗书画兼工，为当代公认的三绝艺术家。中国工笔画学会名誉会长（原
为中国工笔画学会会长），中国人民解放军美术创作院副院长，中国人民大学林凡工作室硕士班导师，原任解放军艺术学
院研究员、南开大学兼职教授，美国加州大学伯克莱分校东方艺术讲座特聘教授，享受国务院政府特殊津贴的专家。

王影（1930—2015），林凡夫人，革命家、作家、著名电影艺术家，国家一级编审。满族，山东龙口人，少女时代跟随抗日救
亡的文艺团演出，赴延安后就读于延安抗日女子大学，毕业后赴山东前线演出，新中国成立后任中南军区政治部党委委员、
中山医学院党委副书记、中央军委高干俱乐部主任、八一电影制片厂文学剧本创作室主任。王影有"军花"之誉，有过目不
忘的记忆力，诗文俱佳。

② 薜萝：《楚辞·山鬼》："若有人兮山之阿，被薜荔兮带女萝。"

③ 鹣鲽："鹣"是中国古代传说中的比翼鸟，雄鸟只有左翼左目，雌鸟只有右翼右目，一雄一雌只有联合起来才能飞行，
故名为比翼鸟；"鲽"为鱼名，此鱼一定要两条紧贴着对方才能行动，故称为比目鱼。"鹣鲽"比喻恩爱的夫妻，语出龚自珍《己
亥杂诗》："事事相同古所难，如鹣如鲽在长安。"

④ 素以为绚：《论语·八佾》："子夏问曰：'巧笑倩兮，美目盼兮，素以为绚兮，何谓也？'子曰：'绘事后素。'"

⑤ 玉谿：指唐代诗人李商隐。李商隐（813—858），字义山，号玉溪（谿）生，又号樊南生，祖籍怀州河内（今河南省沁阳市），
出生于郑州荥阳，晚唐著名诗人。其诗构思新奇，风格秾丽，尤其是一些爱情诗写得缠绵悱恻、优美动人，广为传诵。

年近九秩的林凡先生是当代艺术界少见的全才、奇才，没上过一天美术院校，而遍访名师，靠自修而成诗书画三绝之艺术大家。林凡为沈老的挚友，"诗书画三绝"的说法，由沈老在致林凡的一封手札中最早提出。林凡与夫人王影的爱情故事颇具传奇色彩。林凡17岁从军，在粤中罗浮山与王影相识相知，他当时为部队一小报记者，是书画爱好者，而王影已为副师级干部，两人心中虽已萌发爱情之花，但按当时的规定是不可能结为连理的，于是只能将思慕之情埋于心底。后林凡调入解放军艺术学院，进入金秋之年，与王影同住一院，惊喜莫名，此时二人均为独立生活，于是鸳梦重温，喜结连理，伉俪倾吐赤诚，创作了诗集《罗浮百咏》，沈老欣然为《罗浮百咏》题词，诗作见于《三馀诗词选》，创作于2000年8月。

"诗到罗浮已失题，清词丽句隐凄迷"，起笔点题，点明诗集的主要内容、艺术风格。"凄迷"二字为全诗之诗眼。诗集以"罗浮"命名，意蕴丰富。罗浮乃粤中名山，屹立海隅，风景秀异，相传罗山之西有浮山，为蓬莱一阜，不知何年浮海而南，与罗山相拥并峙，故曰罗浮。清人胡亦常诗云："妾身在浮山，合与罗山住。风雨吹能来，风雨吹不去。"（《定情曲》）此山的传说颇富爱情的浪漫色彩，两位先生又在罗浮相识相知，结下情缘，罗浮又为梅花之别称，而王影乳名为梅娃，林凡于花卉之中又最喜梅花，遂绘梅花图数百幅，为当代一绝。"诗到罗浮已失题"，失题即为"无题"，李商隐就曾写过大量无题诗吟唱爱情。"清词丽句隐凄迷"，言其诗作语言朴素，多有凄清悱恻之美。颔联"薜萝披带终非梦，鹣鲽游翔缘有期"，言其有情人终成眷属，经历了人生苦难的两位先生终于比翼云天、游浮艺海。"薜萝披带"，化用屈原《楚辞·山鬼》中"若有人兮山之阿，被薜荔兮带女萝"的诗句而来，山鬼的形象是美丽痴情的女神形象，以此描写两位先生相爱之深。此典与林凡甚切，林凡的故乡在湖南益阳，多有屈原的遗踪，屈原的多篇诗歌创作于此。"鹣鲽游翔缘有期"，传达两位先生青年时代萌生相爱的情愫，至金秋之年方结为连理，可见情缘早定，相爱甚深。蔡若虹在《读〈罗浮百咏〉有感》中说："曾经沧海难为水，除却罗浮更爱山。"

颈联"素以为绚摒俗韵，生而能熟透灵犀"，评价《罗浮百咏》诗风清新，抒情真挚。"素以为绚"语见《论语·八佾》："子夏问曰：'巧笑倩兮，美目盼兮，素以为绚兮，何谓也？'子曰：'绘事后素。'"这个典故，我们不容易理解。这几句诗出于《诗经·卫风·硕人》，本意是描写卫庄姜的美丽。"巧笑倩兮"，一笑就有两个小酒窝；"美目盼兮"，顾盼有神，秋水横波；"素以为绚兮"言卫庄姜的美很自然，不用装饰。"绘事后素"，朱熹集注："绘事，绘画之事后素功。"谓先以粉地为质，而后施五彩，犹人有美质，然后可加文饰，后又以"绘事后素"比喻有良好的质地，才能进行锦上添花的加工。此处是指林凡、王影修养甚佳，情感真挚，发之于诗，朴素自然。"生而能熟透灵犀"：生而能熟、熟而后生是古代关于书法艺术的用语，"生"可理解为生疏、不成熟，熟后生也可理解为创新、有新意。青年男女写爱情诗为常见现象，而年入金秋的两位艺术家热烈歌颂爱情，这是极为罕见的，他们的创作坚持艺术创新，而他们的这种创新清新优雅、真挚感人。"透灵犀"，达到了两心相通之境界。尾联"怜君如我华颠早，魂魄三生拜玉纞"，照应诗题，认为《罗浮百咏》是凄美的言情佳作，像李商隐的爱情诗一样，缠绵悱恻、一往情深，燃烧着生命的火焰。

《林凡、王影〈罗浮百咏〉》实际上是一首论诗之诗。"清词丽句隐凄迷"，这是对《罗浮百咏》的苍凉凄恻之美予以充分肯定。两位艺术家的创作是发自内心的，是为情而造文，不是为文而造情，具有摇人心旌的力量。《罗浮百咏》的风格是感伤凄清的，两位先生饱经坎坷，能在金秋之年比翼云天，能享受人生暮年爱情生活之甘甜，确乃人生之大幸；它也含蓄地告诉读者，爱情之花是璀璨的、美好的，但真正得到是多么不易。诗人的评价是客观的、准确的。《罗浮百咏》之诗境多有柳宗元《小石潭记》凄神寒骨之美感特征。言其爱情之凄美："寒凝大宇双翎影，声咽高秋两泪痕"（《鹭影》）；言其相思之深切："漫天云雾蓬山暗，寒雨连江夜若丝"（《两扣三门未入有作》）；言其重逢之感伤："真知我者相逢晚，苦梦伊时别恨新"（《温磨曲》）；言其艺境之领悟："砚底生涯磨铁骨，山中日月铸新锄"（《吊画友王憨山》）；写其西窗剪烛之欢悦："昨夜又演《子不语》，残灯败席侃人生。瓜棚一串葫芦鬼，洞底三千硌坷精。极品诙谐皆有泪，自编影视总多情。余年尚有深深爱，心事无边作海横"（《听梅娃讲故事》）。王影的新诗的确也是一往情深，试读《题〈晚风〉》："我们联袂飞过檐牙高耸的岳阳楼/飞过像青青罗鬓的君山/我们不曾哭泣/只是汗渍揩抹在万丛绿竹之上/因此，那不是湘妃的泪痕/而是我们舞遍群山之后的汗渍/帆樯如织，碧波如练/都渐渐淡化在迷蒙的暮霭里/我们收稳翅膀/徜徉在瑟瑟的湖风中/待月上长空/我们缠绻偎依在萧萧芦叶丛里/听湖涛拍岸，清梦犹浓！"

此诗对《罗浮百咏》的品读甚为深入，把握准确，对故人的镂心之作予以了精当的评价。此诗的结构体现出艺术境界的圆融之美，幽邃之美。采用总分总的结构形式，华不伤质，整而能疏，情感的表达逐层深入；意象甚为鲜明而饱蕴深情，仿佛让我们看到一双饱经风霜的鸳侣在长天比翼、在秋光灿丽的芦花丛里喁喁私语的情景。诗歌的意象是典型化了的、写意化了的象，这个象的描绘与典故的化用分不开。用典实际上是一种特殊意义的比兴，给人以暗示，拓宽联想的空间，如"薜萝披带""鹣鲽游翔"等意象与人物的身份甚为贴切，并充满浪漫色彩。典故的运用关键在自然贴切，此诗的用典不着痕迹，与林凡、王影这两位艺术家的身份妙合无痕，使情感的表达含蓄而深厚。律诗两联对仗工稳，灵动自然，一写爱情之深，一写诗意之雅，意象鲜活，音韵和谐，真情流淌。这首诗对林凡、王影两位先生赞誉有加，是为知音之言，二老每每脱口背诵，开怀大笑。

"魂魄三生拜玉纞"，是诗人对林凡、王影两位先生的爱情诗集《罗浮百咏》艺术风格的高度概括，两位先生在花甲之年喜结连理，相濡以沫地共同生活了二十年。可惜的是因年事已高和其他方面的特殊原因在耄耋之年分袂了，而这二十年的爱情生活的确是幸福的、美好的。爱情调动了两位艺术家生命的潜能，创造了瑰美的艺术品。王影师母对笔者垂爱有加，而今墓已宿草，思之怅然。

斯人虽已去　风骨傲苍松

——《赠高二适纪念馆》赏析

赠高二适纪念馆①

一谔②能令众士惊，高论岂只在"兰亭"！
司空见惯千夫诺③，即此如何论废兴？

中华民族的优秀文化传统能薪火传承，与民族脊梁们的奉献是分不开的。在这些脊梁中，就包括正义敢言之人。他们敢于发表自己的独立见解，能忧国忧民，敢于针砭时弊，避免国家民族在前进道路上的重大失误，这个贡献是巨大的。晏子的卓越，乃直言进谏；唐太宗之伟大，乃从善如流；中国革命和建设取得伟大胜利，离不开我党敢于开展批评与

---

① 高二适（1903—1977），原名锡璜，中年曾署瘄庵，晚年署舒凫，斋号证草圣斋、孤桐堂，江苏省泰州市姜堰区兴泰镇小甸址人，当代著名学者、诗人、书法家。1965 年参与"兰亭"论辩，《〈兰亭序〉的真伪驳议》和《〈兰亭序〉真伪之再驳议》等文影响极大。泰州市姜堰区高二适纪念馆坐落在江苏苏中三水汇聚的罗塘古镇。这里花木扶疏，曲水环抱，天光云影，市井在望。高二适先生青铜塑像昂然耸立，坚毅挺拔。纪念馆占地面积 13000 平方米，建筑面积 35000 平方米，青砖小瓦、黛顶粉墙、简朴典雅、黑白分明的民居风格正是高二适先生非凡人格的写照。

② 谔：形容直话直说。《后汉书》："臣无蹇谔之节，而有狂瞽之言，不能以尸伏谏偷活，诚惭圣明。"谔谔，又作"愕愕"，正言批评。《韩诗外传》："有谔谔争臣者，其国昌；有默默谀臣者，其国亡。"汉桓宽《盐铁论·国疾》："万里之朝，日闻唯唯，而后闻诸生之愕愕，此乃公卿之良药针石。"

③ 司空见惯：唐孟棨《本事诗·情感》载：唐司空李绅宴请刘禹锡，命歌女劝酒，刘赋诗有句曰："司空见惯浑闲事，断尽苏州刺史肠。"千夫诺：《史记·商君传》："千人之诺诺，不如一士之谔谔。"

自我批评这一优良传统。其实真正要做到这一点是很难的，魏徵在《谏太宗十思疏》中说："夫在殷忧，必竭诚以待下；既得志，则纵情以傲物。竭诚，则吴越为一体；傲物，则骨肉为行路。"读沈鹏先生《赠高二适纪念馆》一诗，就想到20世纪60年代关于《兰亭序》真伪论战的往事，想到高二适敢于仗义执言的崇高风范，想到我党敢于开展批评与自我批评的优良传统。此诗见于《三馀诗词选》，创作于2000年10月。

"一谔能令众士惊"，起笔直入高二适当年参加《兰亭》论战一事。高二适为著名学者、诗人、书法家，贡献卓越，成就辉煌，诗人对此一字未提，而仅提他参加当年《兰亭》论战一事，写出一代时贤敢于坚持真理的勇气。

承句"高论岂只在'兰亭'！"诗人由高二适在"《兰亭》论辩"中表现出的勇气联想到社会生活的各个方面。《兰亭》论辩，谁胜谁负，无法裁定，可贵的是敢于论辩的勇气。哲学求真，宗教求善，艺术求美，能坚持真理，敢于陈述自己的见解，这很不容易。读《晏子春秋》，为晏子敢于直言进谏的精神心折不已，试读这样一段文字："景公游于牛山，北临其国城，而流涕曰：'若何滂滂去此而死乎！'艾孔、梁丘据皆从而泣，晏子独笑于旁，公刷涕而顾晏子曰：'寡人今日游悲，孔与据皆从寡人而涕泣，子之独笑，何也？'晏子对曰：'使贤者常守之，则太公、桓公常守之矣；使勇者而守之，则庄公、灵公常守之矣。数君者将守之，则吾君安得此位而立焉，以其迭处之，迭去之，至于君也，而独为之流涕，是不仁也，不仁之君见一，谄谀之臣见二，此臣之所以独窃笑也。'"（《晏子春秋·集释卷一》）读罢此文，我景仰晏子逆鳞的勇气，而更景仰景公闻过能改的精神。人生得媚友易，得诤友难；国君得谀臣易，得谏臣难。圣于尧舜，尚问道于樵苏，更何况不及尧舜者乎？能听忠义之言改错纠偏，于个人、于团体、于国家、于民族善莫大焉。

"司空见惯千夫诺"，转句荡开一笔，指出勇于表达正确意见、坚持真理的难度。能发忠言，能听忠言，双方具备最佳素质方有沟通之可能。《史记·商君传》："千人之诺诺，不如一士之谔谔。"说明听取逆耳之言本来是很困难的事，在位者也是正常的人，身心疲惫，压力是很大的，听多了颂歌，对知心朋友的逆耳之言也不容易听进去。故司马迁在《史记》里同情屈原："信而见疑，忠而被谤"，能听者，须具浩博之胸襟、恢宏之气度、宽容之美德，能计以深远、谋以大局，方能做到从善如流；能发谔谔之言者更不容易，必须有强烈的正义感和担当精神，为朋友、为团体、为国家、为民族敢进忠言、进良言，披肝沥胆，言其忧患，陈其得失，挽澜于倒，扶厦将倾，古往今来，能如此者有几？其实对谔谔之士的要求是很高的，没有忠心耿耿的品格，没有渊博的学识，没有卓远的目光，没有超人的勇气，是发不了忠言的。高二适敢于与学术权威直言争驳，公开论辩，但他是持之有据、言之成理的，体现了渊博的学识和独到的目光。"即此如何论废兴？"意思是说，没有人敢于坚持真理，没有人敢于发表自己的正确意见，对一个团体、一个国家、一个民族来说，是可悲的。敢言是可以的，当然应是忠言、良言，就形式而言最好是嘉言，不能搞狂言、胡言、媚言，应通过适当的渠道表达自己的意见和建议。

沈老此诗已勒刻于高二适纪念馆，对高二适的卓越贡献和刚正直言的品格予以了高度评价。高二适敢发谔谔之言，足见其学问功夫之深、艺术造诣之深、看问题之目光独到，虽然是公开论辩，采取的方式也是得体的。有勇气必须以有谋略有学问为前提，否则是逞匹夫之勇，成事不足，败事有余。善纳忠言，于个人而言，是家庭之福；于团体而言，是团体之福；于国家民族而言，是国家民族之福。

此诗最大的特色是典型化的选材。真正的艺术家，尤其是诗人，最主要的是具有独到的目光，语言文采还是次要的，文学艺术的高境，形式美固然重要，而最重要的还是表达的思想。选择典型材料来反映生活，这既体现艺术家的综合修养，更体现艺术家的远见卓识。高二适在文史哲、诗词、书法方面的成就可以大书特书，然而诗人没写一个字，就单单写《兰亭》论辩中的勇气，通过这件事就折射出高二适的敢言勇气、学术思想、艺术造诣，以点带面，以一当十，让我们仿佛看到高二适敢于担当的崇高风范，看到了这位学问家、艺术家具有的良知，以及渊博的学识、全面的修养。诗人的语言高度简约，立意别出心裁。典故的化用与表达的思想甚为吻合，使诗境更加含蓄，让读者产生更多、更深广的联想。

"斯人虽已去，风骨傲苍松。"《兰亭》论辩的往事已消失在历史的烟云中，学术论辩很难确定胜负，也不必确定，但一介书生于千人诺诺之时，独发谔谔之言，这体现出他的综合修养和敢于担当的勇气，无愧为一代学人的典范。诗人为一代风流塑像，其坚毅之勇气与卓远之目光亦与二适共泰岱齐高。

风行雨散　天机自流

　　——《临池偶作(二首)》赏析

临池偶作(二首)

　　　立意云云在笔先①，临时应变忘蹄筌②。
　　　若言荡桨通书法③，浪遏中流上水船。

　　　聚墨成形无定则，随行随止便当时。
　　　能书不择管城子④，小大由之得所宜。

　　书法为表达民族精神之古老艺术，为之难，言之亦难。书法为尚技的艺术，以线条、墨象为物化形式，以文质兼美的素材为载体来传承文化、抒发情感、表达思想。没有良好的综合修养，没有精湛的技法，书法创作就不可能达到高华脱俗之境界。从尚技的角度言之，书法的核心是技法。李可染说：“中国书法最重要的是结体，最难的是笔法。”李可

---

① 此句化用古人“意在笔先”“意在笔前”之说，语出王羲之《题卫夫人笔阵图后》：“夫欲书者，先干研墨，凝神静思，预想字形大小，偃仰平直振动，令筋脉相连，意在笔前，然后作字。”意思是指写字画画或文章创作，先构思成熟，然后下笔。

② 忘蹄筌：语出《庄子·外物》：“筌者所以在鱼，得鱼而忘筌；蹄者所以在兔，得兔而忘蹄；言者所以在意，得意而忘言。”这是一个比喻，形象地告诉读者：捕鱼的人得到了鱼，就可以不在意渔具；捕兔的人把兔子捕到了，就可以不在意捕兔器(蹄)，意思是说，做事主要在目标(即鱼和兔)，工具只是达到目标的手段，书法艺术主要是为了抒发情感、表达思想。

③ 荡桨：语出黄庭坚《山谷题跋》：“元祐间书，笔意痴钝，用笔多不到。晚入峡，见长年荡桨，乃悟笔法。”

④ 管城子：指毛笔，语出韩愈《毛颖传》，文中以笔拟人：“围毛氏之族，拔其毫，载颖而归。封诸管城，号曰管城子。”

染说的"笔法"指用笔用墨之法，是对线条的本体而言。关于笔法问题，沈鹏历来高度重视，他说："'笔法'最单纯也最丰富，最简单也最艰难，是起点也是归宿，有限中蕴藏无限。"（《书法环境变异与持续发展》）草书是书法皇冠之上的明珠，最能体现书家的综合素养与艺术功力，故古人有"观人于书，莫如观其行草"的说法，当代草书已发展到笔路变化多端、神妙莫测之境界，沈鹏为草书大家，他对草书创作发表了许多深刻的见解。《临池偶作》是沈老谈草书创作的心得体会，有自己独到的见解。诗作见于《三馀诗词选》，创作于2001年5月。

第一首论草书之用笔应"临时应变"，对古人"意在笔先"的观点提出了不同的看法。"立意云云在笔先"，起笔点明古人的观点。这一观点最先由王羲之提出，孙过庭说过，欧阳询也说过，其中讲得最详细的是唐代的韩方明，他在《授笔要说》中说："夫欲书先当想，看所书一纸之中是何词句，言语多少，及纸色相称，以何等书令与书体相合，或真或行或草，与纸相当。然意在笔前，笔居心后，皆须存用笔法，想有难书之字，预于心中布置，然后下笔，自然容与徘徊，意志雄逸，不得临时无法，任笔所成，则非谓能解也。"这将"意在笔先"的理论说得十分具体，要求把点画结体和章法一切都设计好了方可下笔。这种理论对不对呢？当然是对的，对于写篆隶真楷和常规行草的书家而言，尤其是对于艺术创作还处于探索性阶段的书家而言，这是对的，体现了对创作的严谨态度。艺术创作极为艰难，必须有苦功修炼的过程，以爬山为喻，爬山者尚未到达顶峰，朝着山顶前进，心中必须有一个路线图，对道路上遇到的困难有心理准备、有应急的措施，方可达到目标。书法创作之前要做心理准备，沈鹏也说过："书写时为了取势，书写前要胸有成竹，凝神屏气，落笔刚劲有力，不犹豫，不改笔，写得不好宁肯重新写过，也不在书写时举棋不定，行笔呆滞无力或战栗。"（《谈谈草书》）诗人提出"临时应变"这个观点，仅仅作为一种参照，并未否定古人的说法。

"临时应变忘蹄筌"，提出一种更高的用笔境界、自由抒情的境界，可以说是"澄怀观道"的境界。他强调创作时要忘记一切，忘记的目的是"澄怀"，"澄怀"的目的是"观道"，让"道"在一片澄明的心境之中毫无挂碍地自然呈现，这种理论看似与"意在笔先"理论正好相反，主张放弃构思，让思想感情和笔墨技巧自然而然地流露出来，其实不是相反，而是更高。沈鹏说："唐代孙过庭反对书写过程中的心中无数，然而书法创作有很大程度的即兴性、偶然性，创作中要尊重必然中的偶然，还要善于利用偶然的契机发挥好必然与自由。"（《书意》，见《沈鹏书画续谈》上）得鱼忘筌，得兔忘蹄，这个"筌""蹄"要不要？当然是要的，只是暂时性地遗忘，思维活动不能停留在"筌"和"蹄"之上，目标还是在"鱼"和"兔"，对书法来说，就是表达的情感、思想。意在笔先是一种很高的技法境界，说明在创作中抒情遣意要受到理性思维的制约作用，不能逾越法度而信马由缰。而诗人所说的"忘蹄筌"的境界，是在"意先"的基础之上更进一步，纵意情感的自由抒发，达到天马行空、泠然御风之境界，这应是狂草的至高之境。王羲之所论"意在笔先"多指行草而言，而狂草抒情更自由，难度也更高。关于这个说法古人就曾讨论过，蔡邕说："书者，散也，欲书先散怀抱。"苏轼说："心忘其手手忘笔，笔自落纸非我使。"这种境界是庖丁游刃、轮扁斫轮的境界，是孙过庭所说的"五合"交臻的境界。

"若言荡桨通书法，浪遏中流上水船"，这两句实际上是对第二句"临时应变忘蹄筌"的补充说明。黄庭坚在峡中观舟人荡桨而悟笔法，这实际上是从自然风物和社会生活中感知某种与艺术相通的原理，是美学上的通感体验。黄庭坚从舟人荡桨中领悟到什么？有人说是有板有眼的规范，有人说是线条拗峭的力感，有人说是飘逸的风仪，到底是什么，可能黄庭坚自己也说不明白，只能说明任何艺术与生活都是有内在联系的。"浪遏中流上水船"，应是"舟人荡桨"这个比喻说法的延伸，激起的浪花几乎挡住了疾驰而来的船，诗人借用这个意象，大致是描写书法的线条、意象要彰显出灵动自由的强烈的生命力感。"峡中荡桨"与"浪遏飞舟"这两个书法意象与"临时应变忘蹄筌"有什么联系呢？大致是创作中随着情感的表达在不经意间出现了生活中感悟到的自然意象，形成独特的风格和意境。书法的高境是调动艺术家潜意识中的生活积累，书法意象为烟为霞、为峡中荡桨、为浪遏飞舟，无不情随意遣、仪态万方。

第二首谈书法的结体与择笔。"聚墨成形无定则"，"聚墨成形"，语出孙过庭《书谱》："任笔为体，聚墨成形，心昏拟效之方，手迷挥运之理，求其妍妙，不亦谬哉！"孙过庭所说的"聚墨成形"大致是说，结体缺少法度，带有很大的随意性，在结体方面没有深入继承传统，这种结体方式是不可取的。这里是借用，与孙过庭的语意不同，意思是结体既要体现法度，又要体现个性，体现独创精神。中国古代的书法理论，关于结体的论述甚多，无不强调结体的法度美、神采美。王羲之论结体："视形象体，变貌犹同，逐势瞻颜，高低有趣。""夫学书作字之体，须遵正法。字之形势，不得上宽下窄（如是则头轻尾重，不相胜任）。不宜伤密，密则似疴瘵缠身（不舒展也）。复不宜伤疏，疏则似弱水之禽（诸处伤慢）。不宜伤长，长则似死蛇挂树（腰肢无力）。不宜伤短，短则似踏死蛤蟆（言其阔也）。"（《笔势论》）书法结字从来讲究法度美、神采美，沈老对此不明白吗？当然是很明白的。他所说的"聚墨成形"并非寻常意义上的随意结体，而是既要遵守法度，又要体现书家的心性特征，不能一味搞"形体克隆"，而应在追求体现古人法度美的同时讲究变化，"无定则"三字是不即不离、无缚无脱，学古人贵在遗形取神，正如袁枚所说："虽取勿取，虽师勿师。""随行随止便当时"，这是全诗的中心句。"随行随止"，既当行则行，当止则止，自然容与、潇洒自适。"便当时"，是依据特定的语言环境来确定局部与整体的关系，达到一种整体的和谐，"风行雨散，润色开花"，这应是指结体的自然流畅而言。书法的本质是抒情，结体以达到抒情的自由为至高境界。

"能书不择管城子，小大由之得所宜"，这是在论述择笔的问题，人们常说："善书者不择笔。"择笔与艺术境界确有密切的关系，一般来说，哪怕对艺术大家来说，善书之人仍是会择笔的。王羲之写《兰亭序》用的是鼠须笔，应该是当时最佳的笔。诗人说"能书不择管城子”，大致有两方面的意思：其一，对笔的制作水平不加选择，说明对笔的掌控已出神入化。笔的制作水平有很大的差距，笔的质量往往影响书境的营构，一般来说是要选择的，而真正的高手可以不择笔，能用低档的笔写出高境界的书法，这当然难度更大。其二，是笔的大小不择，可用大笔写小字，也可用小笔写大字。诗人说不择笔，实际上强调创作主体功力的深厚应达到冥发妄中之境。这对创作主体提出了更高的要求，用粗糙之笔写幽雅之字，用大小不同的笔写出结体灵动潇洒的字，这对书家技法的要求极高。

《临池偶作》二首是论书诗，以诗的形式论述创作的原理，充分表达了诗人对书法创作的深切感悟。他所谈的观点看似与传统的书学理论是对立的，其实不然，而是境界更高，既有继承又有发展。第一首主要论述的观点是用笔的“临时从宜”。这个“临时从宜”的原则，笔者的理解应是单对行草，尤其是对大草而言的，篆隶真楷等书体“临时从宜”的可能性不是完全没有，但相对较少，而行草，尤其是大草，真正进入抒情高潮，如长风出谷，如龙蛇飞动，如瀑流飞泻，如骏马奔腾，以神遇而不以目即，官知止而神欲行，的确是早已忘筌忘蹄，预想字形大小的可能性也不适合了。“草贵流而畅”，“畅”的境界是自由的境界，那么这种自由之境还有没有“意”的制约作用呢？当然还是有的，应该是潜意识在起作用，是有法中见无法，无法中见有法。论结体一诗也是如此，技法的高度精湛，结体也好，笔的优劣大小也好，都达到了炉火纯青之境，达到了抒情的自由。结体大小、藏露、欹正、纵敛、揖让仿佛都是潜意识在指挥，正如苏轼所说：“吾文如万斛泉源，不择地而出，在平地，滔滔汩汩，虽一日千里无难。及其与山石曲折，随物赋形而不可知也。所可知者，常行于所当行，常止于不可不止，如是而已矣。”（《文说》）其实，艺术境界大多是相通的。

这两首论艺诗有鲜明的特色，诗人善悟，敢于表达自己的独特感受。对于用笔和结体，“意在笔先”这个原则是人们说得最多的、最为常见的说法，而诗人敢于发表独到的观点，这个观点看似相反，其实不然，而是更高的境界，是古人所言艺术境界的提升，既体现了继承，更强调了发展，既体现技法的不同层次，又体现思维的不同水准。“意在笔先”已是很高的境界，而“临时从宜”是“意在笔先”基础之上的飞跃，结体追求自由精神、诗意原则的“聚墨成形”，是艺术家的夔夔独造，与寻常意义上的工稳典雅不能相提并论。诗人的这个书学观点对于一般人来说是难以理解、难以接受的，而对于已进入高境界的艺术家而言就可心领神会，否则，就有人嘲笑陈景润真的不知道1+2等于多少，此论只可与智者道，难与俗人言也。此诗体现了诗人善悟的思维形式。袁枚在《续诗品·神悟》中说：“鸟啼花落，皆与神通；人不能悟，付之飘风。”艺术的高境是智慧之花的绽放，开启“神悟”方能达到艺术的高境。

“风行雨散，天机自流”，这大致是《临池偶作》要表达的艺术观点。艺术的高境是抒情的自由，是从必然王国走向自由王国，是以深厚的积累为前提的，艺术意境不可能跳跃性地提升，只有当学养、情感、功力兼容为一，方有可能摘取皇冠之上的明珠。

生生不息在追求

——《鹿回头》赏析

鹿回头[①]

已穷前路猛回头，地覆天旋水倒流。

我爱黎家传说美[②]，生生不息在追求。

已故著名学者、诗人霍松林先生在《三馀诗词选》的序言中，对沈老的艺术创作多有言中肯綮的评价。他指出："沈先生博览精研，邃于艺术理论，勤于艺术实践，能够从深层蕴含中洞察多种姊妹艺术的血缘关系及其精微奥妙，从而融会贯通，形于笔墨，发为吟咏。"霍先生指出沈鹏的记游之诗"取材甚广，却非率意应景之作"，具体论述到《鹿回头》一诗，言其将离奇神妙的爱情传说转化为诗，"写得传神，写得有新意，谈何容易"。霍先生的话说得很实在，我们不妨细品全诗。

"已穷前路猛回头"，起笔点题，写出鹿回头的地理地貌特征。从地理的形势来考察，此山山脉由东北而来，奔向海岛终端山岗却折西而去，临海突兀耸立，山形如一头金鹿回头凝视，故而得名。一个"穷"字状其地势之奇险，一个"猛"字状其山形转折幅度

---

① 鹿回头：位于三亚市南 3 公里处，是海南岛鹿回头半岛最南端的山头。这座山三面临海，状似坡鹿。鹿回头公园坐落在鹿回头半岛内，1989 年建成开放，总面积 82.88 公顷，有大小五座山峰。公园三面环海，一面毗邻三亚市区，是登高望海和观看日出日落的绝好地点，也是俯瞰三亚市全景的唯一佳处。

② 黎家：这里是指三亚的黎村苗寨，位于海南三亚市偏郊，这里居住着海南最原始的土著居民，是海南黎苗民俗风情的缩影。

之大，准确照应了诗题中的"回"字。这种描写当然是一种联想、一种比喻，体现一种诗化色彩。其实，此山是由亿万年来海浪冲击的沙粒堆积而成，毗连陆地而形成半岛，地理学上称之为陆连岛，这是一种甚为奇特的地理景观。"地覆天旋水倒流"，具体描写鹿回头的壮美景色，三个动词照应起句的"穷"和"猛"："覆"，翻过来，形容地势之突兀；"旋"，旋转，山形之曲折仿佛天空也为之旋转；"倒"，回过来，半岛壁立千仞，海浪因受到冲击而出现回流。三个动词极绘地形山势之诡谲、险峻、曲折，贴切自然，"旋"字极妙，极见炼意之功夫。这两句诗描绘了一幅诡形异状、天旋地转、海水倒流的风景图，紧紧扣住了鹿回头的"回"字展开联想，气势磅礴，意象伟岸，对祖国多娇江山的热爱之情溢于言表。

"我爱黎家传说美"，转句荡开一笔，由独特的地理景观写到鹿回头的文化内涵。山水风光美在其瑰奇壮丽，而更多的美在其丰富的文化内涵。鹿回头有一个美丽的神话传说：古代一位英俊的黎族青年猎手，头束红巾，手持弓箭，从五指山翻越九十九座山，涉过九十九条河，紧紧追寻着一只坡鹿来到南海之滨，前面山崖之下便是无路可走的茫茫大海，那只坡鹿突然停步，站在山崖处回过头来，鹿的目光清澈而美丽、凄艳而深情，青年猎手正准备张弓搭箭的手木然放下，忽见火光一闪，烟雾腾空，坡鹿回过头变成一位美丽的黎族少女，两人遂相亲相爱结为夫妻，并定居下来，此山因而称为"鹿回头"。这个传说富有神话色彩，人与仙鹿结下奇缘。神话传说是对美好理想的曲折表达，鹿回头的传说赞美了黎族同胞勤劳勇敢的执着精神。这位英俊的青年猎手，如果不是不畏难险、勇敢追求，这只仙鹿是不会深情回眸，变成少女与他相爱的。当然，如果没有如此独特的地理景观，也不可能产生如此美妙的神话传说。这则故事告诉人们：最美的东西是由艰辛的付出得来的，上帝奖赏那些一片赤诚、勇敢追求的有心人。"生生不息在追求"，点明全诗题旨，卒章显志，由写景到抒情，由抒情到悟理，层层深入，辞微旨远，一片化机。诗人讴歌祖国大好山河，更讴歌丰富斑斓的诗意文化。

这是一首典型的描写自然风光的记游诗，诗人以如椽之笔描写三亚鹿回头奇谲壮丽的自然风光，伟岸的山形、奇诡的山势、旋转的天空、倒流的海水，构成一幅立体的多彩的山水图卷，这种豪荡之美、瑰奇之美、多彩之美给人以深深的震撼。这种美不仅养目，而且养神、养心，还让人领略到丰富的文化内涵。勤劳勇敢的黎族同胞热爱他们的家园，热爱他们生于斯、长于斯的这片热土，热爱他们的文化。由独特的地形地貌产生了丰富美丽的想象和联想，他们赞美纯真、赞美勇敢、赞美执着，于是猎人与仙鹿相恋的神话传说便产生了。这个传说含蓄地告诉读者：黎家儿女在不断地追求美、发现美、创造美，他们的勤劳勇敢、执着坚强，曾感动上帝，感动天神，他们品味到了幸福之泉的甘甜，他们收获了理想和美。

此诗的美感特征体现在情景交融、情理交融上。绝句和小令的写作，看似容易，其实难度是极大的，因为要在极为有限的空间里寄寓丰富的思想情感，拓展出广阔的联想空间，语言要清新，音韵要悠扬，意境要空灵，这是很不容易做到的。此诗以实衬虚，虚实相生。起承二句以写实为主，状其独特的地形地貌，扣住一个"回"字，写出山势、天空、海流的动态感，以动写静，既显示出强烈的力度美，又显示出瑰奇的形态美，在我们眼前展现一幅奇山异水、天下独绝的壮美画卷，表达了对祖国多娇江山的热爱之情。转合两句写其文化内涵，想到有关传说，表达了对黎族同胞的尊重、对黎族文化的理解与赞赏，歌颂生生不息、坚定执着的探索精神。此诗的写景状物、言情说理层层推进，既有抒情之高潮，又有理性的思考，霍松林先生极赞此诗别开生面，这说的是实话，是不容易做到的。

"生生不息在追求"，《鹿回头》一诗气势豪纵，意象伟岸，通过丰富的联想拓展出广阔的想象空间，而最耐人咀嚼的是表达的理趣：人生贵在敢于探索、敢于追求，诚者必成，勇者必胜！

凄清浑穆　博大深沉

——《辛巳春扫母坟》赏析

辛巳春扫母坟

芳草残阳几度春，山山水水母亲身。

音容共与尧天在 ①，养育能胜雨露恩。

地下慈魂知我者，墓前正气慰先人。

世间多有荒唐事，正义待伸南海滨 ②！

　　世界上最伟大的爱是母爱。《诗经》上说："无父何怙，无母何恃？"孟郊诗云："谁言寸草心，报得三春晖。"贝多芬说："我很幸运有爱我的母亲。"沈鹏深爱自己的母亲，他的母亲姓王，是一位教师。先生写过多首一往情深的有关母亲的诗作，如《小雪》一诗："告别慈容九阅年，至今一念一潸然。墓前小草春应发，枥下老驷宵未眠。家累何如安社稷，人和勿忘近研田。节逢小雪迎飞雪，点滴须能到地泉。"《辛巳春扫母坟》创作于2001年4月。

　　"芳草残阳几度春，山山水水母亲身"，起笔点题，点明清明扫坟。又是一年的清明时节，诗人来到母亲的墓田，但见芳草萋萋残阳孤冢，不禁悲从中来。扫墓，其习俗由来已久，谓之对祖先的"思时之敬"。"扫墓"一词，最早见《汉书·酷吏传·严延年》："母

---

① 音容：声音和容貌，指代逝者的形象。谢灵运《酬从弟惠连》："岩壑寓耳目，欢爱隔音容。"尧天：喻太平盛世。《论语·泰伯》："巍巍乎，唯天为大，唯尧则之。"

② 诗人自注：2001年4月1日，美国一架侦察机侵入我海南岛东南海域上空。

大惊，谓延年曰："我不自意当老见壮子被刑戮也！行矣，去女东归，扫除墓地耳！'"清明扫坟到唐代才开始盛行。诗人笔下的母亲，与山川大地已融合为一。颔联"音容共与尧天在，养育能胜雨露恩"，意在无限感激母亲的养育之恩。诗人将母亲的形象和爱比作雨露尧天，表达由衷的崇敬和感激之情。每个人的生命都为父母所赐，父母又把我们养育成人。母爱如春风一般温暖，轻轻地抚摸着我们的脸；母爱如春雨，儿女如小苗，是春雨滋润小苗在渐渐长大；母爱如大树，为我们遮风挡雨。故《诗经·蓼莪》中说："蓼蓼者莪，匪我伊蒿；哀哀父母，生我劬劳。"父母之恩，如山高，如海深。

颈联"地下慈魂知我者，墓前正气慰先人"，言母亲是自己的人生知己，我当牢记教诲，堂堂正正做人。母亲教育我要做正直的人，爱国家、爱民族的人，我将牢记母亲的教诲告慰先人，不为母亲丢脸。有教育学家说，对孩子最大的影响不是学校，而是父母的人格熏陶。诗人感念母亲，母亲的正直善良深深影响了自己的一生，如春风化雨一样浸润在潜意识里。有位教育学家说："做父母是一场恒久而弥新的修行。"父母的一言一行都是孩子的教科书，父母的精神高度就是孩子成长的天花板。用行动影响孩子，任何时候都不算晚。尾联"世间多有荒唐事，正义待伸南海滨"，诗人由热爱母亲、保卫母亲，想到了热爱国家和民族。诗人写此诗时，正值美国一架侦察机侵入我海南岛东南海域上空，这是西方列强赤裸裸地对中国领土的侵略行为。爱父母与爱国家民族是联系在一起的，古人说："国将不国，胡以家为？"诗人的母亲教育他做一个正直的人、爱国家民族的人，而今帝国主义的魔爪又开始伸向我国领土，在南海兴风作浪，阻止中国的和平崛起，诗人表示了极大的愤慨，呼唤国人要热爱母亲、热爱祖国，守住祖国的领土主权。

《辛巳春扫母坟》是一首以清明扫墓为题材的抒情诗，通过扫墓这一件事表达对母亲的深切怀念之情，诗人望着春草残阳中的孤冢，追忆母亲慈祥善良的形象。"临行密密缝，意恐迟迟归"的桩桩往事，历历浮现在眼前，诗人感叹母亲的养育之恩如天高，如海深，如大地蓝天一样宽广。儿女应该感恩父母，牢记母亲的教诲，做一个正直的人，做一个爱国爱民族的人。给我们生命的是母亲，真正养育我们的是祖国大地，爱父母，爱故乡，爱国家，爱民族，是一体的。没有父母，哪有儿女？没有祖国，哪有我家？诗人把对母亲的爱与对国家民族的爱紧紧地结合在一起，更显情感的真挚深沉，立意高远，给人以心灵的震撼。

此诗的风格既凄清感伤，又博大深沉。清明为母亲扫墓，这是对先人表达由衷的敬意，表达对先人的深切思念之情，这种情感本来就是感伤的，那芳草残阳的意象仿佛化为无边无尽的哀思，这令读者想起叶嘉莹先生的《哭母诗》："重阳节后欲寒天，送母西行过玉泉。黄叶满山坟草白，秋风万里感啼鹃。"叶先生为沈老诗友，都曾通过写景抒情来寄托对母亲的思念之情。沈诗把对母亲的爱与国家民族的爱结合在一起，母亲的形象与青山常在，母亲的品格与日月齐光；诗人把爱母亲与爱祖国的深情融合为一，情感显得真挚深沉，更彰显了强烈的时代感。抒情的真挚与强烈的时代感，是沈鹏诗歌创作的普遍性特征，而在《辛巳春扫母坟》一诗中体现得尤为突出，爱母亲是诗人一生奋斗不止的最大的精神源泉。

　　"凄清浑穆，博大深沉"，这是沈鹏《辛巳春扫母坟》一诗的主体风格，诗人以最深挚的情感抒写了一首爱母亲、爱国家、爱民族的心灵之歌，深深摇撼着读者的心旌。不惜歌者苦，但伤知音稀，笔者认为诗人的知音有很多。

平生心累为深情

——《目疾"飞蚊"》赏析

目疾"飞蚊"[①]

甚矣谁陈兀自惊，清时满眼布蚊蝇。

转身不去相随紧，挥手还来自闹营。

举世目盲因五色[②]，平生心累为深情。

争如一枕清凉梦，不识沉浮与晦明。

人生最怕的是什么？对于长期被疾病折磨的人而言，最幸福的是健康，最可怕的是疾病。一个病魔缠身的人，他的拼搏除了战胜病痛之外，还要用剩余的精力从事他所热爱的事业，因而对病人，尤其是残疾人来说，要取得成功，在社会上开辟属于自己的空间是不容易的。我赞赏史铁生的一句话："生命就是这样一个过程，一个不断超越自身局限的过程，这就是命运，任何人都是一样，在这过程中我们遭遇痛苦，超越局限，从而感受幸福。"沈鹏先生最令人心折的是他顽强地与病魔作斗争的精神，正如他在诗中所说："不

---

① 目疾"飞蚊"：飞蚊症是指眼前有飘动的小黑影，尤其是白色明亮的背景时更明显，是一种自然老化现象，即随着年龄老化，玻璃体会"液化"，产生一些混浊物，使眼前出现黑点，并且会随着眼球的转动而飞来飞去，其形状有圆形、椭圆形、点状、线状。飞蚊症不仅影响正常生活，而且后期容易出现视野缺失、玻璃体出血、视网膜脱落等症状，严重者甚至引起失明，应及早治疗。

② 目盲因五色：帛书《老子》甲本写作"五色使人目明"，帛书《老子》乙本写作"五色使人目盲"，今本《老子》写作"五色令人目盲"，宋人李邦献《省身杂言》中有"目主明，五色可以盲其明"。五色指青、黄、赤、白、黑。

是忙中即病中，有情岁月太匆匆。"（《辛巳病起》）但诗人没有被病魔击倒，而是以坚毅的意志与科学的方法与疾病作斗争，并大获全胜，创造了与顽疾作斗争的奇迹。《目疾"飞蚊"》便是描写与病魔斗争的一首小诗，幽默诙谐，表达了诗人坚毅的意志和乐观的性格。诗作见于《三馀再吟》，创作于2001年3月。

"甚矣谁陈兀自惊，清时满眼布蚊蝇"，首联起笔点题，诗人目疾"飞蚊"甚为严重，为此忧心不已。眼睛是心灵的窗户，一双明亮的眼睛既是仪态美，更是一种健康的标志、一种莫大的资本。在现代社会由于电脑的出现、手机的普及，人们视力普遍下降，眼病患者越来越多。诗人突然发现眼睛出现"飞蚊"，情绪甚为紧张。"甚矣"，言其病情严重；"谁陈"，指紧张得不知向谁陈说；"兀自"，指仍然、还是，此处有独自之意。诗人为"飞蚊"的出现忧心不已，"清时满眼布蚊蝇"，天气明朗，眼前的"蚊蝇"甚多，天气阴暗，视力更成问题。对于突然出现的这种病况，诗人有些恐惧。对于一位艺术家来说，眼睛明亮的重要性是不言而喻的。"飞蚊"如此之多，如若难以治愈，意味着读书写作、创作就要中断，如果进入无边的黑暗，人生的痛苦是不可想象的。"转身不去相随紧，挥手还来自闹营"，用拟人手法描写"飞蚊"挥之不去的情形，进一步描写自己的忧思。"闹营"意为胡搅蛮缠，无理取闹。患者眼前出现如发丝、如灰云、如蚊虫、如苍蝇的小黑点，这些东西像魔影一样跟随着你，转身行走，它紧紧跟随，你挥手驱赶，手去又来，真是一个可怕讨厌的家伙，但你又无可奈何。这令我想起了白居易的一首诗："散乱空中千片雪，朦胧物上一重纱。纵逢晴景如看雾，不是春天亦见花。"（《眼病》）白居易描写的眼疾与诗人的情况甚为相似。

"尘世目盲因五色，平生心累为深情"，颈联借眼疾而抒发人生感慨。意思是说，生理上的眼疾通过医治还可能解决问题，而当今社会另外一种"眼疾"危害更大，这种"眼疾"是由心理因素造成的，这种"眼疾"是什么呢？是腐败。老子说："五色令人目盲。"这里的五色是指金银美女和奢华的生活。腐败现象使人看不到是非，看不到正义，看不到良知，丧失了为人的底线。身居高位的贪腐之徒，他们看到的除了金钱、美色之外，其他的是非曲直、正义良知统统看不到了，应该看到的东西看不到，迷失自我，丧失人格，那么什么坏事都可以做了。他们还会为老百姓办事，全心全意为人民服务吗？不会。这是真正的"目盲"，是鬼迷心窍、财迷心窍，诗人为滋生的腐败殷忧不已。诗人想到自己的眼病，大概是心累所致吧？为艺术事业的发展而忧为心累，为艺术创作而孜孜不倦为心累，为了治病也应该减少这些心累吧。而对于执着追求的艺术家而言，这"心累"是无法消除的。尾联"争如一枕清凉梦，不识沉浮与晦明"，借治疗"心累"为由，要远离尘世的喧嚣，表达对当今贪腐现象的激愤之情。因为这些"尘世目盲"现象不是一介书生能解决得了的，只能忘记，进入梦中，不管天气的阴晴雨晦。这大致化用鲁迅"躲进小楼成一统，管他冬夏与春秋"的诗意而来，诗人真的忘了没有？没有，诗人实为国家民族的前途系念不已，希望净化党风政风，还老百姓一个朗朗乾坤。

沈鹏的诗作以深邃婉曲见长，对生活中的点点滴滴都有那么深切的感悟。《目疾"飞蚊"》从自己的疾病谈起，沈鹏一生为病魔所苦，生病好像成了主业，而工作成了副业，但他始终以坚毅的意志顽强地与病魔作斗争，读这样的诗作总是想起先生那句辛酸的话："我从童年起，心里就埋下一种潜意识，觉得我在任何时刻都可能倒下。这当然活得太累，但也激发出紧迫感，我不见得太多的浪漫理想，但对于认定要做的事，会赶快抓紧。"（《始于四十》）这样的话，有相似经历的人才体会得到，笔者40年来被病魔缠身，直到今天仍有这种感觉，还是在努力往前赶。诗人善于触类生发，由自己的目疾而想到当今一些背离初衷的人所患的另一种"目疾"，那是为金钱、美色所迷惑，丧失了道德良知。他们占据要津，置老百姓的需求而不见，除了金钱、美色之外，仿佛什么也看不到，真是五色令人目盲，五音令人耳聋，五味令人口爽，这潜伏着多大的社会危机！杜甫诗云："安得广厦千万间，大庇天下寒士俱欢颜，风雨不动安如山。"对当今的政风而言，也是"安得国手千万人，大庇天下豪士无'飞蚊'，金钱不动见良心"！真正的艺术家是与广大人民大众心连心、以热爱国家民族为己任的。

此诗的主要特色是幽默与触类生发。郑伯农说："沈诗还有一个万万不能被忽视的特点——幽默。幽默不仅是一种艺术风格，也是一种人生态度，一种艺术家不可或缺的风度，不仅喜剧家、相声演员需要幽默，诗人也需要幽默……聂绀弩以幽默的笔调写历史悲剧，写人生磨难，在苦涩中透出达观和希望。沈先生用幽默应对当代生活的诸多领域，在给人以会心一笑之时也给人以深刻的启迪。"（《三馀再吟·序》）这是非常中肯的。沈老以哲学智慧笑对病魔，审视现实人生，虽长期饱受疾病的折磨，但还与病痛开玩笑："数九寒天异常暖，成群细菌不畏冬。"（《辛巳病起》）眼前出现了"飞蚊"，视力下降将影响学习和工作，而诗人笑语自嘲"举世目盲因五色，平生心累为深情"。作为人民公仆，忘记党的教导，忘记初心，忘记全心全意为人民服务的立党宗旨，为利所惑，除了看到金钱、美色之外，看不到老百姓的疾苦，看不到社会的危机，丧失了起码的良知，这多么令人痛心。诗人在苦笑之余，忧患之情见于言外。

"平生心累为深情"，诗人由目疾"飞蚊"想到了长期与病魔所作的斗争，想到坚毅意志对人生的重要意义，更想到纯洁党风政风的重要性，关心国家民族的前途命运，体现出了强烈的忧患意识。

伊甸家园好护持

——《沙尘暴》赏析

沙尘暴①

卷地狂沙望眼迷，盲人瞎马路边溪。

方将书柜揩干净，又入窗台拂乱飞。

弱柳新栽腰折损，骄阳失色景观迷。

新闻再报天时恶，濯濯牛山隐祸机②。

　　忧患意识是中华士子爱国家、爱民族的普遍性心理特征，正因为有这种意识，广大士子才有危机感、使命感，为国家民族分忧解难，舍生忘我地努力奋斗。"忧患"一词最早见于《易经》："作《易》者，其有忧患乎？"屈原的《离骚》表达了一种深沉的忧患意识："长太息以掩涕兮，哀民生之多艰""岂余身之惮殃兮，恐皇舆之败绩"。孟子则明确提出"生于忧患，死于安乐"（《孟子·告子下》）的观点，有忧患才不会盲目乐观，看到隐患而采取得力措施，亡羊补牢，未雨绸缪。沈鹏先生心系国家民族的发展，他的诗作表达了强烈的忧患意识，体现出目光如炬的卓远识见，读这类诗作，能使我们警醒，增加

---

① 沙尘暴：沙尘暴（sand-dust storm）是沙暴（sand storm）和尘暴（dust storm）的总称，是荒漠化的标志，是指强风从地面卷起大量尘土，使水平能见度小于1公里，具有突发性、持续时间较短的特点。其中沙暴是指大风把大量沙粒吹入近地层所形成的挟沙风暴，尘暴则是大风把大量的尘埃及其他细颗粒物卷入高空所形成的风暴。

② 濯濯牛山：见《孟子·告子上》："牛山之木尝美矣，以其郊于国也，斧斤伐之，可以为美乎？是其日夜之所息，雨露之所润，非无萌蘖之生焉，牛羊又从而牧之，是以若彼濯濯也。"濯濯：zhuó zhuó，山坡光秃秃的样子。

历史责任感。《沙尘暴》一诗就体现了这种忧患意识，它呼吁人们保护我们的生存环境。此诗收录在《三馀诗词选》，创作于2001年5月。

"卷地狂沙望眼迷，盲人瞎马路边溪"，起笔描写沙尘暴来势之猛、危害之大。这是描写哪里的沙尘暴呢？诗人住在北京，当然是指北京。一个"卷"字，言风力之大；一个"迷"字，言沙尘之密。"盲""瞎"二字为使动用法，沙尘暴一到，仿佛使人眼盲、使马眼瞎，连出行都已困难，直接威胁人的生命安全了。1979年3月3日发自北京的电讯稿《风沙紧逼北京城》，由记者黄正根、傅上伦、李忠诚等人所作，文中说当年北京缺树无草，美国的华盛顿每人平均有绿地面积40平方米，而北京每人仅3.9平方米；1971年至1978年，北京平均每年的大风日数和扬沙日数，分别为36天和20天。1977年8月，以联合国秘书长名义在肯尼亚首都内罗毕召开世界沙漠化会议，已经把北京划入沙漠化威胁的范围之内。当然，由于我国政府的重视，今天的首都北京今非昔比，处处青草葱葱、绿树成荫，但治理环境污染的形势依然严峻。颔联"方将书柜揩干净，又入窗台拂乱飞"，说明尘沙细小又多，无孔不入，沙尘暴频发，对环境污染严重，对人的健康危害性极大，到了非治不可的程度，长此以往，前景堪忧。

颈联"弱柳新栽腰折损，骄阳失色景观迷"，进一步描写沙尘暴破坏力之大、范围之广。狂风裹着沙尘把新栽的树木折断了，说明带来了摧毁性的破坏，能使骄阳失色。写《风沙紧逼北京城》一文的记者说，在新疆农垦区新城石河子到古尔班通古特沙漠中看到的一幕更使人惊诧：在路上遇到十二级大风加暴雨，风雪之大已经出奇，更为出奇的是随着风力加大，刮过来的雪成了黄色，白雪世界眨眼成了"黄海"，沙尘暴发生地的情况如此严重。"新闻再报天时恶，濯濯牛山隐祸机"，尾联点出沙尘暴日益恶劣的原因是植被受到破坏。沙尘暴的进京路线有北路、西北路、西路三条路径。北路来自内蒙古的二连浩特、浑善达克沙地、朱日和等地，西北路来自阿拉善的中蒙边境、贺兰山南、乌兰布和沙漠、呼和浩特等地，西路源自哈密和芒崖等地。形成的主要原因之一是植被破坏。据记者采访，在内蒙古鄂尔多斯，由于大面积滥垦牧区草场、乱砍树木、兴建"大寨田"，全盟沙化面积已达1800万亩，乌兰察布市、锡林郭勒盟等地都有类似的情况。尾联道出了沙尘暴产生的原因，也表达了加紧治理的强烈愿望。

《沙尘暴》一诗，通过对所居环境的描写，写出了沙尘暴对我们祖国的心脏北京和其他地方造成的巨大破坏，沙尘暴可以连续性地出现，无孔不入，污染的程度高，有时还产生摧毁性的破坏，对人民生命财产的安全造成很大的隐患。诗人意在告诉人们：治理沙尘暴是关系到国计民生的大事，是一项长期的艰巨的任务。北京作为中国的首都、历史文化名城、国际知名城市，风沙活动、沙尘暴备受国际社会的关注，早在20世纪70年代，就被国际沙漠化会议列为风沙危害严重的都市之一。自2008年北京奥运会举办以来，北京市人民政府切实实践绿色奥运理念，下力气治理北京的大气环境污染，在周围地区采取退耕还林、种树植草、保护性耕作等重要举措，综合治理已取得有效成就，环境得到了很大的改善。

沈鹏的诗歌创作，对生活的反映广泛深刻，很少有吟风月、弄花草的题材，体现出了强烈的时代感、使命感。环境污染问题是关系到国计民生的大事，又与每个人的生活有密切的联系。以"沙尘暴"为题材进行艺术创作，反映了诗人对中华民族整个生存环境的关注，为子孙后代的生存环境深表忧思，以期引起社会各界的高度重视，同时暗示读者：人类要改造自然，征服自然、但这种改造和征服必须以遵循自然规律为前提，要有科学的头脑，不能采取杀鸡取卵、竭泽而渔的短视行为，应为国家计以深远、为子孙后代计以深远。诗人的着眼点之高体现了此诗的主要特色。沈鹏的诗不以炫才为能事，不以造情为能事，而多有以国家民族发展前景为关注思考的对象，表达了诗人对生活的深切感悟。诗作对生活的观察非常深入，对沙尘暴之特征以及极大的破坏力的描写深入细致，体现了诗人尚真的美学思想。

"伊甸家园好护持。"我们的家园是美丽的，要好好保护我们的家园。《沙尘暴》一诗，表达了诗人还祖国首都一片碧水蓝天、如诗秀色的美好愿望，他希望长期危害环境的沙尘暴得到有效治理。我们的发展不应以牺牲环境为代价而获得，我们应为子孙后代提供更适宜居住的环境。人类在征服自然的同时，还是要多了解自然、遵循自然的规律，这样才有利于持续性发展，吸取教训，不重蹈覆辙。

宏阔苍凉　静谧空灵

——《太湖泛舟归晚》赏析

太湖泛舟归晚[①]

日落衔山去，杳然万籁暝。
范公[②]舟楫远，今夕满天星。

《太湖泛舟归晚》见于《三馀诗词选》，创作于1991年11月。泛舟是古人比较喜欢的文人雅事，对于古人来说，乘船浏览风光比陆地行走舒适得多，自我荡桨，欣赏湖光山色，便有无可比拟的愉悦之感。唐人水上泛舟，主要目的是寻求大自然的美景和奇观，寻找自己感兴趣的事物，并通过自然景色的描写来抒遣内心的抱负，寄托内心的情感。宋代的泛舟游赏是士人澄怀观道的娱乐项目之一，苏轼的前后《赤壁赋》就是描写月夜泛舟怡情悟理的千古名篇。沈鹏此作描写太湖泛舟，有情景交融的景物描写，更多的是怀人，抒发浩渺之情思。

诗作起笔点题，点明泛舟的时间，间接描写泛舟之乐。"日落衔山去"，泛舟归来的时间是傍晚时分，这句诗暗示了几个方面的意思：一、泛舟的时间是白天，古人常常月夜泛舟，因有一种空明朦胧的美，傍晚泛舟也别有一番风味；二、泛舟很尽兴，泛舟的时间

---

① 太湖：太湖位于长江三角洲的南缘，古称震泽、具区，又名五湖、笠泽，是中国五大淡水湖之一。

② 范蠡（前536—前448），字少伯，华夏族，春秋时期楚国宛地三户（今河南省淅川县滔河乡）人。春秋末著名的政治家、军事家、经济学家和道家学者。据说他帮助勾践兴越国、灭吴国，一雪会稽之耻，功成名就之后急流勇退，化名姓为鸱夷子皮，遨游于七十二峰之间。后定居于宋国陶丘（今山东省菏泽市定陶区南），其间三次经商成巨富，三散家财，自号陶朱公。

有半天或大半天，如果不是很尽兴，不可能到傍晚时分才归来；三、太湖的景色很美，勾起了诗人丰富的想象和联想，因为归来较晚并以诗遣兴，说明泛舟之畅快。苏轼描写过白天泛舟太湖的欢悦情景："其区吞灭三州界，浩浩汤汤纳千派。从来不著万斛船，一苇渔舟恣奔快。"（《又次前韵赠贾耘老》）2012年秋天，笔者与一位著名书画家游过太湖，秋光璀璨，白云卷舒，太湖的水千姿百态，时而像一只温驯的绵羊，平静极了；时而像一条游龙正游向远方；时而微风吹拂，碧波荡漾。游艇速度较快，掀起一堆堆雪浪，笔者观赏到了奇美的景色，阳光下的湖面闪烁耀眼，真像五彩的丝线漂荡在水面上，令人不觉心花怒放。在太湖山庄的堤岸小路上漫步，放眼望去，一望无垠，一碧万顷，让人领略水天空阔的凝碧之美。这些景色，诗人肯定欣赏到了，而诗人没花什么笔墨作具体描述，而是让读者去联想。"杳然万籁暝"，描写晚归时的景色，"杳然"意为渺远，明末清初龚贤《扁舟》有诗为证："扁舟当晓发，沙岸杳然空。""杳然"二字写出了秋夜太湖一片浩茫的景色，这是从视觉描写的。"万籁暝"，极写太湖秋夜之宁静，除了风声、水声、蛙声等自然界的声响之外，听不到人的声音，自然环境的宁静也烘托了诗人心灵的宁静。作者以写意性的笔墨勾勒了一幅秋风萧瑟、万籁俱寂的太湖夜景图。

转句"范公舟楫远"，荡开一笔，怀念伟大的政治家范蠡。范蠡与太湖是有关系的，作为春秋时杰出的政治家、军事家、道家学派的学者，他的卓越成就和超凡智慧，千百年来为世人景仰。范蠡协助勾践破吴之后没有贪念权位，没有贪恋富贵，据说他和西施泛舟太湖，飘然远去。唐人《吴地记》引《越绝书》的记载："西施亡吴国后，复归范蠡，同泛五湖而去。"范蠡和西施的结局，史书上有多种说法，而人们很善良，理想很美，相信范蠡功成身退之后，牵着西施的手，归隐五湖，范蠡放鸭，西施浣纱，做着世上最浪漫的事，成为神仙伴侣。据说范蠡纵横商海，将明哲保身和富可敌国一举并收，后人谓之陶朱公，对这些传说诗人表示理解，因为它体现了人们对美的热爱和对幸福的向往，相信范公与西施有好的归宿。"范公舟楫远"中一个"远"字，既指空间之远，远远离开了尘世的罗网，也指时间之远，久久地消失在历史的烟云之中，诗人对范蠡的超凡智慧与高洁情怀表示了充分的肯定。范蠡珍爱自由，珍爱生命，千载之下，诗人与范公的慧心相接。"今夕满天星"，没有月光的晚上，只有繁星在闪烁，夜阑更觉宁静，油然勾起诗人对往事的沉思、对高士的怀念。诗句以景语作结，进一步描写泛舟晚归的夜景，给人以无限遐想。写月夜泛舟的词作，笔者最欣赏张孝祥《念奴娇·过洞庭》其中"玉鉴琼田三万顷，着我扁舟一叶"的佳句，意境是那么明净、空阔、澄澈，而沈老"今夕满天星"一句很可能是化用张孝祥词中"尽挹西江，细斟北斗，万象为宾客"的语意而来，意境静谧苍凉。在历史的烟云中，范公消失了，西施消失了，千万圣哲消失了，诗人有"江山依旧在，几度夕阳红"的浩叹。

诗作以含蓄的语言描写太湖泛舟兴趣之浓、夜晚风物之静，而主要笔墨是怀人：怀念一代哲人范蠡，对其远见卓识、爱国志趣、高洁情操表示高度的肯定，对道家哲学予以高度评价。范公的智慧是超凡的，才华是杰出的，使一个近乎被灭亡的国家由保存、发展、壮大到报仇雪耻、把敌国消灭，数十年的奋斗改变了一个国家的命运，其智慧之超凡与意志之坚毅，千百年来激励人们奋然前行。人生的最高理想是自己的智慧才华得到发挥，服务于时代，服务于人民，用儒家的话说："穷则独善其身，达则兼济天下。"道家思想以退为进，像范蠡一样，功成身退，视富贵为过眼云烟，为了心灵的自由，与心爱的人浮游五湖，做神仙伴侣，这才是真正的强者与智者。诗人作为杰出的艺术家、美学家，他读懂了范公，仿佛与范公有太多的话要说，可惜范公早已消失在历史的烟云之中，唯有青山依旧，湖水澄波，一种难以言说的感伤见于象外。

此诗的意境是宏阔的、静谧的、淡远的、苍凉的。"今夕满天星"五字是对太湖秋夜图的真实描绘，湖面的浩茫，晚风的吹拂，夜阑的宁静，只有数不清的星星仿佛在向诗人诉说什么，诗人体会到了远离尘世喧嚣的乐趣，寻觅到了心物为一的自由之境，眼前仿佛浮现大业已成、飘然潇洒的旷代奇士范蠡的形象，异代知音，心灵相通，由此也让人想见诗人超然物外之神采。此诗受王维的辋川绝句和杜甫诗作的影响较大，饶有禅意，完全不用比兴，而采用赋的手法，设置联想空间。赋的主要特点是"铺陈其事而直言之"，而绝句中的用赋与汉赋、古风、慢词中的铺陈手法是不同的，绝句中的赋法是暗示性的描写，捕捉最典型的景物特点和典型性的细节，通过意象表达难以穷尽的言外之意，拓展读者的思维空间，一诗读罢，浮想联翩。此诗由太湖之美而神游往古，想到了吴越的战争，想到了越王勾践灭吴的往事，想到了范蠡为了自由、为了爱情而抛弃一切的胸襟，所展示的想象空间太广了。

王国维论诗"贵在直寻，语多不隔"，此诗朴素自然，景中有情，景中寓理。"宏阔苍凉，静谧空灵"，这是《泛舟太湖归晚》的主要特征，这是一首寄意幽微的咏怀之作，深入品读，给人以美的想象和享受。

清辞雅韵写幽怀

——《入夏抒怀》赏析

入夏抒怀

人穿纱袖我绒衣，岁月无羁物理移。①
轻薄杨花风扑面，深情种子雨潜泥。
好书辍读添遗憾，敝帚犹珍欲化梯。
九十周年逢"五四"②，前程德赛复奚疑？③

《入夏抒怀》是一首寄意幽微的抒情诗，创作于2009年5月，诗人时年78岁。诗人是卓越的艺术家，同时也是颇有忧患意识的思想家，其诗作大多有感而发，耐人寻思。此诗收录于《三馀再吟》。

"人穿纱袖我绒衣，岁月无羁物理移"，起笔点题，总写入夏之感受。诗人早近古稀之龄，常年因疾病的折磨，身体瘦弱不堪，暮春已过，进入初夏，气温升高了，人们穿起

---

① 羁：jī，本意是指马笼头，引申义为束缚、拘束。语出《汉官仪》："马云羁，牛云縻，言制四夷如牛马之受羁縻也。"物理：事物的常理，《鹖冠子》："庞子曰：'愿闻其人情物理。'"诗作中的"物理"，大致是指客观事物，自然规律。

② "五四"："五四"青年节，源于中国1919年反帝爱国的五四运动，五四爱国运动是一场反对帝国主义和封建主义的爱国运动，也是中国新民主主义革命的开始。1939年，陕甘宁边区西北青年救国联合会规定5月4日为中国青年节。

③ 德赛：即"德先生和赛先生"，这是对民主和科学的一个形象的称呼，也是中国新文化运动的两面旗帜。德先生："Democracy"，意为"民主"，所谓"民主"是指民主思想和民主政治。赛先生："Science"，意为"科学"，所谓"科学"是指近代自然科学法则和科学精神。

了纱袖衣服，而诗人还是绒衣裹身，体质之虚弱可以想见。第二句感慨时光之流逝。梅花绽红，桃花盛开，现在又是"佳木秀而繁阴"的初夏了，古人诗云："年年岁岁花相似，岁岁年年人不同"，诗人身体孱弱，早已霜雪盈颠了。"物理移"三字，既指自然风物之变化，又寓逝者如斯之感慨。颔联"轻薄杨花风扑面，深情种子雨潜泥"，具体描写初夏时分的景色：杨花飘荡，清风拂面，好雨润物，种子潜泥，好一派生机勃勃的景象。"轻薄杨花风扑面"，应是化用杜甫的《绝句漫兴》"颠狂柳絮随风舞，轻薄桃花逐水流"而来，杜甫描绘的是桃花，而诗人描写的是杨花。司马光《杨白华》："劝君勿嫌杨花太轻薄，篱下沟中纷漠漠。""轻薄"，指轻佻、不庄重，这里运用了移就的修辞手法，形容柳絮的自由飘荡，从语言环境来理解，这里应为贬义词用于中性。古代诗文中的"杨花"意象不是指杨树，而是指柳树，所谓"杨花"即"柳絮"。"柳絮"即柳树的种子，上面有白色的绒毛，随风飞散如飘絮，所以称为柳絮。庾信《春赋》："新年鸟声千种啭，二月杨花落满飞。"杨花是素洁的，如絮如雪，轻柔多情，古人写有"百花常恨风吹落，唯有杨花独爱风"的诗句，这里用本义，点明时令特征。"深情种子雨潜泥"，"深情种子"指柳絮，"深情"二字也是运用借代修辞手法，赋予自然景物主观情感。柳树的种子落在地上，潜入泥土，在适当的时候就开始了它的新生命，诗人通过对初夏景物的描写，暗示自然界生生不息，欣欣向荣，充满生机和活力。

颈联"好书辍读添遗憾，敝帚犹珍欲化梯"，表达自己的志趣和愿望：努力读书，培养人才。读书分年龄阶段和心境，心境不好，无心读书，少年时可以嗜书如命，年迈多病时却很难静下心来读书，而读书是诗人生活中的重要内容，故有"好书辍读添遗憾"之慨。此联语意重点落在对句"敝帚犹珍欲化梯"上，诗人希望培养更多的优秀人才。"敝帚犹珍"由"敝帚自珍"化用而来，比喻东西虽然不好，但却是自己珍爱的，语出刘珍《东观汉记·光武帝纪》："家有敝帚，享之千金。"陆游《秋思》："遗簪见取终安用，敝帚虽微亦自珍。"沈鹏先生为一代草书大家，诗人以"敝帚犹珍"看待自己的艺术，体现了其谦虚的品格。"欲化梯"，指化为人梯、甘做人梯，为培养新人做贡献。沈鹏先生也是卓越的艺术教育家，可谓是滋兰九畹，树蕙百亩。2007年先生为中国国家画院书法班授课，2010年出任中国国家画院书法篆刻院院长，当代一大批杰出书家出入先生之门下。尾联"九十周年逢'五四'，前程德赛复奚疑"，抒发对"五四"青年节的感触，认为"五四"的精神是不能丢的。发生在1919年5月4日的反帝反封建运动，标志着中华儿女在长期封建专制统治下的觉醒和反抗。

《入夏抒怀》看似是一首寻常的描写自然风光的写景之作，实际上却是一首立意高远的言志之章。诗作从春末夏初的景色入手进行描写：气温越来越高，人们早已脱下了春装，沐浴夏日的炽热阳光，而诗人却依旧冬装不改，绒衣加身，孱弱的身体更容易感受到星移物换、岁月催人，自然想到了《论语》里的话："子在川上曰：逝者如斯夫，不舍昼夜！"诗人明白春秋代序是自然运行之规律，人类应遵从自然，顺应自然，文化的传承也应像自然景物一样代代相传，生生不息。君不见那如雪的杨花看似轻薄，实际上它是在撒播种子，在传承生命；一个国家、一个民族的生命线在哪里？就在文化的传承，传承文化才能形成凝聚力，形成旺盛的生命力，才可立于世界民族之林。诗人的愿望是甘做人梯，做中华文化的传承者，为国家民族培养更多的优秀人才。对国家民族而言，如能高举"五四"的旗帜，推进科学与民主的进程，那么我们的国家就会兴旺发达，进一步走向繁荣富强，雄立于世界的东方！

此诗主要采用了借景抒情的表达手法。全诗景中寓情，由景寓理，情景交融，情理为一。诗人善于捕捉最具典型意义的景物特征来寄托情感，抒发感慨。在诗人生活的区域里，初夏时节最常见的景物是什么？是杨花，杨花如雪飘落，古人不知此物的价值到底是什么，认为它是毫无用处的白絮，它似雪非雪，像那用情不专的人，人们对其印象向来不好，它的观赏意义不仅仅被否定，还被贬斥，给它一个"轻薄"的评价。其实杨花不是花，而是种子，它借助风的力量在努力传播生命，为未来种下希望，诗人由此想到人类作为万物之灵长，智慧难道不及一种木本植物？人类更要传承美好的东西，传承生命，传承文化，传承思想，让文化的种子在中华儿女的心中生根、开花、结果。诗书画艺术为中华民族精华文化的象征，"敝帚犹珍欲化梯"，表达了诗人努力传承优秀文化的强烈愿望。诗人认为，中国经历了漫长的封建社会，封建专制扼杀了中国人民的智慧和创造力，严重地阻碍了中国社会的向前发展，而五四运动所倡导的科学和民主精神使人站得更高，看得更远，努力发扬"五四"精神对社会的进步将产生积极的作用。此诗借景抒情，借景言理，已臻化工之妙。

"清辞雅韵写幽怀"，这大致是《入夏抒怀》的主要特征，此诗采用小中见大、触类生发的手法，表达了自己的美好理想和强烈愿望，深切地抒发了对国家民族的热爱之情。

白玉之身　荷花之韵

——《护士长叶欣塑像(二首)》赏析

护士长叶欣[①]塑像(二首)

白玉真身白玉衣，人间天上已云泥。

艰难呼吸留遗爱，笑示众生"零距离"。

春意阑珊春唤回，白荷仙子降天来。

寻常诊室飞行步，潜入淤泥向日开。

"非典"[②]已过去十多年了，但提及此事人们仍有余悸。非典（SARS），准确的叫法为严重急性呼吸综合征，于2002年在中国广东首发，并扩散至全国乃至东南亚，直至2003年中期"非典"才被消灭。在此期间发生的一系列事件引起社会恐慌，包括医务人员在内

① 叶欣（1956—2003），广东省湛江市徐闻县人，出生于医学世家。1974 年被招进广东省中医院卫训队。1976 年毕业时因护理能力测试成绩名列前茅被留院工作。1983 年，被提升为广东省中医院急诊科护士长。她宽容、平和、正直、忍让、内秀、公正，无不深深折服着她的同事和朋友。结婚 22 年，她只有一次在家过春节。她在抗击非典的战场上献出了宝贵的生命，被评为 100 位新中国成立以来感动中国的人物之一。叶欣烈士纪念塑像立于广东省中医院二沙分院叶欣生前工作的办公室旁，由著名雕塑家唐大禧欣然义务创作，碑文镌刻 88 岁高龄的廖冰兄老人题写的"大医精诚"四字。

② 非典: 别称为严重急性呼吸综合征、SARS、非典型肺炎、传染性非典型肺炎，为一种由 SARS 冠状病毒（SARS-Cor）引起的急性呼吸道传染病，世界卫生组织（WHO）将其命名为重症急性呼吸综合征。本病为呼吸道传染性疾病，主要传播方式为近距离飞沫传播或接触患者呼吸道分泌物传播，常见症状为发热、头痛、呼吸衰竭。

的多名患者死亡。叶欣就是在这场抗击非典战斗中英勇献身的护士长，为了赞美其献身精神与崇高医德，著名雕塑家唐大禧义务创作了叶欣烈士的纪念碑塑像，沈鹏先生有感于叶欣的事迹创作了《护士长叶欣塑像（二首）》。诗作创作于2003年6月。

第一首赞美叶欣的献身精神。"白玉真身白玉衣"，叶欣是白衣天使，她的品格如白雪般高洁，如白玉般清纯，两个"白玉"的间接反复，既描写了这尊塑像的端庄秀丽，又由衷表达了对这位白衣天使的景仰之情。承句"人间天上已云泥"，点明叶欣烈士已为国捐躯，高风亮节，熠熠生辉，她的塑像立于人间，而她的精神仿佛如白云在天空飘荡。转句"艰难呼吸留遗爱"，追忆叶欣逝世时的情景：2003年3月4日清晨，叶欣来到科室巡视病房，了解病情，水没喝一口，饭没吃一口，只觉得周身疲困，不得不爬到床上休息，但还记挂着几个危重病人，就用微弱的声音呼叫。她抢救病人时总是一马当先，临危不惧，尽量不让年轻的小护士沾边，自己病了，还要求救助别人。在病危时刻，她急切地示意护士递给她纸和笔，颤颤巍巍地写道："不要靠近我，会传染。""笑示众生'零距离'"，描写了叶欣战斗到最后一刻的情景，她勇敢地抢救病人，把危险留给自己。"零距离"，说明她冒着生命危险抢救病人，体现了这位白衣天使的牺牲精神。一个"笑"字写出了叶欣对病人的关爱，也表明了她性格的坚强乐观以及敢于与病魔斗争的超人勇气。

第二首写叶欣崇高形象、献身精神的巨大影响。"春意阑珊春唤回"，描写塑像建立之时的环境，暗示医学界终于从危机四伏到战胜了病魔，迎来大地之美好春色。"阑珊"，暗示非典盛行，举国震惊，春光无色；而今"非典"这个恶魔已被驱赶，春光又回到了人间。"白荷仙子降天来"，言其塑像如白荷之美，翩然而降，表达对叶欣烈士的崇敬之情，诗人喜爱以白荷意象描绘清纯素洁的女性形象，《悼王叔晖》诗云："一管串联红锦线，百年来去白荷花。"诗人由荷花"出淤泥而不染，濯清涟而不妖"的形象，想到叶欣的崇高风范与奉献精神。"寻常诊室飞行步"，追忆叶欣生前救死扶伤、乐于奉献之往事。急诊科是广东省中医院最大的护理单位，下设120、输液室、注射室、留观室、治疗室等六个部门。"快速、及时、有效"的工作性质、复杂多变的病情和触目惊心的状况使护士长不仅需要一流的护理专长，更要有临危不惧、指挥若定、身先士卒的领导能力和冷静快捷的思维能力，这何尝不是对身心的超级挑战？然而叶欣在急诊科一干就是二十多年，总是一马当先，冲锋在前，耐心细致，其忘我精神尤为可贵，故看到塑像，诗人眼前就浮现出英烈的崇高风范。合句"潜入淤泥向日开"，仍将叶欣比作出污泥而不染的亭亭植立的荷花，那么美丽，那么芬芳，在阳光下熠熠生辉。她的形象永远活在人们的心中，她的精神永放异彩。

《护士长叶欣塑像（二首）》刻画了一位品格高尚、英勇无畏的白衣天使的形象，讴歌了她美丽的风采、高尚的品格，由此对在那场看不见硝烟的战斗中英勇奋斗的白衣天使们表达由衷的敬意，让人们坚信她的精神会产生巨大而深远的影响。中华民族有乐于奉献的美好传统，仁者爱人，医务工作者最受人尊敬。孙思邈说："人命至重，有贵千金；一方济之，德逾于此，故以为名也。"张孝骞说："救死扶伤，解除病人痛苦，维护病人健康，是医务工作者的神圣职责。"白求恩说："一个医生就是为病人活着的，如果医生不为伤员工作，他活着还有什么意义呢？"医术是活人之术，以医德为重。医务工作者医德是高尚的，白衣天使是病人的亲人，对他们的无私奉献我们应表示由衷的敬意。他们继承发扬了中华民族的优良传统，叶欣就是其中一个。祖国大地上应有千千万万个叶欣在为人民工作。

此诗纯用白描手法写成，语言朴素自然，句句发自肺腑。诗之美，美在语言，语言是思维的物质外壳，是意境的物化形式。读沈老此诗，我们仿佛看到了那如白玉、如荷花般的白衣天使的形象，仿佛看到了叶欣烈士在非典战场上舍生忘死、为抢救病人战斗在一线的情景，与病人零距离地接触就意味着与死神对视，为了救治病人，明知死神在前面却毫无畏惧，这是多么伟大的奉献精神。能把最宝贵的生命留给别人，把危险留给自己，天下有几人？何况还有她眷恋的丈夫和孩子，还有牵挂的父母，而她毅然决然这样做，以微笑抚慰病人，以微笑蔑视死神。一位护士长是平凡的，而她的品格又是多么伟大！诗人用白描的语言、典型的细节，生动准确地刻画了这位白衣天使的形象，讴歌了高尚无私的奉献精神。叶欣是中华民族引以为豪的优秀女儿，她的身上彰显出无私的美德，她的确是最绚丽的白荷花！庄子说："朴素而天下莫能与之争美。"叶欣的形象就显示了朴素的美感。

"白玉之身，荷花之韵"，这就是叶欣形象的写照。叶欣这位巾帼英烈，绚丽的生命之花比洛神开得更美丽，她永远如素洁的白荷花开在人们的心中。

相思系红豆　旧国最牵情

——《江阴顾山千年红豆古树（二首）》赏析

江阴顾山千年红豆①古树(二首)

最动相思是故乡，故乡此物世无双。
坚贞泅透般红色，密叶交柯不吐芳。

纷披残叶遇明时，焕发精诚贞淑姿。
摩诘昔年亲识面，不从采撷便相思。

古人云："好鸟恋故林，人情怀旧乡。"对故乡的思念是人们最普遍、最真挚的情感，爱父母，爱亲人，爱故乡，爱国家，爱民族，这些情感往往是联系在一起的。故乡是生命的种子生根发芽的地方，亲人的呼唤，风俗的习染，文化的熏陶，对人的影响往往是彻入骨髓的。故乡的山山水水、一草一木无不牵动着游子的心。沈鹏先生的故乡在江苏江阴，那是风光旖旎之区、人文荟萃之地。先生虽然在这里生活的时间不是太长，但深怀一

---

① 江阴红豆：江阴简称"澄"，因地处"大江之阴"而得名，是一座滨江港口花园城市。江阴位于中国华东，江苏省南部，长江三角洲太湖平原北端。江阴顾山红豆树被誉为"江阴三奇"之一。红豆树，属豆科，红豆属，又名何氏红豆、鄂西红豆、江阴红豆，因种子皮色鲜红而得名，是常绿或落叶乔木，高20米以上，胸径可达1米；幼树树皮呈灰绿色，具灰白色皮孔，老树皮呈暗灰褐色。红豆树为国家级重点保护被子植物，野生植物。江阴顾山红豆村内的这棵红豆树，相传为梁代昭明太子手植，距今已有1400多年的历史，被列为重点保护古树。枝干支撑到数十米外，形同巨伞，虽历经千年沧桑，仍生意盎然、枝繁叶茂。

种挥之不去的思念之情。《江阴顾山千年红豆树（二首）》（诗集多种版本作"硕山"，误，应作顾山），就是描写乡愁的艺术佳作。诗作创作于2004年7月。

第一首怀念故乡的红豆古树。"最动相思是故乡"，落笔点题，直抒胸臆，表达对故乡的深切怀念。沈鹏的诗作多以含蓄蕴藉为美，起笔往往突兀空灵，多比兴意象，而此作直抒胸臆、不遮不掩，说明诗人的思乡之情甚为浓郁。"故乡此物世无双"，承句具体描写怀念的对象，那就是故乡顾山那棵最负盛名的红豆杉。两个"故乡"连用构成顶真句式，顶真的作用是前后连贯，语义贯通，强化情感的表达。诗人少年时在树下嬉戏、乘凉，看到这株红豆树，想起了儿童时代的往事，想起了自己的长辈，想起了少年时代的朋友，想起了故乡的风习，一幕幕往事浮现心头，红豆树是思乡之情的联想点。这株红豆树颇负盛名，在江苏省"古树名木名录"中排行第七，据《江阴市志》记载有1400多年的历史，树高8米，冠幅达111平方米。红豆树的主干本来在元代已基本枯死，到清代乾隆年间，又重新从根部长出枝干来，慢慢长成大树。此树之有名，还因王维著名的诗篇——《相思》："红豆生南国，春来发几枝。愿君多采撷，此物最相思。"

"坚贞浥透殷红色，密叶交柯不吐芳"，描写红豆树的果实和清姿。"坚贞"，指"坚贞不渝"，红豆是纯真爱情的象征，爱情美在坚贞不渝。"浥透"，指湿透，语见陆游《钗头凤》："春如旧，人空瘦，泪痕红浥鲛绡透。"红豆的颜色很深，很纯。红豆树结实年龄迟，且有大小年之分。果子因种子皮色鲜红而得名。红豆在古代文学中常用来象征相思。诗人用"坚贞"二字来描写，此处象征诗人对故乡思念之情的真挚深厚。"密叶交柯不吐芳"，写出了红豆树具有朴实至美的特点，红豆树枝叶繁茂，生命力顽强，不以香味取悦于人。结下的红豆果实成熟后，颜色通红，味道是甜的，清洗干净表面后，就可直接食用。红豆树果实含有很多微量元素，富含紫杉醇蛋白和钙、磷、铁等多种矿物质及多种维生素物质，具有天然抗氧化性。诗人怀念红豆，就是怀念童年生活，怀念有故乡标志的风物，以寄托自己的情思。

第二首赞美红豆树顽强的生命力，赞美真挚纯洁的情感。江阴是文化渊深的一方热土，有三奇：奇人徐霞客，奇碑心经碑，奇树红豆树。最奇的是这株树。一奇是生命力之顽强。相传元代期间，一场罕见的雷电把红豆树击枯，至乾隆年间，红豆树竟奇迹般地复活，枯干腐株孕育出新生命，连理二枝正是生命的延续。二奇是开花无定期，最近的一次盛景便是2015年，三棵红豆树开花万朵，结豆千颗。三奇是红豆树花白如雪，叶子形如心房，果实殷红如血，又圆又大的红色果实晶莹明澈，比其他的红豆都要大。红豆花白寓意爱情洁白神圣，红豆殷红象征爱情是心头的一颗朱砂痣。"纷披残叶遇明时"，描写红豆树仿佛有灵气，遇到盛世明时更加生机勃勃。"纷披残叶"描写红豆树顽强的生命力，由于雷击枯死，居然老树发新芽，又长得枝繁叶茂，沐浴春天的阳光，这不正象征经历苦难仍顽强拼搏的人们吗？不正象征着经受病魔、饱经风霜的诗人吗？"焕发精诚贞淑姿"，在崭新的时代，红豆树更充满着生机和活力。红豆是爱情的象征，是幸福美满的象征，故诗人以"贞淑姿"予以比拟，这是十分恰当的。

"摩诘昔年亲识面，不从采撷便相思"，这株红豆树据说是王维亲眼见过的，《相思》一诗使顾山之红豆树名闻天下，因而被赋予特殊的象征意义。王维为何写这首《红豆》诗呢？红豆为什么叫相思果呢？这有一个美丽的传说：相传古代有位男子出征时，其妻朝夕倚于高山上的大树下祈望，思念边塞的爱人，哭倒于树下，泪水流干之后，流出来的是粒粒鲜红的血滴，血滴化为了红豆，红豆生根发芽，长大成树，结满了一树的红色果子，人们称之为红豆。世人皆传是该女子的相思血泪染红了豆皮，故名为相思豆。"红豆寄情"大概是源于此传说吧。这个传说极为凄美，人们借此赞美真挚纯洁的爱情。诗人以红豆寄情与红豆相思的意义是不同的，在诗人笔下，红豆是故乡的象征，对红豆的思念是对故乡的魂牵梦绕，诗人虽然远离故乡数十年，而那颗赤诚之心仿佛如同红豆一般殷红。诗人爱红豆，爱故乡，不必采撷，也不忍心采撷，而对故乡的思念之情比江水还深。红豆树顽强的生命力给诗人以极大的鼓舞，使其在人生旅途中不屈不挠，奋然前行。

这两首诗作，以红豆为主体意象，表达了丰富的思想情感。诗人17岁离开故乡，只有四次回到过江阴，但对故乡的思念可以说是魂牵梦绕。他在《返里吟》的五言古风中这样写道："今我返故里，卅年此三遭。手捧家门土，含泪洒襟袍。""入夜万籁寂，蟋蟀鸣嘈嘈。追忆儿时景，我心似爬搔。"诗人以红豆这一最有特殊意义的景物勾起对往事的追忆，红豆顽强的生命力给了诗人力量的鼓舞，他在人生的风雨中，在长期与病魔的斗争中，想到了红豆的坚毅顽强、殷红高洁。红豆也正是诗人那颗热爱故乡、热爱人民、热爱国家民族的赤诚之心的象征。正如诗人在《中央电视台为余摄制〈岁月如歌〉返里得句》一诗中所说："行远喜闻跫足音，儿时岁月杖藜寻。园中桂子庭前月，白发依然赤子心。"

这两首诗作，抒情浓郁，意象鲜明。它与沈老的其他诗作相比，似乎没有那样婉转，近乎是直抒胸臆，诗人对故乡的深深的爱，仿佛飞瀑般倾泻，抒情的浓烈的确是甚为少见的。而细加品读，诗作仍然显得十分含蓄，诗人善于找准情感的聚焦点，借故乡最有特色的风物"红豆"来展开联想，由红豆的枯而复活而想到生命意志的坚强，由红豆的传说想到最美的情感是最真挚的情感，由红豆的寓意想到对真善美不懈追求的美学理想，由红豆的殷红纯洁想到热爱故乡的赤诚之心，由红豆的生机勃勃想到故乡欣欣向荣的美好未来，无限深情借"红豆"这个意象来倾泻，这样使情感的抒发更深切真挚，给人以回味无穷的美感。全诗的语言也像红豆一样纯然一色，没有一丝丝尘垢，读来深深摇撼读者的心旌。

"相思系红豆，旧国最牵情。"诗人借红豆意象表达了对故园的魂牵梦绕之思。江山有幸，红豆常青，独特的区域文化养育了像红豆一样参天耸立、高洁芬芳的杰出艺术家。读此诗作，为江阴人民自豪，为有如此热爱故乡、热爱祖国和民族的优秀儿子而自豪。

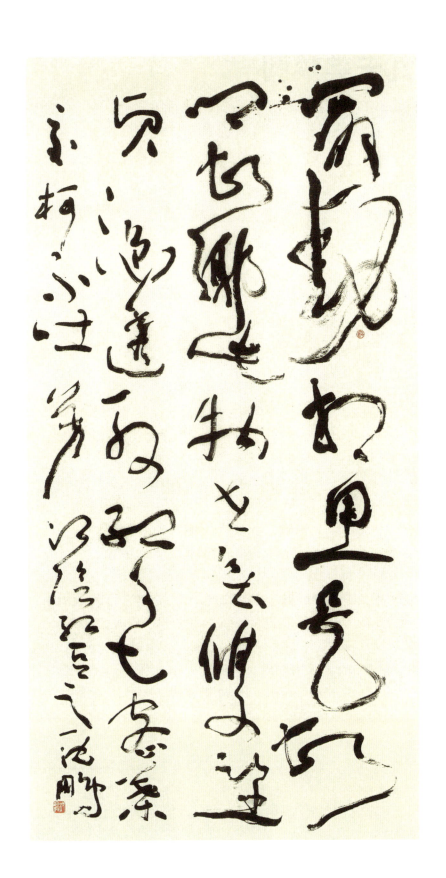

揽月九天美梦圆

——《鹊桥仙·"神舟五号"飞船》赏析

鹊桥仙

"神舟五号"飞船①

金风送爽，晴空报捷，河汉迢迢出没。

一人一步上云梯，引亿众，神驰揽月。

千年情结，梦圆十五，万户凌空喋血。

偷灵药岂让姮娥，事在眼，人方小别。

　　"神舟五号"飞船的成功发射，将中国的第一位宇航员杨利伟送上太空，实现了中华民族千年飞天的梦想。航天领域是当代世界经济中发展最为迅速的领域之一，同时也是竞争激烈、回报丰厚的新兴领域。"神舟"五号飞船的发射成功，标志着我国载人航天事业迈出了关键性的一步，我国还将建立更为完整的载人航天体系。沈鹏先生对我国航天事业的发展甚为关注，为"神舟"飞船的成功发射欢欣鼓舞，创作了《鹊桥仙·"神舟五号"飞船》一词以记其盛，诗作收录于《三馀再吟》。

---

①　"神舟五号"飞船："神舟五号"载人飞船是"神舟"号系列飞船中的第五艘，是中国首次发射的载人航天飞行器，它于2003年10月15日9时在酒泉发射中心发射，将航天员杨利伟及一面具有特殊意义的中国国旗送入太空，2003年10月16日6时23分返回。"神舟五号"载人飞船的发射成功标志着中国成为继苏联和美国之后第三个将人类送上太空的国家，它是我国在航天技术史上的又一座里程碑。

词作上阕描写飞船的成功发射。"金风送爽，晴空报捷，河汉迢迢出没"，起笔点明"神舟五号"发射成功，飞船在太空中骄傲地飞翔。"金风"指秋风，张协《杂诗》中有"金风扇素节，丹霞启阴期"句，李善注："西方为秋而主金，故秋风曰金风也。""金风送爽"，点明发射之时在秋天。"晴空报捷"，点明发射圆满成功。"河汉迢迢出没"，点明飞船已进入预定轨道，此句化用秦观《鹊桥仙·纤云弄巧》"银汉迢迢暗度"而来。"河汉"即银汉，指太空；"迢迢"指遥远，宋人刘镇《蝶恋花·丁丑七夕》："谁送凉蟾消夜暑，河汉迢迢，牛女何曾渡。""一人一步上云梯，引亿众、神驰揽月"，描写"神舟五号"实现了中国人民千百年来登天的梦想。这是真正的一步登天，太空中的一小步，就是人类文明的一大步。好奇心是人类的天性，是促进文明进步的内在诱因。人类征服自然，向下是征服大地，向上是征服太空。登上月球是我中华儿女自古以来的梦想。"嫦娥"，原作姮娥，避汉文帝讳改为嫦娥，"嫦娥奔月"的故事最早见于商代的巫卜书籍《归藏》，此书于1993年3月在湖北江陵王家台15号秦墓中出土，其中的《归妹》卦辞云："昔者恒我（姮娥）窃毋死之药于西王母，服之以（奔）月。"西汉刘安《淮南子》中使用了嫦娥奔月的故事作为典故："羿请不死之药于西王母，姮娥窃以奔月，怅然有丧，无以续之。"嫦娥奔月的故事表达了中华民族的登天梦想，而今人造飞船真正载人登上云梯，在太空遨游，可以近距离观赏月亮了。

下阕抒发飞船发射成功之感慨。"千年情结，梦圆十五"点明具体发射时间，这是有历史意义的时刻。诗人自注："'神舟五号'载人飞船是在2003年10月15日发射成功。"古人向往登天，想到月球上去看看，嫦娥奔月的理想很美，但这只能作幻想来描绘，在科学技术落后的古代是不可能的。人们想象那美丽的嫦娥非常寂寞，李商隐诗云："嫦娥应悔偷灵药，碧海青天夜夜心。"古人向往登天，列子也做过这样的美梦，列子（前450—前375），本名列御寇，为道家学派的代表人物，他向往在太空遨游，庄子在《逍遥游》中说："夫列子御风而行，泠然善也，旬有五日而后反。""万户凌空喋血"，是说实现登天美梦极为艰难，古人为此付出了生命的代价。"万户"是明代第一个利用火箭飞行的人，他是个木匠，喜好钻研技巧，从军之后，改进了不少刀枪车船，在同瓦剌的战事中屡建奇功，受到班背将军的青睐。他曾把47个自制的火箭绑在椅子上，自己坐上去，设想利用火箭的推力，加上风筝的力量飞上天空，不幸火箭爆炸，万户献出了生命。为纪念万户，国际天文学联合会将月球上的一座环形山以这位古代的中国人的名字命名。"偷灵药岂让姮娥"，嫦娥偷灵药奔向月亮，这只是神话传说，而今的航天技术真正是"偷"到了飞天的"灵药"，假若嫦娥真的有灵还在月亮里面，今人便可以拜访这位美丽的仙女了，诗人由此极赞我国航天技术之高超。古人向往飞天、向往奔月的人很多，但这个美梦只有今人才能实现。"事在眼，人方小别"，描写飞船成功返回，登天人杨利伟回到了祖国大地，中华民族登天的美梦终于变成了现实。

此诗热烈歌颂了"神舟五号"载人飞船的发射成功，实现了中国人民数千年来的登天梦想，预示着中国将由航天大国向航天强国的迈进。我国的航天事业起步于1956年，于1970年4月24日发射第一颗人造地球卫星（即"东方红一号"），是继苏联、美国、法国、日本之后世界上第五个能独立发射人造卫星的国家。中国发展航天事业的宗旨是：探索外太空，扩展对地球和宇宙的认识，和平利用外太空，促进人类文明和社会进步，造福全人类，满足经济建设、科技发展、国家安全和社会进步等方面的需求，提高全民族的科学素质，维护国家权益，增强综合国力。在一穷二白的基础上从事高科技研究，这个过程是极为艰难的，今天的成就体现了党的英明领导与一代代航天人的无私奉献。载人航天意义十分重大，这是人类历史上最为复杂的系统工程，取决于整体科技水平的发展，同时也是当今各国综合国力的直接体现，"神舟五号"载人飞船的成功发射，既彰显了综合国力，又提高了民族的自豪感、自信心。

此词结构圆融，上阕描写飞船发射成功，下阕抒发感慨，关合紧密，浑然为一。这是一首欢乐颂，为"神舟五号"飞船成功发射而欢呼，礼赞我国航空航天事业的伟大成就。作为热爱祖国、热爱人民、热爱民族的艺术家，沈老的这种喜悦是发自内心的，表达的不仅仅是个人的欢愉，还是"大我"的振奋，因而具有普遍性的审美意义。"河汉迢迢出没""一人一步上云梯"，看似寻常的描写，却是对民族历史的记录。中华民族经历了近百年的血泪史、屈辱史，中国人民终于扬眉吐气了，民族未来一片光明，怎不令人欢呼雀跃？其实从抒情角度而言，此词也有感伤色彩，为了实现数千年来的美好理想，为了突破太空，古人万户凌空喋血，还有无数航天技术的研究者奉献了智慧甚至生命，这是英雄的壮举，这是多么伟大的献身精神！新中国一代又一代的航天人，付出的艰辛劳动肯定比我们想象的大得多，前人栽树，后人乘凉，没有前贤的奋斗，不可能有今天的重大突破。此诗运用了几个典故，恰到好处，与航空航天事业有密切的联系，前贤的成就是卓越的，他们的探索精神是我们学习的楷模。题材的独特性，抒情的浓郁性，意象的典型性，这是全诗的特征。此诗用典五个，这是一种特殊的比兴，诗人从不同的视点切入，赋予典故新的思想内涵，引起读者丰美的想象和联想，贴切自然，不着痕迹，深见诗人的语言功力。此词飞腾着想象，澎湃着激情，蕴含着理趣，仿佛把我们带入地天通话的情景之中，把我们带入九天揽月、银汉迢迢的壮阔意境之中。

"揽月九天美梦圆。"李白诗云："欲上青天揽明月。"毛泽东主席词云："可上九天揽月，可下五洋捉鳖，谈笑凯歌还。"前哲的理想终成现实。沈鹏先生以《鹊桥仙·"神舟五号"飞船》一词描写了中国航天史上最为华彩的一页，无疑具有史诗般的意义。航天航空事业体现了综合国力，"神舟五号"飞船的成功发射，扬了国威，让我们看到了更美好的明天。

秋水芙蓉　倚风自笑

——《雨夜读》赏析

雨夜读[1]

此地尘嚣远，萧然夜雨声。

一灯陪自读，百感警兼程。

絮落泥中定，篁抽节上生。

驿旁多野草，润我别离情。

　　自魏晋以来，以诗书画为代表的艺术，往往以儒家的"气"、老庄的道、释家的禅为内核，以诗意为精魂，营构圆融自足的意境。严格地说，不懂中国哲学，就不懂中华艺术，更无法欣赏与创造清空幽渺、寄托无端的艺术意境。禅宗是人与自然的统一论者，修炼者一心祈求进入无欲无念、浑然一体的自由之境，在自觉观照中让非理性的思维自由飘忽、不停跳跃，只有生命的潜能被调动，心平如镜，万念不起，才算真正悟道。参禅与艺术意境的营构多有相通之处，禅境是艺术的灵境，所谓禅境大致是让欣赏者产生物我两忘以至物我为一的境况，是偏于审美的艺术境界，近乎王国维所说的"以物观物"的"无物

---

　　① 关于《雨夜读》一诗的写作，沈鹏在《志在探索》中说："回忆那年春天，一个细雨蒙蒙的晚上，郊外偏僻的角落，独处斗室，灯下读书，读什么，身在何方，竟完全失去记忆。朦胧模糊之中，瞬间萌发叫作灵感的东西，诗句汩汩而出，不费斟酌，很少修改，潜意识的积累进入意识层面，于是一切置之度外，遗忘，留下的只是四韵八句，我珍惜这段生活经历，感到奇异，惊嗟，那时的我真像梦中人，诗的高下优劣，别人如何评议，在所不计。重要的是那份思绪，那个忘乎一切的雨夜确实很迷人，不知何为'有我之境'与'无我之境'，对美的追求过程产生的乐趣，大于创造本身。"

之境"。关于这一问题，笔者已有多篇论文做过系统论述。（请参看拙作《试论禅境的美感特征》，见《求索》1996年第4期；《略论齐己诗歌的禅境美》，见《中国韵文学刊》1995年第2期。）沈鹏先生是文化底蕴甚深、长期潜修的艺术家，他的论文《禅语西证》，论及了诗意中的禅境。先生特别欣赏李白"吾亦洗心者，忘机从尔游"这句诗所深蕴的禅机禅趣。进入古稀之年以来，沈老的诗书创作饶有禅意，草书《心经》、五律《雨夜读》为其代表性作品。

　　《雨夜读》一诗创作于2006年5月，诗人时年75岁，诗作见《三馀再吟》，书法作品见《三馀笺韵》。这里需要指出的是，书品释文标明创作时间为2012年某月，误记，非是，应依《三馀再吟》所记时间。书品释文附《作者言》："前人论诗以无意中得之为上，此作在郊区细雨夜晚，独处斗室读书，具体时日环境全然失记。而诗之意境，有位诗长赞如读陈子昂《登幽州台歌》：'前不见古人，后不见来者。念天地之悠悠，独怆然而涕下。'"这段文字准确地交代了创作的背景。而于那位诗长对此作的理解，笔者不敢苟同，因为这位先生尚未从禅意的角度来深品此作。记得笔者先师、著名唐诗研究专家羊春秋先生论及陈子昂时指出："子昂之诗，慷慨悲凉，远绍风骚，近宗汉魏，尽割浮靡，一振古雅。"陈子昂的《登幽州台歌》为千古名作，思接古今，沉郁苍凉，近儒宗而远释老，似与无我之境相距较远，并无多少禅意可言。当然，诗无达诂，见仁见智亦为正常。禅境最本质的特征为幽寂清空，沈老此诗接近王维、齐己之诗境，朗现秋水芙蓉、倚风自笑的空寂境界。

　　诗题《雨夜读》为时空、情景之暗示，据《三馀再吟》所记为2006年5月所作，应为春末夏初之夜晚，根据诗中所描写之景物，应为暮春景色，北方的春天来得较迟，与诗歌意象较为切合。其实，真正进入禅境的诗作，意象的描写多为某种潜意识的暗示，不拘泥于时空物象。王维作画，画雪中芭蕉，雪中哪有芭蕉？这纯粹是一种意象的暗示，潜意识的流动而已，故袁枚说过："考据家不可论诗。"信哉斯言。首联"此地尘嚣远，萧然夜雨声"，以动衬静，极言环境之幽寂。"尘嚣"指喧嚣之闹市。"远"，并非单指距离，更指心境，陶潜诗云："心远地自偏。""萧然"为拟声词。诗人近乎是闭关修炼，潇潇雨声反衬了整个境界的宁静。高度入静，机缘触发，往往能唤起人的潜意识活动，这与释家的修炼有些联系。入静是释家常用的修炼手段之一，也是修炼的境界，"禅"字的本义就是静思，《智度论十七》："常乐涅槃从实智慧生，实智慧从一心禅定生。"思维入禅往往与艺术创作的疏瀹五脏、澡雪精神有相通之处。宋代画家米友仁说："每静室僧趺，忘怀万虑，与碧虚寥郭同其流。"

　　颔联"一灯陪自读，百感警兼程"，写夜读之感受。身处斗室，孤灯夜雨，尘心仿佛荡涤净尽，潜意识的云朵开始自由飘忽。这里的"百感"，大致是指触发的灵感，潜意识的积累进入意识层面，这近乎是开悟境界的具象描写，这种情景的出现，是长期修炼的结果。"一灯"与"百感"构成强烈对比，既写环境之孤寂，又写潜意识的不期而至。"兼程"，本义为不停地赶路，有惜时之意，此处是描写潜意识的自由跃现。一个"警"字，仿佛猛然省悟，暗示潜意识的出现不受理性制约，带有偶发性的特征。佛家强调明心见性，这个见性是长期修炼的结果，释家的坐禅或顿悟、艺术家运斤成风的技艺修炼，都有诱发禅悟的可能。《五灯会元》中记载的那些禅师们，通过长年累月的修炼之后，因某种机缘触发，灵澈智慧偶然湛现，如闪电般照彻你的身心。百丈怀海的弟子香严禅师遍参大德，未能开悟，有一天他在除草扫地之时，抛掷的瓦砾击在竹上发出了声响，这使他忽然得悟。（见铃木大拙《禅风禅骨》）我想，这时的潇潇夜雨很可能唤醒了诗人的潜意识。

颈联"絮落泥中定，篁抽节上生"进一步描绘潜意识的活动。一切景语皆情语，这里的景物描写应为禅意的具象表达。这里的"絮"可能是柳絮，也可能是其他的花朵，不必拘泥。诗人在静室中不能真切看到，完全是一种感知，诗人感觉它们在无声地飘落，这种情景很容易令人想起王维的诗境："人闲桂花落，夜静春山空。月出惊山鸟，时鸣春涧中。"（《山中》）"木末芙蓉花，山中发红萼。涧户寂无人，纷纷开且落。"（《辛夷坞》）王维在山中参禅悟道，物我交融为一，这里飘荡的飞絮落花，应为自由飘忽的潜意识云朵的象征。"篁"者，竹也，此处代竹笋。春末夏初，竹笋出土节节拔高，这种声音谁能听到？只有高度入静、潜意识活动频繁的艺术家才能感知到。这不是一般的以动衬静、以有声衬无声，纯粹是描写潜意识的活动，而近乎庄子所描写的境界：无听之以耳，而听之以心；无听之以心，而听之以气。可以"心"与"气"去听吗？不可听的，这完全是一种潜意识的感知。诗人的这种描述，让我们感受潜意识的自由跃现，生命之花的自由绽放。从文学的角度来考察，这种禅境又是极美的诗境，诗人让自然物象的本体荡尽尘土、独存孤迥地呈现在我们眼前，让客观物象本来的物性、固有的新鲜感占有我们的感官。"驿旁多野草，润我别离情"，尾联化用白居易的"欲送王孙去，萋萋满别情"而来，而其深层境界描写诗人从自由飘忽的禅境中回到现实，感受到了一种特有的惬意，驿旁的小草也仿佛在殷勤致意，生命进入一片空明之境。这里的"离别"二字可以理解为与心垢的离别，因为从诗题和前文中的描写来看，并未与谁离别，可以理解为与潜意识活动的离别，这也是一种情景的暗示。

《雨夜读》作为静谧幽渺的禅诗，是诗人长期修炼的结果。沈老对中国文化造诣甚深，对庄禅哲学兴趣浓厚，长期的艺术实践更使他由定发慧，在某一特定的场景获得了灵澈的智慧。禅趣不可学而能，但可养而致。诗人远离尘世的喧嚣、干扰，用菩提之甘露洗涤心垢，长期的艺术实践使之进入目无全牛之境，而在某一瞬间跃现潜意识的活动，这是完全可能的，当然也是可遇而不可求的。这种艺术意境要向读者诉说什么呢？实际上什么也没有诉说，而又似乎诉说了许许多多的灵性智慧、艺术真知。禅是迦叶的微笑，是观音的凝眸，是一种暗示，是一种无言之境。禅境的特点是静谧空灵，美在无言，仿佛觉破迷惘，开显真实的知见，身心无一丝尘垢习染，孤迥地、光皎皎地、活泼泼地与天地冥合为一，这种至寂至幽的境界又充满着郁勃的生机，奔腾着生命的暖流，湛发着生命的冷光。

表达禅意的语言往往是清丽自然的语言，禅宗重直觉、反理性，明心见性便天机自流。日本禅学大师铃木大拙用一首小诗描述禅诗的语言："天然存娇姿，肌肤洁如玉。铅华无所施，奇哉一素女。"中国古代的诗歌名句往往入禅，就是这个道理。此诗全篇用赋体，营造了富有灵性空间的审美意象。我们常说诗要用比兴，形成象征意象，境界才含蓄幽微，其实以赋体遣意抒情，真正进入禅境，通过设置断层拓展联想空间，较比兴意象更清静、更幽微、更瑰奇。当然，在旧体诗中用赋体最难，王维的许多小诗都用赋体，往往是一种情景的暗示，拓展幽渺清旷的联想空间，形成水月镜花般的清空之美。

　　《雨夜读》诗书为一，静谧清空，无形画与有形诗妙合无痕，是表达禅风禅骨的典范之作，是修炼境界的艺术表达，用"秋水芙蓉，倚风自笑"八字来概括此诗应该是准确的。沈老的禅境偏于高华，是艺术化的诗境，与释子们的孤寂清寒是有区别的。禅是一种暗示，难以言说，所谓不立文字，直指人心，重在修炼。其实不可言说是相对的，不是绝对的。六祖的《坛经》引用了不少佛教的经典说理，说明禅还是可以言说的，惠能并非不识不知的文盲，而是文化人。艺术的禅境，其突出特征是清空幽静、不落言筌，品读沈老的诗作对艺术境界的提升有莫大的启迪。

大江容蜀水　北固卧吴烟

——《纪念阿倍仲麻吕诗碑建立 15 周年 (二首选一)》赏析

纪念阿倍仲麻吕诗碑建立15周年(二首选一)[①]

（日本阿倍仲麻吕（汉名晁衡）在唐代为遣唐史。1990 年镇江建立阿倍仲麻吕《望月望乡》诗碑于北固山巅，由沈鹏、田中冻云分别以汉字、日本假名书写。诗曰："翘首望东天，神驰奈良边。三笠山顶上，想又皎月圆。"）

皎月重圆日，登临负丽天。

大江容蜀水，北固卧吴烟。

白石身无恙，青山诗有传。[②]

悠悠千载后，谁个到峰前？

---

① 阿倍仲麻吕 (698—770)：朝臣姓，安倍氏，汉名朝衡（又作晁衡），字巨卿，日本奈良时代的遣唐留学生之一。开元年间参加科举考试，高中进士，授左散骑常侍安南都护，为中日文化交流杰出的使者。阿倍仲麻吕和唐朝著名诗人王维、李白、储光羲等都有过亲密交往。天宝十二载 (753)，阿倍仲麻吕归国时，传闻他在海上遇难，李白挥泪写下《哭晁卿衡》的著名诗篇："日本晁卿辞帝都，征帆一片绕蓬壶。明月不归沉碧海，白云愁色满苍梧。"阿倍仲麻吕回到长安看到李白为他写的诗，百感交集，写下《望乡》一诗："卅年长安住，归不到蓬壶。一片望乡情，尽付水天处。魂兮归来了，感君痛苦吾。我更为君哭，不得长安住。"此为中日交流史之佳话。

② 北固山位于江苏省镇江市区东侧江边，高 53 米，是京口三山名胜之一，形势险要，风景秀丽，与金山、焦山成掎角之势，故有"京口第一山"之称。远眺北固，横枕大江，石壁嵯峨，山势险固，因此得名北固山。1400 年前，梁朝梁武帝，赞其形胜，武帝登临，改"固"为"顾"，更名为北顾山，三国时"甘露寺刘备招亲"的故事就发生在此。阿倍仲麻吕诗碑于 1990 年底建成，诗碑上的五言诗《望月望乡》为阿倍仲麻吕所作，日文碑文由日本书道院院长田中冻云执笔，中文碑文由沈鹏所书，著名书法家赵朴初为诗碑题写了碑额。

文化是一个民族长期积累的智慧，文化交流可以使不同的民族相互理解、增进友谊。中日两国为一衣带水的邻邦，文化的交流源远流长。秦汉时期的稻作文化传入日本，唐朝时期的儒家文化传入日本，宋元时期的饮茶习俗传入日本，无论是物质方面还是精神方面以及国家制度方面，中国曾经全面地影响日本社会的发展和进步，中日彼此是重要的邻邦，需要进行各种交往。近代以来，由日本军国主义分子发动的侵略战争，对亚洲人民，尤其是对中国人民造成了巨大的灾难，日本军国主义所犯下的滔天罪行，中国人民是不可能忘记的。为了世界和平，也为了日本民族的未来，日本应深刻反省这段历史。当然，两国为邻邦，尽管有不堪回首的过去，还是要着眼未来，促进民族之间的友好交往，和平是两国人民的共同心愿，因而促进友谊的发展是必要的。文化交流是深层次的情感交流，对文化传承起到重要的桥梁作用。作为艺术家、艺术活动家的沈鹏先生为促进中日友谊做了大量的工作，《纪念阿倍仲麻吕诗碑建立15周年（二首选一）》一诗便是这种交流的真实记录，此诗创作于2004年10月，见于《三馀再吟》。

　　"皎月重圆日，登临负丽天"，起笔描写登临北固山观赏诗碑之盛事。"皎月"即明月，晋张协《七命》云："天骥之骏，逸态超越，禀气灵渊，受精皎月。"宋人柳永《长相思》："画鼓喧街，兰灯满市，皎月初照严城。"以"皎月"入题，无疑化用了阿倍仲麻吕《望月望乡》中的诗句："三笠山顶上，想又皎月圆。"月亮在古人笔下，既是瑰丽、温馨的，也是感伤的。此诗以皎月起兴，让人想到李白笔下"明月不归沉碧海"的阿倍仲麻吕，想到这位日本友人瑰美的诗章，想到中日交流史上美好的篇章，不禁使人感慨万千。"负丽天"，意为附着于天。此句描写登上北固山，看到诗碑嵯峨、与天相连，暗示中日友谊之源远流长。"大江容蜀水，北固卧吴烟"，以如椽之笔描写北固山的壮观景色。颔联的视点甚高，应是鸟瞰取景，以简约的笔触描绘宏阔的意境。"大江容蜀水"，北固山横枕长江，由前峰、中峰、后峰三部分组成，后峰是北固山的主峰，背临长江，枕于水上，峭壁如削，是风景最佳的地方。长江之水，从蜀地而来，浩浩荡荡，奔流不息。以水衬山，更显山之壮丽；以山映水，更显水之浩荡。"北固卧吴烟"，这是描写意中之景，饶有画意，壮阔中见伟丽，磅礴中见空灵。古代苏南浙北地区称为三吴之地，远距离看北固山，此山仿佛有虎踞之势，一"卧"字写出山的动感。此联写景状物，是一幅瑰丽的山水画，壮阔恢宏，雄浑浩荡，体现了诗人浩荡的胸次，表达了诗人对祖国江山的无比热爱之情。

　　"白石身无恙，青山诗有传"，写景的镜头由远及近，具体描写诗碑，联想这一盛举产生的深远影响。"白石身无恙"，诗碑已立15年，依然挺拔耸立，说明这块碑的质地甚佳，并且得到了很好的保护，暗示中日两国人民重视民族之间的交流、友谊日深。阿倍仲麻吕是日本奈良时代的遣唐留学生之一，对中国文化的研究极深，他能考上进士谈何容易，当时的中国政府还授予他官职，说明东道主对这位友谊的使者极为尊重。能得到王维、李白的肯定，可见他的诗学造诣之深。长期住在中国，但他没忘记自己的国度，可惜三次返日均未成功。"青山诗有传"，阿倍仲麻吕的诗作是两个民族深厚友谊的象征，他为中日两国人民的文化交流做出了杰出贡献。对于阿倍仲麻吕的贡献，日本人民不会忘记，中国人民也不会忘记，他永远活在两国人民的心中。"悠悠千载后，谁个到峰前"，描写诗碑产生的深远影响。这块诗碑的修建，是中日两国文化交流的见证。阿倍仲麻吕于716年到达中国，他于这年的9月到达古都长安，到长安后入国子监太学，攻读《礼记》《周礼》《仪礼》《诗经》《左传》等儒家经典，太学毕业后一举考中进士。他不仅学识渊博，还是一位感情丰富、性格豪爽的诗人。王维写了送行诗《送秘书晁监还日本国》，还专为此诗写了很长的序文，热情歌颂中日友好的历史以及阿倍仲麻吕的过人才华、高尚品德，这是中日两国友谊史的真实记录。

此诗的特点是诗画交融，境界阔大。沈鹏是精于画理的诗人，他的写景饶有画意，能从不同视点描绘景色，体现中国画高远、平远、深远的美感特征。描写北固山诗碑，没有就诗碑描写诗碑，而是通过散点透视，从不同角度取景，突出主体意象。颔联从天空鸟瞰，通过背景的描写突出主体意象的立体感，"大江容蜀水，北固卧吴烟"为当代难得一见的写景佳句，远距离的描写使主体意象更显高峻之美、空灵之美，让人们联想到这位友谊的使者"远望故乡，郁何垒垒"的心情。诗人描写北固山的壮观景色，含蓄地表达了中华文明的博大精深、中华文化的光芒四射，这位友谊的使者为传播中华文明做出了杰出贡献。这是一首典型的五言律诗，诗中两联写景状物，寄慨抒情，气象伟岸，浑然天成。"白石身无恙，青山诗有传"，对阿倍仲麻吕的卓越才华和巨大贡献予以高度评价，对以文化交流来促进民族之间的友谊予以充分肯定，阿倍仲麻吕诗碑成为友谊丰碑的象征。

"朋友来了有好酒"，中华民族是礼仪之邦，在北固山建碑表达了对真挚友谊的由衷赞美。

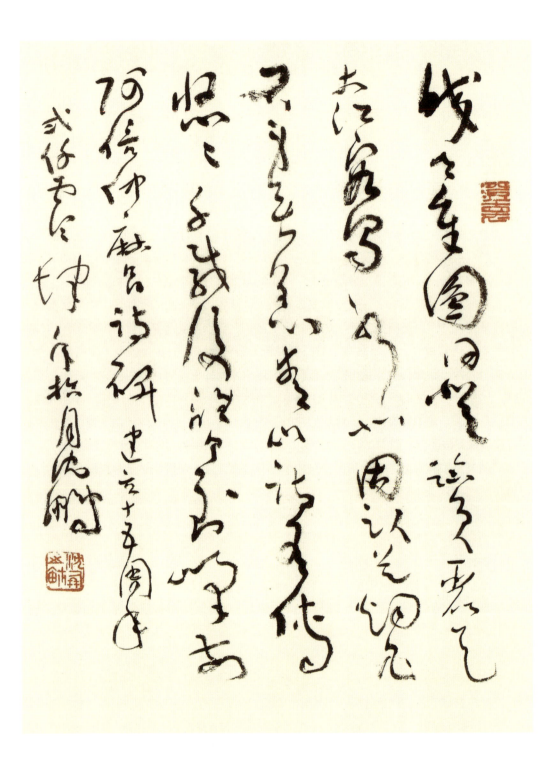

大师风范　隐逸情怀

——《偕苏士澍访启功先生》赏析

偕苏士澍访启功先生[①]

三径小红楼，春阳一束投。
书斋兼课室，学子亦朋俦。
道贵非身外，诗清自诩油。
何来新阿堵[②]，今古漫悠游。

　　书法是中华民族最能表达综合修养和时代精神的古老艺术，从甲骨文、金文到当今流派纷呈、变幻莫测的书法艺术，都是一个时代的社会风情、美学思潮和艺术家的综合修养的具象表达，是通过线条墨象物化而成的纸上风光。书法是尚技的艺术，但最需要文化的滋养，艺道统一方能臻至艺术的高境。任何艺术皆源于实用，书法也是如此。书法的审美具有神秘性、朦胧性、多层性的特征，但表达思想情感永远是书法的基点。书法作为一门艺术，几千年来的发展方式大多是文人业余式。而改革开放以来，中国书法家协会的成立，使书法的发展局面有较大改观，出现了空前的繁荣，地域之广、人数之众、风格之多是空前的。这一繁荣景象的出现是广大书法工作者共同努力的结果，与中国书法家协会的

---

① 启功（1912—2005），自称"姓启名功"，字元白，也作元伯，号苑北居士，北京人，满族。中国当代著名书画家、教育家、古典文献学家、鉴定家、红学家、诗人、国学大师。苏士澍，1949年3月生于北京，满族，编辑出版家、文博专家、书法家。2015年12月8日当选为第七届中国书法家协会主席，兼任中国文学艺术界联合会第十届荣誉委员。

② 诗人自注："阿堵，晋人方言，犹'这个'，此处指电视机，有戏言启功先生家无电视机，今日知非。"

领导也有密切联系。当然书协的工作不可能完美，但取得的成就仍然是卓越的，这与几位书法家协会掌舵人的辛勤劳动密切相关，尤其是启功先生，他以自己的学识和人品，为书法家协会做了大量工作，值得纪念追思。沈鹏《偕苏士澍访启功先生》，描写了启老生活的一个片段，给人深刻的印象。此诗见于《三馀再吟》，创作于2004年2月28日。

"三径小红楼，春阳一束投"，落笔点题，点明探访的时令和地点。时间是初春时候，和煦的春光照进启老的书斋，令人感到一种宁静和温馨。北京师范大学里有座红楼闻名遐迩，就是启功先生所居的红六楼。启老的斋名为"坚净居"，这个被世人誉为"文衡史鉴尽菁华"的老者，一生大痛不言，坚韧内敛，无论世事如何浮沉，仍泰然处之。为人处世，有真性情，淡泊名利，颇有士大夫风范。启老在红六楼住了20多年，家中现在还保持着他去世前的原貌，书房十多平方米，兼做会客室，一排书柜、一张桌子和三座沙发，就把房间塞满了，小屋里，堆满了资料和存书，几乎没有落脚的地方。这里的"三径"一词，应化用蒋诩"开三径"的典故而来，指隐者所居。晋人赵岐《三辅决录·逃名》："蒋诩归乡里，荆棘塞门，舍中有三径，不出，唯求仲、羊仲从之游。"后以"三径"指归隐者的家园。首联描写室外的景色，颔联描写室内陈设和三位先生相聚的气氛。"书斋兼课室"，小红楼是单位分给启老的房子，空间狭窄，书又多，显得拥挤，书斋既是课室，又是会客室，可见主人生活清简、甘于寂寞的性格。"学子亦朋俦"，这应是写启老与苏士澍的关系。苏士澍是启老几十年的学生，他原在第三机床厂当钳工，从工厂调入文物出版社是启老鼎力玉成的结果，他们关系很亲近，师生之间如无话不谈的朋友。颔联描写室内环境和欢洽的气氛，突出了主人超逸的气度和相聚欢洽的气氛。

颈联"道贵非身外，诗清自诩油"，对启老的高洁品格、学术造诣、艺术境界进行综合评价。"道贵"，言启老于古典文学、古典文献、书画艺术、文物鉴赏等领域取得的卓越成就，这些都是先生穷极一生精力而孜孜追求的"身内"之事，为其生命的一部分，至于金钱、荣誉、地位、宽敞的豪宅、锦衣玉食等，都是"身外"之物，在启老眼中不值一提。"诗清自诩油"，启老是大诗人，但他不以学问为诗，不以才气为诗，语言清新自然，充满幽默智慧，这实际上是王国维所说的达到了"直寻""不隔"的艺术高境，而启老自称为"打油诗"，这是甚为谦虚的说法。赵仁珪在《启功先生诗词的三大贡献》一文中指出："启功诗文为书法所掩，他才思敏捷，多有即席之作，虽文采斐然，善于写诗论、题画、论书诗，而能将诗书画之神采韵味与内涵精髓有机地融为一体。""贡献最大者有三：一是对嘲戏幽默风格的大力发展；二是将典雅寄托的手法臻于极致；三是能写真性情，体现出大智慧。""何来新阿堵，今古漫悠游"，尾联写启老超然物外、依仁游艺的风采。诗人发现，启老家中居然有了电视机。启老甘于寂寞，生活简陋，电视机这种寻常百姓家都有的家具，先生却没有，而今终于有了，诗人为这一发现而诧异。这个尾联收束甚佳，进一步衬托了启老的隐逸情怀，于身外之物没有太多的兴趣。

诗作的风格清新静谧，仿佛把读者带入那简陋的书斋之中，听高士们谈天说地、悟道参禅。全诗用白描的语言写景状物，但见清幽的小径、古朴的小楼、简陋的书斋、肝胆相照的师友。读罢此诗，仿佛有一股清风吹开我们的心扉，一泓清泉洗涤我们的心肺，不觉神清气爽，仿佛瞬间顿悟到了什么是艺术的高境、什么是真性情、什么是真正的美，诗人以极为寻常的意象暗示读者，但又令人感到饱蕴深情。诗境的营构离不开本色化的语言，语言是思维的物质外壳，沈鹏论及语言时说过这样的话："启功先生的一副对联：'作文简、浅、显，做事诚、平、恒'，这是我非常爱好、时时默记的。"（《桃李正酣·追远启后》）启老先生学富五车，而他的诗文以朴素清新的语言和读者交流，表达了平易近人的品格，这一点对沈鹏的影响是很大的，在这首诗中就得到了很好的体现。幽默是启功先生的语言风格，沈鹏的诗作也受其影响。启老先生虽离我们远去，而他的高尚品格和卓越成就将如一颗璀璨的明星永绽光辉。

"大师风范，隐逸情怀。"此诗记录了探访一代艺术大师的精彩瞬间，如一幅画卷描写了启老先生的音容笑貌，拓展出广阔的联想空间，让我们体会到启老先生高洁的人格、宽阔的襟怀、渊博的学识、无私奉献的精神。

偕燊士游同访启功先生戏呈一律

三径小红楼，春阳一束投，萋菴重课室，学

子乐明俦。道貴非身外，诗清自調油。何棠

朅阿堵刀。（注）今古同慗游。

（注）阿堵，晋人方言，犹"这個"，此处指电视機。

有戏言敢先生家看电视機，今日尚石巴 知非。

父仔天埤 年二月二十八日

笔底家常话　人间风雨声

　　——《读马凯诗词集》赏析

读马凯诗词集[①]

识君欣未晚，把卷晤平生。

笔底家常话，人间风雨声。

庙堂忧百虑，江海远浮名[②]。

案牍劳形后，才情逐夜升。

　　艺术的本质是抒情，美的艺术多为表达至真至善至雅的情感。人类的情感是极为丰富的，除了爱情亲情之外，友情至为可贵。论及友谊，伏尔泰说："人世间的一切荣华富贵不及一个好朋友。"奥维德说："友谊是一个神圣而又古老的名字。"《诗经》中说："嘤其鸣矣，求其友声。"诗为中华艺术之魂，真情之表达莫佳于诗，因此诗友灵犀相通，情感至深，李白与杜甫，白居易与元稹，他们用诗篇写下了千古流芳的友谊佳话，正如李白所说："人生贵相知，何必金与钱。"鲁迅所说："人生得一知己足矣，斯世当以同怀视之。"在沈鹏先生的诗友中，马凯先生就是莫逆于心的一位。沈鹏长马凯15岁，以

---

　① 马凯，1946年6月生于上海市，1965年9月参加工作，1965年8月加入中国共产党，毕业于中国人民大学政治经济学系政治经济学专业，研究生学历。原任中共中央政治局委员，国务院副总理、党组成员，中国国家机关工委书记，国家行政学院院长。马凯诗词有《行中吟》《心声集》，2005年《马凯诗词存稿》出版。

　② 诗人自注："马凯有治长江洪水诗10首。"附：马凯读沈鹏《三馀诗词选》并步其赠诗原韵：三馀读恨晚，景慕肃然生。一纸真心话，八方润物声。感时怀远虑，作嫁淡虚名。废草三千后，雕龙腕底升。

诗结为忘年之交，先生创作《读马凯诗词集》一诗，便是这种真挚情谊的见证，诗作见于《三馀再吟》，创作于2006年5月。

首联"识君欣未晚，把卷晤平生"，沈鹏先生与马凯相识带有偶然性，马先生在新华书店买到《三馀诗词选》，读之欣喜不已，原来草书大家沈鹏先生还是著名诗人，于是结为忘年之交。马凯长期担任党和国家的重要领导职务，可谓日理万机，他又是综合素养甚高的政治家，于诗歌艺术情有独钟，在繁忙的行政事务之余，对诗歌艺术的研究与创作一直是他的业余爱好。他长期与沈老切磋诗词艺术，写过《百丈飞流大写"人"》——沈鹏先生诗词读后》一文，在文中说："诗是心灵的窗户，读沈老先生的诗词，感受到的是纯、真、静的心境。"诗词创作是沈老精神生活的重要部分，他对马先生这位诗友有相见恨晚之感，从马凯的诗作中，他仿佛看到诗人丰富美丽的心灵世界。马凯的诗以"诗味醇正"见长，李京盛说："《马凯诗词存稿》读罢，一股悠长醇正的诗味，竟在胸间荡漾了许久。"

颔联"笔底家常话，人间风雨声"，从风格和内容上概括马凯诗词的艺术成就。"笔底家常话"，说明马先生的诗风清新自然，以朴素纯真的语言与读者交流，题材为咏物、述怀、励志、记游、赋事等，表达的是爱祖国、爱人民的心声。"人间风雨声"高度概括了马先生的诗歌创作努力继承杜甫、白居易的现实主义传统。著名学者冯其庸评马凯诗："诗之所以感人者，以其情真而意切也，马君身居高位，与之接，诚朴如乡人；与之遇，衣饰在众人之中；与之叙谈，虽初识亦温煦，如坐春风，故其为诗也真，而且醇。"马凯的诗歌语言以朴素清雅见长，试读《天净沙·巴中池园农家》："春风云路人家，绯桃白李黄花。小院修竹新瓦，荷塘月下，陶公也想听蛙。"诗人刘征评此诗是"一幅明丽清新的田园风景画"，从一个侧面反映了改革开放给农村带来的重大变化。马凯写过一定数量的心系群众的佳作，如抗震、抗雪、抗洪等系列组诗，体现了诗人献身民族、心忧国事的高尚情怀，试读其《抗震组诗·十首之一》："大地抖，腥风虐，川改道，山崩裂。泥流石瀑从天泻，广厦顿失烟灰灭。千镇万村呼无应，断桥残路飞难越。疮痍满目家何处？唯听废墟声声咽。父老乡亲你在哪？十三亿人心滴血。"这十分真实地把我们带入汶川大地震的惨象之中，表达了诗人心系群众的情怀。

颈联"庙堂忧百虑，江海远浮名"，描写马先生心萦国事、情淡浮名的政治家本色。马凯曾担任党和国家的重要职务，繁重的行政工作占据了他的主要时间，他写的《七律·六五述怀》中描写过当时的心境："跃马忽觉过壮年，未曾松套自加鞭。耘田只恐阳斜落，把卷欣逢月正悬。瀚海拾珠生惬意，关山览胜见悠然。蹄声渐远难绝耳，信是伏身又向前。"他随国务院领导到全国各地视察，1998年抗洪、驻南斯拉夫大使馆被炸、澳门回归、青藏铁路开工等大事发生时，马凯均有诗作记述，他的作品感情充沛，随人民的苦而忧，随人民的富而乐，可谓心有苍生、身无挂碍，笔下流淌的真情甚为动人。"江海远浮名"，"江海"，一语双关，既指诗人有关抗洪的创作，又写诗人"忧以天下，乐以天下"的胸襟，对个人名利置之度外，正因为有这种胸襟，他才能写出个性鲜明、意境超旷的诗作。"案牍劳形后，才情逐夜升"，言其诗境是特殊人生经历的表达，化用刘禹锡《陋室铭》"无丝竹之乱耳，无案牍之劳形"的句意而来。陆游告诫儿子说："汝果欲学诗，功夫在诗外。"可见，有丰富的阅历、深切的感受才能写出好诗。赵奕在《马凯的诗词人生》中引用李京盛的话说："古代的诗人，特别是一些大诗人，大都是有官员的身份，丰富的政治生活为他们的诗歌创作提供了无法比拟的生活积累和创作素材。在古代，诗人和官员是不分家的，这也是中国诗歌的一个传统特色。"马凯的创作与其独特的人生经验是分不开的，"才情逐夜升"中的"夜"字甚妙，极言诗人的创作是"三馀"之时写成的。

此诗是一本诗集的读后感，严格地说是一首典型的论诗诗，以诗论诗是中国的一个美评传统，滥觞于《诗经》："吉甫作诵，穆如清风。"司空图《二十四诗品》以诗的形式描述诗歌风格和诗歌意境，元好问《论诗三十首》将这种形式推向极致。沈老写过大量的论画、论书、论诗、论音乐、论雕塑的诗作，是沈鹏美学思想的重要组成部分。《读马凯诗词集》对马凯的诗歌创作做了中肯的评价，他们是忘年诗友，了解较多，才会相知甚深。他认为马凯的诗歌创作从内容而言，表达了一位人民公仆"先天下之忧而忧，后天下之乐而乐"的高尚品德，体现了当代政治家的家国情怀，弘扬了中国士大夫文化的优良传统。诗如其人，文如其人，诗的境界折射了作者空阔高远的心灵境界。其题材广阔，具有浓厚的生活气。文学是语言的艺术，马凯的语言深见个性，"笔底家常话，人间风雨声"，说明马凯的语言高度朴实、清新，洗尽铅华，独存孤迥。语言是思维的物质外壳，能通俗、朴实、浅近地与读者交流，这更是一种综合修养、人生境界的艺术表达。朴素自然，看似容易，其实极难，朴素体现出人格的纯洁、意象的空灵、语言的精纯，这是长期修炼的结果。

"笔底家常话，人间风雨声"，这是对马凯诗词艺术所作的简约准确的评价，也是诗人美学理想的艺术表达，用于概括此诗的艺术特色十分准确。

霹雳一声闻一多

——《读林语堂〈中国人〉(三首存一)》赏析

读林语堂《中国人》① (三首存一)

吾国吾民竟若何？仁人铁砚万千磨。

闷雷爆发掀天地，霹雳一声闻一多 ②。

在现当代爱国主义战士、学者中，闻一多的名字是光芒闪烁的。闻一多不仅是一位著名的诗人，也是一位杰出的学者，他是五四运动之后非常杰出的作家。他热爱祖国，爱国主义如同一条红线贯穿他的一生。林语堂认为闻一多是有血性的中国人的代表。毛泽东主席评价闻一多："横眉怒对国民党的手枪，宁可倒下去，决不屈服。"郭沫若说："他那眼光的犀利，考索的赅博，立说的新颖而翔实，不仅前无古人，恐怕还要后无来者的。"沈鹏先生《读林语堂〈中国人〉(三首存一)》见于《三馀诗词选》，创作于2008年1月。

"吾国吾民竟若何？"以设问起笔，引起读者的深思感慨，"若何"，应为"若之

① 林语堂《中国人》:《中国人》是林语堂在西方文坛的成名作与代表作，由于该书将中国人的性格、心灵、理想、生活、政治、社会、艺术、文化等诸方面写得非常幽默，非常美妙，并与西方人的性格、心灵、理想、生活等做了相应的广泛深入的比较，所以自1935年由美国纽约约翰·戴公司出版以来，在海内外引起了轰动，被美国女作家赛珍珠等名士推崇备至，曾译成多种文字，在西方广泛流传。

② 闻一多 (1899—1946)，本名闻家骅，字友三，生于湖北省黄冈市浠水县，中国现代伟大的爱国主义者，坚定的民主战士，中国民主同盟早期领导人，中国共产党的挚友，新月派代表诗人和学者。1946年7月15日，在云南昆明被国民党特务暗杀。闻一多写有一首诗，叫《一句话》。

何"的省略，将其怎样对待，意即怎样对待我们的祖国、我们的人民呢？这是古往今来的爱国主义者、民族脊梁们思考的问题。一个国家、一个民族要雄立于世界民族之林，每一个成员都要有献身精神。真正的民族脊梁想到的总是"大我"，其实没有"大我"，也就没有"小我"，国将不国，胡以为家？爱国志士多怀忧患意识。屈原诗云："长太息以掩涕兮，哀民生之多艰。"于谦云："但愿苍生俱饱暖，不辞辛苦出山林。"林则徐云："苟利国家生死以，岂因祸福避趋之？"这种忧国忧民、血荐轩辕的精神是中华士子的优良传统。习近平总书记说："共产党人的忧患意识，就是忧党、忧国、忧民意识，这是一种责任，更是一种担当。"闻一多先生就是这样一位伟大的爱国主义者，如果单凭"小我"而生活，以闻先生的学问才华，他会生活得足够风光体面，而他想到的更多的是"大我"。

"仁人铁砚万千磨"，回答起句所提出的问题，意思是指民族的脊梁们总是历尽艰辛探索救国救民之路。"仁人铁砚"应指代爱国的知识分子，这里具体指代闻一多先生。真正的民族脊梁应是有爱国主义精神的文化人。"铁砚"一词，本义是坚实的砚台，这里指"铁砚磨穿"，形容探索真理，立志不移，持久不懈。闻一多就有铁砚磨穿的精神。闻一多在治学方面体现出的探索精神是学者的楷模，而他最可贵的是坚持探索救国救民的真理。五四运动的巨浪把正在专心求学的闻一多推向了时代的风口浪尖，他看到了鲜血淋漓的社会现实，眼看腐朽反动的北洋军阀公然卖国，帝国主义肆无忌惮地掠夺中国的土地，践踏中国的主权，于是忧愤莫名，自觉地把个人的命运和祖国前途联系在一起。他的诗歌创作从《红烛》到《死水》，就是探索救国救民真理的心迹历程的艺术表达，他坚信只有共产党才能救中国，只有推翻国民党的反动统治，中国人民才有翻身解放的可能，因此为了人民的解放事业，他敢于怒对国民党特务的手枪，视死如归。

"闷雷爆发掀天地"，描写闻一多对反动势力的鞭挞。这是化用闻一多的诗《一句话》和《最后一次演讲》的内容而来。他在《一句话》中写道："突然青天里一个霹雳爆一声：'咱们的中国！'"闻一多《最后一次演讲》表现出来的大无畏精神，仿佛闷雷震撼着国民党的反动统治，闻一多在黎明前最黑暗的岁月里作了英勇顽强的斗争。闻一多自比红烛，要用那微弱的光和热照亮险恶的路途，烧破世人的迷梦，捣毁禁锢人们灵魂的监狱，为人民培养出慰藉的花和快乐的果，尽管"流一滴泪，灰一份心"，直到"蜡炬成灰泪始干"，也在所不惜。正因为如此，他在白色恐怖的日子里发表了《最后一次演讲》，像闪电闷雷爆发出极大的威力，给反动统治以沉重的打击，而他最终却倒在血泊之中。1946年7月15日下午，在昆明西南联大任教的闻一多参加民盟为李公朴暗杀事件举行的记者招待会，闻一多先生慷慨陈词，揭露国民党假和平、真内战的阴谋，在回家的途中，惨遭多人狙击而身亡，时年47岁，同行的长子闻立鹤为保护父亲也身负重伤。事件发生后，全国人民愤怒声讨，蒋介石也惧怕起来，假惺惺地严厉批评云南的特务机关，为了平息事态，对案件也做过侦破审查，根据国民党特务沈醉的回忆，暗杀李公朴、闻一多的真正凶手是云南警备总司令霍揆彰派人干出来的，具体的执行人是由云南警备司令部的情报处长王子民率领，具体执行者为特务营长汤时亮。当时虽对两名执行者判了死刑，但却以其他犯人顶替，他们的暗杀行动纯粹是因为恐惧和平运动，为讨好国民党政府而做的。

"霹雳一声闻一多"，这是具体描写闻一多最后一次演讲的巨大震撼力，也化用了《一句话》的诗意。李公朴先生遇难的追悼大会，闻一多不顾同志们的劝阻，抛开特务们寄来的恐吓信而毅然参加，李夫人在大会上控诉国民党特务的罪行已泣不成声，而台下的特务们肆意说笑，无理取闹，于是闻一多抑制不住心中的愤怒，走上讲台发表了这篇广为传诵的演讲。这样的话语字字句句如雷霆般劈向国民党反动派及其特务们："这几天大家晓得在昆明发生了历史上最卑劣、最无耻的事情！""今天这里有没有特务？你站出来，是好汉的站出来，你出来讲，为什么要杀死李先生？""特务们你们想想，你们还有几天？……你们快完了，快完了！……反动派，你看见一个人倒下去，可看见千百万个继起的？""正义是杀不完的，因为真理永远存在！""争取民主和平是要付出代价的，我们绝不怕牺牲！我们每一个人都要像李先生一样，跨出了门，就不准备再跨回来！"这句诗除了高度地概括《最后一次演讲》的内容外，也化用了《一句话》的诗意。《一句话》全诗如下："有一句话说出就是祸，有一句话能点得着火，别看五千年没有说破，你猜得透火山的缄默？说不定是突然着了魔，突然青天里一个霹雳，爆一声：'咱们的中国！'这话叫我今天怎么说？你不信铁树开花也可，那么有一句话你听着：等火山忍不住了缄默，不要发抖，伸舌头，顿脚，等到晴天里一个霹雳爆一声：'咱们的中国！'""咱们的中国"这句话看似平常，却包含着人民当家作主、反对专制压迫的丰富潜台词。在封建专制统治时代，中国人民处于毫无民主权利的奴隶地位，这句话五千年都没有说破，直到新中国成立，人民才有了扬眉吐气、当家做主的希望。

此诗具有鲜明的艺术特色。绝句小诗写如此重大的题材，高度的概括和独特的视角不仅令人耳目一新，更给人以灵魂的震撼。诗作的起笔采用王维、贾岛的提问句式，一问一答，自问自答，引发读者的注意与思考。这个句式首先使我们想起王维的"君自故乡来，应知故乡事"和贾岛的"山下问童子，言师采药去"，但与王、贾的风格是不同的。王、贾的风格给人一种亲切之感，表达欣然神往的心情；而沈诗的设问句引发士子们对理想前途的重大问题进行思考，给人一种振聋发聩之感。其次是奇妙的比喻，以"铁砚磨穿"象征闻一多探索真理的不懈精神，以"闷雷爆发""霹雳一声"形容闻一多《最后一次讲演》和《一句话》一诗的震撼力与冲击力，想象奇妙，具有深邃的思想与感人的力量。善于化用也是此诗的一大特色，"霹雳一声闻一多"化用闻一多《一句话》的诗意，又结合《最后一次演讲》，形成极为丰富的思想内涵与磅礴的气势，如巨流轰浪震撼人们的心灵。"霹雳一声闻一多"也运用间接反复，两个"一"字具有特殊内涵，意思是指闻一多的演讲和诗篇是炸向旧世界的一声惊雷，也是开辟新时代的一声春雷，闻一多虽为一介书生，但身上迸发出极大的震撼力与冲击力。

"霹雳一声闻一多"，闻一多的《最后一次演讲》是中国历史上一声文化的惊雷，一声向往民主自由的惊雷，将在历史的夜空中回荡。他的诗篇、他的学术成就也将如惊雷般警醒中华民族千千万万的后起者，为了民族的伟业而前仆后继，奋勇向前。闻一多的生命虽是短暂的，但却光芒万丈，照亮了后人前进的征途。

画意诗情　物我为一

——《桂林至阳朔途中》赏析

桂林至阳朔途中①

扁舟环抱万山中，宛转徐行鸟路通。

江上清奇江底影，碧波流上碧莲峰。

印度诗人泰戈尔有这么一首诗："我要抛弃所有的忧伤与疑虑，去追逐那无家的潮水，因为那永恒的异乡人在等我，他正朝我走来。"（《呓语》）其实，中国诗人的精神一经确立，便成了自己故园的异乡人，诗人的一生是漂泊、羁旅山川的一生。因此，寄情于宁静安谧的村庄田园，流连于瑰奇壮丽的名山胜水，兼之以独特的意象表达，便成了诗人抒发志向、排遣世虑、安顿生命、颐养天年的重要形式。沈鹏先生对旅游情有独钟，每至佳处，多有吟咏，在他千余首诗作中，记游诗占了很大的比重。2008年初夏，沈鹏先生有幸领略了桂林至阳朔一带的如画风光，并以诗章作了真实的记录。诗作创作于2008年5月。

---

① 桂林：桂林为广西壮族自治区下辖地级市，地处广西东北部东盟自贸区的前沿地带，北接湖南、贵州，西南连柳州，东邻贺州，位于南岭山系西南部、桂林—阳朔岩溶盆地北端中部，属山地丘陵地区及典型喀斯特岩溶地貌。桂林因桂树繁多，桂花成林而得名。桂林地区昔称八桂、桂州，是首批国家历史文化名城。

阳朔：阳朔即阳朔县，隶属于桂林市。桂林到阳朔的水路是漓江。漓江又名桂水、桂江、癸水、东江，流经广西壮族自治区桂林市，以秀甲天下的自然景观驰名中外。

"扁舟环抱万山中"，起笔描写游览的方式和所见的景色。"扁舟"，小舟，苏轼《赤壁赋》："驾一叶之扁舟，凌万顷之茫然。""环抱万山中"，乘舟环绕群山观赏景色，写出了这一带山环水绕的特点。诗人的视点应是在天空鸟瞰，山川的整体特征才看得真切。此诗写景状物，采用了绘画中的散点透视法，故而显得有立体感。"万山"，指漓江两岸的群山，万壑千峰，争奇斗险。桂林山水为国家AAAAA级旅游景区，是中国山水的代表，典型的喀斯特地貌构成了别具一格的梦幻景色。桂林以"山奇、水秀、洞奇、石美"著称：桂林的山主要有奇、秀、险三个特点，多平地拔起，千姿百态；漓江的水，蜿蜒曲折，明洁如镜；山多有洞，洞幽景奇；洞中怪石，鬼斧神工。"宛转徐行鸟路通"，间接描写漓江的蜿蜒曲折。"鸟路"，即"鸟道"，比喻险峻的路，只有飞鸟可以通行，《晋书·邵诜阮种等传赞》："鸟路层飞，龙津派永。"韩愈《忆昨行和张十一》："阳山鸟路出临武，驿马拒地驱频隤。""鸟路通"极言漓江两岸山势的险峻，如果不是在漓江乘船观赏，两岸的独特风光根本无法看到。从文字上看，诗人好像纯粹描写山形水势之奇特，实际上写出了诗人惊诧欣喜的心情。

　　转句"江上清奇江底影"，描写漓江的蜿蜒清澈。水皆缥碧，千丈见底，游鱼细石，直视无碍，回峰倒影，变幻莫测，这是诗人所绘的漓江景色。山无水则无灵气，水无山则无气势，山贵于磅礴，水贵于萦回，桂林的山水就体现了磅礴萦回的特点，由写山到写水，视点由平视仰视转为俯视。漓江，属珠江流域西江水系，为支流桂江上游河段的通称，传统意义上的漓江起点为桂江源头越城猫儿山，全长164公里。漓江又名桂水、桂江、癸水、东江，流经桂林市。漓江的特点为清、奇、巧、变四个字。漓江像一条青绸绿带，盘绕在万点峰峦之间，奇峰夹岸，碧水萦回，削壁垂河，青山浮水，风光旖旎，犹如一幅瑰美的画卷。乘舟泛游漓江，又观奇峰倒影，碧水苍山，竹篱农舍，渔翁闲钓，一切都那么富有诗情画意。"碧波流上碧莲峰"，这是描写漓江倒影的清奇瑰丽，是一种错觉描写，极言江水之澄澈。"碧波流上碧莲峰"，合句有几层意思：一写江流之澄澈，回峰倒影看得清清楚楚，说明水质仿佛没有一丝丝尘垢污染，两个"碧"字间接反复，极言山青水碧，景色奇妙；二是点明了诗题，说明游船已到达阳朔；三是写观者的心情，纯用景语作结，写出了诗人陶醉其中的情态。流连水色山光，诗人惊诧愉悦，仿佛忘记了自我，完全与美丽的山川融合为一。

　　《桂林至阳朔途中》一诗，以简约的笔墨描写了桂林之游的所见所感，在漓江乘舟游览所见的山奇水美的秀丽景色，仿佛是一幅瑰奇的画卷：两岸险壁峻崖，冈峦起伏，那青翠的山色、清澈的漓水、碧蓝的天空，如梦如幻，仿佛走入神话世界。陶铸诗云："如此江山不入画，丹青何事费踌躇？"其实，山川奇景是任何丹青妙手也很难画出来的。漓水蜿蜒曲折，碧水、翠峰、峻岩、幽谷，还有天空翻飞的白鸟，构成有声有色、动静有致的山水图卷，大自然有如丹青妙手、雕塑大师，把这奇妙的景色糅合为一，徜徉其间，也仿佛身与物化，心灵感觉到一种特别的宁静，感受到造物者的伟大神奇。在这山水中流连，仿佛顿悟到了宇宙的某些神秘之处，顿生吴均在《与朱元思书》中观赏富春江的感受："鸢飞戾天者，望峰息心；经纶世务者，窥谷忘返。"全诗仿佛单纯地让客观景物占有我们的感官，无一字表达诗人的感受，但又处处透露了诗人的主体情感，诗人为之惊诧，为之激动，为之陶醉。

此诗的特色表现在如下几方面：其一，诗画的交融。苏轼评王维之诗"诗中有画，画中有诗"，作者既是诗人，又是著名的美术评论家，深通画理，在诗人笔下，描绘了一幅山环水绕、奇绝幽静的桂林山水图，一叶扁舟随着蜿蜒曲折的漓水环山而绕，奇谲的山势、陡峭的峻崖、澄澈的漓水构成了一幅色彩清丽、动静交错的画卷，通过画卷的描写暗示了诗人欣喜陶醉的心情，画境的主体意象、衬托意象历历在目。其二，物我交融的景物描写。全诗写景状物的文字仿佛不着一丝丝主观色彩，意境是阔大的、瑰奇的，又是宁静的、淡远的，表达了一种静谧空灵的禅意，让我们仿佛看到诗人在奇异的山川中参禅悟道的情景，读来感到一种心灵的宁静，心中的尘垢牵绊仿佛被山色清流荡洗得干干净净。其三，映衬的手法。桂林的奇山异水是一个和谐的整体，山的奇特壮丽映衬了水的灵秀，水的澄澈清逸增加了山的瑰奇，通过对回峰倒影的描写，将山之奇与水之秀构成一个和谐整体，清新自然的语言使景物的描写更显清逸高华。

"画意诗情，物我为一"，这是沈鹏《从桂林到阳朔途中》这首小诗的主要特色，瑰奇静谧的艺术意境仿佛把我们带入桂林阳朔的奇山异水之中，让我们感悟到造化的鬼斧神工及诗人对祖国山川的热爱之情。

荷颜真秀色　壮气薄青霄

——《念奴娇·奥运会女排》赏析

念奴娇
奥运会女排①

一球飞转，看无边春色，动人魂魄。

今日心神无枉顾，定与银屏相托。

图绘飞天，姮娥传说②，对此当惊愕。

中华骄女，青春都付拼搏。

夜半拍手腾欢，胜逢佳节，热泪齐抛落。

东亚病夫全雪耻③，意气竞云天薄。

奥运精神，回归雅典，崛起尊东岳。

何时寰宇，人情同寓哀乐？

---

① 2004 年雅典奥运会，中国女排在先失两局的不利情况下连扳三局，以总比分 3 比 2 击败俄罗斯女排获得冠军，这是中国女排继 1984 年洛杉矶奥运会以来第二次夺得奥运会女排金牌。

② 姮娥：嫦娥，中国上古神话中的仙女，传说她是上古时期三皇五帝之一帝喾（天帝帝俊）的女儿，后羿之妻，她美貌非凡，本称姮娥，因西汉时为避汉文帝刘恒的讳而改称嫦娥，又作常娥。与后羿开创了一夫一妻制的先河，后人为了纪念他们，演绎出了"嫦娥奔月"的故事。

③ "东亚病夫"：最早为"东方病夫"，出自晚清上海英国人办的英文报纸《字林西报》上的一篇文章，此报曾经是在中国出版的最有影响力的一份英文报纸。作者是英国人，于 1896 年 10 月 17 日登载。按照梁启超的翻译是："夫中国——东方病夫也，其麻木不仁矣。"

体育事业的发展，并非单纯提高身体素质的问题，还关系到一个国家、一个民族在世界如何立足的问题。1936年中国体育代表团赴柏林出席奥运会，全军覆没，被人加以"东亚病夫"的侮辱性称号，这是中华民族的极大耻辱，说明当时的国力极弱。当时社会黑暗，民生凋敝，何来强健的国民、体育的劲旅？新中国成立以后，在党的英明领导下，我国体育事业得到飞速发展，乒乓球、羽毛球在较长时间称雄世界。20世纪80年代的中国女排，以坚毅的意志、协作的精神、高超的技艺、辉煌的战绩驰誉天下，可被视为中华民族昂扬奋起的象征。其实中国女排并非世界最强，却战胜了对手，她们的精神称为"女排精神"。女排的战绩对提高民族自信心、强化民族凝聚力、彻底甩掉"东亚病夫"的帽子起到了重要作用。中国女排是好样的，在时隔20年之后，于2004年8月28日，以3比2战胜俄罗斯队，夺得雅典奥运会女排冠军。沈鹏先生关心赛事，心系女排，守在电视机旁，得知喜讯，振奋不已，在2004年8月29日从北京至太原的飞机上吟成词作《念奴娇·奥运会女排》，盛赞女排精神，讴歌中华民族的昂然崛起。词作收录于《三馀再吟》。

词作上阕描写观看竞赛时的心情。"一球飞转，看无边春色，动人魂魄"，总写竞赛的情景和观者的心情。这场比赛牵动着神州儿女的心，也牵动台湾同胞、海外侨胞的心，期待女排再展雄风。沈先生有失眠症，一激动就难以入睡，但女排的赛事太重要了，他守在电视机旁，心情比运动员还紧张。从球赛中先生看到"无边春色"，无疑采用了象征的手法，因为国旗在运动场的冉冉升起，那是民族精神大放异彩的象征，是一种壮美！"今日心神无枉顾，定与银屏相托"，描写观看球赛时注意力的高度集中，诗人仿佛与女排队员一样，进入到紧张的竞赛之中。"图绘飞天，姮娥传说，对此当惊愕"，诗人不觉想象飞腾，由女排队员的英姿想到传说中的女神形象，她们都是美的化身，是当代的"飞天"、当代的仙女。"飞天"是佛教壁画或石刻中在天空飞舞的神，梵语称神为提婆，因提婆有"天"的意思，所以汉语译为"飞天"。"姮娥"是中国神话中的仙女，这里以"飞天""姮娥"来比拟女排队员，她们是那样健美，那样身手不凡。那些"飞天"仙女都是幻想中的女神，而女排队员是现实生活中的巾帼英豪，她们有仙女一般的美丽，更可贵的是具有敢于拼搏的精神，她们的美胜过神话中的仙女。"惊愕"，惊讶。"中华骄女，青春都付拼搏"，直抒胸臆，赞美她们勇敢拼搏的精神。

下阕抒发观赛感慨。"夜半拍手腾欢，胜逢佳节，热泪齐抛落"，概写观赛之时激动的心情。过片承上启下，自然过渡。诗人的情绪甚为激动，夜半还无睡意，为女排的胜利欢欣鼓舞，流下了激动的泪水，诗人为何如此激动呢？因为太不容易了，诗人想到很多。有的评论家说：女排的这场比赛，取得胜利极为不易。前两局失败，在这种情况下志不移、气不馁，打的是坚强意志，打的是协作精神。这是一种煎熬，冲击心理进入极限后的凤凰涅槃，置之死地而后生的快感。从开始的焦灼到后来俄罗斯的发力，其中一个个子很高的俄罗斯姑娘，拦网扣杀简直无懈可击，而女排的英雄们面对强敌无所畏惧，抓住对方失误，豁出命来拦网扣球，终于取得胜利，故而诗人不禁落下了激动的泪水。

"东亚病夫全雪耻，意气竞云天薄"，这次比赛再次为中华民族雪了"东亚病夫"之耻，这是落泪的第二个原因。"薄"，意为迫近。"意气竞云天薄"，指意气凌云。"东亚病夫"这个名号的得来，是旧中国国力孱弱、任人欺凌的真实写照，是民族的耻辱。1936年中国体育队在柏林奥运会的全军覆没，原因是多方面的，当时的中国经济落后、国民体质孱弱。而今中华民族雄立于世界的东方，综合国力大大增强，中华骄女英姿飒爽，已把"东亚病夫"的帽子甩到了太平洋。诗人为巾帼英才骄傲，为中华民族自豪。"奥运精神，回归雅典，崛起尊'东岳'"，"东岳"指泰山，这里指代中国。"奥运精神"的内容是"相互理解、友谊长久、团结一致、公平竞争"，奥运精神的体现还是以国家的综合实力为前提的，一个国家在国际性的赛场没有话语权，别人投来鄙视的目光，怎么体现奥运精神？女排的胜利是民族精神的胜利。"何时寰宇，人情同寓哀乐？"卒章显志，希望全世界人民和睦相处，同呼吸，共命运，弘扬奥运精神，世代和平友好。奥运精神更多的是体现友谊，体现公平竞争，体现对世界各民族的尊重。"寰宇"，指环球，即整个世界。

　　这是一首为女排在奥运会夺冠而作的赞美词，充满欢乐的气氛。诗人通过这次激烈拼搏的场景描写赞美女排的坚定意志、协作精神、精湛技法，赞美她们的拼搏精神，我们的民族需要这种精神，我们应努力弘扬这种精神。这些骄女是中华民族最为璀璨的生命之花，她们是美的象征。因为她们不但美丽，更可贵的是她们勇敢坚强，充满智慧，爱祖国和人民，敢于创造奇迹。自从鸦片战争以来，英帝国主义以枪炮打开中国的大门，以毒品毒害中国人的身体，掠夺中国的财富，中国处于积贫积弱的境地，"东亚病夫"只能任人侮辱，任人践踏，这是多么不堪回首的往昔！而今中华民族在昂然崛起，综合国力在增强，人民的生活水平在提高，体育事业在飞速发展，全民族的身体素质在优化，有国力做后盾，有健康做基础，有民族凝聚力做支柱，我们培养出了高素质的运动员，在世界体坛拥有了话语权。在奥运会上我们的骄女敢打敢拼，英勇无畏，这表明中华民族被屈辱、被践踏的日子一去不复返了。我们应热爱我们的国家和民族，珍惜保护今天的大好形势，为国家民族做出应有的贡献。

　　词作充满激情，感人至深。沈鹏先生的艺术创作表达了对真善美的追求之情。此作有激动人心的场景描写，有开心的欢笑，有热泪盈眶的喜悦，有对美好明天的憧憬，字里行间体现了对中华骄女的赞美之情、对国家民族的热爱之情。诗人展开了想象的翅膀，想到飞天的故事，想到姮娥的传说，更想到不堪回首的往昔，不禁心潮澎湃，热血沸腾，为这一胜利而欢欣鼓舞。韩愈说过："欢愉之辞难工，穷苦之言易好。"此诗是典型的"欢愉之辞"，但这"欢愉之辞"摇人心旌，令人振奋，为什么呢？因为表达了最真挚、最深厚的情感。"真"是美的母体，诗人表达的情感是真挚的、发自灵魂深处的，故能勾起读者强烈的情感共鸣。此词为长调，成功地采用了铺叙的手法，如上阕有场景描写，有联想对比，有直抒胸臆，读来给人以如临其境、如闻其声的感觉。艺术贵在自然，无意于佳而自佳，此作结构完整，文气流畅，抒情强烈，意象鲜明，无愧为大家手笔。

　　"荷颜真秀色，壮气薄青霄。"女排健儿是华夏民族最为绚丽的生命之花，她们以青春热血谱写了壮美的诗章，为国家民族赢得了荣誉。《念奴娇·奥运会女排》是献给中华骄女的赞美诗，必将激励一代代的中华儿女献身祖国，让生命之花开得更加璀璨夺目。

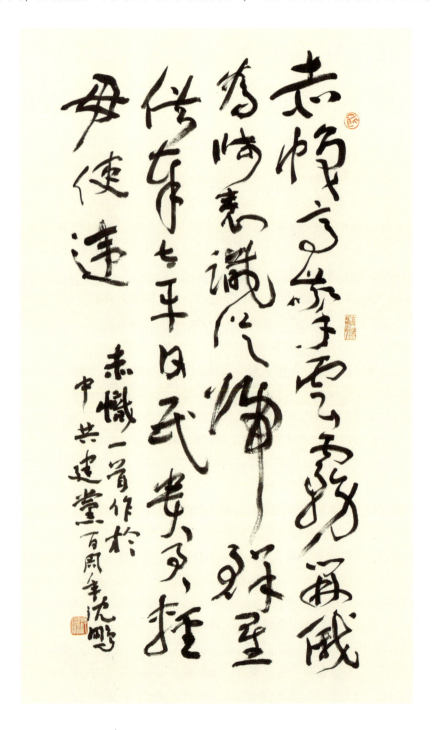

温室温须降　共建地球村

——《水调歌头·印度洋海啸》赏析

水调歌头

印度洋海啸[①]

风定艳阳日，海底激雷奔。
霎时数百公里，浪遏触昆仑。
搅得天昏地暗，恣肆狂涛泛滥，
板块只微瞋。
人命竟如蚁，十五万冤魂！

赈峰会，红十字，急孤贫。
蜗牛角上，争斗何日息尘氛？
可叹红松临绝，更有珊瑚喋血，
灭顶警沉沦。
温室温须降，共建地球村。

---

① 海啸是由海底地震、火山爆发、海底滑坡或气象变化产生的破坏性海浪。印度洋海啸也称为南亚海啸，发生在2004
年12月26日，地震发生的范围主要是印度洋板块与亚欧板块的交界处，地处安达曼海，震中位于印尼苏门答腊以北的海底，
当地地震局测量里氏地震规模为6.8，中国大陆、香港及美国测量到强度则为里氏规模8.5至8.7，其后中国香港天文台
和美国地震情报中心分别修正强度为8.9和9.0，矩震级为9.0，最后确定为矩震级达到9.3，引发海啸高达10米，波及
范围远至波斯湾的阿曼、非洲东岸索马里及毛里求斯、留尼汪等地区，造成巨大的人员伤亡和财产损失。截止到2005年
1月20日的统计数据显示，印度洋大地震和海啸已经造成22.6万人死亡，最终统计超过30万。

2004年12月26日发生的印度洋海啸是罕见的特大自然灾害，30多万人的生命化为乌有，噩耗传来，举世同悲。沈鹏先生难掩锥心之痛，于2005年1月创作了《水调歌头·印度洋海啸》一词，对遇难者深表哀悼之情，同时也作了多方面的理性思考。词作收录于《三馀再吟》。

　　上阕描写灾害之惨重。"风定艳阳日，海底激雷奔"，描写海啸发生的时间使人意想不到。天空阳光灿烂，轻风和煦，使人放松了大难即将来临的警惕性，用"激雷奔"三字描写地震引发海啸发生的情景甚为准确，灾难降临甚为突然，损失之大就可以想见了。"霎时数百公里，浪遏触昆仑"，描写海啸发生时的情景。"霎时"，短时间，一会儿。"浪遏触昆仑"，遏，阻止，制止。这句词的意思是说，掀起的滔天海浪能阻止像昆仑一般巨大的船只航行，可见海浪之高，冲击力之大，来势之猛。"搅得天昏地暗，恣肆狂涛泛滥，板块只微瞋"，具体描写海啸发生时的情景和破坏力形成的原因。本来是晴朗的日子，而海啸发生了，海浪滔天，搅得昏天黑地，没有什么力量可以阻挡，像发威的母虎一样肆意狂为，灾区的人和物仿佛成为超级巨兽手中的玩具，随意抛掷，随意毁灭。而这一切的发生，对地球来说，只是板块之间微微碰撞了一下，像地球巨人不高兴时瞪了一下眼睛，而造成的破坏力大得不可思议，人类只能被动地承受，无还手之力。上阕运用对比，"艳阳"与"激雷""狂涛"与"微瞋"构成强烈对比，说明灾难降临，猝不及防。"人命竟如蚁，十五万冤魂"，具体描写造成的灾害之大，据当时的有关报道，遇难者为15万，后来统计已过30万。几十万鲜活生命，刹那之间消失得无影无踪，这多么恐怖！中国国际救援队的工作人员曾这样描述灾后的情景：在班达亚齐最繁华的中心区看到道路两边的木建筑房屋很多都已经被海啸彻底撕成了碎片，海水如镶着利刃的舌头，所舔之处都留下了翻出黑泥浆的深沟。

　　下阕抒发灾后之感慨。"赈峰会，红十字，急孤贫。"海啸发生后，全世界人民都伸出了援助的双手。"赈峰会"是指海啸发生后的赈灾峰会，"红十字"指红十字会，是从事人道主义工作的社会救助团体，通过这些组织筹款救灾。这场"世纪海啸"已造成30余万人丧生，140多亿美元的财产受损，国际社会闻之震惊。灾难唤醒了人类的良知，全世界许多国家不论大小，不分贫富，上自国家领导人，下至普通百姓都纷纷投入到了救灾行动之中，在全世界掀起了史无前例的灾难救援的高潮。在较短时间内，全球援助总额达30亿美元。"蜗牛角上，争斗何日息尘氛？"灾难唤醒了人类的良知，也应该唤醒人类的大爱之心，期望全世界人民珍爱生命，保卫和平。特大灾难破坏巨大，而战争是人为的灾难，比自然灾害的破坏力更大、更难恢复，为何不阻止战争，保卫和平？"蜗牛角上"，化用《庄子》"蜗角之争"的典故，比喻为了极小的利益而引起极大的争执，这是不必要的，是可以避免的。

　　"可叹红松临绝，更有珊瑚喋血，灭顶警沉沦"，这是由海啸的发生联想到环境的破坏。红松古老而珍贵，是"第三纪"子遗植物，有"活化石"之称，联合国已将它确定为珍稀树种。红松是伊春的象征，如不采取保护措施，这一树种就有灭绝之可能，现在伊春市已全面禁止采伐天然红松。澳大利亚的大堡礁因其生物多样而闻名，五颜六色的珊瑚岛和小岛群绵延1000多公里。研究人员发现，由于极端高温天气创纪录，约二分之一的珊瑚在2016年和2017年死亡，这是因温室气体排放导致气候变化的结果。诗作以红松、珊瑚为例，运用借代的手法，指出环境的破坏将带来灾难性的后果，目前处于灭绝边缘者岂止红松、珊瑚？环境污染和生态破坏改变了自然界相对平衡的循环，将导致气候变化、江河流向的改变。此外，进行核试验、勘探、采油等开发活动都可能引起地震的发生。

"温室温须降，共建地球村"，表达全球保护环境、减少自然灾害发生的强烈愿望。科学研究证实，二氧化碳等温室气体的排放（简称碳排放）对全球气候和生态环境产生了很大的负面影响，这主要是导致温度过高，冰川融化，海平面升高，不少物种面临灭绝的危险。低碳排放也是运用借代手法，仅仅是保护环境的一个方面，具体措施应是多方面的。"共建地球村"，说明保护环境是全世界人民的共同职责，应形成全球共识，只有全世界人民高度重视，采取持久的行之有效的措施，才能保护好自然环境，减少自然灾害的发生。

《水调歌头·印度洋海啸》一词，真实地描写了特大自然灾害给人民的生命财产造成极大损失的情景，表达了对遇难者的深切哀悼之情，期望全世界人民团结起来，以大爱为纽带，制止战争，保护环境，守护我们的家园。词人是极富爱心的艺术家，他爱亲人，爱朋友，爱祖国和人民，爱全世界的大众。生命是最宝贵的。可一场特大的自然灾害造成了数十万生命的顷刻消失，还让他想到遇难者极度恐惧的情景，词人的伤感是深切的。

"温室温须降，共建地球村"，诗人由特大灾难而发出强烈的呼喊：保护环境，保护和平，保卫良好的生存空间，为子孙后代留下碧水蓝天！这表达了全世界人民的共同心愿，词人的博爱精神和远见卓识在此词中做了真挚深刻的表达。

水调歌头·印度洋浮海啸海鹏飞

风定龙吟日，海底渐惊雷。时移万浪翻腾，百里罔崇怀。不谷跳跃流珠，狂涛拍岸惊魂，倾刻似崩颓。只渐倾人命，慨叹百千哀。

赋苍生，舍生死，负余哀。怆牛争渡，浮沉柏流殃。又乃湖湘墨画，愧尔那了沧浪，堤岸民伤。净意速地陈村。

五环飘动飞长虹

——《卜算子·第 29 届奥运会开幕》赏析

卜算子
第29届奥运会开幕①

一瞬五千年，曾作千年梦。

长路漫漫越万重，今夕飞长虹。

五色舞圆环，圆梦人间送。

健足爱音动九天，天际和平颂。

北京奥运会的成功举办距今已十余年，而那激动人心的时刻仍历历在目。奥运会的举办是一个国家综合实力、文明程度的整体展示，中国北京成功举办奥运会殊多不易，这与香港、澳门回归一样成为中国洗雪近代百年屈辱、实现中华民族伟大复兴的重要标志！在奥运会胜利开幕的日子里，沈鹏先生思绪万千，夜不能寐，写下了这首有历史意义的词作，词人特意标明作于2008年8月8日至9日。词品收录于《三馀再吟》。

这是一首小令。上片描写盛会开幕。"一瞬五千年，曾作千年梦"，点明举办奥运会

---

① 奥运会：奥运会全称为"奥林匹克运动会"，是国际奥林匹克委员会主办的包括多种体育运动项目的国际性运动会，每四年一次，会期不超过 16 天，是世界上影响最大的体育盛会。第 29 届奥运会于 2008 年 8 月 8 日 20 时在北京国家体育场"鸟巢"举行，8 月 24 日闭幕，由于足球等比赛项目先期于 8 月 7 日开始，因此本次奥运会比赛时间为 16 天半。北京协办城市：青岛（帆船、帆板）、香港（马术）、天津、上海、沈阳、秦皇岛（足球分赛场）。

是中国人民千年的梦想，说明我国举办奥运走过的路程是多么艰辛曲折。中华民族有五千年文明历史，但我们近代落伍了，这是不争的事实。"曾作千年梦"是指举办奥运会一直是中国人向往的美梦。举办奥运会的历史悠久，中华民族的美梦也悠久。"长路漫漫越万重，今夕飞长虹"，描写成功举办奥运会是多么艰难，而今终于美梦成真。"越万重"，万重：指高低起伏的山，比喻艰辛与曲折。第29届奥运会在中国举办，诗人以"越万重"三字极言其难度之大，说明一个国家由主权独立而走向繁荣富强多么艰难。"今夕飞长虹"，字字千钧，欢乐的泪水与豪迈的心情交织为一。一个"飞"字，极言心情之畅快，以"长虹"状写欢乐气氛，隐喻奥运会成功举办，五环旗绚丽如虹，飘扬在北京的上空。

下片抒发万千感慨。"五色舞圆环，圆梦人间送"，承上启下，抒写感慨。奥运会的五色五环旗富有象征意义，奥运旗帜上方是蓝、黑、红环，下方是黄环和绿环，五个圆环代表大洋洲、非洲、美洲、亚洲和欧洲五大洲，更深一层的意思是代表着全世界的运动员都聚集在奥林匹克运动会上，朴素的白色背景寓意着和平。五色象征五大洲的团结，全世界的运动员以公正的比赛和友好的精神在奥运会上相见，这是奥林匹克精神形象化的体现。两个"圆"字内蕴丰富，既指五环之圈，五大洲运动员相聚在一起团结公平地开展竞赛，也象征中华民族圆了千年的美梦。"健足登音动九天，天际和平颂"，进一步点明通过奥运会的举办，歌颂和平的重大主题。"登音"，指脚步声，语出台湾诗人郑愁予的一首现代诗《错误》："登音不响，三月的春帷不揭。"奥运会的五环旗是奥运精神的象征，奥运精神的具体内容是："相互理解，友谊长久，团结一致，公平竞争。"第29届奥运会在中国北京成功举办，是对奥运精神的又一次弘扬。

诗人以极为简约的笔墨记录了第29届奥运会在北京举办这一历史性的盛事，为中华民族圆了奥运美梦而欢欣鼓舞。诗人告诉读者：奥运会在北京举办，意义是十分重大的。作为一个有五千年历史的文明古国，为世界文化的发展做出过杰出的贡献，但自鸦片战争以来，帝国主义以枪炮打开中国的大门，西方列强和日本帝国主义在我们的国土上为非作歹，使中华民族的古老文明遭到极大破坏，甚至国土沦丧，国民的身体素质受到极大的摧残，"东亚病夫"的名字是中华民族受屈辱、受践踏的缩影。伟大的中国共产党领导中国人民经过浴血奋战，驱除外寇，横扫压迫，在一穷二白的基础上建立起繁荣昌盛的国家，而今我们有能力在首都举办奥运会，这是综合国力的体现，是民族走向繁荣富强的象征。五环旗的飘动像虹霓般的绚丽，绿色奥运，人文奥运，本届奥运会给世界人民展示了壮丽的景观，为世界和平做出了贡献，记住这一历史性的时刻能大大提高我们的民族自豪感和凝聚力，中华民族的未来灿若锦绣，中国人民应弘扬自强不息的精神，在强国之路上走得更远、更灿丽。

抒情的浓郁热烈是此词的重要特征。千年美梦，经过了一代又一代人的艰辛努力，也是中国共产党领导中国人民进行艰苦卓绝的奋斗而迎来的历史性的盛会，作为亲历了抗日战争、解放战争、社会主义革命和建设峥嵘岁月的艺术家，他的这种喜悦是发自内心的，他的感触是极深的，因而诗人对欢乐景象的描写是那样真挚深邃、扣人心弦。"长路漫漫越万重，今夕飞长虹"，没有对比，就不知道今天的盛会是多么来之不易，全词洋溢着一派欢乐气氛，这种气氛不是为"小我"的成功而由衷喜悦，而是为国家民族的"大我"的成功而欢欣鼓舞。在词人的心中，两个时代的对比是鲜明的、强烈的，因而表达的情感是真挚的、深厚的、热烈的。和平是全世界人民的共同心愿，奥运会用体育竞赛的形式表达全球人民对和平的祈求，此次奥运会的成功举办，对促进世界和平事业的发展意义深远。用小令描写重大题材，用典型化的意象表达向往世界和平的重大主题，让读者对中国近千余年的历史，尤其是近代史展开联想，从而深刻感悟到举办北京奥运会的重大意义，构思之巧，驾驭重大题材手段之高妙，语言的准确性，充分体现了词人的综合素养。

"五环飘动飞长虹"，词人真实地记录了2008年这一奥运史上的盛事，这是中华民族开辟历史新纪元的盛事，虽是一首小令，却无疑具有史诗般的意义，鼓舞中华儿女精进不止、再创辉煌。

悲壮淋漓　雄阔凄清

——《川中地震后端午》赏析

川中地震①后端午

滚滚汨罗江，灵均哀国殇②。

地耶多恶作，天也少情商。

盘古③应知否？中华有事忙。

魂归当地日，卓立废墟场。

　　汶川地震已过去整整12年，而那伤心惨目的情景不堪回首：地动山摇，雨暴风狂，山谷成湖，城郭丘墟，数万生命，化为乌有。在那举国同悲的日子里，全世界有良知的人们无不系心汶川。有大爱的民族才是有希望的民族，有大爱的艺术家才是人民的艺术家。常年抱病、耄耋高龄的沈鹏先生，得知汶川地震发生，寝不安席，食不甘味，以实际行动支援抗震救灾，地震之后的第四天写下新诗《汶川》，表达了对灾区人民的深切系念之

---

① 汶川地震：汶川地震于 2008 年 5 月 12 日 14 时 28 分 4 秒发生，持续时间 2 分钟，之后发生余震数百次。震中位置为四川省汶川县映秀镇，震级为里氏 8 级，最大烈度为 11 度，震源深度为 10 至 20 公里，地震类型为逆冲、右旋、挤压型断层地震。地震所及，全国除黑龙江、吉林、新疆外均有不同震感，其中以陕、甘、川三省震情最为严重。国外甚至泰国首都曼谷、越南首都河内等地，菲律宾、日本等国均有震感。

② 灵均：指屈原。屈原（约前 340—前 278），战国时期楚国诗人、政治家。出生于楚国丹阳秭归（今湖北省宜昌市），芈姓，屈氏，名平，字原，又自云名正则，字灵均，为中国历史上第一位伟大的爱国诗人。

③ 盘古：中国古代传说中开天辟地的神。

情，讴歌了我们民族的巨大凝聚力，颂扬了一方有难、八方支援的精神。诗人在这年的端午节，想到汶川灾区的遇难同胞，想到抗震救灾英勇的军民们，又创作了《川中地震后端午》一诗，诗作收录于《三馀再吟》。

"滚滚汨罗江，灵均哀国殇"，起笔从端午节入题，表达对遇难同胞的深切悼念。春秋战国时楚国著名的政治家、诗人屈原被流放时，曾在汨罗江畔的玉笥山上住过。公元前278年，楚国都城郢（今湖北省江陵县）被秦军攻破，屈原感到救国无望，投汨罗江而死。汨罗江在洞庭湖东侧，属洞庭湖水系，在汨罗江汇入洞庭湖入口处，有一个叫罗渊的地方，在离屈子祠的西北面10公里，潭水很深，是三闾大夫屈原投江殉难处。人们为了纪念他，每年端午节，沿江的人们都在此投放粽子给屈原飨食，还举行大型的龙舟竞赛。诗人由端午节想到了屈原，由屈原想到了他的《国殇》一诗，那是一首哀悼楚国阵亡士卒的挽歌，中有"诚既勇兮又以武，终刚强兮不可凌"的句子。"灵均哀国殇"，"哀"字是为使动用法，"国殇"指为国捐躯的人，"殇"指未成年而死，也作死难的人。屈原为楚国的阵亡士卒而哀，诗人今天为地震遇难的同胞和抗震救灾中英勇牺牲的壮士们而哀，因而此诗也是一首挽歌。"地耶多恶作，天也少情商"，颔联描写灾害之严重，天地也变得不仁慈了。"恶作"，恶作剧，大地仿佛故意作弄人类；"情商"指人在情绪意志、耐受挫折等方面的品质。天地在玩恶作剧，做毫无情商的事，灾区的同胞遭殃了。诗人因过度悲伤不禁责问苍天的不公，苍天也失去爱心了。人类的力量在大自然面前还是如此渺小，这样大的地震无法准确预测，无法避免造成的巨大损失，说明人类对大自然的了解甚为肤浅，还缺乏预测大灾难、抵抗大灾难的能力。

"盘古应知否？中华有事忙"，颈联为中华民族多难之秋的情景感慨不已。盘古是中国古代传说中开天辟地的神，中华民族的创世神之一。父母者，人之本也，中国人在遇到重大灾难时往往呼天喊娘，因为只有老天和父母最为可靠，可是到了今天，老天也不那么仁慈了。意思是说，中国人民遇到了极大的困难，我们必须依靠自己的力量战胜困难。中华民族是坚强的、英勇无畏的，不惧怕灾难，更有敢于战而胜之的意志。"魂归当此日，卓立废墟场"，"魂"，是指遇难同胞的魂魄；卓立意为高高站立。诗人坚信中国人民的伟大力量，能很快在地震废墟上建设一个崭新的汶川。中华民族是最具爱心的民族，社会主义制度的优越性之一，就是体现团结协作的精神，这在抗震救灾中得到了最佳体现。十余年后的汶川更是一派欣欣向荣的崭新气象，这种救灾的速度、力度，只有社会主义的中国才能出现。

《川中地震后端午》一诗，对遇难的同胞表示深切的哀悼，对多难兴邦的历史进行了追叙性的描写。诗人坚信中华民族具有不屈不挠的斗争精神，在灾害面前精诚团结，发扬一方有难、八方支援的协作精神，一定能创造世界救灾史上的奇迹；坚信在党中央的正确领导之下，一定能打好抗震救灾这一恶仗。12年前，在汶川，人们感知了什么叫天灾，什么叫不可预料的瞬间；12年过去，走进今日汶川，街道整洁，道路畅通，新房林立，如果不是地震遗址的无声诉说，游客们可能意识不到这里曾发生过大地震。这是彪炳人类救灾史上的罕见范例，更是今日中国砥砺奋进的生动见证。有伟大的党作主心骨，有全国人民做后盾，才能把昔日的废墟建成宜居的家园。

悲壮凄清是此诗的整体风格。地震发生后的情景至为凄惨，令人悲不自胜，而抗震救灾的一幕幕情景又是壮烈的，令人震撼不已。读罢此诗，我们仿佛看到诗人在端午节之日来到了汨罗江之滨，看到那汹涌澎湃的江涛，想到了伟大的爱国主义诗人屈原。屈原的《国殇》是悼念为国牺牲的楚国士卒，诗人同样深切悼念在大地震中遇难的同胞们，他的心潮也仿佛如汨罗江的洪波奔腾不息，气度平和的诗人抑制不住对大自然表示了愤怒的责问："地耶多恶作，天也少情商。"这令我们想起蔡文姬《胡笳十八拍》中的句子："天不仁兮降离乱，地不仁兮使我逢此时"，"怨兮欲问天，天苍苍兮上无缘"。但在悲慨之余，诗人坚信中国人民在党的正确领导下，以战天斗地的坚定意志，一定会夺取抗震救灾的全面胜利，他仿佛看到了一个崭新的汶川呈现在面前。此作具有强烈的时代感，读罢此诗，我们仿佛目睹映秀镇一片废墟的惨状，目睹汶川军民抗震救灾的壮举，目睹诗人泪水潸然的神情。诗人的多首有关汶川的艺术创作，是大爱情怀的真实表达，是对华夏民族凝聚力的热情歌颂，无疑具有史诗的性质。

"悲壮淋漓，雄阔凄清"，《川中地震后端午》这首小诗取材重大，抒情深挚，风格悲壮，既是一首哀悼遇难同胞的挽歌，更是中华民族凝聚力的颂歌。

红叶丝丝语　巫山一段云

——《读唐女郎鱼玄机诗集》赏析

读唐女郎鱼玄机诗集①

身世若迷尘，清虚属美文。

杀机② 安足信，入道恁知津。

红叶丝丝语，巫山一段云③。

潘郎④ 竟何去，孤雁恨离群。

　　鱼玄机是与李冶、薛涛、刘采春并称的唐代四大才女之一。她生于长安城郊一位落拓士人之家，其父饱读诗书，却一生功名未就，只得把希望寄托在女儿身上。那时鱼玄机的名字还叫鱼幼薇，小幼薇在父亲的栽培下，五岁便能背诵数百首诗章；七岁开始学习作诗；11岁时，她的创作得到当时大诗人温庭筠的赞誉，诗名在长安广为传播。然而生活在男权时代，低微的身世给这位才女带来的是坎坷的人生。她的才华虽然引起了当时京华名流的关注，而时代似乎早就决定了她的悲剧命运。沈鹏读《鱼玄机诗集》为一代才女的丰

---

① 鱼玄机，女，晚唐诗人，初名鱼幼薇，字蕙兰。初嫁李亿为妾，被弃出家，进咸宜观改名鱼玄机。因笞死女侍童绿翘被杀。

　　遗诗 50 首见《全唐诗》。皇甫枚《三水小牍》称鱼玄机"色既倾国，思及入神……风月赏玩之佳句往往播于士林"。鱼玄机

　　《寄李亿员外》："易求无价宝，难得有心郎。"

② 杀机：加害之心，致死之道。《初刻拍案惊奇》卷二六："美色从来有杀机。"

③ 诗人自注："五六句以'丝丝'对一段，非谓不工，一笑。"

④ 潘郎：晋人潘岳，少时美姿容，长大多情爱，后指貌美的情郎。

美才情而惊叹，更为她的悲剧命运而感慨不已。诗作收入《三馀再吟》，创作于2005年1月。

"身世若迷尘，清虚属美文"，起笔写鱼玄机迷离的身世和超凡的才华。文学史上关于鱼玄机的史料较少，她大致是唐会昌四年（844）生于长安的鄠杜；大致在11岁时（宣宗大中九年，855年），诗作被温庭筠大加赞赏；14岁时，李亿状元及第，在崇真观题诗，幼薇与李亿相识，在温庭筠的撮合下，嫁给李亿为妾，而李亿已有正妻。这段时间与温庭筠唱和较多；大致21岁时，有人说她与李亿结婚只有几个月，为李亿正妻不容，被驱遣，不得已，在咸宜观出家为道士，改名鱼玄机。后因妒杀女婢绿翘被捕入狱，曾获救出狱，改名虞有贤或鱼又玄；咸通十二年（871），她被京兆尹温璋以打死婢女之罪名处死，时年27岁。可见玄机度过的是短暂而又悲苦的一生。

"清虚属美文"，"清虚"一词大致有双层含义，既指文辞清雅虚灵，又指其创作体现女道士的特殊身份。唐代是道教的迷狂时代，唐天子以老子为远祖，于是《道德经》《庄子》为唐代至高无上之经典，道教为国教，全国道观林立。唐玄宗的妹妹玉真公主和玄宗的两位女儿都出家为道士，李白也有描写送他的妻子和女儿到庐山参拜女道士李腾空的诗作。鱼玄机幼年时受道教影响较深，有史料说她"破瓜之岁，志慕清虚，咸通初，遂从冠帔于咸宜"。鱼玄机的文采的确超凡，有清雅虚灵之美，皇甫枚在《三水小牍》中对其出众才貌给予了极高的评价："色既倾国，思乃入神，喜读书属文，尤致意于一吟一咏。"温庭筠长鱼玄机32岁，属于父亲师长这一辈，慕名探访鱼幼薇，以"江边柳"三字为题，11岁的玄机写下了这样一首诗："翠色连荒岸，烟姿入远楼。影铺秋水面，花落钓人头。根老藏鱼窟，枝低系客舟。萧萧风雨夜，凉梦复添愁。"出于一位小姑娘之口的诗作，的确想象丰富，文辞清秀，意境圆融，情景交融，才情之超凡，并非虚语。

"杀机安足信，入道恁知津。"诗人对鱼玄机被杀痛惜不已，对其悲苦身世深表同情。鱼玄机是那个时代的不幸者，花季年华就被遗弃多么不幸，她加害绿翘的动机也令人怀疑，可能有意外的情况，她的入道也应是被迫所致。恁（nèn），怎么；"知津"，津，本义为渡口，"知津"，识途，这里是指知晓其中的具体原因。鱼玄机和状元李亿结婚，两人柔情蜜意，过了一段和谐美满的日子，而不为李妻裴氏所容，惧内的李亿只好被逼写下休书，忍痛将玄机扫地出门。这位风采绝艳的才女，婚姻仅维持了很短的时间，就遭到了无情地抛弃，这对她的打击是致命的，她走投无路才做了一名女道士。她与李亿仍然相爱，但不能相见，常以青灯木偶为伴，默默吞咽相思苦泪，用笔墨抒写对爱人的思念。关于杀人事件的有关记载是这样的：玄机身边有一位美丽的女婢叫绿翘，一天玄机因事外出，恰值其要好的男友人陈韪来访，绿翘在观内接待了他，玄机回来后怀疑婢女与陈韪有染，失手将其打死，人命关天，难逃抵命，她最终被京兆尹温璋处死。玄机的凄苦命运与时代分不开，她属于底层的弱女子，无法主宰自己的命运，她的悲剧是时代的悲剧。如果不是被李亿抛弃，断然不会进入道观，也不可能发生失手杀婢之事。

"红叶丝丝语，巫山一段云"是全诗的诗眼，具体描写玄机情诗的清虚之美。"红叶"化用"红叶题诗"的典故，唐朝年间，后宫的宫女人数众多，而身处行宫的大多数宫女，一生只能独宿。相传彼时无数的上阳宫宫女题诗红叶，抛于宫中流水寄叙幽情，后世多用红叶题诗来比喻男女之间奇特的姻缘。"巫山"，即"巫山云雨"之简称，指男女欢合，此处指代爱情题材的诗作，语出宋玉《高唐赋》："妾在巫山之阳，高丘之阻。旦为朝云，暮为行雨，朝朝暮暮，阳台之下。"温庭筠比玄机大了32岁，据说相貌奇丑，他欣赏玄机，但只能保持师生之情，而玄机曾把爱情寄托在老师身上，她写过这样如泣如诉的文字，如《冬夜寄温飞卿》："苦思搜诗灯下吟，不眠长夜怕寒衾。满庭木叶愁风起，透幌纱窗惜月沉。疏散未闻终遂愿，盛衰空见本来心。幽栖莫定梧桐树，暮雀啾啾空绕林。"诗集中还有许多描写愁思百转的句子："自惭不及鸳鸯侣，犹得双双近钓矶。"（《闻李端公垂钓寄赠》）"易求无价宝，难得有心郎。"（《寄李亿员外》）"聚散已悲云不定，思情须学水长流。"（《寄子安》）。还如《江陵愁望寄子安》："枫叶千枝复万枝，江桥掩映暮帆迟。忆君心似西江水，日夜东流无歇时。"尾联"潘郎竟何去，孤雁恨离群"极言玄机的相思之苦。玄机嫁于李亿，按理说是金童玉女式的美好姻缘，可惜被抛弃，玄机只得如孤雁一样凄苦度日。一代才女为情所困，在无限思念中香消玉殒，诗人不禁一洒同情之泪。

鱼玄机为唐代绚丽的生命之花，可惜开得不是时候，不是地方，早早地凋谢了。虽有温庭筠等诗词大家对她予以高度肯定，而由于当时女性的社会地位低下，她的美，她的才学只能沦为男性玩赏的对象。她渴望爱情，又不可能得到真正的爱情。天地虽然广阔，但没有她安身立命的地方，正值风华之年的玄机不明不白地消失在历史的尘埃里。但诗人认为真正的艺术是不朽的，玄机的生命消失了，而她的才华，她的诗章仍然散发着夺目的光辉。诵其诗作，我们仿佛看到一位绝艳的佳丽在月下孤吟、在高楼凝望的情景，凄美的诗章使我们柔肠百转，浮想联翩。她的诗章如金沉水、如玉蕴山，它的美是永远不会消失的。

诗作对一代才女的丰美才情予以高度赞誉，对其不幸身世表达深切同情。中国漫长的封建社会对女性的待遇是极不公正的，她们受到的压迫摧残是最深的。女性没有在社会上独立的空间，只能依附男性。诗人对封建礼教予以批判，他认为鱼玄机的被杀是蒙冤的，是男权社会的牺牲品。诗作对玄机的文学才华予以极高评价，"红叶丝丝语，巫山一段云"极写玄机的诗作美妙无比，"丝丝"对"一段"，这是特殊的数目相对，不工之工，为罕见的佳句，高度概括了玄机在爱情题材创作方面所取得的艺术成就。

"红叶丝丝语，巫山一段云"，还是以评玄机的诗句作为此诗境界的高度概括，绝代风华虽然消失在历史的夜空之中，而其才情永如晨星闪耀。

天意怜芳草　人间重晚晴

——《南歌子·晓川文兄赐贺，步原玉以谢（二首选一）》赏析

南歌子
晓川[①]文兄赐贺，步原玉以谢（二首选一）

入世难除俗，浮生几度清？
蜉蝣彭祖笑同龄，南北东西华盖也相倾。

庾信文章老，青莲铁杵成。
穷年碌碌暗添惊，流水能西有我未曾经。

　　中华是礼仪之邦，社会风习体现出浓厚的文化特征。中国人有尊老、敬老的传统，六旬以后的生日宴习惯上称为寿宴。儿女为长辈祝寿，是表达对长辈的感恩与尊敬，营造喜庆气氛有利于老人的健康长寿。文化艺术界以诗联等形式为耆宿祝寿，这是一种高雅的文化活动，表达社会对知识的尊重、对文化的尊重，使文化的薪火更好传承，有利于增进耆宿们的身心健康，对促进文化事业的发展也有较大的意义。沈鹏先生八十华诞，著名学

---

① 晓川：沈鹏先生诗友周笃文。周笃文，字晓川，湖南汨罗人，1960 年北京师范大学中文系毕业，历任中国新闻学院文史教研室主任、教授，中外文化研究所所长。曾参与创建中国韵文学会、中华诗词学会，为韵文学会常务理事，《韵文学刊》编委、诗词编著中心主编，享受国务院政府特殊津贴。

附周笃文《南歌子·寿鹏公八十》：沈鹏先生书林魁斗，诗苑耆英，值兹八旬嘉庆，谨制小调以介眉寿。诗品东阳逸，襟怀秋月清。八方瑞气庆椿龄，喜见蟠桃寿酒两相倾。今代无双士，龙头属老成。挥毫墨浪九州惊，胜似黄庭初写换鹅经。

者、诗人周笃文先生创作了《南歌子》一词表达美好的祝愿，沈老读罢，诗兴大发，奉和两阕，词微旨远，摇人心旌，此为艺坛之佳话也。此词创作于2010年9月，收录于《三馀再吟》。

上阕感激挚友的美好祝愿。沈老能顺利地进入耄耋之年，殊多不易。先生很不幸，幼年时期因病未得有效治疗，遂成痼疾，一生困苦不堪。他在《自述杂诗》中说："红橙黄绿青蓝紫，生我之时颜色死。阴暗朦胧唯混沌，号啕顿足烧冥纸。"说明童年时代没有阳光，没有欢乐，因疾病的折磨见不到欢愉的亮色。他在《始于四十》一文中说："我的童年深深地蒙上了一层灰色，眼、耳、鼻、舌、身无处没有病痛，一直影响到长久的后来，几次走近死亡边缘，我居然还时常瞒着这些，照常办事，不让人知。"在这样的艰难中，能顽强拼搏，精进不止，取得卓越成就，的确创造了生命的奇迹，还能顺利进入耄耋之年，更是奇迹中之奇迹了。今晋八秩，故人们的鼓励令诗人欣喜不已，对美好明天充满了必胜的信心。词作的起笔甚为平淡："入世难除俗，浮生几度清？"意思是说庆寿这类的活动有些难以免俗，而亲友的盛情难却，人生也不能绝对清高，热爱生命，热爱生活，热爱亲友，保持良好的心态，这是健康老人应努力做到的。"蜉蝣彭祖笑同龄"，人命或有颜回之夭，或有彭祖之寿，而在历史长河中都只是短暂的一瞬，应该珍爱，一个"笑"字，体现诗人豁达的处世态度。"蜉蝣"语出《国风·曹风·蜉蝣》："蜉蝣之羽，衣裳楚楚。"古人借蜉蝣喻生命之短暂。"彭祖"是先秦道家先驱之一。《列子·力命篇》："彭祖之智不出尧舜之上而寿八百。"彭祖是古代寿仙的代表。蜉蝣之短暂，彭祖之修龄，站在时空的高处来看，都只是生命的一个短暂过程。但生命是父母所赐，应好好珍惜，应努力为社会奉献自己的力量。"南北东西华盖也相倾"，诗人为拥有许多挚友深感自豪。诗句大致出自《史记·鲁仲连邹阳列传》："白首如新，倾盖如故。""倾盖"，指路上停车，两盖交接，使车盖倾斜，形容亲切交谈。这里指有幸结识了许多朋友，友谊是滋润生命的甘霖，拥有友谊好像在沙漠之中找到了绿洲。诗人珍惜友谊，表达对挚友的感激之情。

下阕坚信生命的奇迹可以创造。"庾信文章老，青莲铁杵成"，深谢晓川先生的厚意深情，赞叹他的学问渊浩，文笔佳妙。"庾信文章老"，化用杜甫诗句"庾信文章老更成，凌云健笔意纵横"的诗句而来，诗人以"庾信文章"来比拟晓川之诗文。庾信（513—581），字子山，小字兰成，南北朝时期文学家、诗人，人称其"幼而俊迈，聪敏绝伦"。"青莲铁杵成"，化用李白"只要功夫深，铁杵磨成针"的故事，说明晓川先生渊博的学识、丰美的才情是勤奋努力的结果。"穷年碌碌暗添惊"，诗人慨叹自己韶光虚度，进入耄耋之年，尚未取得可观的成就，这是自谦之辞，体现了诗人谦逊平和的高尚品格。"穷年"语出杜甫诗句："穷年忧黎元，叹息肠内热"，含蓄地表达了诗人所经历的艰难曲折的人生历程。"流水能西有我未曾经"，表达对创造生命奇迹的坚定信念。化用苏轼《浣溪沙》词句而来："谁道人生无再少？门前流水尚能西，休将白发唱黄鸡。"对于已进耄耋之年的老者而言，"夕阳无限好，只是近黄昏"的感伤是容易产生的，而诗人充满了乐观主义精神，敢于创造"门前流水尚能西"的生命奇迹，对明天充满了必胜的信心。

这是一首答谢之词，晓川先生为诗人之知己，原唱之作对沈老的高洁人格、瑰美诗章予以高度评价，尤其对其艺术创作所取得的杰出成就予以赞美，诗人对挚友的一片深情表示由衷的感激，挚友的鼓励激发了诗人的丰美才情，更激发诗人敢攀高峰的壮志豪情，坚信自己能像前哲一样，敢于创造生命的奇迹。原韵奉和是高难度的艺术创作，而此作清新自然、寄意幽微、斧斤挥运、潇洒自如，与原唱达到了一种和谐之美。沈老的诗书创作受苏轼、傅山的影响较大，苏轼论文曾提出"辞达而已矣"的美学观点，"辞达"是很高的境界，他说："夫言出于达意，即疑若不文，是大不然，求物之妙，如系风捕影，能使是物了然于心者，盖千万人而不一遇也，而况能使了然于口与手者乎？是之谓辞达。"苏轼所说的"辞达"，即尚自然，尚天机。沈老的诗词创作以尚自然为高，细品此作，虽在题材、格律上受到严格限制，而抒情遣意，天机自流，关合紧密，浑然一体。典故以化用为主，而不见斧凿之痕迹，从灵府中涌动的情感如幽涧清泉汩汩而来。华诞的喜悦、寿诗的深情、晚晴的明丽交织一片，让我们仿佛看到诗人随缘任运、精进不止的风仪神采。

"天意怜芳草，人间重晚晴"，热爱生活，热爱生命，热爱艺术，这是沈老《南歌子》一词所表达的思想情怀。夕阳是迟开的花，夕阳是陈年的酒，此词就是这种花和酒的艺术表达。

是非不待百年论

——《共青城胡耀邦陵园》赏析

共青城胡耀邦陵园[①]

苍松翠柏护忠魂，玉石慈容黑白分。

忧患锥心惟治乱，是非不待百年论。

江西九江共青城市的富华山今成一方富有诗意的名胜，生意盎然的共青城尽收眼底；纵目远眺，烟波浩渺的鄱阳湖水天一色。说来神奇，这座原本山体裸露、红土映目的荒山，因为有一英灵安息于此，逐渐变得郁郁葱葱、苍翠欲滴，四季常青的树木密密麻麻地从山顶一直延伸到湖畔，真是山川有幸埋忠骨，瘠壤如膏化锦屏。这位英灵是谁呢？他就是中华人民共和国的卓越领导人胡耀邦。胡耀邦安息于共青城，这是有渊源的。2010年沈鹏先生有江西之游，写下《旅赣五首》，《共青城胡耀邦陵园》为《旅赣五首》之三，原诗见于《三馀再吟》。

"苍松翠柏护忠魂"，起笔描写庄严肃穆的陵园景色。胡耀邦陵坐西朝东，面对鄱阳

---

① 胡耀邦（1915—1989），字国光，湖南浏阳人，中国共产党和中华人民共和国的主要领导人之一，曾任中共中央主席和中共中央总书记。共青城，即共青城市，位于江西北部，庐山南麓，鄱阳湖西岸。1955 年，上海共青团青年志愿者到达江西省德安县米粮铺拖沟岭、鄱阳湖畔、庐山南麓开垦荒地，成立"共青社"。1957 年德安县下放了一些机关干部到金湖乡创办垦殖场，把"共青社"与金湖农场合并为德安国营共青综合垦殖场，1984 年 12 月 12 日，"共青垦殖场"改为"共青城"。2010 年 9 月，经国务院批准，国家民政部批复江西省设立共青城市，行政区类别为县级市。

胡耀邦陵园位于共青城市的富华山，陵墓坐西向东，俯瞰鄱阳湖。1990 年 12 月 5 日，胡耀邦的骨灰安放于共青城富华山。

湖，紧靠庐山，苍松翠柏环绕的墓地上，**矗立着一座用3块0.8米厚的白花岗岩拼成直角三角形的巨碑**。整个墓碑像一面直角三角形的旗帜，高4.43米，底边长10米，碑重73吨，三角形花岗岩碑上，雕刻着中国少先队队徽、中国共青团团徽、中国共产党党徽，象征胡耀邦一生与这三个政治组织有特殊关系。墓碑右上方，是胡耀邦头部侧面雕像，栩栩如生，从正面看，整个图像是微笑的；从左侧看，则是忧国忧民之态。墓碑的后面有火炬形的草坪，缀以从井冈山运来的9块巨大花岗石，在紧靠墓碑右侧的一块石头上，有胡耀邦夫人李昭亲笔写的"光明磊落，无私无愧"八字。诗人以"忠魂"二字概括耀邦同志的高洁品格和丰功伟绩，甚为准确。党中央在纪念胡耀邦同志100周年诞辰座谈会做如下评价："胡耀邦同志是久经考验的忠诚的共产主义战士，伟大的无产阶级革命家、政治家，我军杰出的政治工作者，长期担任党的重要领导职务的卓越领导人。"这就是对"忠魂"的最好注脚。

"玉石慈容黑白分"，具体描写墓碑，描写耀邦同志的形象。诗人的视野由广阔的陵园聚焦到墓碑，碑身的上半部为白色，墓基为黑色，墓碑的色彩象征着耀邦同志黑白分明、是非分明的品格。诗人用"慈容"二字描绘耀邦同志的神情，别有深意。他的微笑表达了对广大劳动人民的爱，对中华民族的爱。由黑白分明的墓碑，人们最能想到的是耀邦同志坚持真理、坚持实事求是的精神，他以果敢坚定的勇气，做了一件顺民心、得民意的大事，那就是平反冤假错案。坚持真理是不容易的，要有崇高的品德、超凡的勇气才能顶住压力，坚持真理，为数万人平反是多么艰难。新中国成立以来，由于极"左"路线的影响，在特殊时期，在全国造成了大量的冤假错案，耀邦同志主持党的重要工作以来，坚持实事求是的原则，使众多的无辜受株连的干部和群众得到了解脱。这些冤假错案的平反，不仅仅给被平反者一道生命的阳光，而且为我们党和国家保护了一大批人才，使我党全心全意为人民服务的宗旨得到贯彻实行，这功绩是不朽的。

"忧患锥心惟治乱"，转句论述耀邦同志的忧患意识。"治乱"，这是一个偏义复词，主要意思在"治"，即由大乱达到"大治"。深怀忧患意识是主政者最为重要的心理素质。自从《易经》中提出"忧患"一词以来，历朝历代有作为的政治家、思想家无不深明这一理念的重要性，孟子明确提出"生于忧患，死于安乐"的观点，魏徵向唐太宗提出"居安思危，戒奢以俭"的治国理念，有忧患之心，就能居安思危，心中装有老百姓就不会胡作非为，不会居功自傲，不会贪图享乐，以国家民族的利益为重，老百姓才会受益，政权才会稳固。党的七届二中全会提出的两个务必："务必使同志们继续地保持谦虚、谨慎、不骄、不躁的作风，务必使同志们继续地保持艰苦奋斗的作风。"这就是忧患意识的表达。耀邦同志怀有强烈的忧患意识，对老百姓的疾苦感同身受，因而坚决为冤假错案平反，力主改革开放，深入基层调查研究，说明他想人民所想，急人民所急。因为他心中装有人民，一切为人民的利益着想，办事就会脚踏实地，全心全意。"是非不待百年论"，是说对耀邦同志的评价不必等待百年之后，当代就可以盖棺定论。他的崇高品格、丰功伟

绩，老百姓心里清清楚楚。

　　这是一首记游诗，也是怀人的抒情诗，追思耀邦同志热爱人民、无私奉献的崇高品德和光辉业绩，表达了对这位伟大的无产阶级革命家的缅怀之情。

　　"是非不待百年论"，不妨借用这句诗来概括耀邦同志的品格与功业，人民群众的眼睛是雪亮的，历史是公正的，人民不会忘记这位伟大的儿子，耀邦同志可含笑于九泉。

　　耀邦同志是一面旗帜，这面旗帜将激励更多的后起者为祖国和人民的事业奋起前行。

铭记历史　警钟长鸣

——《采桑子·经大西洋城,阅报悉沈阳于"九一八"建立大型警世钟》赏析

采桑子

经大西城,阅报悉沈阳于"九一八"建立大型警世钟①

柳条湖② 水秋应好,岁岁今朝。又是今朝,和泪《松花江上》谣③。

向洋送目西风劲,往事灰销。未忘灰销,警世钟声挟怒涛。

---

① "九一八事变"(又称"奉天事变""柳条湖事件")是日本在中国东北蓄意制造并发动的一场侵华战争,是日本帝国主义侵华的开端。1931 年 9 月 18 日夜,在日本关东军安排下,铁道"守备队"炸毁沈阳柳条湖附近的南满铁路路轨(沙俄修建,后被日本所占),并栽赃嫁祸于中国军队。日军以此为借口,炮轰沈阳北大营,是为"九一八事变"。次日,日军侵占沈阳,又陆续侵占了东三省。1932 年 2 月,东北全境沦陷。此后日本在中国东北建立了伪满洲国傀儡政权,开始了对东北人民长达 14 年之久的奴役和殖民统治。

警世钟:这里指 1999 在沈阳"九·一八"历史博物馆所建的大型警世钟。警世钟的背面文字,记录了屈辱的历史,钟裙的环型浮雕,刻画出中华民族的愤怒和呐喊,显示出凝重沧桑的神韵。

② 柳条湖:清朝初期的时候,在沈阳旧城的东北部有一个天然的大水池,水池里生长莲花。每到应季,莲花盛开,芳香飘逸,为盛京平添了一处景致"花泊观莲"。当时这个荒郊之地几乎没有人居住,甚至没有名称。随着来这里观赏游玩的人越来越多,人们便将这个形状如柳树枝的湖水命名为"柳条湖"。1931 年 9 月 18 日,日本侵略者发动了震惊中外的"九一八事变",让一直默默无闻的柳条湖地区从此闻名世界,沈阳的历史博物馆就建立在此地。

③ 《松花江上》:是 1935 年张寒晖在西安目睹东北军和东北人民流亡惨状而创作的一首抗日歌曲。歌曲唱出了"九一八事变"后东北民众以至全中国人民的悲愤情怀,被誉为"流亡三部曲"之一,风靡中华大地。

沈鹏先生《采桑子》一词，选自《旅美十八首》之十一，创作于1999年8月。作者旅美途中得知，沈阳市人民政府在社会各界的支持下扩建了位于柳条湖畔的"九·一八"历史博物馆，由企业家姜红旗捐资修建一座大型警世钟。当时正在美国大西洋城访问的沈鹏先生阅报获悉沈阳历史博物馆修建大型警世钟的消息，感慨不已，一股炽热的爱国热情在心中涌动，于是写下此词。著名学者、诗人霍松林在《三馀诗词选》的序言中评此词时说："涵盖了辽远的历史时空，意蕴无穷。"

上阕描写柳条湖风光，追忆历史。在沈阳，柳条湖地区的名气不小，1931年9月18日，日本侵略者发动了震惊中外的"九一八事变"，让这默默无闻的柳条湖闻名世界。词作起笔点明"柳条湖水秋应好"，这种句式化用欧阳修的《采桑子》"轻舟短棹西湖好"而来，运用了仿拟手法，而言外之意甚丰：点明时令，点明地点，此其一也；"九一八事变"发生在此，十四年的抗日战争从此地拉开序幕，此其二也；中国人民应世世代代勿忘国耻，居安思危，此其三也。"秋应好"，"应好"二字，意思是说今天虽"好"，风光很美，但是历史过去了，当年"不好"，是中华民族空前劫难的开始，当年的此地此时，祖国的山川在哭泣，中国人民的心在滴血。"岁岁今朝"，今年又一个"九一八"，年年难忘那段伤心屈辱的历史。"又是今朝"，指明是1999年的"九一八"，词人运用反复手法，表达无穷的感喟。"和泪《松花江上》谣"，这是上阕的中心句。"和泪"后面省略动词"唱"字，今天我们唱此歌曲，不觉泪水潸然，当年唱此歌曲，更是肠断心伤了。由一曲《松花江上》的悲歌让人想到哀鸿遍野、生灵涂炭的抗日战争的苦难岁月。"和泪"二字，蕴含无限的辛酸悲伤。1936年，当时身为中学教员的张寒晖先生，目睹了日本帝国主义在东北大地犯下的种种滔天罪行和人民四处逃亡的悲惨景象，含着泪水创作了具有悲剧色彩的歌曲——《松花江上》，一经传唱，就引起全国人民的强烈共鸣，让我们想象流浪者多么怀念美好的家乡，思念故乡亲人，对制造惨剧的侵略者燃烧起仇恨的烈火。

下阕抒发勿忘国耻、警钟长鸣之感慨。"向洋送目西风劲"，点明自己所处的地点和环境，"向洋"二字照应词题"在大西洋城"，这里的"西风劲"，既指时令，又指西方，也可以联想到改革开放后人们受西方思潮的影响颇大。历史走过了68年，人们的思想观念发生了很大变化，西方的拜金主义思潮对中国的影响颇大，"一切向钱看"就容易忘记历史，忘记民族当年的苦难，就容易消磨意志，这种"西风"的影响不能等闲视之。正因为如此，警世钟的修建意义重大，历史的警钟长鸣，强化爱国主义思想教育，意义是十分重大的。"往事灰销"，"灰"名词作状语，意为"像灰一样"："九一八"的往事像灰一样消失，68年过去，历史的烟云消失在浩渺的时空之中，但千万不能在中国人民的心中消失。于是又用一句反复"未忘灰销"，国之大耻岂可遗忘？"警世钟声挟怒涛"，这是全词的词眼：我们应从阵阵的钟声中想象到68年前那惨不忍睹的一幕，我们仿佛听到《松花江上》那如泣如诉的凄苦的歌声，应看到当年同仇敌忾抗击日寇的汹涌铁流，不但我们自己听到想到那悲惨的一幕，还要教育我们的子孙后代，世世代代要热爱我们的祖国和人民，不要忘记侵略者的残暴贪婪。

此词的风格是凄清悲壮。纪念"九一八事变"爆发68周年，深入进行爱国主义思想教育，用一首小令来表达这样重大的主题，营构出凄清悲壮、意蕴无穷的艺术意境，这充分体现出诗人举重若轻的驾驭能力和运斤成风的表达手法。此诗善于运用概括性的意象，尤其是善于运用典型性的音乐意象来反映生活，唤醒人们的情感，勾起读者的想象。"和泪《松花江上》谣"，仅此一句，就让我们仿佛看到满山遍野的大豆高粱的富饶土地被日寇肆意践踏的情景，仿佛看到无数离乡背井有家难归的人们四处流浪的情景，那凄清的歌谣如泣如诉，不绝如缕，如陇水之呜咽，如寒风之凄厉，又如黄河之咆哮，如战马之奔驰，深深摇撼我们的心弦，这就是音乐的巨大震撼力与感染力。警世钟的声音也仿佛是特殊的音乐，能唤醒人们久远的记忆，听来怒涛澎湃，忧患意识油然而生，万众一心筑起新的长城，为实现伟大的民族复兴而奋斗。词作的语言朴素简约，多有象外之意，如"柳条湖水秋应好"的"应"字是通过炼意而来，今日的柳条湖当然是美丽如画，但在此时此地，让人神驰68年前，那时"不好"，那时此地是惨不忍睹、血泪斑斑，那是民族的灾难，那是国耻。一个词的锤炼，能唤醒人们丰富的联想。此词善用反复，如"岁岁今朝。又是今朝"，"往事灰销。未忘灰销"，这种反复强化了情感的表达，形成强烈对比，既给人以情感的震撼，又给人以理性的思索，暗示读者：勿忘历史，居安思危。

"铭记历史，警钟长鸣"，这是品读沈鹏先生《采桑子》一词的深切感受。今日我们伟大的祖国进入了历史上最繁荣最富活力的崭新时代，展望未来，春光灿烂，但不能忘记历史，不能忘记近百年来中华民族饱经的苦难与屈辱，应警钟长鸣，居安思危！

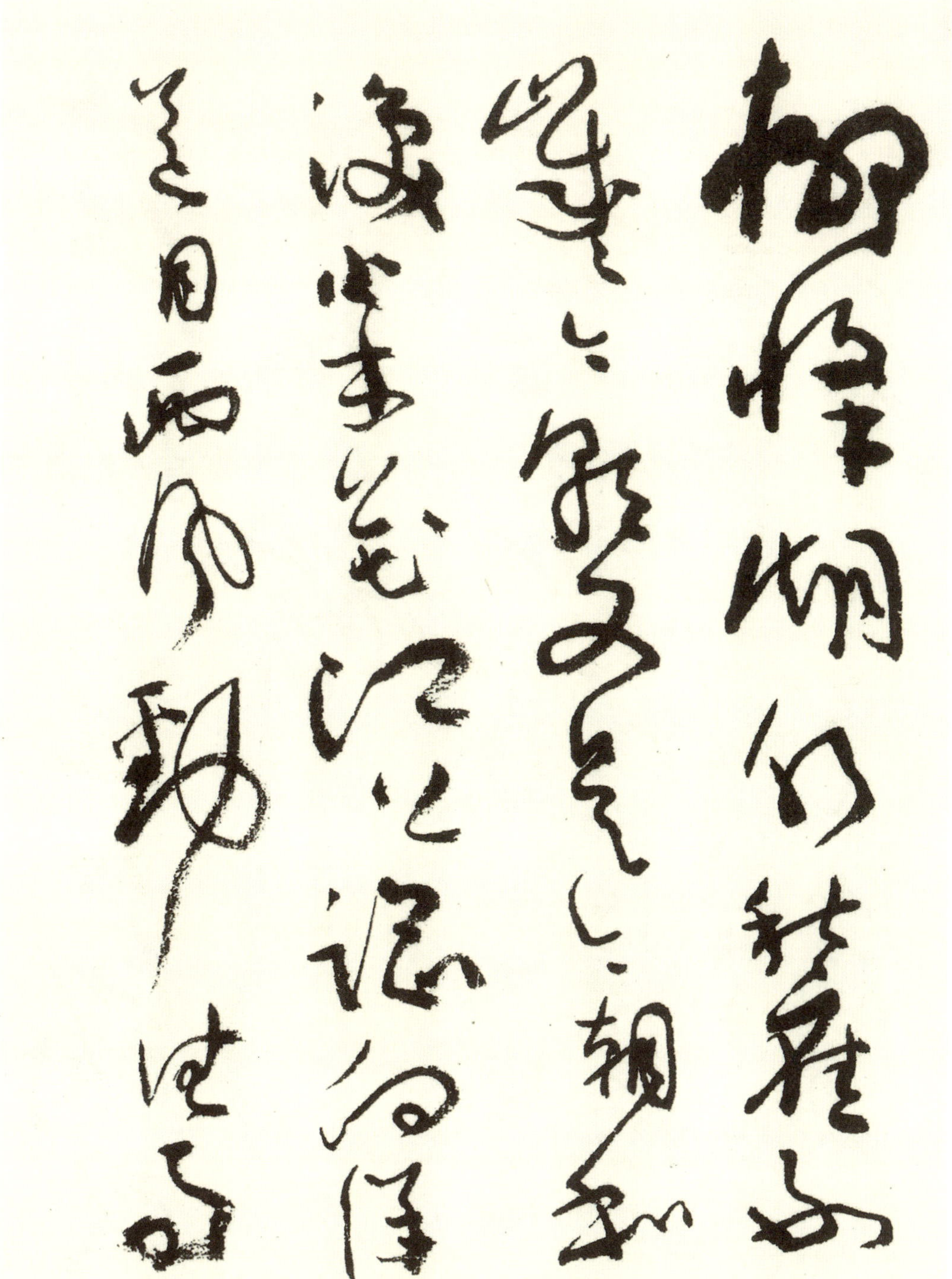

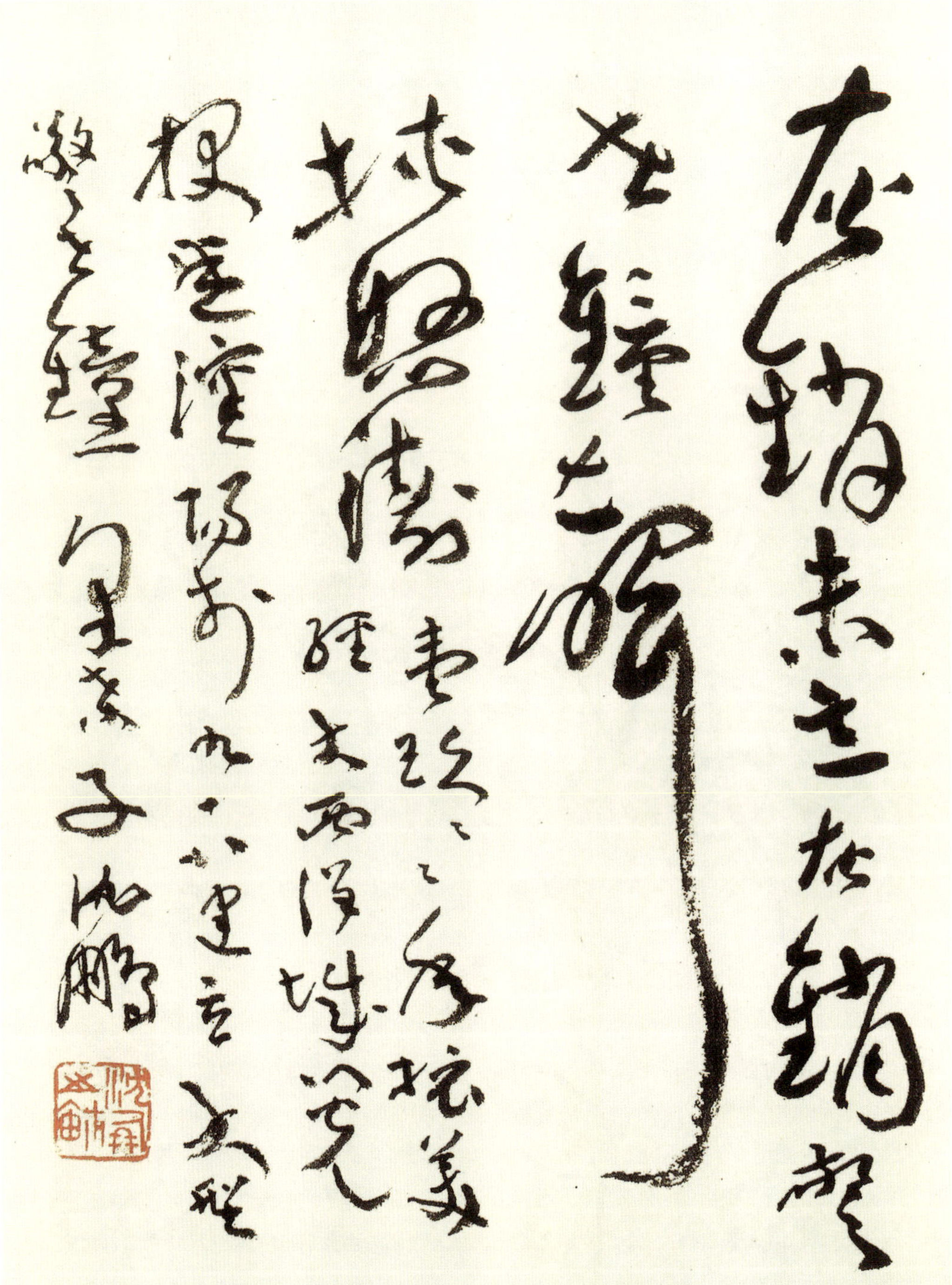

关河回望远　岁月渐知深

——《过长沙橘子洲》赏析

过长沙橘子洲①

寒风催木叶，江上已萧森。

霜雪严如铁，橘橙荣若金。

关河回望远，岁月渐知深。

数问潮头事，浮沉直到今。

　　2011年孟冬，沈鹏先生途经橘子洲，缅怀前哲，感慨万千，写下了《过长沙橘子洲》一诗以记幽思，诗作见于《三馀再吟》，诗人时年81岁。

　　"寒风催木叶，江上已萧森"，首联描写寒冬时节所见景象，一句写山，一句写水。"木叶"，是中国古典诗歌中常见的意象，最早出现在屈原《九歌》中："袅袅兮秋风，洞庭波兮木叶下。"木叶，即秋天的树叶。屈原描写的是梧桐树的叶子。这里描写的是冬天的落叶，应指枫叶。湘江流经岳麓山下，此山的冬日枫林如火，杜牧曾写过"霜叶红于二月花"的名句，寒风中的枫叶纷纷飘落。"萧森"，形容草木凋零衰飒，语见杜甫《秋兴八首·之一》："玉露凋伤枫树林，巫山巫峡气萧森。"此处用"萧森"二字描写江面

―――――――――――――

　　① 长沙橘子洲：橘子洲位于长沙市区对面的湘江江心，是湘江下游众多冲积沙洲之一，形成于晋惠帝永兴二年（305），距今已有1700多年的历史，因盛产美橘而得名。橘子洲头是橘子洲最壮观的景点，西望岳麓山，东临长沙城，四面环水，绵延十余里，狭处横约40米，宽处横约140米，形状是个长岛，是长沙重要名胜之一，为"中国第一洲"。毛泽东主席《沁园春·长沙》在此写成，更使此洲名扬天下。

冷落清寒之景色。首联描写橘子洲的风光，营构出一种苍凉浑穆的气象，这是冬日湘江的真实描写，为下文蓄势。毛泽东主席《沁园春·长沙》一诗，写于1925年秋天，词人面对绚丽的秋景而壮怀激烈，提出"问苍茫大地，谁主沉浮？"的重大问题，从绚丽的秋景中可以看到毛主席意气风发的形象。毛泽东主席率领中国人民推翻三座大山的惊天伟业发轫于斯，诗人想到开国元勋，想到中国革命经历的艰难历程，不禁感慨系之。"霜雪严如铁，橘橙荣若金"，具体描写橘子洲的景色，突出其勃勃生机之特征。首联的视点应在湘江大桥之上，凭高远瞩，而颔联将远眺改为近观，诗人来到了橘子洲头漫步。"霜雪严如铁"，极言霜雪之大，气温之低；"橘橙荣若金"，突出橘橙色彩之绚烂，生意之浓郁，如铁的霜雪与绚美之橘橙形成强烈对比，由橘橙之坚毅而思人，想到在此生活学习过的毛主席。"荣"字本义为草木茂盛，此处活用来描写橘橙经霜之后色泽之鲜丽。橘子洲嘉树成林，时至寒冬挂满金色灯笼，年登耄耋的诗人于凛冽寒风中见到如此景色，不觉精神抖擞，浩气盈怀。

　　"关河回望远，岁月渐知深"，颈联抒写胜地登临之感慨。"关河"，语出《史记·苏秦传》："秦四塞之国，被山带渭，东有关河，西有汉中。"《正义》："东有黄河，有函谷、蒲津、龙门、合河等关。"也泛指山河，陶渊明《赠羊长史诗》："岂忘游心目，关河不可逾。"此处之"关河"大致化用柳永"渐霜风凄紧，关河冷落，残照当楼"的语意而来，既是实写，又是虚写，实写是目中所见的湘江，虚写是指祖国山河，或指故乡，或指岁月之长河，联想到开国领袖率领中国人民推倒三座大山的革命历程，诗歌的意象带有朦胧性、含蓄性、多层性的美感特征。"岁月渐知深"五字也有多层含义：诗人登临之时正值寒冬，一年将过，此其一也；这方红色沃土，文化名区，风雷激荡的岁月已流逝很久了，抚今追昔，不胜慨然，此其二也；诗人年登耄耋，虽壮心不减，而鬓丝如雪，油然而生迟暮之感，此其三也。这两句诗气象阔大，格调苍古，写景、怀人、慨己，交融一片，构成了宏阔浑穆、苍凉幽邃的艺术意境。"数问潮头事，浮沉直到今"，表达对毛泽东等一代先哲的深切缅怀。"潮头"指引领时代潮流，敢于担当历史重任；"浮沉"应指主宰国家民族的命运。这两句诗大致是化用毛泽东主席《沁园春·长沙》中"到中流击水，浪遏飞舟"和"问苍茫大地，谁主沉浮？"的词意而来，"到中流击水，浪遏飞舟"的寓意是要引领时代潮流，尽管风浪巨大，连行船也困难，仍要激流勇进，担负起主宰国家民族前途命运的重任。"问苍茫大地，谁主沉浮"，体现主席志安天下、振我中华的壮志豪情。尾联既是对绝代风流的深切缅怀，又寄托了江山依旧、人事已非的感喟。

　　这是一首咏怀古迹的佳作，诗旨极为含蓄。诗人描写了寒冬时节的长岛风光，这是一代先哲曾经学习生活过的地方，但见寒风凛冽，木叶纷飘，江水苍茫，气象萧森，自然景色虽给人以寒气逼人之感，但见到成林的橘橙苍翠挺拔、绚丽如金，诗人低回萦思，浮想联翩，精神焕发，振奋不已。意境的营构抒发了诗人岁寒不凋的壮志情怀，自然联想到中国人民所经历的血雨腥风的斗争，那井冈山头的烽火，长征路上的硝烟，十四年抗战的惨烈，横扫国民党势力的鏖战，仿佛一幕幕浮现在心头，"推翻历史三千载，铸就雄奇伟岸诗"，这是何等伟大！何等豪迈！而今那位指点江山、激扬文字的风流人物已定格在历史的烟云之中，只见漫江的寒雾，纷飘的木叶，奔腾的江水，诗人油然而生难以言说的感伤。整个诗境是浑穆苍茫，而橘橙呈现鲜丽的金色，给人以生机勃勃之感。前人栽树，后人乘凉。近百年来，中华民族饱经磨难，饱受屈辱，是伟大的中国共产党率领中国人民驱除黑暗，迎来光明，改地换天，革故图新，这是多么艰难，多么来之不易。

《过长沙橘子洲》感伤的色彩甚为突出，体现出诗人追求真善美的美学理想。感伤是艺术的高境，感伤之情真挚、深厚、纯粹，从肺腑里流出，故而容易产生摇人心旌的力量。一切景语皆情语，此作为有我之境，万物着我之颜色，勾起读者丰富的想象和联想。当然，诗人已近耄耋之年，又在寒冬时节过橘子洲，南国的景色与诗人的心境产生了情感共鸣。诗人睹物思人，浮想联翩，有"知我者谓我心忧，不知我者谓我何求"的情愫，在对先哲的景仰之余，自然糅进了诗人百年迟暮的苍凉意绪，表达的情感是丰富的、幽邃的、感伤的，而依然燃烧着生命的火焰。诗歌的本质是抒情，此诗通过雄阔苍茫的意象描写，表达了江山依旧、人事已非的感伤之情，表达了展望未来、壮心不已的悲慨之情。诗作含蓄自然，丰富的情感通过意象来暗示，全诗无一字点明怀人的对象是谁，怀念其什么，而通过景物描写，尤其是通过尾联的暗示，我们却深切地感受到幽微的言外之意，真有陈子昂"前不见古人，后不见来者，念天地之悠悠，独怆然而涕下"的无穷感喟。此诗语言精工，中间两联的对仗，典丽幽深，宏阔苍郁，拓展出广阔的联想空间。

情牵游子泪如丝

——《〈古诗十九首〉长卷跋》赏析

《古诗十九首》长卷跋①

古诗溯悠远，音响一何悲！

世路或可逆，物事与心违。

念彼浪游子，无枝可凭依②。

天寒复日暮③，人马相困疲。

欲采芙蓉去，远道又多歧④。

漫云客行乐，聊自解忧思⑤。

我书《十九首》，生年不共时；

上下二千载，墨迹和泪垂。

何以慰游子，报与明月知。

---

① 《〈古诗十九首〉长卷跋》是沈鹏先生为书法长卷《古诗十九首》写的跋文，创作于2002年1月。所谓"古诗"，是魏晋南北朝时期对古代诗歌的统称。梁代萧统编《文选》时，把已失去作者姓名的十九首五言古诗编在一起，题作《古诗十九首》。关于古诗的作者和年代，学术界普遍认为非一人一时之作，大约为东汉后期桓帝、灵帝时代一些中下层知识分子的作品。

② "无枝可凭依"：化用《古诗十九首》之一诗句"胡马依北风，越鸟巢南枝"而来。

③ "天寒复日暮"：化用《古诗十九首》之十六诗句"凛凛岁云暮，蝼蛄夕鸣悲。凉风率已厉，游子寒无衣"而来。

④ "欲采芙蓉去"：化用《古诗十九首》之六诗句"涉江采芙蓉，兰泽多芳草。采之欲遗谁，所思在远道"而来。

⑤ "漫云客行乐"：化用《古诗十九首》之十九诗句"客行虽云乐，不如早旋归。出户独彷徨，愁思当告谁？"而来。

此文为书品题跋，以诗的形式表达品赏、书写《古诗十九首》的感想。沈老以《古诗十九首》为载体创作行草长卷，一书作罢，意犹未尽，得五言九韵于其后。此诗可称为沈老五古之代表作，文怀沙先生致函时说："细加品读，一往情深，发自肺腑，堪共十九首不朽矣。"品赏此作，所言不虚，语浅情深，寄托无端，诚为旷代之佳作也。《长卷跋》为古往今来的下层士子们一洒同情之泪，描绘了一幅凄清悲凉的游子漂泊图。

　　全诗可分为三个层次。起笔四句写古诗之历史悠久为第一层，意蕴感伤，风格凄清。落笔如奇峰突起，总摄全篇："古诗溯悠远"，极言产生历史之悠久，一个"溯"字，表明对古诗作者与时代的探究，然而，谁人所作，不知；何时所作，亦不确知。"音响一何悲！"总写读古诗的感受。"音响"，指音节韵律，此处包含诗作的思想、情感、风格。"一何"，指多么，表程度的副词，一个"悲"字极言诗风之凄清感伤。起笔概括古诗的内容风格，也奠定全诗抒情基调，读来仿佛见到诗人涕泪交垂、深深叹息之情状。"世路或可逆，物事与心违"，交代悲情产生之原因。"世路"，指世间人事的经历。"或"，有的，有时，表肯定语气的代词。"逆"为多义词，"逆"者，迎也，承受也；"逆"者，转也，改变也；"逆"者，逆料也。人生经历有时必须承受，生活环境通过主观努力也可改变，从而实现追求的目标，然而失败和挫折也是难免的，何况他们生活在那灰暗的时代，遭世偃蹇实为寻常。"物事与心违"，"物事"，指事情，此句意为动机与结果往往出人意料，于是理想破灭，悲情产生。古诗之作，源于生活，发于吟咏，分析产生的原因，表达深切的理解与同情。

　　第5句至12句为第二层，具体描写游子们的苦况与心悲。"念彼浪游子，无枝可凭依"，一个"念"字，心游千载，仿佛看到游子们漂泊的情景。"浪游子"即游子，离家远行的人，这些人大多是当时的下层知识分子，他们有文化、有才能、有理想，为了一展宏图，辞亲远游。"无枝可凭依"，用比兴手法描写游子们像孤飞之鸟，有时连止息的树枝也没有，极写他们的无助、迷惘、未知的遭遇。化用《古诗十九首》之一"胡马依北风，越鸟巢南枝"的诗句而来，此句原意极言游子对故乡的思念，状其流落无依之苦。"天寒复日暮，人马相困疲"，描写漂泊途中困苦之情形，语出曹操《苦寒行》："行行日已远，人马同时饥。"曹丕《善哉行》："上山采薇，薄暮苦饥。"间接化用《古诗十九首》之十六的诗句而来："凛凛岁云暮，蝼蛄夕鸣悲。凉风率已厉，游子寒无衣。"游子们流落异乡举步维艰，人困马饥，生活上的困难不少，而无人施以援手，这是肉体方面的困苦。还有精神方面的。"欲采芙蓉去，远道又多歧"，写游子们的精神之苦，迷惘之悲，语出《古诗十九首》之六："涉江采芙蓉，兰泽多芳草。采之欲遗谁，所思在远道。"芙蓉为莲花之别称，采莲干什么呢？此处应与男女情事无涉，著名学者余冠英认为是"以芳草送人是结恩情的表示"，应指寻找知遇之人，如李白所称许的韩荆州一类的人物。"远道又多歧"应指知遇难求，找到目标，找准目标，殊非易事。这两句诗蕴含多层悲情：芙蓉虽美，水深难采，此为一悲；所思远隔，芳草难赠，此为二悲；歧路众多，知遇难求，此为三悲。诗作采用赋的手法，反复铺叙，极言游子们的种种悲情之事，生活的艰难与精神的迷惘交织一片，其心之悲苦可想而知。

"漫云客行乐，聊自解忧思"，"漫云"，指不要说；"聊"，指暂且。此句意为对不知情者而言，认为远游为行乐之举，其实乃不得而已，困苦不堪。此句设想游子们努力消除别人的误解，在无奈之时自我安慰，实写其孤独寂寞。漂泊异乡，没有亲人的关爱，没有知交的援手，没有知音的同情，如不自解忧思，可能精神崩溃，诗人想象入微，笔致细腻。

第三层为最后6句，表达对游子的理解同情。"我书《十九首》，生年不共时"两句过渡，诗人神驰千载，仿佛亲见游子们的困境，又从浮想中回到现实，脉络清晰，结构完整。"上下二千载，墨迹和泪垂"是全诗的点睛之笔，直抒胸臆，表达对游子的遭遇感同身受，不禁泪水潸然。游子们漂泊天涯，实不得已；处境维艰，情何以堪？诗人书写古诗，品读古诗，情动于中，潸然泪下，这泪水之中有理解，有悲愤，有同情，一切均在不言中。

"何以慰游子，报与明月知"，"何以"，指凭什么，拿什么来抚慰古往今来的游子们呢？诗人没有回答，也无法回答，其实诗人也无可奈何，只有一片理解同情之心。诗作以"明月"意象作结，清空瑰奇，寄意幽微，月为灵物，常用常新。诗作化用古人遗意入诗，寓意大致有三：其一，以明月为知音。韦庄词云："除却天边月，没人知！"（《女冠子》）苏曼殊诗云："我本将心比明月，谁知明月照沟渠。"（《燕子龛随笔》）一片素心，世莫能知，明月依依，照我知我，以明月为知音，反衬诗人心境之寂寞悲凉。其二，以明月衬离情。晏殊词云："明月不谙离别苦，斜光到晓穿朱户。"（《蝶恋花》）王安石诗云："春风又绿江南岸，明月何时照我还？"（《泊船瓜洲》）游子飘零，孤苦无依，见月思家，黯然销魂，深切表达对游子之同情。其三，以明月喻高朋。李白诗云："明月不归沉碧海，白云愁色满苍梧"（《哭晁卿衡》），"我寄愁心与明月，随君直到夜郎西"（《闻王昌龄左迁龙标遥有此寄》）。李白以明月喻挚友晁衡、王昌龄，沈老化用以喻古诗作者。古诗如月，永放清辉，我与游子心灵相通，表达对游子之赞美与挚爱。诗境之美，在于空灵，亦此亦彼，即此即彼，可能是，亦可能不是，无限深情，见于言外。

《长卷跋》是一曲缠绵悱恻、感人至深的悲歌，借历史题材来抒发对古往今来的士子们、弱势群体的理解与同情，表达尊重生命、热爱生命的大爱之心，体现出仁者的情怀。辞章之美，美在情真。真情的抒发，赖乎创作主体的人生体验，韩愈说："欢愉之辞难工，穷苦之言易好。"穷苦之言往往发乎真情。著名书画家、诗人林凡先生和笔者谈过这样的感受："没有深切的人生体验，作的诗，写的字，画的画，情感表达往往浮浅，艺术不可为伪。"的确如此，沈老的创作一往情深，他是仁者、智者、艺者，经历坎坷，又长期与病魔作斗争，故为诗为书，语语从肺腑里流出。诗人由古代的游子，想到今天社会底层的弱势群体，当今千千万万的打工者不都是游子吗？这些弱势群体最需要全社会的关怀。辞章之美，美在意境，品赏斯作，不觉浮想联翩，仿佛目睹在那乱离的社会无数游子漂泊异乡的情景，他们或息于高冈而人马困疲，或行吟月下而神情憔悴，或乞食权门而泪湿青衫，不禁令人悲从中来，涕泪交垂。刘熙载评《古诗十九首》时说："凿空乱道，读之自觉回顾踟蹰，百端交集。"

"情牵游子泪如丝"，此作语发肺腑，情动心旌，直逼《古诗十九首》古直悲凉之意境。旧体诗之创作，突破五古往往是制胜的关键，刘熙载说："故诗不善于五古，他体虽工弗尚也。"沈老的诗词以五古为突破口，各体均佳，其情真，其辞微，其韵雅，《长卷跋》清丽自然，音韵婉转，荡气回肠，感人至深。

丰碑向背系民心

——《黄炎培先生哲嗣方毅君嘱书大字周期率》赏析

黄炎培①先生哲嗣方毅君嘱书大字周期率

窑洞机锋说到今，延安长夜晓星沉②。

运毫纸上终于浅，鉴史躬行渐入深。

宝塔巍峨齐日月，丰碑向背系民心。

抽刀空断东流水③，拒腐自强无敢侵。

2012年的一天，黄炎培哲嗣方毅先生将其所著《黄炎培与毛泽东周期率对话》一书特呈沈老，请题"周期率"三个大字，沈老书罢，慨然有作。《黄炎培先生哲嗣方毅君嘱书大字周期率》（以下简称《题"周期率"》），书品见于《三馀笺韵》，由人民美术出版社出版。"哲嗣"，尊称他人之子。

诗作起笔入题，追叙周期率对话产生的具体背景："窑洞机锋说到今，延安长夜晓星沉。""机锋"本义为机警锋利，佛教禅宗用以比喻迅捷锐利、不落迹象、含意深刻的语句，此处指针对性强、寓意深刻的对话。毛泽东主席与黄炎培这段历史性的对话至今警

---

① 黄炎培（1878—1965），号楚南，字任之，笔名抱一，江苏川沙县（今属上海）人，中国近代爱国主义者和民主主义教育家。新中国成立以后，黄炎培历任中央人民政府委员、政务院副总理兼轻工业部部长、全国人大常委会副委员长、全国政协副主席、中国民主建国会中央委员会主任委员等职。

② 机锋：本义为佛教禅宗用语，指问答迅捷锐利、不落迹象、含意深刻的语句。

③ "抽刀空断东流水"，化用李白《宣州谢朓楼饯别校书叔云》诗句："抽刀断水水更流，举杯消愁愁更愁。"

醒国人，当时两位前哲推心置腹而谈，夜色已深而无倦意，可见开国领袖对拒腐防变的问题是高度重视的。创业难，守业更难，其实古人早就认识到了这一点，只是没有找到有效的解决办法而已。魏徵在《谏太宗十思疏》中说："凡百元首，承天景命……有善始者实繁，能克终者盖寡，岂其取之易而守之难乎？……夫在殷忧必竭诚以待下，既得志则纵情以傲物；竭诚则吴越为一体，傲物则骨肉为行路。"魏徵的见解是深刻的，提出解决的办法是最高统治者以身作则搞"十思"，搞自我约束，居安思危，戒奢以俭，这样才能达到拒腐防变的目的。其实没有监督机制，单有领袖的表率作用是远远不够的，也是很困难的，"十思"虽好，李世民"思"了，但他的儿子孙子会"思"吗？没有纪律的约束，是不会"思"的，他们只会乐不思蜀。

颔联"运毫纸上终于浅，鉴史躬行渐入深。"指出落实在行动上至为艰难，建立反腐机制至为重要。任何事情言之甚易，为之甚难，更何况是巩固政权的军国大事。诗人有很深的忧患意识，因为若无有效的监督机制，贪腐之徒不会收手，这些道理很清楚，周期律是很难跳出的。

颈联"宝塔巍峨齐日月，丰碑向背系民心"指出要继承老一辈革命家的光荣传统，巩固红色政权。宝塔山是延安的象征，延安为革命根据地，今天的胜利是无数先烈用鲜血换来的。陈毅诗云："断头今日意如何，创业艰难百战多。"的确如此。中国共产党为了夺取革命胜利，爬雪山，过草地，十四年抗战，三年解放战争，备历艰难，无数先烈付出了宝贵的生命。以毛泽东主席为代表的老一辈无产阶级革命家，他们的高尚人格、辉煌业绩永与日月齐辉，继承发扬是后来者的神圣职责。从拒腐防变、清廉自守而言，老一辈革命家起了表率作用，他们创立的优良传统是不朽的丰碑，只有在这丰碑的指引下前进，我们才能得民心，才能巩固政权，中华民族才会实现伟大复兴。这里的"向背"二字极富深意，得民心者才能得天下。诗人作为人民的艺术家，为国家民族的未来而殷忧不已。

尾联"抽刀空断东流水，拒腐自强无敢侵"，表达铁腕治腐、清廉党风的强烈愿望。这两句诗化用李白诗句"抽刀断水水更流，举杯消愁愁更愁"（《宣州谢朓楼饯别校书叔云》）而来，大致可从两方面理解：其一，贪腐之风是可控的，以习近平同志为核心的党中央重拳出击，建立反腐机制，腐败是可控制住的，自己有些过多的担心；其二，要认识反腐的艰巨性、长期性。历代贪腐难制，要彻底反腐甚为艰难，要彻底扫荡污泥浊水，还须费尽移山心力。最后一句点明题旨：相信我们党能制住腐败，全国人民会筑起新的精神长城，我们的国家民族充满了希望。

这是一首寓意深远、时代感强烈的诗作，诗人借为《题"周期率"》题签一事生发无穷感慨，追叙我党领导中国人民经历的艰难岁月，追忆毛泽东主席与黄炎培的历史性对话，深刻指出：一个国家只有推进民主的进程，建立切实可行的监督机制，以重拳惩治腐败，政权才会巩固，经济才会发展，风气才会纯正，人民的生活水平也会随之提高。若有半点含糊，对贪腐之风等闲视之，先烈的鲜血可能白流，政权可能会得而复失。读此诗作，我们仿佛感受到诗人"总是夜长人不寐，心忧家国到天明"的心情。这么重大的主题，这么丰富的思想，用一首小诗来表达，难度甚大，而诗人善于取材，妙于构思，用典型细节、典型意象遣意抒情，信手拈来，皆成妙谛。诗人生发感慨，展开想象，想到了中国革命的艰难历程，想到了两位前哲促膝夜谈的情景，想到了习近平总书记铁腕治腐、力挽狂澜的气魄，对明天充满了坚定的信心。

"丰碑向背系民心"，民者国之本也，本固而国势雄强。发扬老一辈革命家的优良传统，努力推进民主进程，建立监督机制，铁腕治腐，廉洁党风，对巩固政权、实现民族的伟大复兴意义重大。《题"周期率"》是一首情理交织、诗画交融的艺术佳品，浓郁的诗意与强烈的时代感达到了有机的统一，我们品读此作，深切地感受到了人民艺术家心系天下的赤子情怀，相信清风明月永驻人间。

宝洞机锋诸公兮延亭长松

晚至沉运毫军于浅鉴

求耶行渐入深宝塔巍峨咏

日夕孝禅留肖孙氏心抽兮志迹

东泠阶拒席句强争敢伪

贡尖培先生指嗣

方毅先属喜大年周

期率沈鹏

三千毛瑟北荒章

——《聂绀弩〈马山集〉手稿杀青》赏析

聂绀弩①《马山集》手稿杀青

逋逃劫后尘网留，墨迹斑斑岁月稠。
画地作牢悲语涩，为丛驱雀大荒游。
身心异处祸缘尾，鹿马无分福满楼。
亦道亦魔魔有道，斯翁一卷鉴狐丘。

"逋逃劫后尘网留，墨迹斑斑岁月稠"，起笔点明聂绀弩《马山集》手稿是劫后余灰，极为难得，极为珍贵。"逋"者逃也，"尘网"，尘世，语出陶潜《归田园居》其一："误落尘网中，一去三十年。""岁月稠"化用毛泽东主席《沁园春·长沙》"忆往昔峥嵘岁月稠"而来，这里的"岁月稠"指那段岁月非同寻常。手稿墨迹斑斑，作者备历坎坷，仿佛可读出斑斑泪水。2011年12月12日《光明日报》发表了陈博州的《沈鹏与聂绀弩〈马山集〉手稿研究》一文，文中记载他于1966年初期在北京第六十五中学的"四旧"堆中捡到了一本"线装本印谱"，印谱题名《古玺集林》，封面题签《马山集》，署名"疥翁"。直到1988年，通过尹瘦石先生的鉴定，方知此书是聂绀弩先生写于1962年的手稿。在那风雨如晦的岁月里，一本有着如此复杂背景的诗稿，竟然奇迹般地得以保存，可谓不

---

① 聂绀弩（1903—1986），著名诗人、散文家、"20世纪最大的自由主义者"（周恩来语），湖北京山人，曾参加北伐战争，在上海加入左联，主编过多种进步刊物，新中国成立后曾任人民文学出版社副总编辑，曾用笔名耳耶、二鸦、箫今度等。

聂绀弩的诗作新奇而不失韵味、幽默而满含辛酸，被称作"独具一格的散宜生体"，他是影响甚巨的杂文大家。

幸中的万幸。"画地作牢悲语涩，为丛驱雀大荒游"，言《马山集》特殊的内容与风格，产生于特殊的年代。"画地为牢"，在地上画个圆圈当作监狱，比喻只许在规定的范围之内活动，语出司马迁《报任安书》："故士有画地为牢，势不可入。""悲语涩"极言诗作之苦涩悲凉。"为丛驱雀"，比喻不会团结人，把一些本来可以团结的人赶到敌对方面去，语出《孟子·离娄上》："为渊驱鱼者，獭也；为丛驱爵者，鹯也；为汤武驱民者，桀与纣也。""大荒"，即北大荒，聂绀弩的诗作记录了在北大荒生活的真实场景。诗人怀瑾握瑜，但在北大荒干什么呢？搓草绳，拾稻穗，牧牛羊，睡草丛，而诗人以幽默的语言描写艰辛的生活。

"身心异处祸缘尾，鹿马无分福满楼"，颈联指出聂绀弩备历人生坎坷之原因。"身心异处"，被人指斥为言行不一致。"祸缘尾"：灾祸生于思想上的某些问题，"尾"：当时流行割什么思想尾巴。聂绀弩的诗幽默风趣，诗人有意模仿造出"祸缘尾"的新词。"鹿马无分"化用"指鹿为马"之典。"狐丘"一词即"狐丘之诚"，语出《韩诗外传》："孙叔敖遇狐丘丈人，狐丘丈人曰：'仆闻之，有三利必有三患，子知之乎？'……'敢问何谓三利，何谓三患？'狐丘丈人曰：'夫爵高者，人妒之；官大者，主恶之；禄厚者，怨归之，此之谓也。'孙叔敖曰：'夫爵益高，吾志益下；吾官益大，吾心益小；吾禄益厚，吾施益博。可以免于患乎？'狐丘丈人曰：'善哉言乎！尧、舜其尤病诸。'"狐丘之诚的典故，暗示为政者应以清廉谦和为戒，化用此典，富有深刻的教育意义，为政者应珍惜人才，善纳忠言，国家方可能走向繁荣昌盛。

诗作表达了对特殊历史时期的反思。诸葛亮在《前出师表》中说的话："亲贤臣，远小人，此先汉所以兴隆也；亲小人，远贤臣，此后汉所以倾颓也。"国家的兴旺，在于主政者能从善如流，知人善任，调动广大人才的积极性，贤者效其劳，智者倾其力，国家民族的事业方可兴旺发达。著名学者程千帆谈到聂绀弩的诗作时说："这是一位驾着生命之舟同死亡和冤屈在大风大浪中搏斗了几十年的八十老人的心灵记录。"沈鹏先生告诉读者：人生的苦难对于真正的强者而言是宝贵财富，聂绀弩的诗歌创作，是穷而后工的典范之作，深刻的思想，鲜明的个性，独特的风格，无疑是中国诗歌史上绽放幽香的奇葩，成就了一座耸立于榛莽中爱的丰碑。

此诗倾注了作者的一片深情。当年《马山集》手稿的收藏者陈博州将影印件寄给沈鹏先生，先生读后十分感动，他在致函中说："我读聂诗十分激动，今后希望看到原稿。"初读此集，先生感慨万千，曾写下这样一首诗："未许名山后世藏，惊心弃璧泪盈眶。屠龙屠狗郢挥斧，非马非牛国有殇。半寸柔毫南冠者，三千毛瑟北荒章。诗人不幸诗坛幸，时女还忙时尚装。"悲慨激越，读来有锥心之痛。为了资助此书的出版，沈先生特意寄出一幅四尺整张的书法。而《聂绀弩〈马山集〉手稿杀青》一诗，抒情更显沉郁苍凉。"画地为牢悲语涩，为丛驱雀大荒游"，完全失去了人身的自由，在北大荒与牛羊为伍，这是多么苦涩的锥心之语，诗人对亡友的悼念，对国士之才的痛惜，对未来的理性思考，都蕴含在苍凉的诗歌意象之中。诗歌以典型化的意象来反映生活，抒遣怀抱，诗歌对生活必须高度地概括提炼，此作深见提炼之功，既饱蕴深情又生动形象，典故的化用准确恰当，在森严的格律中达到了一种抒情的自由。

"三千毛瑟北荒章"，聂绀弩先生已消失在历史的烟云中，他唯一的女儿海燕也先他而去，但他以热血深情凝聚的诗章永远散发着沉郁的幽香，记录了一段特殊的历史，他应露出会心的微笑。

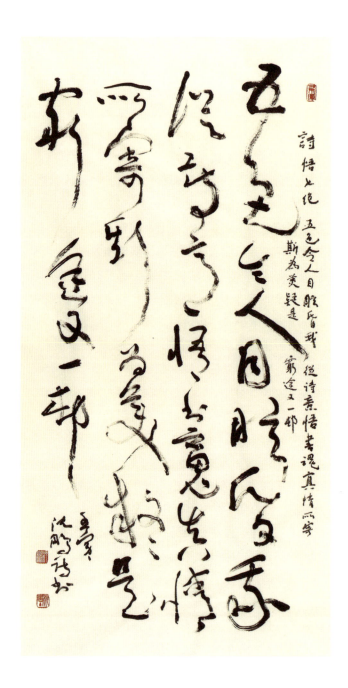

悲天悯地仰真知

——《"末日"》赏析

"末日"①

"末日"临头倒计时，吾今安在故吾思。

风从空穴骤掀浪，事出无端定限期。

畏死贪生怜本性，悲天悯地仰真知。

敬崇玛雅超人慧，伊甸家园共护持。

世界是美好的，生命是可贵的，数年前闹得沸沸扬扬的"末日"说，竟然给一些无知者造成了很大的心理压力，可见热爱生命、景仰生命还要有知识、有文化、有勇气才行。相信科学，相信唯物论，应是智慧人类必须具备的基本素质。沈鹏先生在所谓的"末日"里写下一诗，体现幽默智慧，在会心微笑之余给人以深刻的教育。《"末日"》一诗刊发于《新华每日电讯》。

"'末日'临头倒计时，吾今安在故吾思"，起笔点题，对"末日"说毫不相信，予以嘲讽。闹得沸沸扬扬的所谓世界"末日"之说被有些别有用心、唯恐天下不乱的人大加炒作，当进入倒计时状态，那些胆怯者惊恐不已，仿佛大难临头，真有天崩地裂的"末

---

① "世界末日"论是人们在畏惧大自然或超自然力量的心理影响下，产生出来的一种不切实际的悲观预期。这种论调早在3000多年前就已出现，历史上出现的"末日"说不少于80种版本，尽为虚言。2012年12月21日之后将是"第5太阳纪"的开始。由于这一预言隐含了巨大的商机，故国外的媒体广为宣传，催生了《2012》等著名灾难片，形成误导，制造恐慌气氛。

玛雅人对于时间的计算比其他文化都要精细，所谓2012年12月21日"末日"说法，只是玛雅人所说的一个时间的轮回。

日"到来。而诗人是智慧明达之士，真正的唯物主义者，对所谓的"末日"说置之一笑。"安在"，平安地生活；"故吾"，依然故我，一切跟从前一样，没有什么改变，《庄子·田子方》："虽忘乎故吾，吾有不忘者存。"明人张景《飞丸记·访旧寻盟》："惜他龙门点额，犹然还存故吾。""故吾思"，我还像原来一样思考问题。"风从空穴骤掀浪，事出无端定限期"，指出"末日"之说的出现，纯属望文生义，造谣生事。所谓"空穴来风"，原指有洞穴就有风进来，比喻消息和传说不是完全没有根据的，而今多指消息和传说毫无根据。"事出无端定限期"，无端指无缘无故，没有来由，《管子·幼官》："始乎无端，卒乎无穷，始乎无端，道也；卒乎无穷，德也。""末日"之说没有科学依据，诗人予以讽刺批评，认为完全不可相信。

"畏死贪生怜本性，悲天悯地仰真知"，指出相信科学的重要性。"畏死贪生"，在这里并不完全是贬义，生命不可能重复，人类对生命的热爱这是天性，是可以理解的。人类正因为对生命的热爱，不断地了解自然，适应自然，征服自然，促进了生产力的发展，社会的进步。诗人所言的"畏死贪生"是从人的本性本能而言的，但是珍惜生命、景仰生命不能相信唯心的东西，应克服愚昧与无知。现代科学发展到今天的程度，居然相信世界"末日"说这样的话，正是科学知识不足的表现。当然，有智慧的人，如果过分执着于某事，也难免愚昧。以唐太宗之智，竟信长生不老之说，误食仙丹中毒而死，当代的一些腐败高干，竟然相信风水、相信所谓的"灵通大师"。"悲天悯地"，即悲天悯人，本义哀叹时世的艰难，怜惜人们的劳苦，这里是指有的人因对生命的热爱而过多地担心恐惧。人类有时可怜可悲，制作出许多木偶土偶、玉偶金偶来恐吓自己，这些东西不管如何生动形象，它们还是木头泥土，玉石金属，而去敬奉跪拜，希望它们发挥超自然的力量保佑自己，岂不荒唐？为自制的偶像而惊恐万状，走进自设的圈套跳不出来，岂非愚妄可笑？世界上这样的蠢人不少，有时难免我们自己就是这样的人。

"敬崇玛雅超人慧，伊甸家园共护持"，尾联告诉读者：敬重生命，敬重文化，好好保护我们的生存环境。对玛雅人的所谓"末日"说，有误传误解。古玛雅人的文明程度的确高，玛雅太阳历一年为365.2420天，而现代人测算是365.2422天，误差为0.0002天。玛雅人所言之"末日"，就是与现代历法的一种误差，这体现了古玛雅人的智慧，是一个时间段的轮回，生命的轮回，并非真的会出现世界"末日"。诗人认为，对古人、对古代文化要尊重，但不应是错误地理解与盲从，更不能因贪生怕死而自己作践自己。地球有没有"末日"，世界有没有"末日"，按理说的确有，但至少我们生活的时代不会到来，那是数十亿年之后的事。我们要让地球更好地适合人类居住，还要保护环境，守卫和平，误信谣言，相信"末日"说这是愚蠢的行为。

这是一首提倡科学、反对迷信与偏执的抒情诗，对当时闹得沸沸扬扬的所谓"末日"之说予以了深刻的批判与无情的嘲笑，带有较多的幽默色彩。幽默诙谐既是语言风格，也是美学意境，朱光潜在《诗论》中论及诙谐，分悲剧的诙谐与喜剧的诙谐。悲剧的诙谐是对命运开玩笑，在悲剧中洞彻人生世相，而骨子里是沉痛，这是一种大智慧、大胸襟的表现，在沈鹏的诗词艺术中有这种诙谐。至于喜剧的诙谐，用鲁迅的话来说："把无价值的东西撕破给人看"，也如王国维所说："诗人视一切外物皆游戏之材料也，然其游戏，则以热心为之。""末日"之说，无知偏执的人是真相信；别有用心的人，自己不相信，而造谣生事使别人相信，制造恐怖气氛；诗人揭露讽刺，使人在一笑之余提高我们的思想境界。律诗难工，而此作造境逐层深入，语言朴实雅正，给人以智慧的启迪，对一位年近九秩的诗人而言，这是生命的奇迹。

"悲天悯地仰真知"，这是诗人通过"末日"事件表达的思想观点。改革开放以来，人们的知识视野更加广阔，对科学与艺术的探索进入了更高的境界，但辩证唯物主义的思想被一些人抛弃，一些文化人竟然被浅薄荒唐的谣传所欺骗，这是可悲的。崇尚科学，反对迷信，在今天仍有重大意义。保护我们的环境，保护我们的地球，是人类应引起高度重视的大事。

少年中国发宏词

——《题〈中华辞赋·校园诗赋〉》赏析

题《中华辞赋·校园诗赋》[①]

校园文化别抽枝，屈子风骚李杜诗。

时代精英抒浩气，少年中国[②]发宏词。

牡丹荆棘天然美，黄雀苍鹰各异姿。

赋得四声除八股[③]，古云唯俗至难医[④]。

辞赋这种体现文学独立特征之文体，发轫于楚、繁荣于汉，嬗变于魏晋，对我国高雅艺术的发展产生了深远的影响。辞赋文学是审美文化和实用文化的统一，塑造绮丽的文体，抒写壮怀逸气，具有高华的形式美，是国学文化在现实生活中的集中体现。当今时代是中国历史上经济繁荣、国力强大的崭新时代，我们呼唤汉唐精神的回归，辞赋这种体裁

---

① 《中华辞赋》杂志始创于 2008 年元月，时为双月刊，由闵凡路、袁志敏、黄彦、周笃文等先生共同发起，由民营企业家袁志敏先生资助，为国内唯一公开出版发行的辞赋类文学杂志。"校园诗赋"是该刊最近开设的新栏目，专发校园辞赋优秀作品，努力培养辞赋人才。

② "少年中国"：梁启超《少年中国说》。

③ 八股：明清科举制度的一种考试文体，段落有严格规定，每篇由破题、承题、起讲、入题、起股、中股、后股、束股等部分组成。从起股到束股的四个部分，其中都有两股相互排比的文字，共为八股。内容空泛，形式死板，束缚人的思想，现在多用来比喻空洞死板的文章、讲演等。

④ 作者自注：黄山谷谓："俗便不可医。"

得到发展是时代之需要。由闵凡路、袁志敏、黄彦、周笃文等先生发起，由著名民营企业家袁志敏先生资助的《中华辞赋》，已走过了创业艰难、成果丰硕的辉煌十年，为我国高雅艺术的发展贡献良多。沈鹏先生对《中华辞赋》全力支援，倾心扶助，该刊近辟新栏目——"校园诗赋"，培养艺术新苗，为青少年辞章爱好者提供发表作品之平台，沈鹏先生见之欣喜不已，慨然赋诗，深见老一辈艺术家对我国文化事业发展的拳拳之心，此诗见于《中华辞赋》2018年第7期。

"校园文化别抽枝，屈子风骚李杜诗"，起笔点明校园辞赋的发展繁荣对弘扬传统文化的重大意义。"校园文化"是在中学、大学兴起的一种文化现象，对人才的培养有很大的促进作用，有《中国校园文学》杂志公开发行。"别抽枝"，比喻出现了新的样式，即诗赋创作，这里是指《中华辞赋》杂志"校园诗赋"这一栏目的开设，为高雅文化人才的培养提供了平台。"屈子风骚李杜诗"，点明这种创作取法甚高，努力弘扬优秀文化传统。人才的培养是百年大计，真正要继承优秀文化传统是极为艰难的，以诗词歌赋为代表的传统文化，目前尚处于青黄不接之时。表达浓郁的诗意则是华夏艺术最本质的美感特征，书法绘画以诗意为魂，而今的书法家、画家很少能写自作诗文，甚至连研究中国文学的专家也不能动笔为赋为诗，可见人才的培养迫在眉睫。"屈子风骚李杜诗"，以借代手法强调诗赋创作取法要高，意境贵在圆融瑰奇。辞赋源于楚辞，王逸在《楚辞章句》中指出："屈原之辞，诚博远矣，自终没以来，名儒博达之士，著造辞赋，莫不拟则其仪表，祖式其模范，窃其华藻。""时代精英抒浩气，少年中国发宏词"，鼓励青少年以辞赋这种独特的艺术形式抒写壮怀逸气，振兴中华文化。正如梁启超在《少年中国说》中所云："少年智则国智，少年富则中国富，少年强则国强，少年独立则国独立，少年自由则国自由，少年进步则国进步。"青少年是早晨八九点钟的太阳，希望寄托在他们身上。

"牡丹荆棘天然美，黄雀苍鹰各异姿"，指出要追求艺术风格的独特性、多样性的美感特征。这里的"牡丹荆棘、黄雀苍鹰"隐喻瑰奇的意境，多样的风格。诗人认为，艺术是心灵之花的绽放，只要能体现个性修养，有益于净化心灵的各种花都有开放的资格。牡丹美在绚丽高雅，荆棘美在朴素自然，都有较高的审美价值。有人说，"荆棘"有审美价值吗？有的。南方有一种叫糖罐子的藤蔓植物长满了刺，而开出的花洁白如雪，结出的果是补肾良药。黄雀是一种以杂草种子和昆虫为食的小鸟，虽飞不太高，却灵秀可爱；苍鹰是搏击长空的猛禽，是勇敢与力量的象征，杜甫曾写过咏鹰的诗篇。艺术能抒发真情、表达个性，体现强烈的时代感便为佳品。我们不否定美感有一定的差异性，而就风格而言，长烟落日、铁马秋风与杏花春雨、小桥流水应不分轩轾，都给人以美的滋养。梅花的素洁不逊于牡丹之富丽，修篁的婀娜岂亚于青松之挺拔？这体现了诗人尚多元、尚自由的美学理想。"赋得四声除八股，古云唯俗至难医"，强调艺术创作应体现自然之美、高雅之美。"四声"，指中古汉语声调的平上去入，此处指代格律，作为高雅文学的诗词歌赋，是带着锁链的跳舞，一般性的格律还是必须遵守的。"八股"指代空洞死板的僵化形式，高雅文学表达的是高雅之情，必须体现高雅艺术的特征，格律既要出神入化，意境又要幽邃高华，方给人以震人心魄的美感，高境界的创作，是形式和内容的和谐统一。

这首小诗严格说来是论诗诗、论艺诗，体现了诗人尚自然、尚天机的美学理想。牡丹荆棘、黄雀苍鹰是生活中的自然意象，是自然美、朴素美、多元美的具象表达。沈老对古代的诗书画艺术大家，特别景仰苏轼、傅山。苏轼论艺以自然为美，他说"吾文如万斛泉涌，不择地而出，在平地滔滔汩汩，虽一日千里无难。及其与山石曲折，随物赋形而不可知也。所可知者，常行于所当行，常止于不可不止，如是而已矣。"（《文说》）傅山论艺提倡"尚天倪""尚天机"之说，沈老对笔者说："无意于佳乃自佳的境界应是艺术的理想境界。"但艺术真正达到自然朴素、天机自流的境界是极为艰难的，单纯不等于单调，繁复不同于烦琐，艺术的高境是创作主体开阔的胸次、渊深的学养、丰美的才情、精湛的功力的综合表达，以粗率为朴素，以繁杂为繁复，这是对艺术的曲解和误解。沈老这首小诗看似信手拈来，都体现了尚自然、尚天机的艺术特征。比兴的手法运用很成功。什么叫比兴？朱熹说："比者，以彼物比此物也"，"兴者，先言他物以引起所谓之词也。"刘勰说："比显而兴隐"，从修辞的角度看，比兴应与借喻、隐喻、博喻相近，形成意象的多层性，显得含蓄蕴藉，给人以美的想象和联想。诗中以"牡丹荆棘""黄雀苍鹰"隐喻不同的艺术风格，既准确含蓄，又瑰奇生动，对诗人的美学理想作了准确的表达。

"少年中国发宏词"，可借用这句诗来描述此诗表达的殷切期望和美学理想。《中华辞赋》为高雅文化绽放出来的绚丽之花，对引领我国高雅艺术的发展必将产生广泛而深远的影响，"芳林新叶催陈叶，流水前波让后波"，我们期待更多的优秀人才茁壮成长，为弘扬中华文化的优良传统作出更大的贡献。

前人无愧　无愧前人

——《悼周海婴》赏析

悼周海婴①

（老友海婴，今岁全国政协开会因病缺席，竟成永诀）

满座群英君席赊，何期背影走天涯！
迅翁一语终身誓，"不做空头文学家"。

　　对于鲁迅，我们并不陌生，鲁迅是不朽的，他是近代文化史、思想史上的一盏明灯。郁达夫在《怀鲁迅》一文中写下这样的话："没有伟大的人物出现的民族，是世界上最可怜的生物之群；虽有了伟大人物，而不知拥护、爱戴、崇拜的国家，是没有希望的奴隶之邦。"有一段时间，鲁迅遭到贬斥，有人以今人的眼光看待鲁迅，这无疑是错误的。沈鹏先生对鲁迅怀有深深的崇敬之情，他的诗文中引用了不少鲁迅的名句，他对真善美的执着追求无疑受鲁迅思想的影响甚深。沈先生与鲁迅之子周海婴是老朋友，得知海婴逝世，怅然伤怀，写下此诗。此诗写于2011年4月8日，见于《三馀再吟》。

　　"满座群英君席赊"，起笔直抒胸臆，从政协会议入题，看到周海婴的座位空空如也，心疑海婴有病请假，不知多年的老友竟成永诀，伤怀不已。"赊"，赊欠，这里是指

---

　　① 周海婴（1929—2011），浙江绍兴人，周树人（鲁迅）和许广平所生之子。1952 年至 1960 年在北京大学物理系学习无线电专业，1960 年在国家新闻出版广电总局工作，原国家广电总局副部级干部，无线电专家，第十一届全国政协委员。另任上海鲁迅文化发展中心理事长，中国鲁迅研究会名誉会长，北京鲁迅纪念馆、绍兴鲁迅纪念馆、厦门鲁迅纪念馆名誉馆长，北京鲁迅中学、绍兴鲁迅中学名誉校长，中国无线电运动协会顾问等。

空位无人。沈鹏前后担任五届全国政协委员，周海婴任政协委员的届数亦多，因为特殊的机缘，两位先生接触较多，了解渐深，成了推心置腹的挚友。沈鹏说："周海婴先生平易近人，从不以名人之后自居，他是无线电专家，而气质儒雅，受家风的影响甚深，待人坦荡，为人耿直，对文化事业的发展甚为关心。"周海婴对自己要求严格，政协的会议不是特殊情况从不请假、不缺席，而诗人看到他的空位，诧异不已。"何期背影走天涯"，点明周海婴逝世。"何期"，岂料，没有想到，鲁迅《悼杨铨》："何期泪洒江南雨，又为斯民哭健儿。""走天涯"，暗示周海婴先生已永远地离开了人世。起句与承句一问一答，因果关系清楚，而诗人的惊诧、痛惜、哀惋之情见于言外。

　　"迅翁一语终身誓"，转句荡开一笔，进入议论，写鲁迅对周海婴的深刻影响。迅翁，指鲁迅，鲁迅逝世时，周海婴8岁，虽然年幼，但父亲对他的影响是深远的。周海婴回忆说："父母对我的启蒙教育是顺其自然，从不强迫，不硬逼。"他不愿在鲁迅的光环下生活，也从不向外人炫耀自己是谁的后代，他反对靠父母的余荫生活，虚度人生，强调靠自己力所能及的工作成绩，去赢得社会的认可。坎坷的经历，特殊的背景，使他待人处事格外小心谨慎。他回忆在北大物理系读书时，其他同学可以打桥牌、跳交谊舞，他出于好奇，偶尔走去观看，就有人在背后指指点点，说什么"鲁迅的儿子不好好读书，只知道打牌跳舞"。于是这类活动他看也不去看了，刻苦认真地读书。合句"不做空头文学家"，这是鲁迅遗嘱中的话，原文为"万不可去做空头文学家或美术家"，周海婴终生记住了父亲的教诲。周海婴回忆说，他小时候，很喜欢一种叫积铁（也叫小小设计师）的玩具，这是一盒用各种金属零件组装而成的玩具，他用这些零件学会了组装小火车、起重机，装好了再拆，拆了又装，鲁迅总在一旁予以鼓励，培养他的动手能力，做实事的能力。鲁迅逝世后，家境曾一度困难，但周海婴热爱技术的兴趣不减，他用储蓄多年的压岁钱交纳学费，报考南洋无线电夜校，1952年考入北大物理系，从此走上严谨的科研道路，开始了默默无闻、淡泊名利的生涯。他的性格、爱好和所学专业，受鲁迅遗嘱的影响甚深。"不做空头文学家"，其实并不是鲁迅硬要反对自己的儿子将来做文学家，并不是所有的文学家都是"空头"，而是强调要踏踏实实地做人做事，不谋虚名，不图私利，从事文学创作能深入生活，其他工作都能务实，这才能为社会做有益的工作，对自己有益处。

　　这是悼念亡友的挽诗。此诗没有对一代文学泰斗的哲嗣周海婴先生的成就加以叙述，而是从挚友的角度对故人的仙化表示深切的悼念。诗人与周海婴是人生知己，故人的突然离去出其意料之外，诗人深慨生命的脆弱，人生的无常，无限感伤，见于言外。对周海婴的印象，最使诗人折服不已的是他的朴实与谦和。周海婴幼年时代慈父见背，而其家风在他的身上得到发扬光大，他为人低调，淡泊名利，终生牢记父亲的教诲，默默无闻地从事科学工作，鲁迅"俯首甘为孺子牛"的品格在他身上得到了体现。由其家风可以看出鲁迅先生血荐轩辕、无私奉献的品格，周海婴无愧为一代伟人之子，他没有辜负父辈的殷切期望。诗人无意赞誉伟人哲嗣，只是含蓄地告诉读者：鲁迅作为近现代中华文化的伟大旗手，他的思想光芒没有消失，他的务实精神对其后人产生了深远的影响。作为教育家的鲁迅，虽然在儿子的童年时代就离开了他，但他的思想对后代起了潜移默化的作用。

这是一首口占的小诗，倾情而发，肆口而成，初读朴素清纯，细嚼颇有余味。一往情深是此诗的主要特色。"文似看山不喜平"，诗更是如此，诗作成功地运用对比手法，出席政协会议，见到周海婴的机会是相对较多的，而今群贤毕至，少长咸集，独独缺少了海婴，没想到他已匆匆离开了人世，意外的噩耗使诗人不敢相信、难以承受，心情的悲苦可想而知了。这种情景的对比，强化了感伤之情的表达。对逝者的音容笑貌、高洁人格，诗人有很多的话要说，但不知从何说起，诗人用最"经济"的语言作了表达，逝者的可贵，在于牢牢记住了父亲的遗嘱："不做空头文学家。"这句话说来容易做来难，而他的确做到了。他没有以父亲的余荫谋取利益，他那样谦和低调，是一个务实的科学工作者。寥寥七字，蕴含了丰富的思想内容，对广大读者仍有很深刻的教育意义。周海婴没有将父辈的德望转化为货币与资本，他是一个朴素的人，一个可敬的人，这就是周海婴给人的印象。周海婴的身上闪烁着鲁迅思想的光芒。

"前人无愧，无愧前人"，沈鹏先生的挚友周海婴走了，走得那么匆忙，但亡友的音容笑貌、高洁人格在他脑中挥之不去。最成功的教育是人格的培养，周海婴没有让鲁迅失望，由此看来，鲁迅先生是一位合格的父亲。

笔端降太白　才大语终奇

　　——《寄江油李白纪念馆》赏析

寄江油李白纪念馆①

江油灵气托青莲，嘉句长留万口传。

少小也曾期圣主，壮怀直接戴天山。

危楼百尺浪漫语，蜀道高标世事难。

亲炙耕樵行者苦，披吟不见酒中仙。

　　唐代是中国诗歌史上的黄金时代。思想的开放，经济的繁荣，国力的强大，文禁的宽松，兼之诗歌取士科举制的推行，使得广大士子以极大的热情研究诗歌创作，讴歌时代风光，抒遣壮怀逸气，诗艺呈现前所未有的繁荣局面。《全唐诗》收录有两千两百余位诗人近五万首诗作，这都是披沙沥金留下来的艺术精品，而李白与杜甫是唐代诗歌的太阳，其光焰永如旭日之升于晴空，朗月之挂于夜天。沈鹏先生对李白的诗歌情有独钟，神往李白

---

　　① 李白（701—762），字太白，号青莲居士，唐朝浪漫主义诗人，被后人誉为"诗仙"。汉族，祖籍陇西成纪（今甘肃天水），

　　其出生地一般被认为是唐剑南道绵州（巴西郡）昌隆（后避玄宗讳改为昌明）青莲乡，一说为西域碎叶城（当时属唐朝领土，

　　今属吉尔吉斯斯坦）。李白在青莲乡生活了二十余年，能读到的这段时期的诗作有 32 首。李白存世诗文近千首，有《李太

　　白全集》传世，李白和杜甫并称为"李杜"，他的诗歌既反映了盛唐时代的繁荣景象，部分作品也描写了安史之乱爆发之

　　后出现的惨状，揭露了统治阶级的荒淫和腐败，表现了蔑视权贵、反抗传统束缚、追求思想自由的积极精神。

　　江油李白纪念馆：为纪念李白而修建的仿唐园林建筑群，位于四川省江油市北郊昌明河畔，占地 4 万余平方米，1962 年开

　　始筹建，1982 年正式对外开放。2009 年被中宣部命名为全国爱国主义教育示范基地。

的浪漫境界，2016年3月，应江油李白纪念馆之嘱托，写下此诗。诗稿为沈老亲赐笔者。

"江油灵气托青莲，嘉句长留万口传"，起笔点题，点明李白与江油的关系和他在江油的艺术创作。江油是李白少年时代生活过的地方，对李白的影响是极为深远的。地灵而人杰，人杰而地灵，江油的灵山秀水、文化底蕴，养育了李白的诗魂。沈老说："李白居江油诗传三十二首，只字无'酒'。"这怎么理解？李白在江油生活了二十余年，离蜀时正值风华正茂之年，他学书学剑，极为刻苦，这个时期是人生的淬砺时期，他想致君尧舜，策名清时，的确是很少饮酒的。李白中晚年之后的诗歌创作，多有借酒浇愁之意。关于李白与酒的关系，王安石说过这样的话："李白诗词迅快，无疏脱处，然其识污下，十句九句言妇人、酒耳。"王安石的艺术观多功利色彩，对文艺自身的特征认识不足，这个说法有些夸张，不太客观。笔者细读过《李太白全集》四遍，真正言妇人与酒的诗作不是太多，有些作品借写男女相思，抒发冀遇明君、施展抱负的人生理想，单作爱情诗来欣赏是没有真正读懂李白的。屈原的《离骚》描写一次一次的求美女，一次一次的失败，以美人芳草象征明君和美德，能说明屈原是好色之徒吗？不能，那是没有读懂屈原。李白中年以后深感世路之崎岖，寄情于酒，借酒浇愁，或以之触发灵感，并非识见污下。"嘉句长留万口传"，极言李诗之瑰美，化用赵翼"李杜诗篇万口传，至今已觉不新鲜"（《论诗五首·其二》）的诗句而来。"少小也曾期圣主，壮怀直接戴天山"，概言李白在江油的人生经历。李白少年时代胸怀大志，有强烈的英雄意识，他向往唐代名相马周的成功，常以诗文干谒权贵，冀获知遇，一展怀抱，他在《上安州裴长史书》中说："以为士生则桑弧蓬矢，射乎四方，故知大丈夫必有四方之志，乃仗剑去国，辞亲远游。"戴天山即大匡山，是江油的名山，李白大致是15岁时开始在此山隐居读书，并且也习道，据詹瑛考证，《戴天山访道士不遇》是李白19岁时所作，是现存李白最早的诗作。

"危楼百尺浪漫语，蜀道高标世事难"，概括描写李白诗歌想象飞动、意境瑰丽的艺术风格。"危楼百尺"化用李白"危楼高百尺，手可摘星辰"（《夜宿山寺》）的语意而来，《蜀道难》是李白描写蜀道奇险壮观景色的名篇，其中"上有六龙回日之高标，下有冲波逆折之回川"的诗句广为传诵，这里既是化用也是借代，描写李白诗歌的浪漫主义风格。关于李白诗歌之意境，杨万里说："李太白之诗，列子之御风也。"孙觌说："李太白周览四海名山大川，一泉之旁，一山之阻，神林鬼冢，魑魅之穴，猿狖所家，鱼龙所宫，往往游焉，故其为诗，疏宕有奇气。"（《送删定侄归南安序》）"亲炙耕樵行者苦，披吟不见酒中仙"，认为李诗有部分作品深刻地反映了下层人民的生活苦难，具有深刻的现实意义。李白的主体诗风是浪漫瑰丽，是壮怀逸气的抒发，但不乏反映现实生活的佳作，如"田家秋作苦，邻女夜舂寒"（《宿五松山下荀媪家》），《丁督护歌》："吴牛喘月时，拖船一何苦。水浊不可饮，壶浆半成土。一唱督护歌，心催泪如雨。"描写安史之乱爆发后的惨景："风悲猿啸苦，木落鸿飞早；日隐西赤沙，月明东城草。"（《荆州贼平，临洞庭言怀作》）

《寄江油李白纪念馆》一诗，以典型意象对伟大的浪漫主义诗人李白的艺术创作予以高度评价。唐代作为中国诗歌史上的黄金时代，李白诗歌代表了唐代诗歌的最高成就，江油的山川灵气、区域文化影响了李白的性灵。唐代是中国道教史上最迷狂的时代，最高统治者以老子为先祖，以道教为国教，以老庄为代表的哲学意义上的道家和以葛洪炼丹为代表的神仙道教，在唐代都得到飞速的发展。李白胸次开阔，性格浪漫，四川又是道教极为兴盛的地方，他对仙道修炼有浓厚的兴趣，真正炼过丹、服过丹，多次隐居，采过致幻的仙药，酒又是他激发灵感的媒介，他的诗歌又受屈原、曹植的影响甚深，浪漫主义的风格甚为突出。李白是热爱劳动人民的，部分诗作反映了劳动人民的生活遭遇，表达了对劳动人民的深切同情。李白的诗对中国人胸次的拓展，浩气、豪气、灵气的激发，无疑产生了深远的影响，但诗人指出，李白的诗，部分佳作仍体现了现实主义的传统，深刻地反映了现实生活，体现出深刻的思想价值和强烈的时代感。诗人含蓄地告诉读者，对历史人物的研究不能人云亦云，要有自己的见解，李白的诗歌是不朽的艺术珍宝，对传统的优秀文化遗产应深入研究，继承发展。

　　唐人张碧论李白诗云："及览李太白辞，天与俱高，青且无际，鹍触巨海，澜涛怒翻，则观长吉之篇，若陟嵩之巅视诸阜者耶？"（《唐诗纪事》）可见李白诗歌的巨大成就是无与伦比的。以一首七言律诗反映李白的生活事迹，尤其是在江油的行止，概括描写李白诗文的艺术成就，这是极为艰难的。沈老此作，采用小中见大、管中窥豹的手法评价李白，囊括万殊，裁成一相，对李白的胸次才情、修养功力、艺术境界作了全方位的评价，含蓄告诉读者，努力继承优秀文化传统甚为重要，诗与书法在意境上是相通的。沈鹏的大草艺术，或如鲲鹏触浪，洪涛怒翻；或如杨柳迎风，春花映日；或如长风浩荡，骏马奔驰，无疑受李白诗歌意境的影响甚深。风格即人，风格即情，艺术创作与创作主体的胸次、性灵、学养、功力有直接的联系。沈老的诗作既充满激情，又不乏理性，此诗采取借代化用和意象描写等手法，使李白诗歌的意境具象化、典型化，从而告诉人们，艺术源于生活，源于创作主体的胸次和修养，没有丰富的生活阅历，没有超凡的素质、修养，就不可能创造出高境界的艺术品。

　　"笔端降太白，才大语终奇"，借用钱翊这两句诗描绘沈鹏先生《寄江油李白纪念馆》的诗境应是恰当的。沈诗对李白壮怀逸气、艺术意境作了高度的概括，高度肯定了这一伟大诗人的卓越成就。同时也告诉读者，李白有"诗仙"之誉，是中国历史上的伟大天才，但他取得的艺术成就，与他特殊的人生经历有关，更与时代精神有密切的联系；李白的诗作，风格呈现出多样性的美感特征，体现出强烈的时代感。

殷忧不已为斯民

——《清明前五日遇雨偶作》赏析

清明前五日遇雨偶作

节近清明细雨来，随风飘洒涤尘埃。

雾霾预警新规则，泽润可消前劫灰？

售价压低高级酒，开盘看好股民财。

二千六百余年事，谁个追询介子推^①。

清明节实际上是中国的感恩节，敬奠先人是为了缅怀先人、感恩先人，培养感恩的素养，懂得感恩是中华民族的优良传统。孟子说："孝子之至，莫大乎尊亲；尊亲之至，莫大乎以天下养。"（《孟子·万章篇上》）中国的孝道与西方的感恩是相通的。卢梭说："没有感恩就没有真正的美德。"尼采说："感恩即是灵魂上的健康。"沈鹏先生的诗词创作，重视对中华文化优秀传统的弘扬，有多首诗作表达了感恩的心情。此作写于2015年清明前五日，与清明有一定的联系，但别有寄托，诗品见于《三馀笺韵》。

"节近清明细雨来，随风飘洒涤尘埃。"起笔点题，描写临近清明节的气候特征。诗句化用杜牧的《清明》而来："清明时节雨纷纷，路上行人欲断魂。"诗人生活在北京，

① 介子推（？—前636），又名介之推，后尊为介子，春秋时期晋国人，生于闻喜户头村，长在夏县裴介村，因"割股奉君"，隐居"不言禄"之壮举，深得世人怀念。死后葬于介休绵山，晋文公重耳深为愧疚，遂改绵山为介山，并立庙祀，由此产生了"寒食节"（清明节前一天），"寒食"后来与清明融合为一，成为祭奠先人的节日，历代诗家文人留有大量吟咏缅怀的诗篇。

北方春雨贵如油，这场春雨来得正是时候，下得很盛。"随风飘洒洗尘埃"，春雨过后，仿佛整个天地洗涤了一番，呈现一派清新明丽的景象。按理说，诗人看到这番景象应感到高兴才是，但还是高兴不起来，为什么呢？春天的雾霾、沙尘暴太多了，北京的环境污染令人担忧。"雾霾预警新规则，泽润可消前劫灰？"，虽然下了一场不小的春雨，但整个环境还是没有得到净化，到处充满浓浓的雾霾。雾霾是雾和霾的组合词，将雾与霾并在一起作为灾害性天气现象，统称为"雾霾天气"。北京的雾霾已成为民生问题，雾霾的出现使空中浮游大量尘粒和烟粒等有害物质，会对人体的呼吸道造成伤害，影响人的身体健康。雾霾隔三岔五地"骚扰"北京，让市民们叫苦不迭。2015年北京的空气达标天数为186天，雾霾天气还是不少。所谓"预警新规则"，是指气象部门从2013年12月18日起，在北京市开展人工消减雾霾科学试验，加强环境气象监测预报预警工作，要求严重雾霾天气预警提前3天发布。诗人认为，提前发布灾害性天气预报固然是好事，但关键还是如何消除雾霾，净化环境。"泽润可消劫后灰"，"劫后灰"三字，大致用的是本义，这里指沙尘暴、雾霾造成的空气污染。此句是说清明的春雨虽然丰沛，但环境污染无法消除，依然危害人们的身体健康。

"售价压低高级酒，开盘看好股民财"，描写当时的市场经济形势。原来的白酒，尤其是高档白酒甚为畅销，茅台、五粮液一瓶动辄上千，而今通过有效管理，酒价回落很快，这是大好形势。"开盘看好股民财"，这体现了诗人在经济方面的忧患意识，希望股民谨慎行事。2015年爆发了中国历史上前所未有的股灾，虚拟经济并非虚拟，都是老百姓的血汗钱，诸多因素扰乱经济市场，这场股灾造成的损失难以估量。诗人在写作此诗之时，正值股市一路走高，而诗人看到了可能出现的危机，告诫股民小心为上，提高警惕，守住自己的钱袋子。2015年的股灾对广大股民造成的损失是巨大的，可见诗人对经济形势的发展有预见性，体现了诗人对广大劳动者的关怀。"二千六百余年事，谁个追询介子推"，意思是说，清明节快到了，人们对介子推这样的忠耿之臣淡忘了，感恩意识淡薄了，对先哲、英烈忘怀了。清明节的内涵是什么，明白的人不多，人们的感恩意识逐渐淡薄。

此诗以深刻幽微的立意取胜，诗人善于触类生发，给人以深刻的启示。创作此诗之时，诗人84岁，作为一位著名艺术家，通过对清明即将来临之前的风物描写，表达了对时事、经济形势、环境保护等方面的忧患之心。诗人是颇有忧患意识的艺术家，此诗看似是纯自然的环境描写，仍然体现出深刻的立意。北京的环境保护仍是一个大问题，雾霾、沙尘暴不期而至，直接影响人们的身体健康。新中国成立以来，我国的沙漠治理取得了一定的成就。但由于过度的放牧，对周边的环境破坏较大，风沙紧逼北京城，环境问题形势严峻。一场丰沛的春雨虽然下得淅淅沥沥，但并没有缓解环境被污染形成的压力。精神文明建设对社会的发展有重要意义，作者由清明的扫墓，进而想到优秀的文化传统还没有得到很好的发扬，人们缺少感恩意识，这对人才的培养甚为不利。学会感恩，才会不骄不躁，才会自强不息，社会关系才会达到一种和谐。精神文明建设是一种软实力，软实力强大，才是国力的真正强大。

沈鹏的诗歌创作以真情胜，以意美胜，以朴素胜，这在此诗中得到了充分体现。此作平淡中见幽邃，朴素中见精纯。清明的春雨滋润了万物，但环境的污染并没有多少改变，精华文化的发扬，还需我们做大量的工作，还需要我们一代代人发扬无私奉献的精神，我们要努力保护环境，保护我们的首都。2015年爆发的股灾使得无数的股民痛心疾首，对广大人民的财产造成了巨大损失，此诗表达了诗人对广大劳动者的同情，为环境、为股民面临的危机而忧，体现了诗人爱国家、爱民族的一片赤诚之心。此诗表达的思想内容具有强烈的时代感，2015年的股灾给广大股民带来的巨大经济损失依然历历在目。

"殷忧不已为斯民"，此诗从清明之前的环境写起，取材的突破口虽小，但表达的主旨极为深刻，体现了诗人善于观察的目光和深沉的忧患意识。《诗经》中说："知我者，谓我心忧；不知我者，谓我何求。悠悠苍天，此何人哉。"此诗表达的思想是甚为深刻的。

高翔白鸽　梦圆和璧

——《忆秦娥·九月三日阅兵大典》赏析

忆秦娥
九月三日阅兵大典①

长风激，碧天如洗雄鹰击。雄鹰击，彩虹飞画，啸呼鸣镝。

河山重建光阴急，长龙方阵东方立。东方立，高翔白鸽，梦圆和璧②。

　　阅兵仪式是一种军事文化，也是一种特殊的政治仪式。据记载公元前古埃及、古罗马、波斯等国，已有阅兵活动。在我国，早在春秋时期就有"观兵以威诸侯"的记载。陕西省发掘的秦陵兵马俑，就很像古代阅兵的阵式，那时候的阅兵，通常是在军队出征、凯旋或演习结束时，军事长官调集所辖军队进行检阅。阅兵是展现武装力量的建设成就、树立民族自信心和自豪感的重要形式。新中国成立时，根据全国政协决定，将阅兵列为国庆大典的一项重要内容。2015年9月3日是中国人民抗日战争暨世界反法西斯战争胜利70周年纪念日，此次大阅兵是抗战胜利纪念活动的重要组成部分。70年前，中国军民以顽强的意志，同仇敌忾，浴血奋战，历经了14年艰苦卓绝的抗战驱逐了日本帝国主义侵略者，捍卫了中国国家主权和领土完整，实现了中华民族的独立，中国为此付出了3500万同胞伤亡、不计其数的财产损失的代价。历史不容忘记，先烈必须缅怀，这场大阅兵是向全世界宣告

---

① 九月三日阅兵大典: 为纪念中国人民抗日战争暨全世界反法西斯战争胜利70周年，中国于2015年9月3日在首都天安门广场举行了盛大的阅兵仪式。

② 白鸽、和璧: 均象征和平。

中国人民捍卫国家主权、捍卫世界和平的坚定意志，坚强能力。

词作上阕描写对空军的检阅。"长风激，碧天如洗雄鹰击"，九月的北京秋高气爽，晴空万里，受检阅的军机像雄鹰掠过天安门广场上空，拉出那一条条彩色的烟雾道，犹如霓虹般五彩缤纷，令人惊叹，这是我国空军力量的展示。"长风激"三字描写空军的威势，以碧天如洗来衬托鹰击长空，更显气势之威猛。"彩虹飞画"，"飞画"一词，极新颖、极准确，一个"飞"字极言速度之快，一个"画"字极言景色之美，这是一道多么壮美的风景线啊！这次阅兵令人惊奇的是"空中加油"的壮观场面，前面一架大飞机，后面两架小飞机，呈三角状，大飞机在两侧尾翼伸出两条加油管道指向小飞机实现空中飞接，从而进行空中加油，这是以前历次阅兵所没有的，是我国高科技的体现。"啸呼鸣镝"，描写飞机的疾驰。"鸣镝"是古代一种射出后有响声的箭，在战斗中起指示前进方向的作用，这里描写战鹰的风驰电掣。

空军接受检阅充分显示了我人民解放军武装力量的强大。在现代化战争中，空军的地位至关重要，掌握了制空权就掌握了战争的主动权。抗日战争爆发，我国空军落后，制空权被对方掌握，我国遭受到了巨大损失。追忆70年前日寇侵华的情景，城市乡村被敌机轰炸得惨不忍睹。1938年12月18日起至1943年4月23日，日军对重庆进行了长达5年半的战略轰炸，据不完全统计，对重庆进行轰炸218次，飞机出动9000多架次，投弹11500枚以上，死者达10000人以上，超过17600幢房屋被毁，市区大部分繁华地段被破坏。

下阕描写地面部队接受检阅。"河山重建光阴急"，这句词让我们追溯历史，思接古今。从历史回到现实中，我们看到受检阅的方阵过来了，"长龙方阵东方立"，"长龙方阵"的出现，是中华民族崛起的标志。70年过去，今天共和国的雄狮"咚—咚—咚"地走过来，多么铿锵有力的步伐声！这不是普通的脚步声，而是我们迈向世界民族之林的声音，是祖国改革开放以来取得巨大成就的喜悦之声，是中国人民扬眉吐气的脚步声！一个个的方阵驰过，人流车流，浩浩荡荡，排山倒海，所向无敌，攻无不克，战无不胜！没有钢铁长城，没有利剑钢刀，豺狼们是不会有所畏惧的，它们的本性是掠夺，是抢劫，是贪婪，猎枪越好，野兽们就越不敢肆无忌惮。正因为有这个威武之师、文明之师、仁义之师，中国的和平才有保障，世界的和平才有希望。古人说，"止戈为武"，国力越强，和平之花才会开得越灿烂，故诗人说："高翔白鸽，梦圆和璧"，"白鸽""和璧"是中国领土完整、世界和平的象征，有中国国力的强大，才能维护中国和平，维护世界和平！

《忆秦娥·九月三日阅兵大典》记录了这一历史性的时刻。此词描写了盛大阅兵的壮阔场面，讴歌了新时期我国国防建设取得的巨大成就，表明了中国有强大的综合国力，有巨大的民族凝聚力，足可消灭一切来犯之敌，表明了中国人民维护世界和平的决心。这次阅兵对塑造中国心、凝聚民族魂、提振强军志有重大意义，对进一步动员和激励全党全军全国各族人民铭记历史、缅怀先烈、珍爱和平、开创未来，为实现中华民族伟大复兴而奋斗有重大意义。如何遏制那些疯狂企图，只能通过展示自己的军事实力来向世界表明中国的态度和决心，谁敢挑战中国的核心利益，谁就要有心理准备接受中国的强烈反击。因此，此词具有史诗般的意义。

以一首小令来记录共和国历史上的重大盛典，给读者以心灵的震撼，难度是很大的。此词虽为小调，而以气势胜，曾国藩说："为文全在气胜。"方东树说："诗文以豪宕奇伟有气势为上。"林纾说："文之雄健，全在气势。"所谓气势，应是时代精神、生命意志的艺术表达。词人是爱祖国爱人民的艺术家，时代精神，浩然之气，物化为艺术，自然是豪荡刚健，雄浑壮丽。看那雄鹰奋击，彩虹飞画，长龙方阵，铁流汹涌，多么气势磅礴，伟岸壮观！这是新时期民族精神、民族凝聚力的具象表达。此词无疑受李白、毛泽东《忆秦娥》和"苏辛"豪放词的影响，善于用典型化的意象作概括性的描写，"彩虹飞画""长龙方阵"，对阅兵盛典作了极为精当的描绘，给读者留下强烈的印象。"高翔白鸽""梦圆和璧"，意象富有典型性、暗示性，深刻含蓄地告诉人们，中国人民解放军是保卫国家的钢铁长城，是威武之师、仁义之师，是和平的保障，是实现中华民族伟大复兴的保障。意象的营构别具匠心，准确精当，体现了诗人的艺术功力。

"高翔白鸽，梦圆和璧"，这八个字可以概括《忆秦娥·九月三日阅兵大典》一词的深刻主题。中国近百年来遭受帝国主义铁蹄的蹂躏，饱受屈辱之苦，而今我们的国家日益强大，但我们不能忘记先烈们的流血牺牲，不能忘记烽烟四起的苦难岁月，爱我中华，强我中华，为亚洲的和平、世界的和平做出贡献。

幽默诙谐　入木三分

——《放龟行》赏析

放龟行①

友朋远方来，贻我绿毛龟。②

大不过手掌，甲壳铺苔衣。

衣长径盈尺，胜过翡翠枝。③

又杂黄金线，天女架织机。

双眼湛光亮，神情赛小儿。

遥想江湖里，也曾遇惊奇。

蓄之陶瓮中，颐养胎息微。④

饲彼一小虫，旬日能忍饥。

----

① "行"，是古诗的一种体裁，统称"歌行体"，是乐府诗的一种体裁，它的特点是"篇无定句，句无定字"，音节、格律比较自由，句法长短不一，富于变化。放龟：即将乌龟放生，把捉到的乌龟放到大自然去。放生活动古已有之，早在鲁国时期，中国汉地即有在特殊日子放生的做法，但持续广泛的放生习俗的形成，还是在印度佛教传入中国之后。

② 绿毛龟是一种背上生着龟背基枝藻的淡水龟。它是将动物与水生植物巧妙地融合为一体的生物。因龟背上的藻体呈绿色丝状，并长达 25 厘米，在水中如被毛状，故称绿毛龟。

③ 翡翠：也称翡翠玉，翠玉，缅甸玉，是玉的一种，是以硬玉矿物为主的辉石类矿物组成的纤维状集合体。在古代翡翠是一种生活在南方的鸟，毛色十分美丽，通常有蓝、绿、红、棕等颜色。

④ 胎息：不用口和鼻子呼吸，如在孕胎之中，即是胎息。语见葛洪《抱朴子·释滞》："得胎息者，能不以口鼻嘘吸，如在胞胎之中。"

可惜蜗居窄，长年碍旁窥。
龟耶虽长寿，终究恋海湄。
一日生异想，我心发慈悲。
何如放生去，纵彼游天池。

手提丝罗网，恭敬此神稀。
沿途慎看护，勿使遭险危。
路上往来人，啧啧称龟仪。
多言品种异，超凡脱俗姿。
又比现代派，价格定不菲。
囤积藏秘室，日久更居奇。
再有饕餮①者，垂涎快朵颐。
蒸煮饮美酒，醉倒佛亦迷。
蓦地观者众，哄然将我围。

声言出重价，纸币举高扬。
价格倍飙升，胜似拍卖行。
我情急坚拒，尔辈休轻狂！

有一歪戴帽，动手触宝囊。
速将拢怀抱，岂敢皮毛伤！
俯察绿神龟，神态仍安详：
乳婴初入世，毫无预设防。
摆脱众小子，咫尺近池塘。
忽觉遇盯梢，贼眼滴溜望。
或为贪铜臭，或为肉味香。
一旦放池塘，宝物势必遭毒手，
放生反而蒙大殃。

顿即生一计，誓将宝物献，
手机拨通动物园。

---

① 饕餮：音tāo tiè，饕餮是古代中国神话传说中的一种神秘怪物，别名叫"狍鸮"，据《山海经·北次二经》介绍，其形状如羊身人面，眼在腋下，虎齿人手，传说中的一种凶恶贪食的野兽，后比喻贪吃的人。

回话此举异，入账无来源。
又问某要局，徒听响长音，
电话空置人不闻。

眼看池塘边，有持钓钩蹲。
满脸酒肉相，绝非姜太公①。
挣脱哄抬者，即速归道中。
却看道两旁，早有鬻者手提笼。
笼中物物皆珍品，鼋鳖百足虫②。
慈悲者护生，贪欲者弯弓。
求我买与卖，只当耳边风。

旋又改道行，紧搂可爱之精灵。
视如亲子两心同，急急向前冲。
喘息归故宅，陶瓮安然在，
胜过人间安乐宫。
可叹是处暂从容，暂从容！

　　《放龟行》是沈鹏先生最具讽刺意义的一首叙事诗，为五言古风，创作于2015年12月，诗人时年84岁。此诗尚未公开发表，沈先生惠赐给了笔者。放生是一种行善的行为，佛家认为一切众生平等，热爱自己的生命，由此想到热爱一切生命。沈鹏先生是追求真善美的艺术家，更是一位宅心仁厚的长者，他景仰一切生命，将绿毛龟放生不必视为释家所说的放生行为，更多的是出于对这一小精灵的喜爱之情，体现慈悲之怀。此诗叙述放生之举所经历的戏剧性遭遇，深刻地反映了某些人的贪婪。

　　全诗大致可分七节。第一节描写绿毛龟的来源和它的美。"友朋远方来，贻我绿毛龟"，说明这只小精灵是朋友所赠，是友谊的象征。绿毛龟很珍贵，它不是野生的龟种，是为了观赏的需要用人工方法培育出来的，龟背植绿毛，这种培养有很高的技术水平。诗

---

① 姜太公：姜子牙（约前1156—约前1017），亦作姜尚，商末周初人，姜姓，吕氏，名尚，一名望，字子牙，别号飞熊，因其先祖辅佐大禹平水土有功，被封于吕，故以吕为氏，也称吕尚。相传姜子牙72岁时在渭水之滨的磻溪垂钓，遇到了求贤若渴的周文王，被封为"太师"，俗称姜太公，他是中国古代影响久远的韬略家、军事家与政治家。

② 鼋鳖百足虫：鼋是淡水龟鳖类中体形最大的一种，体长为80至120厘米，体重50至100千克。由于过度捕杀，已经极度濒危，属于国家一级重点保护野生动物。鳖，俗称甲鱼。百足虫又名千脚虫，有些农村叫"线毛虫"，是一种陆生节肢动物。

作描写了绿衣的大小、颜色："衣长径盈尺，胜过翡翠枝"，说明这个龟的绿毛种植很成功，苔衣比较大，比较厚，颜色鲜丽，绿毛龟以绿色深者最为珍贵。"又杂黄金线，天女架织机"，这种绿毛带有黄色的金线，色彩斑斓，说明培养的难度更大，如进入市场，当然价格也更高。"双眼湛光亮，神情赛小儿"，用比拟的手法进一步仔细描写其神态，像纯朴可爱的小孩，说明这只小龟很灵动，很温驯，这样既美丽又温驯的小动物当然是人见人爱。这种描写融注了诗人喜爱小生灵的心情，为下文保护小龟埋下伏笔。

第二节叙述小龟放生的原因。诗作展开想象描写小龟的身世和心理活动：它原本生活于自由自在的江湖，至今眷恋原来生长的地方。"蓄之陶瓮中，颐养胎息微。饲彼一小虫，旬日能忍饥"，小龟有良好的适应能力，它一点也不娇惯，对生存的环境要求不高，喂养也很容易，有耐饥饿的能力，能胎息，善静养，长时间不吃不喝还能生存，可见小龟多么可爱，被人捉来也无怨恨，性格淳朴温和。诗人因为蜗居窄小，不便观赏，知晓小龟留恋它的"海湄"，甚为同情，于是决定将小龟放生。

第三节描写放龟途中的"遭遇"。诗人首先描写放龟时的心情："手提丝罗网，恭敬此神稀。沿途慎看护，勿使遭险危。"诗人明白这个道理：小龟越美，它的危险系数就越大。进而描写人们对小龟的态度：或赞其仪容之美，或称其品种之异，或言其价值之高，总之，只有一个目标："囤积藏秘室，日久更居奇"，就是千方百计想把此物弄到手。另一种人更低俗可恶：这么可爱的小生灵，竟然想要一快朵颐，把它吃了："再有饕餮者，垂涎快朵颐。"说明小龟如果离开了诗人，不仅随时会被人贩卖，还会随时惹来杀身之祸。

第四节渐进高潮：人们争相求购此龟，但见纸币高扬，价格飙升，人们为了获得高额利润而进入狂热状态，说明小龟的危险性一步步逼近，诗人的心情由惊诧到担心，进而恐惧愤怒："我情急坚拒，尔辈休轻狂！"

第五节进入抒情高潮：竞争进入白热化，有人想不择手段得到小龟。这是一出讽刺喜剧，剧情进入高潮，各种人的面目显露无遗，都为了一个字：钱！为了得到这一宝贝，已进入白热化的竞争状态，有人竟然要动手抢取此物了："有一歪戴帽，动手触宝囊。""歪戴帽"运用借代手法，描写这种人不怀好心，利令智昏，竟想动手抢夺此物，而诗人的警惕性更加提高了："速将拢怀抱，岂敢皮毛伤！"诗人挺身护龟了！这里的描写甚为佳妙："俯察绿神龟，神态仍安详；乳婴初入世，毫无预设防。"小龟像初生的婴儿，对尘世如蝇逐血的利益争夺一无所知，诗作以小龟的淳朴可爱反衬世人之污浊贪婪。于是诗人想摆脱纠缠，准备将小龟放入附近的池塘中，但发现池塘也有潜伏的危险："忽觉遇盯梢，贼眼滴溜望。或为贪铜臭，或为肉味香。"只想将小龟送至江湖，被纠缠去不了，想到就近的池塘去放生，似乎危险更大，处处潜伏着杀机，它的一身绿毛，其名贵身份、营养价值成了惹祸之源，多么令人可怕。

第六节描写为小龟寻找安全之地——动物园。按理说，动物园是动物们的乐园，绿毛龟是名贵品种，又是无偿奉送，小龟应有好的归属了，然而出人意料，回话说"入账无来源",借故推拒。其实诗人是奉送,并不想索取一丝一毫,不存在"入账"的问题,只要让小龟平安地生存就行了,而想不到动物园以"难以入账"这个不成理由的理由拒收小龟。动物园实际上不愿多养一只动物,他们对绿毛龟的珍稀价值毫不在意,于是诗人又想到某一动物保护部门,结果无人接电话。这样看来,要为小龟找到安全环境的可能性越来越小,条条路被堵死了。第七节描写又回到池塘边,再次考察小龟放生的环境,但看垂钓者,并无姜太公的超然,都是"酒肉相",志在必得,放生到此,等待它的只有灭亡的命运,诗人为小龟的未来不寒而栗。

末尾一节,放生不成,诗人只得将小龟抱回家中。小龟的放生之路被一一堵死,虽然大地上有江河湖海,沼泽溪流,而对一只小小的绿毛龟而言,竟找不到一块安全的地方,这是多么可悲,又是多么辛辣的讽刺。诗人深爱这个小生灵,搂得很紧,视为亲子,为找不到它的放生之地心痛不已,想来还是归回故宅,那个陶瓷才是小龟的安乐宫,诗人连用反复:"可叹是处暂从容,暂从容。"只有此地,小龟才会悠然自得。

这是一首绝妙的讽刺诗,真正做到了辞微旨远,小中见大,入木三分。诗人放生小龟,本是表达对生命的景仰之情,然而想不到一件这样的小事生出许多波澜:人们赞赏小龟的风仪,高论它的价值,但并非止于对美的欣赏,对生命的景仰,还要奇货可居,要做发财梦,甚至一快朵颐。那些看似悠闲的"钓翁",他们也没有多少超逸的情趣,也有醉翁之意。对此,诗人胸臆难平,默然无语。全诗没有议论和感慨,仅仅客观地描述了小龟放生的过程,而让读者浮想联翩,感慨万千。小龟为什么受到如此"优待"?只是一身绿毛的缘故,有了一身绿毛就不是普通的淡水小龟了,是珍奇品种了,品种珍奇可多卖钱了,一切的一切,人们冲着它的一身绿毛而来,冲着它的市场价值而来,冲着那一点点利益而来。《放龟行》反映的生活是真实而深刻的,在金钱至上之风的驱使下,有些人除了看到金钱之外,其他都可能看不到了。

此诗采用了典型的赋体手法写成。关于赋法的特点,刘勰说:"铺彩摛文,体物写志。"朱熹说:"赋者,铺陈其事而直言之也。"放龟本来是一件小事,但小事不小,全诗采用铺陈的手法刻画形象,强化情感的表达。写小龟之可爱,从大小、颜色、神态、性格等方面加以细描细绘,仿佛是一个天真乖巧的孩子;写有些人对小龟的企图,从美其风仪、嘉其品种、估其价值、垂涎肉香、重价购求、动手触囊等细节描写,使人物的性格与丑态纤毫毕现。从池塘遇盯梢、动物园拒收等侧面烘托,把铺陈与反衬近乎推向极致,反映了一些人的贪婪与冷漠。这种反衬与铺陈的手法,可能从汉乐府中汲取了营养,我们想到汉乐府《陌上桑》中用幽默诙谐、渲染烘托的手法描写罗敷之美:"行者见罗敷,下担捋髭须;少年见罗敷,脱帽着帩头;耕者忘其犁,锄者忘其锄,来归相怨怒,但坐观罗敷。"这是一出小小的讽刺喜剧,而反映的生活面是广阔的,揭示的主旨是深刻的。全诗只是客观地叙述和描写,没有议论,运用了小说的典型化手段概述情节,刻画形象,言外之意是极为丰富的。

朝宗纳吉古邑汇祥云万家灯火

公历二零二二年元旦

天地迎春江城融出瑞气瞻兰烟霞

踱江堰檐外游人沈鹏

童心·诗意·大美

——《引力波之歌》赏析

引力波之歌[①]

这世界太奇异。
从初生孩童到白发老翁，
睁开大眼，竖起双耳
永不停止叩问：
我们来自何方
将要向何处去。

LIGO 的长臂[②]
超越千里眼、顺风耳，
补做爱因斯坦留下的"作业"。

[①] 在物理学中，引力波是指时空弯曲中的涟漪，通过波的形式从辐射源向外传播，这种波以引力辐射的形式传输能量。引力波是爱因斯坦 1916 年在广义相对论中提出来的，即物体加速运动时给宇宙时空带来的扰动，通俗地说，可以把它想象成水面上物体运动产生的水波。2016 年 2 月 11 日美国科学家宣布探测到了引力波。引力波的发现有四大意义：其一，填补了广义相对论实验论的最后一块缺失的拼图。其二，打开了观测宇宙的一扇新窗户。其三，有助于真正理解宇宙大爆炸原初时刻的物理过程。其四，意味着对宇宙微波背景辐射的测量将会进入下一个重要阶段。

[②] LIGO: laser interferometer Gravitational Wave observatory 的缩写，中文翻译为"激光干涉引力波天文台"，始建于 2000 年，由两个干涉仪组成，每一个都带有两个 4 公里长的臂并组成 L 型，每个臂由直径为 1.2 米的真空钢管组成。

像女娲补天、夸父追日①，
无数次
幻想—追索，质疑—否定
高扬着生命的好奇心。

终于，最宏伟的一瞬
我们听到了
最壮丽的一瞬
我们见到了：
两个黑洞
合成六十二个太阳质量，还有三个
啊！不到一秒钟②
掉在无穷空间里
好似一小滴水
时空的涟漪
经历十三亿年
飘移到地球。
宇宙深处的奥秘
我们零距离面对。

处在幼年的地球人，无愧天之骄子
睁着大眼，竖起双耳
享受无比美妙的
宇宙天籁之音相
莫扎特的琴弦不曾有过

---

① 女娲补天：女娲，中国上古神话中的创世女神，她是人类之母的象征，早于文字记载的中国仰韶文化中的蛙纹器皿证
实她为创世神和始母神，又称娲皇、女阴娘娘，《史记》称为女娲氏，是福佑社稷的正神。夸父追日：语出《山海经·海外北经》：
"夸父与日逐走，入日，渴，欲得饮，饮于河、渭；河、渭不足，北饮大泽。未至，道渴而死，弃其杖，化为邓林。"

② 据新华社华盛顿 2016 年 2 月 11 日电，美国科学家 11 日宣布，他们探测到了引力波的存在。美国加州理工学院、麻省
理工学院以及激光干涉引力波天文台（LIGO）的研究人员当天在华盛顿举行记者会，宣布他们利用 LIGO 探测器于 2015
年 9 月 14 日探测到来自于两个黑洞合并产生的引力波信号。据他们估计，这两个黑洞合并前的质量分别相当于 36 个与
29 个太阳质量，合并后的总质量是 62 个太阳，其中相当于 3 个太阳质量的能量在合并过程中以引力波的形式释放。

毕加索的色块不曾有过①；
而爱因斯坦出奇的慧眼
显得格外稚气
天文台的反光镜无可比拟
纯白的发须
浓密又直挺。

此刻，他正在同牛顿、伽利略对话②
也想听听轮椅上的霍金③，用艰难的语音传达睿智。
是的，我们听到了
伟人的言笑
比初生婴儿还要纯情、清亮
比最杰出的艺术还要深邃、广阔。

啊！为了体验
十三亿年前
那个一刹之间，
倘若做个地球仅有的
多细胞生物
去太空享受现场
那可真是无比美妙。
爱因斯坦—LIGO
再过一百年
地球人享受美。
宇宙，变得更加有趣、诗化。

① 毕加索（1881—1973），西班牙画家、雕塑家，法国共产党党员，是现代艺术的创始人，西方现代派绘画的重要代表。1901 年创作的《亚威农少女》是第一张被认为有立体主义倾向的作品。

② 牛顿（1642—1727），英国伟大的数学家、物理学家、天文学家和自然哲学家。伽利略（1564—1642），意大利物理学家、数学家、天文学家及哲学家，科学革命中的重要人物，伽利略被誉为"现代观测天文学之父""现代物理学之父"及"现代科学之父"。

③ 霍金（1942—2018），英国剑桥大学应用数学与理论物理学系物理学家、宇宙学家、数学家。霍金是爱因斯坦之后最杰出的理论物理学家和当代最伟大的科学家。

我们来自何方

将要向何处去

——这始终是人类

全部思想引爆出来的

生生不息的

引力波！

抽象与具象，科学与艺术，一般说来，是两种思维形式的表达，是很难达到对立统一的，而从哲学美学的高度来审视，二者却是相互联系、相互影响、相互制约的关系。李政道说："科学与艺术是不可分割的，就像一枚硬币的两面，原因就是它们有着共同的基础——人类的创造力，有着共同的追求目标——真理的普遍性。"这话说得真好。沈鹏先生是著名学者、诗人，更是杰出的书法艺术家，而对自然科学方面的知识有浓厚的兴趣，他是霍金的崇拜者，对天文学与理论物理甚为热爱，他写过多首有关物理、地理、化石等方面的诗作。对自然科学知识的热爱，使其创作的视野更开阔，灵感更丰富，意境更瑰奇。《引力波之歌》是先生以天文现象为题材而创作的一首新诗，发表于2016年3月5日的《光明日报》，诗人时年85岁。

全诗7节，共63行，属无韵新诗。第一部分为第1节：描写人类对奇异世界的探索。起笔一句"这个世界太奇异"，为全诗中心句，表明宇宙的奥秘是无穷无尽的，人类对宇宙的好奇心永远不会消失，生命不息，探索不止，这是人类前进的内在诱因。诗人概括性地描写了人类坚持探索的情景："从初生孩童到白发老翁/睁开大眼，竖起双耳/永不停止叩问/我们来自何方/将要向何处去/人类对宇宙在不懈探索""睁开大眼，竖起双耳"，描写探索者的专注神情。对宇宙而言，人类所了解的知识只是沧海一粟而已。"我们来自何方，将要向何处去"，这两句诗有几层意思：其一，对宇宙的探索还刚刚开始，了解自然的路途甚为遥远；其二，生命本来就是一个奇迹，从天文学的角度来看，生命到底源于地球还是来自其他星球，目前未有准确的解释；其三，人类的未来怎样，会不会在地球上消失或到其他星球去？现代科学还无法作出准确的回答。

第二部分为第2节：人类正高扬生命的好奇心，运用现代科技手段探索宇宙的奥秘。这段提到了"LIGO"，即激光干涉仪，可用它来聆听宇宙深处的奥秘，间接写到了"引力波"。爱因斯坦在广义相对论中提出了"引力波"学说，但未确证其存在，引力波的发现，诗人比喻为"补做爱因斯坦留下的'作业'"，证明爱因斯坦广义相对论的正确性。诗人由引力波想到了中国的远古神话"女娲补天""夸父追日"，女娲是大地之母的象征，夸父是一个执着追求的"盗火者"的英雄形象，这两个神话都反映了古人探索自然、征服自然的强烈愿望和坚定信心。"幻想—追索，质疑—否定"，这个概括性的细节描写，反映了探索宇宙的艰难，这段提出了"生命的好奇心"的重大意义，这是人类探索自然的内驱力。

第三部分（3、4、5节），为引力波的发现而欢欣鼓舞。第一层为第3节，描写引力波的发现。诗人描写了引力波被发现时的激动心情："终于，最宏伟的一瞬/我们听到了/最壮丽的一瞬/我们见到了"用诗来描绘宇宙美景，在古往今来的诗人笔下甚为少见，大多只是描写美丽的幻想，而诗人描写的是最真实的景象。"终于"二字，极言期待已久的迫切心情。诗人告诉读者："引力波"的出现来自天体巨大的能量释放："两个黑洞/合成六十二个太阳质量，还有三个"极言这种宇宙奇观产生的能量如此之大，而时间如此之短，真是奇妙之极。两个黑洞合并前的质量分别相当于36个与29个太阳质量，合并后的总质量是62个太阳，其中相当于3个太阳质量的能量在合并过程中以引力波的形式释放，那种绚烂夺目的景色是无法想象的，这是真正的绚丽之美。诗人用负向夸张的形式予以描绘："掉在无穷空间里/好似一小滴水"。这种情形是在十三亿年之前出现的，今天我们地球人以零距离的形式观测得到，说明宇宙的奥秘是无穷大、无穷多，超过人类的想象，但又在人类的观测之中，说明了人类的伟大。

第4节为第二层，描写引力波的奇美壮观。全诗采用由总到分、逐层推进的形式描写，整体描述引力波的特征为："享受无比美妙的/宇宙天籁之音相"，宇宙的美是真正的自然、和谐、瑰奇，用"宇宙天籁"来形容甚为准确。诗人神思飞越，从听觉、视觉、联想等方面进行衬托："莫扎特的琴弦不曾有过"，这是听觉描写，正如杜甫诗句"此曲只应天上有，人间能得几回闻"；"毕加索的色块不曾有过"，这是视觉描写，壮美景致比毕加索的色块还要美，这是宇宙和谐之美的朗现；"而爱因斯坦出奇的慧眼/显得格外稚气"，说明引力波比爱因斯坦预想的更真实，更壮美。诗人对观测台进行了具体的描写："天文台的反光镜无可比拟/纯白的发须/浓密又直挺"，观测台的仪器仿佛是宇宙之美的见证者，热烈赞誉现代科学工作者创造的奇迹，从而告诉读者：自然是伟大的，而人类才是真正的万物之灵长。

第5节为第三层：赞美现代科学所取得的巨大成就。诗人由引力波的发现仿佛听到了伽利略、牛顿、爱因斯坦、霍金等先哲的言笑，说明"引力波"的发现不是偶然的，是在无数先哲努力付出的基础上取得的。这些先哲的微笑是为科学的进步而备感欣慰，科学的发展只可能踩在前人的肩膀之上才能取得突破，没有继承就没有发展。诗人对伟人的言笑之美作了细腻描写："比初生婴儿还要纯情、清亮/比最杰出的艺术还要深邃、广阔"，说明科学研究的纯粹性，超功利性，科学家以生命为代价促进科学事业的发展，他们创造的美无与伦比。这些诗句运用对比手法盛赞这些伟大科学家的历史性贡献，盛赞他们无私的献身精神，盛赞他们坚定执着的探索精神。

第三部分是第6节，通过想象描写十三亿年前那一刹那的无比美妙。美学家宗白华说："艺术境界主于美。"宇宙奥秘无穷，天体能量的释放大到极致，美到极致。诗人歌唱宇宙的巨丽之美，神往现场观赏十三亿年之前两个黑洞合并裂变时出现的壮观情景，想象丰富而奇特，当然人类是无法做现场观测者的，人类在宇宙面前还是极为渺小的。宇宙之壮美无法直接欣赏，而诗人却异想天开，说明了诗人好奇心之强烈。第四部分为第7节，照应诗题，认为人类生生不息的探索精神是一种特殊"引力波"，歌颂人类之伟大，歌颂人类智慧的无穷无尽，人类的思想将会爆发出不可思议的力量。

《引力波之歌》是宇宙之美的诗意表达，也可以说是特殊的科普小品。诗人以当代天文学取得的重大成就为题材创作了这首抒情长诗，具有特殊的意义。自然科学和社会科学都是推动社会向前发展的动力，自然科学的长足进步对社会发展的贡献是巨大的，站在哲学美学的高度来看，自然科学的发展极大地拓宽了人们的思维空间，让我们享受到一种特殊的美——科学之美。这种美与艺术联姻，必将促进艺术的飞跃发展。此诗表达的思想是极为丰富的：其一，为天文学的这一重大发现而振奋不已，这一发现进一步证实了爱因斯坦相对论的正确性。其二，颂扬人类的探索精神。探索宇宙中的奥秘，寻找科学的真理，大大拓宽了人们的思维空间，让我们的思维更具理性、开拓性，克服愚昧与无知，使人类的审美空间得到拓展。其三，生命的好奇心是社会进步的内驱力。诗人强调了好奇心的重要性，因为有这种好奇心，才有永不停歇的探索精神，这种精神鼓舞我们永无止境地探索自然，从宏观至微观，都在开拓中取得突破。其四，引力波向人类展示了宇宙的瑰奇之美，这种美真纯、宏伟、璀璨，给人以无穷无尽的想象和联想；这种美是科学美的一种体现，自然科学给艺术家提供了取之不竭、用之不尽的艺术源泉。科学美存在于人类创造性的科学发明和发现之中，是在人类审美心理、审美意识达到了较高发展阶段，理性思维与审美意识交融渗透的情况下才得以产生。科学发现的"真"本身是一种令人叹服的美。古希腊数学家普鲁克拉斯说："哪里有数，哪里就有美。"古希腊哲学家、天文学家毕达哥拉斯说："天体是永恒的、神圣的、完美的，整个天体就是一种和谐，和运行轨道与轨道大小之间的一种经常的和谐关系。"法国理论物理学家德布罗意对爱因斯坦相对论的美为之倾倒："这种解释的优雅和美丽是无可争辩的，它该作为20世纪数学物理的一个最优美的纪念碑而永垂不朽。"沈鹏的诗作，可视为爱因斯坦相对论、引力波的赞美诗。

沈鹏对诗歌创作兴趣浓厚，写得最多的还是旧体诗，新诗创作相对较少，却能体现高远的识见和丰美的才情。《引力波之歌》选材独特，立意高远，技法精湛，此篇体现了诗人独特的审美视角和驾驭重大题材的能力，有如下特征：其一，意境的宏阔伟岸。引力波为天体运动的一种表现形式，是超时空的壮美景观，对这种体现宇宙意识的重大题材，诗人的驱遣有举重若轻之感。诗人驰骋想象，状绘景观，抒发感慨，挥洒自如，营构出瑰奇壮丽的艺术意境，让我们思想的翅膀翱翔于无边无际的时空之中，与牛顿、爱因斯坦等先贤对话，拓展出浩渺无际的思维空间，与诗人天马行空、泠然御风的狂草意境相表里，科普知识使诗人插上了想象的翅膀。其二，独特的景物描写。宇宙的景观璀璨无比，而准确描摹有如蜀道之难。诗人较多运用负向夸张来写景状物，巨刃摩天，思超象外，仿佛把整个宇宙放在一个盘子里来欣赏，准确形象，细致入微。其三，运用对比、象征等手法，突出意象之伟岸，强化主旨之宏深。为了突出引力波这一"无比美妙的宇宙天籁之音相"，诗人运用了衬托手法："莫扎特的琴弦不曾有过/毕加索的色块不曾有过/而爱因斯坦出奇的慧眼/显得格外稚气。"此外，全诗的语言朴素清新，准确形象，言及人类对宇宙的探索用"睁开大眼，竖起双耳"，将以现代科技手段对引力波的探索比喻为"补做爱因斯坦留下的'作业'"，把引力波比作"时空的涟漪"，给读者以诡谲瑰丽的审美感受。

　　《引力波之歌》是难得一见的宇宙之美的颂歌，体现出"童心、诗意、大美"的美感特征。诗人神游物外，以童心般的审美目光，以五彩之笔，描绘宇宙大美，歌颂了人类好奇心的伟大意义和科学工作者的卓越贡献，鼓励人们了解自然，探索宇宙的奥秘。

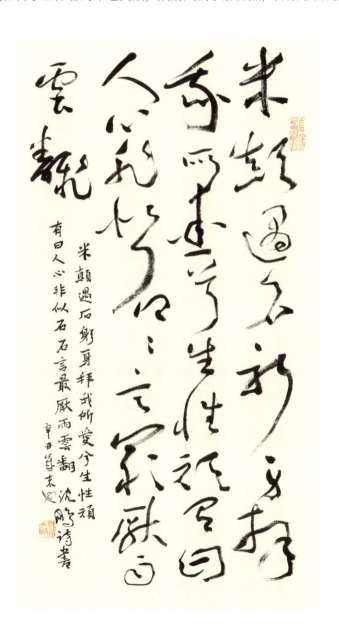

重温鲁迅　再识阿Q

——《阿Q正传(四首)》赏析

阿Q正传①(四首)

土谷祠中一短工，毕生命运岂徒穷？
精神胜利传家宝，双膝天然关节松。

比阔哄抬老祖先，赵爷掴耳托名传。
果真儿子打老子，仗势前攀五百年。

杀头抢劫众围观，"革命"原来便这般。
胸口银桃顶盘辫，豪绅照例领先班。

廿年之后竟如何？造反呼声泛浪波。
劣性倘然仍不改，哀哉民族苦难多。

---

① 《阿Q正传》：《阿Q正传》是鲁迅创作的最著名的中篇小说，创作于1921年12月至1922年2月之间，共分九章。收入小说集《呐喊》。该小说以辛亥革命前后闭塞落后的农村小镇未庄为背景，塑造了一个从物质到精神都受到严重戕害的农民典型。阿Q是上无片瓦、下无寸土的赤贫者，虽然"很能做"，但他没有家，住在土谷祠里，也无固定的职业，甚至也失掉了自己的姓，阿Q的现实处境十分悲惨，但他在精神上"常处优胜"。他有时欺侮处于无告地位的人，去摸小尼姑的头皮，以此为"勋业"，陶醉在旁人的赏识和哄笑中。他的"精神胜利法"实际上只是一种自我麻醉的手段，他的性格还有许多复杂的因素，质朴而愚昧，有游手之徒的狡猾，也有小生产者狭隘守旧的思想，受封建礼教的影响甚深，维护"男女之大防"，他瞧不起城里人，也瞧不起乡下人，从自尊自大到自轻自贱，这是半封建半殖民地社会典型环境的典型性格，这一形象的塑造，具有强烈的针对性，以引起疗救者的注意。

鲁迅离开我们已有80余年了，大半个世纪前，他抨击的病态社会大变了样，少了独断专行，多了法制、民主与自由；但仍有人呼唤鲁迅，不仅仅呼唤他那冷峻的幽默、犀利的文笔，更呼唤鲁迅那一面镜子、一记耳光。鲁迅文章是前瞻性、真实性、亲民性和理性共同作用的结果，这些闪光点历经岁月的沧桑，在今天仍熠熠生辉。鲁迅让我们了解那个热血沸腾却危机四伏的时代，像一面镜子，一丝不苟地反射出那个早已远去时代的每一道阴影和每一抹光亮。他的呐喊，通过时间长线传入我们的耳中。沈鹏先生景仰鲁迅，耄耋之年创作了数十首读鲁迅小说的诗作，《阿Q正传》四首发表于《中华辞赋》2018年第1期。

　　《阿Q正传》中的阿Q这一形象，是一个从物质到精神层面都受到严重摧残的农民形象，他生活在社会最底层，受尽压迫和屈辱，但他不能正视自己被压迫的悲惨地位，反而自我安慰，即使在受污辱被杀头的情况下，也认为自己是精神的"胜利者"。诗作之一描写阿Q的典型性格——精神胜利法。"土谷祠中一短工，毕生命运岂徒穷"，他是一个典型的无业游民，无名无姓，无产业，无住所，无妻儿，是彻底的无产者，他住在土谷祠，以做短工为生。"毕生命运岂徒穷"，"岂徒穷"三字寓有深意，说明他的人生命运不只有经济上的穷困，他还有精神上的"快乐"，那就是"精神胜利法"。"精神胜利传家宝"，他将"精神胜利法"视为传家宝，具有典型意义。阿Q无儿无女，哪里有"传家"的可能性呢？说明这种"精神胜利法"是民族的典型性格，是苦难者自我麻醉、不致精神崩溃的支柱。"双膝天然关节松"，他能自轻自贱，在恶势力面前，他可以轻而易举地下跪求饶。"关节松"三字是"跪拜"的代名词，行跪拜之礼，在中国有几千年的传统，在恶势力面前屈膝求饶，苟且偷生。这种"精神胜利法"是如何形成的？是长期的封建专制形成的，被压迫者无力反抗，只能以精神胜利来求得生存，这是可怜可悲的。在中国历史上，这种"精神胜利法"不仅是某个人有，甚至连整个民族都有，中国历史上宋朝向金、辽屈膝求和，也是"精神胜利法"的表现，中国漫长的封建社会为"精神胜利法"的产生提供了土壤。

　　诗作之二讽刺阿Q摆阔。"比阔哄抬老祖先，赵爷掴耳托名传"，抬出老祖宗夸耀，这是"精神胜利法"的具体表现之一。阿Q有句名言："我们先前比你阔得多。"阿Q因为姓赵而以本家自居，被赵太爷打了一个耳光，说他不配姓赵。抬老祖宗摆阔，是自我安慰。阿Q还寄希望于他的儿子，他连家都没有，哪来儿子，这是在虚幻之中麻醉自己。中华的确是文明古国，有四大发明，但有人不能正视近代以来已经落伍的事实，夸耀我们的地大物博，文明悠久，不能正视近代沦为殖民地半殖民地的历史，这也是精神胜利的表现。"果真儿子打老子，仗势前攀五百年。"阿Q挨了赵太爷的打，还自我安慰是儿子打老子，于是高兴起来，把复仇完全忘了，麻木和自欺使阿Q得到精神上的满足。这容易失去反抗的力量，失去自强不息的精神。落后就会挨打，这是血的教训。一个国家的强大，古代文明的深厚固然可贵，而更重要的是有团结向上的民族意识、有强大的综合国力。没有国力作后盾，整个民族缺乏凝聚力，国民只可能沦为阿Q。"仗势前攀五百年"，这种盲目自夸、精神胜利是荒唐可笑的。

诗作之三写辛亥革命的失败，失败的原因是革命党队伍的不纯，被人浑水摸鱼。"杀头抢劫众围观，'革命'原来便这般"，辛亥革命是一场伟大的革命，最大的功绩是推翻了两千多年的帝制，打掉了中国几千年封建社会的最后一个皇权。但辛亥革命是不彻底的，没有改变旧中国的落后现状，封建社会的大量余孽混进了革命队伍，窃取了革命的果实。像阿Q这样赤贫的流浪者仍无人关心，成为社会上多余的人。群众依然愚昧麻木，阿Q无辜被杀，无数围观的群众竟作无聊的看客，他们没有对阿Q的同情之心，没有意识到自己被奴役的地位。"胸口银桃顶盘辫，豪绅照例领先班"，那假洋鬼子买了一个"银桃子"作为"革命者"身份的象征，投机革命，窃取革命果实，这是辛亥革命失败的原因之一，鲁迅的目光是犀利的，对辛亥革命失败的原因看得很清楚。中国共产党领导中国人民进行的新民主主义革命，从辛亥革命的失败中吸取了教训，推翻三座大山的压迫，夺取革命政权，这说明我党的英明伟大。但政权的更替不意味着观念的完全改变，一个革命政党如果没有崇高的理想，不能纯洁自身，革命很难取得最后的胜利，即使取得了伟大胜利也有丧失的可能，因此纯化自我，清除败类，对巩固政权有极为重要的意义。

诗作之四描写阿Q的精神胜利法至死不改。"廿年之后竟如何？造反呼声泛浪波"，阿Q盲目自欺，结局很惨，小说第九章《大团圆》赵家遭抢事件引起了未庄的恐慌，事件发生后的第四天阿Q住的土谷祠被军队包围，阿Q轻而易举被人抓走，被人嫁祸犯了抢劫罪而被杀害，被杀之时，他还泰然："似乎觉得人生天地间，大约本来有时也难免要杀头的。"诬告他的人就是赵秀才。"精神胜利法"到了阿Q被杀头的一刻仍在发挥作用，他糊糊涂涂被杀，虽有造反意识，但没有真正造反，而被当作造反者、抢劫犯杀害，临杀之前还想到二十年之后又是一条好汉，说明"精神胜利法"成为他一生的护身符。

《阿Q正传》四首，对鲁迅《阿Q正传》这一小说进行了深度挖掘，认为这篇小说成功地塑造了阿Q这一封建专制压迫下的贫苦农民的形象。中国是农业立国的国家，农民问题是最值得关注的问题，像阿Q这样的赤贫者，无土地、无住房、无妻室儿女，甚至连姓赵的权利都没有，是社会的悲剧，时代的悲剧。像阿Q这样的人，是社会的弱势群众，社会的弱势群体能否得到关爱，体现了一个社会的文明程度，阿Q的形象反映了旧中国下层农民的悲惨命运。阿Q的悲剧，不仅仅在于他的赤贫地位，还在于他有精神胜利法，盲目自信，又盲目自欺，恃强凌弱。他向往革命，革命的目的是"要什么就是什么，喜欢谁就是谁"，他的思想本质与封建余孽们毫无二致。阿Q性格的形成与无力反抗专制的压迫有直接的联系，既然无力反抗，只能顺从，只能屈膝。阿Q的性格不仅旧中国有，今人也有。

今天的时代与阿Q生活的时代相距甚远，诗人重温鲁迅，再识阿Q，给人以深刻的启示。阿Q这一典型形象是中国数千年封建专制下的产物，从阿Q身上体现的民族劣根性是深入骨髓的，诗作高度概括了阿Q这一典型形象所表达的深刻意义，阿Q的自欺、自负、欺善怕恶、目光短浅、缺少忧患意识等方面，对我国国民性有深层次的负面影响。阿Q精神与求实精神，与直面人生、敢于反抗的精神是对立的。在我们的身上，或多或少还有阿Q精神，不切实际，充满幻想，自我陶醉，缺乏积极奋进的精神，这无疑也有阿Q的影子。经济的飞速发展，并不意味着人们思想认识水平、人生境界得到了很大的提高，鲁迅的思想仍给我们以深刻的启示，使人们警醒。国民素质的整体提高，是文化强国的标志，吸取中西文化的精华，抛弃传统文化中的糟粕，强化民族的凝聚力，发扬自强不息的精神，提高国家的软实力，意义是重大的。

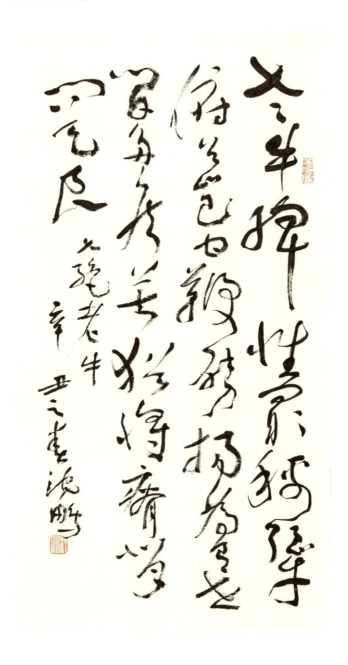

辞微旨远见深情

——《唐玄宗〈端午三殿宴群臣探得"神"字〉(三首)》赏析 [1]

唐玄宗《端午三殿宴群臣探得"神"字》(三首)

之一

金銮无处不称"神"，小弄机关大雅臣。

一字拈来喜盈色，开元遗事探升沉。

之二

赢得君王亲股肱，夺标竞渡仗神功。

杨妃诏命侍从否？[2] 鼙鼓渔阳罪帝宫。[3]

---

① 唐玄宗即李隆基(685—762)，公元712年至756年在位，唐睿宗李旦第三子，母窦德妃，谥为"至道大圣大明孝皇帝"，故亦称"唐明皇"。此诗称探得"神"字，这是古人举办诗歌活动或者相互切磋诗艺，将韵书里不同的韵部分给诗友作诗，分得某韵某字，指某人的诗必须以某个字作韵脚，如探得"神"字，诗中必须出现以"神"字压押的诗句，"神"字在《平水韵》中的"十一真"。分韵为诗是一种诗歌游戏，皇帝和大臣一起分韵当场作诗，体现了皇帝的亲民意识，同时也显示了皇帝有良好的文学修养。李隆基《端午三殿宴群臣探得"神"字》原诗如下：

五月符天数，五音调夏钧。旧来传五日，无事不称神。穴枕通灵气，长丝续命人。四时花竞巧，九子粽争新。方殿临华节，圆宫宴雅臣。进对一言重，道文六义陈。股肱良足咏，风化可还淳。

② 杨贵妃：本名杨玉环(719—756)，号太真，善歌舞，通音律，为唐代宫廷音乐家、舞蹈家。其音乐才华在历代后妃中鲜见，被后世誉为中国古代四大美女之一。她本为寿王李瑁的妃子，玄宗宠信，娶之立为贵妃。

③ 鼙鼓：鼙音pí，鼙鼓，中国古代军队中用的小鼓，汉以后亦名骑鼓，古代乐队也用，《周礼·春官·钟师》："掌鼙鼓缦乐。"诗中化用白居易《长恨歌》"渔阳鼙鼓动地来，惊破霓裳羽衣曲"，以"渔阳鼙鼓"指代安禄山叛军。

之三

安抚群臣忠不替，节逢双五酒诗盟。

角中香黍合恩义，湖上飞舟请络缨。

好借一江湘水怨，颂歌圣主泰山宁。

庶黎夏至迎佳日，宫殿风骚别样情。

沈鹏先生《唐玄宗〈端午三殿宴群臣探得"神"字〉（三首）》作于2018年6月，尚未公开发表，先生将诗稿惠赐予笔者，诗人时年87岁，此作实为唐明皇《端午三殿宴群臣探得"神"字》一诗的读后感。唐明皇是中国历史上的英主之一，他英明果断，文武全才，在位前期，在政治上很有作为，勤于政事，从各方面采取措施，巩固了唐朝政权。拨乱反正，任用姚崇、宋璟等贤相，励精图治，开创了唐代乃至中国历史上的极盛之世——开元盛世。可惜在位后期倦于政事，宠信奸臣李林甫、杨国忠，宠爱杨贵妃，加上政策失误，重用安禄山等为重臣，结果导致长达八年的"安史之乱"爆发，为唐朝的衰落埋下伏笔。玄宗端午宴群臣应在安史之乱爆发之前，沈鹏先生读罢玄宗的诗作感触甚深，故写下诗意幽微的三首诗。

诗作之一："金銮无处不称'神'，小弄机关大雅臣。一字拈来喜盈色，开元遗事探升沉。"此诗嘲讽玄宗晚年居功自傲，以致昏庸误国。"金銮无处不称'神'"，起笔点题，玄宗分韵得"神"字，君臣分韵作诗实为游戏活动，不足为奇，但在朝廷之上，什么事都有些神秘。"金銮"，即金銮殿，指代朝廷。"金銮无处不称'神'"，这个"神"字意蕴丰富：即指玄宗分韵所得的"神"字，又指朝廷充满了神秘，充满了尔虞我诈，还可想到唐玄宗作诗分得"神"字，他居然把自己看成了"神"，真认为自己什么都英明正确，没有意识到自己的昏聩和荒淫。玄宗虽为英主，因为在位时间长，对下层情况缺乏了解，用人不当，迷于美色，晚年昏庸。"小弄机关大雅臣"，作诗探得"神"字，肯定是主持者玩的花招，玄宗真的认为自己有些"神"了，耍小聪明愚弄大臣，居功自傲，实属愚昧。李白见过玄宗，对他印象不佳，曾写过"彼希客星隐，弱植不足援"的诗句，认为玄宗昏聩糊涂，不值得辅佐他。"一字拈来喜盈色"，描写玄宗探得"神"字的得意忘形，真幼稚可笑。"开元遗事探升沉"，好端端的一个开元盛世，白白地断送在这位昏君的手里。为什么会断送？是玄宗无能吗？不是。是安禄山有本事吗？不是。是玄宗居功自傲，昏聩荒淫。

诗作之二："赢得君王亲股肱，夺标竞渡仗神功。杨妃诏命侍从否？鼙鼓渔阳罪帝宫。"描写玄宗重用奸臣，宠爱贵妃，直接导致"安史之乱"的爆发。"赢得君王亲股肱"，玄宗早年还是英明的，这次分韵作诗，用一种游戏活动来笼络大臣。"股肱"，比喻左右得力的大臣。端午之时皇帝在朝廷之上与大臣分韵作诗，表现了他与大臣同乐的亲民风格，也可视为笼络大臣的一种手段。"夺标竞渡"描写端午佳节的龙舟竞渡，优胜者夺锦标，此处似不单写龙舟竞渡，可以联想到大臣们各呈颂圣之辞，赢得玄宗的欢心，不说真话，以颂歌捧杀玄宗。玄宗早年多谋善断，不愧为一代英主，而晚年心迷美色，以"神"自居，喜听颂圣之辞，用人失察，以致误国。"杨妃诏命侍从否？"这句是指宠爱贵妃，重用杨国忠，荒于政事，结果导致"安史之乱"的爆发。"鼙鼓渔阳"，化用白居易《长恨歌》"渔阳鼙鼓动地来"之句，突发的战乱打碎了玄宗的美梦，在入蜀的途中六军不发，明皇在军队的逼迫之下，不得已用内含金屑的毒酒赐死贵妃，荒淫误国，这是玄宗血的教训。

诗作之三：描写宴请群臣，纪念屈原。"安抚群臣忠不替，节逢双五酒诗盟"，指出玄宗端午在朝廷分韵作诗的目的是笼络人心。端午是纪念屈原的节日，屈原是忠君爱国的楷模，"忠不替"，替者，废也，通过端午唱和为诗，君臣之间的关系更为融洽，大臣的忠君意识得到强化，这大致是玄宗设宴的目的。"双五"，即农历五月初五。"角中香黍合恩义，湖上飞舟请络缨"，描写民间举行盛大的纪念屈原的活动。屈原是中国历史上伟大的爱国诗人，博闻强识，敢于直言，而楚怀王昏庸，听信谗言，疏远了屈原，使强大的楚国逐渐衰落，结果身死国灭，屈原为楚国都城被破而投江。人民为了纪念他，每年以角黍投江、湖上飞舟的形式举行纪念活动。"络缨"，大致是龙舟竞渡时桡手们系在身上的红色丝带。笔者少年时观看龙舟竞赛，船上飘起彩旗，青年桡手们意气风发，头上、腰上缠着红色布条，在阳光的照耀下熠熠生辉。

"好借一江湘水怨，颂歌圣主泰山宁"，描写人民群众纪念屈原，期盼大唐能长治久安。人民纪念屈原，因为屈原爱祖国、爱人民，故老百姓也爱他，纪念活动是一片真情的表达。屈原是不朽的，李白诗云："屈平辞赋悬日月，楚王台榭空山丘。"（《江上吟》）因怀王、顷襄王的昏庸，使强大的楚国一步步走向衰落，直至灭亡，这是多么可悲的历史。屈原一片赤诚，无力回天，只能以死殉国，唐玄宗是否想到了这一点？从《离骚》中可以读出屈原眷恋楚国、心系怀王的赤诚之心，只要拯救楚国能有一线希望，屈原是不会投江自尽的，但楚国的都城被破，他彻底绝望，于是投江自沉。屈原这么做，是有许多怨气的，怨谁呢？怨奸臣靳尚，怨怀王之妻郑袖，怨昏君楚怀王、顷襄王，是他们把国家弄成这个样子。老百姓纪念屈原，说明老百姓也有怨气，怨国王昏庸，疏远忠臣，重用奸佞，祸害的是老百姓。诗人说"好借一船江水怨"，既表达屈原的怨气，也表达老百姓的怨气，他们纪念屈原，希望当今的天子亲贤臣，远小人，不蹈楚怀王之覆辙，为老百姓谋幸福，这是老百姓的心愿。"颂歌圣主泰山宁"，大臣们为玄宗唱颂歌，玄宗是不是圣主？非也，晚年的玄宗是十足的昏君，他的政权"泰山宁"了没有？没有！顷刻之间土崩瓦解，这里运用了讽刺的修辞手法。尾联再次回到诗题，回到朝堂："庶黎夏至迎佳日，宫殿风骚别样情。"意思是说，朝廷和民间虽然都在纪念屈原，表达的情感和目的是不同的。庶黎，指老百姓，《周书·苏绰传》："辟惟元首，庶黎惟趾，股肱惟弼。"老百

308
/
沈鹏诗艺咀华

姓是诚心诚意地纪念，而朝廷之上，皇帝和大臣分韵作诗，装模作样，皇帝听着大臣们的阿谀之辞，迷醉于神化自己。

诗作三首以读唐玄宗《端午三殿宴群臣探得"神"字》一诗而生发无穷感慨。李隆基以帝王之尊，在纪念屈原的端午佳节里大宴群臣，与群臣分韵作诗，意外地探得了一个"神"字，因此喜形于色，说明玄宗以神自居，无自知之明，荒淫误国。任何人不能称之为"神"，不能神化自己，我想起了沈老的一句诗："人民十亿笑驱神。"怎样的人才可视为"神"呢？《易经》里说"阴阳不测之谓神"，认为神明者与天地合其德，与日月合其明，与四时合其序，世界上有这样的神吗？没有！为政者个人智慧固然重要，关键在于从善如流，集中群体智慧，能居安思危，对国事有敬畏之心。如有爱民之心，有善纳忠言的度量，有英明果断的判断力，能体察下情，能理论联系实际，才可能战无不胜。玄宗早年的治国方略是正确的，取得的成绩是巨大的，而到晚年发动开边的政策，重用李林甫、杨国忠等奸臣，相信自己是天才、有神力，结果把国家弄得一塌糊涂、不可收拾。因此主政者勤政廉政，施德于民，既是为社会造福，为国家民族做贡献，也是在保护自己、保护子孙后代。

作为一位年近九秩的艺术家，通过诗歌创作这种特殊的形式来表达对国家命运的关怀、对国家民族的热爱，这是最令人景仰的，人民的艺术家表达人民的心声，表达对国泰民安的憧憬，表达弘扬高雅文化的强烈愿望，这是一颗拳拳之心的真实写照。人民艺术家为人民所急，为人民所忧，自然会得到人民的尊重。三首诗作立意幽微，高度概括，小中见大，浅中见深，对国家民族的命运予以深层次的理性思考，表明了清明政治的重要性，表达的手法是高妙的。司马迁论及屈原的创作时指出："其文约，其辞微，其志洁，其行廉，其称文小而其指极大，举类迩而见义远。"诗人的创作，也深得屈赋之微旨，值得深入品读。

第三章

整体感悟

沈鹏论艺诗略评

以诗论艺最早见于《诗经·大雅·烝民》："吉甫作诵，穆如清风。"唐代的论艺诗达到了高度的成熟，李白、杜甫就是写论艺诗的大家，李白有多首题画诗，《草书歌行》是论怀素的书法，杜甫写的题画诗不少，有名篇广为传诵。代表唐代论艺诗最高成就的应数司空图的《诗品》，对诗歌的风格意境做了系统描述，这对中国意象美学的影响甚为深远。金代元好问的《论诗》三十首是论诗诗的代表性作品，是唐宋以来最系统、最全面的一组诗论绝句，集中体现了他的审美追求和诗歌创作观。现代的论艺诗比较盛行，所论内容主要分为三类：论画诗、论书诗和论诗诗。论画诗主要以陈师曾、姚华、潘天寿为代表，阐释对绘画史和绘画技巧的评论；论书诗主要以李瑞清、潘伯鹰、启功、林散之为代表，阐释对书法史和书法技巧的评论；论诗诗主要以陈曾寿、陈声聪、启功为代表，阐释对诗歌史和诗歌创作的评价。沈鹏的论艺诗创作不亚于这些前贤，论述的面似乎更广，显示出独特的风格。

沈鹏论艺诗所表达的美学思想，大致体现在如下方面：

一是，重视艺术的教化作用和独立的审美功能。艺术源于生活，人们在长期的生产实践中，有所创造，有所发明，首先还是缘于实用，在实用的基础上不断提升，成为独立的艺术。绘画的原初功能还是暗示丰富的言外之意，有较强的教化作用。汉字的造字法，应以象形为最早，这是对客观物象的概括性描述。艺术源于生活，由实用上升到怡情审美，有一个由自发到自觉的过程。曹植在《画赞序》中说："观画者，见三皇五帝，莫不仰戴；见三季暴主，莫不悲惋；见篡臣贼嗣，莫不切齿；见高节妙士，莫不忘食；见忠节死难，莫不抗首……是知存乎鉴戒者，图画也。"

沈鹏的艺术理想偏于为人生而艺术，但也重视艺术本身独立的审美价值，不排斥为艺术而艺术。读其早年的题画诗《诉衷情·题画鹰》："俄观素练起风霜，落笔尽苍苍。纵横逸气精到，神态慨而慷。瞬四野，瞩微茫，据山冈。岂嗜追搏？只以尚存：社鼠狐邦。"诗作对鹰的形象刻画得准确入神，描写了雄鹰疾恶如仇的性格，画作的立意饶有象外之意：正义必将战胜邪恶，要努力消除"社鼠狐邦"。《题张正宇画鸱鸮》："尔貌端详尔性真，嗜吞硕鼠利于人。夜吟未必非祥瑞，流俗偏传谓郑声。""鸱鸮"即猫头鹰，古人认为它是恶鸟，据传孩子长大了要把母亲吃掉，它的叫声也被认为是不祥之音。其实猫头鹰是益鸟，是捕鼠的能手，我们的生活需要"猫头鹰"捕捉"害虫"，因而画作体现了深刻的教化意义。作者激赏李延声的《魂系山河》的艺术成就："鸩毒存亡急，群开八阵图。避趋抛祸福，生死决头颅。蛇逐飞灰日，茱萸插海隅。自强殷鉴近，拒腐越长途。"李延声的水墨长卷《魂系山河》长63.66米，高为2.8米，是史诗般的艺术杰作。作者用传统绘画的形式表现一个民族被侵害、被奴役的历史过程，在这进程中充满了不同的文明取向和差别见解之间的对立因素，充满了高贵与卑微、勇敢与怯懦、睿智与笨拙的鲜明对比，其审美价值已远远超越一般的教化功能，而给人以灵魂的震撼。

对于书法，作者肯定其传承文化、抒发情感、表达思想的审美功能，书法的美是内容与形式的和谐统一，而作为独立的艺术，书法的线条墨象确有独立的审美功能。诗人反复强调一个观点：书法的形式即内容。对此，笔者认为可从两方面来理解：一方面是指书法的意象是一个独立的"活本"，书法意境所表达的美包括了思想载体和线条本身，即书家的审美情感完全融于形式之中。另一方面是指书法的线条本身具有独立的审美价值，近乎脱离思想素材而存在，尤其是大草，这一特征尤为突出。我们试读《假名书法》："万叶丛中发秀姿，空灵摇曳舞腰肢。平安风气谁先着？五色云笺贵妇诗。"一般来说，以汉字为载体创作的线条艺术才算是书法，而诗人认为日本的假名书法也可以视为书法，因为线条、墨象有独立的审美功能，可见书法具有纯粹性的审美特征。

二是，深入生活甚为重要。艺术源于生活，丰富的生活是艺术创作的源头活水，有理想的艺术家一定要深入生活，才能创造出有感染力的艺术品。艺术源于生活，高于生活，充满生活气息的艺术往往是美的，也是好的。诗书艺术是高雅艺术，高雅艺术能感动人、激励人，须从生活中拓展灵源。诗人对郑板桥的艺术评价甚高，认为他的墨竹"萧散韵高远，清瘦如削玉"，他的诗"字字凄且苦，如入三分木"，这无疑是郑板桥深入生活、关心民瘼的真情真意之艺术表达。对生活感悟甚深，对人民爱得甚深，才能创造出摇人心旌的艺术，正如诗人所说："万里漫游忧患意，一囊快语古今情。"（《刘征以〈霁月集〉见赠读后感赋》）"笔底家常话，人间风雨声。"（《读马凯诗词集》）

对林散之"读万卷书，行万里路"的治艺观点，沈老予以高度肯定："路行万里陶甄了，句炼千行韵味浓。"（《林散之百年诞辰》）深入生活，外师造化，不仅开阔艺术家的创作视野，广辟艺术的灵源，还能感悟技法方面的创新，这个观点是比较新颖深刻的。诗人认为齐白石的创作与对生活的观察有密切的联系："为爱莲花抵死痴，接天映日自然师。"（《题白石老人画》）荷花的神韵之美是外师造化、中得心源的结果。诗歌、小说、散文自不待言，而高度写意化、抽象化的书法也是如此，古人所传张旭观公孙大娘舞剑、怀素见夏云变化、黄庭坚见舟人荡桨，都在技法上有所领悟，说明师造化不仅仅是题材问题、意境问题，还涉及艺术的本体——技法的独创与境界提升的问题，正如诗人所说："智者师造化，何必徒面壁？造物无尽藏，冥冥通笔墨。"（《湖州莲花庄》）当然，感悟生活，只有在功力深厚、思维灵异的前提之下，这种师造化才能发挥作用。如果没有善于发现的慧眼，对美可能视而不见；如果没有表达的功力，眼中之竹不能化为手中之竹；如果没有慧眼和功力，天天睡在山中、船上，也得不到什么。

三是，艺术的高境在于境界的圆融瑰奇。沈老的论艺诗，大多是从意境着眼的，意境圆、意境高、意境新，这是艺品格调高、境界高的体现。意境是指文艺作品中描绘的生活图景与所表现的思想情感融合为一而形成的艺术境界。凡能感人的艺术创作，总是在反映对象"境"的同时，相应表现作者的"意"，即作者借形象表达的思想情感，寓之于形象之中。有意境的作品，往往呈现情景交融、虚实相生、空灵幽渺的美感特征，活跃着生命律动的韵味，彰显广阔的联想空间。圆融是意境美最为重要的特征，朱光潜说："一切艺术，无论是诗是画，第一步都须在心中见到一个完整的意象，而这意象必恰能表现当时当境的情趣。情趣与意象恰相契合，就是艺术，就是表现，也就是美。"（《诗论》）齐白石的画达到了高度的自然："花落花开都是画，风吹雨打总成诗。"音乐之美，也是意境的浑然为一："未央宫殿起箫韶，别造梨园人胜潮。百炼精钢柔绕指，清商响彻月轮高。"（《2001年6月23日，欣赏帕瓦罗蒂、卡雷拉斯、多明戈三大男高音在故宫午门前演唱》）音乐通过旋律、乐象构成意境，这三位歌唱家的演唱，音乐意象清旷、明净、高远，仿佛把听者带入银河万顷、朗月高悬的意境之中。这种听觉意境也必须是圆融的，瑰奇的，方能拓展欣赏者的思维空间，品味到难以言说的美。

所谓瑰奇，是独特的，幽雅的，人们心中所有而笔下所无的。诗人论书从不同的角度描绘意境，试读此诗："虎跃龙腾尺素中，银钩铁画化飞鸿。莫言妙造无形迹，艺事从来理法通。"（《论书》）书法通过线条墨象来表达诗意，表达对生活的理性思考，从劲健飞动、纵逸多姿的意象中仿佛看到龙腾虎跃、凤鸟翩跹的生命精神、时代精神，由书法意象引起读者悠远而丰富的联想："浑如璞玉美如金，一帖滥觞直到今。飞燕玉环皆丽质，爱书要在览书林。"（《题肃府本淳化阁帖出版》）这是描写淳化阁帖的意境之美，从书品意象中，我们仿佛看到赵飞燕的清瘦、杨玉环的丰盈、貂蝉的娟媚，这是从联想中得来的。书法的意境与载体的诗意密切相关，诗书为一种艺术的高境，试读此诗："庐陵太守乐何如？请看萧翁一卷舒。肃杀秋光摇落树，融和春色满环滁。画成兰竹新添墨，写罢真行复点朱。字外功夫诗内得，育人百岁况盈余。"（《题萧龙士书〈醉翁亭记〉》）从书品意象中仿佛读出"肃杀秋光""融和春色"，线条墨象追蹑《醉翁亭记》的散文意境，拓展出了广阔的联想空间。

四是，对精湛技法的强调。技法是艺术的本体，技法不精，艺品的风格、意境无从谈起。任何艺术都有自己的语言，都有自身的技法体系，它的审美由技入道，技进于道。作为一个真正的艺术家，对技法必须进行严格系统的训练，技法语言要有精纯性，又要体现丰富性的美感特征。作为艺术家，在技术的层面不能达到精熟而有所突破，那么言学养、言风格、言意境都不过是纸上谈兵，空中楼阁。以书法而论，当代艺坛受功利主义影响甚深，浮躁之风颇盛，朝学执笔而想暮成大家，或舍弃楷隶而直奔行草，或取法一家而故步自封，或以学问自高而轻视技法，这样容易造成语言贫乏，功力浅薄，艺品粗劣不堪而以创新自许，混淆审美标准而误导消费者，对艺术发展甚为不利。诗人对技法甚为强调，认为林散之的技法确臻精妙入神之境："干裂秋风风带雨，润含春雨雨飘风"（《林散之百年诞辰》），林散之的枯笔竭墨法已出神入化，故其境界自高。"专精阁帖轻怀素，娴熟王张入晋唐"（《华裔林氏家藏王铎手卷观后》），王铎的风格恣肆豪荡，抒情自由，这源于语言的丰富，技法的精熟。绘画的意境之美更来自技法："辛苦三年一览中，灵犀妙与古人通。神仙事邈河图远，开卷犹闻吴带风。"（《题任率英摹绘赋彩八十七神仙卷》）《八十七神仙卷》传为吴道子所作，体现出"曹衣出水，吴带当风"的特色，画家任率英用三年时间摹绘神仙卷，线条之流畅几与原作相媲美，这无疑是技法精湛的结果。

　　五是，技法的创新也体现在兼容性的美感特征。草书大家于右任的创作体现出技法的兼容之美："气度恢宏气象深，泰山不让土岑峰。于书百读归于一，心画精微在写心。"（《读于右任书法集》）于右任有近代"草圣"之称，他的书法广取博采，独铸伟辞，将北碑南帖、汉隶章草化为一炉，把尚武精神投注到书品意境之中，尤其在魏碑中融入行书和隶书的笔意，形成骨力雄强、百变不穷的独特书风，兼容而无斧凿之痕，到了言必己出、辞必我发之境界，可谓人书俱老，心手双畅，用诗人的话来说是"心画精微在写心"。雕塑最能体现兼容性的美感特征，为有形之诗，立体之画，凝固之音乐，试读此诗："菲狄亚斯杨惠之，中西今古慧心师。刀凭刻削藏真爱，艺以性情通绝痴。八法虚浑融意象，五音谐协有形诗。今朝畅说艺文事，熊氏慈严其在兹。"（《吴为山雕塑工作室》）吴为山为当代著名雕塑家，诗人认为他的创作达到了抒写真情真意的境界，能将书法的写意精神与音乐的和谐之美糅进雕塑意境之中，强化了主体情感的表达，具有强烈的艺术感染力。

　　沈鹏的论艺诗，具体而微地表达了自己的美学理想，内蕴甚为丰富。诗人对艺术家的坚毅意志高度赞赏，他高度评价残疾画家张惠斌能"呕心沥血求真美""半生含泪吐明珠"。他赞赏盲人画家沈冰山"盲者画供明眼看，万类深藏暗里通"，创造了生命奇迹，囿于篇幅，不加细述。诗人视野广阔，旨趣幽渺，意象鲜活，情感饱和，为读者拓展出广阔的联想空间，对艺术创作极富启发性之意义。

论沈鹏诗艺的时代感

　　文学艺术是时代精神的表征，高境界的艺术创作，不仅仅体现鲜明的个性，还应体现强烈的时代感。李大钊说："时代的落伍者才是最可怜的。"艾青指出："个人的痛苦与欢乐，必须融合在时代的痛苦与欢乐里。"关于时代感的问题，西方的艺术家、评论家发表了许多深刻的观点，歌德说："什么是你们的义务？是时代的要求。"车尔尼雪夫斯基说："生命，如果跟时代的崇高的责任联系在一起，你就会感到永垂不朽。"沈鹏先生是有思想的艺术家，他的诗歌创作不仅仅体现出鲜明的个性特征，更多地体现了对社会人生的理性思考，体现了其家国情怀，反映的生活既有深度，又有广度，高雅的意蕴与强烈的时代感达到了有机的统一。

　　时代风光之描写。沈鹏近半个世纪的诗歌创作，以艺术的形式深刻反映了时代精神，部分作品具有史诗的价值。先生是抗日战争、解放战争、社会主义革命和建设时期的亲历者，丰富的人生经历和广泛的社会实践，拓宽了诗人的视野，先生以如椽之笔描写时代风云，表达了对社会人生的理性思考。《张自忠将军冥诞百年祭26韵》是描写抗日题材的有史诗意义的重要作品，诗作以追忆的形式赞美了张自忠将军在国难当头之时"报效不避艰""长城守中坚"的英勇气概，赞美了张将军的卓著功勋："一战临沂捷，板垣神话捐。再战随枣役，率师凯歌还。""三战敌胆丧，惊呼活神关。"讴歌了他的英勇献身精神："勇者唯一死，碧血黄沙溅。饮弹前胸壁，犹呼不息肩。"反映解放战争的诗作如《淮海战役展览》："墨痕血迹纪丰功，一代英豪唱大风。漫说长淮鱼入釜，且看禹甸日方东。从来天意剧怜草，自古群情类转蓬。回首万家灯火起，神州齐盼帜旗同。"解放战争的胜利是人民的胜利，得民心者得天下，诗作对老一辈革命家的丰功伟绩予以热烈赞美。诗人的创作始于四十，诗作反映了社会主义革命和建设时期社会生活的某些侧面。诗人对新中国欣欣向荣的景象热烈讴歌，对民族的未来充满了必胜的信心，试读《蝶恋花·登高之二》："寥廓江天归杜宇。万丈余霞，抛送浮云去。随意和风催绿树，惊雷动地苗甘雨。千古兴亡系一缕。踏遍青山，不尽黄金路。俄听机声轰响处，厦基又树新梁柱。"此词创作于1975年，诗作以寥廓江天、余霞万丈、惊雷动地、机器轰鸣等意象暗示了新中国的崭新变化。

《满江红·天山》为庆祝新疆维吾尔自治区成立30周年而作，这是一曲民族大团结的颂歌："沧海沉浮，三亿载，腾空崒崷。绵延处，混茫疆土，遂分南北。万里须眉皆白雪，千年丝路输绸帛。更凭高东面接阳关，通西国。酬宏愿，穿关隘；登绝壁，惊魂魄。我南来游子，顿开胸臆。正喜轮台庆而立，畅观边塞添春色。亚克西各族舞蹁跹，齐心力。"新中国取得的巨大成就与民族的大团结是密不可分的，而今边塞春意盎然，各族人民欢欣鼓舞，高度团结，这是历史上从未出现过的景象。至于改革开放取得的巨大成就，在诗词中反映更多。

忧患意识之抒遣。沈鹏的诗歌创作，表达了强烈的忧患意识。"忧患"一词，最早见于《易经》："易之作也，有忧患乎？"忧患意识贯穿了整个中国文学之始终，以屈原、杜甫、白居易为代表的诗人，忧国忧民是他们诗歌的主调，这种忧患意识源于他们热爱劳动人民的一片赤诚之心。沈鹏一再强调爱国家爱民族爱人民是做人的底线，任何情况之下，这条底线都不能触动。诗人是宅心仁厚的艺术家、思想家，他的诗作表达了沉郁强烈的忧患意识。他在诗中提醒读者不能忘记历史，在纪念甲午海战爆发120周年时写下这样的诗作："百二十年弹指间，沉沉黄海浪滔天。革新利炮蛇欺象，迂腐朝廷园戏船。将士捐躯岂畏葸？中枢卖国保全官。硝烟散尽何曾了，圆梦应从残梦观。"（《殇甲午海战》）诗人含蓄地告诉读者：落后就要挨打，腐败是亡国之源。

诗人对环境遭到破坏的问题极为担忧。试读《沙尘暴》一诗："卷地狂沙望眼迷，盲人瞎马路边溪。方将书柜揩干净，又入窗台拂乱飞。弱柳新栽腰折损，骄阳失色景沉迷。新闻通报天时恶，濯濯牛山隐祸机。"风沙逼近北京城，保护环境的形势很严峻，人为的破坏造成了灾难性天气的到来。诗人热爱故乡，对故乡的一草一木魂牵梦绕，当听到故乡的特产鲥鱼濒临灭绝的边缘之时心忧不已，期望为子孙后代留下一片碧水蓝天。试读《谢赠螃蟹》："常记儿时戏浴湖，席间鱼蟹不须沽。只今遥念长江水，数问终宜寄宿无？"诗人小时候常到溪流中捉螃蟹，现在故乡野生螃蟹的生存已成问题，说明环境的破坏到了甚为严重的程度。

艺术理念之表达。沈鹏诗词创作的时代感，还体现在对艺术的审美观念之上。沈先生是著名的美术评论家、艺术家，他的不少诗作是论艺诗，是其美学理想的表达，这也体现出强烈的时代感。沈鹏论艺的领域甚为宽广，包括诗词、书法、绘画、雕塑、音乐等领域，而以论书最为突出。沈先生论书尚诗意，尚真情，这个观点的明确提出是《笔殇》中的一首诗："五色令人目眩昏，我从诗意悟书魂。真情所寄斯为美，疑似穷途又一村。"

这个观点看似寻常，实际上对创作主体提出了极高的要求：书法创作应努力达到诗书为一，表达真情。先生论书法创作的诗意表达，认为应以书法意象表达诗歌意境，书法的抒情应从诗境切入，将书境诗意糅合为一。读其《同学聚会》一诗，多用瘦劲苍涩的线条、形散神聚的结字、纵恣飞动的体势来遣意抒情，观其书品意象，但见繁柯掩映，古藤缠绕，杂木枯枝，野花异卉，迷离仿佛，交织一片，朝岚暮霭，烟雾缭绕，由书品意象油然而思特殊岁月的幕幕往事，形成一种特有的苍凉感。《七律·秋蛟》行草中堂用纤细挺劲的线条营构意象，读此书作，仿佛感觉到挺劲纤细的线条如绳索、如利刃、如钢针般掷向贪腐之徒。《霍金》用行楷营构一种庄严肃穆的书境，表达对这位伟大科学家的景仰之情。书法的抒情自由至为重要，对大草创作而言，他认为"意在笔先"是远远不够的，认为高境界的创作应是"临时从宜"。

论及书法绘画，诗人特别强调外师造化的重要意义，他认为"读书行路多亲炙，万击千磨不计工"（《与桂雍、王友谊、张锡庚同议〈王、张书沈鹏诗词选〉》），他对林散之"读万卷书，行万里路"的治艺精神甚为赞赏："路行万里陶甄了，句炼千行韵味浓。"（《林散之百年诞辰》）他认为艺术的灵源还是来自生活："呼吁杰构开新面，应汲源泉最底层。"（《〈美术之友〉百期感作》）他认为齐白石的画得益于师造化："白石鱼虾雪个胎，神师造化尽精微。今人只把葫芦卖，也谓胸中逸气来。"（《题白石画》）他认为画家的艺术创作，不仅仅题材可从造化中来，表达的技法也可从造化中得到启示："智者师造化，何必徒面壁？造物无尽藏，冥冥通笔墨。"他认为李山的创作体现了时代精神，充满了浓郁的生活气息："情深远系天山雪，逸兴轻摹岸柳条。"（《答李山以近作画册见赠》）认为著名木刻家力群的艺术创作来自生活："此行不到十三陵，为访幽人烈日蒸。寻遍楼群最深处，'人民·土地'两心萦。"（《昌平访老木刻家力群》）技法越精，师造化的功夫越深，就越能达到无意于佳而自佳的境界，即抒情自由的境界，正如诗人所说："大师诗偈水云襟，一语天然适我心。"（《读西山大师诗》）

沈鹏的诗歌创作，充满了强烈的时代气息，体现的时代感是强烈的，内容也极为丰富，他的诗歌语言达到了高度的个性化，又充满强烈的时代气息，囿于篇幅，不能备述。总之，沈鹏的创作反映的生活既有广度，又有深度，形象而深刻地表达了诗人的美学理想。

读沈鹏先生诗书艺术集感赋

　　沈鹏，江苏无锡人，为我国杰出编辑出版家、文艺评论家、诗人、书法艺术家、艺术教育家。先生以险绝厚涩、雄秀高华之大草书法驰誉天下，为我国艺术事业之发展贡献良多。先生长期以来与病魔作顽强之斗争，以坚韧不拔之意志在学术、艺术之峰巅不懈攀登，其道德文章为广大学人之楷模。先生今年近九秩，依然辛勤耕耘，诲人不倦，其执着精神令人景仰。在下乃一介草根，而先生不以寒贱而忽之，不以浅陋而轻之，每聆教诲，如沐春风，忝立程门，何幸如之。恩师之辞章，灵源自涌，触类生发，高华瑰奇，异彩纷呈，以五古为最。在下景仰高致，难揖清芬，拜读先生之书法诗文集感慨系之，试仿恩师《徐霞客歌》为五古一首，形质粗率而语出至诚，以达中怀云尔。

诗国风光好，四时万象新；智者此中游，洞开天目门。①

贤者此中游，陶然养天真；逸者此中游，高蹈出风尘。

艺者此中游，灵感可医贫；吾辈此中游，俗虑扫烟云。

西哲有嘉言，女王爱诗神；② 孔圣弘诗教，兴观与怨群。③

吾华重教化，风骚百代珍。

---

　　① 天目：即天眼，开天目，即开启智慧，打开第三只眼。

　　② 女王爱诗神：化用托·斯普拉特语："诗歌是艺术的女王。"

　　③ 《论语·阳货》："子曰：'小子，何莫学夫《诗》？《诗》可以兴，可以观，可以群，可以怨。'"

山斗崇鹏老，风流天下闻；越雨长滋沐，吴风清素心。

读书穷万卷，行路过千村；伟业彪青史，"三馀"发清吟。①

吾仰坚毅志，驱魔斗死神；吾仰冰雪操，梅竹结姻亲。

吾仰求知欲，百家为近邻；吾仰奉献怀，校勘甘苦辛。

吾仰目光犀，高论指迷津；吾仰洙泗业，滋兰九畹芬。②

君为民之子，竭智传火薪。

长仰毫端健，烟霞五色分。游心于三代，灵源拓典坟。

雅爱摩崖朴，尤钟金石醇。③ 苏米高其韵，羲献师其真。④

幽怀追旭素，低首傅山淳。⑤ 灵心师造化，书意蕴诗魂。

一任天机发，高标孰可伦？

读公之篆隶，高古逼汉秦；读公之真楷，英雅骨嶙峋。

读公之行书，俊逸出清新；读公之行草，英迈饶天真。

读公之大草，灵霭落缤纷；或如长河涌，腾波翻雪银。

或如鹏翼举，呼啸过层云；或如风雨骤，九天动雷霆。

或如春月柳，依依与人亲；或如秋花粲，丹桂湛芳芬。

或如二八娇，翩跹舞洛滨；⑥ 或如隐士游，璧月照幽林。

猖狂蹈大方，雄秀寓清纯；万象随君遣，风姿尽可人。

今把辞章读，喜聆天籁音；美人与芳草，佩芷慕灵均。⑦

---

① 三馀：语出《三国志》："学足三馀：夜者日之馀，冬者岁之馀，雨者晴之馀。"沈鹏诗书集有《三馀吟草》《三馀续吟》《三馀诗词选》《三馀再吟》《三馀笺韵》等。

② 洙泗：洙水和泗水，古时二水自今山东省泗水县北合流而下，至曲阜北，又分为二水，洙水在北，泗水在南，孔子曾在洙泗之间聚徒讲学，此处指代教育。滋兰九畹：语出屈原《离骚》："余既滋兰之九畹兮，又树蕙之百亩。"此处指培养优秀人才。

③ 沈鹏的隶书受汉代摩崖《石门颂》《杨淮表记》等影响甚深。

④ 苏米：苏轼、米芾。羲献：王羲之、王献之。

⑤ 旭素：张旭、怀素。傅山（1607—1684）：明清之际著名思想家、书法家、医学家。

⑥ 翩跹舞洛滨：曹植有《洛神赋》，绘洛神之美："翩若惊鸿，婉若游龙，荣曜秋菊，华茂春松，仿佛兮若轻云之蔽月，飘飘兮若流风之回雪。"此处言其草书潇洒飘逸之美。

⑦ 美人、芳草：屈原《楚辞》中的比兴意象，语出王逸《楚辞章句》："《离骚》之文，依《诗》取兴，引类譬喻，故善鸟香草以配忠贞，恶禽臭物以比谗佞，灵修美人以媲于君，宓妃佚女以譬贤臣。"灵均：屈原之字。

飞天汗漫^①游，怀想谪仙人；感时花溅泪^②，草堂寻杜君。

最爱眉山^③老，花飞三月春；两句三年得^④，捻断须数根。

一篇忧患意，千载见丹忱；或吐心中愫，为牛苦耕耘。^⑤

或抒落蕊怀，护花甘化尘；^⑥或赞徐霞客，探奥敢殉身。^⑦

或仰史可法，梅岭有余馨；^⑧或颂孙中山，丰功耀古今。^⑨

或言鲁迅翁，砭时入髓深；^⑩或歌毛泽东，大地主浮沉。^⑪

或称胡耀邦，爱民见孤贞；^⑫或记新舵手，阅兵天安门。^⑬

或嘉女排勇，拼搏见精神；^⑭或念春晖远，梦中见慈亲。^⑮

或抒鸳侣意，知己两心琴；^⑯或思汶川县，泪落沾衣巾。^⑰

或念飞天客，可把嫦娥寻？^⑱或伫阿里山，情伤两岸分。^⑲

或念秋风起，情牵弱势群；^⑳或立黄岳巅，流连赏晴云。^㉑

---

① 汗漫：渺茫不可知，语见李白《庐山谣寄卢侍御虚舟》："先期汗漫九垓上，愿接卢遨游太清。"谪仙：本义指被贬下凡尘的神仙，此处指李白，贺知章称李白为"谪仙人"。

② 感时花溅泪：语见杜甫《春夜喜雨》。

③ "眉山"，指苏轼，他是四川眉山人，沈鹏极赞苏轼诗书"无意于佳而自佳"之美感特征。

④ "两句三年得"，语出贾岛《题诗后》："两句三年得，一吟双泪流。知音如不赏，归卧故山秋。"贾岛"推敲"的故事广为流传，为苦吟诗人，沈鹏之诗亦为苦吟而得。

⑤ 沈鹏《夏日偶成》有"偶羡沙鸥飘碧海，甘随孺子作黄牛"之句。

⑥ 沈鹏《清平乐·梧桐》，赞美奉献精神。

⑦ 沈鹏曾作五古长诗《徐霞客歌》。

⑧ 沈鹏《梅花岭史可法墓》。

⑨ 沈鹏《瞻仰孙中山先生故居》。

⑩ 沈鹏创作有读鲁迅小说诗二十四首。

⑪ 沈鹏《过长沙橘子洲》有"数问潮头事，浮沉直到今"之句，化用毛泽东《沁园春·长沙》"问苍茫大地，谁主沉浮"而来。

⑫ 沈鹏《共青城胡耀邦陵园》。

⑬ 沈鹏《忆秦娥·九月三日阅兵大典》。

⑭ 沈鹏《念奴娇·奥运会女排》。

⑮ 沈鹏先生深爱母亲，创作有怀念母亲的诗作数首，《辛巳春扫母坟》中有这样的诗句："音容共与尧天在，养育能胜雨露恩。"

⑯ 沈鹏先生与夫人殷秀珍女史倾心相爱，情比金坚，《结褵三十年赠秀珍》中有这样的诗句："高山流水两心琴。"

⑰ 沈鹏《汶川》《川中地震后端午》。

⑱ 沈鹏《鹊桥仙·"神舟五号"飞船》，"飞天客"指中国第一位宇航员杨利伟。

⑲ 沈鹏《夜宿阿里山》。

⑳ 沈鹏有多首诗作表达对弱势群体之关怀，以《〈古诗十九首〉长卷跋》为代表。

㉑ 沈鹏《黄山"人"字瀑》。

或观"人妖"舞，纸花带血痕；① 或游民主国，赌城悼亡魂。②
或慨郊野游，叮咬多秋蚊；③ 或忧春草发，一夜落沙尘。④
或状引力波，大美见天文；⑤ 或言艺理微，灼见一何深。⑥
风光皆入画，游艺贵依仁；追求真善美，养心更畅神。

诗美在性灵，情真灿锦茵；挥毫珠玉溅，灵境百奇臻。
淡远如秋水，波清跃锦鳞；雄浑如霹雳，威势压千钧。
雅逸如幽谷，清流媚筱筠；⑦ 高华如朗月，银辉洒白苹。
含蓄如淑女，凝神未启唇；清远如牧歌，缥缈在春晨。
瑰奇如极光，百变无所因；沉郁如荆轲，易水赋悲吟。⑧
凄恻如易安，白荷伤落尘；⑨ 诙谐如曼倩，灵源启迪深。⑩
虚静如辋川，禅意见灵氛；⑪ 豪放与婉约，合一诵之忻。
胸中盈浩气，万象自氤氲；援毫能制电，神思独运斤。⑫

① 沈鹏：《鹊桥仙·"人妖"表演》。

② 沈鹏：《扬州慢·内华达州雷诺赌城》。

③ 沈鹏：《七律·秋蚊》。

④ 沈鹏：《沙尘暴》。

⑤ 沈鹏：《引力波之歌》。

⑥ 沈鹏有数十首论书法、绘画、雕塑、音乐之诗作。

⑦ 化用谢灵运《过始宁墅》句"白云抱幽石，绿筱媚清涟"而来。

⑧ 荆轲《易水歌》："风萧萧兮易水寒，壮士一去不复还。"见《战国策》。

⑨ 易安：李清照，南宋著名女词人，号易安居士，晚年词作多凄清之语。沈鹏《悼王叔晖》："一管串联红锦线，百年来去白荷花。"

⑩ 曼倩：东方朔（前154—前93），本姓张，字曼倩，西汉平原郡厌次县（今山东德州市陵城区）人，西汉时期著名文学家，性格诙谐，言词敏捷，滑稽多智。

⑪ 辋川：地名，指代王维，辋川在今陕西蓝田西南，王维隐居于此，其诗幽静空灵，饶有禅意，沈鹏部分诗作静谧幽雅，如《雨夜读》，饶有禅意。

⑫ 运斤：运斤成风，比喻手法纯熟，技术高超，语出《庄子·徐无鬼》："郢人垩漫其鼻端，若蝇翼，使匠石斫之。匠石运斤成风，听而斫之，尽垩而鼻不伤，郢人立不失容。"

十年星月移，何幸立程门。^①衔恩常感激，衷愫实难申。

探索当勤勉，岂敢有逡巡？謦欬^②铭五内："艺美在超尘；

为人遵底线，爱国爱人民：共勉呈肝胆，炎黄好儿孙。"

热血荐轩辕，陋质岂沉沦？西国有鸱鸮^③，如犬吠狺狺。

南海风波激，正义敢张伸！同心振华夏，丽景灿千春。

长祝恩师健，寿比南山椿。

2018年11月6日于湘潭大学教师公寓畅神斋

---

① 程门："程门立雪"，语出《宋史·道学传二·杨时》："一日见颐，颐偶瞑坐，时与游酢侍立不去。颐既觉，则门外雪深一尺矣。"

② 謦欬 (qǐng kài)：谈笑，此处指教诲，语出《庄子·徐无鬼》："莫以真人之言，謦欬吾君之侧乎！"

③ 鸱鸮 (chī xiāo)：鸟名，俗称猫头鹰。

得沈老恩师惠赐墨宝及
大札感赋（并序）

蒋力余

　　时维孟夏，霪雨连旬，江天如幕，足难出户，情多怫郁，而今雨霁云开，烟消日出，又得恩师沈老惠赐墨宝及大札，郁闷之气，顿觉荡然。墨宝为自书诗大草，纵逸飞动，淋漓酣畅。大札七页，近六百言，为"二王"笔意之行草，情驰神纵，妍逸萧散，不激不厉，风规自远，字里行间盈溢恩师垂爱之情，嘉勉之意，卓远之识，为旷代之精品也。捧诵宝札，不觉潸然。恩师年高九秩，为写此札，历时数日，渺小如仆，受此厚恩，感激之怀，何可言达，唯铭记五内，矢志弘扬优秀文化，以报师恩、国恩于万一，故吟成绝句数章以记之。

　　　　　　兼旬霪雨守柴门，谛听鹍莺哳好音。
　　　　　　日出烟消天宇净，胸中荡扫郁浓云。

　　　　　　忽得鱼书天际来，心随晴宇灿然开。
　　　　　　灵晖璀璨飞霜素，瑞气祥云纵意裁。

　　　　　　电击霞飞在此间，鱼龙腾跃震深渊。
　　　　　　又如佳丽联翩舞，缥缈惊鸿醉洛仙。

　　　　　　风行雨散二王姿，润色开花俊逸诗。
　　　　　　写意写心图万象，芙蓉含露出清池。

垂爱深深字字情，情深千尺素心铭。
铅刀一割酬恩遇，国粹弘扬赤帜擎。

一生漂泊几秋冬，往事如烟逝水东。
得识荆州无憾恨，情缘长结素毫中。

2019年5月19日于湘潭大学教师公寓畅神斋

《沈鹏诗艺咀华》竣稿感赋

蒋力余

故国文华总系萦，耕烟种玉寄深情。
杜鹃声切多啼血，一卷编成百感生。

南国荒坡草一株，寒来暑往任荣枯。
东君垂顾春霖润，娇朵微馨纵意舒。

心游文府艺求真，佩芷披兰侣柏筠。
身罹痼疾心如石，堪钦最是岁寒人。

继绝存亡道路艰，传承薪火仰高山。
吴风越雨滋千尺，掬荐轩辕一寸丹。

自古诗魂振国魂，外师造化得心源。
扬清激浊开新纪，忧患情怀励后昆。

灵烟缥缈有无中，时代风光万象钟。
不改初衷甘九死，凌霄孤羽入苍穹。

喜嚼梅花白雪篇，心扉轻拂启灵渊。
诗无达诂难求甚，自愧无才作郑笺。

开篇历历见冰心，饮露餐英岁月深。

矢志探寻真善美，千淘万沥得精金。

窗外春光似酒浓，百年岁月最峥嵘。

长城虽固勤修补，万里云天腾巨龙。

芙蓉国里杜鹃红，欲寄幽怀托远鸿。

姑射山中人绰约，商山皤皓若乔松。

2020年3月17日于湘潭大学

附 录

沈鹏艺术年表

1931年（出生）

9月1日（农历7月19日）出生于江苏江阴，父亲沈雨祥，中学教师；母亲王咏霓，从教，做家务。

1936年至1937年（5—6岁）

就读城南小学（外祖父王逸旦捐资创办），始习字，多病，体弱。

1938至1943年（7—12岁）

全家逃难至上海，入上海醒华小学、浦东中学。

1944年至1947年（13—16岁）

返回故乡，入江阴南菁中学（外叔祖王廷璋，字心农，曾任校长）。课余师从章松庵（江阴举人）、曹竹筠、姚萃、李成蹊等学诗书画，临习《芥子园画谱》以及柳公权、王羲之字帖。

作文《农业国必须实现工业化》获江阴第二名，英语演讲获全校第二名。

与同学顾明远、薛钧陶创办进步文艺社团"曙光文艺社"，出版文学刊物《曙光》20多期，任《曙光》主编，发表散文20多篇。

1948年（17岁）

考入江西南昌国立中正大学（今江西师范大学）攻读文学，翻译英文小说《穷饿临门》，发表有进步倾向的散文、论文约5篇。

1949 年（18 岁）

以大学毕业的同等学力考入新华社新闻干训班——北京新闻学校。

1950 年（19 岁）

任人民画报社资料室负责人、助理编辑。

1951 年至 1965 年（20—34 岁）

历任人民美术出版社社长室秘书、秘书组长、总编室副主任等职。协助总编处理大量稿件。执笔《人美社一九五五年到一九六七年长远规划》。

1957年12月同北大医院殷秀珍结婚。

1958年至1959年下放江苏高邮农村劳动。

1962年以美术评论家身份加入中国美术家协会，1951年至1962年发表70余篇艺术评论，散见于《人民日报》《光明日报》《美术》《文艺报》等报刊。沈鹏先生认为这一时期的文章受到极"左"的不良影响，对于普及美术等方面有积极作用，但以后编文集时只选极少数。

1966 年至 1978 年（35—47 岁）

曾到国务院石家庄干校劳动一年，任北京书学会常务理事、人民美术出版社总编室主任。

1979 年至 1981 年（48—50 岁）

任人民美术出版社副总编，创刊并主编《中国书画》。

入选第四届全国文代会美术界代表；出席全国首届书法界代表大会，当选中国书法家协会常务理事。

参与主编中日合作《中国的旅行》，访问日本。

制定《人民美术出版社十年长远规划》。

1982 年至 1984 年（51—53 岁）

任编审。创刊并主编中国美术出版信息总汇《美术之友》，创刊《美术向导》并任主编。

出版《沈鹏书杜甫诗二十三首》。

率中国书法家协会代表团访问新加坡。

1985 年至 1987 年（54—56 岁）

当选第二届中国书法家协会副主席并任创作评审委员会主任。

访问中国香港地区。赴瑞典讲学并主持中国展览公司举办的书法展。

出版《书画论评》；主编《中国美术全集·书法篆刻编4·宋金元书法》并获中国图书

荣誉奖。

以中国妇女书法代表团顾问身份访问日本。

出席"1987年中日兰亭书会"。

1988 年至 1990 年（57—59 岁）

主编《中国艺术》。

当选第五届全国文代会主席团委员、中国文联委员、中国美术家协会理论委员会副主任、全国第四届书法篆刻展览评委会主任。

在广东揭阳县榕城文化站展览厅举办"沈鹏书法作品欣赏会"。

率团访问苏联，主编画册《苏联》。任人民美术出版社编审委员会常务副主任。

主编画册《北京》。

1991 年（60 岁）

当选为中国书法家协会第一副主席，享受国务院颁发的有突出贡献专家的奖励。

主编的摄影画册《苏联》获1991年中国优秀美术图书奖铜奖。

1992 年（61 岁）

8月起任中国书法家协会代主席，直至2000年换届。

出访日本并在新潟小木町业余美术展览馆举办书法展，在日本出版《沈鹏书法作品集》。

书写五四运动火烧赵家楼碑文。

为人民大会堂书写巨幅作品毛泽东词《沁园春·长沙》。

1993 年（62 岁）

当选第八届全国政协委员。

率团访问中国澳门和香港地区。

任国家图书奖艺术组评委，后历任国家图书奖评委会副主任、艺术组评委会主任共六届。

主持编辑《中国历代绘画·故宫博物院藏画集》，并为其中宋代卷撰写序言，该书获1993年第一届国家图书奖。

1994 年（63 岁）

率中国书法家协会代表团访问新加坡。

率中国书法家协会代表团访问日本。

主编《中国书法名帖精华》（丛书）草书卷。

1995 年（64 岁）

出访美国，在休斯敦演讲，获"休斯敦荣誉市民"称号。

出席汉城国际艺术作品展并做题为《探索"诗意"——书法本质的追求》的演讲。

出版首部诗词选《三馀吟草》。

1996年（65岁）

率团访问马来西亚。

任台北中国美术家协会荣誉会长。

创作巨幅草书《兰亭序》。

当选中国文联副主席。

出版《当代书法家精品集·沈鹏》卷。

将江阴繁华地段的祖宅捐给江阴市并设立沈鹏书画创作基金。

1997年（66岁）

率中国文联书画家代表团赴河南采风。

偕夫人殷秀珍教授访问中国香港及澳门地区。

出版《沈鹏书画谈》。

访问中国台湾，举办"沈鹏·张虎书法观摩展"。

1998年（67岁）

任中国美术出版总社艺术顾问。

率团访问法国，参与举办"巴黎现代中国书法大展"，做题为《探索书法的本体和多元》的学术演讲。

出版《跨世纪精品系列·沈鹏专辑》明信片。

多次提出书法可持续发展的理念。

1999年（68岁）

同夫人殷秀珍教授去美国探亲并讲学。

获联合国Academy"世界和平艺术大奖"。

先后任北京大学、中央美术学院、首都师范大学、文化部艺术研究院等院校硕士生、博士生论文答辩会委员、主席。

2000年（69岁）

率书画团巡展于泰国及中国香港等地。

赴韩国举办"沈鹏·权昌伦书法展"，出版《韩中书艺两人集沈鹏·权昌伦》（韩国）。

在河南孟津设"沈鹏艺术陈列馆"。

作为主要陪同人员随同全国政协主席李瑞环访问加拿大、秘鲁等国。

偕夫人应邀到北戴河休假，受到党中央、国务院领导同志的接见。当选第四届中国书法家协会主席，任期5年。

正式提出书法可持续发展的理念。

2001 年（70 岁）

出版《三馀续吟》。

访问中国澳门特别行政区。

获中国书法艺术特别贡献奖。

当选中国文联荣誉委员。

任大型文献丛书《中华人民共和国大典》主编之一。

2002 年（71 岁）

率团访问日本。

江阴南菁中学设"沈鹏艺术陈列馆"。

率团访问泰国及中国澳门特别行政区等，任新加坡书学会研究院院士。

任中央电视台、中国书法家协会首届全国书法大赛组委会主任。

2003 年（72 岁）

按照书法可持续发展的理念，发起并主持制定《中国书法发展纲要》（2001—2020）。

任文化部中国文化艺术品鉴定委员会委员、新闻出版总署第六届国家图书奖评选委员会副主任委员、第二届全国优秀艺术图书奖评奖委员会主任评委。

率团赴韩国参加国际书艺学术大会，参观韩国书圣金正喜故居并撰写了有关论文。

筹建中国书法馆。

出版《沈鹏楷书千字文》。

2004 年（73 岁）

任北京诗词学会名誉会长、中国美术馆顾问、中国美术馆顾问委员会专家成员。

被司法部、中央文明办等六部委授予"维护司法公正爱心大使"。

在北京市劳动人民文化宫西配殿举办"沈鹏先生书法艺术近作观摩展"。

访问中国澳门特别行政区。

《传统与"一画"》获第四届中国文联文艺评论奖一等奖。

2005 年（74 岁）

出版《沈鹏书古诗十九首》（长卷）。

在全国政协会上做书面发言《推进中国书法艺术事业可持续发展》。

出版《三馀诗词选》。

草书作品搭载"神舟六号"游太空。

在中国美术馆举办"当代大家书法邀请展"，出版《中国美术馆当代大家书法邀请展作品集·沈鹏》。

《溯源与循流》获第五届中国文联文艺评论奖特别奖。

当选中国书法家协会名誉主席。

续聘为新加坡书协第二届院士。

2006 年（75 岁）

偕夫人访问日本。

中华诗词学会和中华文学基金会联合举办"沈鹏诗词研讨会"。

获中国文联2006年"造型艺术成就奖"。

获第二届中国书法兰亭奖"终身成就奖"。

2007 年（76 岁）

在北京一五六中学设沈鹏书法艺术学校。

开设中国国家画院沈鹏书法精英班。

任中央文史馆馆员。

出版《沈鹏书般若波罗蜜多心经》《沈鹏草书陶渊明文》。

获2007年"书画中国"年度影响力人物称号。

庆祝金婚。

2008 年（77 岁）

获"中国十大魅力英才"称号。

在中国人民大学设立沈鹏艺术馆（无偿捐赠书法作品35件）。

向汶川地震灾区捐款111万元。

获"中国残奥委员会、中国聋人体育协会、中国特奥委员会爱心大使"称号。

任电视连续剧《书圣王羲之》艺术总顾问。

应邀举办中国国家画院沈鹏书法课题班，连续讲课。

获"黄宾虹美术贡献奖""卓有成就的美术史论家"称号。

出版《屈原怀沙》。

2009 年（78 岁）

举办"沈鹏·吴东民书画作品展"并出版作品集。

在第十一届全国政协会议上，领先联名提案呼吁建立中国书法馆、联名提案呼吁改变《美术》教科书循环使用的做法。

向甘肃天水启升中学捐款40万元。

举办"传承与原创——中国国家画院沈鹏工作室书法展"。

出版线装上下册《沈鹏书自作诗词百首》。

发表《书法，在比较中索解》。

举办"沈鹏·赵守镐书法艺术联展"并出版专集。

获中华文学基金会"育才图书室"工程特殊贡献奖（历年捐款200余万元）。

2010年（79岁）

任中国国家画院书法篆刻院院长。向中国国家画院"沈鹏书法艺术基金"捐赠作品24件、捐款500万元。

被中国文学艺术基金会聘为年度爱心形象大使。

偕夫人殷秀珍教授赴珠海、澳门特别行政区。

向云南灾区捐赠草书八条屏及巨幅作品一件，捐义款230万元。

向江西师范大学捐赠价值50万元的桃李鼎。

出版《沈鹏书画续谈》《中国人民大学沈鹏艺术馆藏品集》《沈鹏艺术馆书画藏品选》。

游柬埔寨观吴哥古迹。

举办"藏风聚气汇京华——中国国家画院沈鹏工作室师生书法展"并出版作品集。

《人民画报》第10期刊登，记者梁凤芳报道《沈鹏——水到渠成的书法大家》。

获全国第三届华夏诗词奖荣誉奖。

赴韩国出席第五届韩中书艺名家招待展。

被推举为中国书法家协会第六届名誉主席。

2011年（80岁）

《人民日报》刊登《沁园春·吴哥古窟》等14首诗词及书法作品《沁园春·吴哥古窟》。

委托夫人殷秀珍教授带领辛莘、李果和姚瑶携带数十年积攒的著作、手稿、证书等12箱物品，捐赠江阴南菁中学。

中国书法家协会在中国文联大楼中国文艺家之家举办"原创艺术·诗意·人本——沈鹏书法艺术学术研讨会"，刘云山作批示，沈鹏出席并发言《求其友声》。《中国艺术报》第一版刊登有关沈鹏书法艺术学术研讨会在京举行的消息，第三版刊登论文《书法，回归"心画"本体》；多家媒体刊发相关报道和论文。

沈鹏艺术馆在江阴南菁中学隆重举行开馆仪式，发表讲话《桃李正酣》并参加"沈鹏书法艺术学校""江阴沈鹏文化艺术促进会"揭牌仪式。

江阴南菁中学致沈鹏证书：收藏沈先生捐赠4198件，其中本人作品31件，齐白石、黄宾虹、傅抱石、郭沫若、赵朴初等名家书画62件，古董文物60件，拓片213件，书籍

3832件。

同家人、亲朋去华西村、苏州寒山寺沈鹏诗书碑参观。

在全国两会小组会上发言，联名呼吁建立中国书法馆。

在中国人民大学艺术学院讲学：《书法的节奏及韵律》。向《中华辞赋》社赞助20万元，收到感谢信。

《传记文学》第5期刊发沈鹏专题：发表诗书法作品，有文章《始于四十》《先文而后墨——沈鹏与李一谈艺录》，配有陈洪武、言午子、张瑶均评介文章。

为电影《先遣连》题片名。

祝贺中国书法家协会成立30周年并发表书面发言：中国书法家协会有实力能办大事。真正坦诚的思想交流还很不够；我任职期间，应当说的话也少说或未坚持；纪念生日最好的办法莫过于总结经验以及教训；中国书法家协会要"去行政化"。

应聘为中国国家画院院士、顾问、院委、书法篆刻院研究员。

应邀在中国美术馆出席庆祝人民美术出版社成立60周年书画作品展开幕式，即席讲话、剪彩并参观"沈鹏书法作品展"。向中国美术出版总社捐赠100万元，设立"沈鹏美术出版基金"。

向南菁中学继续捐赠书画、文物和图书495件，其中书法近作6件共计38平尺。

应聘为中华诗词研究院顾问。

应全国政协第二届"善行天下·政协委员慈善公益事迹展"活动之邀，整理慈善公益事迹材料：20世纪末以来，据不完全统计，捐款千万元以上，捐赠书法作品千件以上，捐赠个人收藏或收购的名家书画、文物等，专家认为其价值数额当在2亿元左右。20世纪80年代以来获得证书2000件以上，包括捐赠、收藏、参展、奖励、聘任等类别，明确注明捐赠作品的400件以上，许多捐赠没有证书，未能统计。

获"入选全国政协2011年度'善行天下·政协委员慈善公益事迹展'"荣誉证书。

偕夫人殷秀珍教授率中国作家艺术家代表团赴澳门地区，出席"同根的文明——中国作家艺术家水墨丹青大展"开幕式，剪彩并讲话。

在长沙岳麓书院首届中国百诗百联大赛高峰论坛上演讲，谈书法的雅俗与诗词的欣赏等。

2012年（81岁）

应邀出席中共中央元宵佳节文艺联欢晚会。

在总政八一射击场为"中国国家画院沈鹏导师书法工作室创作集训"讲课答疑。

委托夫人殷秀珍教授在江苏无锡百年老校堰桥中学成立"沈鹏书法艺术学校"挂牌仪式上讲话，为该校搭建起在校内外开展书法教育、文化活动的平台。

在国务院小礼堂，参加温家宝总理出席的参事馆员座谈会，在座谈会九个发言材料上用红铅笔勾出要点，并在《座谈会议程》单上（A4纸）用红铅笔写了"政府决策民主化、科学化"，下面用黑铅笔写了五点：一、探索、创新。解放思想，实事求是。要冒点风险。二、说真话，听真话，听真话比讲真话更难，更重要。三、发挥网络作用。四、发挥专家作用。五、加强对决策的监督与问责。自由、平等、法治是人类共同争取。发展与改革相互依赖。

行书"月亮"搭乘"神舟九号"上太空。

出席国务院参事室、中央文史研究馆在人民大会堂举行的纪念启功100周年诞辰座谈会，发言题目《学而能思》；《光明日报》第12版刊登《学而能思——纪念启功先生百年诞辰》。

任中华文学基金会副会长。

参加庆祝江阴南菁中学建校130周年活动，捐助学金100万元；庆祝大会上荣获"回馈母校、造福桑梓"突出贡献奖。

中国国家画院沈鹏书法创作研究班结业作品展开幕式在中国国家画院美术馆举行，并举办结业晚会。《中国国家画院沈鹏书法创作研究班作品集》刊载行书16字方针：弘扬原创，尊重个性，书内书外，艺道并进。

2013 年（82 岁）

偕夫人殷秀珍教授访问中国台湾，参加"同根的文明——海峡两岸作家艺术家水墨丹青大展"，张静陪同。

中华书局出版《沈鹏草书杜甫咏怀古迹五首八尺十条屏》。

从第八届起继任全国政协第十二届委员。

两会之后，身体不适，日渐孱弱，又添新恙，住北医三院治疗；后转协和医院动外科手术，又作内科治疗。长达半年，逐渐转入康复阶段。

任中国新闻出版书法家协会名誉主席。

应聘为中国艺术研究院中国篆刻艺术院研究员，应聘为中国艺术研究院中国书法院顾问。

获第二届中华艺文奖"终身成就奖"，奖金100万元人民币，随即转做公益事业，为中国美术出版总社设立学术基金。获奖评语：沈鹏是中国当代书坛最具代表性的书法家之一。数十年来，他在书法创作、书法研究、书法活动等方面卓有成就。沈鹏的书法，兼善诸体，以行草最为突出。其行草气象正大，神采飞扬，笔精墨妙，自成一体，充分体现了时代精神。作为中国当代书坛具有代表性、标志性的著名艺术家，沈鹏以自己的理论建树和实践探索为书法事业的发展做出了突出贡献。

年末捐赠统计：

书法作品：南菁中学60件；孟津王铎纪念馆18件，刻字200方；中国美术馆9件；中国人民大学35件；中国国家画院26件。

南菁中学名人书画70件（齐白石、黄宾虹、关山月、林散之、赵少昂、郭沫若、茅盾等）。

古董文物65件，拓片213件，书籍6000册以上。

设立基金、奖学金：中国国家画院250万元、书法精英班等150万元、中国美术出版总社100万元、南菁中学125万元、赈灾（汶川、云南等）400万元、中国文学基金会160万元。（以上为不完全统计）

2014 年（83 岁）

在北京香格里拉饭店出席电视剧《书圣王羲之》开机发布会，出席电视连续剧《书圣王羲之》开拍仪式。

在中国人民大学国学堂讲对传统文化的态度：一、传统文化有两面性，要继承精华，扬弃糟粕。二、对传统文化要重视，敬畏，不能简单化。三、传统学术是多元的，读书与书法是远水同近火的关系。四、对传统文化要有科学、审慎、批判的态度。展示草书四尺整纸横幅毛泽东词《沁园春·雪》，强调草书气要灌注，保持意念，一气呵成。

《中国书法》杂志第7期近40个版面推出"人物——大家风采·沈鹏"诗词书法专题，配发有马凯、刘征、张海、吕书庆、姜寿田、包献珍的评析文章。开篇沈鹏在简短的风采感言中强调："文娱"与"文艺"交叉着，不在同一意义上。书法的繁荣，要时刻警惕低俗与庸俗，绝非活动越热闹越多越好。从社会到个人都是如此！

《基础教育课程》第7期（上）发表编辑部对话：《书法，审美比技术更重要——对话中国书法家协会名誉主席沈鹏先生》。

书学文选《书法本体与多元》由作家出版社出版。

在北京国谊宾馆迎宾楼举行的"中华传统文化与诗书画讲坛"演讲50多分钟。

《沈鹏草书兰亭序两种》出版。

2015 年（84 岁）

任大型电视连续剧《书圣王羲之》艺术总指导、总顾问。

中共中央政治局常委刘云山看望沈鹏并讲话，希望老一辈书法家继续发挥传帮带作用，为弘扬中华优秀传统文化贡献力量。

《中国书画》第6期发表康守永采访：《本体与多元——沈鹏访谈》。

任中华诗词学会名誉会长。

《书法导报》庆祝创刊28周年，"名家风采"特辟专题《沈鹏谈诗歌与书法》，配合作品，刊登长文《诗歌与书法创作漫谈》，从"书法的语言、相通处、技巧、节奏、和谐、基本功、两种不同的节奏、书法的品评、内与外"等多个方面展开精辟阐述。

出席电视连续剧《书圣王羲之》座谈会。

设立沈鹏诗书画奖金，成为中华诗词学会成立30周年的一项重要活动。

人民美术出版社出版《三馀笺韵——沈鹏自书诗词辑》（该书荣获2015年度金牛杯图书奖），为文物出版社出版《沈鹏书自作诗词百首》之续篇。

任纪录片《百年巨匠》书法篇总顾问，出席开幕式并发表讲话。

出席北京凤凰汇·艺术沙龙举办的"三馀笺韵——沈鹏自书诗词新作展"暨新书首发式，并讲话、吟诗。

2016年（85岁）

为中国书法家协会举办的"国学修养与书法·第三届全国青年书法创作骨干高研班"做学术报告：《漫谈国学修养与书法》。

中国书法家网播出浙江出版联合集团、浙江电子音像出版社出版发行大型纪录片《中国书法家》第一集《沈鹏》。

参加北京香格里拉饭店举行长春出版社出版《沈鹏草书张九龄感遇诗四首》新书发布会，并做演讲。

《中华儿女》"任率英艺术传承专刊"发表《奉献美给社会——忆任率英》。

中国书法家协会第七届全国代表大会上当选中国书法家协会第七届名誉主席。

《中国书法》第12期载《沈鹏草书张九龄感遇诗四首》《漫谈国学修养与书法》。文章强调要重视人文思想，尊重独立人格，树立包容、自由、多元的文化学术风气。

向中华诗词学会捐80万元人民币，设立"沈鹏诗书画奖"项目，两年一次，扶持并奖掖诗书画全面发展人才。

2017年（86岁）

《中国书画》第一期刊载《漫谈国学修养与书法》。

《中国辞赋》领导访问沈鹏，在发起成立中华辞赋学会倡议书上联署签名。

央视春晚展示沈鹏等5人榜书"福"字。

《沈鹏书自作古风〈徐霞客歌〉》23条屏品评会在《中国书画》美术馆举行。全诗430字同徐霞客诞辰430周年暗合，整幅86行同书者86周岁暗合；书作跋语有"余以草行（楷）二体奋笔书之，历多次乃成"，为晚年诗书力作，表达了学习乡贤徐霞客"朝碧海而暮苍梧"的拼搏精神和与日俱增的思乡情结。

为中国书法家协会举办的"国学修养与书法·第四届全国青年书法创作骨干高研班"做学术报告：《谈诗、书学习及其他》。

为"周俊杰书法作品展"题贺："敬畏中华五千年文明史，热爱传统艺术，祝俊杰同志人书俱老，艺进于道！"

为沈门七子中国国家博物馆展览题"爱因斯坦说想象力比知识更重要，书与同门七子共勉，甲午秋沈鹏书于介居"。

出席大型文化公益"霞客行·沈鹏草书《徐霞客歌》暨当代著名书法家书《徐霞客游记》全国巡回展"北京启动仪式并讲话。

为大型纪录片《江阴骄子》题片名。

《新华每日电讯》发表《读鲁迅小说诗二十四首》。

《中国书法》第十期发表《诗意一以贯之——读〈刘征诗书画集〉》。

《江阴骄子——沈鹏》录制完成。

《光明日报》发表《漫谈国学修养与书法》。

《中国书画》第十一期发表《谈诗、书学习及其他》。

2018 年（87 岁）

《人民日报》发表隶书"致敬新的一年"。

《中华辞赋》（刊名题字）第一期，发表《读鲁迅小说诗二十四首》。

迎戊戌甲子，以康有为、梁启超文意撰联并书：世界大同抒美景，少年中国发宏图。发于多家媒体。

《光明日报》发表记者张玉梅访谈《拼将岁岁赚三馀——新春访名家沈鹏》。

为祝贺《文汇报》创刊80周年撰联"人文启蒙勤耕不息，才智荟萃识体入微"。

《北京晚报》创刊60周年，出席"第35回中日名家书法联展"开幕式，并题写展标。

《中国艺术报》发表吕书庆所写《"霞客行"——沈鹏草书二十三条屏暨名家书法展五站巡回展文化公益活动综述》。

由韩国书艺家协会、《中国故事》杂志社、介居书院、沈鹏书法艺术基金主办的"霞客行"韩国展暨韩中书艺国际交流展在韩国举行，展出沈鹏草书自作诗《徐霞客歌》4尺对开23条屏，中方代表周祥林、吕书庆、张智重等7人出席。

北京介居书院美术馆"沈鹏诗稿"开馆展隆重开幕，偕夫人殷秀珍教授出席并讲话。展出精品诗稿近作几十幅。

《人民日报》副刊"名师谈艺"发表《书，心画也》文章。

为中国书法家协会"国学修养与书法——第五届全国青年书法创作骨干高研班"做《以赤子之心对待艺术》首场学术报告。

庆祝改革开放40周年，《中国书画报》独家推出"2018中国书画十大年度人物·沈鹏"，并刊出颁奖词与作品欣赏。《中国书画》等媒体报道。

偕夫人出席北京"大江弦歌——沈鹏吟江阴诗词品鉴会"并发言吟诗；北京、江阴的艺术家、社会文化人士等参加了品鉴交流，并观看了沈鹏先生专题宣传片《大江弦歌》。

以沈鹏先生书斋号命名的全民公益性文化平台"江阴介居书院"在江阴揭牌成立。名家书沈鹏吟江阴故里诗词作品展同时开幕。

2019 年（88 岁）

为北京介居书院美术馆"2019书法家百福同春展"题写展标"报以介福"，并参加展览。

《光明日报》发表"有豕家中宝，立人位至诚"新春联。

为《三馀长吟》集作自序《诗兴心语》。

叶嘉莹、沈鹏、楼宇烈民生奖学金在京启动。

出席并致辞"沈鹏书法公益基金"启动仪式。由华民慈善基金会和华民资本集团支持，启动资金为1000万人民币，以沈鹏先生的艺术思想为理念，通过公益方式，致力于书法艺术的弘扬和传播。

《中国书法》第6期"新书架"刊登《沈鹏读鲁迅小说诗二十四首》书评，配发许旭红、李建春文章。

《新华每日电讯》两次发表《沈鹏诗九首》。

沈鹏书法公益基金"百位名师　百座名城——全国大型书法文化助教公益行"活动走进广西龙胜、湖南安化、湖南衡阳、河南洛阳、四川凉山。为当地的小学书法教育出谋划策，送去图书、文房四宝等，组织专家现场讲解、辅导。

为介居书院创刊号题写刊名《澄鉴》。

"大江弦歌：名家书沈鹏吟江阴故里诗词作品展"在北京李可染画院举行开幕式，夫人殷秀珍教授代沈鹏先生出席。

携弟子、家人与京剧大家张建国及其弟子举行介居家庭文化雅集，欣赏京剧，吟唱新诗和老歌片段。

"霞客行·沈鹏草书《徐霞客歌》暨当代著名书法家书《徐霞客游记》全国巡回展（洛阳站）"在洛阳举行。至此，全国及海外已巡回展出八站：天台山（2017年8月），黄山·合肥（2017年9月），桂林（2017年11月），华山（2018年5月），庐山·临川（2018年6月），韩国首尔（2018年8月），衡阳（2019年9月，中韩书家同展），洛阳（2019年10月）。

"崇德尚艺，潜心耕耘——第三届中国文联知名老艺术家艺术成就展"在中国文艺家之家展览馆开幕，沈鹏先生题写展览主题词：崇德尚艺、潜心耕耘。参加开幕式并现场致辞。展览展出了新中国发展史上德艺双馨的杰出代表沈鹏、吴雁泽、李维康三位老艺术家的艺术成就。《中国艺术报》《中国书法报》等媒体进行了报道。

2020年（89岁）

"迎春纳福"江阴介居书院名家百联百福展，展出"雪消已卜春神近，雾锁应知社鼠邪"自撰七言联。

亲临北京介居书院美术馆观看"草青·周祥林作品展"。

《江阴日报》《中国书法报》等媒体发表"武汉加油！中国加油！庚子元宵，疫情防控之日，沈鹏急书"书作和相关诗作。

2月13日，《北京晚报》发表行楷书斗方《天使》。

荣宝斋在线发表抗疫组诗12首，《战役放歌》特刊（总第160期）发表抗疫组诗4首。

北京民生中国书法公益基金会"首届中华传统文化民生奖学金"叶嘉莹、沈鹏、楼宇烈民生奖学金颁奖仪式，通过腾讯视频在线举行。沈鹏致辞：强调从技到艺，再进于道；诗文书画印相互融通，德智体美劳全面发展。

荣宝斋在线发表《世界共命运——沈鹏、蓝犁小谈》，主谈所写疫情诗及创作感受，并撰书一联：须放松，世界共命运，口罩摘除待时日；当警惕，地球一家人，瘟神狡黠犹伺窥。

由北京大学出版社出版《书内书外：沈鹏书法十九讲》。

《艺术品》第5期发表文章《诗兴心语》。

《中国书法报》发表《沈鹏先生〈头条〉四首品析》（李建春）。

为北京介居书院美术馆"逸展"书法主题邀请展题展标并展出，并移至江阴介居书院展览馆展出。

沈鹏艺术公益基金"百位名师　百座名城——全国大型书法文化助教公益行"活动走进甘肃会宁、江苏江阴。为当地的小学书法教育出谋划策，送去图书、文房四宝等，给学生现场讲解、辅导。

贺沈鹏先生90寿诞19位书家唱酬集，发表于《书法导报》，沈鹏先生答诸家和诗："尼山运厄著春秋，褒贬之间刚与柔。我辈同修当代史，不容一卒做巢由（巢父、许由）。"

《人民画报》70周年特辑"他们与《人民画报》珍贵情缘"发表《沈鹏：〈人民画报〉的老员工》。

《光明日报》发表自书诗《庚子国庆中秋之夜》："天安门上分外明，焰火花（冲）飞玉兔惊。几十亿年相互动，今朝一夕倍充盈。宏观银汉万般细，彻悟红尘百虑清。引力无穷引至敬，地球人类一家亲。"

《江阴日报》发表"教我如何不想她"专稿文章《想她，我的故乡》。

为由中国文联、中国书法家协会主办的"中国力量·全国扶贫书法大展"书写"布楞沟村"，发表于《中国书法报》等。

挽欧阳中石四言联"中庸有道，石璧育人"发表于《书法导报》。

《海内与海外》杂志（总第351期）发表《"介居"小谈》文章。

应邀为江阴谱写歌词《大江日夜动弦歌》，作曲曹鹏，男女声独唱和合唱歌曲。

2021年（90岁）

荣获汤用彤国学奖。

在《文汇报》第7版发表《想她，我的故乡》。

在《北京晚报》发表自作诗词联"辛亥革命百十年仍需努力；中共建党整世纪不忘初心"。

被聘请为河北大学艺术学院名誉院长。

由北京大学出版社出版的《书内书外：沈鹏书法十九讲》获评2020年度"中国好书"。

"闻道未迟——沈鹏诗书作品展"在中国美术馆开幕，共展出作品近80件，包括2019年向中国美术馆捐赠的20件代表作品，另有捐赠、家中自藏以及借展作品等。展出时间为2021年4月29日至2021年5月23日。

由《中国故事》杂志社、书法网主办的"闻道未迟——沈鹏诗书品读会"在北京世纪华天大酒店华天厅举行。

"闻道未迟——沈鹏诗书作品展"学术研讨会在中国美术馆举行。

在《北京晚报》文艺副刊《墨缘》发表《福寿热背后》。

沈鹏先生、殷秀珍女士在庆祝建党100周年之际，自愿一次多交党费计人民币100万元整。

沈鹏生活照

少年时代的沈鹏

青年时代的沈鹏

南菁中学同学三人行，自左至右：薛钧陶、沈鹏、顾明远

江阴南菁中学同学,《曙光》杂志(沈鹏主编)参与人员(1947 年)

贺兰山探岩画(1991 年 8 月)

为王朝闻先生祝寿（1995 年 4 月）

创办并任《美术之友》主编的沈鹏发言

创办人民美术出版社《美术向导》杂志，主持创刊 100 期座谈会

中华诗词学会、中华文学基金会举办"著名书法家沈鹏先生诗词研讨会"
（2006 年 4 月）

书法作品无偿捐赠中国人民大学（2008 年）

沈鹏同日本书道会会长田中冻云(中)分别用中日文合书阿倍阿倍仲麻吕诗碑,白土吾夫(右)出席揭
碑仪式

参加第三届北京国际书法双年展

为青少年讲解书法创作

"霞客行",沈鹏长篇草书《徐霞客歌》启动仪式(2017年8月13日)

沈鹏先生与家人近照

沈鹏书法作品欣赏

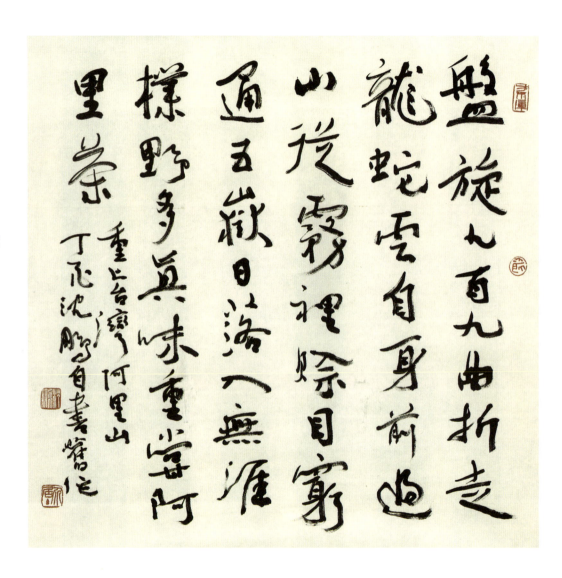

忠魂

海纳百川

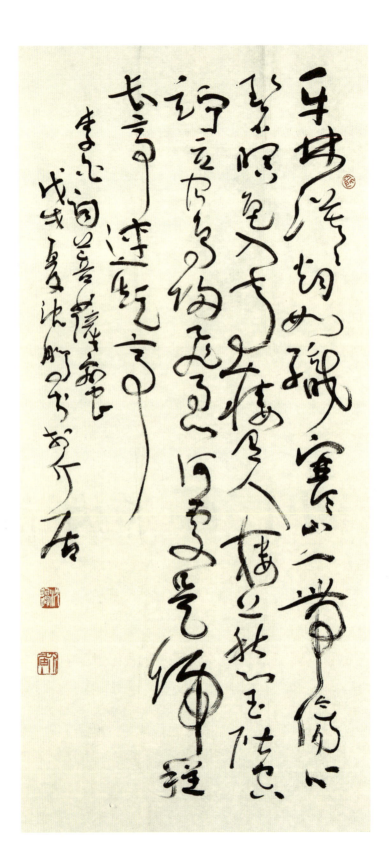

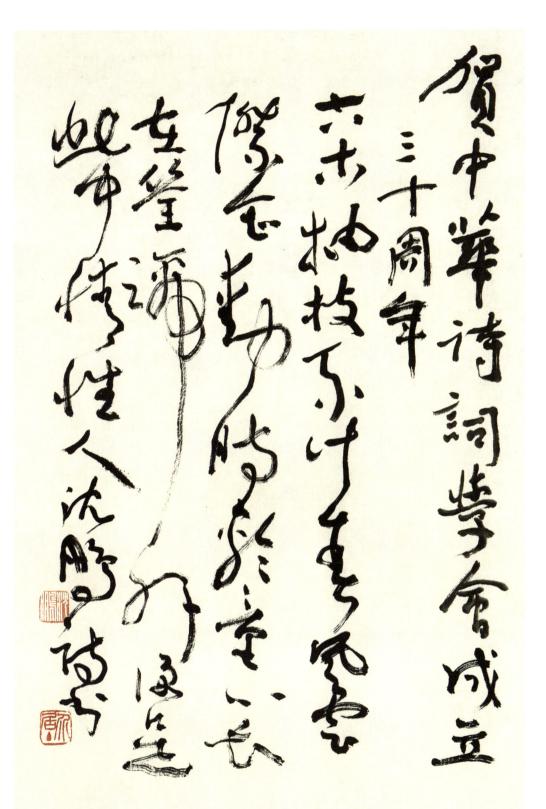

贺中华诗词学会成立
三十周年

六十妙枝不计劳云
隐隐助诗老
左登临
蜂传性人沦胸

后 记

拙作《沈鹏诗书研究》既已付梓，深觉意犹未尽，于是日夜兼程，经一年多时间的努力，《沈鹏诗艺咀华》如愿竣稿，舐犊之爱，难于言表。此书完整版为45万余言，压缩至30万言。对此凝结心血之作品，我还是先要感恩家父蒋本开先生、家母薛玉珍女士，二老望子成材，多有教诲嘉勉，而今阴阳两隔，怀想潸然，只能以此敬呈双亲在天之灵。

对沈鹏先生的研究，我觉得诗比书法重要。因为，先生的书法早已蜚声海外，其书艺之瑰玮神采人们一望而知，名流方家多有言中肯綮之论述，而沈老之诗艺风格独特，真情流淌，愈益受到关注。故论其辞章，意义尤为重大。诗为情感之真实表达，而沈老书境之内核为诗意，诗意圆融瑰奇，化为书境则仪态万方。严格说来，不懂沈老的诗，就不能真正读懂沈老的书法，而今学术界对沈老诗歌的研究似未引起足够重视，故此书之写作很有必要。沈老的诗作内蕴丰富，对社会人生多有理性思考，而论艺之诗为沈老美学思想具体而微之表达，因此深入研究沈老的诗词，对全面认识沈老是很有必要的。

诗为中华文化之象征，诗的陶冶是综合素质的陶冶。中国的艺术家不读诗，不赏诗，不能诗，艺术创作就很难进入高逸境界。诗书画印是为中华文化的优秀传统，要真正全面继承是极为艰难的。社会的发展，分工越来越细，各种艺术越来越向专业化的方向发展，诗书画印为高雅艺术，而今从业的阵容越来越大，随着电脑的广泛运用，工作效率得到十倍百倍的提高，这些方面，现代人的确优于古人。于艺术而言，综合素质的提高是渐进式的，只能走日积月累之路。古典诗词有很强的专业性，没有良好的综合素质就很难写出像样的作品。于艺术家而言，诗书为一、整体推进，确有蜀道之难，唯意志坚毅、才情丰美者方能入其高致，可见沈老之卓越成就极具典型性之意义。夯实基础需要时间，创作进入高境需要学问才情。学书法始于临帖，学诗须从读诗背诗、掌握格律入门，用陆机的话说："游文章之林府，嘉丽藻之彬彬""倾群言之沥液，漱六艺之芳润"，方能创造出无愧于时代的艺术精品，急功近利，难出佳作，艺术不能以量胜。沈老德艺双馨，艺境高雅，对其进行深入研究极富指导性之意义。

诗歌通过形象来言情说理，要臻至情景交融、情理交融之高境，这是很困难的。于诗歌创作而言，突破格律的束缚而自由抒情，这还是为诗的初步。渊深学养、丰美才情、精湛功力，这是艺术家、诗人必须具备的综合素质。像沈老一样，诗书之境浑然为一，真挚心情与强烈的时代感有机结合，付出的心血是毕生的。深入研究沈老的诗作，于弘扬华夏艺术尚高雅的美学传统，意义无疑是深远的。

为了便于广大读者较为全面地认识沈老，领略其诗书艺术的瑰美风光，笔者从先生1000余首诗作中精选部分代表性的作品细加解读，于其风格特征作了综合性论述，力求深入浅出，通俗易懂，言之有据，持之成理，以一斑而窥全豹。而今书稿即将付梓，在此首先感激沈老恩师。笔者至微至陋，有幸出入先生之门近十年，而先生不以寒贱而忽之，不以浅陋而轻之，每聆教诲，如沐春风。写作过程中，多得沈老的教诲鼓励，三封手札，极具指导性意义。手札之一："力余先生：5月19日、20日大札与新诗敬读。依尊意，序言可免，但建议从您以前写过的诸多文字中选出或摘录，或另志数语于前以代序（不计如何题名）。此前予奉拙书可附后。所提及之照片，与内容不太符合请免了。《阿Q正传》照片(指评《阿Q正传》一诗的书法照片)，已告张秘书经由电脑发上。先生才思敏捷，落笔见性情，绝句六章，连同全部赐作，一一宝之藏之。鹏奉。"读此信，感激之情，莫可言达。此书之作，先生惠赐了宝贵资料，垂爱之恩，终生难忘，在此深致谢意！在下囿于学识，这种品读与诗作有一定的距离，沈老阅读了部分文稿，多有赐教，而因年事已高，事务繁忙，未能通览，因而此书之作，只代表本人之观点，为本人臆测之辞，这种臆测，可能对，也可能不对，不妥之处，敬请恩师沈老教诲，敬祈方家不吝郢斫。

此书之出版，由衷感谢人民美术出版社的祁旺先生、教富斌先生，祁先生是沈老的学生，也是沈老的忘年之交，他对此书的写作予以了很大的鼓励，祈旺、教富斌两位先生为此书出版做了大量的工作，在此特致谢意！张静女士是沈老的秘书，热情助人，为此书的出版贡献多多，谨致谢意！

此书之出版，感谢我妻子莫芙青女士的全力支持。笔者是一介寒儒，也是一介病夫，严重的神经衰弱历时四十多年而未愈，体质甚为孱弱，虽然刻苦锻炼，而健康状况没有从根本上得到改观，如果没有爱人的支持，此书是不可能完成的。女儿鹰昊为我做了大量的工作，由衷致谢！我的侄儿正治博士、国治博士后，侄媳唐妹、黄银硕士，外甥张军才多予鼓励，深致谢意！我的乖孙女陈浩萱告诫外公不能骄傲，并与外公一起加油，笔者甚为感动，向她致谢！

此书的出版还感谢我少年时代的学兄詹梅村先生，他是医学专家、文化学者，为此书做了详细的审读，多有郢正，深致谢意！此外感谢长期以来关心鼓励我的师长和挚友林凡、张海、周俊杰、赵学敏、言恭达、西中文、黄君、袁志敏、蒋隆平、薛丰、夏家绥、曾景祥、周小愚、曹隽平、贺迎辉等先生，在此一并致谢！

359 / 后记

2022年8月30日定稿于湘潭大学教师公寓畅神斋